兩岸青年文學會議論文集
創作者與評論者的對話

財團法人台灣文學發展基金會◎策劃

文訊雜誌社・國立台灣文學館◎共同出版

營造開放多元的對話空間

　　我們台灣文學館跟中國現代文學館一起合辦兩岸青年文學會議，我個人因爲公務繁忙無法恭逢其盛，覺得非常遺憾。關於青年文學會議，在執行單位文訊雜誌的主導下，過去在台灣曾經辦過 12 次各種不同主題的青年文學會議，獲得很好成果，其會後論文集的影響層面也非常寬廣，此次兩岸青年文學會議的召開是一個創舉，也應該會在兩岸從事文學研究，特別是現當代文學研究的青年朋友當中產生很大的影響，祝賀研討會圓滿順利，以後有更好的開展。

　　我們都很清楚了解，新一代的青年有他們知識養成的環境背景，有他們的思維習慣，面對外在的客觀社會，也必然會有他們的回應方式，我們做爲他們的前行代，唯一能作的就是爲他們開創一些可能性，譬如說類似這樣的活動平台。文學必須不斷的往前推進，到底兩岸的文學未來會有怎麼樣的發展？在年輕一輩的觀察與體會，到底又會是怎麼樣？我們非常關心，我們也期待有比較好的未來。在不久以前，我們曾在台北舉辦一場台灣最新世代的文學會議〈新世代文學研討會〉，所邀請與會者多爲台灣 1980 年代出生的新一輩寫作人，我們從他們在面對自我寫作及面對社會環境的方式，或其寫作形態上，看到令人充滿期待的一個新的美學形成，而且有非常好的開展。在那場會議當中，主辦單位原來有一預設：這最新的世代是不是不去顧慮到整個大社會大時代，而只關心自己小自我的小天地。實際上在他們的有關談論中，發現他們的關懷面其實也非常多元，這樣一種多元的關懷，即便在一時之間並沒有完全進入到他們的文字書寫裡面，但是我們相信他們都在不斷成長，不斷在觀察他們所存在的社會，所以也必將開創出一個屬於他們的璀璨文學世代。這是我們對於這最年輕世代的觀察；對於從事觀察的這些未來可

能的學者，他們對於我們前行代或者過去的文學的發展，又會有一個什麼樣的思考和評價呢？這也是我們一直都非常關心的。

　　我想上一代的人可能有切身的經驗，有現場的經驗，也可能同時有其之負擔跟干擾，但是新一代的學者他們有理論的訓練、方法的訓練，當他們在面對過去錯綜複雜的文學現象的時候，到底能提出一個什麼樣的論述？我們相信，這會是一個重寫文學史可能的起點。文學史是經由不斷建構而完成，在每一個歷史時期，在反省過去文學發展的過程當中，所提出來的歷史解釋，到了下一代，他們是不是還會作這樣的一個解釋？我想答案其實是非常清楚的，每一世代會在這個脈絡當中，去尋找屬於他們世代的解釋，當然我們也了解到他們的解釋到最後也在回應那過去的時代，而對我們今天所講究的、所排斥的東西，也可能會有不一樣的歷史解釋，我們期待這樣的解釋經由對話不斷的呈現出來。

　　學術會議是營造一個開放性空間，讓各種不同意見可以展現出來，這樣的空間基本上是開放、多元的，今天有這樣的機會讓兩岸年輕的學者、作家直接面對面，個人感到特別高興，整個會議進展過程中由一些比較資深的學者、作家協助完成，所以也必然形成一種世代的對話，這種世代的對話有助於不同的世代都可以反身回到自己的世代而進行一些反省和檢討，這是一個非常有意義的會議。從會議的議程表當中看到很多熟悉名字，不管是台灣或者中國大陸的朋友們，我其實應該親自來請教，一起共同討論，但現實實在沒有辦法，謹在此向各位問好，也祝福會議順利圓滿成功。

國立台灣文學館館長

李瑞騰

兩岸文學交流的里程碑

　　1997 年，《文訊》雜誌在台北舉辦了第一屆青年文學會議，獲得了許多
青年朋友的喜愛，1998、1999 一直到 2002 年始終沒變，2003 年《文訊》為
了永續經營，成立了「台灣文學發展基金會」，至此開始，由基金會來承接這
個美好的傳統。青年文學會議每年皆以不同的主題徵選論文，如「一個獨立
文本的細部解讀」、「文學與社會」、「文學越界」、「台灣作家的地理書寫與文
學體驗」、「台灣現當代文學媒介研究」等，不但提供青年學者開發台灣文學
研究新領域、新議題，也見證了台灣文學研究的發展歷程。每年固定秋末或
冬初，「青年文學會議」已成為台灣文學界的一件盛事。

　　2006 年 12 月，為慶祝第十屆青年文學會議，擴大了徵稿和講評的對象，
兩岸三地，東南亞華文地區的年輕學子，紛紛加入這個行列。這樣的徵集與
號召，我們持續的作了三年，每年都有 9～12 名來自中國大陸、香港的學者、
作家，藉著會議的研討、參訪，不僅促進台灣文學的深化與延展，兩地的作
家學者也建立了很好的友誼。

　　儘管近年來兩岸的文化交流頻繁，這一場「兩岸青年文學會議」仍然是
一個創舉。此次代表台灣出席的成員，包括台大、政大、師大、成大、清華、
交大、中興、中正、東華、國北教、市北教、靜宜等 12 所大學台灣文學系所
的優秀學者，他們都是長期鑽研台灣文學，同時其中幾位也是知名作家，除
此外，還有多位享譽台灣文壇的青年作家，因此可謂菁英盡出。

　　當然做為主人的中國作協也不惶多讓，與會的學者來自中國各個名校、
以及一級研究單位，作家亦是一時之選，因此可以預期這將是一場極為精彩、
充滿對話交鋒的會議。

　　我謹代表台灣文學發展基金會‧文訊雜誌社以及所有此次前來與會的台灣作家、學者，感謝國立台灣文學館、中國作家協會，以及中國現代文學館的大力協助，才能成功召開此次會議，也希望此次會議為兩岸的文學交流，建立一個美好的里程碑。

　　謝謝大家。

文訊雜誌社社長

目次

第 7 場　兩岸詩歌發展

作家自述

專題演講

觀察評論

附錄

敬／畏自然

以動物爲中介看賈平凹、葛亮、阿來小說中的文明與自然

◎黃宗潔[*]

摘　要

　　近年來，受到都市化、現代化的衝擊，思考城鄉關係的轉變、文明的入侵與傳統的失落，遂成爲當代大陸文學的重要主旋律之一。但是，若以爲城市文明和原始自然在這類作品中，總是以勢不兩立的對立關係存在，可能又過於簡化了其中曖昧複雜的人與自然互動之關係。究竟城市／鄉村、文明／野性的界線何在？人們又該如何在傳統文化和都市現代性之間重新協商出新的生存之道？本文以賈平凹《懷念狼》、葛亮〈謎鴉〉和阿來《空山》三部作品中描述的動物與自然爲對象，藉此觀察作家們如何以實際或意象化的動物爲中介，表述他們對中國大陸在社會變遷過程中的反思。其中賈平凹與葛亮的作品，雖然同樣呈現出人對「原始自然」的畏懼感，但均未指向一條人與自然共生之路，因爲文中所呈現的世界，仍有將兩者視爲不相容的對立系統之虞。如果恐懼無法成爲一種可能的解決之道，本文主張，阿來的《空山》或可讓我們進一步思考，若以另一種同樣古老的思維模式：「敬畏」取而代之，當能爲文明與自然共存找到新方向。

　　關鍵字：文明、自然、賈平凹、葛亮、阿來

---

[*] 東華大學華文系助理教授。

一、前言

近年來，受到都市化、現代化的衝擊，思考城鄉關係的轉變、文明的入侵與傳統的失落，或是抒發「想像的鄉愁」[1]，遂成爲當代大陸文學的重要主旋律之一。但是，若以爲城市文明和原始自然在這類作品中，總是以勢不兩立的對立關係存在，可能又過於簡化了其中曖昧複雜的人與自然互動之關係。究竟城市／鄉村、文明／野性的界線何在？人們又該如何在傳統文化和都市現代性之間重新協商出新的生存之道？在面對現代化的衝擊時，除了二元對立的態度之外，是否還有其他可茲因應的思維模式存在？本文將試圖以賈平凹《懷念狼》、葛亮〈謎鴉〉和阿來《空山》和三部作品中描述的動物與自然爲對象，藉此觀察作家們如何以實際或意象化的動物爲中介，表述他們對中國大陸在社會變遷過程中的反思，並爲上述問題尋找可能的答案。

賈平凹與葛亮的作品，分別描述看似遺世獨立的陝西鄉土，和已然現代化的南京，卻同樣呈現出人對「原始自然」的畏懼感——雖然不同於葛亮赤裸裸地呈現出恐懼帶來的毀滅力量，賈平凹認爲，人需要這種對自然的恐懼，但《懷念狼》最後畢竟並未指向一條人狼共生之路。故在本文的最後一節，筆者將以阿來《空山》爲例進行探討，試圖思考如果恐懼無法成爲一種可能的解決之道，我們是否有可能以另一種同樣古老的思維模式：「敬畏」取而代之，成爲文明與自然之間共存的新元素？

二、畏懼之必要？——賈平凹《懷念狼》

過去關於《懷念狼》的討論，多半指向其作品中對「現代城市文明的排斥態度」[2]，認爲此作承襲了賈平凹一以貫之的，對於傳統生活方式與自然景觀之眷戀，「對現代化越來越排斥，對在現代化力量侵蝕下逐漸沒落的鄉村充滿惋惜之情」[3]的態度。或是認爲賈平凹藉著這個宛如長篇寓言般充滿魔幻與傳奇的故事，寄託人與自然應和諧共處的生態觀點，主張本書「在透過人性

---

[1] 王德威，〈廢都裡的秦腔——賈平凹的小說〉，收錄於賈平凹，《秦腔》（台北：麥田出版股份有限公司，2006），頁9。

[2] 華蕾，〈一無所有的人類存在——後鄉村文化視野中的《懷念狼》〉，《池州學院學報》第23卷2期（2009.4），頁70。

[3] 馬治軍，〈鄉村·傳統·生態——賈平凹創作精神原點追溯〉，《河南師範大學學報（哲學社會科學版）》第37卷6期（2010.11），頁204。

的鄙陋、斷裂的同時，對環境保護發出響亮的呼喚」[4]，文中的生態思考則襍揉了「儒家的『天人合一』、道家的『物格平等』、佛教的『生命輪迴』、『依正不二』、原始信仰中的『萬物有靈』[5]等等。上述觀點固然皆為解讀《懷念狼》的可能進路，筆者卻認為無論將其視為對都市文明的強烈批判，或是對自然生態保育的振臂疾呼[6]，都簡化了小說中看待自然與文明、人與狼互動時的曖昧性。誠如王德威所指出，《懷念狼》雖然看似描述一則狼群瀕臨絕種，欲藉由追蹤、紀錄其行蹤保護狼的故事，但「賈平凹的觀點與時下環境保護主義那套厚生愛物的說法頗有不同」[7]，綜觀全書，其中最重要的觀點毋寧是下面這段話：「狼作為人的恐懼象徵，人卻在世世代代的恐懼中生存繁衍下來」、「老一輩的人在狼的恐懼中長大，如果沒有了狼，人類就沒有了恐懼。」[8]換言之，人需要這種對狼的恐懼。這樣的觀點對於我們在思考人與動物、文明與自然的關係時，具有什麼樣的啟示？要理解《懷念狼》一書，恐怕必須由此切入，方能不為書中魔幻傳奇、或是生態保育的煙幕所惑。

　　小說初始，賈平凹便為讀者指向一個人狼關係發生逆轉的世界，狼在經過長年與人的相互爭鬥後慘敗，過去飽受狼災所苦的縣城早已多年不見狼蹤，捕狼隊因需求不再而解散，狼毫筆廠缺乏貨源關門大吉，政府甚至頒布了禁止捕殺狼的條例（頁 16），這在過去的商州是難以想像的事情。但是，在追尋狼的過程中，原本應當受到保護與紀錄的狼反倒因此一隻隻遭到捕殺，毋寧成為巨大的反諷，透過這則人與狼的寓言，賈平凹究竟想要表達些什麼？

　　其實，對於《懷念狼》的寫作用心，賈平凹曾有過相當清楚的表述：

　　　人是在與狼的爭鬥中成為人的，狼的消失使人陷入慌恐、孤獨、衰弱和
　　　卑劣，乃至於死亡的境地。人見了狼是不能不打的，這就是人。但人又

---

[4] 溫惠宇，〈「狼」的幽遠意旨與文本的形而下操作——讀賈平凹的《懷念狼》〉，《徐州教育學院學報》第 17 卷 1 期（2002.3），頁 38。

[5] 吳尚華，〈賈平凹《懷念狼》的生態批評解讀〉，《安徽師範大學學報(人文社會科學版)》第 34 卷 2 期（2006.3），頁 183。

[6] 有評論者認為，書末敘事者吶喊的「我需要狼」一語，乃是「為了保護生態環境而不被人理解的痛心悲鳴。」張選民、李冰毅，〈關愛生命，情鍾人類——讀賈平凹的長篇小說《懷念狼》〉，《鄭州鐵路職業技術學院學報》第 15 卷 3 期（2003.9），頁 23。

[7] 王德威，〈狼來了〉，收錄於賈平凹，《懷念狼》（台北：一方出版有限公司，2002），頁 5。

[8] 賈平凹，《懷念狼》，頁 58、28，以下徵引原文時僅標註頁碼，不另加註腳。

不能沒有了狼，這就又是人。人是需要有對立面的。……懷念狼是懷念著勃發的生命，懷念著英雄，懷念著世界的平衡。[9]

「狼是人的對立面」，這樣的說法，看似仍不脫將「人／狼」、「文明／自然」以二元對立方式進行觀察的窠臼。但事實上，賈平凹在此所陳述的對立面，可能有著更複雜的意涵。對人而言，像狼這樣的對手，其意義正是在於提醒人的有限性，所謂「英雄」自古以來，就是對抗、挑戰人類有限性的一種存在。正因爲人總是在有限中試圖尋找無限，在不斷地嘗試與失敗的過程中，那勃發的生命力、永不放棄的精神以及看待對手的敬意，才能共同維持過往世界的平衡。如同書中提到的：「人雖然是萬物之精華，從生命的意義來說，任何動物、植物和人都是平等共處的，強食弱肉或許是生命平衡的調節方式，而狼也是生命鏈中的一環。」（頁186）許多論者即據此主張，賈平凹藉由小說敘述者之口，表達萬物平等的生態觀。但此處更值得注意的關鍵，與其說是「平等」，不如說是「平衡」。生物和人的平等，是建構在它們彼此之間相生相剋的和諧關係上，而絕非物種平等的動物權利或生態保育觀點。狼被屠殺得幾近絕跡，使得這樣的平衡關係歪斜了，沒有狼成爲一種另類的「狼災」，無狼可獵的獵人甚至因此得了軟腳病。（頁58）人們該如何在這個沒有狼的世界中生存？當現實環境已然改變，人們勢必得和新的自然環境協商出新的相處之道時，會發生什麼樣的狀況？筆者以爲這才是賈平凹《懷念狼》之中最深刻的思考。

事實上，賈平凹顯然發現了，狼減少的危機與其說是生態的，不如說是一種關於存在的，形而上的危機。換言之，生態環境的改變對於大多數人來說，最大的衝擊是發生在他們必須因此調整出新的看待自然之思維模式，問題就在於，如果自然環境改變，思維方式卻想維持不變時，會發生什麼事呢？賈平凹試著從這樣的角度帶領讀者去觀看商州的人狼關係。就某方面而言，狼就是狼，狼是做爲獵人而非研究員的對照組而存在的，因此，普查的過程阻止不了人對狼的殺戮本能，禁殺令保護不了碩果僅存的十五隻狼，因爲牠們活在商州。

---

[9] 賈平凹，〈我說《懷念狼》〉，《鴨綠江》(上半月版)2001年第1期（2001.1），頁37。

　　但另一方面，其實我們亦可發現，看似頑固的舊思維當中，變化早已在不知不覺中滲入。其中最具代表性的，當屬居民們、獵人們對於狼的減少之詮釋系統：「舅舅就認定街上的車都是狼變的，商州的狼越來越少了，是狼變幻了車的形態上的世，那撞死人的是狼在吃人，那相互碰上的是狼和狼的騷情和戲謔。」（頁53）這看似荒誕的想像，是相當值得注意的。那有著真實形貌的，「自然」的狼減少了，但牠們並非消失，而是幻化成街上的（代表「文明」）的車，那麼車就是狼，狼就是車，真實世界中的狼可能消失了，但牠們將以另一種新形態──「車」的樣貌出現，這難道不是商州人民對於「威脅」（無論是狼的原始自然力量，或是代表工業文明與危險的汽車）的因應之道？將陌生與不熟悉的文明事物「車」，視之為日常生活中的「狼」，這舊思維的新包裝，讓我們看到了民間思維模式的生動性與彈性，如此一來，他們就可面對現代化的威脅與衝擊。這樣的「車／狼」對他們而言或許比需要被「保護」、關在動物園中「變成了連小孩都用手中的食物去逗引的玩物」（頁53）的狼更真實。被點名造冊，編號保護的狼，對商州人來說或許才是更為荒誕的。

　　書中一段關於保育大熊貓的討論，更可看出賈平凹的「生態平等」觀並非時下基於自然生態保育觀點而出發，而是對於商州整體思維態度與信仰觀產生的反思。大熊貓之所以成為國寶，乃是因其生存能力極低，「缺少性欲，發情期極短，難以懷孕，懷孕又十分之九難產」（頁28），敘事者在觀察記錄大熊貓產子並死亡的過程中，由大熊貓的命運聯想到狼與人的命運，他因此認為自己「立地成佛，突變式地成為了一位生態環境保護主義者。」（頁29）但這個所謂立地成佛的覺悟，和生態平等的態度，卻是從關於靈魂的思考所展開：他在路過花園時順手拔下一朵月季的花莖，那月季花的斷莖驟然粗黑並噴濺出白汁，而盛開的花朵也立即枯萎。這令他吃驚於萬事萬物是否都有著生命和靈魂，並由此開展出關於靈魂不滅的想像：

　　　　是不是當一個人死後，靈魂和軀體就分離開來在空中飄浮？如果能對應的話，在飄浮中遇見一隻蜜蜂將一顆草木的花粉摻合於另一顆草木的花粉時，那靈魂就下注，新的草木就產生了，而當這新生的草木最後死亡

了，靈魂又飄浮於空，恰好正碰著一隻公豬和一隻母豬交配，靈魂又注

下，新的豬就產生了。如果這是可能的話，那麼，生活在這個地球上的

一切都平等，我這一世是人，能否認上一世就不是隻豬嗎？……我越是

這麼玄想，越是神經起來，我知道我整個地不像是個商州的子孫了，或

者說，簡直是背叛了我的列宗列祖，對狼產生了一種連我也覺得吃驚的

親和感。（頁30）

　　這段關於「萬物平等」的推衍過程，很明顯並非基於任何生態保育論述，

甚至也不是佛教輪迴轉世的因果觀，在敘事者的眼裡，萬物之所以平等，是

因為其靈魂以一種隨機的方式投注到生命體之中，既然如此，生而為人、或

豬、或狼、或草木，完全是機率問題，而非行善或為惡的「果報」。有趣的是，

敘事者在意的，竟然是這樣的想法會令自己「整個地不像是個商州的子孫」。

這正是何以筆者認為，「思維模式」該如何因應外在世界的變遷並隨之調整，

才是賈平凹真正關懷之處。世界已經不同了，人類科技之手伸入了生物自然

的繁衍過程，甚至汲汲營營地為了延續物種的生存而努力，大熊貓如此，狼

亦然。

　　但是，就算《懷念狼》之中，反映了某種舊體系與新世界思維上的衝突，

書寫這類城鄉矛盾的作品，在當代大陸，甚至賈平凹自己的其他小說中，都

不是什麼罕見的題材。《廢都》、《秦腔》、《高老莊》當中，對於傳統文化既眷

戀又批判的心理衝突，亦早有論者深入探析。[10] 筆者在此想要強調的是，在

把《懷念狼》放入賈平凹作品中傳統與現代對立／對話的系譜之前，或許可

以另闢蹊徑，將其置於當代大陸小說中的另一個敘事模式進行觀察。陳思和

曾在論析莫言《生死疲勞》一書時，提出一種「歷史－家族」的民間敘事模

式，意即「採納民間神話的想像力來抵禦歷史的沉重性」[11]，他並以張煒小

說《刺蝟歌》為例，指出小說中鋪陳了一個龐大的民間世界與歷史時間，從

動物與人類渾然難分的階段開始，人逐漸由自然中分化出來，進入文明史中，

其後則大規模地掠奪與破壞自然資源，「在這個民間傳說的世界裡，時間的模

---

[10] 可參見馬治軍，〈鄉村‧傳統‧生態——賈平凹創作精神原點追溯〉，《河南師範大學學
　　　報(哲學社會科學版)》第37卷6期（2010.11），頁204-206。

[11] 陳思和，《當代小說閱讀五種》（香港：三聯書店有限公司，2009），頁200。

糊性與大地的亙古性甚相符合，所以在民間敘事裡，刺蝟與人類都不是敘事者，真正的敘事是大地的敘事」。[12]在這類作品中，以民間的、邊緣的敘事身分出現的鬼魂、怪胎及動物敘事，打破了歷史大敘事的束縛，呈現出特有的民間記憶。[13]《懷念狼》雖然並非一部「歷史－家族」小說，但書中大量關於狼能幻化為人的種種「傳說」，卻提醒了我們此種民間敘事模式的可能性。事實上，賈平凹亦曾經自述：「正因為狼最具有民間性，宜於我隱喻和象徵的需要。」[14]狼的民間性是否塑造了另一種歷史時間的可能？如果不將這種種奇異視為迷信，而是「大自然的力的影響」（頁 146），是否就得以讓久遠的傳說和信仰成為一種具有亙古性的思維模式，從而成為新世界的一種救贖？筆者認為答案或許是肯定的，商州人將車視為狼的觀看模式，既是活潑潑的民間思維，又顯然已經提示了一種在舊有信仰中建立新世界的可能性。但活在一個打破迷信、崇尚科學的新時代，這種原始的信仰究竟該何去何從？人對自然的原始恐懼在現代化、都市化的城市中會發生什麼樣的異變？人們究竟該如何去因應世界和環境的變化？筆者以下將試從阿來與葛亮兩位小說家的作品，找出上述問題的答案。

三、毀滅的力量——葛亮〈謎鴉〉

如果說，賈平凹藉由《懷念狼》所揭示的，是人對自然、動物畏懼之必要性，葛亮的短篇小說〈謎鴉〉所呈現的，就是這種對自然的恐懼其實某種程度上一直埋藏在我們的心中，伺機而動，並不只是存在於「顯得古老，落後，攆不上時代的步伐」，並因而「保持了自己特有的神秘」[15]如商州般古老的地方。當原始的恐懼出現在如南京這般現代化的都市生活中，會發生什麼事呢？〈謎鴉〉帶領讀者進行的恐懼之旅，正是一個近乎都市奇譚的故事：一對年輕夫妻在花鳥市場買了隻八哥回家，妻子將其視如己出，丈夫卻始終感受到這隻鳥不懷好意的目光，起了名字被當成寵物豢養的「謎」原來不是八哥而是隻烏鴉。「謎」的視線和叫聲不只干擾了丈夫的性能力，賣鳥的老頭

---

[12] 同前註，頁 201。
[13] 同前註，頁 200。
[14] 賈平凹，〈我說《懷念狼》〉，《鴨綠江》（上半月版）第 1 期（2001.1），頁 37。
[15] 賈平凹，《商州初錄》（台北：允晨文化實業股份有限公司，2011），頁 12。

暴斃更似乎預言了某種不祥的未來。丈夫想盡辦法要將「謎」趕走，夫妻之間遂起了更多衝突，最後妻子因感染弓形蟲病，孩子成了死胎，自己也終生不育，傷心欲絕的她安慰自己，至少她還有「謎」，「謎」卻已被丈夫親手摔死。得知真相的妻子於是帶著空鳥籠，從樓上跳了下去。黃凡曾如此評論這則寓言／預言般的小說：「我們必須和大自然和平共處，而不是整天想要征服它。」[16]但筆者以為葛亮藉由這則都市寓言想傳達的，與其說是和大自然和平共處的心願，李奭學的觀察應當更接近小說的核心意念：「不論理性與否，冥冥中就是有一股和人作對的自然靈異，我們力難抵擋。〈謎鴉〉一篇，葛亮由希區考克開場，繼而轉入愛倫坡式的心靈魅魍，企圖所在，正是生命的脆弱與理性的毫無理性。」[17]在都市所流傳的各種奇譚中，關於動物的恐懼一直是其中相當普遍的類型，以其中最著名的「下水道的鱷魚」為例，下水道是集中都市所有廢棄物的地方，在下水道中出現鱷魚，無疑是饒富深意的想像，它反映了對原始自然力量——鱷魚攻擊性的恐懼，也暗示了自然的力量永遠準備出現在我們面前。[18]

若以都市奇譚的眼光來看，葛亮的〈謎鴉〉自有異曲同工之妙，他以希區考克的經典作《鳥》開場，已有呼應之意。紀傑克（Slavoj Žižek）曾引用 Robin Wood 關於《鳥》的三種解讀：「宇宙性的、生態的、家庭的」進行析論：

> 根據第一種「宇宙性的解讀」，鳥的攻擊可以看作是希區考克的宇宙觀及（人類）秩序作為系統的觀點之具體化表現——在表面上很和諧，日常軌跡也很正常——但卻隨時都可能被瓦解掉，可以被純粹意外事件的發生而演變成混亂狀態。……有關第二種「生態的」解讀，……鳥的功能是自然被剝削的凝結點，終究最後群起反撲，對抗人類輕率的剝削。……第三種解讀就看到主角之間的相互主體的溝通關係是影片的關

---

[16] 葛亮，《謎鴉》（台北：聯合文學出版社有限公司，2006），書背第十九屆聯合文學小說新人獎評審紀錄。

[17] 李奭學，〈淡筆濃情——葛亮《謎鴉》序〉，收錄於葛亮，《謎鴉》（台北：聯合文學出版社有限公司，2006），頁6。

[18] 參見維若妮卡・坎皮農・文森，尚布魯諾・荷納（Veronique Campion-Vincent，Jean-Bruno Renard）著，楊子葆譯，《都市傳奇》（台北：麥田出版股份有限公司，2003），頁26-40。

鍵，……攻擊的群鳥只是「具體表現出」這些關係根本的矛盾，一種干擾、及脫軌狀態。[19]

〈謎鴉〉當中雖然沒有出現群鳥大規模的攻擊，而是如李奭學所言較接近愛倫坡「黑貓」式的，疑心生暗鬼的心情，但上述三種解讀模式，卻頗能帶我們窺見葛亮藉由〈謎鴉〉一文所展現的，那種不完全近似賈平凹筆下傳統思維，卻同樣古老的一種看待自然的態度，那就是對自然「惘惘的威脅」之恐懼本能。

但是，這樣的恐懼在都會生活中發生了轉化，都市居民所面臨的自然威脅和初民要面對的原始自然已經不同，諷刺的是，「自然」與「不自然」在都會生活中發生了異變，過去理所當然的一切，現在卻成了干擾日常生活軌跡的元素，如同希區考克透過《鳥》提出的巨大反諷：「這種干擾日常生活的『不自然』要素就是鳥，也就是自然本身。」[20]當「自然」進入都市，人與自然的空間距離拉近了，對自然「想像的鄉愁」不再，原始自然反倒成爲都市人欲排拒在外的，代表了原始、野蠻、危險、疾病的「不自然」的存在。小說中妻子感染弓型蟲導致死胎的安排，正象徵著動物做爲疾病帶原者的可能性，在都市醫療體系中乃是絕對的危險與威脅——其中最具代表性的，當屬人們對城市中老鼠的厭棄——但事實上，諸如老鼠之類的存在，卻最能挑戰我們對於「都市文明」的認知。如 Steve Hinchliffe 所言，「由下水道，甚至浴室廁所竄出來的老鼠，動搖了城市只屬於人類的虛構故事。」[21]透過人所建造的，最能代表都市化與文明指標之一的下水道當中浮現的老鼠，和過去在田溝中活動的老鼠，還是同一種生物嗎？表面上當然是如此，事實卻不然，因爲，牠們已成爲「被都市化的自然」，牠們是都市中曖昧的存在，甚至就某種程度上而言，牠們和「被都市化的人」沒什麼不同，都是穿透了文明與自然的產物。

但是，當我們選擇把文明與自然對立看待時，「原初自然」與「都市文明」

[19] 紀傑克（Slavoj Žižek）著，蔡淑惠譯，《傾斜觀看——在大眾文化中遇見拉岡》（台北：桂冠圖書股份有限公司，2008），頁 161-162。

[20] 同前註，頁 177。

[21] John Allen, Doreen B. Massey, Michael Pryke 著，王志弘譯，《騷動的城市》（台北：群學出版有限公司，2009），頁 157。

的關係將無可避免以下列兩種方式出現：其一是認為原初自然乃是令人生畏、避之猶恐不及的狀態，現代文明城市則是安居之地；其二則是反之，認為城市破壞了地景與生態，「真正的」自然備受崇敬，但同樣只存在於城市之外，只是對自然的罪惡感取代了對文明的自豪，此外，在此種態度中，往往會認為自然將以天災的形式「反撲城市生活的純淨空間」。[22]這兩種看似對立的想法，其實同樣無法指向一條人與自然共生的出路：一味嚮往並意圖維持「純淨的自然」，終將導向失落與無力，因為只要有人介入的地方，就沒有純粹的、與文明截然二分的自然；〈謎鴉〉所持的態度，則顯然是將現代文明視為安居之地的結果，但強行將自然排除於城市文明之外的態度，則往往造成殘酷與殺戮，闖入人類生活的生命，就被視為除之後快的對象。一如小說主角對於鳥的介入生活，感到恐懼不安，認為日常秩序被自然的入侵所破壞，但是從小說中的蛛絲馬跡，卻可以看出上述關於《鳥》的第三種解讀方式：入侵的鳥只是把人與人之間關係的矛盾加以具象化。小說主角與妻子在價值觀、生活態度上有著明顯的距離，「謎鴉」做為中介，只是將兩人遲早會出現的衝突提早浮上檯面罷了。

　　有趣的是，如同《懷念狼》中狼化為人，人狼難分的曖昧狀態，〈謎鴉〉當中亦出現了人和鳥界線模糊的描述，隨著妻子對「謎」的情感愈深，她對於腹中的孩子也產生了某種移情，她深情地形容這胎兒「多麼像一隻鳥啊。」卻讓主角不禁打了個寒顫：「這孩子緊緊抱著膝蓋，真的很像一隻蜷在蛋殼裡的鳥。」[23]文明與自然原本如同羊水中的胎兒般，渾沌難分，卻在人為的強行區隔下，成為對立的局面，於是，任何趨近或類似於原始自然的力量，都將成為恐懼的因子。這樣的恐懼導向主角、謎鴉、妻子與孩子四敗俱傷的結局，但這「無法逆料地毀滅性的力量」[24]卻非謎鴉帶來的，而是主角內心的不安擴散發酵的結果。若要將〈謎鴉〉視為一則人與自然互動關係的警訊，那麼這個警告所提示的，其實是城市文明不可能排除自然而存在，兩者之間是決無劃清界線的可能，如同 David Harvey 所指出的，「論及社會對生態系

---

22 同前註，頁 158-159。
23 葛亮，《謎鴉》（台北：聯合文學出版社有限公司，2006），頁 34。
24 施叔青語，收錄於葛亮《謎鴉》（台北：聯合文學出版社有限公司，2006），書背第十九屆聯合文學小說新人獎評審紀錄。

統的衝擊時，如將其視爲兩個獨立系統間的互動……便是犯了根本的錯誤。」[25]
基本上他認爲自然與社會的區隔乃是任意劃分的，因此城市既是自然的，也
是社會的。城市乃是一個複雜網絡，即使如南極洲或深海這類最偏遠的地景，
也已無法避免這些網絡的影響，「這些不斷形成、崩解與再形成的網絡，乃是
了解傳統城市邊界內外生態環境秩序的重要途徑，……以城市－自然的角度
來說，我們稱之爲城市的地景，或許只是資本、物質與能源移動控制較嚴密
之處罷了。」[26]在這樣的狀況下，若執著於二元對立式的思考，意圖強行將
自然排拒於外，只會成爲註定徒勞無功的嘗試，讓人被恐懼與厭棄的情緒所
掌控，讓恐懼把我們帶向毀滅之路罷了。

　　由上述的討論可以發現，賈平凹《懷念狼》和葛亮〈謎鴉〉雖然同樣描
述人對動物的恐懼，但此種恐懼卻是以相反的方向呈現的，《懷念狼》鋪陳的
是一個要以舊思維對抗新事物的世界，對應於已然改變的新環境，對狼的恐
懼看似成爲舊世界的象徵甚至力量所在，但卻無助於改善當下商州的處境；
另一方面，〈謎鴉〉中的世界同樣在變化，原始的本能仍在，卻成了新世界欲
排拒在外的對象，動物和自然變成日常秩序的反面，成爲入侵、破壞整潔合
宜的城市生活之禍害，僅管所謂的「秩序」可能脆弱得不堪一擊，甚至純粹
出於想像。換言之，這兩種反向的力量同樣述說了人對自然的原始恐懼本能，
但「畏懼」本身卻似乎無法成爲一種出路，甚至可能導向毀滅，是否還有其
他重新看待人與自然關係的可能性存在呢？其實，葛亮的長篇小說《朱雀》，
雖非以動物爲核心，卻已隱然指向了當代大陸在面臨現代化的衝擊與困惑
時，試圖尋找出新舊思維間平衡點的嘗試。如王德威所言，葛亮意圖以神鳥
「朱雀」做爲南京及其兒女的象徵，「神鳥朱雀是他們的本命，身覆火燄，終
生不熄。」[27]如此一來，「在古老的南京和青春的南京之間，在歷史憂傷和傳
奇想像之間」[28]，葛亮遂找到了連結兩者的可能，將古老的神話思維和鋪天
蓋地的歷史變遷以一只朱雀金飾爲媒介，斯人已老，朱雀卻見證了那段難以

---

[25] John Allen, Doreen B. Massey, Michael Pryke 著，王志弘譯，《騷動的城市》（台北：群學
　　出版有限公司，2009），頁 192。

[26] 同前註，頁 193。

[27] 王德威〈歸去未見朱雀航──葛亮的《朱雀》〉，收錄於葛亮，《朱雀》（台北：麥田出版
　　股份有限公司，2009），頁 8。

[28] 同前註。

言說的過往，代表浴火重生的朱雀，遂成爲「見證——甚至救贖——歷史混沌的最後關鍵。」[29]當然，這仍不免令人懷疑，真有如此輕易嗎？歷史的混沌難解、都市化的衝擊和傳統歷史文化之間的矛盾，僅僅透過一個象徵化的符號就可以解開？但是，若將符號視爲一種召喚，我們是否有可能回歸到原始的信仰體系中，與恐懼實爲一體兩面的另一種思維模式，那就是「敬仰」自然？以下筆者將以阿來《空山》爲例進行論析，試圖找出原始信仰與當代文明之間，相容的可能性。

之所以選擇《空山》，是因爲相較於賈平凹筆下的商州，《空山》所描述的少數民族鄉村，「被動地被『拉入』現代化的進程」[30]之尷尬處境，實有過之無不及，而阿來作品中，長期對「現代性進程對已有生活秩序的巨大衝擊以及對於人乃至於人性的深刻影響」[31]之關注，與試圖尋找一條「解決現代性文化與各民族傳統文化衝突與對接的途徑或通道」[32]之努力，或可更深刻地幫助我們理解上述賈平凹與葛亮作品中呈現的，人與自然、現代化與傳統文化之間的困境。

四、「敬畏」的可能：阿來《空山》

阿來曾如此自述《空山》的創作動機:「在機村這樣的藏族鄉村中能看到，同情與憐憫喪失了，對自然與知識的敬畏喪失了，還包括信仰、神明的消失……我想它也是現代化進程中鄉村的普遍命運。」[33]但是，僅管文中對於小鎮居民如何在資本主義的入侵下迷失，產生價值混亂的過程有著細膩的鋪陳，阿來對於這樣的消失和改變，卻不盡然只是一味地批判或懷舊，而是意圖穿透其中更深層的問題進行反思。《空山》值得注意之處，正在於阿來指出了歷史、文化、價值觀的碰撞，其實是個如何複雜的過程：

這就是機村的現實，所有被貼上封建迷信的東西，都從形式上被消除

---

[29] 同前註，頁 16。

[30] 葉婷，〈遙望傷城——現代化進城後「空山」之悲〉，《湖北經濟學院學報（人文社會科學版）》第 7 卷 6 期（2010.6），頁 99。

[31] 梁海，〈世界與民族之間的現代漢語寫作——阿來《塵埃落定》和《空山》的文化解讀〉，《吉林大學社會科學學報》第 50 卷 3 期（2010.5），頁 103。

[32] 同前註。

[33] 阿來，《空山》（台北：麥田出版股份有限公司，2011），書背引文。

了。……但在底下，在人們意識深處，起作用的還是那些蒙昧時代流傳下來的東西。文明本是無往不勝的。但在機村這裡，自以為是的文明洪水一樣，從生活的表面滔滔流淌，底下的東西仍然在底下，規定著下層的水流。[34]

　　制度的改變如洪水般襲捲而來，然而「搬掉了龕裡的菩薩，但龕還留在那裡」（頁 159）小說中最迷人的部分，也正在於這些「搬掉龕裡菩薩」的人們，各自用了什麼樣的求存與適應之道去面對那空虛的龕。小說中對於「最後一個巫師」、「最後一個獵人」等等「最後一個」的刻畫，與其說是純粹基於惆悵的懷舊之情，不如說阿來其實是以冷靜客觀的眼光，旁觀著那「龕」的影響力，旁觀著機村的變與不變。

　　政治力量與現代化的入侵，對於機村傳統和世界的對話方式之動搖，在小說中最驚心動魄的一幕，無疑是村民對群猴的大屠殺。每年下山的猴群，與人為鄰已持續了千年的時光，「本來，每年有一天到機村的田野裡去是不用前哨的。這是一個慣例。關於這一天，機村人與猴群之間有一個長達千年的默契。」（上冊，頁 387）但是這個默契卻在伐木場科長以高價收購猴子泡酒食肉的誘因下，被斷然地打破了。人們試圖說服自己：「不就是殺了幾隻過去不殺的猴子嗎？猴子跟過去殺掉的鹿、熊、狐狸和獐子又有什麼兩樣呢？過去殺獵物是為了吃肉，是為了穿上保暖的皮毛，現在是為了換錢，這有什麼兩樣呢？」（上冊，頁 401）但是，的確有些東西不同了，那不僅僅只是一個契約的毀棄，而代表了整個價值、態度、互動關係的轉移，是對「機村人與世界的交往方式」[35]之撼動。為了一台電唱機而參與屠殺猴群的獵人達戈，雖然最終仍選擇以一個獵人的姿態和尊嚴，與大熊同歸於盡，但他的死亡也同時宣告著獵人時代的完結：

　　從此以後，獵人的武器愈來愈好。槍是可以連發的步槍，沒有什麼野獸

---

[34] 阿來，《空山》（台北：麥田出版股份有限公司，2011）　上冊，頁 123-124。以下再度徵引本書時僅列頁碼，不另加註腳。

[35] 顏煉軍〈「空」難交響曲──阿來《空山》三部曲閱讀扎記〉，《當代文壇》2011 年第 1 期（2011.1），頁 87。

能夠連揍五槍還能衝到獵人的面前。……而機村，所有的男人，都參與了對這些獵物無節制的獵殺。那些年，捕獵也成了我們這些野孩子最尋常的遊戲。……我們手裡沒有槍，但我們有鋒利的長刀、結實的棍棒和無情的繩索。……我們把薰死在洞中的獵物掏出來，在牠脖子上套上繩子，拖著牠在村子裡奔跑，鼓譟。（上冊，頁 494-495）

人和生命的關係不同了，在族群起源的傳說中，猴子和人原是同一個母親（頁394），只是這樣的信仰系統與價值，再也無法逆轉機村人猴之間的關係。小說中關於這些「最後一個」的敘述，似乎都不免走向這樣的結局，一個「倔老頭」也許可以暫時捍衛一片林子，但是之後呢？山林仍然註定被其他的機村人砍得七零八落。（下冊，頁 201）

　　然而值得注意的是，信仰並未真正抽離，那「龕」還在，只是「龕」裡的菩薩不同了，行爲也就發生了變異。把獵物當成玩具的孩子們，仍嚴守著大人們的教誨，認爲釣魚是件冷血殘酷的事，會「這麼殘忍地對付柔軟而無聲東西的人，肯定是一種妖魔。我們還想起大人們私下裡常常說的話，就是這些人——這些不知畏天敬地的傢伙毀掉了機村的森林，毀掉了我們肥沃的土地。」（下冊，頁 91）耐人尋味的是，「大人們」認爲「這些不知敬天畏地的傢伙」要負起毀掉機村的責任，但事實上，機村的林子卻是在木材生意起來之後，被機村人自己所砍伐的。只不過機村人對於這些年來當地的變化太缺乏主動權與選擇權，一切改變的責任逐可全部以外在歸因的方式，訴諸於「入侵者」所造成，卻未正視自身的行爲態度也在不知不覺當中發生了移轉：「當人們可以隨意地對任意一片林子，在任何一個地方，不存任何珍愛與敬畏之心舉起刀斧，願意遵守這種古老鄉規民約的人就愈來愈少了。」（下冊，頁 201）機村的變，其實是在外力進入的同時，由外力與村民共同參與的過程，變化是整體的，牽一髮動全身的，只是村民們必須經過更長時間的發酵，才能透過把酒臨風、話說從頭進行「對自己的心靈與歷史的一種重建」。（下冊，頁 322）

　　正因如此，阿來對於機村的變化，其實一直寬厚以待。試看他如何評價機村青年拉加澤里盜賣木材的行徑：「對他這樣的人來說，並沒有很多道路可

以隨意地選擇，他只是看到一個可以邁出步子的地方就邁出了步子，可以邁出兩步就邁兩步，應該邁出三步就邁出三步，他無從看到更遠的地方，無法望遠的人，自然也就無從判別方向。」（下冊，頁 298）拉加澤里只是機村人民的其中一個剪影，大部分的他們，亦都如是，因為並沒有很多道路可以選擇，只能從原點往腳下唯　的出路邁出步了，無從預知最終將走到多麼遙遠的距離。有了這樣的體悟，對於機村「傳統文化」的失落，除了感傷、懷舊、怨懟之外，或許就能用一種不同的眼光來看待之。小說終卷「空山」，所述說的正是一個「新機村」的現狀與未來。

　　在「空山」一卷中，阿來安排了一位代表「新」意識型態的角色：「女博士」進入機村，女博士以文化考察為名，將其眼中主觀、片面的機村文化用報導等形式外傳，使得機村與外界的互動又產生了一種不同的可能。她一方面以溢美之辭和「新時代的環保觀」描述機村的天葬文化，一方面卻又帶著優越感，不時「露出要讓機村人感到慚愧的那種笑容，說：『大叔，環保不只是樹！』」（下冊，頁 441）這樣的轉變或許令人聯想到《懷念狼》中保育觀的介入對商州的衝擊，但女博士做為機村與外界的中介，對當地的影響與其說是保育觀點與傳統文化的折衝，不如說是新形態的旅遊文化，「年輕的機村人開始按照外來遊客的眼光來審視和改變自己，機村的歌手們開始按照遊客和都市人的想像來裝扮自己，並名利雙收。」[36]至於修水庫要進行的「環境評估」與之後會產生的氣候變化云云，對於大部分當地居民而言，只是虛幻的未來，並非當下憂心的重點：如果機村註定要淹沒在水庫底下，淹沒在政策底下，「到時候，我們的村子都沒有了，還管這個幹什麼！」（下冊，頁 443）畢竟，那麼多年過去了，機村不就一直是這樣不急不緩地，面對著鋪天蓋地的變幻嗎？

　　小說最後，阿來安排了一個饒富深意的場景，在炸湖過程中偶然發現了三千年前村落的遺跡，於是，對於他們無能也無力明白的一切，機村人遂有了一個最簡單的答案：「天意」。「如果所有人都不能回答為什麼要如此這般，那自然就只能歸咎於上天的神秘指引了。」（下冊，頁 450）政治角力也好、利益衝突也好、新的知識體系也好，對於不同的價值觀、不同的意識型態，

---

[36] 同前註，頁 88。

機村人其實淡然以對。就像那一直下著的雪,「外面人說,這是氣象變化,全球升溫的結果。機村人的說法是,森林砍得太多,空氣乾燥了,風大了,沒有那麼多水升到天上去。」(下冊,頁458)詮釋的方法不同,但雪一直下的事實是相同的,那麼也就無謂追究太多。畢竟:

> 這世界新事物層出不窮,沒見過真身,問到答案,只能得到似是而非的印象,還不如免開尊口,等到那事物現出全形,不管懂與不懂,也就叫得出它的名字了。……何況,現在出現的新鮮玩藝,遠不是早年間出現的馬車啦,拖拉機啦,諸如此類的那麼簡單了。有時候新詞出現還不是指一種東西,而是……而是……某種……「現象」。(下冊,頁308)

筆者以為,這正是阿來對《空山》當中現代化進入傳統文化的現象,所提出的終極答案。那就是,正視、接受、順應它。如此一來,方能真正擺脫批判或懷舊的二元觀點,畢竟,那些曾經捍衛、守護、堅持某些信念的,凋零之後,如果終將被遺忘,那麼再多的懷舊也無力改變已然不同的世界。

五、小結

如前所述,賈平凹的《懷念狼》和葛亮的〈謎鴉〉,同樣描述了文明力量入侵後人對自然、動物產生的恐懼,但這樣的恐懼不足以成為一種出路,因為那仍是我們將兩者視為不相容的對立系統,想要維持某種純粹性的結果,這註定是個不可能的任務。相形之下,用「天意」詮釋變化的機村人看似觀念保守,其實卻指向一種走出對立思維的可能。小說中曾如此描述傳說中棲止著一對金野鴨的神湖色嫫措。在反對封建迷信的年代,這樣的傳說自然是被禁止的,但當姑娘央金站在湖畔,看著湖水閃爍的金光時,身為一個機村人,「一旦置身於這種自然環境中,一旦置身於這種不是靠別人灌輸的思想,而是靠自然啟示說話的時候,不要任何理由,她就已經相信金野鴨是真的存在了。」(上冊,頁242)在科學掛帥的年代,用全球暖化解釋下雪的年代,「金野鴨」之說,應當也可找到一套將之合理化詮釋的答案,但是,對阿來和機村人民來說,就讓金野鴨的傳說繼續在每一個機村人的心底,讓太陽的

輪廓落在湖裡，讓湖面金光閃爍守護村民，無疑是更為重要的。它之所以重要，反而不是因為可以藉此捍衛傳統信仰以與新思維對抗，而是因為這樣的思維模式，將可導向另一種解決都市化、現代化與傳統文化間衝突對立的可能性，那就是，正視各種力量對自然的穿透已成事實，當我們能夠坦然面對「穿透的必然」，認知到世上早已沒有不文明的自然存在，那麼，就不會因為想要勉力維持一個「純淨的自然」或「純淨的都市空間」而感到無力或恐懼。不再將「文明」與「自然」用二元對立的方式思考，而去面對其中的曖昧、混沌、難解難分的現實，帶來的將不再是困惑與矛盾，甚至有可能產生一種新的力量，那就是「敬畏」與「崇高」。於是我們從《空山》看到，文明與自然共存的契機，在於人們正視現實的能力：正視文明與自然彼此的穿透與影響，正視不同價值體系的衝擊與互動，對於眼前一切的曖昧複雜，我們或許能夠由然而生一種敬意，閃爍如湖面上的金光。

參考文獻

一、參考書目：

- 賈平凹，《懷念狼》（台北：一方出版有限公司，2002）。
- 維若妮卡・坎皮農・文森，尚布魯諾・荷納（Veronique Campion-Vincent，Jean-Bruno Renard）著，楊子葆譯，《都市傳奇》（台北：麥田出版股份有限公司，2003）。
- 葛亮，《謎鴉》（台北：聯合文學出版社有限公司，2006）。
- 紀傑克（Slavoj Žižek）著，蔡淑惠譯，《傾斜觀看——在大眾文化中遇見拉岡》（台北：桂冠圖書股份有限公司，2008）。
- John Allen, Doreen B. Massey, Michael Pryke 著，王志弘譯，《騷動的城市》（台北：群學出版有限公司，2009）。
- 陳思和，《當代小說閱讀五種》（香港：三聯書店有限公司，2009）。
- 阿來，《空山》（台北：麥田出版股份有限公司，2011）。
- 賈平凹，《商州初錄》（台北：允晨文化實業股份有限公司，2011）。

二、期刊論文：

- 賈平凹，〈我說《懷念狼》〉，《鴨綠江》（上半月版）2001 年第 1 期（2001.1），頁 37-38。
- 溫惠宇，〈「狼」的幽遠意旨與文本的形而下操作——讀賈平凹的《懷念狼》〉，《徐州教育學院學報》第 17 卷 1 期（2002.3），頁 37-38。
- 王德威，〈狼來了〉，收錄於賈平凹，《懷念狼》（台北：一方出版有限公司，2002），頁 3-6。
- 張選民、李冰毅，〈關愛生命，情鍾人類——讀賈平凹的長篇小說《懷念狼》〉，《鄭州鐵路職業技術學院學報》第 15 卷 3 期（2003.9），頁 22-29。
- 王德威，〈廢都裡的秦腔——賈平凹的小說〉，收錄於賈平凹，《秦腔》（台北：麥田出版股份有限公司，2006），頁 7-26。
- 吳尚華，〈賈平凹《懷念狼》的生態批評解讀〉，《安徽師範大學學報（人文社會科學版）》第 34 卷 2 期（2006.3），頁 178-184。
- 李奭學，〈淡筆濃情——葛亮《謎鴉》序〉，收錄於葛亮，《謎鴉》（台北：

聯合文學出版社有限公司，2006），頁 5-8。

- 王德威〈歸去未見朱雀航——葛亮的《朱雀》〉，收錄於葛亮，《朱雀》（台北：麥田出版股份有限公司，2009），頁 7-17。

- 華蕾，〈一無所有的人類存在——後鄉村文化視野中的《懷念狼》〉，《池州學院學報》第 23 卷 2 期（2009.4），頁 70-72。

- 梁海，〈世界與民族之間的現代漢語寫作——阿來《塵埃落定》和《空山》的文化解讀〉，《吉林大學社會科學學報》第 50 卷 3 期（2010.5），頁 102-108。

- 葉婷，〈遙望傷城——現代化進城後「空山」之悲〉，《湖北經濟學院學報（人文社會科學版）》第 7 卷 6 期（2010.6），頁 99-100。

- 馬治軍，〈鄉村‧傳統‧生態——賈平凹創作精神原點追溯〉，《河南師範大學學報（哲學社會科學版）》第 37 卷 6 期（2010.11），頁 204-206。

- 顏煉軍〈「空」難交響曲——阿來《空山》三部曲閱讀扎記〉，《當代文壇》2011 年第 1 期（2011.1），頁 85-88。

講評

◎計璧瑞*

　　黃博士這篇論文以三部書寫動物與人關係的小說文本為分析對象，這三部文本均為大陸出身的作家於新世紀書寫的文本，其實也表達了快速都市化、現代化的今天，作家對現代人與自然關係的思考。論文對這三部文本的選擇和概括是獨特而精到的，在浩如煙海的大陸文本中，注意到了這樣一個時段作家的一些共同的想法和相通的對照方式，使論文確立了論述角度和出發點。在細讀的基礎上，論文概括出文本各自不同的反思。比如，指出了《懷念狼》與現代環保觀念的差異，這一點很到位，撥開了文本「魔幻傳奇、或是生態保育的煙幕」，注意到了「小說中看待自然與文明、人與狼互動時的曖昧性」，以及在人與自然平衡表象下面的對立性。當對立面消失後，人的生存意義也隨之消失。賈平凹筆下的狼仍然是一個他者，用以襯托人的存在和人的本質。人必須在狼的存在與不存在，也就是自然的變遷中調整自己的認知。論文還從文本中發現了民間思維模式和敘事模式的影響。對於《空山》注意到了社會與自然環境變與不變中人的對應之道，從慌亂無序到安詳理性，也就是世界觀的垮掉和重建。這些都是很精到的論述。論文的敘述語言也很感人。

　　論文將《懷念狼》與〈謎鴉〉顯現的對立歸結為同一指向，即人與自然無法和諧共生，也是要表述無論鄉村還是都會、開化與未開化，都存在人類對自然的畏懼，雖然鄉村與都市的畏懼方向相反。除了這些區別外，狼與烏鴉雖然都具有某種靈異力量，但前者是鄉野的、過去的、令人惋惜的，可以引發人類因距離而產生的慨歎；後者則似乎是迫近現代人身邊的邪惡的蠱惑和詛咒。這是不是說在都市，人與自然共處的空間更小了，「想像的鄉愁」並不存在？另外，即便在鄉村，「想像的鄉愁」也只具有美學的意義？

---

* 北京大學中文系副教授。

　　有一點遺憾是，同時期的另一部大陸文本《狼圖騰》沒有納入論述視野，這部小說同樣思考人與自然的共生關係，而且更直接，雖然最終現代文明還是徹底毀滅了這種共生關係，但是作家所書寫的時代似乎不那麼複雜，而直接讚美狼的智慧和力量。這部小說與《空山》均讚美邊疆民族與自然共生的和諧關係，觀念有一些相近之處，比如民族、宗教對自然觀、生存觀的影響；比如都涉及「天意」和「騰格里」（上天），一切都應順應上天的安排。如果也納入論述，或許還會有更多意義得以闡發。

　　論文可以考慮的是，這些文本同時出現和它們各自不同的言說內涵，是不是意味著新世紀以來文學對民族精神尋找的多重表述？這些文本距尋根文學的出現大概 20 年左右，它們和尋根時期的文本相比，有什麼變化發展？賈平凹所表述的人與狼的對立，與 1949 以後整個大陸鬥爭哲學的興盛是否有關？

　　個別還需注意的細節，一是葛亮的〈謎鴉〉背景是南京，不是香港；毛果和簡簡是在大了廟購買的烏鴉，裡面的一些詞彙，比如「小戶型」等是大陸都市的慣用詞彙；一些人物，比如收垃圾的山東人、集市上的溫州人等也在提示故事的發生地。一是刊載賈平凹〈我說懷念狼〉一文的雜誌名稱是《鴨綠江》。這些均無傷大局，不會對作者的立論產生影響。

重構山海大地的生態倫理
論台灣少數民族作家的生態寫作

◎王志彬*

摘　要

　　當代台灣少數民族作家對現代化進程中，山海世界所遭遇的生態問題進行了觀照與反思，他們對生態失衡的憂慮以及對生態倫理的重構，延續了台灣生態文學的創作精神，豐富了民族文學的內容。台灣少數民族作家的生態書寫既體現了他們對山海世界的依戀，也是他們建構身分認同的手段。由於對民族現代化問題的理解不夠深刻，致使當代台灣少數民族作家未能建構起現代的生態倫理觀，也未能站在整個人類的高度去思考民族生態問題。

　　關鍵字：台灣少數民族文學、生態寫作、生態倫理

---

* 徐州師範大學文學院副教授，文學博士。

　　隨著近代工業的發展和科學技術的進步,「人類中心主義」逐步取代了「自然中心主義」,人類貪婪的物質欲求,導致對自然索求過度,引發了土地沙化、溫室效應等生態問題。人類在享受現代科技文明成果的同時,卻又在痛苦地承受著大自然瘋狂地報復,人與自然之間正逐步喪失應有的秩序。面對日益惡化的生存環境,具有高度人文情懷的知識份子們開始反思,並呼籲重建人與自然之間的和諧與平衡,進而為人類找尋一個詩意棲居的大地。1962 年美國女生物學家瑞秋‧森(Rachel Carson)的作品《寂靜的春天》問世,從此生態文學創作開始在全球範圍內興起。儘管中國是後發現代化國家,儘管中國傳統文化強調「天人合一」的思想,但在農業文明向工業文明的轉型進程中,中國依然面臨諸多的生態問題。20 世紀 80 年代以後,作家們自覺地關注生態問題,這樣的作家作品有張煒的《九月寓言》、賈平凹的《懷念狼》、雪漠的《大漠祭》、姜戎的《狼圖騰》、楊志軍的《藏獒》、遲子建的《額爾古納河右岸》、周大新的《湖光山色》等。少數民族由於生存地理空間的偏遠性和原生性,因而在現代文明面前其區域生態更顯見脆弱性,鄂溫克族烏熱爾圖的《老人與鹿》、蒙古族郭雪波的《沙狐》、藏族阿來的《空山》、哈尼族存文學的《獵手的距離》、土家族李傳峰的《紅豺》等作品也都表現了各自民族所面臨的生態問題。台灣是較早由傳統農業社會向現代工業社會轉型的地區,自 20 世紀 80 年代起,島內作家劉克襄、徐仁修、廖鴻基、王家祥、吳明益、韓韓、馬以工、心岱等人就對島內生態問題進行關注,並由此開啓了台灣生態文學的創作潮流。20 世紀 80 年代以後,不斷崛起的台灣少數民族作家深感山海大地面臨的生態問題,為守護民族生存的家園,他們在文學場域對現代科技文明破壞民族生存環境展開批判,同時亦積極重述其民族傳統的山海生存經驗與智慧,重構人與大地和諧共生的生態倫理。

一 、神性的山海世界與和諧的大地倫理

　　從玉山到大武山,從日月潭到蘭嶼,台灣少數民族世居於山林海湄,山海相連、低緯度高海拔的地理空間賦予了他們獨特的生存空間,也給與了他們的衣食、美感與智慧。卑南族作家巴代描述部落的風景:「三月是美麗的季

節，尤其在東台灣卑南族大巴六九部落山區的三月季節，翠綠遠景中，總有一塊塊淡了顏色的綠。像是水彩畫作時，不小心滴灑了些水珠在塗滿鮮豔色彩的畫紙上，慌張拿起桌布吸幹後，留下了幾塊淡了的色痕，走進山區，才真切發現那些不翠綠鮮麗的色彩，原來是蟄伏一個冬季的野草香花，沒有明天似的恣意綻放，這區黃碎碎的一地，那塊藍點點的一片；還有紅的白的交雜竟豔。蜂蝶這兒走來，那兒看看地評鑒著。整個山區展現著無比的生機與春意。」[1]飄零的落葉、清澈的潤水、沉默的夕陽、遠處的山嵐、嬝嬝的炊煙和安靜的部落，這是台灣少數民族溫暖、浪漫和充滿神性的部落世界，也是現代工業文明社會人們詩意追求的生活地景。同時山林海湄也多是生存條件惡劣和自然資源有限的邊緣地區，大自然的任何波動都牽繫著山海民族的命運和生活的變化。在無數次與大自然親近與衝突之後，台灣少數民族懂得了與自然和平相處，懂得了對自然的感恩、敬畏和依戀，懂得了有節制地向自然索取，懂得了以最智慧的方式維繫著人與自然之間的動態平衡。他們將自己視作大自然的　部分，人與自然之間的關係更多地表現為依賴多於改造、順從多於征服。「我們是獵人家族，有獵人的規範，對生命尊重，祖先才會給你更多的獵物；如果你對大自然不敬，不依循著獵人對自然的法則，動物就不會再到你的獵場奔跑、跳躍、追逐。」（亞榮隆‧撒可努：〈山與卡瑪〉）「我們和狗是屬於森林的，如果失去了森林；失去了充滿祭典性的打獵活動，我們將無精打采，直到死亡的到來。」[2]這塊神性的土地孕育了山海子民，山海子民也以感恩之心對待自然、回饋自然，他們甚至從生命誕生的那一刻起，便被要求痛愛這片給與他們生命和思想的山海大地，「從你出生捧在手掌上的那一時刻，我就按祖先的習俗，說，讓我的長子像海那樣的堅強，像還平靜時那樣令人心怡，按祖先的習慣，達悟的男人絕對要愛海，和海洋做朋友……」（《冷海情深》）達悟族作家夏曼‧藍波安的父親對他如是說。「土地雖然豢養著數不清的萬物，但是土地的力量並沒有我們想像中的強大。……整片山林的底層鋪滿著厚厚的落葉和動物的糞便……日後它們將化成泥土產生更大的力量豢養更多、更高壯的樹木，讓許多的動物從樹林中得到更多的食物及更

---

[1] 孫大川編，《臺灣原住民族漢語文學選集（小說卷下）》，台北：印刻出版社，2003 年，第 66 頁。

[2] 霍斯陸曼‧伐伐，《黥面》〔M〕，台中：晨星出版社，2001 年，第 215 頁。

安全的地方。萬物們就是這樣的互相依賴、互相保護，這是大自然的規則。我們應該學習它們的方法和行為，成為大自然的朋友，大自然才會包容我們，豢養我們。」[3]千百年來，台灣少數民族與極富性情的大自然相互包容，建構起了相互融洽、和諧共生的大地倫理。

「現代人征服了空間、征服了大地、征服了疾病、征服了愚昧，但是所有這些偉大的勝利，都只不過在精神的熔爐裡化為一滴淚水。」[4]隨著現代文明的入侵，台灣少數民族的生產生活方式發生了巨大變化，現代化的生活方式改變了人與自然之間那種相互依賴、親密無間的關係。當現代化電子產品取代「森林冰箱」的時候，山海子民不自覺地疏遠了大自然，同時在瘋狂經濟利益的驅動下，山林遭受了野蠻地開發，更多的觀光客湧向了蘭嶼大海，台灣少數民族的山海大地變得疲憊不堪、傷痕累累。「在一次又一次的無情砍伐下／春綠秋紅已被人們的欲望掩埋／青春的山只是一座不再長毛的石頭山／如今／清泉已不再奔流／只剩下乾涸的河床／和陣陣刺臉的飛砂」（莫那能：〈失去的青山〉）。「洪水的氾濫固然有它的自然的因素，但只要你走過台灣山區，你立刻會發現水患之造成有著人文的背景。寶島的山，由北到南，由西到東，百孔千瘡，早已淪為土地競奪下之犧牲品。森林被濫墾，若不變成果園、工廠，即變成森林遊樂場；隨著而來的旅館、別墅，甚至滿山的廟宇，已將台灣的山區弄得面目全非。這幾年，更挾科技之便利，或移山填海，人的傲慢與貪婪，正侵蝕著這裡的每一塊土地。」（孫大川：《久久酒一次》，66 頁）台灣少數民族的生命形式與精神給養和民族生存的自然環境休戚相關，盲目的經濟開發，流失了他們的土地，改變了族人與大地的關係。台灣少數民族所流傳的經驗與智慧也因失地而失憶，所建構的生態倫理觀念逐步崩落，脆弱的民族區域生態危機重重，山海子民也因此不時地承擔大自然憤怒的報復，承受著失去家園的痛苦。面對逐漸逝去部落的場景和逐漸惡化生態環境，孫大川、莫那能、拓拔斯‧塔瑪匹瑪、夏曼‧藍波安、瓦歷斯‧諾幹、利格拉樂‧阿𡠄等作家緬懷前工業文明時期山川秀美的部落世界以及人與自然唇齒相依的和諧關係，他們在文字世界裡訴說著山海大地的傷痛。

---

[3] 霍斯陸曼‧伐伐，《黥面》〔M〕，台中：晨星出版社，2001 年，第 97-98 頁。
[4] 〔法〕詹姆斯‧喬埃斯，〈文藝復興運動的普遍意義〉〔J〕，《外國文學報導》，1985，（6）：52。

二、返魅書寫與重構生態倫理

　　人對自然改造與征服的背後是人類心靈世界的貪婪、冷漠、暴力，是人對自然態度的傲慢、輕視，也是人類大地倫理觀念的放棄與失範。20 世紀 80 年代以來，面對民族生態危機，台灣少數民族作家努力用文字重返神性的自然，重溫人與大自然間唇齒共生的親密關係，重構山海大地倫理。他們文字中俯拾皆聽的風聲、水聲、落葉聲，物我無界的敘述方式，以及平等和諧的自然觀念的詮釋，都轉化成一種詩意的審美感受。他們感受到了大自然的脈動、韻律和顏色，更感受到了大自然的神秘與靈動，在他們的筆下，「作家不再以主觀的心態去強行徵用自然，以此作為單純的渲染與烘托，或當作某種抽象的觀念或者人物的隱喻與象徵；而是努力地呈示自然的自在原始狀態，表現大自然肅穆、莊嚴、詭奇，恒定如斯的『自在性』與未經人類加工的、改造的渾樸『原始性』。讓自然本體顯出其意義，日月星辰、山川河流、沼澤林莽都是作為一種生命形態而存在，而非為了人物活動設置背景或陪襯，去作客觀的景物描寫。」[5]一棵樹、一株草、一尾魚，飄蕩的浮雲、晶瑩的露珠、凝定的石頭都有品質、意志、精神和靈魂，都是令人感動而又懼憚的生命。在台灣少數民族作家的筆下，山是善良的母親，深邃而博大，它有靈魂；海是慈愛的父親，虛懷若谷，海也有靈魂。大地上的一切都有生命情感和力量，且無處不在地注視著人類。「這片土地可以從歌聲裡傾聽出每一個人心裡的秘密。」「想到自己跟族人一樣常會不經意的唱歌，畢瑪立刻停止用樹枝撥弄泥土的舉動，免得弄痛土地，得罪了這塊沒有眼睛卻能看穿人類心中秘密的土地精靈（Hanidu）」[6]自然能察知人的秘密，大地會有痛感，猴子能說話，飛魚能評論，小鳥能占卜……這是一個神性的自然世界，也是一個讓勇敢的山海人折服的世界。台灣少數民族作家著力於自然的返魅，重塑了自然靈異本性，從而讓人的心靈滋生起對自然世界的敬重與親近，矗立起人與自然合為一體的信仰。

　　泰雅族作家啓明・拉瓦指出，「泰雅人長年居住在山中，與自然朝夕相處，生活與自然關係密切，對大自然已發生不可分割的情誼，因此也對大自然生

---

[5] 雷鳴，《危機尋根：現代性反思的潛性主調——中國當代生態小說研究》〔M〕，濟南：山東文藝出版社，2009：41。

[6] 霍斯陸曼・伐伐，《黥面》〔M〕，台中：晨星出版社，2001 年，第 62 頁。

態環境有一份永續經營、唇齒共生的感情，這一套生活哲學與思考方式不是
外來文明所容易瞭解的。」[7]無論是布農族作家拓拔斯·塔瑪匹瑪的《最後
的獵人》還是達悟族夏曼·藍波安的《冷海情深》，他們的文學書寫都鮮明地
表現出尊重生命萬物、尋求人與大自然之間保持和諧相處以及重構大地生態
倫理的創作傾向。在台灣少數民族作家筆下，山海民族崇拜山、海、森林和
動物，並賦予它們以生命和情感，人和自然相互競爭而又相互依存是他們的
生活哲學，「食物是生存所必需的東西，沒有它生命將枯死，祖先教我們如何
穿褲子以前，就教我們拔果子、套豬和捉母鹿，一切生命都需要吃。互相競
爭是生存的『法律』。」(〈拓拔斯·塔瑪匹瑪〉) 在人與自然漫長的生存競爭
中，台灣少數民族逐漸熟悉山林海洋的脈動，擁有了山海的生活經驗與智慧，
他們不僅成爲大地倫理的制定者，也是森林生態的平衡者和執行者。「停止打
獵是違反自然，獵人屬於這片森林，是森林裡生存的主人之一，不是外侵
者。……說真的，獵人只是平衡動物在森林的生存」。「森林的糧食一定，動
物生殖力強，愈來愈多，獵人可以減少動物爲患的憂慮，反正動物也有自相
殘殺的時候。」(〈拓拔斯·塔瑪匹瑪〉) 拓拔斯·塔瑪匹瑪寫出了他們民族樸
素的生態觀念。拓拔斯·塔瑪匹瑪還提醒人們要實現人與自然的和諧相處和
生態平衡，就不能輕易地去傷害大自然，「走進一條獵路，放眼一望無際的箭
竹林、草叢及黑壓壓像電線杆立著的松樹幹，十幾年前一場大火災，把森林
燒成沙漠，現在已成爲一片草原，只有從仍站立的炭木才看得出這裡原是一
片森林，獵人常對年輕獵人說，當林務局砍走貴重的原木，就放火重新種
植新樹苗，年輕人未必會相信林務局如此愚笨，但相信一定不是獵人造成的
災禍，他們曉得森林裡的生命占了大地生命的一半，其中大部分與獵人息息
相關，比雅日確信他爸爸不會做出這種傻事。」(《最後的獵人》，55 頁) 台
灣少數民族在和自然的相處中，不僅獲取了穀物、獵物、潔淨的水源、清新
的空氣，也獲取了一片充滿智慧、情感、夢想、歡樂與慰籍、勇敢與光榮的
馳騁疆場，一個永恆的精神家園。在拓拔斯·塔瑪匹瑪的《最後的獵人》中，
當比雅日在都市求職遇挫以後，「森林是他最後能使他得到安慰的地方」，一
個被時代拋棄的布農獵人在森林中感受到了幸福、自由和尊嚴。在夏曼·藍

波安的《黑色翅膀》中，四個有夢想的小男孩多年後因為對海的依戀而回到了大海，找到了自己的真正歸屬與幸福。

「因為在現代文明之光的照徹下，人們剝落了信仰中的原有神話元素，在科學理性的指導下，人們擁有了蔑視神話思維的權利。對現代性的擁抱，正是以否棄神話信仰為代價的，一旦人對神話傳統全盤拋棄，人就喪失了對自然的敬畏，在自然面前更肆無忌憚；而通過遠古神話的複述，正好能重新喚起積澱於人類文化心理深處那種人與自然的原初情感意識。」[8]台灣少數民族傳統生態知識和生態倫理觀念，都化作了部落「巴拉冠」和海岸灘頭「共宿屋」中老人們代代相傳的神話、故事和禁忌，成為山海子民守護山海大地的「約束性」規則。「畢竟人不是山林中最強壯的動物，必須懂得學會祖先的生活經驗，因此大人們經常利用機會將自己從大自然所習得的生存智慧用口傳方法，清楚嚴肅的告訴後代，期盼布農族人能夠世世代代與山共舞。」[9]山林中獵人們有自己的規範，「獵人不該打死森林唯一有靈魂的動物」，「獵人們只能在自己的獵區內狩獵」，「不打懷孕的動物和幼小的動物」等。海神賜予達悟人維生的食物，面對豐饒的大海，海洋民族從不貪取濫捕，他們甚至根據飛魚的生態迴圈制定民族的生活律曆，將歲時區分為 rayon（飛魚季節，即春季，二月到六月）、teyteyka（海上飛魚漁撈結束的季節，即其夏季，約為陽曆七月至十月）、amyan（飛魚即將來臨的季節，是為冬季，自十一月至一月）。他們依時序而出海，依季節捕捉不同魚類，以讓大海和魚類得以休養生息。他們不過度捕撈，不捕捉小魚。這些禁忌、神話是山海民族與自然和諧相處的守則，也在很大程度維持了自然界的動態平衡。隨著林區被設置為國家公園，占卜與祈福隨著巫師凋零而被遺忘，現代科學知識的祛魅，這些原始而有效的山海生態倫理幾乎蕩然無存。為拯救民族危機的生態，台灣少數民族作家在創作中不斷重述民族神話、傳說、故事、禁忌等民間口傳文學，以此重構當代山海大地的生態倫理，並為他們的文學創作提供一種極富合法性與權威性的傳統文化精神資源的支撐。拓拔斯·塔瑪匹瑪講述了獵人們如何靠著「內在自律」而維繫山林的生態平衡的，「以前山豬打劫我們的糧食，

8　雷鳴，《危機尋根：現代性反思的潛性主調——中國當代生態小說研究》〔M〕，濟南：山東文藝出版社，2009：64。

9　霍斯陸曼·伐伐，〈風中的芋頭皮〉〔A〕，《鯨面》〔M〕，台中：晨星出版社，2001：290。

我們不至於缺糧，因爲腳步慢的山豬，隔天就留在我們餐桌上，蹄膀大的山豬回到山洞大量繁殖。所以獵人不會破壞這種良好的關係」(〈拓拔斯‧塔瑪匹瑪〉)夏曼‧藍波安描述其在海底射魚的情形，「海流帶來很豐富的浮游生物，相對的浮游魚群也很多。……六棘鼻魚因好奇迅速地轉頭回來，游向在海底趴著等魚的我。如手掌大小的魚，是這一群魚的前哨兵卒。因爲是小魚，所以我根本不射，給它們一些時間成長，而射小魚也會壞了我的聲譽。我忍耐海底壓力地憋氣，等著後面尾隨的大魚……。」[10]在霍斯陸曼‧伐伐的筆下，〈歸鄉〉中巴尼頓的兒子因爲「貪撈」洪水沖帶下來的木材而被祖靈帶走，〈獵人〉中巴尼頓的兒子也因爲「貪采」林中的愛玉子，受到惡靈的詛咒而失去性命。在拓拔斯‧塔瑪匹瑪、夏曼‧藍波安等人的作品中，作家們還大量使用「百步蛇的傳說」、「飛魚神話」、「兩個太陽」的故事以及狩獵和出海禁忌等，在反復重述中去期待人們以神聖的性情和虔誠的態度去對待自然，守護山海大地的倫理，創造一個和諧的自然和詩意的自然。

三、台灣少數民族作家生態書寫溯因及存在的問題

在一個知識淹沒一切的時代，一個自然已經被人們遺忘的時代，人們應該學會善待自然，才能真正地「返回自然本身」，追求質樸、純潔、明媚的自然屬性，才能達到人詩意地棲居在大地之上。生態危機讓我們失去的不僅是山林鳥獸，失去的還有人的精神觀念和我們的文學色彩。英國的愛德斯‧赫胥黎(AldpuSHuxlye)無限感傷地說，寂靜的春天使他想到英國詩歌的題材已失去了一半。[11]因爲呼吸不到山林的靈氣，忽略了四季交替的祭儀，遺忘了祖先的禁忌，疏遠了大地的距離，作家們的文字也正失去了大自然曾賜予我們的豐富想像力、無窮靈感和五彩斑斕的生命色彩。當代台灣少數民族作家用他們的文字傳遞了山海民族的生存智慧和山海精神，他們重返自然重構大地倫理的努力，啓示著我們要尊重自然、敬畏自然。「由文化及生物多樣性的空間重疊之事實來看：荒野是文化多樣性與生物多樣性交會之處，而荒野其又是人類文明以外的另一種文明。……熟悉荒野特性的原住民，其所思所行正足以爲自然環境最適當的信託人及代理人。台灣原住民千百年來與自然

---

[10] 夏曼‧藍波安，《冷海情深》〔M〕，台北：聯合文學，1997年，第123頁。
[11] 孫燕華，《當代台灣自然寫作初探》〔D〕，復旦大學博士學位論文，2005：1。

相處所發展出來的生態智慧思想，以及相傳長久的農、漁、獵、祭典、禁忌等生態智慧的行為，都證明原住民確實是自然生態系統的最佳管理人選。」台灣少數民族作家的生態寫作所表現出來的民族生態失衡的危機意識和憂患意識，對中國少數民族作家、後發現代化地區乃至整個人類都有著重要而深刻的啟示意義，也為我們今天人與自然相互緊張對立的時代送來了一種理性思考。在文學的意義而言，台灣少數民族作家以自我民族的生態困境、生存智慧為創作題材，延續了台灣生態文學寫作的精神，拓展了島內生態文學的創作內涵，豐富了民族文學的創作內容，實現了民族文學從文化批判到文化回歸，從悲憤抗爭到書寫山海之美，從跟隨主流話語「看他」到自覺「看己」的超越。

　　台灣少數民族作家何以如此傾心生態書寫？個中原因首先是台灣少數民族作家有著強烈的民族情懷。台灣少數民族作家很多來自部落，他們對山海大地有著天然的依戀。部落的山山水水不僅為他們提供溫暖的記憶和豐富的創作資源，同時也是他們牽掛與關懷的對象。當純淨秀美的山海世界變得面目全非，關懷民族生態，呵護民族文化，為民族代言，無疑成為台灣少數民族作家應盡的職責和共識。其次是文化抗爭和建構身分認同的手段。台灣少數民族的神話、故事和傳說中蘊含著豐富的生態倫理觀念，是承載民族記憶的共同資源。台灣少數民族作家重述民族的神話、故事、傳說，重構部落生態倫理觀念，這在很大程度上連結了他們的母體文化，勾起了他們對部落美好的記憶。對「傳統」的挖掘，對「過去」的召喚，是台灣少數民族作家凝聚民族認同，建構民族歷史的文化實踐方式。在此意義上而言，台灣少數民族作家的生態書寫是他們建構民族身分認同的重要手段。同時，台灣少數民族作家對生態問題的關注，他們在文學中強烈要求恢復姓名、母語和歸還土地的創作理念是一致的，當夏曼‧藍波安的蘭嶼故鄉成為核廢料存放地，當瓦歷斯‧諾幹的故鄉山林遭受大肆砍伐，少數民族作家的生態書寫就是無聲的抗議，是進行文化抗爭的重要手段。任何作家的文學創作都根源於特定的文化之中，民族文化、生活經驗和生命記憶不同，那麼文學中所呈現的人生經驗和思想感情也不同，漢族作家的文學創作似乎早已脫離了大自然，他們的文學創作更多關心的是社會、政治和人倫有關的人文世界，即使有些作家

有心對少數民族的生態問題進行關注，但因民族文化缺失或認識不足而流於膚淺。台灣少數民族作家有著部落的生活經驗，他們對生態問題書寫，也展示了神秘的山海世界，並以自己卓異獨特的風姿，參與著當代台灣文學的話語建構，緩解著民族作家的身分焦慮。再次是作家表達對外來文化和民族現代化的態度。「美麗的水芋田成了荒地／台灣來的貨輪帶來沒有靈魂的外地人／他們踩斷我的船槳／如浪濤宣洩那樣地自然。」（夏曼・藍波安：〈三十年前的優等生〉），在現代化、全球化的時代，山林海堤並不能阻止現代文明的入侵，在外來文化和現代化面前少數民族脆弱的生態系統顯得尤為不堪一擊，是熱情歡迎還是冷漠拒絕，台灣少數民族作家透過生態書寫去表達對現代化充滿著困惑和焦慮。

　　儘管當代台灣少數民族作家的生態文學創作取得了令人矚目的成就，但當前台灣少數民族作家的生態文學書寫仍然存在著一些問題。建構民族文化身分以及對民族生存智慧和經驗的過分自戀和自尊，使作家們在城市與部落、現代與傳統、祛魅與返魅間，往往傾向於後者，極力塑造一個山川秀美，充滿溫情與愛、智慧和人性的前工業文明時代的部落世界。這又往往讓少數民族作家陷入了某種危機之中，一方面他們認為部落世界的健康、和諧的生態倫理觀念與陷入現代文明困境的人類所追求的現代生態觀念是一致的，因而認為民族生存智慧優於或超越了現代文明。我們認為，少數民族傳統文化中某些生態觀念雖可能在無意識中契合了人類應該追尋的，但絕不能就認為民族傳統文化優於或超越了現代文明。另一方面他們往往把造成今日民族生態問題都歸於外來文化或文明的入侵與迫害。「我們祖先在這塊土地打獵了幾百年，還不曾聽說某種動物死光了，假如不是平地文明冒冒失失地闖進來，我們番刀也不會放在牆上生鏽。你看嘛！森林被砍伐，你叫動物住在那裡？山產店一家一家開，這才是罪魁禍首！」（瓦歷斯・諾幹：《荒野的呼喚》，132-133 頁）如此認識可能出於對民族文化的自衛的立場，可能會導致對生態問題理解的偏頗，使作家們不能建構出一個現代化的生態倫理觀念，也不能更深刻地表達出人類的危機意識和憂患意識。難以站在整個人類的高度去思考生態問題，無形中限制了台灣少數民族作家生態書寫的高度與深度。

講評

◎陳明柔*

　　本篇論文可見及作者以宏觀視野審視台灣原住民文學的意圖。本文以「台灣少數民族逐漸熟悉山林海洋的脈動，擁有了山海的生活經驗與智慧，他們不僅成為大地倫理的制定者，也是森林生態的平衡者和執行者」的認知，作為全文書寫的基礎。全文除前言外，主要分為「神性的山海世界與和諧的大地倫理」與「返魅書寫與重構生態倫理」兩大主題，並嘗試由此涉台灣文學的兩個研究脈絡：原住民書寫與自然書寫，這同時也是談原住民寫作時，必備的知識背景基礎與討論脈絡。

　　首先，值得溝通交流的是，本文以「台灣少數民族作家」概稱「台灣原住民作家」，與台灣（文史）研究及認知脈絡中顯然有對於台灣（文史）研究認知的悖離。「原住民族」一詞指涉著：原住民族於台灣歷史時空中的先在性及族群主體性，故難以用作者取用的，相對於大多數漢人族群的「少數民族」概念指稱之，是以建議論題中的「台灣少數民族作家」改為「台灣原住民作家」。

　　台灣原住民書寫，是以漢語重構族群主體、召喚對自我族群的認同意識，這也一直是研究者關注的重點。而生態寫作／自然書寫，則是以文學書寫自然，刻劃人在自然中優遊、共鳴、自得的體認，王教授在論文中的引文多與此面向相關之文本。在原住民文學與生態寫作的議題結合上，孫大川〈從台灣原住民文學反思生態文化〉中指出，過去我們對原住民文學的理解上，大體上較為關注於被壓迫之後的民族自覺，以及 80 年代後期年輕的原住民寫作者，對於族群處境與主體喪失，以漢文書寫而產生抗爭的意義，展現出對族群歷史、神話、口傳文學失落的感慨，王教授論文雖未引註孫大川論述，但也提出了相同的觀點，只是本文更加著墨處，在於生態寫作的部分。

---

* 靜宜大學台灣文學系副教授。

　　原住民生態寫作最重要的一點在於，身爲山海子民的原住民作者，他們該如何面對文明與荒野山林的衝突，以及文明進步對山海文化的剝奪等現狀。本文最後也提到這種憂慮，也就是原住民文學在面對如何持續發展時，將會遇到的問題。與此提問對應的觀點乃是：原住民在表現人與自然共鳴和諧時，其實有更深刻的反思隱含其中。類此的觀點，於台灣原住民文學研究中已有相關的論述（如孫大川論述），可以多加援引參照。另外，論文中將劉克襄、徐仁修、廖鴻基、王家祥、吳明益、韓韓、馬以工、心岱等人，對台灣生態問題開始進行關注的年代，誤植爲「60 年代」，於此亦一併提醒作者訂正。

　　同時，在台灣文學的研究中，將原住民文學中的自然書寫顯題化而加以討論者，已有許多論述，例如楊翠〈山與海的共構史詩——夏曼‧藍波安作品中繁複的「海洋」意象〉，已涉及人與自然生態的關係，以及作家的反思；身爲作家以及原住民身分的研究者董恕明，在〈詩意的天地，生命的海洋——試論夏曼‧藍波安作品中的人與自然〉中，對於作品中人與自然的討論，有深度的著墨；黃宗潔〈建構「海洋倫理」的可能：以夏曼‧藍波安、廖鴻基、吳明益之海洋書寫爲例〉，也以並舉的方式來討論海洋書寫，這些論述都是可以參照的對象。同時台灣亦舉辦過多場與生態文學相關的會議，如 2000年淡江大學舉辦「國際生態論述會議」、2001 年東海大學舉辦「台灣自然生態文學研討會」、2005 年靜宜大學「自然書寫學術研討會」等，相關會議論文筆者皆可提供王教授作爲參考。本文對於台灣相關的研究成果援引較少，或因研究者常會因時空差異與距離，以致造成對書寫與相關研究脈絡理解的相對距離與隔閡。故本次會議極大的意義在於：提供研究者理解身處不同空間創作者的不同面向，以及與彼此前行研究對話的可能性，並使此類學術對話更具積極交流的效應。

何謂「大同」？
康有爲的九種人與莊子的七種人

◎劉 濤[*]

一、康有為區分的九種人

在《禮運》篇中，孔子言大同之世曰：「大道之行也，天下爲公。選賢與能，講信修睦。故人不獨親其親，不獨子其子。使老有所終，壯有所用，幼有所長。矜寡孤獨廢疾者，皆有所養。男有分，女有歸。貨惡其棄於地也，不必藏於己。力惡其不出於身也，不必爲己。是故謀閉而不興，盜竊亂賊而不作。故外戶而不閉。是謂大同。」《禮運篇》言大同只是這麼寥寥數語，言小康則長篇巨幅，但康有爲只將孔子的這幾句話抽離出來加以發揮，作《大同書》，寫成煌煌數十萬言。

據康有爲《大同書題辭》所言：「吾年二十七，當光緒甲申（1884年），清兵震羊城，吾避兵居西樵山北銀塘鄉之七檜園澹如樓，感國難，哀生民，著《大同書》。」[1]康子喜歡倒塡年月，因此關於《大同書》作於何時一直爭論紛紜。但《大同書》並非一蹴而就，康有爲寫作《人同書》應是經歷了較長時間的思考和醞釀。[2]康有爲作《大同書》之時，清政府內憂外患，搖搖欲墜。外部自鴉片戰爭以來，中華民族節節敗退，割地賠款，面臨著亡國滅種的危險；內部民族矛盾、階級矛盾激化並交織在一起，各地大小規模的起義不斷。康有爲欲挽頹勢，欲究富強之道，近希望解決清代內憂外患之境，遠欲使中華民族可以再度執世界之牛耳。康有爲從《禮運篇》獲得靈感，以立法師自居，欲爲中華民族制定新時代的「憲法」，欲將中國建成大同社會，於是作《大同書》。《大同書》是康有爲的救世之書，是其建國方略，也是他「爲

* 中國藝術研究院院辦公室助理研究員。
[1] 康有爲，《大同書》，上海中華書局，1935年，1頁。
[2] 關於《大同書》成書年代問題，請參見拙文〈顛倒大同與小康——康有爲《大同書》解〉，《古典研究》（香港），2011年春季號。

萬世開太平」之書。康有爲說：「遍觀世法，舍大同之道而欲救生人之苦，致其大樂，殆無由也。大同之道，至平也，至公也，至仁也，治之治也。雖有善道，無以加此矣。」[3]從康子自述之中，其志向可見一斑。康有爲弟子錢安定爲《大同書》所作之序，頗得康有爲用心，他說：「《大同書》者，先師康南海先生本不忍之心，究天人之際，原《春秋》之說，演《禮運》『天下爲公』之義，爲眾生除苦惱，爲萬世開太平致極樂之作也。」[4]

在《大同書》中，康有爲想像了大同之世的景象，那裡沒有級界、種界、行界、家界、國界、產界等諸苦，人也不分等級。儘管大同之世人無差等，人人平等，但於智、仁尚有差別。基於此，康有爲對未來之世的人群作了總體劃分，分爲九類。康有爲言：「凡仁、智兼領而有一上仁或多智者，則統稱爲美人。上仁、多智並領者，則統稱爲賢人。上仁、多智並領而或兼大仁或兼大智，則爲上賢人。大智、大仁並領則統稱爲大賢人。大智、大仁並領而兼上智者，則可推爲哲人。大智、大仁並領而兼至仁者，則可推爲大人。上智、至仁並領而智多者，則可推爲聖人。仁多者，則可推爲天人。天人、聖人並推，則可合稱爲神人。」[5]

九種人涵蓋殆盡大同世之人，自下而上分別爲：美人、賢人、上賢人、大賢人、哲人、大人、聖人、天人、神人。此九種人的概念采自儒家和道家，譬如賢人、大人、聖人出自儒家；神人、天人云云出自莊子。九類人起點爲美人，終點爲神人。康有爲將賢人三分：賢人、上賢人、大賢人。賢人之所以三分，可見其人數之多與重要，賢人或可謂大同之世的中堅力量。

透過康有爲所劃分的九種人，我們一方面能看到康有爲《大同書》的用意，一方面也能看出其問題。

二、莊子區分的七種人

康有爲區分了九種人，其靈感來自莊子《天下篇》。康有爲在《新學僞經考》與《孔子改制考》等著作中，曾多次引用莊子《天下》篇，可見康有爲對此篇之重視。《大同書》所區分的九種人，其名亦與莊子在《天下》中的命

---

[3] 康有爲，《大同書》，《康有爲全集》第 7 集，人民大學出版社，6-7 頁。
[4] 錢安定，〈序《大同書》〉，見《大同書》，北京：華夏出版社，2002 年，1 頁。
[5] 康有爲，《大同書》，《康有爲全集》第 7 集，人民大學出版社，178 頁。

名相合，譬如聖人、天人合神人直接就是出自《天下篇》。康有為劃分的九種人應是莊子在《天下篇》中所劃分的七種人之變，變化了什麼和怎麼變化恰能見出康子的懷抱。

　　《天下篇》在莊書中地位極重要，可謂全書後序[6]。《天下篇》講述了先秦學問源流，也是莊子對各家學問優劣的總體判斷。在《天下篇》中，莊子區分了七種人，自上而下謂之：天人、神人、至人、聖人、君子、百官、民。莊子言：「不離於宗，謂之天人。不離於精，謂之神人。不離於真，謂之至人。以天為宗，以德為本，以道為門，兆於變化，謂之聖人。以仁為恩，以義為理，以禮為行，以樂為和，薰然慈仁，謂之君子。以法為分，以名為表，以參為驗，以稽為決，其數一二三四是也，百官以此相齒。以事為常，以衣食為主，蕃息畜藏，老弱孤寡為意，皆有以養，民之理也。」莊子看透了世界，他所區分的七種人可將所有的人納入其中，且每種人的品質與特徵涵括殆盡，無論世界如何變化，人群皆可以分為這七種人。莊子的七種人應是孔子所謂上智下愚的細分，亦是《詩經·大雅·抑》所謂哲與愚的細分。上智與下愚、哲與愚是人群的頂端與末端，然人群二分只是言其大概，中間的系列不甚明瞭，莊子七分則能將所有人定位，並將所有人的性質概括殆盡。

　　七種人次序的排列以及聖人在這個系統中處於什麼位置，以我目力所及，有兩種意見比較精彩。一以譚戒甫為代表，根據他的分析聖人在這個系統中雖處於第四位元，但卻是這個系統的中心，他說：「聖人以上，有至人、神人、天人，共四層，為神之屬，即內聖之事；聖人以下，有君子、百官與民，共四層，為明之屬，即外王之事；總凡七層：其所以下降上出者，皆由聖人為之中樞而生之成之也。蓋聖人實兼內聖外王而一之：其神聖之三與明王之三，皆由於聖人之一，故曰有所生、有所成也。」[7]一以張文江先生為代表，張文江言聖人處於第四位，聖人是至人、神人、天人的翻譯，他可以懂得上面三種人，可以將上面三種人的話翻譯給後面三種人，但君子、百官和民卻不懂得上面三種人，他們需要聖人的翻譯；但這個系統可以迴圈，至

---

[6]　王夫之，《莊子解》，中華書局，1964年，277頁。

[7]　譚戒甫，〈莊子天下篇校釋〉，文見劉小楓主編《經典與闡釋：政治生活的限度與滿足》，華夏出版社，2007年，214頁。

人、神人、天人則可以隱藏在民、百官、君子或聖人之中。[8]《天下篇》中民
與百官的位置很少存在爭議，蓋因他們的位置清清楚楚，唯有爭議者在於如
何理解聖人、至人、神人、天人之間的關係。

　　天人、神人、至人、聖人或不世出，但民與百官絕對是社會的大多數。
若民與百官中的君子多一些，那麼這個社會就會正常運轉，各方面皆能平穩；
若百官與民中的君子很少，那麼這個社會可能就會風氣敗壞，也難行之久遠。

三、二者差別

　　康有為言九種人是自下而上言之，莊子言七種人是自上往下言之。莊子
自上往下言之，說明莊子處於人群最頂端，他可以縱覽全域，故能理解全部
七種人。但至於莊子處於天人、神人、至人哪一個位置，非我所能判斷，但
莊子最少應是上面三種人。康有為自下往上言之，但康子未必懂得全域。康
有為很小就自比聖人，故被目為「聖人為」。康有為曾自述其 21 歲時之經歷
言：「靜坐時，忽見天地萬物皆我一體，大放光明，自以為聖人則欣喜而笑。
忽思蒼生困苦，則悶然而哭。」[9]康有為「及赴禮部試，題為『達巷黨人曰大
哉孔子』，而有為試文，結語曰：『孔子大矣。孰知萬世之後，復有大於孔子
者哉。』蓋隱以自況也。」[10]戊戌變法失敗之後，康有為遭到慈禧的追捕，
脫險後作《我史》，此書可以化用孔子的一句話，「天生德於予，桓魋其如予
何？」為「天生德於予，其慈禧如予何？」其自信與抱負，可見一斑。儘管
康有為自比聖人，但在莊子七種人這個譜系之中，康有為或只在君子左右的
位置，在其設想的九種人譜系中，康有為或在大賢人左右的位置。[11]康有為
儘管設想了九種人，但他未必能夠把握全域，其對上面幾種人的定位或多想
像。

　　康有為對九種人的區分，若以莊子七種人而論，只是自君子至天人的再
細分，康有為將莊子的前五種人變為九種人。康有為九種人之最低者謂「美

---

[8]　張文江先生對《天下篇》的研究尚未發表，此處觀點來自其未刊稿。

[9]　康有為，《我史》，見《康有為全集》，第五集，北京：中國人民大學出版社，2007 年，
　　62 頁。

[10]　轉引自錢基博，《現代中國文學史》，上海：上海書店出版社，2004 年， 251 頁。

[11]　孔子大聖，然尚自稱君子。一般而言，自稱聖人者往往不是聖人，然《清史稿》將康有
　　為與張勳同傳，則將康有為看得過低，似乎有意醜化康有為。

人」，其特點為「仁、智兼領而有一上仁或多智者」。康有為的「美人」相當於莊子的「君子」，君子是大同社會中人的起點。但莊子七種人之最下兩者，百官和民，在康有為的大同系統中缺失。百官崇刑名尚法律，只是事務性存在；民只關心衣食住行，是自然欲望性存在。莊子的後兩種人是人群的絕對多數，君子亦或多有之，但聖人、至人、神人和天人則不世出或是少數中的少數。

康有為建構的大同世界，占多數的民完全消失，竟然全是君子以上之人，大同社會可謂一個君子國。因為大同社會中，全是君子以上之人，人人皆能自理、自治，故百官亦不必存在。莊子言百官為：「以法為分，以名為表，以參為驗，以稽為決，其數一二三四是也，百官以此相齒。」百官是事務性存在，與法、名等有關。《聯邦黨人文集》所謂，若人人是天使，那麼就不需要政府了，《易》所謂「群龍無首」，若社會中人皆是天使或龍，那麼百官確實就沒有存在的必要了。民在大同社會中也不再存在，蓋因民可以脫離事、衣食、蕃息畜藏而進至九種人之中，可以成為美人、賢人、上賢人、大賢人、哲人、大人、聖人、天人、神人。因此在大同社會中，民也沒有了。

莊子立論基於現實，現實中的人群確實有少數人和多數人之分，永遠是龍蛇混雜，凡聖同居。對少數人的要求不能強加給多數人，若一旦將對少數人的要求強加給多數人，就會對多數形成傷害，社會風氣也會敗壞。若要施政，一定要認清現實，分清人群。譬如王安石，他在變法之際，談及俸祿之制，亦曾大略將上人區分為三種：小人、中人和君子。王安石曰：「夫出中人之上者，雖窮而不失為君子；出中人以下者，雖泰而不失為小人。唯中人不然，窮則為小人，泰則為君子。計天下之士，出中人以上下者，千百而無十一，窮而為小人，泰而為君子者，則天下皆是也。」[12]如此立論或施政，方能切中現實。康有為九種人的立論則是基於理想，他假想未來之世人人皆是君子或比君子層次更高之人。莊子基於現實，他看懂了當時的時代，其實也看懂了所有的時代，每個時代中的人皆如此。莊子立論也是基於對城邦的理解，城邦永遠都是建立在意見之上，不可能建立於真理之上。其實西方的很多哲人也意識到這個問題，都根據現實將社會中的人作了區分。古希臘畢達

---

[12] 王安石，〈上皇帝萬言書〉，《王文公文集》上，上海人民出版社，1974 年，8 頁。

哥拉斯把人分爲三種，一種是追求利益的人，一種是追求榮譽的人，一種是追求真理的人。三種人的基本取向不同，對其要求自然應該不同。再如尼采，在談到人類生活與宗教的關係時，他區分了三種靈魂類型：一是熱愛智慧的人的靈魂類型、二是王者的靈魂類型、三是普通人或大多數人的靈魂類型。[13]尼采區分的三種靈魂類型其實就是上智與下愚之外加了一個王。這三種靈魂類型對於宗教的訴求和理解不同，因此不能混同。

康有爲作《大同書》是對《禮運篇》的抽象。《禮運》篇，孔子的對話者是子遊，其爲孔門傑出人物。《論語》言「文學，子游、子夏。」《禮運》篇是孔子口說給子遊，是說給了「有耳能聽者」，而非說給所有人。康有爲忽略了孔子原意，忽略了孔子講此篇的具體情境，即時刻、環境以及聽講者。《禮運》言：「昔者，仲尼與於蠟賓。事畢，出遊於觀之上，喟然而歎。仲尼之歎，蓋歎魯也。言偃在側，曰：君子何歎？」此段交代了《禮運》篇發生的時刻，即在「蠟賓」之後。地點則在「觀上」。言偃在側，孔子有所感，心動而「喟然而歎」，如此引起言偃發問，故有孔子之言。康有爲將《大同書》筆之於書，雖言「秘不示人」，但曾口說給萬木草堂眾弟子，以至於萬木草堂的諸位弟子多言大同，又經梁啓超、陳千秋等人「銳意宣傳」，「大同」觀念於是大爲流行。筆之於書之《大同書》可以傳達給不同的讀者，康有爲非但不睬「微言大義」的寫作方式，反而頗多鼓動之辭。康有爲之所以不「隱微寫作」，蓋因其不相信人群分爲有智慧的人和粗鄙的人，康有爲相信可以啓蒙粗鄙者，每一個人都可以是有智慧的人。城邦之所以建立，之所以可以牢不可破，是因爲城邦成員可以接受共同的意見。康有爲則認爲城邦可以建立在真理之上，這樣的城邦可以稱之爲大同社會。孔子言：「唯上智與下愚不移」，又言「民可使由之，不可使知之」。康有爲「移」了人群中的「下愚」，在他的想像中，此後人群中不再有下愚，皆可以成爲上智。

康有爲設想了一個大同景象，提出一種方案，並且希望將這種方案付諸實踐，以之改造世界，改造城邦，改造人民。若人人皆是天使，人人皆是龍，這樣的社會自然無敵於天下了。康有爲曾譏諷朱熹對於「格物」的解釋，言：「而以之教學者，是猶騰雲之龍強跂鱉以登天，萬里之雕誨鷃鳩以扶搖，其

---

[13] 尼采，《善惡的彼岸》，第三章。

不眩惑隕裂，喪身失命，未之有也。故朱子格物之說非也。」[14]我們可以以子之矛攻子之盾，批評康有為如下：而以大同教眾生，是猶騰雲之龍強跂鼇以登天，萬里之雕誨鸒鳩以扶搖，其不眩惑隕裂，喪身失命，未之有也。《大同書》陳義甚高，由此可見中華民族之志向；然而此書危害亦大，因為康有為不顧少數人和多數人之分別，將高義陳於眾人，最終傷害了中華民族。

---

[14] 康有為，《教學通議》，《康有為全集》第一集，北京：中國人民大學出版社，2007 年，32 頁。

講評

◎閻晶明[*]

　　劉濤先生的文章深刻表現出了一位青年學者對於學術研究的抱負，他的文章從對人的理解，延伸到人對天地的理解，以大同的觀念談五千年的文化。我認爲這篇文章應該是劉濤一系列文章中的其中一篇，以文學的角度來說，我提出以下建議。

　　以「大同」這樣的觀點切入，應該還可以嘗試在更近代的文學作品中找到類似的迴響，我更好奇的是，這種大同的理想在現今當代的作品中是否還有留存？目前的型態如何？對於當代作家創作的啓示等，我想，若能在更多現代作品中找到迴響，對於學術研究會更有幫助，對於文學作品的探索也會更加深入。

---

[*] 中國作家協會《文藝報》總編輯、中國作協會員。

都市感性與歷史謎境
當代華文小說中的推理敘事與轉化

◎陳國偉*

摘　要

　　位居亞洲之中的華文世界，接受自西方跨國傳播的推理／偵探敘事，已有百年以上的歷史。作為大眾文學敘事中的強勢類型，推理以其所具有的現代性特質，及對時間與空間的敏銳反映，提供都市文明與歷史文化等嚴肅議題連結的多重可能。因此這樣的敘事型態，也深受華文世界的純文學作家喜愛，作為創作上重要的「敘事容器」，試圖打破推理敘事的文體秩序，建構新的書寫類型。但這樣的實踐也造成其自身文學場域位置的擺盪，挑戰了純文學作為嚴肅或高雅文學所指涉的概念，以及純文學與大眾文學的疆界，而讓這些作品介於兩者之間，成為難以定義的小說類型。

　　因此本文以中國作家笛安《芙蓉如面柳如眉》、麥家的三部作品《解密》、《暗算》與《風聲》，以及台灣作家張國立《Saltimbocca，跳進嘴裡》、成英姝《無伴奏安魂曲》、裴在美《疑惑與誘惑》、鄭寶娟《天黑前回家》為例，探討這些作品如何成功挪移並轉化推理敘事，創造出華文小說新的結構方式。它們一方面透過架構死亡的謎團，呈現都市文明的商品符號體系，介入青年男女的愛情構圖，建構新的都市感性；並在被異化的情感結構中，再現生命的憂鬱與孤獨，以及被催化的無機質暴力，在傷害的體驗中去印證愛情應許的終極失落。二方面它們觸摸謎團，進入被淹沒與遺忘的歷史時間密室，再現因戰爭而遷徙的身世秘密與真相；或是藉由推理類型的次類型間諜敘事，尋找被消音的英雄真身，重寫背叛與自由的寓言，探勘新的歷史想像，進而建構華文小說的新物種可能。

　　關鍵字：華文小說、推理小說、偵探小說、都市、歷史、謎

---

* 中興大學台灣文學與跨國文化研究所助理教授。

一、與類型相遇：大眾小說敘事的跨國傳播與接受

在各種跨國文化翻譯與傳播的現象中，大眾文學／文化（Popular Literature／Culture）最能表現出亞洲與西方之間互動模式的複雜性，尤其是目前大部分盛行於全世界的大眾文學類型，諸如推理（Mystery）／偵探（Detective）／犯罪（Crime）、科幻（Science Fiction）／奇幻（Fantasy）、恐怖（horror）／驚悚（Thriller）／懸疑（Suspense）等，無一不是 19 世紀才開始在西方誕生茁壯，並且隨著殖民現代性的跨國傳播，快速地散佈到世界各地。

而對於東亞各國來說，也正是自 19 世紀中期以後，透過不同的跨國傳播途徑與介面，逐步接受各種大眾文學類型，中國與台灣兩地的文人也都是在此階段開始受到啓蒙。陳平原曾在《中國小說敘事模式的轉變》中提到，晚清文壇上最受歡迎的兩個外國小說人物，一個是茶花女瑪格麗特（Marguerite Gautier），一個便是福爾摩斯（Sherlock Holmes），不過《福爾摩斯偵探案》引發的知識份子迴響與模仿創作，卻大大地超過了《茶花女》。[1]無獨有偶的，台灣知識份子也分別透過古典漢文與日文兩種語言途徑，分別接受了不同的推理小說譯本並進行創作。正如王德威在《被壓抑的現代性：晚清小說新論》所提到的，新式科學所帶來對現代文明的想像，也促成中國科學與科幻小說的萌芽，[2]而台灣在進入日本殖民地階段後，也開始出現作家運用科學鑑識等新知創作推理小說。[3]或許正因爲立基於 20 世紀最重要的知識典律——科學之上，因此推理與科幻這兩個類型在華文世界的影響力，也最爲深遠。

的確，不論是哪個世代的作家，都有著豐富的大眾類型閱讀或書寫經驗。荒江釣叟 1904 年發表於《繡像小說》的《月球殖民地小說》，可以說是華文世界最早的科幻小說，其後包括包天笑的《世界末日記》（1908）、老舍《貓城記》（1932）、許地山《鐵魚的鰓》（1940）等，都可以看到純文學領域作家

---

[1] 陳平原，《中國小說敘事模式之轉變》（台北：久大，1990），頁 43-44。

[2] 在王德威書中的第五章〈淆亂的視野——科幻奇譚〉中有相當多的討論。詳參王德威、宋偉杰譯，《被壓抑的現代性：晚清小說新論》（台北：麥田，2003），頁 329-406。

[3] 台灣的相關研究，台灣大學台文所的黃美娥教授與她所指導的研究生有許多成果，詳參黃美娥，《重層現代性鏡象》（臺北：麥田，2004）；呂淳鈺，〈日治時期臺灣偵探敘事的發生與形成：一個通俗文學新文類的考察〉（臺北：國立政治大學中國文學系碩士論文，2004）；王品涵，〈跨國文本脈絡下的台灣漢文犯罪小說研究（1895-1945）〉（台北：台灣大學台灣文學研究所碩士論文，2010）。

對科幻的嘗試。1950 年代政治局勢開始明朗之後，科幻小說在中國開始進入新的發展階段，開始建構對未來的想像，包括鄭文光《從地球到火星》（1954）、童恩正《古峽迷霧》（1960）、肖建亨《布克的奇遇》（1962）都是這階段的代表。而文革期間中歇的科幻發展，在葉永烈、劉興詩、宋宜昌、郝應其等作家的投入下，在 1980 年代初期又掀起了新的熱潮，[4]不僅有多本雜誌如《科幻海洋》、《科幻譯林》、《新蕾》等發行，每年至少都有 20 幾種外國科幻小說被翻譯出版（1981 年更高達 56 種），[5]可以說是風行一時。

　　而在台灣，由於 1895 年開始成為日本的殖民地，因此出現複雜的語言書寫系統。當時古典文人透過書店系統，閱讀引進自中國大陸出版的古典漢文翻譯本，從科學新知、科學／科幻小說到偵探／推理小說，無所不包；不過當時書寫科幻小說者較少，科學思維反而多半展現在推理小說上。直到 1946年，台灣大眾類型先驅之一的葉步月，出版以日文撰寫的科幻小說《長生不老》，被認為是目前可考的台灣人所寫的第一本科幻小說。不過要直到 1970年代，科幻才真正開始成為台灣作家熱烈擁抱的大眾類型：1969 年張曉風結合基督教與中國文化生命觀的人造人的小說〈潘度娜〉可謂先聲；1976 年張系國年開始於《聯合報》副刊開闢譯介世界科幻的專欄，並自己陸續發表科幻小說，集結成《星雲組曲》（1980）、「城」三部曲（1983—1991）、創辦《幻象》雜誌（1990），科幻逐漸在純文學場域成為一個強勢的書寫趨勢。包括張大春、林燿德、平路、黃凡等都受到這股魅力的召喚，大量透過科幻小說，擬寫未來的都市文明與新的空間圖景，甚至將歷史小說與科幻進行結合，透過科幻小說的獨特形式，以未來隱喻今日的歷史。[6]而進入 1990 年代，透過紀大偉、洪凌的實驗，將性別與後人類的思潮帶入科幻，整體發展達到了最高峰。

　　除了科幻，推理類型也是華人世界小說家的共通語言之一，包括像錢鍾書、王安憶都是推理小說的書迷。王安憶對英國謀殺天后阿嘉莎・克莉絲蒂

---

[4] 吳岩編，《科幻文學理論和學科體系建設》（重慶：重慶出版社，2008），頁 246-311。

[5] 郭建中，〈中國科幻小說盛衰探源〉，吳岩編，《科幻小說教學研究資料》（北京：北京師範大學教育管理學院，1991），頁 71-80。

[6] 這部分論述可參見：林建光，〈政治、反政治、後現代：論八〇年代台灣科幻小說〉，《中外文學》31:9（2003.02），頁 130—159。或可參考陳國偉，《想像台灣：當代小說中的族群書寫》（台北：五南，2007），頁 326-330。

（Agatha Christie）的喜愛，甚至讓她在 2006 年出版了論著《華麗家族：阿嘉莎・克莉絲蒂的世界》[7]，而她對古典推理（Classic Mystery）的喜愛，來自於她認為那是最日常也不過的風景，[8]因此在她為瑞典犯罪小說家史迪格・拉森（Stieg Larsson）的《龍紋身的女孩》撰寫書評時，以〈優雅的破案已成追憶似水年華〉點出該書偵探角色的弱化，以及小說中高度著墨的現代文明與社會黑暗，展現出她對古典推理在當代推理類型中頹圮與殞落的感嘆。[9]而根據曹正文的說法，1980 年代後共有超過兩千種的外國推理小說被翻譯，總印量達到五千萬冊。[10]而任翔也認為，在翻譯推理小說佔中國圖書出版市場整體的四分之一的背景下，吸引了大批的純文學作家，如鍾源、藍瑪、李迪、王朔、范小青、葉永烈、葉兆言、海男、余華轉而投入推理小說的創作，造成很大的影響，[11]成為 1980 年代推理小說發展的重要代表。

　　在台灣，也出現類似的情況，幾位在戰後執牛耳地位的小說家，包括葉石濤、鍾肇政、鄭清文，其實在青年求學時期，便已透過日文的途徑接觸推理小說。因此到了 1980 年代林佛兒創辦林白出版社與《推理》雜誌時，他們都成為參與的主力，或是擔任編輯顧問、文學獎評審、小說翻譯。如葉石濤就曾翻譯過日本推理大師松本清張的《紅籤》與《詐婚》，鍾肇政也翻譯過連城三紀彥《一朵桔梗花》、赤川次郎的《迷幻四重奏》及松本清張的《青春的徬徨》、《賣馬的女人》等。而戰後世代的作家包括李昂、張大春、林燿德、朱天文、朱天心、平路、詹宏志、唐諾（謝材俊）、楊照等，不僅大量閱讀推理小說，更有其不同的支持作家與派別。詹宏志跟唐諾不僅是台灣 1990 年代歐美推理小說翻譯出版的重要推手，唐諾更曾經化名馬波，在 1992 年出版了一本具後設意味、大量挪用克莉絲蒂典故的《芥末黃殺人事件》。這些作家的積極（跨界）參與，正說明了台灣純文學與大眾／推理文學場域之間互動的複雜多元。

---

[7]　王安憶，《華麗家族：阿嘉莎・克莉絲蒂的世界》（安徽：安徽文藝出版社，2006）。

[8]　毛若苓，〈王安憶邂逅《金鎖記》〉，《京華周刊》2011 年 4 月 19 日，
http://thisweek.people.com.cn/site/?action-viewnews-itemid-252。

[9]　王安憶，〈優雅的破案已成追憶似水年華〉，《新京報》2010 年 6 月 13 日，「鳳凰網」，
http://book.ifeng.com/shuping/detail_2010_06/13/1620438_0.shtml

[10]　曹正文，《世界偵探小說史略》（上海：上海譯文出版社，1998），頁 4。

[11]　任翔，《文學的另一道風景：偵探小說史論》（北京：中國青年出版社，2001），頁 194-196。

二、故事如何可能：作為小說敘事容器的犯罪之「謎」

　　然而，何以推理與科幻這些大眾文學類型，能夠成爲純文學場域出身的小說家所醉心而大量挪用的「敘事容器」？以推理／偵探而言，其實跟這個類型在西方的起源息息相關。「推理小說」此一名稱的前身，即爲「偵探小說」[12]，目前公認創造此一文類的始祖，是美國詩人暨小說家愛倫坡（Edgar Allan Poe），他於 1841 年開始陸續發表了〈莫爾格街兇殺案〉（The Murder in the Rue Murgue）、〈瑪莉羅傑之謎〉（The Mystery of Marie Rogêt）、〈金甲蟲〉（The Gold-Bug）、〈汝即真兇〉（Thou Art the Man）、〈失竊的信〉（The Purloined Letter）等短篇小說，奠定推理小說中偵探角色的理型，以及分析與歸納法的敘事程序，還有密室殺人、密碼、偵探即兇手等重要的情節類型。然而愛倫坡最初的創作宗旨，其實是希望有如他的詩作一般，能夠寫出符合數學公式的小說，因此當時他稱呼自己的創作是「邏輯推論的小說」（tale of ratiocination）。[13]也因此，推理小說一開始的文學場域位置，的確是比較接近純文學。

　　但就像 Jon Thompson 所注意到的，二次世界大戰之後，推理小說從展現理性的秩序轉而成爲對於人性、心理的探求，關注的重點也從謎團轉向犯罪本身，而形成目前西方以犯罪小說爲文類核心的發展。[14]推理小說在這一個半世紀的演化，其實展現出它所能承載的各種嚴肅議題，以及與都市文明、文化意識、歷史意義等面向連結的可能性。因此在西方，透過結合推理／偵探敘事創作嚴肅文學的大師級作家，實在是不勝枚舉，像是美國的威廉・福

---

[12] 「推理小說」此一名稱的出現，其實是承襲自日本。原本在戰前的日本，主要還是以「探偵小說」（偵探小說）來指稱此一文類，但由於在 1956 年興起了檢討二戰失敗的聲浪，因此有人提出漢字筆畫太多不利年輕人學習，在世界舞台上難以與他國競爭，因此要求要廢除漢字。因此文部省採納各方意見後折衷決定有限度開放漢字使用，公佈「當用漢字表」，限定此後官方及公開文件只能使用的 1850 個漢字，而由於「偵」字不在其中，因此後來轉而使用戰前甲賀三郎、木木高太郎便已在提倡之「推理小說」一詞。隨著當用漢字表的廢除，現在「推理小說」、「偵探小說」都可通用，但今日在日本主要仍以推理小說及 Mystery 轉換的片假名「ミステリー」來指稱此一文類。而由於 1957 年崛起的松本清張，主要以推理小說來作爲這個類型的指稱，因此同樣受到松本清張莫大影響的中國與台灣，便也跟著使用此一名稱，到目前爲止，整個東亞除了日本之外，就屬中國、台灣、香港幾處在使用這個名稱。

[13] Symons, Julian. *Bloody Murder*. third revised edition, New York：Warner Books, 1993, p.37.

[14] Thompson, Jon. *Fiction, Crime, and Empire: Clues to Modernity and Postmodernism*. Champaign, IL: University of Illinois Press, 1993.

克納（William Cuthbert Faulkner）、海明威（Ernest Miller Hemingway）、楚門·卡波提（Truman Capote）、諾曼·梅勒（Norman Mailer）；英國的戴·路易士（Cecil Day-Lewis）、格雷安·葛林（Graham Greene）；法國的亞蘭·霍布·格里耶（Alain Robbe-Grillet）；德語系的杜倫馬特（Friedrich Durrenmatt）、弗里施（Max Frisch）、彼得·漢克（Peter Handke）。[15]當然深刻影響華文世界的波赫士（Jorge Luis Borges）、卡爾維諾（Italo Calvino）、安柏托·艾柯（Umberto Eco）更是箇中翹楚。

由於推理小說的敘事，一如詹宏志所言，自愛倫坡〈莫爾格街兇殺案〉開始便是依循著「案件發生 →偵探登場 →偵察線索 →真相大白」[16]的程序奠定下來。也就是推理小說必然由一個難解的「謎團」開始，而最後以清晰明白具有「真相」意義的結局告終，這不僅是推理小說的核心精神，更是支撐著推理小說文體秩序的重要關鍵。就像鄭樹森所指出的，推理小說的結局對讀者來說有著蕩滌作用，給予心理上的滿足感，因爲它提供了善與惡的倫理選擇，進而連結上西方基督教倫理中罪與罰、告解與救贖等重要問題。[17]

的確，從這個角度來看，推理敘事提供了相當大的空間，讓小說家能夠盡情探究人性、倫理、社會、歷史的各式「真相」，它甚至形成了推理敘事的「美學」，因此成爲書寫者躍躍欲試的「容器」。像在台灣早一個世代的作家中，如李喬的〈罪人〉（1982）、鄭清文〈局外人〉（1984）、王拓《牛肚港的故事》（1985）等，都是透過謀殺案或犯罪架構故事的舞台，來展現作者對國家、政治、社會問題的關懷。但到了 1980 年代崛起的作家世代，如平路、楊照、張大春等，則轉而有意識地聚焦於「歷史」之上：像是平路〈玉米田之死〉（1983）以被列在黑名單上無法返國，最後死在美國的台灣人作爲題材，故事便以派駐於美國的台灣記者追查這件死亡真相爲主線；而楊照《暗巷迷夜》（1994）則以相隔十七年未見的鄰居重逢作爲敘事起點，但卻引發敘述者對於當年滅門血案混淆記憶的追索，最後指出記憶真相的被壓抑是來自於戒嚴時期的統治陰影。

---

[15] 鄭樹森，〈英美篇：筆鋒偶帶懸疑〉、〈西歐篇：閃爍不定的光影〉，《從諾貝爾到張愛玲》（台北：印刻，2007），頁 78-82、87-90。

[16] 詹宏志，《詹宏志私房謀殺》，（台北：遠流，2002），頁 68。

[17] 鄭樹森，〈偵探小說與現代文學理論〉，《從諾貝爾到張愛玲》，頁 72-73。

　　相較於〈玉米田之死〉、《暗巷迷夜》意圖暗喻台灣共同歷史經驗，因此透過小人物來作爲敘事主體以凸顯經驗的普遍性。張大春在《沒人寫信給上校》（1994）中則是大膽地選擇台灣真實發生的「尹清楓命案」來寫作，透過海軍上校尹清楓因爲捲入台灣與法國之間的拉法葉軍購弊案的死亡謎團出發，但張大春目的並非在解謎，反而是藉由推理線索的過程凸顯政治、軍事權力網絡的運作與無所不在。而同樣的，平路在《何日君再來》（2002）中更是以華人世界中最知名的歌星鄧麗君爲原型，書寫在泰國清邁因氣喘而死的大明星疑案。大明星的死亡之所以不單純，是因爲她曾經被台灣政府的情報單位吸收，因此小說中充滿推理小說次類型間諜小說（Spy Fiction）的影子，[18]但其實平路想討論的是女性的自由，或者說是被國家權力給牢牢綑綁的大明星，作爲一個單純的個人希望得到的愛情與存在自由。但不約而同地，張大春與平路再次直指台灣歷史中的重要經驗，以及對其的反省。

　　而在中國 1980 年代的「推理復興」階段中，像是余華〈河邊的錯誤〉（1987）、王朔《玩的就是心跳》（1989）、蘇童〈園藝〉（1992）、〈美人失蹤〉（1994）、〈一樁自殺案〉（1996），莫言《酒國》（1993）、葉兆言《今夜星光燦爛》（1994）、〈重見陽光的日子〉（1995）、〈兇殺之都〉（1995）等作品中，都不約而同選擇了謀殺、破案或解謎來作爲故事的敘事框架。蘇童的〈園藝〉與〈美人失蹤〉都是以失蹤作爲題材，〈一樁自殺案〉則是對墜樓女工死亡真相的翻案；然而不論是尋找佚失者的蹤跡或是真正死因，所有的證據卻都無法指向事情的真相。〈園藝〉中對於私家偵探的委託，反而像是家人親情義務化的終點，最後凸顯的家庭關係的疏離與荒謬；而〈一樁自殺案〉中向刑警的舉報，指向的是「群眾」對於真相的焦慮與執法者的嘆息。至於葉兆言〈兇殺之都〉的主角展望，則是搭機來到一個邊境都市，但一下飛機便成爲兇殺案的證人，而遭到大鬍子兇手的追殺，並意外地一直遭遇殺人事件。故事的最後，展望握著記者給他自衛的槍，等待著大鬍子的偷襲，最後旅館房間槍聲大作，但無法確定究竟誰喪了命。在這幾篇小說中，故事的敘事並非導向失蹤與死亡的離奇真相，一個推理小說常見並合理的結局，反而是透過尋常到散發著異樣感的日常性，彰顯出令人心驚的一種對真實與現實的無力，以

---

[18]　詹宏志，〈導讀〉，卻斯特頓（Gilbert Keith Chesterton），王介文譯，《知道太多的人》（台北：皇冠，1998），頁 29-33。

及一切都無所謂的虛無態度。

不過在余華的〈河邊的錯誤〉、葉兆言〈重見陽光的日子〉與《今夜星光燦爛》裡，顯現出作者對推理小說敘事形式的高度掌握，以推理小說的角度來定義，可說完成度相當高。[19]不僅故事都是從「一具屍體開始」，而且屍體都是以不合常理的狀態出現，透過關係人多種自白與證言，交錯出死亡事件的複雜與離奇。〈河邊的錯誤〉的離奇在於故事發展成連續殺人事件，其中部分關係人竟接連被害；〈重見陽光的日子〉則是因爲一本即將被改編成電視劇的推理小說，直指當年因強姦殺人被處死刑的張焰是冤案，重喚當時偵辦的刑警（公安）顧駿原本就存有的疑慮，因而重新展開了抽絲剝繭的調查。

然而耐人尋味的是，不論是余華或葉兆言，似乎都有意識地在顛覆刑警的英雄形象，甚至讓他們走向自我解構的命運：《今夜星光燦爛》裡老李因爲即將退休想尋找婚姻的第二春，但卻發現自己得了前列腺炎，在偵辦過程中不斷地與尿意對抗。〈河邊的錯誤〉裡不願一再縱放真兇瘋子的刑警馬哲，以及〈重見陽光的日子〉意識到自己造成冤案的顧駿，都希望在自己能力範圍內，重新改變與扭轉被誤解的真相。然而馬哲最終接受上級的建議，裝瘋以躲避槍殺犯人瘋子的罪責；而顧駿雖讓張焰沈冤得雪，但仍是間接證實了文革時期的政治性思維所扮演的主導性角色，以及所造成的後果。〈河邊的錯誤〉與〈重見陽光的日子〉特別能夠展現出，兩位作者有意識地透過推理小說這個「容器」，去承載的現實意識與哲學性反省。

雖然袁洪庚認爲，余華、葉兆言、蘇童等人對於中國偵探小說的貢獻在於透過顛覆過去的敘事成規，而創造出新的語境。[20]但筆者認爲，這些上一

---

[19] 在袁洪庚與任翔的文章中，都將余華、蘇童、葉兆言等作家，歸入中國現當代偵探小說創作的先驅。其中袁洪庚與任翔分別提到了葉兆言的《今夜星光燦爛》與余華〈河邊的錯誤〉，可爲此類的代表。詳參洪庚，〈接受與創新：論中國現當代偵探文學的演變軌跡〉，《二十一世紀》網路版 2002 年 12 月號（2002.12），
http://www.cuhk.edu.hk/ics/21c/supplem/essay/0208021.htm；任翔，〈在開闊視野中塑造個性——當代中國偵探小說的探索〉，《檢察日報》2005 年 12 月 19 日，
http://www.jcrb.com/n1/jcrb846/ca447595.htm。另外，1997 年由中國公安部政治部、中國通俗文藝研究會主辦之「全國首屆偵探小說大賽」中，余華〈河邊的錯誤〉、葉兆言〈重見陽光的日子〉都被評選為創作類「佳作獎」（自 1950 年至 1996 年發表的作品），由於此獎亦包含翻譯獎，有許多重要的歐美、日本推理小說獲選，因此可以推斷其專業性。故余華、葉兆言此兩篇作品之獲獎，應可代表獲得推理專業讀者的一定程度認同。詳參程盤銘，《推理小說研究》（香港：科華圖書出版公司，2000），頁 186-189。
[20] 袁洪庚，〈接受與創新：論中國現當代偵探文學的演變軌跡〉。

世代的小說家，也許有意投入推理小說在地化的努力，但他們基本上仍是站在純文學的立足點上，去透過對推理敘事形式的襲用與挪用，來表達他們想要進行的某些關懷或批判。

推理小說原本在整體形式上有其敘事倫理，在筆者的另一篇論文中，結合劉禾（Lydia Liu）所提出的「跨語際實踐」（translingual practice）論述，[21]發展出「文體秩序」的概念，來指涉這個敘事倫理：也就是面對從西方發展起來的推理小說，亞洲這些透過跨國傳播接收此一類型敘事的國家，其實是透過文化翻譯的方式，去進行推理小說的在地實踐。推理小說的故事往往是「從一具屍體出發」，透過死者身體的被空間化而帶出犯罪者身體與偵探身體對決的力場，不論是偵探展開的偵察過程，或是犯罪者隨時可能的「加碼」，推理小說其實是透過各種身體力的交會，去推動情節的發展，建構出整體的結構。但在此過程中，伴隨著從固定角色類型、故事情節、形式、結構等敘事層面的實踐，所帶出來的卻其實牽涉到一整組關於現代性的科學理性、法治概念、都市文明、個人主體等知識，藉由這些環環相扣的各種秩序，建構出推理這個類型的獨特「文體秩序」，以作為和其他類型的區別。也因此，在實踐的過程中，必須先在形式上達到類型敘事的完成，才能夠透過在地文化敘事脈絡的結合，來發展出屬於在地的「創新性」。[22]

也正因為如此，才會出現王安憶認為大量出現在當代中國，被視為推理一支的公安類型是「缺乏邏輯推理的抽象方法，就脫不了寫實的羈絆，不像推理小說，自有推斷的趣味，有形式的快感。」[23]當然，王安憶因為深受克莉絲蒂的古典推理美學影響，認為「邏輯推理」的形式趣味是最關鍵的，但她的看法的確印證了筆者所提到的「文體秩序」在推理小說定義上所具有的關鍵性意義。

不過這並不會降低了余華、葉兆言他們這類作品的價值，因為不管是對推理／偵探類型的挪用，或是意圖是想對此一敘事形式進行顛覆、嘲諷，那

---

[21] Liu, Lydia. *Translingual Practice: Literature, National Culture, and Translated Modernity—China*, 1900-1937. CA: Stanford University Press, 1995, pp.25-32.

[22] 陳國偉，〈被翻譯的身體──臺灣新世代推理小說中的身體錯位與文體秩序〉，《中外文學》39 卷 1 期（2010.03），頁 41─84。

[23] 王安憶、陳丹青，〈長度：漫談中國電視連續劇之二〉，《上海文學》2004 年 5 期（2004.05），頁 67。

仍然是對推理小說中國化的重要嘗試，更是證明了推理這個「敘事容器」，的確給予創作者相當大的靈感與刺激，提供了純文學創作需要的養分。而這個階段所進行的方向與形成的侷限，也提供了後起作家重新省思的契機，尤其在進入 21 世紀後，發展出新的挪用方式與概念，開創出有別於以往的新類型，更劇烈地挑戰了純文學與大眾文學的疆界。

三、現代性感覺結構：都市的感傷與憂鬱

> 隨著現代文明的興起，人類進入了新的生活型態，都市的多維度空間與暗角成了人們隱藏形跡最好的舞台，也因此個體需要能夠被辨識，被法律與警務系統編碼，才能被管束在治安體系之中。然而犯罪者的天職便是要找到缺口，好藏匿在大都市的光與影的曖昧地帶，因此福爾摩斯所在的貝克街的燈光猶如希望與理性的燈塔，其實照亮的是蘇格蘭場無法支配與掌控的都市地理，街道是都市記憶人們的肌理，偵探在其中漫遊撿拾記憶的骸骨，從屍體出發而最終抵達真相的肉身。[24]

的確，班雅明（Walter Benjamin）在《發達資本主義時代的抒情詩人》中就曾提到愛倫坡（Edgar Allan Poe）的〈瑪莉・羅傑之謎〉（The Mystery of Marie Rogêt）充分展現出推理小說的最初內容，就是消滅大都市人群中的個人痕跡。[25]的確，推理小說與現代都市之間隱形的臍帶，牽動著二十世紀推理小說在全世界的發展。被譽為是日本推理小說奠基者的江戶川亂步（江戶川乱步），不僅一反過去的觀點，以日本獨特的和式居住空間創作出密室殺人的推理小說，更成功地將 1923 年關東大地震之後東京的新都市地景，納入他不同的短篇小說中，猶如都市的采風錄，他筆下的東京已經成為日本都市研究重要的討論對象。

然而在 1980 年代的階段，不論是中國與台灣比較正統的推理小說，或是

---

[24] 陳國偉，〈偵探的地理學：東野圭吾的街物語〉，東野圭吾，阿夜譯，《新參者》（台北：獨步文化，2011），頁 361。

[25] 班雅明（Walter Benjamin），張旭東、魏文生譯，《發達資本主義時代的抒情詩人：論波特萊爾》（台北：臉譜，2002），頁 109-110。

上述提到較具純文學跨界色彩的作品，小說中的場景與往往不屬於具有明確特質的空間；即便被稱呼為城，但具體的城市表情並不明顯，空間性也相當薄弱，顯見都市並非這些作者要著力之處。而這其中的關鍵，應與資本主義息息相關。1980 年代，台灣才要真正進入成熟的資本主義社會，後來被視為相當重要的都市文學，也是這個階段才開始方興未艾的發展，台北才開始具備西方大都會的雛形。相較於台灣自 1960 年代便陸續接受美國的經濟援助，長期培育資本主義的土壤，因而提供了可被書寫與反省的資本主義都市；但中國由於長期地拒絕資本主義，在此歷史條件的差異下，文學中的都市身影不明顯，這是可以理解的。但雖然如此，其實在台灣的推理相關敘事中，也是一直要到 1990 年代末，才陸續出現具有高度都會性格的推理小說，其實也只比中國早個幾年而已。

在這其中，張國立《Saltimbocca，跳進嘴裡》（2000）、成英姝《無伴奏安魂曲》（2000）、鄭寶娟《天黑前回家》（2007）以及笛安《芙蓉如面柳如眉》（2005），透過不同的方式，架構出他們所體認到的都市生活，反映年輕人在都會文明中的存在感受，那些因為戀情所帶來的喜樂與愛憎，甚至是殺意。其中台灣的幾部作品，相較於上一個世代作家將關注點聚焦於歷史，當代的台灣作家似乎更希望透過都市背景所能再現的破碎時間與不連續空間經驗，來召喚現代人的存在感受與感覺結構，以及探討死亡在這個時代的意義，對人的心靈圖景造成怎樣的變異。

特別值得一提的是，《無伴奏安魂曲》與《Saltimbocca，跳進嘴裡》是參加 1998 年由《中國時報・人間副刊》舉辦的第三屆時報文學百萬小說獎推理小說徵文的作品，當時是由《無伴奏安魂曲》、《Saltimbocca，跳進嘴裡》及裴在美的《疑惑與誘惑》入圍決選，最後由成英姝《無伴奏安魂曲》得獎。然而在此獎公佈決選作品後，便引發軒然大波，被網路讀者抨擊評審紀實竟然公然洩漏其他參賽作的謎底，評審對於推理小說的討論不應先洩漏關鍵情節的倫理，似乎毫無知悉，因而被質疑權威性。再加上入圍決選的作品，其實並非傳統的古典解謎風格，且三位作家都是較接近主流文學場域、以純文學作家身份出道的作者，因此引發了讀者認為他們是攜手（評審與作者）侵犯並意圖主導了推理文學場域規則的焦慮，因此這三部作品作為推理小說的

合法性，被活躍於網路的新世代推理創作者與讀者幾乎全盤否定。也造成了這三本小說明明是入圍主流文學媒體舉辦的推理小說徵文，卻無法得到該類型核心讀者的認同與支持，形成它們尷尬的位置。

當然，若要從西方或日本當今對推理／犯罪小說的定義與流派中，找到支持這幾本台灣作品正當性的立論，其實一點也不困難。然而在它們的書寫概念中，的確閃動著純文學場域出身的作家才會有的特質。尤其是在這幾本小說內部存有一種弔詭的張力，敘事腔調其實是老練的，對愛情總是世故的觀照，似乎仍籠罩在張愛玲與朱天文式的時間意識中，因此愛情尚未開始之前，便已蒼老；然而小說中的兇犯，那些年輕的男孩女孩們，卻又天真與痴傻，以致於那些犯罪往往是一時衝動，甚至兇手與被害人根本相當陌生。其中張國立的《Saltimbocca，跳進嘴裡》便是最好的例子，他不僅透過故事中的死者劉勇複雜而重層年輪的女性關係，架構出不同年齡女性對愛情的執著或世故；小說中大量挪用莫文蔚主唱、李宗盛詞曲創作的經典歌曲〈陰天〉作爲主旋律，更透露出作者深刻地掌握到生存在台北都會的現代人，那種對於現代時間與生存感的疲憊。

當然，處在 1980 年代已逐步進入西方資本主義定義下大都會的台北空間，同樣被資本主義與跨國文化穿透身體的犯罪者與兇手，其間的連結往往是各種價值交換的「物體系」（Le Systeme Des Objects）與「通俗空間」。《Saltimbocca，跳進嘴裡》裡的義大利菜、義大利名牌高跟鞋、紅酒、甜點與餐廳，《無伴奏安魂曲》中的手機、酒吧與電玩遊樂場，《天黑前回家》建構在具體台北市商業精華區松江路、新生南路到敦化南路一帶的咖啡館、誠品書店、便利商店、服飾店、美容院、美式酒館、賓館。這些通俗空間與物體價值，連結成星羅密佈的符號系，召喚著個人的各種慾望，以身體感官驅動的消費填補符號的意義，得到暫時的慾望緩解。透過身體與慾望，原本孤獨的個體被連結起來，卻也在同時被置放在這些物體系之間，而改寫了價值。愛情被大量的物體符號的交換價值給介入，被美食、鞋子等其他身體慾望給驅使，最終被徹底異化。就像《Saltimbocca，跳進嘴裡》裡的兇手因爲劉勇喜歡腳小的女人，就勉強自己從 36 號改穿 35 號的高跟鞋，以爲只要比餐廳女老闆薇薇安會煮菜，準備一流的餐具與刀組，就可以獨佔劉勇；到最後，

反而她的房間裡充滿了劉勇其他女人的影子，甚至是音響裡的莫文蔚 CD。犯罪的殺意是如此單純而容易被理解，但卻又是如此悲哀的被商品符號給支配，愛與恨的驅動，被表面化爲物體與空間的轉換，意義完全被稀釋在交換價值之中。

或許這些犯罪所透露出來的單純，其實正是呈現出這些犯罪者與死者身體的原初性，因此在異化的同時，無機質的暴力也被召喚與催化。《無伴奏安魂曲》中兇手只因爲和男友東南在台北東區逛街時，不愼踩斷年輕女子阿夏繫帶涼鞋的鞋帶，東南被要求陪著去修鞋，而男友過於良善寬厚的性格，最後竟導致兇手對兩人的殺意。兇手並非因嫉妒或愛恨糾葛而殺人，只是憤怒，單純地無法忍受阿夏那麼隨意地要求，而東南竟任意地接受。而在《天黑前回家》裡的兇手爲了假造自己死亡，任意殺害他人作爲替身，即使已經可以順利潛逃出境，卻又爲了追殺目擊者女大學生，一併槍殺同在咖啡館中的無辜八人。不僅如小說中警察所點出的「別人的命不值一文，他自己的命卻比全世界都重」（頁 167），更重要的可能是如偵探羅英範所推測的，一如發生在台灣的井口真理子命案、白曉燕案，裡面隱藏的是難以理解的「嗜殺」心理，一種無來由的暴力，即使自己不會遭受到威脅，卻仍要將無辜者殘酷的殺害。

這種標準的出現在高度資本主義發展下的無機質暴力，其實在近幾年的歐美與日本屢見不鮮。日本的法醫學者上野正彥便提到進入到平成（1989 年）年代後，發生十數起震驚全日本的駭人聽聞事件，包括 1997 年神戶的「酒鬼薔薇聖斗」小學生連續殘殺事件，1999 年東京池袋街道魔殺人事件，2001 年大阪池田小學校兒童殺傷事件等無差別殺人事件。上野特別提到，這些「平成的屍體」不僅跟兇手不熟識，也不像「昭和的屍體」那樣通常都是與兇手有愛恨或金錢的糾葛，[26]出現在日本犯罪型態有著新的激烈變化，當然跟社會、文化的快速變異，所造成日本年輕世代精神結構上的改變，有著極爲密切的關係。由此可見，台灣作家小說中的暴力與精神景觀，其實也呈現出同樣的社會變異。

而在中國年輕作家笛安的《芙蓉如面柳如眉》中，她以愛情爲主題，「結

---

[26] 上野正彥，《死体は悩む―多発する猟奇殺人事件の真実》（東京：角川書店・角川 one テーマ 21，2007），頁 44-46。

合了詩意與推理小說的結構」[27]，以兩個案件串連起故事的主軸；但不同於台灣作家刻意再現的物質體系與都會地景，笛安僅單純地以咖啡廳作爲都市空間的隱喻，穿插著王菲、孫燕姿、張學友、劉若英、周杰倫、張韶涵的流行情歌，交織出某個切面的都會文明。反而是從都會青年男女的愛情質地上，忠實地捕捉到其中的輕盈與偶合：陸羽平因爲夏芳然的美而追求她，但夏芳然自恃美貌而樂於愛情的遊戲，直到夏芳然被毀容，陸羽平因自責而守護著她，卻又在掙扎的過程中，跟趙小雪建立另一段感情，甚至發生關係懷了孕。關於愛的承諾不但總是雲淡風清，連生命也可以被任意拋擲與摧毀。而且透過孟藍對夏芳然的毀容、夏芳然對懷有罪責的陸羽平的精神折磨、決定將人生奉獻卻無法壓抑地對夏芳然傷痕累累的身體施予拳腳的陸羽平，不同層次的多重暴力景觀，呈現出年輕人面對生命的殘酷，以及支撐著這種殘酷的無機質暴力衝動。這樣的風格，顯然與中國「八零後」小說有著同質性，充斥著對青春、健康與美好身體的迷戀，以及殘酷、憂傷、苦悶、暴力、冷血的性格。[28]

　　這種殘酷透過了笛安運用的推理類型敘事，發展出了新意。小說中一直無法解決的謎團，便是夏芳然坦承殺人不諱，但目擊的男孩羅凱，卻持相反的證詞。而真正的原因在於，原本約好一起自盡的夏、陸兩人，在陸羽平氣絕後，夏芳然突然害怕而退縮了，但所有在殺人案件中能夠定罪的證據，包括毒藥、酒瓶上的指紋、丁小洛跟羅凱兩個目擊者，甚至趙小雪懷孕這個動機，全部到齊了。因此夏芳然清楚地意識到，除非她坦承跟陸羽平那些不堪的一切，來獲取審判者的同情，否則她無法脫罪；但如此一來，她連最後的尊嚴都失去了，這是解開真相所必須帶來的代價與殘酷，一如她所作出極爲傷痛的自白：「我會告訴你們說我的毀容都是被陸羽平害的，我會淚如雨下地告訴法官陸羽平打我，我還得在你們的人面前脫光衣服，在我已經慘不忍睹遍體鱗傷的身體上，大海撈針似的找出一個陸羽平留下的傷痕，……這樣換來的清白跟自由有什麼意義？……我的臉、我的身體、我的生活雖然已經被孟藍變成了這副亂七八糟的樣子，但是我不能再跟著外人一起糟蹋它。」（頁

---

[27] 焦守紅，〈開花的樹──笛安和她的《芙蓉如面柳如眉》〉，《山東文學》2008 年 04 期（2008.04），頁 106。

[28] 羅四鴿，〈聖阿奎那的啓示與笛安的返魅〉，《上海文化》2009 年 05 期（2009.05），頁 55。

210-211）

　　20 世紀初期著名的英國散文家、同時也是推理小說家的卻斯特頓（Gilbert
Keith Chesterton），曾在〈爲偵探小說辯護〉（A Defence of Detective Stories）
一文中特別提到，偵探／推理小說是最早、也是唯一能傳達現代生活中「詩
意」感受的文學形式，而這些詩意往往散落在城市的每一個轉角、每一塊磚
瓦之中。[29]的確，推理這個類型對於現代感覺結構的敏銳，表現在上述小說
中，除了都市地景與資本主義體系的再現，以及隱藏在其中的無機質暴力外，
更重要的是體現出現代人主體的散逸，對於存在的不安，期待永恆的某種終
極價值的救贖，然而卻又不相信它真的存在，也因此所有人都感到極度的孤
獨。

　　的確，就像李一點出的，笛安所表達出來的青春，是一種青春的破壞力
朝向自身時轉而對他人的傷害，生命因此走向殘缺與孤獨。[30]夏芳然老是在
深夜對著沈睡的陸羽平喊渴，並不是身體與慾望的飢渴，而是對於即使相互
在睡床上依偎著，但仍然對當下感到不安，對存在感到懷疑，其實是一種心
靈對於溫暖的飢渴，藉索求而相互取暖。由於害怕自己終將背叛，因此陸羽
平期待早日衰老，最後甚至答應讓生命提前終止。當生命最後的救贖陸羽平
死去後，即使夏芳然苟活卜來，但她再也無法承受將肉體與心靈的傷口攤在
世人面前，那是比死更大的傷痛，因此她只好將自己化身爲孤獨的殺人魔。
同樣在《無伴奏安魂曲》中，阿泊每天給死去阿秋的電話留言，以重複的儀
式來消解寂寞；阿夏有著一樣的孤獨，所以她拉著東南走那段路去修鞋，因
爲不想寂寞地走那段路；美綺無法忍受東南因良善而產生的背叛與欺瞞，因
感到自我沈淪在創傷經驗的深淵中無比孤獨，最後殺了東南。孤獨以無比的
力量，席捲了所有的人，殺意萌現，爲了抵抗空乏與虛無，最後卻迎來更漫
長的寂寞、更永恆的孤獨。

　　的確，雖然台灣與中國在都市發展的歷史經驗與時間上有著差異，但卻
都在這些以推理類型敘事爲主體的小說中，逐漸發展出同質的都市感性。表
現在成英姝的小說中，是心理懸疑性的個人精神碎裂，而無法在都市的肌理

---

[29] Chesterton, Gilbert Keith. "A Defence of Detective Stories." in Howard Haycraft ed. *The Art
of The Mystery Story: A Collection of Critical Essays.* NY: Carroll & Graf Pub., 1983, pp.3-6.
[30] 李一，〈寫作者的二十歲：如果青春沒有了「靶子」——笛安論〉，《南方文壇》2011 年
01 期（2011.01），頁 117。

中尋回安頓之所。而在張國立的小說中，則充滿了愛情的世故，原來流行文化中的情歌應該要給予許諾或療癒，但作為主旋律的〈陰天〉卻有如一種先知式的教諭，反而是永恆愛情應許的失落與絕望，都市中流動的聽覺與味覺形成的感覺重層，像是給予了更多可能，卻反而又顯示了安頓的不可能。而在笛安那裡，愛情在都市中被期待成一個現代版的羅蜜歐與茱麗葉或是《胭脂扣》，雖然丁小洛的一廂情願似乎點燃最後一絲希望的火光，但最終茱麗葉的放棄使得這個現代的愛情傳奇無法真正被落款；而這也等於證明了，既然就像王安憶所說的城市無故事，那自然更不可能有傳奇。

四、時間的密室：歷史的謎境與追尋

英國有一句古諺說：「真相是時間的女兒（The truth is the daughter of time）。」的確，推理小說可以說是在所有文學類型中，同時關注真相與時間的最具代表性敘事文類。所有對於犯罪的推理，無一不是建立在清楚的時間關係上，偵探沒有重建犯罪相關的時間秩序，真相是無法浮現的。也因此，推理小說中俯拾可見的時間景觀，猶如進入歷史的通道，只要創作者願意，隨時就可以叩問那些被鎖在時間彼端的祕密。

在西方，透過推理小說的類型敘事，結合嚴肅且深刻的歷史議題，早行之有年。如 1951 年英國女作家約瑟芬‧鐵伊（Josephine Tey）寫出《時間的女兒》（The Daughter of Time），透過有如歷史研究般的文獻比對，以推理小說的敘事形式，推翻英國史上對於理查三世（Richard III）的歷史定論，而這個書名正是來自上述的英國古諺。近則如土耳其小說家奧罕‧帕慕克（Orhan Pamuk）以 1998 年出版、結合土耳其歷史與推理之作《我的名字叫紅》（My Name is Red），獲得 2006 年的諾貝爾文學獎。而美國大眾小說家丹‧布朗（Dan Brown）2003 年全球暢銷之作《達文西密碼》（The Da Vinci Code），因提出另一套宗教史觀，不僅暢銷書市，更牽動教廷的敏感神經，公開予以回應。

而在當代的華文小說中，麥家的一系列諜戰小說《解密》（2002）、《暗算》（2004）、《風聲》（2007），其實便是結合了推理與歷史的雙重特質。他大膽地挑戰了前人不曾探觸的神秘禁區，那是一個密碼的符號意義凌駕人的肉身，將個體的存在秩序化為情報力場，所有的行為都由國家興亡隱喻驅動的

戰爭世界，因而創造出一個前所未有的小說類型。在這幾部小說中，他著力於描寫這些因為歷史特殊情境的需求，為自己信仰的政權效力的情報工作人員，探尋他們存在的真相。由於他們的身份敏感，致使他們被鎖死在從 1940 年代汪精衛政權到 1950 年代抗美援朝後不同的歷史階段，那一個個不為人知的「時間的密室」中。一如麥家在接受訪問時所言，由於自己年輕時念的是培養情報員的軍校，所以他其實是透過寫這些小說在懷念從事這些工作的人，他們為國家獻身、為個人信念而活，即使只能生活在封閉之中，也在所不惜。[31]而與張國立、成英姝一同入圍時報百萬小說獎的台灣作家裴在美，在《疑惑與誘惑》（2000）中則是從具個人性的庶民歷史出發，講述主角接到意外的消息，指出因捲入國共內戰、應於 1949 年便死於南京的大舅沈德桐，事隔五十年後其實仍活著，因此從美國飛抵中國，展開代替母親尋找家族祕辛真相的旅程。然而真相卻是當年加入土改隊後失去音訊的堂舅沈德棟，原來一直假冒大舅之名安居福建，大舅實已於 1949 年的夏天死於湖中。雖然有幾個可能的死因，但僅止於主角的幾種推測，最後並沒有給讀者一個確切的解答，而把這個從一開始就居關鍵地位的謎團，再度送回那個動盪的大時代歷史的「時間的密室」之中。

　　作為茅盾文學獎的得主、中國近年最受歡迎小說家的麥家，許多評論者都試圖透過建立麥家與阿根廷文學大師波赫士（Jorge Luis Borges）之間的關係，探討他作品中那些有如迷宮的故事情節，以及身份與死亡的隱喻，來建構其文學價值。徐阿兵甚至整理出麥家在第一本小說《紫密黑密》的題記中，說到這本書是要獻給波赫士的；又提出波赫士〈歧路花園〉（El jardín de los senderos que se bifurcan，1941）的故事型態對《風聲》等作品的直接啟發。[32]而這種種討論，也引發麥家的回應，他藉由波赫士的話申明自己的創作理念，那就是：「小說是手工藝品」[33]，將自己定義為更貼近純文學創作位置的藝術家。

---

[31] 邢玉婧，〈諜戰劇：麥家製造〉，《軍營文化天地》2011 年 1 期（2011.01），頁 17。

[32] 由於在中國 Jorge Luis Borges 的譯名為博爾赫斯，而作品〈El jardín de los senderos que se bifurcan〉譯為〈小徑分岔的花園〉，因此在徐阿兵的文章中都是使用中國的譯法。不過在本文中，筆者一律使用台灣慣用的譯法。至於徐阿兵對麥家的討論，詳參徐阿兵，〈愉悅的歧途：麥家小說創作論〉，《理論與創作》2008 年 5 期（2008.05），頁 102-106。

[33] 麥家，〈小說是手工藝品〉，《當代文壇》2007 年 04 期（2007.04），頁 40-41。

　　然而值得注意的是，波赫士本人其實有非常深厚的英國古典推理小說的素養，他也將這些類型敘事的模式，大量鎔鑄在作品中[34]，如〈歧路花園〉這樣的作品背後，其實隱藏的就是推理小說的敘事美學。這個部分在《風聲》中尤為顯著，延續著《解密》、《暗算》對於諜報人員的關注，麥家在《風聲》中透過強化推理敘事的元素，在故事層次上呈現出有別以往的複雜性，以及角色間極具張力的智性對決與衝突。小說中的肥原，扮演的其實就是偵探的角色，但對於麥家設定的目標讀者來說，在國族認同的情感基礎上，他們是不可能喜歡肥原這個鬼子偵探的；在這個層次上，麥家逆寫了推理小說裡常見的角色道德秩序，讓原本應該最具魅力的核心角色偵探，反而隨著他每個行動中的步步進逼，累積出讀者對扮演嫌犯角色、但極可能是國家英雄的顧小夢、李寧玉、吳志國、金生火等四人的同情與認同，偵探反而成為讀者可能最痛恨的人。而在整個故事的進行過程中，肥原相當稱職地扮演著偵探的角色，從對吳志國的懷疑，到吳志國對李寧玉的反咬，再到顧小夢嫌疑的排除，肥原有如一個古典推理的偵探，列出每一種可能性，然後透過層層縝密的推理步驟，刪去不可能的答案。然而當肥原欲靠近「真相」，讀者感受到的壓迫就愈大。在古典推理小說中，當偵探離真相愈近，代表光明即將到來；但在《風聲》中，偵探離真相愈近，反而是更加快速地讓國家民族走入黑暗，因此麥家在邊逆反了古典推理的文體秩序，製造出一個閱讀期待上反差，成功地牽引著讀者進入他安排好的謎境與隱含著悲劇性的結局。

　　然而僅具有細緻的推理程序，不足以建構起小說中緊湊的情節張力，還需要某些被限制的元素，形成絕對的封閉情境，來製造閱讀上的緊張感。推理小說中常見的暴風雨山莊（closed circle）與密室（locked room），也成為《風聲》最主要的空間型態。小說裡的裘莊西樓，正是最標準的暴風雨山莊。暴風雨山莊的基本模式往往是一群人因為自然或人為原因，被困在孤立的山上、島嶼、或建築物裡，卻在此封閉空間內發生殺人案件，甚至是連續性的，由於無法脫出，因此必須找出真正的兇手，才能讓所有人逃出生天。在《風聲》中被懷疑而拘禁的四人，就是活生生地被困在肥原所設計的暴風雨山莊中，如果他們不找出真正的老鬼是誰，所有人可能都得送命。

---

[34]　鄭樹森，《小說地圖》（台北：一方出版，2003），頁 121-122。

　　但除了典型的暴風雨山莊外，《風聲》裡還出現了肥原創造的「心理密室」。由於肥原希望能夠讓老鬼漏出馬腳，因此刻意安排試煉與激發對立，讓四人各自困陷於自我懷疑的心理密室中。對於真正的老鬼，她得要在高度壓縮的時間內，將消息傳遞出去；一方面得要尋求跟老鱉接頭的機會，一方面要想盡辦法見縫插針，鎖定替死鬼好讓自己脫身。對於其他無辜的三人來說，如何證明自己的清白，在隨時被老鬼誣陷的風險下漂白自己，讓自己最後脫身，則成了他們的首要任務。而這些正是小說中最具懸疑性而引人入勝的部分，透過這幾重推理小說類型敘事的挪用，創造出過去麥家小說中所有沒有動態力場，營造出前所未有的敘事張力與戲劇性。

　　而到了最後，當讀者以為在上部〈東風〉，故事的真相已被全盤托出時，麥家卻在下部〈西風〉，再度現身告知讀者，原來顧小夢仍然活著，而且人竟然在台灣。因此故事的敘述者便只好千里迢迢來到台灣的鄉下，紀錄下被埋沒的歷史真相，也讓原來小說中單純的日本／汪精衛政權與共產黨特務兩股勢力的衝撞，因為顧小夢的國民黨特務身份，產生令人驚奇的複雜三角關係，在讓歷史的謎境複雜化的同時，也一併逐漸的清晰。至於最後顧小夢的出手幫忙，相當程度地反映了在當時的歷史時空中，相對於左右的政治意識，國族位置仍具有其優先性，也凸顯了麥家一直以來的關懷，在間諜的身份表象之下，人的真實存在。不過小說結構所製造出來的真相轉向，這種謎底的「翻轉」（twist），的確正是古典推理小說的拿手好戲，參照小說內的敘事者麥家在　開始提到克莉絲蒂小說改編的電影《尼羅河謀殺案》（Death on the Nile），或許克莉絲蒂正是麥家推理敘事的另一個養分來源。

　　當然，就整體來說，麥家這幾本諜報小說，在對於情報工作人員的書寫上，無甯是更貼近與推理小說有深厚血緣關係的間諜小說。詹宏志在講述兩者的血緣關係時，特別指出「國家機密」在其中扮演的重要性：當小說的敘述重點還停留在民事與刑事案件時，它仍屬推理／偵探小說；一旦案件跟國家機密或陰謀有關，那便進入間諜小說的領域。他認為在愛倫坡在 1845 年的〈失竊的信〉裡，將信件連結上國家危機，實已開啟間諜小說的先聲。而到了 1922 年卻斯特頓《知道太多的人》（The Man Who Knew Too Much），小說中的主角漁仁（Horne Fisher），與擔任紀錄者的年輕記者搭檔，明顯運用了

推理小說常見的偵探與助手組合；而關於國家與政治的陰謀（謎底），則隨著主角探尋真相的過程逐步揭露，並在清楚陰謀規模、背後原因與牽連人物後，啟動最後的抵抗與消滅，而讓案件發展與主角行動同時達到終點，其敘事秩序的確與推理小說係出同門。[35]然而就如同學者胡錦媛所指出的，二次大戰後崛起的伊恩・佛萊明（Ian Fleming），改寫了過去的寫實傳統，創造出 007 情報員這個間諜神話；但隨之繼起的勒卡雷（John le Carré）、格雷安・葛林（Graham Greene）創造出具「反英雄」（anti-hero）色彩、常常面臨認同危機與道德困境的間諜角色，讓間諜小說再度回到寫實的路線。[36]

在麥家的《解密》與《暗算》裡，有許多可與西方間諜小說互為印證之處，尤其是「英雄／反英雄」的核心命題，以及道德倫理上關於「自由」與「背叛」的辯證。麥家苦熬十年寫出《解密》，讓這些一般讀者陌生的情報工作人員臉孔，浮出歷史的謎面，揭示他們「不存在的存在」，還原他們的英雄真身。對於國家人民來說，這些人當然是英雄，但正因為他們被隱藏在歷史的暗角，因此需要被書寫出來，從無名而進入正名。小說中大量出現的第一人稱腔調，或是並置參與者的口述歷史訪談，具有強化真實性的意圖，也因此建構出一個「解密列傳」的系譜。但麥家不只是寫出他們的光榮，更寫出他們生命的悲哀。他們沒有國家認同上的問題，但卻有自我認同上的疑慮與障礙：《解密》中的容金珍最後因為機密的記事本遺失而心靈崩毀，《暗算》中的瞎子阿炳因為知道孩子不是親生的真相而傷痛自盡。他們都希望擁有一般人的生活，但就像麥家所說的，「瑣碎的日常生活（體制）對人的摧殘，哪怕是天才也難逃這個巨大的『隱蔽的陷阱』」，[37]最終都毀於日常的背叛與逆襲；可以說是他們太過於單純，但也可以說是他們自陷於自我的道德困境。所以在這個意義上，雖然他們是專業上的英雄象徵，卻又是現實中徹底的反英雄角色。也因此，雖然 1950 到 1970 年代中國推理小說由於受到蘇聯偵探小說的影響，因此出現大量「抓特務」的間諜敘事類型，[38]但麥家創造出來的具有人性關懷視野的諜報書寫，成功地改寫過去的傳統，並提供了一個新

---

[35] 詹宏志，〈導讀〉，卻斯特頓，《知道太多的人》，頁 31-33。

[36] 胡錦媛，〈鏡子戰爭：勒卡雷《東山再起的間諜》〉，《中外文學》29 卷 3 期＝總 339 期（2000.08），頁 78-79。

[37] 邢玉婧，〈諜戰劇：麥家製造〉，頁 16。

[38] 任翔，《文學的另一道風景：偵探小說史論》，頁 188-189。

的小說類型物種。也讓他和西方這些被經典化的間諜小說名家如勒卡雷、葛林一般，被純文學的場域接納，而認同其所具有的意義與價值。所以在這個意義上，麥家創造的是既能跟西方推理、間諜等類型對話，但其實是挪用並改寫其敘事規則的華文小說新物種；它介於純文學與大眾文學之間，超越西方類型限制卻又能自成類型，並得到了不論是菁英或大眾讀者的一致認同。

　　不過在麥家的《風聲》與裴在美的《疑惑與誘惑》中，剛好呈現一個有趣的對位。小說中的祕密恰好都啓動於國共內戰的時刻，因此歷史真相都被埋藏在 1949 年的時間斷層裡，而最終的版本卻要到「對岸」的「時間的密室」去尋得，這種跨海的移動所象徵的歷史斷裂與錯位，其實是饒富意味的。不僅對歷史時間進行再造與擬想，空間的層次也被收納進歷史真相的藍圖中。而且，不約而同的，他們對於自己追索的真相與歷史都有一個明確的信念，這些歷史真相是被埋藏在時間的密室中，永遠不會逃逸跟消失，即便數十年過去，但真相仍然不被影響，即便它無可避免地陷於歷史構築的謎境之中，但終究能自己找到出路，而被一再地言說與想像。

參考書目

一、小說

- 平路,〈玉米田之死〉,《玉米田之死》(台北：聯經,1985)。
- 平路,《何日君再來》(台北：印刻,2002)。
- 成英姝,《無伴奏安魂曲》(台北：時報,2000)。
- 余華,〈河邊的錯誤〉,《十八歲出門遠行》(台北：遠流,1990)。
- 張大春,《沒人寫信給上校》(台北：聯合文學,1994)。
- 張國立,《Saltimbocca,跳進嘴裡》(台北：時報,2000)。
- 笛安,《芙蓉如面柳如眉》(台北：麥田,2006)。
- 麥家,《風聲》(台北：印刻,2009)。
- 麥家,《暗算》(台北：文圓國際,2004)。
- 麥家,《解密》(台北：文圓國際,2004)。
- 楊照,《暗巷迷夜》(台北：聯合文學,1994)。
- 葉兆言,〈兇殺之都〉,《兒歌》(桂林：廣西師範大學,2001)。
- 葉兆言,〈重見陽光的日子〉,《啄木鳥》1995 年 6 期(1995.06)。
- 葉兆言,《今夜星光燦爛》(台北：麥田,2000)。
- 裴在美《疑惑與誘惑》(台北：時報,2000)。
- 鄭寶娟《天黑前回家》(台北：麥田,2007)。
- 蘇童,〈一樁自殺案〉,《蘇童文集：蝴蝶與棋》(南京：江蘇文藝出版社,1996)。
- 蘇童,〈美人失蹤〉,《十一擊》(台北：麥田,1994)。
- 蘇童,〈園藝〉,《刺青時代》(台北：麥田,1995)。

二、專書

- Howard Haycraft ed. The Art of The Mystery Story: A Collection of Critical Essays. NY: Carroll & Graf Pub., 1983.
- Liu, Lydia. Translingual Practice: Literature, National Culture, and Translated Modernity—China, 1900-1937. CA: Stanford University Press, 1995.
- Symons, Julian. Bloody Murder. third revised edition, New York： Warner

Books, 1993.

- Thompson, Jon. Fiction, Crime, and Empire: Clues to Modernity and Postmodernism. Champaign, IL: University of Illinois Press, 1993.

- 上野正彦，《死体は悩む－多発する猟奇殺人事件の真実》（東京：角川書店・角川 one テーマ 21，2007）。

- 王安憶，《華麗家族：阿嘉莎・克莉絲蒂的世界》（安徽：安徽文藝出版社，2006）。

- 王品涵，〈跨國文本脈絡下的台灣漢文犯罪小說研究（1895-1945）〉（台北：台灣大學台灣文學研究所碩士論文，2010）。

- 王德威，宋偉杰譯，《被壓抑的現代性：晚清小說新論》（台北：麥田，2003）。

- 任翔，《文學的另一道風景：偵探小說史論》（北京：中國青年出版社，2001）。

- 吳岩編，《科幻小說教學研究資料》（北京：北京師範大學教育管理學院，1991）。

- 吳岩編，《科幻文學理論和學科體系建設》（重慶：重慶出版社，2008）。

- 呂淳鈺，〈日治時期臺灣偵探敘事的發生與形成：一個通俗文學新文類的考察〉（臺北：國立政治大學中國文學系碩士論文，2004）。

- 班雅明（Walter Benjamin），張旭東、魏文生譯，《發達資本主義時代的抒情詩人：論波特萊爾》（台北：臉譜，2002）。

- 曹正文，《世界偵探小說史略》（上海：上海譯文出版社，1998）。

- 陳平原，《中國小說敘事模式之轉變》（台北：久大，1990）。

- 陳國偉，《想像台灣：當代小說中的族群書寫》（台北：五南，2007）。

- 程盤銘，《推理小說研究》（香港：科華圖書出版公司，2000）。

- 黃美娥，《重層現代性鏡象》（臺北：麥田，2004）。

- 詹宏志，《詹宏志私房謀殺》，（台北：遠流，2002）。

- 鄭樹森，《小說地圖》（台北：一方出版，2003）。

- 鄭樹森，《從諾貝爾到張愛玲》（台北：印刻，2007）。

三、單篇論文

- 王安憶、陳丹青，〈長度：漫談中國電視連續劇之二〉，《上海文學》2004年 5 期（2004.05），頁 54-67。

- 李一，〈寫作者的二十歲：如果青春沒有了「靶子」——笛安論〉，《南方文壇》2011 年 01 期（2011.01），頁 115-118。

- 邢玉婧，〈諜戰劇：麥家製造〉，《軍營文化天地》2011 年 1 期（2011.01），頁 14-17。

- 林建光，〈政治、反政治、後現代：論八〇年代台灣科幻小說〉，《中外文學》31:9（2003.02），頁 130—159。

- 胡錦媛，〈鏡子戰爭：勒卡雷《東山再起的間諜》〉，《中外文學》29 卷 3 期＝總 339 期（2000.08），頁 78-102。

- 徐阿兵，〈愉悅的歧途：麥家小說創作論〉，《理論與創作》2008 年 5 期（2008.05），頁 102-106。

- 陳國偉，〈偵探的地理學：東野圭吾的街物語〉，東野圭吾，阿夜譯，《新參者》（台北：獨步文化，2011），頁 361-367。

- 陳國偉，〈被翻譯的身體——臺灣新世代推理小說中的身體錯位與文體秩序〉，《中外文學》39 卷 1 期（2010.03），頁 41-84。

- 麥家，〈小說是手工藝品〉，《當代文壇》2007 年 04 期（2007.04），頁 40-41。

- 焦守紅，〈開花的樹——笛安和她的《芙蓉如面柳如眉》〉，《山東文學》2008 年 04 期（2008.04），頁 105-106。

- 詹宏志，〈導讀〉，卻斯特頓（Gilbert Keith Chesterton），王介文譯，《知道太多的人》（台北：皇冠，1998），頁 29-33。

- 羅四鴒，〈聖阿奎那的啓示與笛安的返魅〉，《上海文化》2009 年 05 期（2009.05），頁 54-61。

四、網路文章

- 袁洪庚，〈接受與創新：論中國現當代偵探文學的演變軌跡〉，《二十一世紀》網路版 2002 年 12 月號（2002.12），
  http://www.cuhk.edu.hk/ics/21c/supplem/essay/0208021.htm。

- 任翔，〈在開闊視野中塑造個性——當代中國偵探小說的探索〉，《檢察日報》2005 年 12 月 19 日，http://www.jcrb.com/n1/jcrb846/ca447595.htm。

- 王安憶，〈優雅的破案已成追憶似水年華〉，《新京報》2010 年 6 月 13 日，「鳳凰網」，

http://book.ifeng.com/shuping/detail_2010_06/13/1620438_0.shtml

- 毛若苓，〈王安憶邂逅《金鎖記》〉，《京華周刊》2011 年 4 月 19 日，
  http://thisweek.people.com.cn/site/?action-viewnews-itemid-252。

講評

◎方　忠[*]

　　陳國偉教授提出了有價值和有意思的論文，談當代華文小說中的推理敘事與轉化。其實，推理小說在世界各地受到熱烈歡迎，其中所塑造的經典人物形象，例如，福爾摩斯、柯南等，都讓人非常喜歡。在中國的推理小說，知名的作品，如程小青寫的《霍桑探案》，對於通俗文學領域影響非常大。

　　陳國偉教授是這方面的論文專長，今日與我們談一談當代華文小說中的推理敘事與轉化，論文視野開闊，並將當代台灣和中國大陸的推理小說放在一起比較、研究，整合華文推理小說的敘事的情境。

　　這篇論文很長，共寫了兩萬多字，我認真地拜讀了三次，發現其中對於大陸作家麥家的小說，陳國偉教授解讀相當細膩，將其敘事美學概括來談，很好。

　　我對這篇論文有一些期待，我仔細地尋找論文中談當代華文推理小說中新的敘事典範，非常遺憾，很難找到，另外，陳國偉教授認為推理小說建立的華文小說新的可能性，我也在尋找這些「可能性」到底在哪裡？文中所解析的作家，如笛安、麥家、張國立等，他們的作品是否能構成華文推理小說的新可能？我想，這一方面還有進一步闡述的空間。

　　另外，還有一些技術性的問題。例如，推理敘事和推理小說的關係，推理小說是一種很清楚的文類，但推理敘事是否能涵蓋推理小說？現今很多小說都有推理的元素，例如，古龍把推理的敘事與武俠小說相結合，成為武俠小說亞門的推理小說的類型。在都市後現代越來越流行，大眾文學和純文學的邊界消弭之際，作家對於文體創作的特點把握也更加靈活，很多作家都有跨界寫作的嘗試，像推理這樣的元素也被許多作家掌握，這邊，我覺得討論範本可以增加一些。

* 徐州師範大學副校長、教授、中國現當代文學專業博士生導師。

總結來說，我認爲本文作者視野開闊，行文運筆非常好，觀點新穎。

（編按：本文依會議之論文講評記錄整理。）

「上海文學」
作爲一種「中國敘事」

◎葛紅兵*

　　這個題目會讓人驚訝，難道上海不在中國之內嗎？的確，有的時候，我們會分明感到上海是在中國之外的，她是中國的外邦人。上海文學也是如此，也許是因爲她在所謂左的方向上曾經走向過極端，也許是因爲她在所謂的右的方向上也走向過極端，所以，她不討人喜歡，也許她相對於中國文學的農耕文明特性，中國文學的北方文明特性，世界文明的東方特性來說，她的確是異質性的他者。但是，在我看來，上海文學至少對中國文學構成了這樣幾個貢獻。

一、上海文學爲中國文學描寫都市提供了話語經驗，爲中國思想認識都市文明提供了材料和方案

　　中國的都市書寫一直面臨著諸種難處。中國有著悠久的農業文明傳統，農耕文化一直是中國文化的顯性文化、主導文化，它浸潤著中國文化的方方面面，整個 20 世紀，中國文學的現代化敘事中，一直充斥著這種農業文明的感傷鄉愁以及這種鄉愁的自我美化，鄉土被描述成充盈、慷慨、生機、夢想、拯救之地；相比較而言，都市文化一直是他者，悲傷的鄉愁使都市他者化，常常，它被建構和表述爲匱乏、糜爛、退化、失禁的彙集地。

　　比較典型的代表是沈從文，從湘西世界逃離出來進入都市的沈從文，沒有多久就在北京大學對他的拒絕中，感受到了在都市中自我失落的身分危機，他自然而然而且是極其迅速地完成了身體離鄉而精神返鄉的過程，湘西鄉土世界的強力、野蠻成了他歌詠的主題，都市生活在這種「強力」和「野蠻」的關照下，變得萎靡、墮落，變得需要湘西世界拯救。顯然沈從文把鄉

* 上海大學文學與創意寫作研究中心主任、教授、博士生導師。

土浪漫化了。

那麼，那些對鄉土一直保持著警惕、批判和俯視的作家呢？讓我們再來看看魯迅，魯迅筆下的未莊、魯鎮裡生活著阿 Q、祥林嫂、孔乙己，魯迅在其作品《故鄉》中這樣寫道：「我冒了嚴寒，回到相隔二千餘裡，別了二十餘年的故鄉去。時候既然是深冬；漸近故鄉時，天氣又陰晦了，冷風吹進船艙中，嗚嗚的響，從篷隙向外一望，蒼黃的天底下，遠近橫著幾個蕭索的荒村，沒有一些活氣。我的心禁不住悲涼起來了。」魯迅對鄉土中國的審視是冷峻的，但是，這種冷峻卻沒有帶來魯迅對都市的熱切，事實是魯迅一直保持了對都市生活的隔膜。

縱觀 20 世紀以來中國文學的都市敘事，我們少有看到對都市持肯定態度的正面描述者留下成功範例，反面的倒是不少。20 世紀上半葉的新感覺派，他們對都市的感受是矛盾的，海派都市的繁華、熱切讓他們著迷，但是海派都市的重商、物質、快變、騷動又讓他們無所適從，他們對都市保持著既愛又恨的感覺，最終後者占了上風。20 世紀中期，典型的都市敘事的代表作是《霓虹燈下的哨兵》，這部作品中，都市是誘惑性、腐蝕性的，它是革命精神的對立物，這裡充斥著使革命者墮落的種種危險。

20 世紀末 21 世紀初，新生代作家開始正面描述都市生活，如衛慧、棉棉等，他們有些是農村出身，通過高考進入大學，畢業留在都市，這種身分決定了他們在都市中的餘零者地位，世紀之交的中國都市正由計劃經濟向市場經濟急速變型、由封閉社會向全球化開放社會轉型、由群體社會向個體社會轉型、由政治意識形態主導向社會商品意識形態主導轉型的關節點上，新生代作家作為知識分子在這個關節點上，並不能真正融入急劇變革的都市生活，他們大多成了都市新變的旁觀者和多餘人，因此他們對都市生活的觀察是有保留的，帶著和 20 世紀初啓蒙作家相似的思鄉病。如今看來，他們的寫作並沒有給中國的都市書寫留下什麼特別重要的成功範例和經驗。

最近以來，韓東、畢飛宇、紅柯、李洱、魏微等向鄉村敘事轉型，並且在鄉村敘事上獲得重大突破，並不是沒有象徵意義的，新生代作家雖然大多以都市敘事出場，最後卻大多只能在鄉土敘事中獲得成功，今天我們幾乎已經不記得他們有什麼成功的都市作品，但是，韓東的《紮根》、畢飛宇的《玉

米》、魏微的《一個人的微湖閘》、李洱的《石榴樹上結櫻桃》等鄉村作品都堪稱傑作。爲什麼會出現這種情況？原因只有一個：我們是一個農業文明傳統極其深厚的國度，我們有足夠的力量觀察鄉村，卻還沒有足夠的視野理解都市。

當下的都市敘事之所以不成功，根底是在我們的文化視野，我們不能觀察到都市生活的豐富性，而將都市單向度化了：一、都市書寫的色情化，部分新生代作家的都市寫作主要走的是這個路子，城市在他們筆下成了欲望的象徵；二、都市書寫的另類化，都市中的文化邊緣人被當成了都市主角，王朔筆下的都市玩主、早期新生代作家筆下的都市餘零人描寫等，走的都是這個路子；三、都市書寫的妖魔化，都市被妖魔化爲名利場、角鬥場，尤鳳偉《泥鰍》等，都市變成了使農民工沉淪甚至死亡的醬缸；四、都市書寫的幼稚化、僞浪漫化，這主要表現在一些青春小說中，70後、80後作家身上，他們把都市奇幻化、動漫化，都市變成了青春炫情的浪漫舞台，他們筆下的都市是只有情感世界而沒有社會生活的。

二、上海文學爲中國文學的南方精神、南方氣質提供了樣板，爲中國文學的多樣性樣態提供了南方可能

中國文明一直是以北方文明爲主導的。黃河流域的文明因爲諸子百家及儒家的興起而興盛，中國古代史上，北方文明的影響隨著氏族貴胄的南遷而逐漸向南方浸潤，最後逐步在中國文明中居於主導地位，而南方文明卻一直處於弱勢地位。現代以來，這種狀況一直沒有得到改變，即使是以南方人爲多數的現代文學作家們，其寫作的北方性依然是明顯的。解放以後，普通話的推廣更是早就了北方方言及北京語音的一統天下，使得寫作上的南方幾乎消隱不見。

中國現當代文學中一直存在的北方和南方的對立。例如，北方文明的壯美系統對南方的秀美系統、北方的政治主導話語對南方的休閒生活話語系統的對立，等等。這個對立，我們可以從當初趙樹理寫作的南方影響中可以看出來，左翼領導人從解放區帶來北方氣息的趙樹理作品，南方上海作家立即無比佩服。這種佩服是哪裡來的呢？難道真的存在一種生活上的真理性的高

北方等級？一種語言上的真理性的北方高等級？不是的。正如《霓虹燈下的哨兵》中所流露出來的潛意識一樣，南方都市的生活及語言，被低估了，甚至被看做了真正的中國式寫作的反面。

作家們自覺和不自覺地把這種意識放進了腦海裡。

其實，左翼作家們不理解魯迅的時候，中國現當代文學中的「解放話語」不理解上海的時候，它們只是在發酵。

上海是中國現代文明的發祥地，現代白話小說誕生在這裡，現代繪畫藝術也誕生在這裡，現代印刷業傳媒業主要集中在這裡，《海上花列傳》，一部用上海話寫的小說，幾乎可以看作是中國現代小說的肇始之作。誕生，我們發現，上海的寫作此後並沒有被當作中國寫作的典範，甚至命運恰恰相反——幾乎所有人都覺得「海上花」式的寫作是不成功的，即使是張愛玲，她那麼喜歡上海和《海上花列傳》，她也不得不有所保留，她甚至擔心別人根本看不懂，要把《海上花列傳》翻譯一遍。

根本的問題是風格和語言的割裂，文學上中國有兩個，一個是南方，一個是北方的，南方的中國成了之流並逐漸斷流，是的南方中國的審美不被理解和接受。南方的方言寫作，如今已經不再存在——這是整個中國地方性寫作不再存在的一個縮影，但是，顯然，上海表現得尤其明顯。

但是，上海文學的存在，讓我們依然可以問：是否在中國，有著一種根本意義上的南方文學？一種南方精神的文學、南方審美的文學、一種南方意識的文學？也許是肯定的，也許是否定的，但是，只要上海文學的存在讓我們有如此之問，那麼也許上海文學就是成功的。

三、在全球化語境中，上海文學為中國文學和世界文學提供了東方都市化的地方性指認、地方性知識

20 世紀六、七十年代以來的世界範圍內的地方性和全球化衝突語境，使人們開始思考和重視地方性知識，在現代意識、全球意識的宏大話語中尋求地方性的差異存在。這方面做得最好的學者可能是格爾茲，在格爾茲那裡地方性知識不僅僅是作為一種觀察視野，還是一種深描那些特定化、情境化、地方化文化符碼，揭示其差異性和多樣性的文化觀察方法。在我看來漢語文

學也存在同樣的問題，方言思想、地方性思想具有和普通話思想不同的差異性和多樣性特徵及其根源，但是，顯然（1949後）六十餘年來，中國文學理論界並沒有發展出這種對地方性思想的解釋手段，而創作界面臨的問題同樣嚴重，可能我們正在失去地方性言說的能力，地方敘事的能力喪失，連帶地方思想、地方智慧也處於湮滅的危機中。文學發展的橫向軸層面來看，文學類型是由知識和思想的地方性特徵決定的空間現象，從類型學的共時性軸來看，我們可以把小說定義為「地方思想、地方知識/地方智慧的敘事形態」，文學是奠定在地方知識和地方智慧的基礎之上的，它是地方思想和地方知識的敘事形態。文學類型在空間向度上，首先指的就是「地方類型」。正如文化人類學家格爾茲所言，地方知識始終存在著「普遍化」自身的衝動，這種衝動的實現，常常伴隨著「地方知識」的信仰化，它通過儀式、風俗、習慣、常例等將自己變成「成規」，進而影響人們的生活和觀念。因此「敘事成規」是從縱向軸的歷時性角度來說的，而「地方知識」則是從橫向軸的共時性角度說的，二者本是文學類型研究的統一整體，是一體兩面的關係。如果說通過對文學「敘事成規」的研究能夠為我們打破小說理論上的「個性崇拜」、「創作天才」等執迷於尋找個性與天賦的觀點，把文學放在歷史的演替上來理解，找到「敘事成規」和民族文化心理相聯繫的方面，那麼「地方知識」的研究視野就能夠幫助我們看到小說作為地方敘事形態的結晶，是地方知識實現的一個隱秘方式，文學家首先必須是作為地方知識和地方智慧的書寫者，其次才能談到他的想像力和創造性，他首先是作為地方文化作為橫向空間類型的體現者，而不單單是一個孤立的創作家。

　　「地方知識」作為一種知識視野與全球化是截然不同的，它讓我們意識到我們只是眾多「他人」中的一個「他人」，我們只是屬於眾多不同文化類型中的一種文化。格爾茲在《文化的解釋》一書中引用克萊德·克拉克洪《人類之鏡》對文化的逐層定義：（1）「一個民族的全部生活方式」；（2）「個人從他的群體獲得的社會遺產」；（3）「思維、感覺相信仰方式」；（4）「來源於行為的抽象」；（5）「人類學家關於一個人類群體的真正行為方式的理論」；（6）「集中的知識庫」；（7）「對多發問題的一套標準化適應方式」；（8）「習得行為」；（9）「調節和規範行為的機制」；（10）「適應外部環境和其他人的一套技能」；

（11）「歷史的沉澱」。從這些人類學上對文化的定位我們可以看出，文化是「民族」、「群體」行爲模式背後的支撐性「信仰」、「知識庫」、「歷史」等，是由眾多意義編織而成的關係網，而這種關係網是有空間限定的，他的空間限定就是歷史上某一穩固的「族群」。格爾茲對文化解釋的方法是將解釋物件安置在他們的日常生活狀態之中，然後再去理解他的獨特性。此外，格爾茲十分重視異質文化作爲自身文化的參照物的解釋效力，在承認地方知識和解釋話語自主性的同時，進而努力尋求人類各種文化符號意義的共通性。在對具體的地方性文化的實際操作中，格爾茲發明了一種「深描」研究法，並且用他對峇里島鬥雞風俗的研究驗證了忠實記錄、理解、解釋和說明研究物件，深度重構研究物件「本身」的可能性。那麼小說，是否可以被看成是這樣一種研究對象──一種可以通過深描來認識的地方性知識呢？我們認爲是可以的，它是地方知識的文本性象徵，是敘事形態的地方知識，它的根本性支撐是：知識的地方類型。

「地方知識」，在這裡，並不是指任何一種具體的地方特徵的知識譜系或者具體知識形態，而是一種特別的知識「觀」。在這種觀念下，我們相信，人類的文化，包括小說等是「地方性」的，具有區域性或者族群特徵，因此，我們需要一種小說詮釋學，一種依據某種地方性文化所特有的行動框架、預設和成規來闡釋小說的視域。「地方性知識」作爲一種視域，要求我們重視知識賴以存在和發揮作用的社會條件、背景，把這種知識賴以存在的特定情境（context）置入我們的考察範圍，甚至把它作爲考察的前提。就此，地方性知識的意思可以這樣概括：知識總是在特定的情境中生成並得到其存在理由的，因此我們對知識的考察與其關注普遍的準則，不如著眼於如何形成知識的具體的情境條件。

文學其實是一套符號體系，它不僅提供作爲具體事件的符號，還提供事件和事件之間的聯繫以及它們的大小背景，它呈現文化形態靜態圖景，也呈現其形態及其聯繫，它自身就在避免孤立和靜止，並且呈現或者隱含地呈現著某種自我理解和解釋，並因而構成著一個互相聯繫的、牽一髮而動全身的綜合體系。反過來，對於地方文化來說，文學的重要性，在於它作爲世界、個人及兩者關係的一般而又獨特的觀念性展現，是臻達地方性思想源頭的一

個重要仲介，它可以超出那些孤立事件以及抽象的觀念、概念、說教系統，提供一種解讀框架，根據此框架，智力、情感及道德的廣泛經驗被呈現爲敘事「事件」，使得地方知識由零碎的單個的點狀的可解釋性而通向整體的共通的意義「框架」。

文學敘事可以彌補地方宗教（作爲神聖象徵）對超自然領域的，作爲儀式和信念對人們精神世界的解釋框架帶來的不足，可以把現實的世俗的生活納入文化解釋的範圍，可以實現對地方文化闡釋的相對準確和完整的具體化認識，小說對一個文化現象的諸多細節的準確的、全面的把握和瞭解，對細節進行描述，提供了地方文化具體的本文，可以讓我們理解地方文化的符號意義，分類和作用環境，瞭解文化的作用機制。文學進行地方性文化深描，一方面是對共通性符號意義的把握，另一方面是對文本諸細節的精細化描述，這兩個方面缺一不可，通過對文本的體驗式觀察和理解，研究者旨在掌握具體情境中（環境、情節鏈及上下文關係中）行動者行動的意義，把小說作爲復活具體的形象的文化「事件」來看待，而不是把它當作一個僵死的文化本文，不是進行教條的學院式抽象分析和剝離，而是將自己設計爲對象研究情境中一個參與者，一個對象中的內部分子，通過體驗物件的行爲邏輯，而體察物件在文化和特定領域的意義世界，小說研究，從這點上說，就根本不是什麼抽象的學問，也不是要回答什麼深刻的問題，而是要展示、描述、解釋每一個文本世界，作爲「地方知識」的文化獨特性。對於我們研究者來說的「異文化屬性」，是把我們變成記錄者、描寫者，放到和作家同一的水準上，並共同提供理解一個文化。

因此，文學的地方知識觀，帶給我們的不是某種散碎的情景主義，我們依然相信通過類型化爲某種固態的模型，文化的有機聯繫可以被定性，相對的文化解釋可以脫離具體的小說情境而對類似的小說解釋具有指導價值，這不會讓我們對小說失去正確理解的基礎，相反這樣，我們就具備了一種真正意義上的橫向類型的觀念，一種自在的理論工具和模型，它並不依賴於任何主體性存在和事實基礎，也不會讓我們陷於無窮無盡的單個的作品和情境中不能自拔。對文學的這種觀念給了我們探索類的勇氣和激情，而不僅僅是對單個作品的個人性解釋，無論這種解釋如何有價值，但是，如果不能上升到

類屬性的確立，那對我們來說就是沒有意義的。所以，從這個意義上說，我們不是簡單的文化相對論者，在單個的文化原子中，我們又是相信文化普遍性解釋的，文化符號在一個地方知識構型的內部，能被準確無誤地傳播和接受，就是依賴這種普遍性，這就是類屬性的方面，顯然格爾茲不願意做這種抽象，然而，如果我們要解讀小說，力求對小說現象做精確、完整的描述，力求通過對地方知識視域中的行動者的具體情境的復活和對屬於一個文化體系整體的意義符號的準確理解，來達到對小說的相對準確的認識，這種抽象無疑是必須的。文化常常不是直接表現爲赤裸裸的政治、生殖、生產等等，而是通過盛大的文學性儀式，文化權利實現系統的集權，常常是通過指向場面、儀式，用敘事的形式公開出來，敘事的儀式性、潛移默化屬性，讓社會不平等和地位榮耀變得不重要，甚至讓高等級的和低等級的人站在了一起，他們一起觀看、聆聽，這個過程中動員起成百上千的民眾和大量的財富。

上海文學在全人類的都市化進程中，提供了特殊的東方都市化類型，上海文學呈獻了左翼創生、發展、高潮、極端化至於消隱的經驗、東方都市現代性描寫的經驗、東方都市文化亞文化描寫經驗、現代都市啓蒙文學經驗、現代都市消閒文學的經驗，等等。上海作爲文學類型：它讓我們知道上海作爲全球化進程中的東方都市——地方知識依然存活，並且在多大的程度上影響著我們，而且提醒我們要用相對性的態度，從其內部來理解它，而不是從其外部，用外在邏輯去解釋甚至規訓它。因爲正是他們給我們這個國家在「現代性」的基礎上保留自己留下了空間，這種多樣性的空間裡駐留著我們自身的祖傳，一種文化基因，呈現著中國在這個世界上獨特的理解世界、展現世界並和世界對話的可能性。

都市，在中國文學中是一種什麼樣的命運？理解上海文學，就理解了中國都市文學。

東方，在世界文學中是一種什麼樣的狀態？理解了上海文學，就理解了東方文學。

南方在中國文學中是一種什麼樣的身分？理解了上海文學，就理解了文學上的南方。

但是，上海文學一直是不被理解的。爲什麼會遭遇這一命運？長期以來

農耕文化、北方文化、世界主義的文化形成了一整套表述都市、南方和東方的話語模式、結構，這裡充斥著各種假定、幻象，充斥著對都市文化、南方文化、東方性都市的拒斥性指認。都市文化、南方文化、東方性都市經驗對於主流文化來說是一種異文化，都市文化、南方文化、東方性都市經驗受到的是拒斥性指認，它是一種想像地理學，被看作是異文化，構造、生產了一整套說明上海的形象、觀念、風俗話語，這些話語都是修辭性的，具有農耕文化、北方文化、世界主義文化的意識形態性質。在這種話語中，上海被描述為輕義重利、世俗化甚至庸俗化的、無意義的、缺乏意志和精神的漂移之地，就不是什麼不可想像的事情了。都市如何擺脫作為農耕文化、北方文化、世界主義文化的意識形態的異文化表述領域，改變自己作為文化他者的地位？我們的作家，作為個體敘述者，應該有話語自覺，自覺地意識到農耕文化、北方文化、世界主義文化的意識形態統照之下，上海話語的上述屬性，自覺地對農耕文化、北方文化、世界主義文化的意識形態以及它針對上海文化而發明的　整套修辭策略、話語結構、歷史等作出反思，要追問自己的話語方式、社會角色、立場，是自覺的文化反思者，還是不自覺的合謀者，要在個人的都市經驗和來自傳統文本、文獻的群體積澱性經驗之間作出區分，自覺地意識到自己在農耕文化、北方文化、世界主義文化的意識形態的對立面進行跨文化、跨語境寫作實驗，只有這樣這樣脫離傳統書寫的窠臼，對農耕文化、北方文化、世界主義文化的意識形態書寫的合法性、真理性、客觀性、科學性作出質疑，創生新的海上文學話語。我們的寫作者要對都市作價值發現和價值承認，不是我們生活在都市就能認可都市的精神和價值的，有的時候恰恰相反，生活在都市的寫作者常常正是把都市他者化的始作俑者，都市一方面以差異、反修辭、局部、細節的面目出現在我們的面前，另一方面，它又是農耕文化的假想敵，農耕文化主導下都市話語不會自覺地產生出對都市的價值認同，這一點需要我們的寫作者和自己的文化傳統作真正的鬥爭，以便讓都市寫作從傳統窠臼中解脫出來。

　　當下的上海都市書寫，大致可以分成這樣幾個作家群體：以王安憶等為代表的中生代作家，他們更多地關注社會性都市，其寫作的社會含量比較豐厚，社會批判性比較強；以棉棉等代表的新生代作家，他們更多地關心個體

性都市，其寫作的個體感性含量比較重，對都市主流文化——市民型消費文化有一定反叛；以於是等代表的「70 年代後」作家，他們更多關心消費性都市，其寫作對當下都市消費性指認比較明確，認同度也比較高。此外還有部分來自外地如今寓居上海，以邊緣敘事的態度面對上海的作家，這部分作家對上海都市生活的封閉性、排他性、與中國土根文化的差異性有更深切的體會和認識，這些也因此成了他們描述的重點。上海是中國最重要的都市之一，是中國都市文化的重鎮，應當說，它也是當今中國的都市書寫的重鎮，就許多方面而言，它處於中國都市書寫的前沿，但是這不等於說，它已經獲得了完全的文學自覺，也不等於說，它獲得了批評界的同情式理解。

講評

◎許琇禎[*]

　　該論文試圖通過都市、南方與地方性的強調確認上海文學作爲中國敘事的中心位置，基本上涉及了兩個值得商榷的問題：其一，在批判北京文化霸權的同時，上海同樣以霸權的姿態，凌駕於其他南方或非南方的城市。其次，當論者一再申言都市書寫的必需光明性時，所謂的上海文學便窄化了上海；而只以方言作爲上海文學書寫之標幟，也使上海窄化了上海文學。事實上，無論是北京或上海，北方與南方，所謂的地方性文學與文化的內涵都並不建立在一種概念或理論的指導上，文學之所以能以其理想性與現實性爲時代發聲並超越時代，正在於它不爲政治或信仰服務，而能以詩性話語建構豐饒的思維與意象。後現代美學所謂的去中心乃至於多元文化的論述，首要即是符碼的解放。在話語建構文化與思維的基礎上，中國、北京與上海並不存在本質性的內涵，而是由各種話語不斷改寫創生的符碼。上海文學若要成爲眾聲喧嘩異姿奇采的地方文學沃土，就必須有解構對中國、北京、上海等符號的思維，方不至於淪爲以霸權取代霸權的文化焦土。對應於台灣近年之所以能在本土書寫上展現多樣風貌，正由於台灣乃至於中華民國等符號可以在話語書寫中不斷地反思重構破毀創生。與其以一種標準或規格來定義上海文學在中國敘事的合法性與中心價值，不如以自由的話語型態爲上海文學提供更寬廣更豐富的可能。

---

[*] 台北市立教育大學中國語文學系教授。

從文學都市到影像都市
90 年代以來大陸小說的都市敘事及其電影改編

◎劉 暢*

摘 要

　　90 年代以來中國大陸小說的都市敘事呈現出新的特點，而在此基礎上，對都市小說的改編也形成了獨特的軌跡。本文試圖從小說的都市敘事入手，審視 90 年代以來小說對「都市」的建構，進而探究電影改編中都市敘事的嬗變，以及這一過程中存在的缺失。

　　關鍵字：90 年代，都市敘事，電影改編

---

* 上海師範大學都市文化研究中心研究員。

中國電影自誕生之初就與文學有著不解之緣。1924 年，明星公司為了應對「劇本荒」而將徐枕亞的小說《玉梨魂》搬上銀幕，這也成為改編 20 世紀中國小說的先聲。以此為開端，「五四」以來的小說創作為國產電影提供了較為豐富的文學資源，如《啼笑因緣》（張恨水）、《春蠶》（茅盾）、《祝福》（魯迅）、《我這一輩子》（老舍）、《家》（巴金）、《城南舊事》（林海音）、《紅高粱》（莫言）、《妻妾成群》（蘇童）等小說先後被改編為電影，並在中國電影史上產生了不同程度的影響。

對於 20 世紀以來的中國文學與中國電影而言，「都市」都是一個值得關注的母題。從上世紀二、三十年代起，一系列以都市生活為背景、關注都市男女生存狀態的小說作品被改編成電影，而從文學到影像的轉換則在一定意義上再現甚至重構了原作對都市的敘述，致使小說原作與影片之間形成了某種張力。進而言之，這種張力實質上映射出特定歷史時期的社會心態和文化選擇，能夠為我們審視中國現代化的歷史進程提供一個獨特的視角。特別是在進入 90 年代之後，隨著中國社會逐漸駛入都市化的快車道，當代都市社會的生活形態成為文學著力於觀察和展示的對象，在一定程度上寄寓了作者對於都市現代性的反思。在此基礎上，90 年代以來的諸多小說被陸續搬上銀幕，而這也構成了當代語境下一個重要的文化現象。

一

在晚清以降的現代化語境中，傳統農業社會逐漸陷入邊緣化的窘境。戰亂、天災、土地兼併與資本主義經濟的擠壓迫使農民大規模地逃離鄉村，而傳統/現代、東方/西方的文化衝突也極大地動搖了鄉土中國的文化根基，衰敗的鄉村和走向城市的農民成為 20 世紀上半葉農耕文明趨於崩頹的縮影。與此同時，現代都市文明卻以不可遏阻的勢頭急速擴張，為農耕文化傳統下的中國社會提供了一種新的生活方式和價值觀念。於是，在以鄉土中國為參照系的文化視野內，「都市」既是現代文明的隱喻和現代性經驗的標本，又指涉了現代化進程中孳生的道德原罪與精神危機。因而，20 世紀以來中國文學的都市書寫具有一定程度的多義性、弔詭性。

　　從總體上看，都市總是被人們描述爲一個物欲橫流、浮華拜金的罪惡淵藪，由此產生的負性體驗則構成了都市敘事的主要路向。從 30 年代新感覺派與左翼小說對都市人生存處境的關注，到 50～60 年代主流文學在泛政治化的立場上拒斥都市及其所代表的「資本主義文明」，作家們幾乎不約而同地向讀者陳述了現代都市的道德缺位、心靈迷失以及都市人群的苦悶、沉淪，即使是迷醉在現代性體驗之中的新感覺派也難以遮掩他們對都市生態的負面感受。所以，無論是左翼文化傳統下的階級批判與人道主義批判，還是基於傳統文化視閾的現代性反思，《駱駝祥子》、《子夜》、《上海的狐步舞》、《上海的早晨》等作品都通過敘寫都市的誘惑及其背後的人性異化，建構了一個墮落、虛偽的都市意象，而這也成爲現當代小說的敘事傳統之一。由此，新時期小說也不乏對於都市的質疑和批判，尤其是在 90 年代以來全球化和經濟體制轉型的背景下，信仰危機、道德失範、貧富分化等現實問題得到進一步的凸顯，而都市也因此被想像成人文精神匱乏、物質欲望氾濫的道德荒漠。賈平凹的《廢都》用「廢都」這一意象指稱頹廢、萎靡的現代都市文明，力圖透過知識分子的精神悲劇來審視 20 世紀末都市化進程中的社會病態，在很大程度上成爲一部關於都市的文化寓言。邱華棟的《闖入者》通過描寫兩個外來者的城市歷險，展現了一個在金錢法則下日益庸俗化物質化的都市社會。《北京候鳥》（荊永鳴）、《民工》（孫慧芬）等作品則聚焦於農民工在都市冷漠、陰暗的本相下苦苦掙扎的生存際遇，試圖使人們看到這群都市邊緣人被排斥、被歧視而在物質和精神上都無可憑依的困境。

　　但不可否認的是，作爲現代文明的隱喻，「都市」實質上構成了一個與鄉土中國截然不同的生存空間，因而中國文學中的「都市」也常常被視作一個充滿誘惑的文化磁場、一個承載現代性經驗的文化標本。所以，研究者在考察 20 世紀中國文學的電影改編時，指出：「從陳白露寧願死在『城市』，也不願接受方達生的純情來看，『城市』雖是惡之花，卻有著不可抵擋的誘惑力。人們對『城市』可能會心生厭倦也會心灰意冷，卻又宿命般地依賴於它。」[1]這是切中肯綮的。如果說都市確系現當代文學所指認的「造在地獄上面的天堂」（穆時英語），那麼駱駝祥子、陳白露們對都市生活的堅守就頗有耐人尋

---

[1] 龔金平，《開放視野下多維對話關係的構建》，光明日報出版社 2007 年版，第 130 頁。

味之處。

　　一方面，伴隨著農耕文明的失落，鄉土中國已經成為留駐在文化記憶與想像裡的精神家園，而現實情形卻是城市與鄉村的巨大落差使得這些游走於都市邊緣的外來者處於「回不去」的尷尬境地。所以，張煒的《九月寓言》描寫了一個從現代文明中回返的姑娘「肥」試圖尋找曾經的村莊，但這註定是一場徒勞無功的尋覓，「故鄉」的湮沒也就成為當代社會無法逃避的文化宿命。另一方面，都市向人們提供了較之傳統社會更加充裕、優越的物質生活，多樣化的都市景觀和日常生態也讓他們從中獲取了獨特的現代性體驗，這一切造就了都市文明無法抗拒的魅惑，致使現代人既不能又不願離開摩登的都會。賈平凹在《高興》裡塑造的正是這樣一個執著於成為「城裡人」的底層貧民——儘管這個以拾垃圾為生的主人公總是被「城裡人」當作垃圾一般冷落、排斥，但對都市文明的嚮往讓劉高興仍然鍥而不捨地朝著「城裡人」的目標奮鬥，以至於當他經歷了「賣腎」事件之後，不無自得地想到：「一隻腎已經成了城裡人身體的一部分，這足以證明我應該是城裡人了」。在這種強烈的認同感下，「都市」並不僅僅是一個負面的道德審判的對象，而映射出現代人在面對社會轉型時的複雜心態。

　　從現代小說的都市批判到當代小說日趨多樣化的都市書寫，中國文學的都市敘事隨著時代的變遷而發生轉變。從文學史的視野來看，一個無法否認的事實是，20世紀以來的中國作家普遍缺乏足夠的都市經驗，這與百餘年來中國社會都市化進程的間斷有直接關係，甚至由於戰亂、意識形態等因素，「都市」一度成為一個被長期遮蔽的存在。正因為如此，當作家面對陌生的都市和全新的生活經驗時，他們的排斥、抗拒也就不足為奇了，尤其是在農耕文化的傳統下，「都市」實質上成為一個與之相對立的「他者」，「悲傷的鄉愁使都市他者化，常常，它被建構和表述為匱乏、糜爛、退化、失禁的彙集地」[2]。所以，直至今日，反思性、批判性的都市寫作依然構成了都市小說的基本維度，諸多作品都直指現代都市殘酷的生活本相，著力於展現都市人群（特別是外來人群）的奮鬥史，以及他們無力把握自身命運的生存悲劇，近年來底層文學、農民工文學的方興未艾正是對這種創作傾向的回應。

---

[2] 葛紅兵，〈價值多元時代的批評〉，《社會科學》2006年第7期。

　　然而，90年代以來的文學創作出現了新的特點，這也在很大程度上拓寬了都市敘事的視角。一是帶有尋根意味的城市史寫作，如《長恨歌》（王安憶）、《上海的風花雪月》（陳丹燕）等「上海懷舊」小說。這些作品把「都市」看作一個經歷了歷史沉澱而難以言喻的意象，因而不僅把個體生命放在漫長的時間線上來觀照都市的嬗變，更為重要的是通過對空間、時間的敘述呈現了深蘊在歷史深處的文化情調和城市精神，並向讀者提供了一種審美化的都市經驗。二是關於都市生活的欲望化敘事。隨著整個社會的物質化世俗化，對個體欲望的書寫已經成為90年代以來小說敘事的重要元素。從《廢都》裡大膽的性描寫，到新市民小說對都市男女情愛關係的偏好，直至世紀之交衛慧、棉棉等人的「下半身寫作」，性與都市的關係被無限地放大，都市則逐漸被解構為一個放縱情欲的、狂歡化的空間，而這種文學創作也在向著低俗、媚俗的方向滑落。三是以網路等新媒體為平臺的草根寫作。進入新世紀之後，網路文學以其便捷的傳播途徑、巨大的受眾群體和較低的准入門檻，構成了當前文壇一股不容輕忽的力量，其特點在於新的寫作形態（去精英化的網路寫手）、新的閱讀經驗（低齡化的讀者群和互動式的閱讀方式）、新的生產機制（以點擊率為基礎的商業化運作）。於是，網路小說在對都市的敘述上呈現出不同於傳統小說形式的新質：一方面，網路小說注重個體經驗的自我表達，力圖展示都市小人物的命運遭際，取材則多與作者本人的經歷有關，因而具有相對強烈的生活質感和個人化色彩；另一方面，網路小說的創作是一種典型的商業化寫作，受制於讀者的接受心理和欣賞水準，這就使得通俗易懂、情節曲折、娛樂性強的作品更容易獲得市場認同，由此導致的是都市敘事呈現出模式化、娛樂化和低俗化的總體特點。

　　檢視90年代以來的都市敘事，當代小說在觀念、主題、敘述方式上出現一定程度的變化。顯然，這種變化極大地豐富了中國文學對都市的認知，也為我們把握中國社會的都市化進程提供了一個獨特的角度。但綜觀這一時期的小說創作，我們不能不承認都市敘事在整體上仍然有待提升。尤其是與鄉土敘事相比，作家都市經驗的匱乏使都市敘事無論是在題材的深度、廣度上，還是在小說的文化內涵上都存在著某種不足，平面化、狹窄化甚至成為相當一部分作品的通病。

二

　　從 20 年代鴛鴦蝴蝶派小說與中國電影聯姻開始，對都市小說的改編是電影史上一個屢見不鮮的現象。進入 90 年代之後，隨著大眾文化的活躍和現代傳媒的繁榮，電影和文學之間形成了更加緊密的互動關係，張藝謀就曾說道：「我一向認為中國電影離不開中國文學。……如果拿掉這些小說，中國電影的大部分都不會存在。」[3]進而言之，在當代都市日益膨脹的文化語境下，如何表現變革中的都市，如何講述當代都市生活的複雜經驗，既是中國電影無法回避的時代訴求，又是電影創作面向消費市場的必然選擇。與之相比，90年代以來的都市小說則建構了一個較之以往更為豐富的都市圖景，作家們著力於從不同層面來表現當代都市生活的真實情狀，所以他們的創作往往具有較強的現實意義，也能夠在很大程度上引發讀者的情感共鳴。正因為如此，越來越多的文學作品被改編成電影，而在從小說原作到電影文本的轉換過程中，都市敘事也隨之發生了不同程度的嬗變。

　　從總體上看，90 年代以來的中國電影比較普遍地聚焦於普通人的生存境遇，力圖呈現歷史／現實之中的個體命運，尤其是對社會轉型時期不同群體的關注更凸顯出中國電影的人文傳統。改編自同名小說的影片《混在北京》記錄了一群青年知識分子寄居在筒子樓裡的邊緣化處境，影片通過講述這群人在單位改制過程中的人生抉擇，展示了改革大潮下的都市眾生相。由蘇童的《婦女生活》改編的《茉莉花開》以三代都市女性在不同歷史時期的命運遭際為主線，表現了現代女性的覺醒和自立。根據深圳打工作家郭建勳的小說《打工》改編的《天堂凹》以農民工的都市生活為背景，描述了這個特殊群體沉重而辛酸的生存真相。改編自劉恒小說《貧嘴張大民的幸福生活》的《沒事偷著樂》講述了城市平民的「卑微」生態，而在張大民的幸福生活裡卻掩藏著都市背景下小人物生存的艱辛與無奈。與上述作品都有所不同，由網路小說《成都，今夜請將我遺忘》改編的《請將我遺忘》則立足於一個普通的都市青年在物欲橫流的都市里沉淪直至毀滅的殘酷結局，影片罕見地沿用了原作的悲劇結尾——主人公俯瞰著繁華的城市靜靜地死去。由此，對都

---

[3] 李而葳，《當紅巨星——鞏俐 張藝謀》，北京出版社 1989 年版，第 26 頁。

市小說的改編實質上是要「以『城市』爲舞台，上演城市裡的悲歡離合，家長里短，真實再現和深入反思（城市）社會現實」[4]，從而體現了電影改編的現實向度。

然而，與小說原作相比，這種現實關懷的力度和深度都是值得懷疑的，尤其是在改編者試圖重構敘事主題的狀況下，原作的都市書寫往往被扭曲甚至顛覆。張藝謀將述平的中篇小說《晚報新聞》改編成電影《有話好好說》，但這在很大程度上削弱了原作對社會現實的表達。在小說原作裡，作者通過展現都市男女毫無節制的情欲生活，試圖揭示當代社會道德傾頹下的情感危機。在小說的結尾，陳雲輝（影片中的趙小帥）、劉大明因爲一場意氣之爭而導致了「斷手」的慘劇，其殘酷結局的背後隱藏著整個社會的放縱和癲狂。而在電影裡，這個故事被改寫爲由三角戀愛而引發的市民喜劇，原作的欲望衝突被置換爲個體商販趙小帥與知識分子張秋生的文化隔閡，結尾則變成二人跨越文化鴻溝的相互理解。所以，有批評家將這部影片稱爲「市民社會烏托邦」[5]，原作者及影片編劇述平也承認：「這篇小說和這部電影是兩個不同的東西」[6]。從對都市的「審醜」到人倫關係的喜劇化處理，電影似乎回避了更深層次的社會問題，而是轉向關注不同社會群體的相互溝通。雖然這種方式增添了影片的觀賞性，但主題與內涵的相對弱化也是一個不爭的事實。透過《晚報新聞》的改編，我們可以看到，小說原作和影片之間並非一一對應的關係，其差異性造成了兩種文本的內在張力，反映出作家與改編者關於當代都市的不同價值立場。

《茉莉花開》同樣在改編的過程中改寫了原作的主題意蘊，從一個新的視角出發來把握都市人的生存狀態。從某種意義上說，蘇童的《婦女生活》在觀照都市女性生存處境的同時，試圖闡述這樣一個預設的主題：「女人永遠沒有好日子」。作者把嫻、芝、簫（影片裡的茉、莉、花）的命運放進20世紀中國社會的歷史變局中加以考察，看到她們輪回般地遭受著男性霸權的壓迫，並因此陷入到無法擺脫的宿命裡。所以，作者在小說中寫道：「一切都會變的，只有人的命運不會變」，他用嫻、芝、簫的遭遇指涉了20世紀都市女

---

[4] 龔金平，《開放視野下多維對話關係的構建》，光明日報出版社2007年版，第186頁。

[5] 王一川，〈小品式喜劇與市民社會烏托邦〉，《電影藝術》1998年第6期。

[6] 述平，〈談〈晚報新聞〉〉，《小說月報：從小說到影視（二）》，百花文藝出版社2011年版。

性普遍的生存困境。不同於小說原作，電影《茉莉花開》用「茉莉花開」的意象隱喻了都市女性對自我命運的突破，導演侯詠強調：「我們不能像原小說那樣僅僅是重複，表現三代女性像一個女人一樣具有同樣的淒涼人生，這樣會讓影片的基調沉淪下去，使觀眾感到心如死灰，這是我們要把轉的格局」[7]。因此，他在影片裡塑造了一個健康、樂觀、自強的第三代女性「花」，通過「花」領著女兒走進新居的結尾暗示了新生活的到來和宿命的湮滅。

　　劉震雲的《手機》獨闢蹊徑地以「手機」這個具有現代意義的道具為切入點，探究現代文明的畸態。這部影片改編自同名小說的第一章「呂桂花——另一個人說」和第二章「于文娟 沈雪 伍月」，卻刪去了第三章「嚴朱氏」即主人公嚴守一的家族史。原作第三章講述的雖然是嚴守一的奶奶嚴朱氏如何因為資訊傳遞的延宕而改嫁嚴白孩，但作者想要表達的卻是在這種艱難的傳遞過程中人性所發散出來的光芒：面對一再發生的偶然事件，三個傳信人用他們的淳樸和執著完成了一次漫長的資訊傳遞，也造就了一個美麗的錯誤——嫁錯人的嚴朱氏長壽並且兒孫滿堂。吊詭的是，嚴守一也同樣必須面對資訊傳遞的失誤，在小說和電影裡都試圖借手機洩密的事件來指涉高科技所帶來的尷尬處境，而這種尷尬的背後則是人性在「現代化」的迷途中逐漸蛻化的真相。電影《手機》正是基於後一種立場而形成對都市現代性的反思，而小說原作則通過反映兩個時代在資訊傳遞上的巨大反差，更進一步地凸顯出作者對都市文明與鄉土文明的價值評判，表達了在影片裡所未涉及到的文化選擇。

　　相對而言，由王安憶的《長恨歌》改編的同名電影儘管把香港懷舊電影的某些風格移植到「上海懷舊」中，但擅長「懷舊」的導演關錦鵬還是比較完整地展示了一個都市女性的心靈史。正如有的研究者所說：「電影《長恨歌》同樣改寫了王安憶創造的上海故事，通過變換視點，添加香港成分的手法，與原小說形成有力的對話」[8]，影片並不像原作那般精心地以女性視角來雕琢「老上海」的情韻，而是側重於用男性視角來講述王琦瑤的愛情故事，並由此溢出了城市變遷、歲月無常的滄桑意味。與原作裡的匆匆過客不同，攝影師程先生成為整部影片的敘述者，他始終注視著、陪伴著王琦瑤的成長直至

---

[7] 侯詠，《茉莉花開時》，中央編譯出版社 2006 年版，第 216 頁。
[8] 梁昭，〈上海敘事中的「自觀」與「他觀」〉，《當代文壇》2006 年第 3 期。

死亡，也使得這部電影被轉換爲都市男女尋覓愛情和守護愛情的情感敘事。於是，電影《長恨歌》放棄了小說「講述一個城市的故事」（王安憶語）的敘事意圖，而專心於表達都市人情感無所歸依的狀況，「都市」則成爲一個隱現的背景，故事的題旨隨之發生了比較重大的轉變。

綜觀都市小說的電影改編，小說文本與電影文本之間存在著某種張力。或是出於影片的市場預期，或是受到傳播策略的影響，抑或是由於改編者本身的文化立場，改編之後的影片在一定程度上重新建構了小說原作的都市敘事，使「都市」在改編的過程中產生了新的文化意蘊，也深化了電影和文學在敘事層面的互動。

三

在這個「讀圖時代」，大眾傳媒的影響力無遠弗屆，由此帶來的經濟效益和社會價值也令人瞠目。所以，當代小說的電影改編呈現出愈演愈烈的態勢，特別是隨著《手機》、《暗算》、《蝸居》、《奮鬥》等一大批文學作品的走紅，小說向影視的靠攏看上去已經成爲一個不可逆轉的趨勢。但也有許多作家對此懷有疑慮，如王安憶就認爲：「電影是非常糟糕的東西，電影給我們造成了最淺薄的印象，很多名著被拍成了電影，使我們對這些名著的印象被電影留下來的印象所替代，而電影告訴我們的通常是一個最通俗、最平庸的故事。」[9]審視 90 年代以來都市小說的電影改編，我們不難發現，這種批評並非無的放矢，在小說創作及其電影改編中確實存在著某些缺失。

第一，小說創作的影視化傾向。近年來，隨著小說家與影視界的聯繫越發密切，小說創作的影視化也成爲一個引起關注的現象。小說家們不僅親身參與影視劇的改編，而且在他們的小說作品中羼雜了較多的影視元素，更加注重編織跌宕起伏的故事和營造曲折動人的戲劇化色彩。例如，劉震雲的小說《我叫劉躍進》（2007 年 11 月出版，2008 年 1 月電影公映）以一個農民工因爲撿包而陷入危機的離奇故事爲主線，通過懸念叢生的情節設置和所謂「劉氏幽默」的戲謔筆法突出了小說文本的觀賞性、戲劇性，但對故事本身的過度關注則讓這部小說在總體上顯得浮泛空洞，使之缺乏對故事和人物的

---

[9] 王安憶，《小說家的十三堂課》，文匯出版社 2005 年版，第 88 頁。

深度觀照而僅限於浮光掠影式的「講故事」與製造「黑色幽默」。所以，有學者指出：小說創作的影視化導致「在視覺藝術的影響下，小說的閱讀想像空間被逐步縮小，小說藝術的獨特魅力被減弱，小說創作形式探索也逐漸弱化」[10]。我們雖然不能因此否定小說與影視劇創作之間的相互借鑒，但更應當注意到小說自身的形式特點和文體獨立性。

　　第二，電影改編的媚俗現象。中國電影向來有通俗化的傳統，甚至從某種意義上說，面向大眾才是中國電影保持其生命力的基礎。美國電影學家波德維爾認為，藝術和娛樂、高雅和通俗之間並不存在天然的鴻溝，「在價值上，通俗傳統顯然能夠培育出高品質的藝術。……電影之所以是一門藝術，原因在於它允許創作者為觀眾設計體驗，而這些體驗的價值不會因為其出身血統而受到影響」[11]。因此，在改編文學作品的過程中，改編者時常需要將文學敘述轉化為更加通俗的電影語言，如《有話好好說》、《手機》、《高興》較之原作增添了更多的笑料，而《沒事偷著樂》、《請將我遺忘》、《高興》用方言凸顯不同城市濃郁的生活氣息，從而提升了影片的觀賞效果。

　　然而，通俗並不等於媚俗。在消費主義的文化語境下，影視媒體的娛樂化、遊戲化正在逐漸消解影視作品的意義與深度，使之充斥著商業娛樂元素而變成迎合大眾趣味的流行符碼。對於新世紀以來的都市敘事而言，賈平凹的《高興》呈現了一個城市邊緣人希望融入現代文明，卻又遭到都市無情拒絕的悲劇處境。但在電影《高興》裡，導演阿甘卻用狂歡化的敘事解構了原作的苦難意味。對比原作，影片不僅用大團圓甚至奇幻般的結局化解了底層貧民的生存危機（影片的結尾是劉高興開著自己製造的飛機上天），而且通過大量地運用戲仿手法和歌舞場景來製造歡樂乃至「惡搞」的喜劇效果。由此，電影《高興》以喜劇化、溫情化的敘述方式投合了普通觀眾的審美趣味，用虛幻的底層生活圖景取代了原作「笑中帶淚」的批判色彩，從而成為泛娛樂化時代下比較典型的流行文本。電影《杜拉拉升職記》也存在這樣的問題。原作是一部職場小說，主題是描寫女白領杜拉拉在當代職場中的奮鬥歷程，但在影片裡，編導刻意突出的是都市男女之間的三角戀情，原作的職場主題

---

[10] 楊劍龍，〈小說創作影視化傾向當警惕〉，《光明日報》2011 年 6 月 20 日。
[11] [美]波德維爾、湯普森，《電影藝術：形式與風格》，曾偉禎譯，世界圖書出版公司 2008 年版，第 3 頁。

卻在很大程度上被消解。顯然,這種改編主要是由於近年來都市情感戲的熱映,而所謂的「職場小說」則不過是電影所賣弄的噱頭。

　　電影改編是 90 年代以來中國大陸文學正在經歷的一個重要現象。在價值觀念日趨多元、社會變革不斷深化的現實情境下,電影改編爲文學作品的意義闡釋提供了新的空間,而文學的介入也使電影獲得了更加厚實的內蘊,因而文學與電影的互動豐富了我們對於當下生活的體認。然而,以都市敘事爲切入點,我們也應當看到,當前的小說創作和電影改編存在著諸多制約因素,如何在二者之間尋覓一條平衡發展的路徑,依然是一個值得深入思考的問題。

附：90 年代以來被改編為電影的部分小說

小說原作	作者	發表（出版）時間	影片	導演	上映時間
婦女生活	蘇童	1991	茉莉花開	侯詠	2004
動物兇猛	王朔	1992	陽光燦爛的日子	姜文	1994
混在北京	黑馬	1993	混在北京	何群	1995
晚報新聞	述平	1993	有話好好說	張藝謀	1997
花季·雨季	鬱秀	1996	花季·雨季	戚健	1997
長恨歌	王安憶	1996	長恨歌	關錦鵬	2005
貧嘴張大民的幸福生活	劉恒	1997	沒事偷著樂	楊亞洲	1998
生活秀	池莉	2000	生活秀	霍建起	2002
成都，今夜請將我遺忘	慕容雪村	2002	請將我遺忘	謝鳴曉	2007
手機	劉震雲	2003	手機	馮小剛	2003
我叫劉躍進	劉震雲	2007	我叫劉躍進	馬儷文	2008
高興	賈平凹	2007	高興	阿甘	2009
杜拉拉升職記	李可	2007	杜拉拉升職記	徐靜蕾	2010
奮鬥	石康	2007	奮鬥	馬偉豪	2011
打工	郭建勳	2008	天堂凹	王琛	2009

講評

◎吳明益*

　　首先要抱歉由於臨時被賦予講評的任務，所以可能只是淺薄地以較邊緣的問題來討論，無法對劉暢先生論文裡的細緻文本解析提出意見。

　　劉暢先生的論文有兩個核心，一是文學裡呈現的都市，一是以文學呈現都市後，又怎樣地被轉化為電影。在第一論題中，我提出兩點來談。

　　第一，是這篇論文所論述的都市，指的是 city，又或者是 metropolitan 呢？城市自古有之，但都會卻是現代化之後的特殊地景。中國與西方的都市建構，又或者中國與台灣的都市建構，基本上是截然不同的，比如賈平凹筆下的西安，以及其他作者筆下的上海、北京，他們談的都市概念難道都是同一的嗎？若非同一，這篇論文如何可以容納這麼多的作品來共同討論？這使得論文很像是簡述了中國 90 年代後敘述都市的小說作品，卻沒能分析小說裡所呈現的都市風貌的差異性。

　　第二，台灣都市文學的討論在 80 年代的末期浮上檯面，且越發精采，在此引述台灣都市文學的論者所提出的思考，來與劉暢先生對話。王德威在〈1980 年代初期的台灣小說〉中寫道，當時在 80 年代的小說中共同批判的現象是台灣已具備現代化的表象，但是否表示台灣已經步上現代化之路？就像北京已具備現代化的表象，但是否表示北京已是一現代性的都會？小說中又是如何呈現這樣的都會特徵呢？論文裡似乎較缺少這樣的細節。

　　此外，王德威也提到，為什麼都市文學充滿對現代化的批判？原因是它的賣點正在於「懷舊」，懷舊之情或是時光流逝之感，是在現代化過程中重要的烙印，現代人必須靠著積極的消費意識，才能感到自身與舊有文化之間的差異。簡單地說，當我們懷舊的時候，就是立足於某種「現代」之上。這麼看來，懷舊，或者懷念過去的時光，未必是覺得過去的時光較美好，過去尚

* 東華大學華文文學系副教授。

未都會化的北京、上海較美好。

　　台灣都市文學的旗手林燿德則言，台灣的都市化至少經過兩個進程，一是殖民時期台灣的都市化與現代化，另一是第三波革命，也就是開始普遍使用電腦的 1980 年代末期，才使都市的現代化顯題化。對林燿德來說，觀察都市化的現象就像拆解都市的零件，比方說，「電話」似乎是當時都市化的一個零件。這當然有其時代情境，在我的觀念裡，便利商店 7-11 的出現與普及，是此刻都市化的指標，一旦走進 7-11，就彷彿身在都市，人們可以送洗衣服、傳真、寄件手禮，而不受地域的限制。這些小說中，以什麼樣的手法來呈現都市發生轉變了呢？這也是我原本很希望在劉先生的論文裡讀到的。

　　而張大春於〈當代台灣都市文學的興起〉一文則以「城市革命」來談都市的興起，完全是西方的邏輯，它談的是大型住宅區，財富集中，具備公共建築、出版物、表演藝術、科學知識、對外貿易等情況，最後才形成都會，而這樣的都會是否符合每個都市成長的經驗？當然不盡然。因此張大春認為這個語彙太過朦朧，以致於造成作者與評論者對於「城市」的概念皆有其自身的對應與投射，因此，如要談論都市，首先必須界定它的形成過程與現狀。

　　此外，在第二論題中，我所思考的是身為一文學評論者，是否能準確評論小說改編成電影的現象？就我來看，文學評論者對此的論述常常顯得粗糙，原因在於電影中包含了音樂、影像流動等元素，這些都是文字所無法表現、或較為薄弱的部份，但這些往往是電影去塑造都市感的關鍵。就像王家衛的電影，無論多麼懷舊，皆充滿濃厚的都會情懷，但這並不是時間序的問題，而是最後呈現的氛圍所致。

　　劉暢先生在論文中提到，文學改編成電影後，往往對原作產生顛覆，我個人認為顛覆是一正面的，如果沒有顛覆的話，導演基本上就只是在複製文本而已。最後，談電影改編不能不具備電影知識，畢竟，電影是另一種媒材，即便它拆解了原本小說的內容、概念、敘事，或許都不能算是冒犯。但這篇論文後半部沒有帶給我較深的閱讀衝擊的原因是，幾乎無法用電影的分析方式去比較小說文本，只能以主題或內容訴說來帶過。或許這只是劉暢先生初步的概論性文章，日後或許能就此處做更細部的分析。

　　（編按：本文依會議之論文講評記錄整理。）

從歐洲到北緯 78°
上海作家陳丹燕的旅行書寫

◎陳室如*

摘　要

　　以青少年生活和上海城市變遷為關注主題的中國暢銷女作家陳丹燕，自1991 年赴日、1992 年初次歐遊至今，已於兩岸三地出版多部遊記作品。陳丹燕的早期旅歐隨筆唯美細膩，以文學藝術與咖啡館文化呈現異域風情。近年仍旅行創作不輟，追尋終極意義的北極探險紀錄《北緯 78°》（2009）與愛爾蘭文化探索遊記《我要游過大海》（2010），更挑戰個人旅行紀錄，開拓不同書寫風格。

　　陳丹燕在作品中屢屢以「故鄉」與「回歸」的姿態，看待各個旅行目的地。隨著旅行經驗的拓展，她所認定的精神故鄉也不停變動，成長經驗中對歐洲文明熱切著迷，她屢屢視歐洲為精神故鄉，將歐遊當作是映證文藝經驗的返鄉之旅。2006 年後歷經愛爾蘭之旅與北極之旅，她的精神故鄉由人文主義轉向自然世界，二者最後在宗教體悟中取得平衡。

　　以他者為映照，陳丹燕在旅行中頻頻召喚出全然美好的童年記憶，在旅行今昔對比、虛實交錯的過程中重構出美好的自我。性別角色未曾給她的旅行帶來太多羈絆，陳丹燕的女遊書寫擁有極大自由，旅人與作家的角色扮演遠勝於妻子與母職。遙遠異地對映出的上海，與年少記憶同樣充滿美好想望，他者對比出的自我與家鄉雖美麗夢幻，卻也脫離現實、消解了旅行所帶來的差異性。

　　關鍵字：旅行、故鄉、歐洲、陳丹燕、精神文明

---

* 台灣師範大學國文系助理教授。

一、前言

　　以《上海的風花雪月》[1]、《上海的紅顏遺事》[2]、《上海的金枝玉葉：上海公主戴西（郭婉瑩）的一生》[3]三本「上海三部曲」屢登中國暢銷書榜的陳丹燕，藉由對舊上海文化與社會情境的精緻美好描摹，建構了一系列的上海書寫，也因作品中對上海閒情逸致、小布爾喬亞式情調的書寫，被稱爲「小資教母」，成爲另一種懷舊、風雅、別緻的流行符號。[4]

　　除了上海書寫以外，陳丹燕長期投入的兒童文學、青春文學創作更爲她開啓了不同的人生經歷。自 1991 年開始，即因青少年文學作品《女中學生之死》日文版在日本的發行與暢銷，接受相關單位訪問赴日、1992 年更以訪問學者的身份前往德國慕尼克國際青少年圖書館，旅歐三個月、1993 年再次前往德國參加法蘭克福書展，遊歷德、法、西、葡、波、俄等地，沿途採訪並爲東方廣播電台發回報導、1994 年遊學美國，於新澤西小鎭上唯一的一家義大利咖啡館裡寫作長篇小說《紐約假日》，實現於一家異國咖啡館裡寫一部小說的心願。之後陸續多次往來歐洲，創作一系列的歐洲行旅筆記，2006 年參與中英作家火車之旅，前往愛爾蘭的倫敦德里演講，將歐洲經驗由中西歐拓展至北歐。2008 年，陳丹燕的旅行地圖再次往外延伸，參與挪威外交部和中國極地研究中心聯合組織中國大學生北極科學考察團，隨團參加爲期 14 天的北極斯瓦爾巴德群島考察行程，投入北極知識講座、大學短期課程培訓、極地野外徒步冰川及海冰考察等活動，完成極地圖文書寫。

　　不論就旅行的地域開創性與時代背景來看，陳丹燕的旅行經驗與作品均具備一定的特殊性。當她初赴歐美的 90 年代初期，中國大陸的出境旅遊尙處於起步階段，旅行區域與個人自由均受嚴格管制，歐洲旅遊更遲至 2003-2004 年始大量開放。[5]1958 年出生於北京、8 歲移居上海的陳丹燕因作家身份得以

---

[1]　陳丹燕：《上海的風花雪月》（台北：爾雅，1999）。

[2]　陳丹燕：《上海的紅顏遺事》（台北：爾雅，2000）。

[3]　陳丹燕：《上海的金枝玉葉：上海公主戴西(郭婉瑩)的一生》（台北：爾雅，2000）。

[4]　劉莉娜：〈陳丹燕：既在上海，也在路上〉，《上海采風》2011 年 2 期，頁 49-50。

[5]　中國公民自費出境旅遊首先是由內地居民赴港澳探親旅遊發展而來的。1983 年中國開始確定中國公民出境旅遊目的地，中國香港和澳門遊開創了中國公民出境旅遊的先河。1988 年經國務院批准，規定由海外親友付費、擔保，始開放公民赴泰國探親旅遊、1990 年增加開放新加坡、馬來西亞兩國。1997 年 7 月 1 日，由國家旅遊局與公安部共同制定，並經國務院批准的《中國公民自費出國旅遊管理暫行辦法》發佈實施，至此中國公民出

跨出國界，體驗異國行旅，且於 90 年代開始已陸續出版多部遊記作品，累積豐富創作成果，遊記作品更發行於兩岸三地。陳丹燕的首部旅外遊記《精神故鄉：陳保平陳丹燕散文 40 篇》[6]，為 1995 年出版與丈夫陳保平合著作品，她結束歐遊後由波蘭赴俄與丈夫會合，遊覽莫斯科、聖彼得堡等地後，搭東方列車返回中國。1999 年開始由雲南人民出版社陸續出版兩部旅歐遊記《今晚去哪裡》[7]（1999）、《咖啡苦不苦》[8]（2000），2002 年由北京作家出版社出版《木已成舟》[9]，2004 年由台灣幼獅文化出版旅歐札記《約會在聖母廣場噴泉邊》[10]，2005 年完成歐洲文化隨筆《漫卷西風》後，2006 年重新修改、編輯《木已成舟》《今晚去哪裡》、《咖啡苦不苦》三書，連同新作《漫卷西風》，交由上海譯文出版社以彩色圖文形式，結集出版「歐洲文化旅行隨筆」[11]系列，從裝幀到內容，該套叢書皆充滿了濃厚異國風情，在名〈旅行〉的序中，陳丹燕自言：

> 在我開始去旅行的時候，絕沒想到有一天我會為我這十六年裡斷斷續續的旅行寫本書。一個人，在大半年辛苦工作以後，帶著來自海外的版稅，背上照相機和暈動藥，遠走他鄉，沒有旅伴，沒有導遊，有時甚至連自助旅行的書都沒有，憑著一張地圖，或住朋友家，或住雞毛小店，直到將可以用的版稅用光，然後回家，再開始新一年像江南的水牛那樣辛苦

境探親旅遊正式改為中國公民自費出境旅遊。至於出境旅遊的目的地國家 1998 年僅開放韓國、1999 年開放澳大利亞與紐西蘭， 歐洲地區則始於 2003 年開放德國、匈牙利、克羅地亞等地，2004 年大量開放歐洲諸國，美國更遲至 2008 年始開放。參見方海川：《中國公民出境旅遊目的地國家（地區）概況》（北京：北京大學，2007），頁 3-8。

[6] 陳丹燕、陳保平：《精神故鄉：陳保平陳丹燕散文 40 篇》（上海：華東師範大學，1995）。後更名為《精神故鄉：陳保平陳丹燕訪俄散文》（上海：華東師範大學，2001），本文所參用版本為後者。

[7] 陳丹燕：《今晚去哪裡》（昆明：雲南人民，1999），2002 年以同名於台灣出版，陳丹燕：《今晚去哪裡》（台北：天培文化，2002），本文所參用版本為此，之後該書又更名為《夜宿歐洲星光下》（台北：天培文化，2005）。

[8] 陳丹燕：《咖啡苦不苦》（昆明：雲南人民，2000）。2002 年以同名於台灣出版，陳丹燕：《咖啡苦不苦》（台北：天培文化，2002），之後更名為《流連歐洲咖啡館》（台北：天培文化，2005），本文所參用版本為後者。

[9] 陳丹燕：《木已成舟》（北京：作家，2002），台灣發行的版本則刪去描寫德國集中營的部分片段，更名《柴可夫斯基不在家：陳丹燕看歐洲藝術》（台北：天培文化，2003），

[10] 陳丹燕：《約會在聖母廣場噴泉邊》（台北：幼獅文化，2004）。

[11] 陳丹燕：「歐洲文化旅行隨筆」-《漫卷西風》、《今晚去哪裡》、《咖啡苦不苦》、《木已成舟》（上海：上海譯文，2006）。本文參用其中《漫卷西風》、《木已成舟》二書。

地工作。實在是因為沉迷，如同獨自一路沈到深深海底的那種孤獨，緊張，窒息，恍惚和極端的自在。[12]

　　對旅行的沈迷，並未隨歐遊作品的集結成冊而告終，2009 年出版極地圖文新作《北緯 78°》[13]、2010 年出版愛爾蘭旅行作品《我要游過大海》[14]，陳丹燕的旅行與記錄依然持續進行，為中國現代旅行文學發展留下不停變化的鮮明痕跡。

　　擁有異於時人的行走經驗，在長達近 20 年的頻繁旅行與 8 本遊記中，陳丹燕呈現了什麼樣的異國體驗？她的旅外遊記反映了 90 年代以來中國女遊現象的某些層面，開啓了讀者的旅行視野。在她的行旅經驗與書寫中，歐洲佔了極大比例，成為不斷重遊、反覆凝視的對象[15]，大量累積的歐洲形象呈現出何種意涵？歐洲以外的旅行書寫又有何差異？由繁華熱鬧的上海出發，藉由目的地轉換與時空背景的遞變，她在個人自我與陌生異地的擺盪間，激盪出多元的旅行思維，身為女性，多次單獨遠行上路，在空間轉換過程中，陳丹燕如何與自我、家鄉對話，進而更清楚認識自己與出發地、甚至影響到後期的一系列上海作品？在時間流轉中，作品本身又呈現出何種轉折與變化？對比台灣女遊作品，又有何獨特之處？這些都是值得注意之處。本文即欲以陳丹燕的海外旅行作品為主，透過遊記中作者不斷定義與認同的「原鄉」以及旅行途中逐漸清晰的自我，一窺中國當代女遊書寫的新風貌。

二、流動的精神故鄉：從人文到自然

　　從年輕時的初次歐遊到近期極地探險、愛爾蘭重遊，陳丹燕在遊記中屢屢以「故鄉」與「回歸」的姿態，看待各個旅行目的地，她所認知的「故鄉」、「原鄉」並非原始出發地，反而是地理位置上遙遠的「他鄉」，這個原鄉並非

---

[12] 陳丹燕：〈旅行〉，《漫卷西風》，頁 I。

[13] 陳丹燕：《北緯 78°》（上海：上海文藝，2009）該書分上下兩本套書，一為北極影像；另一為文字記錄。

[14] 陳丹燕：《我要游過大海》（上海：上海人民，2010）。

[15] 陳丹燕在遊記中強調自己對歐洲的豐富旅行經驗，例如多次重遊維也納：「我第一次到維也納的哈維卡咖啡館，是 1992 年的春天，第 6 次去那裡，是 2005 年的夏天。」陳丹燕：〈旅行〉，《漫卷西風》，頁 III、《我要游過大海》更是累積三次愛爾蘭旅行經驗方才寫成，陳丹燕：《我要游過大海》，頁 206。歐洲以外的地區如美國、日本、橫跨歐亞的俄國……等地雖亦曾親履，在比例上來說仍不如歐洲明顯。

固著不變，隨著旅人足跡的拓展不停流動變化，不斷改變定義。

　　陳丹燕於童年經歷「中國的門和窗全都被關死」、「家裡的書和唱片已經在我懂事以前全被燒光了」、「圖書館裡的書也無法借到」[16]的文化大革命時代，來到思想解放的八十年代，終於有機會開始頻繁接觸西方文化，她所成長的上海是一個「更喜歡歐洲的城市」，陳丹燕在此上大學、大量接受西方知識，當既有傳統文化崩壞、尚未重整之際，遙遠且美好的西方成為她的認同對象，也正因為成長背景歐洲文化的不易取得與衷心嚮往，造就了自己所選擇的精神原鄉：

> 有時候我想，就是因為我這樣長大，才會對歐洲的大小博物館如此熱中的吧。到了歐洲，這種不容易就突然消失了，好像芝麻開了門，仙女用神棒點了一下，盜墓人進了金字塔，我到了莫札特寫《費加洛的婚禮》的故居，站在波提且利畫的嫵媚而茫然的維納斯對面，看到了他當年用刮刀留下來的痕跡，在但丁的故居聽人用優美的義大利語朗讀《神曲》，在柏林圍牆博物館流淚，在巴洛克藝術博物館裡快昏過去，在心裡，把在漫長夜裡的成長中接觸到的歐洲的碎片，一點一滴修補成了一個精神故鄉。十年的時間，幾十個博物館，大到羅浮宮，小到波爾多雪利酒博物館，我像一個螞蟻那樣地為我的精神故鄉工作，因為是先懂得沒有一切的荒蕪，後有了獲得的機會。[17]

歐遊以前喜歡英國英文甚於美式英文、抄《歐洲文學史》筆記、看歐洲電影的陳丹燕，對於遙遠、陌生、異質的歐洲充滿美麗嚮往[18]，對於異國情調的嚮往並未隨著實際接觸而稍加遞減，反而隨著親履次數的增加，逐漸由各式文化建築中，修補出一個真正屬於自己的「精神故鄉」。[19]陳丹燕所認同的精

---

[16] 陳丹燕：《柴可夫斯基不在家》，頁 4。
[17] 陳丹燕：《柴可夫斯基不在家》，頁 7。
[18] 這或許可由法國詩人謝閣蘭的說法加以解釋：「一切為認識主體所熟知的、同質的東西都不會產生美感，只有陌生的、遙遠的、異質的、異己的東西才是美的源泉，並且這種差異之美不是靜止地存在於某個陌生事物本身，而是能動地存在於主體和客體的距離中，存在於異和同的反差中。」參見秦海鷹：〈重寫神話－－謝閣蘭與〈桃花源記〉〉，樂黛雲、張輝主編：《文化傳遞與文學形象》（北京：北京大學，2000），頁 260。
[19] 在早期創作的俄羅斯遊記中，陳丹燕雖然也稱俄羅斯為「精神故鄉」，在文學作品與旅

神故鄉,是在音樂、繪畫、美術、建築……等各個層面有著豐富成果的歐洲文明,希望藉由歐洲輝煌的文藝成果以及文化現場的親履還原,建立起自己心目中理想的精神家園。

在早期的歐遊作品中,陳丹燕從旅行過程中修補自己的精神故鄉,不斷與過往的文藝經驗加以呼應,拼湊出一個符合自己過往想像的歐洲形象。在巴黎的聖米歇爾大道上,她渴望見到「能看到一個人,年輕的,粗壯的,方臉,在胃口很好地吃著牡蠣」[20],如同年輕時的海明威、在瑪格麗特·呂哈絲住過的蒙巴那斯路上,遇到喝醉的矮小喝醉的灰髮女人,被她想像成《琴聲如訴》的作者[21]、在聖彼得堡「看到一個戴綠呢帽的老太太,而以為她是安娜·卡列尼娜時代的遺老,從冰天雪地的普希金廣場到兇殺地禮拜堂,跟著她,打量她,追著她說話,不肯放她走」[22]。除了博物館以外,她積極造訪歐洲各地人文大師流連過的咖啡館,在維也納的咖啡館提琴聲中「讓人想到黑髮上插了一圈百合花的茜茜皇后,然後,雨果的珂賽特、巴爾扎克的歐也妮·葛朗台、奧斯丁的鄉村愛情故事、勃朗甯夫人的十四行詩、拜倫的威尼斯詩歌,排著隊伍從咖啡館的深處,那陰沉的冬季下午的暗影裡走過來」[23]、在羅馬的希臘咖啡館「找到自認為會是安徒生寫作過的長桌前坐下,靠到椅背上去」[24]。對陳丹燕而言,「咖啡成了歐洲的象徵,說起歐洲來,就能聞到那種要是加了糖、在苦香裡會有種微輕酸氣的芳香」[25],咖啡館的文藝想像與既往的歐洲嚮往相互呼應,大量的人名與作品名稱於遊記中反覆出現,旅行的時間與空間開始模糊,旅行現場成為印證年少時歐洲文藝想像的最佳鏡像。

也正因為如此,對她而言,距離中國遙遠的歐洲,透過文藝經驗的連結,

行呼應的感動中感嘆:「這是個好像一直伴隨著我長大的書中的城市,回憶到二十年前讀到過的關於十九世紀涅瓦大街的描述,一步步在涅瓦大街上尋覓,我想,那就是回到精神故鄉的情形」。陳丹燕:《精神故鄉:陳保平陳丹燕散文 40 篇》,頁 131。然而,迄今為止,整體遊記所高度認同的精神故鄉卻仍偏向歐洲,尤其是多次重遊的德國與奧地利。

[20] 陳丹燕:《今晚在哪裡》,頁 157。
[21] 陳丹燕:《今晚在哪裡》,頁 158。
[22] 陳丹燕:《漫卷西風》,頁 200。
[23] 陳丹燕:《流連歐洲咖啡館》,頁 131、133。
[24] 陳丹燕:《流連歐洲咖啡館》,頁 115。
[25] 陳丹燕:《流連歐洲咖啡館》,頁 133。

成為熟悉的他者，赴歐遊走，非但不是遠走他鄉，反而是精神嚮往的回歸、另一種形式的重返，帶領旅人返回自我認同的依歸之處。當她行走於薩爾斯堡山上羅馬時代的古堡，「模糊的歷史和舊電影的場面洶洶而來，古莫札特活潑而悲愴的笛聲裡，竟真的有一種莫名的熟稔，就好像回到前世的故鄉」[26]，從未見過的異國西方建築，卻因記憶中的歷史、舊電影、音樂召喚，被詮釋為旅人「前世的故鄉」；她甚至直呼「來世想做一棵樹，長在托斯卡納綠色山坡上的一棵樹」、「做托斯卡納山坡上的一棵柏樹，一生一世，面對的只是在陽光裡宛如流蜜的綠色大地，這是多麼好的來世」[27]，對於美好的精神故鄉毫無保留的全心嚮往。藉由文藝經驗的連結，陳丹燕屢屢將歐洲定位為「故鄉」，遠赴異國的海外行旅，在熟悉事物的連結中，轉化為一次又一次的回鄉之行。

　　在後期出版的《漫卷西風》中，陳丹燕依然沈溺於自己所建構出的文藝歐洲意象，全心尋找文化歷史體驗－－在維也納十三區公寓裡想像茨威格的作品細節，甚至模仿小說情節偷窺鄰居貓眼[28]、從德國到奧地利維也納的旅程中，以童話故事開端的〈Once upon a time〉為題，召喚年少時於上海新光電影院觀看的希茜公主美麗身影一路隨行，最後由高坡上的塑像照亮記憶，使她「再次聞到新光電影院那已經消失在二流餐館和三流旅店的放映廳的氣味」、重回當年美好記憶的起點：

> 那人頭攢動的幽暗門廳和大理石過道裡，散發著年代久遠的老式電影院特有的氣味：一股包著細棕和彈簧的細帆布靠背椅子及其帶漆的木靠背的氣味。那氣味從被紫紅色的平絨帷幕遮蔽的放映廳入口處繾綣而來，夢一般的，令人恍惚不已。在一九七八年以後的十年裡，新光電影院裡蕩漾的氣味，就是我所熟悉的通往美麗新世界的氣味。[29]

重新回到年少時接觸歐洲的記憶起點，再次固守自己堅定追尋的歐洲文明：

---

[26] 陳丹燕：《約會在聖母廣場噴泉邊》，頁 53。
[27] 陳丹燕：《今晚在哪裡》，頁 203、206。
[28] 陳丹燕：《漫卷西風》，頁 40。
[29] 陳丹燕：《漫卷西風》，頁 52。

牆壁上那幾百扇緊閉著的窗子在陽光下閃閃發光，我自己的希茜在窗子
後面痛苦著，快樂著，我自己的公主的故事在窗子後面交織著現實與幻
想。這就是我終於建立起來的，我的歐洲。聞一聞，裡面到處都是夢想
的氣味，順著它，一路就能走回八十年代，我的大學時代。[30]

交織幻想與現實的歐洲仍為精神故鄉，一如年少時所觀看的電影偶像希茜公
主美好夢幻，透過感官的呼應，跨越國界的旅行再次回歸記憶，與充滿夢想
的大學時代產生自然且緊密的連結。

　　陳丹燕頻頻透過大學時代文藝體驗所建構的歐洲精神故鄉，不得不令人
想到傅柯提出的「異質空間」（heterotopia），這是一具差異性、顛覆性的非主
流、邊緣空間，可以安置面臨危機者或者逸出社會常規模式者，相較於虛構
地點烏托邦（utopia）的非真實性，Foucault 認為「異質空間」是一種像是「反
位址」的地方（counter-site），「是一種有效啟動的烏托邦」，真實空間的對立、
相互競逐與倒轉再現，「這類地點是在所有的地點之外，縱然如此，卻仍可以
指出它們在現實中的位置」[31]，「異質空間」相較於其他真實的空間，或者說
與其他真實空間的關係，是一種質疑、對立或是倒轉的關係，因而「異質空
間」可以說是一種「真實與想像」並存的空間。

　　陳丹燕在旅行途中所追尋的精神故鄉，與真正的歐洲已有極大差異，她
也確實在旅行途中見識真實細節、體驗歐洲生活，然而，遊記作品中再現的
精神故鄉，卻停留在年少記憶裡的全然美好、硬要與現實空間產生連結、不
斷重複過往文藝經驗，建構出屬於異質空間的歐洲精神故鄉，雖然飽含豐富
情感，卻也與現實世界有著無法抹滅的差距。

　　陳丹燕以大量文藝體驗詮釋異國旅行的書寫方式，同時讓人聯想起台灣
女作家鍾文音的「My journal」[32]系列，該系列有計畫性的以經典文學家或藝

---

[30] 陳丹燕：《漫卷西風》，頁 93。

[31] 傅柯(Michel Foucault)著，陳志梧譯〈不同空間的正文與上下文（脈絡）〉《空間的文化形
式與社會理論讀本》，明文書局，2002 年 12 月增訂再版，頁 403。

[32] 鍾文音於 1966 年出生於台灣雲林二崙鄉，大學就讀於淡江大傳系，畢業後曾擔任電影
場記和劇照師等工作，1993 年任職《聯合報》藝文組美術記者，1995 年辭去美術記者
工作赴紐約學習繪畫兩年，1997 年返台，改任《自由時報》旅遊記者，因工作之便得
以遊歷各地，十多年來足跡遍及世界五大洲，《寫給你的日記》(1999)一書記錄在紐約習

術家爲主，走訪相關的文學歷史場景，開啓自我與這些藝術創作者的不停對話，交織了個人情感記憶，再現出真實與虛構並存的異國風景[33]，作品的出版時間亦與陳丹燕歐遊之作相近。雖然同樣選擇以文藝對象爲異國旅行的關注焦點，鍾文音以專書對應一至三位文藝人物、深入探索的寫作方式，與陳丹燕作品大量堆砌的歐洲文藝意象畢竟仍有極大差異，鍾所行走區域不限於歐洲，過往文藝記憶所對映出的更非全然認同的精神故鄉，而是一個在旅行中逐漸清晰的自我，同樣在巴黎追尋莒哈絲，鍾文音所探求的是與創作者生命歷程的交會：

> 幾度，坐在妳的墳墓前方長條式鐵椅上頭翻閱《情人》，妳寫過的電影劇本〈廣島之戀〉和編導的〈印度之歌〉，不喚而至。樹影下我的心靈和視覺感官處在奇特狀態，好像妳那強而有力的魅影處處跳出來和我說話。我看見我的生命，妳的死亡。[34]

辨識出莒哈絲獻身藝術的理想自我形象，旅行結束後返台，鍾文音更意識到「我接了妳的棒子回到我的島嶼」、「我成了每個妳，也成了妳筆中的妳。任聽身心的召喚，但又時時有個超我在監督這個我」，[35]莒哈絲頓時成爲自我書寫的指引典範。

　　同樣以文藝記憶爲旅行主線，鍾文音所對應出的旅行空間與陳丹燕截然不同。隨著旅行體驗的積累，陳丹燕一再強調的歐洲精神故鄉也開始於途中崩解鬆動，帶著席慕容的書到克萊姆斯河岸上閱讀，相較於席慕容對蒙古故

畫感受，「My journal」系列始於 2001 年，包含《遠逝的芬芳：我的玻里尼西亞群島高更旅程紀行》(2001)、《奢華的時光：我的上海華麗與蒼涼紀行》(2002)、《情人的城市：我和莒哈絲、卡蜜兒、西蒙波娃的巴黎對話》(2003)、《孤獨的房間—我和詩人艾蜜莉、藝術家安娜的美東紀行》(2006)，其他尚有《山城的微笑》(2004)、《廢墟裡的靈光》(2004)、《三城三戀》(2007)、《大文豪的冰淇淋》、(2008)等，其中《三城三戀》與《大文豪的冰淇淋》雖非「My journal」系列，卻仍以相似手法走訪文學景點、書寫旅行。

[33] 鍾文音說明 my journal 的書寫目的：「這是非常個人的人文移動風景，是對已逝靈魂的考察，和對自我感情底層在離開故里後的探測。」鍾文音：〈後記：曲終人散〉，《奢華的時光：我的上海華麗與蒼涼紀行》(台北：玉山社，2002)，頁 276

[34] 鍾文音：《情人的城市—我和莒哈絲、卡蜜兒、西蒙波娃的巴黎對話》(台北：玉山社，2003)，頁 43。

[35] 鍾文音：《情人的城市—我和莒哈絲、卡蜜兒、西蒙波娃的巴黎對話》，頁 43。

鄉的思慕，她所感受到的失鄉感受更為強烈：

> 記得我曾經要求過，要跟她一起回蒙古去。到底何處是我的家鄉？我不
> 知道，我的出生地對我來說是陌生的，我的祖籍對我來說也是陌生的，
> 在上海長大，我一直覺得也許我的家鄉是在歐洲的什麼地方，但這是荒
> 唐的。有家鄉可以回的人是怎樣回家的，我很好奇，也許還有羨慕，就
> 像小時候看新娘子。記得那時候席慕容不置可否地向我笑，我才知道自
> 己的要求真過分。
>
> 那是別人神聖的回鄉路啊，是別人的。[36]

出生於北京、成長於上海的陳丹燕，在遊記中不止一次強調自己視歐洲為家
鄉，真正的中國故鄉卻疏離陌生，甚至希望攀附他人的情感記憶返回一個根
本不是家鄉的異地，藉此消解無鄉、失鄉的焦慮，在被她視為精神故鄉的歐
洲，從閱讀文本的過程中憶起昔日與席慕容的交談內容，陳丹燕也再次面對
自己無從尋鄉、返鄉的焦慮。

　　「何處是我的故鄉呢？誰是為我帶著酒壺的故鄉人呢？」在德國河邊讀
席慕容返回風沙滾滾的大漠家鄉，陳丹燕未能尋求出答案，「曾經將小說裡的
歐洲當成我的故鄉」的她，卻只因「看到巴羅克淡黃色的宮殿前德國人穿著
美國產運動鞋經過」，不符原先浪漫想像，在行旅中所追尋的美好精神故鄉便
隨之「分崩離析」，開始意識到「這是別人的碼頭，我坐在這裡看書才是打擾」
[37]，儘管對歐洲文明有再多著迷，最後還是不得不承認「那便是喜歡別人的
東西的滋味」[38]，蒙古與歐洲，始終都是「別人的」故鄉，跨越國界的追尋
不等於返鄉。

　　以文學、電影、音樂、繪畫、建築……等多種元素建構起來的美好精神

---

[36] 陳丹燕：《漫卷西風》，頁 168、172。

[37] 陳丹燕：《漫卷西風》，頁 172-174。陳丹燕在早期的歐遊作品中也曾提到類似的幻滅經
驗：「從書本上、音樂中，還有畫冊裡認識的那個歐洲，在德國美麗堅實的大地上，像
一個宋朝的薄胎瓷碗一樣，被慕尼黑地鐵站的月台擤鼻涕的巨大聲音一下子震碎」，陳
丹燕：《今晚在哪裡》，頁 99。擤鼻涕與穿著美國運動鞋均為當時歐洲人真實生活的一
部分，卻同樣因為有違出發前的美好想像，而被她評定為幻滅。

[38] 陳丹燕：《流連歐洲咖啡館》，頁 6。

故鄉，在後期的歐遊作品中開始鬆動，年少時所崇拜的電影偶像希茜公主，最後還是得在現實生活裡成長爲伊麗莎白皇后，經歷粗糙苦難的皇室生活，「伊麗莎白皇后是歸還到真實生活中去，但我仍舊不能對她泰然處之，就像我的歐洲。我不知所措」[39]，儘管熟悉歷史，在精神故鄉的崩解中，陳丹燕依然不知所措，當真實的旅行經驗一再衝擊過往想像，她也逐漸明白「我總以爲歐洲小說裡裡外外的人和事，都會在歐洲等著我」、「我知道自己是遲了，但沒有想到竟然這樣遲」[40]，在失鄉、無鄉的焦慮中，還多了遲到的焦慮，現實的歐洲世界與她一廂情願所構築出的精神故鄉仍有所差異，不論在時間與空間上，均是如此，過往文藝記憶所連結的歐洲文明，並非真正故鄉所在。在咖啡館、博物館、電影院浪漫逡巡的陳丹燕，面對糾結複雜的情緒，仍舊得重新看待歐遊的返鄉意義。

一味執著於返鄉、尋鄉的旅遊模式，陳丹燕 2005 年以前的歐遊筆記規避了旅行的艱苦層面，一方面爲印證精神故鄉而興奮不已，一方面又爲了故鄉定義的改變而反覆質疑辯證。2006 年以後的愛爾蘭之旅與北極之旅，使得她的精神故鄉由人文主義轉向自然世界，故鄉定義再度流轉變動。

在北極觀看極光、雪花、曙光、北極熊……等自然景物，陳丹燕開始走出藝術文明的耽美情境，關心起人類命運與環保議題，擴大遊記的思考格局，發現了另一個自己之前未曾注意的精神原鄉:「一種奇怪的感受油然升起:凍死，被北極熊吃了，落進冰涼的水裡淹死，怎樣都有適得其所的安心――如回家――出自不能被任何恐嚇的，比內心還要深的深處」，極地探險形同再一次的返鄉之旅:「我在這裡第一次與自然接上關係，從這個意義上來說，這裡才是我的原鄉」[41]

極度純粹的自然體驗，最後在回歸原始的宗教體悟中與先前強烈認同的人類文明取得平衡:

> 我的文化背景，大都與文藝復興運動的成果有關，少年時代讀的小說，
> 青年時代使用的哲學，聽的音樂，還有無數出自義大利人之手的油畫與

---

[39] 陳丹燕:《漫卷西風》，頁 75。
[40] 陳丹燕:《漫卷西風》，頁 200。
[41] 陳丹燕:《北緯 78°》，頁 98-99。

大理石雕塑，我的文化基督徒傾向，我的文化背景中，有米開朗琪羅式的寫實主義和波提切利式的溫情。這些明亮的部分一直都像陰沉海岸線上的燈塔，與我心中黯淡孤寂的廣大水域形成反差。[42]

三月的北極，看上去真像《創世紀》裡描繪的，天地就是如此，一天天地豐富起來，我心中，《聖經》故事與北極的面貌，也一天天地模糊起來。年輕的時候，我對牛頓是一個虔誠的教徒不太理解，後來，對物理學家們常常在談話中流露出來的宗教平靜非常好奇。現在，我想我是理解了那種狀態，當你了解更多的自然，你便更為親近古老的宗教。我想，它們會殊途同歸。[43]

原鄉的定義在雪白與黑暗重疊出的極地被調整修改，回歸歐洲精神文明的源頭探索，年少時強烈著迷的精神文明原來可透過宗教與自然世界結合，越過人類的藝術成就，陳丹燕追尋出一個更為潛沈深刻的心靈原鄉。之後的愛爾蘭之旅，即便她依舊在都柏林讀喬伊斯的《尤利西斯》、在斯萊戈老城尋找詩人葉慈身影，更多的感動卻是來自於大海的召喚：「我的精神與自然之間，原本有一條天然的臍帶相連。當精神被人為的一切包圍而變得虛弱委頓時，自然能給它的慰藉，超過思想能給予的」、「在大海旁，旅行者總有一天要與自然相遇，像世界遇到造物主那樣全然開放，並清楚地感受到，自己正在自然的秩序中」[44]，過去所認同的高度人文成就不再等於一切，自然是另一個讓自己心安的原鄉世界。

　　從繁複華麗的歐洲文明到素樸純真的自然景物，陳丹燕所追尋出的精神故鄉與心靈原鄉看似矛盾對立，最後卻是在宗教信仰中取得平衡，然而，為她帶來平衡與心安的宗教仍舊歸屬於西方世界，自然體悟也依然來自於相隔遙遠的異國山水，在一次次的旅行過程中，原鄉定義雖不斷修正重構，卻仍奠基於旅人自始至終不曾改變的堅定西方信仰－－不論對人文藝術抑或宗教自然，均是如此。

---

[42] 陳丹燕：《北緯78°》，頁86-87。
[43] 陳丹燕：《北緯78°》，頁72-73。
[44] 陳丹燕：《我要游過大海》，頁73-74。

三、映照自我：美化的童年與上海

　　遠赴異地的旅行在陳丹燕筆下成爲一趟趟的返鄉之旅，旅人追尋著遠在他方、不停流動變化的陌生故鄉。不同文化間的相互碰撞必然產生一種文化對另一種文化的想像，在旅行過程中，被視爲精神故鄉的「他者」，同時提供了重要的參照體系，讓旅人在碰撞的過程中，更清楚觀看自我。

　　在陳丹燕的海外遊記中，不斷被旅行召喚出的個人過往經驗，除了出國以前接觸到的大量西方文藝外，還有同樣遙遠且美好的童年回憶。早期遊歐，在波蘭盧布林旅館淋浴，旅館後院大樹所引發的是她對童年的追憶：「我看見大樹下那些黃色的漿果和它們流出的汁水，那些因爲摔爛而芬芳之至的果子，有種很是頹敗但直指人心的美，就像我很久以前的童年」[45]、在歐洲適合度假的山谷裡，見觀光客頻繁出入，回想起的是「小時候，放暑假的時候，中午坐在大敞開的窗台上望著外面灼白的陽光，晚上坐在陽台裡聽到終於安靜下來的城市裡有隱約的音樂聲，聞到附近人家切開西瓜清甜的氣息」[46]、從奧賽美術館印象派畫家的光影變化，望見走廊上像莫內畫中走出的乾淨小孩，回想到的是「自己的童年，找不到玩伴的童年，我家的走廊盡頭，拍著我哥哥們脫下來的黑色回力牌球鞋，臭的要命。我家的走廊是水泥地，青青的，從房間和浴室射進來的日光，在那裡躺著」[47]，遙遠的童年記憶在旅行中透過不同的感官體驗浮現上來，與多年以後的自己重逢，虛實交錯、今昔互現。在北極見極光於黑暗天空飄蕩，她所望見與聽見的景象更爲深刻：

　　突然看到天空被什麼照亮了。一道綠色的螢光如紗帘般在黑暗的天上飄蕩。童年時代的盛夏，白細布紗帘就是這樣在我家陽台門前隨風飄搖的——阻擋了室外的炎熱。爺爺用廣西話講鬼怪故事，和他自己死而復生的故事，那是寂寞童年裡莫大的快樂。它們是一樣的半透明，緩慢地拂動。我甚至聽到了死去多年的爺爺說故事的聲音。[48]

45　陳丹燕：《今晚在哪裡》，頁 148。
46　陳丹燕：《約會在聖母廣場噴泉邊》，頁 104。
47　陳丹燕：《柴可夫斯基不在家》，頁 159。
48　陳丹燕：《北緯 78°》，頁 64。

極光拂動如天幕紗帘，穿越時間與空間限制，幾近於幻覺的虛實交錯，已過中年的旅人，在極地的壯闊景致與幼時的舊居紗帘聯想中跨越疆界，重返孩提時代的渺小。

　　童年的美好記憶隨著旅行的前進一一被召喚出來，成爲陳丹燕丈量世界的標準之一。在愛爾蘭莫森頓神殿的海邊感受自然安祥巨大的力量「像一雙強有力的大手，穩住我，讓我覺得安全，而且愉快，很恬靜和輕盈的愉快，很安穩甚至寂寥的愉快」，「這種感受，只有幼年時才能獲得」，在遙遠的異國海岸，她所回想起的卻是童年時父親在臥室爲自己朗讀的記憶[49]。行走世界各地，童年記憶不僅沒有隨著年齡的增加而逐漸褪去，反而在空間距離的不斷擺盪中越來越鮮明，從早年歐遊至晚期的極地、愛爾蘭之旅，記憶中的童年一路隨行，貫串陳丹燕的每一趟旅行。

　　旅行中所遭遇的他者提供旅人參照自我的機會，「他者」是「主導性主體以外的一個不熟悉的對立面或否定因素，因爲它的存在，主體的權威才得以界定」[50]，認識他者的意義之一便是以他者爲鏡，確認自身的存在，辨明自身的形象，幫助自我透視和確認。對自我文化身分的界定包含著對他者的價值及特徵的認識，它爲自省提供了阿基米德支點，即，通過不同於我們自身之物的媒介探索我們自身的一種方式。[51]旅行得越遠越久，在身爲他者的異國反射上，陳丹燕所歸返的童年記憶也就越深越多，遊記的書寫同時也乘載了回憶錄的功能性，包含對已成過往的旅行以及更久遠以前的童年記憶。

　　只不過，這樣的童年記憶與早年認定的精神故鄉一樣，在想像的過程中總是經過陳丹燕一定程度的美化。在維也納的佛洛依德故居前，感嘆自己經歷文化大革命，「從小看著謊言和迫害長大」[52]、在薩爾斯堡悲嘆「有許多本來可以燦爛的青春故事，都被那平庸的年代給淹沒了」[53]的陳丹燕，從旅行中所召喚的童年回憶卻無一不美好夢幻。挪威奧斯陸科技館的地理老師讓她想起自己三十多年前課堂上的中學地理老師：「初中時代的教室充滿亞熱帶明

[49] 陳丹燕：《我要游過大海》，頁71。

[50] （英）艾勒克‧博埃默（Elleke Boehmer）著，盛寧、韓敏譯：《殖民與後殖民文學》（瀋陽：遼寧教育，1998），頁22。

[51] （丹麥）斯文德‧埃里克‧拉森：《文化對話：形象間的相互影響》，樂黛雲、張輝主編：《文化傳遞與文學形象》，頁209。

[52] 陳丹燕：《柴可夫斯基不在家》，頁44。

[53] 陳丹燕：《約會在聖母廣場噴泉邊》，頁52。

亮而柔軟的陽光，天藍色的窗簾在涼爽的風裡拂動。我美麗而嬌小的地理老師在講台上轉動一只地球儀」，在陳丹燕的筆下，這位「只有一座製圖簡陋的地球儀，只有簡單的教案」的「亂世中的女教師」卻比挪威擁有一所世界上最先進氣候博物館作為實例的男老師帶來更多內心安寧和幸福指數，甚至在極地之旅的冰雪衝擊中帶給她無比安定力量：

> 從北緯 78°飛向 79°，到處都能看到正在碎裂的北極冰蓋，在天光下閃閃發光的透明的浮冰，這樣的崩潰，如上帝世界的崩潰，如信仰的崩潰，如記憶中老師心滿意足的微笑的崩潰。在我動盪不安的少年時代，老師的微笑曾給了我如此深刻的記憶，以及安慰。[54]（《北緯》，p16）

童年動盪不安的時局與物質缺乏的困境，在事隔多年後的旅行召喚下，全都消弭不見，取而代之的，是無限美好的回憶與感受。

在不同的他者身上，陳丹燕召喚出一段又一段的美好童年，藉由記憶的回溯過程，重新構築出一個自我認同的美麗童年。就像自己堅決深信的精神文明，單純天真的童年是旅行中一再重複的自我回歸，藉由不同感官刺激聯想，堆疊出一個個看似真實無比卻又遙遠虛幻的兒時細節。

由童年衍生而出的年少回憶，同樣在旅行中被渲染成無比美麗的過往。陳丹燕在重返德國時發現，當年她所深深欣羨、生活於富足歐洲天堂的女房東海倫娜，最後卻因精神困擾住進療養院、電影中的希茜公主與現實小有極大落差、當年為她開啓歐洲夢想的上海新光電影院已重新改建，原先信仰的精神故鄉被嚴重衝擊，她選擇遁逃回年少的幸福記憶裡，映照出一個理想的過往自我：

> 充滿幻想的氣味，是心甘情願地接受經過偽裝的幸福感情的幻想的氣味。那就是八十年代的氣息，冰雪初融，大地回春、四處沈浮著不切實際的夢想。直到現在，我才體會到，我經歷過一個極少數適合夢想生長的年代，它那麼單純，那麼懵懂，那麼強烈地企圖重建古典的準則，又

---

[54] 陳丹燕：《北緯 78°》，頁 16、18。

那麼強烈地追求現代的自由。它猶如一個少年，熱血沸騰地夢想著伊甸園般的生活。我在那個飄飄欲仙的時代裡度過自己的青春，我原來是這樣一個幸運的人。

我發現自己心裡的極樂世界還悄然閃爍光芒，如同鏡子大廳裡無窮的反射與交相輝映。事實並沒有打消它，而是將它變成純粹的幻想，與現實生活撇清了關係。[55]

　　過往的青春回憶單純懵懂，令人回味不已。陳丹燕在他者身上所追尋出的年輕記憶幸福無比，卻是不切實際，隨著旅行的拓展，看似挖掘出更深層的自我內在，然而，這些屬於自我的呈現卻總是全然的美麗晶瑩，如她所言：「與現實生活撇清了關係」，總是呈現過度美化的想像與情感，鮮少因旅行時間、地域的區別而有所差異。

　　身為人妻、人母，性別角色並沒有為她的旅行帶來太多牽絆與困擾，隻身上路，陳丹燕極少在作品中提及家庭。早年與丈夫同遊俄羅斯，旅行過程中，被莫斯科女房東伊琳娜瞥見丈夫做飯、妻子休息的情形，直被房東嘟嚷：「沒有見過女人坐著喝茶，男人下廚的事情」，而被認為「很幸福，是一個受到寵愛的作家」。[56]；在慕尼黑往南奔馳的火車上，想起女兒幼時學步情景而落淚，「像一片浸滿了淚水的海綿，輕輕一觸就會流出大滴的眼淚」[57]、在北極因正視孤獨而追憶起女兒幼時於黃昏嚎哭，意識到自己的母職角色：「我對孩子最初的責任感，也是建立在黃昏嚎哭上。我知道這是我不可能完成的任務」[58]，這些都是極少出現於作品中的角色思索，陳丹燕的女遊書寫呈現出極大的自由，旅行過程中似乎只須專心扮演好旅人與作家的角色即可，不須背負家庭所帶來的情感羈絆。

　　國外行旅經驗同時也讓陳丹燕更清楚觀看自己的出發地－－上海。遍訪各國咖啡館的同時，她回顧咖啡館在上海的特殊性：「當咖啡到了上海，成了

---

[55] 陳丹燕：《漫卷西風》，頁 91-93。
[56] 陳丹燕：《精神故鄉：陳保平陳丹燕散文 40 篇》，頁 134。
[57] 陳丹燕：《約會在聖母廣場噴泉邊》，頁 51。
[58] 陳丹燕：《北緯 78°》，頁 90。

一種時髦」、「在上海,喝卡布基諾是隆重得多的儀式」、「咖啡也與所有的東西一樣,傳著傳著,就走了樣,在南為橘,在北為枳」[59],以異國為參照對象,清楚窺見上海西化與在地化特色。經歷德國房東海倫娜的故事後,在「慕尼黑十全十美的安居樂業的傍晚」,她發現「美與安寧,是銅牆鐵壁一樣的無可挑剔,和無路可逃」,她開始想念起上海,寧願「在上海那粗魯的、煙塵飛揚的、潮濕而充滿噪音的地方匆匆而過」[60],缺點畢現的家鄉反而成為旅人的渴望依歸;在多瑙河邊的克萊姆斯房子頂樓寫作,飛過的白天鵝化身為七十年代穿著白襯衫、騎腳踏車而過的上海少年,天鵝撲打翅膀的沈重聲音,呼應少年面臨的窘困物質生活與精神生活,卻激發她對那個年代的無限追憶:

> 「我們是那些被壓力打開了的核桃,我們能聞到自己的內心是不是芬芳。要是沒有壓力地生活,也許一輩子這個人都不知道自己是個怎樣的核桃。」我說,「我並不遺憾自己經歷過動盪的生活,很艱難地長大。」

> 事實上,我真的不為自己的經歷感到遺憾。奇怪的是,每次當我離開中國,那個禁錮的年代就清晰地浮現。多年以前的小事,某人的側影,某個平淡傍晚的氣味,原來以為早已忘記,此時纖毫畢現。而且,它們只在我離開中國的時候出現,像大水一樣不可阻擋地浸濕遠離中國的一切,使克萊姆斯的天鵝都變成湖南路樹影裡的白襯衣。[61]

禁錮的艱苦年代在時空差異的隔閡下,再度被美化且高度認同,一如年少記憶的美好,當年的上海貧困少年化為多瑙河畔輕巧飛過的白天鵝,在細膩輕柔的描繪下,截然不同的意象相互轉換,屬於上海的情感依歸與美麗形象也隨之強化。

陳丹燕曾自言「當年去歐洲,走到天涯海角,原來是為了認識上海我的家鄉」[62],強調於他者映照中得以更清楚窺見家鄉,旅行結束後所出版的《上

---

[59] 陳丹燕:《流連歐洲咖啡館》,頁 133-136。
[60] 陳丹燕:《漫卷西風》,頁 137-138。
[61] 陳丹燕:《漫卷西風》,頁 146-147。
[62] 陳丹燕:《上海 Salad》(台北:時報文化,2002),頁 8。

海的風花雪月》，除了書寫上海的咖啡館、街道、房屋、人群……各式特色外，更藉由異國城市的對比：〈聖彼得堡與上海：紅色都市的浪漫〉、〈巴黎與上海：不夜之城的紅唇〉、〈紐約與上海：移民都市的自由〉[63]以不同對比角度將上海他者化，凸顯這座城市混雜迷人的獨特性。多次積累的海外行旅，的確提供她更多觀看自我與家鄉的機會，以他者為鏡，陳丹燕所映照出的自我與家鄉，卻同時蒙上了一層精美細緻的面紗，在看似清楚的真實反射中，交織了更多想像與虛幻，只能以被調整、修正過的樣貌間接呈現。

四、結論

> 有時我要長風萬里，有時我要歸於內心，有時我要抹去自己身上所有身份的痕跡，就渴望當一個透明的人，有時萬里、十萬里之外，竟然回到的是自己的內心。[64]

2006 年整理歐遊舊作與新作、出版「歐洲文化旅行隨筆」時，陳丹燕曾簡單為自己的旅行做了簡單的總結，從外在旅行中歸返內在自我，成為旅行的必要與渴望。

身為中國現代海外女遊的先聲，她也確實在行旅中頻頻觀視自我。綜觀陳丹燕將近 20 年的旅行經驗，從俄羅斯、日本、歐洲、美洲到北極，地域的開創性與旅行實踐均具備一定的特殊性。隨著旅行經驗的拓展，陳丹燕所認定的精神故鄉也跟著不停變動，成長於文化大革命年代、傳統文化價值崩壞尚未重建之際，在上海接受西方文化刺激的陳丹燕對歐洲文明熱切著迷，屢屢視歐洲為精神故鄉，奔赴萬里的海外歐遊非但不是離家之旅，反而是既有文藝記憶被不斷映證的返鄉之旅。在旅行的真實接觸中，她先前認定的美好精神故鄉隨之鬆動，帶來失鄉、無鄉的恐懼與焦慮；2006 年以後的愛爾蘭之旅與北極之旅，使得她的精神故鄉由人文主義轉向自然世界，二者最後在宗教中取得平衡。

以異國為參照對象，陳丹燕在旅行中頻頻召喚出童年記憶，藉由感官聯

---

[63] 陳丹燕：《上海的風花雪月》，頁 165-199。
[64] 陳丹燕：〈旅行〉，《漫卷西風》，頁 I。

想與細節追溯，於今昔對比、虛實交錯之間重構出美好的自我，成長年代的曾經面臨的艱苦被消弭美化，轉化爲高度的自我肯定。性別角色並未爲她帶來太多旅行困擾，陳丹燕所呈現的女遊書寫擁有極大自由空間，強調的是作家與旅人的身份，而非妻子與母職。遙遠異地所對映出的上海，與年少記憶同樣充滿美好想望，即便具備缺點，也在旅人眼中成爲渴望的精神依歸。他者對比出的自我與家鄉雖美麗夢幻，卻在她一致的再現模式中脫離現實、消解了旅行的差異性。

講評

◎李 玲[*]

　　這是一篇優秀的論文，敏銳、細緻、深入。首先，作者抓住了作家主體精神生成這個文學核心問題來評價旅行文學，切入點十分準確。旅行文學文本，一般總是既包含自然景物、風土人情的描寫，也包含作家對地理歷史的文化感悟，還包含作家主體心境的披露展示。然而，旅行文學之所以是文學，而不是旅行指南，也不是文化普及讀物，卻是由於熔鑄了作家獨特的主體心境。本論文不是側重於對陳丹燕旅行文學中的歐洲景觀進行分類、不是側重於對陳丹燕旅行文學中的歐洲文化感悟進行闡釋，而是抓住陳丹燕旅行文學中作家主體心境問題，深入分析作家尋找精神故鄉、召喚童年記憶的心路歷程，可謂抓住了旅行文學評價的關鍵。這說明論文作者對旅行文學的文學性有著自覺、清晰的體認。

　　其次，本論文對研究對象既有深入的理論透視又能避免理論的武斷性。論文指出陳丹燕旅行文學「屢屢視歐洲為精神故鄉，將歐遊當作是映證文藝經驗的返鄉之旅」；其文本「建構出屬於異質空間的歐洲精神故鄉，雖然飽含豐富情感，卻也與現實世界有著無法磨滅的差距。」這些觀點既深入又準確，說明論文作者既有深厚的理論功底，尤其諳熟現代哲學關於主體與他者關係的各種理論，又有耐心聆聽作家心聲的研究品格。論文沒有簡單套用時下流行的後殖民主義理論去批評陳丹燕視歐洲為精神故鄉的旅行寫作，從而避免了理論的武斷。這也從一個側面說明面對異族異國精神資源時，後殖民批評是一種理論視角，普世價值追求也是一種理論視角，該用哪一種理論必須具體情況具體分析，關鍵是要看哪一種理論才真正契合研究對象的實際。

　　再次，本論文層次豐富，這既說明論文作者對研究對象的把握十分細緻深入，也說明論文作者本身具有思維廣博、思想底蘊較為豐厚的特點。論文

---

[*] 北京語言大學人文學院教授、博士生導師。

既注意到了陳丹燕旅行文學尋找精神故鄉的特質，又注意到了其召喚童年記憶的特點，認爲「童年的美好記憶隨著旅行的前進一一被召喚出來，成爲陳丹燕丈量世界的標準之一。」而在具體分析中，論文又注意到了陳丹燕的歐洲精神故鄉相對於現實歐洲世界具有異質性、陳丹燕的童年記憶相對於現實生活也同樣具有「過度美化」的異質性特點。也就是說，論文既注意把握陳丹燕旅行文學建構自我主體精神的特質，又能在與現實的互動關係中審視這種主體精神的烏托邦性質。再次，論文對研究對象的考察，既有歷時性的視野，也有橫向的比較座標。在歷時性視角的觀照下，論文既指出了陳丹燕的「精神故鄉由人文主義轉向自然世界，二者最後在宗教體悟中取得平衡」的變化發展，也指出了陳丹燕的童年記憶「鮮少因旅行時間、地域的區別而有所差異」的不變特點。在與鍾文音旅行文學的橫向比較中，論文凸顯了陳丹燕旅行文學當下生命體驗缺席的特點。

　　當然，儘管這已經是一篇相當深刻的論文，但仍有兩個問題或許可以進一步追問：一是當下生命體驗缺席是否可能造成陳丹燕旅行文學主體精神平面化的問題，二是美化的童年記憶對於當下自我的精神建構有何正反面價值。

數學詩人蔡天新的旅行文學創作

◎宋　嵩*

蔡天新，一位 15 歲上大學、24 歲獲得博士學位的數學天才，一位數論領域的博士生導師，一位在國際詩壇頗有名氣的青年詩人，一位曾兩次環遊世界、到過將近 90 個國家的旅行家，一位精力旺盛的業餘足球前鋒，一位已經出版了幾部隨筆集的專欄作家，同時也是一位曾在深圳和杭州多次舉辦了攝影展的攝影愛好者。集種種看似矛盾的身分於一身，遊刃有餘地遊走於數學、詩歌、隨筆、旅行、足球和攝影「六度空間」的蔡天新註定將成為人們心目中的「傳奇」。我無法肯定他的詩歌和攝影作品在若干年後是否會被納入詩歌史和攝影藝術史，但可以大膽地斷言，他的旅行文學創作將會因其獨特的藝術風格而成為我們時代的經典。

1

討論一個作家的旅行文學創作，首先應該明確其「旅行／旅遊觀」，即對「旅行／旅遊」的看法。因為不同的「旅行／旅遊觀」一方面會影響作者的旅程，進而影響其旅程中的心態和觀察的視角，甚至導致不同作者對同一行程和目的地作出截然不同的評價；另一方面又制約了他的「旅行／旅遊文學觀」，最終落實到文字上會呈現種種差異性。以往的大陸學者似乎對此並不在意，僅僅以「旅遊文學」之名總括其類，許多高校旅遊類專業使用的教科書也使用《旅遊文學》的書名。儘管這種區分相較於中國古典文學中「遊記」的概念有了很大的進步，但仍然有失準確；台灣地區以「旅行文學」代「旅遊文學」，在許多人看來，這只是「旅遊文學」概念在海峽對岸的另一種表述（正如大陸稱「颱風」、「地鐵」而台灣稱「風球」、「捷運」）。至於「行旅文學」、「紀游文學」等提法（新世紀的流行用法是以「寫作」、「書寫」代替「文

* 山東師範大學文學院中國現當代文學專業博士生。

學」），雖各有其合理性，但使用範圍卻僅限於一小部分人。由此可見，對某些關鍵概念的區分是必要而迫切的。

其實古人早已注意到「旅」、「遊」、「行」的區別，在《昭明文選》中，便有「行旅」詩、「遊覽」詩、「紀行」賦等分法；然而在蕭統的概念中，「行旅」詩與「軍戎」詩並列，「遊覽」詩則與「遊仙」、「招隱」等分在一起。由此可見，起碼在南北朝時期，中國人便以行為是否具有功利性、是否屬於精神活動為標準來區分這幾個概念了。台灣學者龔鵬程在《遊的精神文化史論》中曾試圖用一章的篇幅來探討「旅遊者的心理」，但上來便進行「旅行者的精神分析」，似乎仍未有意識地區分「旅遊」和「旅行」。他的分析融會古今中外，認為旅行（旅遊）是人類「集體潛意識」支配下的產物，這一舉動「表現了超越的特徵」，可以「獲得靈魂的淨化或提升」、「得到精神上的救贖與解脫」；而在中國古人心目中，「人只有轉化成神，方能獲致真正的超越解脫」，而「人要成仙，要自在優遊，既代表了人尋求自我轉化的努力，旅遊本身遂也具有這種轉化的意義」；要超越海德格爾式的「向死亡而在」的恐懼、不再被「煩」所佔據心靈，只能採取一種「在而不在」的方式，即「遊」，因此，「後世旅遊者或去登山，或往遊異國，均具有仙人升舉、超越塵俗、進入他界（other world）的含意」[1]。通過對「旅遊者心理」的分析，龔先生闡明了自己的旅遊／旅行觀，即傾向於旅遊／旅行的「超越性」和「解脫性」。然而對此兩性的強調，卻導致他在指出「旅遊者要做的第一件事」，便是「在生活上區隔出『一般現實性生活』和『逸遊以欣賞生命的行動』兩部分」之後，又提出「遊」「不以世俗社會為對象」，而是「以尚未社會化的自然景觀、較原始的人文狀態為目標」[2]這一失之偏頗的觀點。儘管這一觀點是為了說明古人為何樂於在住宅中設置園林，但實質上還是中國傳統的旅遊／旅行觀，而早在 20 世紀上半葉，就已經有人意識到「遊」的對象在現代社會發生了根本性的變化：

> 前人的遊記，多歸入「雜記類」中，就它的文體和題材看，原是記敘文
> 中描寫自然環境的一種；……但是我們在一個新的環境中，或到一個陌

---

[1] 龔鵬程，《游的精神文化史論》[M]，石家莊：河北教育出版社，2001，頁 149-176。
[2] 龔鵬程，《游的精神文化史論》[M]，石家莊：河北教育出版社，2001，頁 199。

生地方去，所感到驚奇的，喜悅的，未必只是那地方的景致，人物、風
土、各種社會環境，比起山光水色有時會給我們更新鮮的印象，更深刻
的刺激，於是我們運用這些材料寫成遊記，便成為各地各式的「社會相」
了。

古人旅行，山橋寨驢，竹杖芒鞋，時時刻刻都擁在自然的懷抱中，所以
感覺最親切的是自然，體味最深刻的也是自然，遊記最好的題材便只有
自然風景。現代人的旅行卻不同了，憑藉輪船火車的便利，走遍各地各
國的都市；而在大都會中，人的活動常淹沒了自然，於是「社會相」又
代替了自然風景成為遊記最好的題材。這是古今遊記兩種不同的趨向，
也是遊記題材兩個不同的「面譜」。[3]

　　上面引文中最關鍵的一點，便在於區分了「古人旅行」與「現代人的旅
行」的區別——對待「社會相」的不同態度。因此，19 世紀末以來，隨著中
國向現代社會的轉型，湧現出了大量不以「自然」為對象的旅遊／旅行文學
作品。對於這種變化，餘光中一方面強調「在古典文學裡，所謂遊記通常是
指一篇遊賞山水的散文」，又指出旅遊不限於山水、動機也不必在於遊賞，但
「這些都是遊記的支流」，有限度地對「遊記」的題材做了讓步。20 世紀末
的學者則乾脆打破了書寫對象上的局限，只是強調「較為嚴格的文學意義上
的旅遊文學」是指「反映旅遊過程中主客體之間特殊關係的那些文學作品；
或者說，它是反映旅遊者在旅遊過程中通過一定的方式（手段、途徑）構成
的旅遊關係，表現旅遊者對旅遊對象的嚮往、追求、接觸、欣賞，或者在此
基礎上又進而構成旅遊者之間特殊關係的文學品類」[4]。
　　如果說當下學術界對「旅遊／旅行文學」的範圍已經有了較為一致而明
確的認識，那麼，對於「旅行」和「旅遊」是否應該區分、應如何區分卻眾
說紛紜，因為這是一個與「現代性」和「後現代性」密切相關的問題。我們
應該注意郭少棠的觀點，他認為二者是包含與被包含的關係：「旅行的三個層

[3] 舉岱，〈題記〉[A]，《遊記選》[C]，桂林：文化供應社，1942。
[4] 張潤今，〈試談不同含義和範圍的「旅遊文學」〉[J]，《北京第二外國語學院學報》，1989
（3）。

次是：『旅遊』，指觀光娛樂旅行；『行遊』，指非觀光娛樂旅行；『神遊』，指精神旅行、想像旅行、網路旅行和生死之旅。」[5]在這裡，他注意到了「旅遊」的「娛樂性」，並設置了一個與之相反的、非「娛樂性」的「行旅」。儘管這一觀點頗具啓發性，但卻仍有不到位之感。

蔡天新則明確提出了自己的「旅行／旅遊觀」：

> 我想把「旅行」（travel）和「旅遊」（tour），「旅行者」（traveler）和「旅遊者」（tourist）加以區分。前者除了通常的遊覽觀光和增長見識以外，還帶有另外的目的，或者說懷有某一種使命，至少是遵循了「讀萬卷書，行萬里路」的古訓。因為一個人的生活閱歷無論多麼豐富，畢竟是非常有限的。……我心目中的旅行者是，那些試圖在空間的移動中獲得靈感或啟示的人，例如，思想家、作家、藝術家、僧侶、探險家。（《數字和玫瑰·旅行者說》）[6]

顯然，他眼中的「旅行」和「旅遊」是分屬於截然不同的兩個層次的。這篇文章題爲《旅行者說》，明確地表明作者是以「旅行者」自居，而力圖與「旅遊者」（遊客）劃清界限；而它被放置在《數字和玫瑰》卷首的位置，起著序言的作用，昭示著整部文集中與「旅」有關的文字皆是出自「旅行者」的視角，是旅行者「在空間的移動中獲得的靈感或啓示」。同樣的觀點，我們還可以從攝影家李昱宏關於旅行／旅遊的論述中看到：

> 我認為將旅行者與遊客區分開來是必要的，一個人是旅行者，還是遊客，我想這之間最大的差別在於旅行者以極其自我的方式漫遊，而遊客則以「大眾」的方式凝視異地的風景，而旅行作為一種消費，其實與購買名牌包並無太大的差別，因為這種旅行實際上不是旅行而是旅遊……[7]

---

[5] 郭少棠，《旅行：跨文化想像》[M]，北京：北京大學出版社，2005，頁 35。

[6] 本文論及的蔡天新隨筆集（包括回憶錄）有：《橫越大陸的旅行》，東方出版社 1999 年版；《數字和玫瑰》，三聯書店 2003 年版；《南方的博爾赫斯》，花城出版社 2007 年版；《與伊莉莎白同行》，花城出版社 2007 年版；《在耳朵的懸崖上》，北京大學出版社 2010 年版；《小回憶》，浙江大學出版社 2010 年版。本文在引用這些書籍中的文章時，只列出題目，不再標註版次和頁碼。

[7] 李昱宏，《灰色的隱喻——攝影的時間、機會與決定性瞬間》[M]，北京：人民郵電出版

　　英國學者約翰‧厄裡在研究旅遊與消費的關係史時考察了 19 世紀後半期英國北方紡織業勞工的度假行為，他指出，火車交通的蓬勃發展使得原本只屬於上層貴族的旅行的旅行特權下移到普通勞工手中，但這種「旅行」卻成了一種消費：它處於經營旅行事業者們的控制之下，而旅行（消費）者則完全被動。這種旅行只能稱為旅遊（tourism）。在他看來，「旅遊」如今已經成了一種後現代的概念：它符合後現代的要素，傾向於解構並以樂趣為依歸，帶有明顯的遊戲意味，參與者（遊客）在旅程中被麻醉，而經營旅行事業者的經營所作所為（例如旅行社對行程的規劃和旅遊管理部門對景點的設置、「迪士尼樂園」在全球遍地開花）顯然是種種帶有複製（後現代藝術的特徵之一）意味的行為。這一觀點被李昱宏闡釋為「遊客所進行的旅遊有可能是一種虛假的活動，這是因為現在的旅遊往往具有以下幾個特點：由領隊帶團、由某些人組成的團體、與當地人其實處於互相隔絕的狀態、以錯誤的審美觀看待異國或是異地的事物、參觀安排好的活動、忽略了外在的真實世界，而這環環相扣的情形還有可能往更虛假的方向發展——為了刺激旅遊業的發展，許多地方營造出某種旅遊氣氛（如英國海邊的電影院），因此許多更虛偽的活動便可能出現……英式英文裡稱包裝好的旅遊是 go banana，其意是指這種旅遊活動中凡事都已經被包裝好，猶如香蕉一般排列整齊，但 go banana 仍舊無法完整地形容現代旅遊，我認為用 go pipe dream（白日夢）來形容更合適。」[8]

　　如果我們承認現代、後現代理論家對於「旅遊／旅行」的區分有其合理性，就能明確意識到「旅遊文學」和「旅行文學」這兩個概念不應該隨意混用。無論是傳統文人的山水遊記，還是三毛、蔡天新等人的異域寫作（當然還有余秋雨的「文化苦旅」），都因其「使命感」和「極其自我的方式」而應該被納入「旅行」和「旅行文學」的範疇。至於余秋雨那次明顯與消費文化、大眾傳媒合謀的「千禧之旅」是否能算作「旅行」，還有待商榷。

社，2011，頁 231。
[8] 李昱宏，《灰色的隱喻——攝影的時間、機會與決定性瞬間》[M]，北京：人民郵電出版
　　社，2011，頁 244-245。

2

　　然而，蔡天新的「旅行」又有其獨特之處。最顯著的特徵即在於其旅行的目的往往並不明確，大多都伴隨著他的訪學和詩歌活動。即使是在全球化大潮洶湧澎湃的當下，進行一次環球旅行仍只能是大多數人的夢想，而有幸兩次環行世界的蔡天新在《飛行・寫在前面的話》中，卻這樣介紹自己的環球旅行：

> 這並非我有意為之的環球航行，……這次旅行的起因是這樣的，我要返回南美洲的安第斯山中。確切地說，是哥倫比亞共和國的第二大城市麥德林，為我曾經訪問並執教過的一所大學主持一場研究生論文答辯會，並為我主持的一個科研專案結題，卻在不經意間環繞了地球一圈。

　　當然，無論是在美國還是在南美的訪學期間，他也有過自發的旅行衝動，但更多的情況下，蔡天新的旅行都來得過於突然。例如，他在美國期間第一次出遊，便只是因為他所任教的大學的中國留學生會主席要前往伯克利找工作，打電話詢問他是否想同車前往。蔡天新在描述自己得到這個消息後的心情時，用了「謝天謝地，這還用得著考慮嗎？我至今仍然對他心存感激」這樣的語言。而在介紹蒙特維多之旅時，他寫道：「我到蒙特維多完全是一次意外的旅行，從某種意義上講，可以說是上帝的一個賞賜。」而原因僅僅是因為邀請他去巴西參加數學家大會的組織者寄錯了機票。至於墨西哥之行則更令人瞠目：只不過是因為 Rail Pass 月票有效期還有八天，作者想將其「充分利用」而去了美國南部邊境的聖達戈，在旅途中又被告知可以從車站乘有軌電車直接去墨西哥邊境……。

　　儘管蔡天新的每一次旅行都看似如此「無目的性」，但這並不意味著他的活動是「無意義」的，恰恰相反，正是因為他意識到「旅行」的意義和價值除了遊覽觀光和增長見識以外，更重要的是「試圖在空間的移動中獲得靈感或啟示」。這一點與其詩人和科（數）學家身分有著密不可分的關係——對於詩歌和詩人來說，靈感無疑是最重要的東西；至於阿基米德在浴缸中發現浮力定律、笛卡爾在睡夢中發明平面直角坐標系、牛頓因為被蘋果砸了腦袋而

發現萬有引力定律這些早已為世人所津津樂道的故事，都是靈感與科學之間
親密關係的最佳注腳。面對記者「數學和詩歌有何相通之處」的疑問，蔡天
新用詩人的語言解釋說：「數學需要靈感，和詩歌一樣，數學也是想像的產物。
對一位純粹數學家（相對於應用數學家）來說，他面臨的材料好像是花邊，
是一棵樹的葉子，好像是一片青草地或一個人臉上的明暗變化。」（《橫越大
陸的旅行·詩歌是我可以攜帶的家園——答《東方時空》記者》）在某些場合，
蔡天新不用「靈感」，而用「機智」一詞來代替：

> 摹仿有其天然的局限性……是比較低級的求知實現。而美的感覺要求有
> 層出不窮的新的形式，對於現代藝術家來說，通過對共同經驗的描繪直
> 接與大眾對話已經是十分不好意思的事情了。這就迫使我們把摹仿引
> 向它的高級形式——機智。

> 機智在於事物間相似的迅速聯想。意想不到的正確構成機智。機智是人
> 類智力發展到高級階段的產物。喬治·桑塔耶納認為，機智的特徵在於
> 深入到事物的隱蔽的深處，從那裡揀出顯著的情況或關係來，注意到這
> 種情況或關係，則整個對象便在一種新的更清楚的光輝下出現。機智的
> 魅力就在這裡，它是經過一番思索才獲得的事物驗證。機智是一種高級
> 的心智過程，它通過想像的快感，容易產生諸如「迷人的」、「才情煥發
> 的」、「富有靈感的」等效果。蘇珊·朗格指出，每當情感由一種間接的
> 方式傳達出來的時候，就標誌著藝術表現上升到一個新的高度。

> 詩是最需要機智也最能表現機智的藝術形式。（《在耳朵的懸崖上·詩的
> 藝術》）

> 從歐氏幾何到非歐幾何，從線性代數到抽象代數，也都有從模仿到機智
> 的過程。機智在於事物間相似的迅速聯想，意想不到的正確構成機智，
> 它是經過一番思索才獲得的事物驗證。（《小回憶·代跋：往事深遠而奧
> 妙——答周美麗》）

　　正因爲「機智的特徵在於深入到事物的隱蔽的深處，從那裡揀出顯著的情況或關係來」，古往今來的詩人才對於旅行樂此不疲——旅行是一個以「觀看」爲主的過程，而對於一個觀看者來說，最可怕的事情莫過於「鈍化」，即面對身邊熟悉的事物喪失敏感，「熟視無睹」。「一個人能不能既成爲詩人又成爲數學家呢？巴斯卡在《思想錄》開頭差不多這樣輕鬆地寫道：凡是幾何學家只要有良好的洞見力，就會是敏感的；而敏感的人若能把自己的洞見力運用到幾何學原則上去，也會成爲幾何學家。」（《數位和玫瑰·數學家和詩人》）同時，「敏感和柔軟的確是詩人所需要的，即使它造成的諸多困惑，也是有益於寫作的」（《小回憶·代跋：往事深遠而奧妙——答周美麗》）。儘管 20 世紀的詩人們無不致力於避免自己和讀者的「鈍化」，做出了種種「陌生化」的努力，但旅行無疑是最方便有效的途徑。旅行過程中總有新鮮的東西給詩人和數學家們帶來視覺刺激，加上他們熱愛思考、樂於「深入到事物的隱蔽的深處」的天性，「eureka」（阿基米德發現浮力定律時所發的感慨）的迸發便水到渠成了。

　　蔡天新曾寫過一篇很奇特的文章，題爲《斯蒂文斯和無所不在的混沌》。斯蒂文斯即曾榮獲普利策獎、被譽爲「詩人的詩人」的美國詩人華萊士·斯蒂文斯。這篇文章以斯蒂文斯《混沌鑒賞家》中的詩句開頭，在三言兩語介紹了斯蒂文斯的生平之後，用占全篇文章四分之三的篇幅介紹了氣象學、數學和物理學三個領域中與「混沌」（Chaos）有密切關係的三個前沿問題——蝴蝶效應、自相似性和湍流。特別是關於「蝴蝶效應」，「現代混沌的研究表明，小小的誤差可能引起災難性的後果，這種現象被稱爲『對初始條件的敏感性依賴』。在氣象學中，這就成了人們半開玩笑說的『蝴蝶效應』——今天在北京有一隻蝴蝶扇動翅膀，可能引發下個月紐約的一場風暴。」（《在耳朵的懸崖上·斯蒂文斯和無所不在的混沌》）作爲一位科學家，蔡天新深知當代科學發展的趨勢已經不再拘泥於對自然規律的探索，而是轉向致力於揭示有序和無序、確定性與隨機性的統一，這使他欣喜地發現了當代科學與藝術之間的相通之處，並以此將這兩個領域聯繫起來，成爲一位風格獨具的「數學詩人」。

　　也正因爲如此，我們在蔡天新的筆下總能見到種種巧合，以及他對於偶

然性和不確定性的迷戀，因為這正是靈感迸發的源泉；而這些偶然與巧合甚至帶有小說意味。最具代表性的例子也許是他對自己與地圖和旅行結緣的敘述：

> 就在我第三次從溫州回來沒幾天，理查‧尼克森對北京進行了歷史性的訪問，接著，他乘坐的波音飛機抵達杭州。……當報上登出總統先生在花港觀魚的照片時，我正在三百公里外的一所鄉村小學念書，從未見過火車的我被這件事觸動，在筆記本上畫下他的旅行路線。我用的是一億分之一的比例，線路全是筆直的，那時的我並不知道，遠東和北美之間最近的航線要經過阿拉斯加的阿留申群島。這件事不僅有著非凡的政治意義，它同時也打開了一個孩子通往外部世界的視窗，至今我對那位引咎辭職的美國總統仍深懷感激，無疑他也是上個世紀下半葉對中國影響最大的西方人。
>
> 值得一提的是，我和這位大人物的緣分並沒有就此了結，二十多年以後，尼克森的葬禮在他南加利福尼亞的故鄉小鎮約巴林達隆重舉行，我碰巧又在兩百英里以外的另一座城市收看電視轉播。那是我許多次西方之旅中的頭一回。（《數字和玫瑰‧旅行者說》）

這段經歷儼然已經成了屬於他本人的傳奇，幾乎在他的每一部遊記（隨筆）集和每一次訪談中都會提及。而作為一位從 15 歲便開始接受嚴格的專業數學教育的數論專家，蔡天新詩歌創作生涯的開端則更是偶然得有了戲劇意味：

> 我寫作第一首詩純屬偶然，除夕晚上我在老師家看完電視，回寢室的路上在一棵梧桐樹下，一位少女非常急切地奔向我，顯然她把我當成等候已久的男朋友了。那天夜裡我失眠了，嘴裡念念有詞，第二天早上記下來，有位同學看了以後說像詩，這就是我的第一首作品——〈路燈下的少女〉。（《橫越大陸的旅行‧詩歌是我可以攜帶的家園——答《東方時

空》記者》）

　　這些足以塑造或改變一個人命運的偶然遭遇，使得蔡天新對於偶然性似乎有了一種近乎迷信的心理。於是，我們翻開他的第一部遊記《橫越大陸的旅行》，便可讀到這樣的文字：

> 兩個星期後的一天下午，我正在翻閱一部紙質已經發黃了的美國現代詩集，當我讀到女詩人瑪麗安娜·莫爾的詩句：「我的詩歌是想像的花園／花園裡遍地都是癩蛤蟆。」廚房裡的水壺突然鳴響，情急之中我不慎燙傷了手指，卻意外地獲得了抵達美洲以後的第一首詩〈水泡〉。

　　類似的敘述在書中隨處可見。書中所呈現的作者形象，是一個四處游吟的詩人，「蔚藍色的天空、筆直延伸的路面、嗡然鳴響的噪音以及飛速逝去的風景不斷刺激我的感官，我腦海裡湧現出許多象形文字，我知道這些分屬於不同詞性的詞彙是窗外小汽車、吉普、麵包和大貨車的化身，很快我心裡便有了一首詩……」「我放眼遠眺，只見三藩市和金門大橋依稀可辨。我深深地吸了一口氣，多麼令人心怡啊，一首詩的開頭立刻就產生了……」「坐在落葉遍地的台階上，面對可以容納七萬多名觀眾的體育場，一種孤零零的感覺油然而生，我很快又有了一首新作〈伯克利紀念運動場〉……」這些例子不勝枚舉，可以說，整部《橫越》便是蔡天新在美國大陸上行吟的手記、一個旅行詩人的創作備忘錄，或者說是為他在旅行和遊走過程中迸發的靈感和寫下的詩篇所作的注腳，因此可視為「手記體」。他曾坦言，「我的遊記不同於通常意義的遊記，很多時候我只是把旅行作為一種寫作線索」（《飛行·訪談：我的生命的旅行組成》）。這句話幾乎可以作為解讀其旅行文學創作的密碼。這一寫作模式在《橫越》中表現得最為充分。而《西湖，或夢想的五個瞬間》這篇隨筆所採用的則是一種「集萃式」的結構。這篇文章並非純粹意義上的遊記，並非遊覽一地之後所記，而是在進行了不計其數的旅行之後，將若干次旅行的所見所感與西湖（作者就生活在西湖所在的城市）帶給作者的感受進行比較；所謂「夢想的五個瞬間」，則是寫於不同時期的五首關於西湖的詩歌。而這種寫法在他穿插了 14 首詩歌的回憶錄《小回憶》中得到了更為充分

的體現。喻大翔在研究 20 世紀中國學者散文時，曾指出「學者散文」中遊記題材的一個特殊例子「詩史遊記」。這一類遊記以詩歌評論家李元洛的《悵望千秋——唐詩之旅》和《高歌低詠——宋詞之旅》爲代表，「或將唐宋人與某地有關的詩詞搜爲一輯，或以詩材詩意的主要指向譜成一篇」[9]。蔡天新的「集萃式」作品雖不能嚴格與喻大翔的定義相吻合，而且他似乎也沒有將自己的創作視爲「學者散文」之意，但的確有些「詩史遊記」的意味。

　　與眾不同的旅行觀，還直接導致了蔡天新的旅程選擇與書寫重心。與一般的旅遊者（遊客）甚至旅行者不同，他並未表現出對所謂「風景名勝」的盲目追逐。遍覽他的幾部旅行隨筆集便可發現，他到過的那些被人們掛在嘴邊上的「風景名勝」屈指可數，似乎只有泰姬陵、埃菲爾鐵塔等寥寥幾處。在《印度：未完成的旅行》中，儘管他爲「沙·賈漢的泰姬陵」專門列出一節，然而這一節僅有三個字數差不多的自然段：第一段介紹泰姬陵所在的阿格拉市，第二段主要介紹曾定都阿格拉的兩位國王阿克布和漢·賈沙，第三段則講述了一個有關泰姬陵的傳說以及漢·賈沙的晚年生活，而整段中直接寫泰姬陵的篇幅不超過 50 個字。相較而言，作者似乎更傾心於記述自己在跨國航班上的「神遊」，自第六節「湄公河之『夢』」開始，歷經「仙都和千佛之國」、「仰光和聶魯達的旅行」，直到「達姆·達姆」，所寫的幾乎都是自己對航班經過的印度支那諸國的想像。這只是蔡天新旅行隨筆中一個再普通不過的現象，他寧可不厭其煩不計篇幅地記述自己的旅行路線（例如《橫越大陸的旅行》的開頭：「我乘坐的東方航空公司波音七四七飛機從上海虹橋國際機場起飛，在過了長江口和崇明島之後，僅用一小時便飛越了東海進入日本領空。從機艙內的螢光屏所顯示的地圖上可以看出，我們是在福岡和長崎之間穿越九州的，接下來是位於四國和本州之間的瀨戶內海，廣島在左側一閃而過，然後是神戶和大阪，京都和名古屋，即所謂的關西和關中地區，最後我們從南面掠過富士山的頸項，由東京灣進入太平洋上空。」），也不肯將絲毫多餘的精力用於對通常意義上的「風景名勝」的描述上，就連大名鼎鼎的約塞米蒂國家公園，在他看來也「沒有什麼引人注目的景色」。這固然與他的旅行往往伴隨著工作有關，但毋庸置疑的是，對於蔡天新而言，「行」或「旅」

的意義遠遠大於「遊」。他仿佛一位中世紀的遊吟詩人，不在乎自己身處何方，亦不在乎下一站將會是哪裡，僅僅是欣然於「旅」和「行」的過程。

同時，對「偶然性」的癡迷，也使得蔡天新專注於記錄旅行中遇到的人。他曾表示：「坦率地講，假如有人和我分享了這次旅行，我本不會動筆去寫這篇遊記的。假如我不去寫這篇遊記，我旅途中遇到的人和事就會被淡忘，甚至會從我的記憶中消失掉。即使我寫了這篇遊記，假如沒有人把它翻譯成別的語言，也不會有故人在有生之年看到它。因此，我這篇遊記是寫給旅途之外認識或不認識的讀者的。」（《飛行‧寫在前面的話》）於是，我們看到的是一個朋友遍天下的蔡天新，他似乎無論身處何地、何種交通工具都能結識一大批有趣的朋友，從或是獨身一人或是挈婦將雛在美國攻讀博士學位的大陸學子（《橫越大陸的旅行》），到大學畢業後攢了點小錢便開始周遊世界的瑞典青年安東尼奧（《數字和玫瑰‧印度：未完成的旅行》），再到熱情豪爽講義氣、卻最終因誤解、吃醋而與作者「絕交」的哥倫比亞商人佩德羅（《南方的博爾赫斯》），當然還有他那一大群詩人朋友：北島、宋琳……也正是因爲有了這些旅途中的邂逅，他的旅行才具有了不可複製性。

追尋靈感和啓示的旅行觀，對生活中無盡偶然性的期待，還有那份繼承自荷馬和中世紀歐洲遊吟詩人的精神氣質，也許正是鑄成蔡天新旅行隨筆獨特神韻的三大元素。

3

閱讀蔡天新的旅行文學作品，總會使人有異樣的感覺，而這種「異樣」正是他的風格所在。

作爲一位邏輯思維縝密的數學家、一位敏感而慧眼獨具的詩人、一位曾兩度環遊世界的旅行家，蔡天新的文體（隨筆）觀自然不同於他人。他曾指出，「散文」（prose）一詞在《牛津英語詞典》中的意思是「詩歌以外的語言」（language not in verse form），所指過於龐雜，因此他傾向於用「隨筆」的概念指稱自己除詩歌以外的創作，認爲「雖然它並不排斥抒情的成分，卻以敘事、引述、評論爲主，文筆也較爲樸素、流暢」；「在我看來，隨筆可謂是散文的現代形式，……它因爲驅除了華而不實的成分，而更適合節奏日漸加快

的生活和寫作方式」；「比起散文來，隨筆是一種更為質樸、寧靜的文學形式，也更值得我們閱讀和關注，同時，也宣導使用『隨筆家』這個稱謂」（《在耳朵的懸崖上・代跋：隨筆和隨筆家》）。在此，我們應該注意到他描述隨筆的幾個詞語——樸素、流暢、質樸、寧靜，以及一位記者在訪談中提到的「精確」（這位記者同時還提到了「激情」，但綜合蔡天新的闡述看，此處的「激情」指的是詩人對待寫作和生活的態度，而非文字風格；況且，作為風格的「激情」似乎與「寧靜」是矛盾的）。如果說這五個詞代表了蔡天新對文學語言和文學風格的終極追求，那麼我們就不難理解他的旅行隨筆為何會呈現出一種「不動聲色」、「從容不迫」的美學效果了。不僅是隨筆，他的詩歌也是如此。一位評論家如此評論蔡天新的詩作：「但丁和波德賴爾都是明晰的，這也是蔡天新遵循的傳統。他幾乎都使用短句寫作，句式沒有眼花繚亂的結構，但不乏嚴謹和清純。他的語言既不煩瑣，也不顯得單調；他的詩句往往是相似或不同事物之間的迅即聯想，看起來輕鬆愉快，實則需要機智。」（《在耳朵的懸崖上・他坐在我的膝蓋上歌唱》）

　　在此，我們可以將蔡天新與余秋雨的旅行隨筆做一個比較。曾有評論家一針見血地指出，余秋雨的《文化苦旅》在結構上是由三個密不可分的要素組成的，一是小說式的敘事形態，二是哲學性的對社會、歷史、文化的反思和感慨，三是詩化的語言風格。「《文化苦旅》很少讓人感到輕鬆隨便的普通日常語言，全是以『吟安一個字，拈斷數莖須』的認真態度寫出的凝重且華麗的句子。為了配合上述那種哲學家派頭，這種句子就必須與大眾化的語言隔離開來，而保持幾分矜持，幾分高深，幾分不自然，以及幾分頭巾氣。」「文本的小說性使人鬆弛愉悅，文本的哲學性使人嚴肅緊張，一俗一雅的交替，保持著一張一弛的節奏感，而凝重委婉、洋洋灑灑的語言風格以其形象性消解了哲學議論、哲學慨歎所固有的抽象性，使自己成為溝通文本小說性和哲學性的粘合劑。」[10]反觀蔡天新，這三個「要素」幾乎都不存在。首先，所謂「小說式的敘事形態」，指的是一種由作者精心設計、有意為之的貫穿于整篇文章乃至整部文集的特徵；而在蔡天新的旅行隨筆中，雖然隨處可見帶有偶然性的情節，但都只是整篇文章的一部分，甚至只是微不足道的一小部

---

[10] 朱國華，〈別一種媚俗——《文化苦旅》論〉[J]，《當代作家評論》，1995（2）。

分；況且，他那些隨心所欲、隨性所致的旅行隨筆大多數談不上什麼「結構」。如果說這些隨筆也有類似於余秋雨的「小說式的敘事形態」，充其量也只是現代派的、「意識流」式的小說，或是阿索林、汪曾祺式的「隨筆體小說」，而非余秋雨所借鑒的那種傳奇式的傳統小說。其次，「哲學性的對社會、歷史、文化的反思和感慨」在蔡天新筆下更是罕見，我們甚至可以感覺出他在寫作過程中對感慨和議論的刻意回避（當然，並不是完全回避，只是相較于余秋雨的「反思和感慨」而言過於微不足道罷了），更沒有什麼「哲學家派頭」。第三，由於前兩個要素的缺失，所謂「溝通文本小說性和哲學性的黏合劑」的詩化語言自然不存在，而且，蔡天新的詩歌也並非余秋雨式「詩化語言」所模仿的「詩」。此外還有一點值得注意，即余秋雨是「有意為文」，因此難免顯得造作，而中國人常說「真水無香」，作為蔡天新「詩餘」的旅行隨筆「天然去雕飾」，避免了醞釀過程中產生的陳腐氣息。有趣的是，蔡天新也曾發表過對余秋雨的看法：

> 余教授的出行讓人羨慕，至少旅費和辦理簽證方面的事用不著他操心了。他努力在歷史和現實之間尋找契合點，給人們以啟迪，加上媒體的宣傳和頻頻出鏡，使他擁有眾多的讀者。我的文字更想表達的是一種自由的聲音，並把這種聲音傳遞給大家。（《飛行‧訪談：我的生命由旅行組成》）

而在另一個場合，他說：

> 集合論的創始人、俄國出生的丹麥裔德國數學家康托爾認為：「數學的本質在於它的充分自由」，顯而易見，詩歌和藝術也是這樣。（《小回憶‧代跋：往事深遠而奧妙——答周美麗》）

將這兩段話相對照，不難讀出些許揶揄意味。

儘管筆者對余秋雨式旅行隨筆的寫法存有異議，但認為他對阿蘭‧德伯頓《旅行的藝術》一書的評價還是公允的。「與一般中國讀者的預期不同，這

本書不是遊記散文，不是導遊手冊，也不是論述旅行歷史和意義的常識讀本。我們讀到的，很像是用小說筆法寫出來的人物傳記片斷。」[11]蔡天新的旅行隨筆也具有類似的特徵。曾有人詢問蔡天新對遊記的看法，他坦言自己「大學時期最喜歡讀的小說是四卷本的《約翰‧克利斯朵夫》，那是法國作家羅曼‧羅蘭的個人成長史，現在我依然喜歡閱讀科學家和藝術家的傳記。」（《小回憶‧代跋：往事深遠而奧妙──答周美麗》）蔡的隨筆大致可以分爲「以傳記爲線索的遊記」和「以遊記爲線索的傳記」兩類。前者以《南方的博爾赫斯》爲代表，後者以《與伊莉莎白同行》爲代表。在《南方的博爾赫斯》中，作者遊蕩于南美大陸，在哥倫比亞、秘魯、智利、烏拉圭、阿根廷、巴西、古巴等地追尋著瑪律克斯、博爾赫斯、聶魯達、切‧格瓦拉等名人的足跡，尤其是對於博爾赫斯，蔡天新不僅首次將其處女詩集翻譯成中文，還在書中專門拿出一章（第六章）用來寫作博爾赫斯的傳記（另一位享此殊榮的人物是阿根廷女詩人皮扎尼克）。而在《與伊莉莎白同行》開頭，作者正在進行一次從費城到波士頓的自駕旅行，當他來到波士頓的哈佛廣場，回憶起了曾在哈佛任教多年、富有傳奇經歷的美國女詩人伊莉莎白‧畢曉普，由此開始了這部詩人的傳記。在此後的旅行與敘述中，蔡天新不斷尋找著畢曉普留下的資訊，甚至在此書初版五個月後，作者得到了訪問巴西的機會（那是畢曉普曾經生活過的地方），又在傳記再版時加入了自己在巴西探尋女詩人遺蹤的記錄。他對這兩部書的評價是：「在《與伊莉莎白同行》裡，我本人的遊歷只是起到穿針引線的作用。相比之下，另一本講述拉丁美洲的書《南方的博爾赫斯》就不同了，除了最後兩章，它差不多是我在那個遙遠神秘大陸的生活記錄。」（《與伊莉莎白同行‧我對她並非一見鍾情──答女詩人趙霞問》）

　　蔡天新旅行隨筆的另一個突出特點，在於其鮮明的畫面感。他認爲「浪漫主義的詩歌接近於音樂，現代主義的詩歌接近於繪畫」，並坦陳自己的詩歌創作深受現代主義繪畫的影響。而這一傾向自然而然地被帶入了旅行隨筆的寫作。試看以下這個片段：

　　不到十分鐘，一個穿皮衣短裙的年輕女子進了店，她不假思索地走到我

11　余秋雨，〈推薦序〉[A]，（英）阿蘭‧德波頓，《旅行的藝術》[M]，上海：上海世紀出版集團，譯文出版社，2004，頁2。

的鄰桌，背對著我坐了下來。幾秒鐘之後，那女子又調整了座位，和我相對而坐，她把皮衣脫下來放在椅背上，露出低低的前胸。侍者上來打招呼，看得出來她是這裡的常客，她要的比薩和飲料與我的一模一樣，只是多了一包萬寶路香煙。當她開始吞雲吐霧的時候，我才仔細觀察了一下，蓬亂的頭髮，眼神毫無光彩，過分使用的化妝品提前侵害了她的面部肌膚，和那雙白淨的手臂相比，衰老的速度明顯不一致，而當她掂步走向洗手間的時候，可以看出她的年紀不超過 25 歲。(《南方的博爾赫斯‧一個探戈的下午》)

　　這也許是最能夠說明蔡天新旅行隨筆「強畫面感」特點的片段了。它充分體現了「觀察」與「細節」的力量，如工筆細描一般，但又迥異於後現代主義的「照相寫實主義」，亦不同於我們已經司空見慣了的旅遊者（遊客）攝影。後現代主義的「照相寫實主義」與旅遊者（遊客）的攝影都旨在消解意義、削平深度模式，而在這段描述中，作者目光所及之外，「看得出來她是這裡的常客」和「可以看出她的年紀不超過 25 歲」顯然是數學家最擅長的推理，這意味著他用心靈看到了深層的東西，從而是一種克服平面化的努力。它屬於「旅行者」的凝視，而不是「旅遊者（遊客）」的凝視。這種努力暗藏在作者不動聲色的敘述中，等待著被發現。類似的凝視和畫面在蔡天新的詩作中隨處可見，還能在其旅行隨筆中找到多處。然而，他深知倘若一篇、一部作品自始至終都使用這樣的觀看方式是不現實的——這對作者的思考與寫作能力是極大的挑戰，對讀者的感受力和閱讀耐力也是一種考驗，因為讀隨筆和詩歌的方式與心態畢竟不同。因此，他才會在整篇的平鋪直敘間設置若干醒目的畫面，就像是在沙灘上隨意散佈若干美麗的貝殼——須知貝殼也是有待有心人去採擷的。

　　現代主義繪畫給蔡天新帶來了無盡的創作靈感，也促使他自覺借鑒其藝術手法。當聽說一位拉美詩人評價其詩歌「蘊含了一種東方超現實主義」，「存在一種裝飾性的美，使他想起馬蒂斯的繪畫」時，蔡天新仿佛找到了知音，欣喜地表示「這麼可愛的名字讓人無法不接受」。他最推崇的幾位現代主義和超現實主義畫家，包括勒內‧馬格裡特、畢卡索、米羅等人；同時，他對超

現實主義詩歌的兩位代表人物阿波利奈爾和洛特雷阿蒙懷有一種近乎崇拜的態度，後者的名句「美得像一架縫紉機和一把雨傘邂逅在手術台」更是被他反復吟誦和引用。超現實主義者之所以合他的胃口，在於他們都是「機智」的藝術家；「機智」表現爲「事物間相似的迅速聯想」，而「拼貼」則是表現「機智」的重要藝術手法。爲此，蔡天新專門寫了一篇〈拼貼藝術〉，詳細地考察了「拼貼藝術」的發展史。在他看來，「拼貼（collage）是 20 世紀藝術的一個重要特徵」：

> 我理解的拼貼是指把不相關的畫面、詞語、聲音等隨意組合起來，以創造出特殊效果的藝術手段。（《在耳朵的懸崖上・拼貼藝術》）

　　作爲數學家，蔡天新以其職業的敏感發現了拼貼與「鑲嵌幾何學」（mosaics）之間的密切關係。同時，他指出了「拼貼」在電影蒙太奇、搖滾樂配器、皮蘭德婁的劇本《六個角色尋找一個作者》等現代藝術中的應用，並且援引羅蘭・巴爾特《文本的快樂》中的觀點，區分「快樂」（plaisir）和「極樂」（jouissance）——快樂來自直接的閱讀過程，而極樂則來自中止或打斷的感覺。在這一系列理論的指導下，他的旅行隨筆也呈現出明顯的「拼貼藝術」的特徵。首先表現爲文體的雜糅，即將隨筆、詩歌、傳記熔爲一爐。在他看來，「在一篇科學論文中出現一個優美的數學公式和在一篇文章或談話中間摘錄幾行漂亮的詩句，兩者有一種『驚人的對稱』」（《橫越大陸的旅行・詩歌是我可以攜帶的家園》）。其次，歷史的片段常被他用做拼貼的材料，以豐富文字的內涵，由此達到他「很少寫靜止的歷史，例如某座城市的編年史，而是喜歡寫移動的歷史，例如某個人與某個地方的偶然性糾葛」（《在耳朵的懸崖上・在耳朵的懸崖上——余剛對蔡天新的訪談》）的寫作理想，同時表現出對「極樂」的藝術追求。第三，他的《南方的博爾赫斯》、《與伊莉莎白同行》和《飛行》都是圖文並茂，而書中插圖的內容更是五花八門：作家生活照、作家漫畫肖像、歌譜、航班上的菜單、簽證、作者手繪地圖……這種直接訴諸視覺的「拼貼」，也許正是蔡天新向給予了他無限藝術靈感的「拼貼藝術」致敬的獨特方式。

　　當然，僅就我個人的體會而言，蔡天新的旅行隨筆還具有一種難言的召喚性，召喚我們參與到與作者互動的閱讀過程中來。正如根據新聞繪製名人的旅行地圖是童年蔡天新樂此不疲的遊戲，我在閱讀他的旅行隨筆時也會萌生一種衝動，想在筆記本上繪出他每一次旅行的路線圖，或是在地圖冊上依次尋找那些被作者提及的城市。他曾爲鄧尼斯‧伍德的《地圖的力量》作序，並極爲推崇書中的一句話——「每個人都可以製作地圖」。他以自己的寫作實踐著這個觀點，同時以他難以抗拒的魅力暗示著他的讀者像他一樣做——擁有這種魅力的作家，其實並不多。

講評

◎郝譽翔*

　　說來也是旅行之中的偶然與巧合，在幾年前的暑假，我到上海復旦大學做短期研究，在杭州的朋友聚會上，與蔡天新教授有數面之緣，因此讀過他的作品，對於他豐富的旅行經驗略有所知。在讀完宋嵩博士的論文後，覺得格外親切，好像回到了那一年的夏天。

　　這篇論文夾敘夾議，兼具理性與感性，充分點出蔡天新文學及其個人的特質。宋博士給予蔡天新極高的推崇與評價，尤其強調他跨界的特色上，其身分由數學系教授，到詩人、隨筆作家、旅行家、足球員，而現在是攝影家，蔡天新可說是悠遊在宋博士所謂的六度空間之中。換句話說，他是一位有多元興趣，卻不容易被歸入某個典範、或被貼上標籤的人，相對來說增添了研究上的困難。也就是我們該如何說明這位充滿越界性格，對於萬事萬物彷彿無意為之卻又有意，彷彿積極投入，最後又是輕輕掠過的旅行者與寫作者。

　　在這篇論文中，宋博士一再強調蔡天新作品中的自由、偶然、隨意、無心，加以評價與說明，尤其把蔡天新與余秋雨作一對比，宋博士提到「余秋雨是『有意為文』，因此難免顯得造作，而中國人常說『真水無香』，作為蔡天新『詩餘』的旅行隨筆『天然去雕飾』，避免了醞釀過程中產生的陳腐氣息」。這也難免開啓了另外一個問題，若是根據這樣的定位和論述，整篇論文也從題目的「旅行文學創作」，悄悄滑向了「旅行隨筆」，尤其越到了論文的末尾，宋博士越是用「旅行隨筆」的概念來稱呼蔡天新的創作。而自由、偶然、隨意、靈光乍現、興之所致、筆隨意走，本來就是隨筆的特質，所以不禁要再一步去追問，蔡天新的旅行隨筆的文類上，是否有更可以讓人識別的特色與內涵？宋博士指出蔡天新隨筆具備三大要素，其中提到了追尋靈感和啓示的旅行觀，所謂的靈感、啓示，指的是什麼呢？宋博士又強調蔡天新獨特的藝

術風格，可成爲時代的經典，而這裡的風格，指的又是什麼呢？應可更具體進行美學上的論證，以及邏輯上的檢驗。

我認爲這篇論文最精采的地方在最末，宋博士提到了「拼貼」的概念，但在論述上的發揮稍嫌不夠，而隨後又提到了幾個概念，卻可能是相互矛盾的，並未詳細說明。比如宋博士提到蔡天新是具有東方超現實主義風格的詩人，而「拼貼」一般來說卻是以後現代的角度來論述；又稱其詩具有裝飾性的美感，這似乎又是巴洛克式、帶有世紀末頹廢風格的裝飾主義，是否也與超現實主義有矛盾之處；文中也以馬蒂斯的繪畫來形容蔡天新的創作，而馬蒂斯又是傾向野獸派的風格。以上種種論述，應可細部加以辨別與說明，可讓讀者更具體感受到蔡天新隨筆的特色。

這篇論文將蔡天新的作品非常精采地介紹給讀者，讓我們彷彿隨著他一起去旅行，但這樣的旅行，彷彿從地表滑過，無法深入內在的肌理與血肉。旅行這件事究竟在蔡天新的作品中，能夠醞釀與發酵出怎樣的意義？旅行文學應不只是作者在空間的移動當中，獲得靈感與啓示而已，它更是跨界、跨文化的對話、啓蒙與成長，甚至具備文化人類學中過渡儀式（rite of passage）的象徵意義。這些盾於旅行的更深層次的思考，是否也可在蔡天新的作品中找到呢？這些都是我在噢讀這篇論文時，感到意猶未盡的地方。期待宋博士能在日後爲我們提出更多的解答。

（編按：本文依會議之論文講評記錄整理。）

當代中國旅遊文學書寫的成功與局限

以余秋雨和鍾文音爲例

◎張麗軍*

旅遊文學是最近興起的文學類型概念，但是有關旅遊的文學書寫卻是古已有之，形成許多蔚爲壯觀的「旅遊文學」，如東漢時期曹操的〈觀滄海〉、陳子昂「念天地之悠悠」的〈登幽州台歌〉、王勃「落霞與孤鶩齊飛，秋水共長天一色」的〈藤王閣序〉、王維「大漠孤煙直，長河落日圓」的〈使至塞上〉，無不是膾炙人口的千古絕唱。從這個意義上來說，旅遊文學是一種古老而又新穎的文學題材類型。「古老」是因爲旅遊文學書寫是中國古人非常拿手和成熟的 ·種文學題材；說它「新穎」是因爲隨著當代文明的發展和經濟的繁榮，越來越多的人開始嚮往、宣導和實踐旅遊；與此同時，旅遊和文學不僅僅是一種自然而然的個體自我生命的情感抒發和記錄形式，而更多的有著一種濃厚的商業文化氣息。「旅遊文學」在當代文學題材類型中呈現爲一種曖昧、模糊的存在，漸漸失去了原有的清新自然、爽朗開放、磅礴大氣的詩學意味。

在百度百科的介紹中，有這樣一種定義：「旅遊文學是反映旅遊生活的文學。它主要通過對山川風物等自然景觀以及文物古跡、風俗民情等人文景觀的描繪，抒寫旅遊者及旅遊工作者的思想、情感和審美情趣。」旅遊文學從原先的自然而然的生命個體在自然地理空間的自由行走，已經轉化爲一種走馬觀花式的休閒娛樂的「文娛活動」，簡單還原爲一種「人文景觀的描繪」，因而以往中國古人那種生機盎然的生命活力和神氣貫通的詩歌意境變爲淺薄的情感和蒼白的思想。不僅如此，在方大衛 、程宏亮爲高職院校旅遊、酒店管理等專業編寫的實用教材《旅遊文學》中，「旅遊文學」更是簡單化約爲「山水自然」、「樓閣景觀」、「民俗文化」、 「異域風情」等內容。這在一定程度上展現了當代中國文藝界對「旅遊文學」產業化、商業化、庸俗化的曖昧思想認知和魚龍混雜的審美現狀。

---

* 山東師範大學文學院副教授、院長助理、碩士研究生導師。

　　在旅遊文學書寫不盡如人意、魚龍混雜的審美局面裡，有兩位旅遊文學書寫者非常值得關注，即大陸的余秋雨和台灣的鍾文音，這兩人的文學書寫呈現出兩種不同的審美風格和藝術趣味、審美追求，是較爲成功的旅遊文學，爲當代中國旅遊文學書寫的進一步提升提供了一面當代的審美鏡像資源。

一、重新尋覓文化魂魄的「大歷史」旅遊書寫

　　余秋雨的旅遊文學書寫表現出一種極爲可貴的尋歸文化荒野的「大歷史」文學書寫方式，可謂是爲千年悠久歷史文明的國度重新尋覓曾經有過的文化魂魄。作爲一個在世俗看來成功的人文學者，余秋雨已經厭惡了「閉一閉眼睛，平一平心跳，回歸於歷史的冷漠，理性的嚴峻」的「一派端肅板正」，而是從紐約大學高齡教授冒險遊歷和頑童般引吭高歌的行爲中，從三毛的「遠方有多遠？請你告訴我！」的話語啓示中，決意從故紙堆、冷書齋中走出來，開始一種新的有生命、有情感、有溫度、有汗水、有魂靈的文學寫作。「我們這些人，爲什麼稍稍做點學問就變得如此單調窘迫了呢？如果每宗學問的弘揚都要以生命的枯萎爲代價，那麼世間學問的最終目的又是爲了什麼呢？如果輝煌的知識文明總是給人們帶來如此沉重的身心負擔，那麼再過千百年，人類不就要被自己創造的精神成果壓得喘不過氣來？如果精神和體魄總是矛盾，深邃和青春總是無緣，學識和遊戲總是對立，那麼何時才能問津人類自古至今一直苦苦企盼的自身健全？」去做一種豐富的、自由的、滋潤自身生命和復活歷史文化魂魄的學問，成爲余秋雨心中悄然升騰而起的一種生命意識和文化自覺。幾千年來，特別是近百年來，中國文化歷史被外夷蠻族和褊狹的文化革命破壞得已經是滿目瘡痍，已經是鏽跡斑斑，已經是無人問津了。在1990年代這樣一個經濟大潮蜂擁而至、紛紛下海的時代裡，余秋雨做出了一種迥異於常人的舉措：去重新擁抱蒼涼的歷史文物，去重新啓動那些古老歷史空間的文化魂魄，與它們進行心靈的對話。

　　在〈莫高窟〉一節中，余秋雨從西元366年樂樽和尚發現三危山的金光談起，講述莫高窟的來歷，用一雙深邃的歷史之眼體察其中的文化風雲和精神經脈：「看莫高窟，不是看死了一千年的標本，而是看活了一千年的生命。一千年而始終活著，血脈暢通、呼吸均停，這是一種何等壯闊的生命！一代

又一代藝術家前呼後擁向我們走來，每個藝術家有牽連著喧鬧的背景，在這裡舉行橫跨千年的遊行。……不管它畫的是什麼內容，一看就讓你在心底驚呼，這才是人，這才是生命。人世間最有吸引力的，莫過於一群獲得很自在的人發出的生命信號。這種信號是磁，是蜜，是渦卷方圓的魔井。沒有那一個人能夠擺脫這種渦卷，沒有一個人能夠面對著它們而保持平靜。唐代就該這樣，這樣才算唐代。」余秋雨從莫高窟的壁畫看到了北魏到元代流淌的色彩美學和精神氣韻，構成了兩種不同的「長廊」：「藝術的長廊和觀看者的心靈長廊；出現了兩種景深：歷史的景深和民族心靈的景深。」正是源於作者的豐富歷史文化知識和深刻的生命體驗，我們讀到了一個活著的莫高窟，一個給凡人生命帶來文化狂歡和歷史召喚的莫高窟，一個具有文化儀式和宗教玄秘、聖潔的莫高窟。「這塊土地上應該重新會聚那場人馬喧騰、載歌載舞的遊行」；在那裡，我們與歷史、文化、生命、自我重新彙聚在一起，驚豔生命的亮麗和永恆的瞬間。

　　莫高窟是無言的訴說，而八大山人的繪畫卻構成一種強烈視覺衝擊。在文化學者余秋雨筆下的〈青雲譜隨想〉中則復活了一種中國式的文人精神。從八大山人談道徐渭，「他的天地全都沉淪，只能在紙幅上拼接一些枯枝、殘葉、怪石來張羅出一個地老天荒的殘山剩水，讓一些孤獨的鳥。怪異的魚暫時躲避。這些魚完全掙脫了秀美的美學範疇。，而是誇張地袒露其醜，以醜直砭人心，以醜傲視甜媚。」這種悲烈的生命激流得到了齊白石「恨不生前三百年」、鄭板橋「青藤門下走狗」的讚賞、崇拜和追隨，見出生命和藝術的真。

二、追尋藝術足跡的生命探尋和精神對話

　　比較於余秋雨的這種大歷史、大文化的旅遊文學書寫，台灣作家鍾文音的旅遊文學書寫呈現為一種孤獨生命間的心靈探尋和精神對話，是一種個體自我的、內聚焦式的審美想像，有著非常濃郁的抒情詩意氣質。

　　《巴黎情人》是鍾文音的一本副標題為「尋訪杜拉斯、卡米耶、西蒙·波伏娃」的旅遊文學作品。鍾文音在第一章中漫不經心的敘述「我的巴黎紀行」，接著作者漸入正題，開啟對心儀的女性作家的心靈探尋。「我飛越大片

的陸地與海洋，來到屬於你的城市，巴黎的夏日正豔，我心卻近乎蕭索的枯萎，絕望是你的基調，於是我看出去的炎夏豔麗的風光自此沒有了色度。你的眼光成了我的眼光，究竟是什麼樣的眼光成為你的獨特體驗，那就是絕望與孤獨，那是你的生命元素，追求與獨特，是你生命的火花。我帶著獨特與火花，來到你的巴黎。」作者以一種你我同構的生命體驗來，書寫你我共同巴黎夏日豔麗而絕望的時光空間。

在一幅幅精心選擇的照片的旁邊，作者用心呈現了自己對杜拉斯的物質性身體和精神性魂魄的觸摸：「我喜歡你的雙極，光滑可以如此無缺，皺褶可以如此深陷，18 歲前如此地婆娑且迷離，18 歲後有如此地無垠且堅毅。……你有一張毀損的臉孔，使這個絕對的自我，全然投入絕對的光陰所對應出來的磨損，我第一次見到女人可以如此地接受老化，接受得如此徹底，因為徹底所以有了一種逼人的美，連老都美。每一條皺紋都像刀痕，光陰像是深入蝕刻版畫的化學物質，最後臉孔像是侵蝕完善的銅板，刷上了一層黑色油墨，印在浸過水的白紙上。」具有美術功底的鍾文音充分展現了自己的所長，從顏色、痕跡、味道等各個方面闡釋出來杜拉斯的獨特性格和超絕魅力。

從外在的照片到內在的心靈探尋，鍾文音找到了一種精神的途徑和思想的佐證，那就是作品，只有作品是作家、藝術家存在的精神刻痕。在杜拉斯那裡。鍾文音在第四章「她們的作品裡」進一步從作品的存在之在展現作家內心心靈的精神之在。「書就是我，樹的唯一主題是寫作。寫作就是我。因此，我就是書。」從杜拉斯的話中，作者讀出了杜拉斯「這樣的霸氣與坦然吐露的自信。」而「流動的文體」，「像流水一般流動自如的文體，不斷向前流動而去。不拘泥在某個事物也不加以區分。」鍾文音找到了杜拉斯的寫作方式和審美思維方式，這樣我們才能能夠理解那個「斷斷續續、沒完沒了進行寫作的」、「自我和寫作之間不被切割」的、「像野人那樣工作的」杜拉斯。同樣，鍾文音對西蒙波伏娃和卡米耶的寫作也是非常動人，是深入了敘述對象的心靈世界之中的，尤其是對波伏娃和卡米耶的情感史的糾葛和纏繞的寫作，特別出彩。從某種意義上而言，杜拉斯、波伏娃和卡米耶的困境也是作者的心靈困境，或者說是女性們的普遍困境。

鍾文音的《台灣美術山川行旅圖》回歸了當下旅遊文學的涵義，通過對

一些重要台灣畫家的本土性美術作品的文學分析，用一雙審美的眼睛向我們
講述了美術作品中的台灣山水。美術作品中的台灣，從自然空間經過畫家的
眼睛轉換爲富有色彩和情感的精神空間，而在鍾文音那裡，小小的話框中的
台灣山水早已經從框外流溢出來，幻化爲一片心靈的山水，一片潤澤枯萎的
魂魄的山水。

　　從文字到繪畫到攝影，鍾文音的旅遊文學書寫採用者多樣化物質媒介來
呈現一個豐富、感性而又傳神的自然空間、精神空間和靈魂空間。比較而言，
大陸旅遊文學書寫，如余秋雨等人的則單調的多。旅遊文學書寫可以採用多
樣化媒介來呈現一個豐富多彩、搖曳多姿的自然和人文，乃至是容顏和靈魂
的多維世界。

參考文獻

- 余秋雨，《文化苦旅》，知識出版社，1992 年版。
- 鍾文音，《巴黎情人》，中國旅遊出版社，2005 年版。
- 鍾文音，《台灣美術山川行旅圖》，新新聞文化事業股份有限公司出版，1999 年版。

講評

◎黃發有[*]

　　張麗軍博士的《當代中國旅遊文學書寫的成功與局限──以余秋雨和鍾文音爲例》以文本細讀爲基礎，通過對余秋雨和鍾文音的代表性文本的深入解讀，認爲前者「表現出一種極爲可貴的尋歸文化荒野的『大歷史』文學書寫方式」，後者「呈現爲一種孤獨生命間的心靈探尋和精神對話，是一種個體自我的、內聚焦式的審美想像，有著非常濃郁的抒情詩意氣質」。作者通過對兩位作家的文學書寫的對比性考察，對旅遊文學的理論邊界及其成功與局限作出自己的判斷。論文層次清晰，文筆靈動，論證有力。

　　本單元以「旅行文學」爲主題，「旅行文學」與「旅遊文學」在概念上有何異同？我個人認爲，不管是「旅遊文學」還是「旅行文學」，如果僅僅將筆觸停留在「到此一遊」的、走馬觀花的文字記錄，其文學性是有限的。在今日商業氣息濃郁的文化氛圍中，堆砌風景、缺乏心景的「旅行文學」與「旅遊文學」，常常出沒於市民報紙的廣告板上，成爲商業推銷的噱頭。

　　關於「旅行」，其邊界是否應該突破所謂的「旅遊」？齊邦媛《巨流河》關注的從大陸到台灣的移徙，充滿了夏志清所言的「感時憂國」情懷。而五四作家筆下的「還鄉」，如今中國大陸進城打工的農民像候鳥一樣在城鄉之間的奔波，乃至本次研討會上賴一郎博士討論的鍾肇正筆下始終無法忘情的從中原南遷後散播海外的客家族群輾轉遷移的歷史心路，是否都應該進入「旅行」的視野？如果環球飛行才算得上是真正的「旅行」，而那些普通民眾芒鞋竹杖、胼手胝足的奔走就不是旅行，「旅行文學」是否有畫地爲牢的意味？

　　「旅行文學」應該接地氣，另外，「旅行文學」同樣否應該接續古代中國的精神傳統。傳統士大夫在「廟堂之上」與「江湖之遠」之間的輾轉，那些不願循規蹈矩者的遊俠精神，尤其是莊子追求心身自由的「逍遙遊」，對於行

* 南京大學文學院教授、博士生導師。

屍走肉的現代人而言，似乎都可以成爲促動反思的精神參照和文化滋養。與其身動而心不動，毋如身不動而心動。

自我凌遲的藝術
論余華《在細雨中呼喊》及其早期小說

◎彭明偉[*]

一、前言

　　閱讀余華的小說並不讓人愉悅，反倒更像是一種折磨，但又讓人不忍釋卷。進入正題前，我想先扯點閒話，說說這種奇特的閱讀經驗：讀余華早期小說的同時最好佐以閒書以平衡心理的負荷。我從書架上抽出青木正兒《中華名物考》，因為我剛從紹興品嘗紹興酒老酒返回台灣，想弄清花雕酒的由來，於是參考青木先生早年關於中華風俗名物的考證。青木先生的考證絲毫不枯燥，有趣的很，你讀他閒談花雕酒的文章，從字裡行間彷彿可嗅到酒香，看到醺然陶醉的青木先生。這樣輕鬆自得的文章正好平衡了余華小說給人的鋪天蓋地的不安和恐懼。青木先生安然地將個人寄託於學術，將個人融入於古典傳統——這古典傳統不是中國人所獨享的，對青木先生而言也是他所共享的文化遺產。彌漫余華小說世界的躁鬱不安正來自一種孤獨的無依無靠感。

　　《在細雨中呼喊》（原題《呼喊與細雨》）發表於 1990 年代之初，刻劃人存活在無邊無際的威脅恐懼之中，無依無靠的孤獨感受。這是余華第一部長篇小說，也是余華早期小說創作的總結和巔峰，其成就頗受評論家肯定，如陳曉明表示：「我卻又不得不認為，《呼喊與細雨》在某種程度上是近幾年小說革命的一次全面總結，當然也就是一次歷史獻祭。這樣的作品，標誌著一個時期的結束，而不是一個新時代的開始。[1]」陳曉明稱為這部是余華的絕望之作。日後余華的《活著》、《許三觀賣血記》等幾部長篇小說讀來雖順暢舒服多了，但也失去了緊張感，減卻了對歷史、存在困境的敏銳感受。

　　《在細雨中呼喊》是余華的首部長篇小說，但實際上可說是由幾部中短

---

[*] 交通大學社會與文化研究所助理教授。

[1] 陳曉明：〈勝過父法：絕望的心理自傳——評余華《呼喊與細雨》〉，收錄在吳義勤主編、王金勝、胡劍玲編選《余華研究資料》（濟南：山東文藝出版社，2006 年），頁 87。

篇小說連綴而成，基本構思是短篇的而非傳統情節緊密連貫的長篇。余華仍是個擅長短篇的小說家，他在此時駕馭長篇小說的能力仍然不足。《在細雨中呼喊》的故事由「我」孫光林家族三代以及南門、孫蕩兩地的同學友人組成，人物故事彼此關聯不大，可說是各自獨立發展，但整個由敘事者「我」湊合起來，展現為恐懼不安氣氛所籠罩的當代中國社會。

　　表面上來看，《在細雨中呼喊》故事以 1960、70 年代中國文化大革命時期為背景，有著家族小說的架構支撐，但余華淡化小說裡的歷史社會內容，僅剩一個歷史輪廓，幾乎讓人嗅不出政治運動的氣息。余華寫作的興趣偏於人物內在心理而非外在的歷史現實，擅長刻畫人物的精神狀態。洪治綱概括余華等在內的六十年代出生作家，認為他們「從一開始就自覺地撇開了對宏大歷史或現實場景的正面書寫，自覺地規避了某些重大的社會歷史使命感，而代之以明確的個人化視角，著力表現社會歷史內部的人性景觀，以及個體生命的存在際遇。[2]」余華關注的正是小說人物飽受屈辱、苦難折磨的過程，他運筆如刀，用凌遲的方法冷靜沉著深入描寫人物承受的痛苦，但這種凌遲對寫作者又非愉悅，反倒是一種自我凌遲。以下是我個人閱讀余華小說的感觸或疑惑，我希望儘量輕鬆而談以平衡閱讀中的不安。

二、自我凌遲的寫作

　　寫作是重新體會他人的苦難，寫作之極致則是在寫作過程中的自我凌遲。最能展現余華這種傾向是他的暴力寫作的顛峰之作〈一九八六年〉，余華敘述故事中的瘋子（歷史老師）從文革回到八十年代，他最後將各種古代酷刑輪番施加在自己身上。余華對於瘋子自我凌遲的細節描寫可說極其鋪張細緻，這其中展演的意味濃厚，但也透過這種誇張的展演，余華將讀者拉進那一段已經被遺忘的歷史，充滿血腥暴力的文革初期歷史。對於余華而言，寫作並不愉悅，寫作更多的是痛苦的重新體驗，他自陳 1980 年代後期寫作充滿暴力的小說時經常是現實和惡夢交織讓自己搞不清生活和夢境的界線。[3]

　　余華小說充斥人物受苦的故事，他對這類題材似乎情有獨鍾。關於余華

---

[2]　洪治綱：《中國六十年代出生作家群研究》（南京：江蘇文藝出版社，2009 年），頁 5。
[3]　余華：〈一個記憶回來了〉，收錄在余華等《文學：想像、記憶與經驗》（上海：復旦大學出版社，2011 年），頁 129。

好寫苦難，郜元寶曾表是困惑，他說：「我們確實很難斷定余華對自己筆下的苦難人生究竟有怎樣的想法和感受。事實上，余華越是將人間的苦難鋪陳得淋漓盡致，他寄寓其中的苦難意識就越是趨於某種令人費解的緘默與曖昧。[4]」在鋪天蓋地的苦難之前，余華的立場的確顯得模糊，甚至有些曖昧，他不採一般的政治評斷或世俗的道德標準，避免對人物、對歷史進行僵化、概念化的認識。郜元寶認爲：「余華的方式，直觀地看，就是一種不介入的方式，也就是在苦難人生的呈現過程中拆除我們的文學作品習見的那道理智和道德防線，讓苦難以苦難的方式而不是以經過種種包裝過的形態，不加節制地呈現出來。這樣不僅加強了苦難描寫的刺激效果，也使苦難的呈現獲得了某種純粹和透徹。[5]」我想余華面對人間的苦難並非漠然，他的筆調看似冷酷，但我們不難看出他對人與人之間的冷漠冷酷深感憎惡、對親友之間的背叛相殘深感憤怒，在〈一九八六年〉、《在細雨中呼喊》等諸多作品都對冷眼圍觀的看客進行批判。余華的不介入是否定、懷疑世俗陳見、道德概念，他摸索一種人與人之間、寫作者與被描寫的對象之間更深刻的同情共苦的趨同心。只是余華擅長以荒誕滑稽的筆法敘述悲哀的故事，他對人物的博大同情隱藏在可笑的細節之間。近期余華談到自己的寫作時不斷強調「痛感」這個關鍵要素，他說：

> 這樣的感受刻骨銘心，而且在我多年來的寫作中如影隨行。當他人的疼痛成為我自己的疼痛，我就會真正領悟到什麼是人生，什麼是寫作。我心想，這個世界上可能再也沒有比疼痛更容易使人們相互溝通了，因為疼痛感的溝通之路是從人們內心深處延伸出來的。所以，我在本書寫下中國的疼痛之時，也寫下了自己的疼痛。因為中國的疼痛，也是我個人的疼痛。[6]

我想這是余華最直接表露驅使自己寫作的疼痛感受，刻骨銘心的痛感。中國的苦難也是他個人的苦難，余華的寫作和現實的苦難之間有著十分密切的關

---

[4] 郜元寶：〈余華創作中的苦難意識〉，收錄在《余華研究資料》，頁 99。
[5] 郜元寶：〈余華創作中的苦難意識〉，收錄在《余華研究資料》，頁 100。
[6] 余華：〈後記〉，《十個詞彙裡的中國》（台北：麥田出版社，2011 年），頁 313-314。

聯，他的小說不僅小說形式的先鋒實驗，而是將國民性論述包含在其中。這種當代中國的國民性論述，與魯迅式的啓蒙主義國民性論述相似，但還是有明顯區別，余華顯然不以知識份子、先進的啓蒙者自居，他不忍中國人像他小說世界的人物那樣活著，但他又要以什麼立場來關切批判當代中國的現實問題呢？

三、無依無靠的世界

余華的小說人物幾乎都是存活在無依無靠的世界，他們飽受屈辱，一生在無邊無盡的恐懼中苟活。若從當代中國歷史來看，土改、反右、文革等政治運動，直接衝擊傳統家族，逐步瓦解家庭結構，子女父母間的人倫親情變質，甚而爲政治立場而劃清敵我界線。在後文革時期所造成的反彈導致了革命歷史的主流敘述迅速崩解，但新的主導文化敘述又尚未產生，在此之際，余華開始了小說創作生涯。余華並不說明或追究造成當代中國人無依無靠的生存狀態的歷史因素，他直接刻劃這樣的孤獨的生存狀態例如〈十八歲出門遠行〉、〈四月三日事件〉、〈一九八六年〉、〈鮮血梅花〉、《在細雨中呼喊》等諸多小說都以人物莫其妙地被拋棄的荒誕背景來展開故事。余華的目光緊盯著人的惶然無助。

如〈四月三日事件〉中，余華描寫主人公「我」在十八歲前夕驚覺：

……這時他突然感到明天站在窗口時會不安起來，那不安是因為他驀然產生了無依無靠的感覺。

無依無靠。他找了這個十八歲生日之夜的主題。[7]

又如〈鮮血梅花〉中的主人公阮海闊爲報殺父之仇，開始找尋仇家的漫遊，在出發之際母親卻絕決地自焚而死。余華敘述：「大道在前面虛無地延伸。母親自焚而死的用意，他深刻地領悟到了。在此後漫長的歲月裡，已無他的

---

[7] 余華：〈四月三日事件〉，《我膽小如鼠》（上海：上海文藝出版社，2004 年），頁 114。

棲身之處。[8]」

如在《在細雨中呼喊》開頭，余華點明題旨，他要說的故事便是以恐懼、不安、孤獨、無依無靠爲開端。故事中的「我」敘述：

> 我看到了自己，一個受驚的孩子睜大恐懼的眼睛，他的臉型在黑暗裡模糊不清。那個女人的呼喊聲持續了很久，我是那麼急切和害怕地期待著另一個聲音的來到，一個出來回答女人的呼喊，能夠平息她哭泣的聲音，可是沒有出現。現在我能夠意識到當初自己驚恐的原因，那就是我一直沒有聽到一個出來回答的聲音。再沒有比孤獨的無依無靠的呼喊聲更讓人戰慄了，在雨中空曠的黑夜裡。[9]

無棲身之所、無依無靠是籠罩整個故事的氣氛，也是人物內在的心靈境況，人與人之間沒有信任感，人與人之間沒有同情溫暖，小說人物就在這樣的世界裡漫無目的遊蕩，不知要追求什麼，唯有明確的終點是死亡。

我想可用一個非虛構的、現實的故事來說明置身於這種無依無靠的處境。文學史家洪子誠曾敘述他在文革時期初次遭受學生圍剿批判的經驗，某天他心裡毫無準備接獲通知參加學生的班會，到會場時看見牆上的大字報便發覺事態不妙。他回憶說：

> ……我來不及細看，推開他們通常開班會的房門，發現全班三十幾位同學都已擠在裡面。所有的人都沉默著，屋裡出奇的安靜；都看著我，卻沒有人和我打招呼。我看到床的上下層和過道都坐滿了人，只有靠窗邊空著個凳子；意識到這是我的座位。便低著腦袋，匆匆走到窗邊坐下。[10]

他突如其來地被拋入這個爲他而開的批判會，在眾人（他的學生）環伺下孤獨地坐在窗邊，他承受被眾人圍觀、準備遭受圍剿的恐懼，假藉政治權力的

8　余華：〈鮮血梅花〉，《鮮血梅花》（上海：上海文藝出版社，2004 年），頁 5。
9　余華：《在細雨中呼喊》（上海：上海文藝出版社，2004 年），頁 2。
10　洪子誠：〈批判者和被批判者——北大往事之一〉，《兩憶集》（北京：北京大學出版社，2009 年），頁 3。

眾人正要施加群體暴力。在那一刻平日的師生情感化爲烏有，取而代之的是
敵我分明、批判者和被批判者的緊張對峙，還有恃強凌弱的壓迫關係。他清
楚意識到自己遭到孤立的處境。遭受這次學生圍剿批判之後，那些年又有大
大小小的批判會，如同家常便飯，洪子誠回顧說：「我和學生的關係，從表面
上看，很快也恢復到原先的狀況。而且，好像是一種默契，關於那次批判會，
我們後來誰也沒有再說過一個字。但是，對我來說，存在於心理上的隔閡、
障礙，卻沒有完全消除。[11]」有意無意間大家忘卻過去這段難堪的歲月，批
判者和被批判者達成忘卻的默契，但師生之間的情誼既毀於一旦，再也難以
復原。

　　人與人之間的各種情誼十分微妙也十分脆弱，敏銳的文學家無不在創作
捕捉這種珍貴的題材，努力在作品中復原被現實消磨殆盡的人情溫暖。余華
也是這樣敏銳的作家，他敘述在無依無靠的世界裡人們如何渴望從他人尋求
一點點的信賴與溫暖。說來不免讓人感到悲哀，那溫暖的片刻即便如何短暫，
也足以讓人永生難忘。《在細雨中呼喊》中的「我」被生父孫廣才拋棄後，他
永難忘懷養父王立強曾給他的關愛、養母李秀英曾對他的信任。「我」回憶起
王立強說：

> 我忘不了當初他看著我的眼神，我一生都忘不了，在他死後那麼多年，
> 我一想起他當初的眼神就會心裡發酸。他是那樣羞愧和疼愛地望著我，
> 我曾經有過這樣一位父親。可我當時並沒有這樣的感受，他死後我回到
> 南門以後的日子，我才漸漸意識到這一點，比起孫廣才來，王立強在很
> 多地方都更像父親。[12]

又如在故事中第二章末尾，馮玉青七歲的孩子魯魯堅持露宿勞改場，只爲了
每天能與賣淫被捕的母親有那麼短暫的欣喜的目光交接。余華寫道：

> 後來的幾天，魯魯開始了風餐露宿的生活。他將草蓆鋪在一棵樟樹的下

---

[11] 洪子誠：〈批判者和被批判者──北大往事之一〉，《兩憶集》，頁 6。
[12] 余華：《在細雨中呼喊》（上海：上海文藝出版社，2004 年），頁 276。

面，將旅行袋作為枕頭，躺在那兒讀自己的課本。餓了就拿母親留給他的錢，到近旁一家小吃店去吃一點東西。這是一個十分警覺的孩子，只要一聽到整齊的腳步聲，他就立刻扔了課本撐起身體，睜大烏黑的眼睛。一群身穿黑衣的囚犯，扛著鋤頭排著隊從不遠處走過時，他欣喜的目光就能看到母親望著自己的眼睛。[13]

余華那麼擅於捕捉這些在無依無靠的世界裡稀有的動人片刻，讓人重溫成長經驗中刻骨銘心的痛苦與溫暖，讓人重新思索父親、母親、朋友、故鄉、家等這些最為穩固的概念。

四、兒童視角下的餘生故事

《在細雨中呼喊》這部小說看似長篇，其實是由幾篇中短篇的人物故事拼湊連綴而成，小說人物的境遇主要透過兒童、少年敘事者孫光林「我」個人的心靈而得到反映。小說故事由兩個主要敘事脈絡交織穿插而成，一是「我」孫光林的成長故事，另一是他的親友鄰里遭受苦難的故事——遭受一生中的關鍵災難打擊之後如何苟活至死的故事。余華小說偏好採取兒童少年的敘述視角，《在細雨中呼喊》也是如此。關於這種敘述特點，陳曉明曾加以特別分析，他認為余華採用兒童視角、非成人化視點具有反抗父親、權威壓迫的意義。[14]我想余華主要是透過無依無靠的弱小者來看世界，但同時也寫出弱小者反抗暴力時所採用的奸惡暴力。余華同情弱小者，但並不美化他們或抬高他們。他小說中的兒童少年並非乾淨無邪，他們的所作所為並不具有一切正當性，他們甚而依循成人世界的邪惡秩序、奉行以暴制暴的原則，繼續參與推動邪惡暴力的秩序運作。

余華筆下的兒童是成人的胚胎，在缺乏溫暖的環境只有惡的力量能夠成長，完成惡的循環和暴力的複製。例如在《在細雨中呼喊》中，余華描寫了「我」對他人的「威脅」：以更大的暴力造成他人恐懼，「我」對同學國慶的威脅或「我」對養父王立強的威脅皆是如此。

---

[13] 余華：《在細雨中呼喊》（上海：上海文藝出版社，2004 年），頁 136。
[14] 陳曉明：〈勝過父法：絕望的心理自傳——評余華《呼喊與細雨》〉，收錄在《余華研究資料》，頁 91-94。

在故事中,「我」孫光林冷眼旁觀他人的悲哀故事,近似魯迅〈祝福〉的「我」,但孫光林本身是如同祥林嫂般的弱小者,也是受害者,余華藉以描繪當代中國社會的吃人狀況。不過,這受害者看似天真無辜,但也有其作爲暴力加害者的一面,這是余華對於兒童、對於人的看法,魯迅在〈孤獨者〉中描寫魏連殳對兒童的看法,爲人間惡之根源感到困惑。以〈一九八六年〉這暴力的故事爲例,受害者與加害者、弱者與強者同體的思維。倪偉分析瘋子的自殘行爲時表示:「在他對自己的身體實施一輪又一輪的酷刑時,他在幻覺中始終是以執刑者也即暴力主體自居的,正是生殺予奪的權力幻覺補償了肉體的痛楚,並使他體驗到了極度的快感。[15]」余華這種人性觀讓人驚恐,不過他的小說人物無論多麼惡劣,總仍葆有一點人性和溫暖,絕非人性泯滅的禽獸。故事中最動人的如「我」的父親夜晚獨自在母親墓前慟哭,流露了真性情,儘管這個父親畢生以暴力對待妻小、長久與情婦苟且荒唐度日,幾乎沒有任何優點可言。余華小說故事中所有的人物都是孤獨寂寞的,獨自承受漫長苦難的折磨。

余華刻劃人生苦難有其獨到之處,他特別把握人物在生命中遭受關鍵的毀滅性的一刻,例如〈一九八六年〉、〈黃昏裡的男孩〉、〈蹦蹦跳跳的遊戲〉等。這些小說故事都是從人物的個人生理、家庭遭受重大打擊之後開始講述的,這種故事的開端顯示余華小說敘述的重心不在人物故事的結果、結局,而在於遭受暴力衝擊毀滅之後人物如何默默承受痛苦、如何掙扎修復創傷的過程。余華的故事偏愛敘述在遭受莫大屈辱之後,人物如何隱忍過活,渡過餘生,滿懷怨憤至死方休。相較於魯迅,余華小說偏愛寫人一生的故事,以死亡爲終結的完整故事,其高潮在於刻骨銘心的屈辱事件。他往往已知最後結果,再回顧評判人物的一生。魯迅小說則偏愛寫人的一個片段,他的敘事者通常置身故事之中,不明未來的前景。余華小說人物的餘生有多長呢?苦難、屈辱總是綿延不絕,非得到死才到盡頭。

例如在〈一九八六年〉敘述遭受一位在文革時期遭受喪夫之慟的妻子,在此後餘生的恐懼,丈夫的拖鞋聲永遠在她耳邊迴響。余華敘述:

---

[15] 倪偉:〈鮮血梅花——余華小說中的暴力敘述〉,收錄在《余華研究資料》,頁 257。

當初丈夫就是在這樣一個漆黑的晚上被帶走的。那一群紅衛兵突然闖進門來的情景和丈夫穿著拖鞋嚓嚓離去時的聲音，已經和那個黑夜永存了。十多年了，十多年來每個夜晚都是一樣漆黑，黑夜讓她不勝恐懼。就這樣，十多年來她精心埋葬掉的那個黑夜又重現了。[16]

恐懼伴隨她的餘生，能抗拒這種恐懼的唯有遺忘。

在《在細雨中呼喊》開頭，「我」開始敘述故鄉南門的家人鄰居，首先就是自己一樁刻骨銘心的屈辱事件。「我」最初遭受父親的暴力被綁在樹上毆打，而自己的兄弟在一旁冷笑，還有眾人的圍觀。余華敘述：

父親將我綁在樹上，那一次毆打使我終身難忘。我在遭受毆打時，村裡的孩子興致勃勃地站在四週看著我，我的兩個兄弟神氣十足地在那裡維持秩序。[17]

這樣初始的屈辱經驗當時讓他立誓償還，也跟隨「我」一輩子，因而他對陷入窘境中的各種人物觀察特別深入，引領讀者進入各種恐懼不安的心靈。

例如小說開頭寫馮玉青的屈辱與復仇，她的故事便是由遭受王躍進當眾羞辱後開始，之後決心在王躍進的婚禮時玉石俱焚加以報復。「我」在一旁觀看，對於馮玉青遭受莫大屈辱這命運的關鍵一刻印象深刻。他說：

就是這一年秋天，馮玉青的命運出現了根本的變化。我記得非常清楚，那天中午放學回家路過木橋時，我看到了與往常判若兩人的馮玉青，在眾多圍觀的人中間，緊緊抱住王躍進的腰。這一幕情形給當時的我以沉重一擊，那個代表著我全部憧憬的姑娘，神情茫然地看著週圍的人，她的眼睛充斥著哀求和苦惱。而旁人看著她的目光卻缺乏應有的同情，他們更多的是好奇。被抱住的王躍進嬉笑地對圍觀的人說：

「你們看，她多下流。」[18]

---

[16] 余華：〈一九八六年〉，《現實一種》（上海：上海文藝出版社，2004 年），頁 126。
[17] 余華：《在細雨中呼喊》（上海：上海文藝出版社，2004 年），頁 9。
[18] 余華：《在細雨中呼喊》（上海：上海文藝出版社，2004 年），頁 22。

此段具備余華小說的所有基本要素的互動關係，受屈辱者、施暴者與看客。類似魯迅諸多諷刺看客的作品，但余華筆下突出的是被冷漠圍觀的受屈辱者，而非遭難的革命者或麻木的看客。余華將人物受屈辱的苦惱放在焦點上。

　　之後的故事中，余華將細緻鋪陳馮玉青受屈辱後的餘生，但此前馮玉青還有一次偉大的復仇行動。她以其人之道還治其人之身，藉眾人圍觀的壓迫力，摧毀王躍進的婚姻。余華敘述王躍進的婚禮上，馮玉青如何沉靜從容地施行復仇。余華透過「我」之眼描寫：「馮玉青站在屋前，神情茫然地望著正在進行的與她無關的儀式。在所有人裡，只有馮玉青能夠體味到被排斥在外是什麼滋味。」不過，馮玉青心裡早有盤算，當眾人在婚宴上歡聚酣飲之際，她從容不迫地在眾人眼前用一根掛在樹上的草繩巧妙地破壞婚禮歡樂氣氛。一根上吊的草繩，說明了一切。余華描述說：「草繩如同電影來到村裡一樣，熱鬧非凡地來到這個婚禮上，使這個婚禮還沒結束就已懸梁自盡。」王躍進的新娘明白了一切，在婚禮當場三番兩次鬧自殺。而馮玉青坐在屋前台階上遠遠看著這一切，之後不久便悄悄離開南門。馮玉青的一生在她受辱那一刻便毀滅了，再也無可挽救。

　　又如「我」的小學同學國慶被父親拋棄後的故事同樣驚人，看似荒唐的故事也令人看了至為痛惜。國慶的父親決心和一位帶有兩個孩子的寡婦另組家庭，狠心將國慶拋棄，即便國慶找來舅舅阿姨們群起圍剿，也絲毫無法撼動父親的意志。父親走後，國慶仍不願接受被拋棄的命運，直到某天「我」、劉小青與國慶在街上調皮鬧事，與他的父親不期而遇，然而他的父親對他也不加喝斥，全然把他當成陌生人不加理睬，這給予國慶致命的一擊。「我」回憶說：「這個男人放棄了對兒子處罰的權利，對國慶來說，這樣的打擊遠甚於放棄對他的照顧。[19]」從那一刻起，國慶成了無依無靠的孤兒。「被活人遺棄的國慶，開始了與樓下那位被死人遺棄的老太太的親密交往。」他失去了活潑的想像力和生命力，提早告別童年。

　　老婆婆過世後，邁入青春期的國慶自食其力，靠著賣煤掙錢，逐漸有了自信和尊嚴，也和鄰居小姑娘慧蘭談起戀愛。最後十三歲的國慶帶著禮物親自上慧蘭家提親，遭到慧蘭的父親嚴詞拒絕。國慶的故事因這場戀愛的悲劇

---

[19]　余華：《在細雨中呼喊》（上海：上海文藝出版社，2004 年），頁 228。

而過早結束了。國慶滿懷怨恨拿菜刀到慧蘭家上門尋仇，在警察圍捕下，國慶反倒持刀挾持自己的戀人。國慶與警察僵持許久，最後遭到迷惑而被逮捕。一位換了便服的警察對國慶說：「我幫你去殺他們，行嗎？」「我」回憶說：

> 他的聲音是那樣的親切，終於有一個人站出來幫助自己了。這時的國慶完全被他迷惑了，當他伸出手來時，國慶不由地將菜刀遞給了他。他拿住菜刀後就扔到了一旁，那時國慶根本沒有注意這個動作，長時間的委屈和害怕終於找到了依靠，國慶撲過去抱住他的身體哭起來。[20]

被父親拋棄後，國慶渴望溫暖與愛，他與慧蘭過早成熟的戀愛被扼殺後，他渴求的愛轉瞬間變成了恨，鑄下持刀行兇的大錯。無依無靠的國慶最後被可悲的溫暖所制伏，在場的警察、圍觀的人群沒有一個可以理解國慶，這場戀愛悲劇成了一場鬧劇。

余華在這部小說中反覆運用這種故事模式、講述人物悲慘的遭遇。如小說結尾，「我」的養父王立強與同事之妻的通姦私情遭到好事者揭發，兩人全身赤裸當場被逮，那一刻受盡侮辱。王立強決心用手榴彈報復揭發者，最後在被眾人圍剿情勢下，他引爆另一顆手榴彈自盡。又如弟弟孫光明溺斃後，父親、哥哥在創痛之際，突發奇想，妄想當上「英雄的父親、哥哥」，靠死去的孫光明帶來名譽權勢，不過這妄想不僅未能實現，反倒招致後來一連串更大的屈辱，從此父親一蹶不振，成天鄰居寡婦廝混。讓人印象深刻的是祖父的餘生。祖父在腰傷之後失去勞動能力，在家中飽受父親和哥哥的侮辱，最可悲的是他的餘生漫長而不知所終，臨死之際還求死不得，落得難看至極的死相，遭眾人嫌惡。

我們可將余華和他所推崇的波蘭作家布魯諾‧舒爾茨（1892-1942）做個比較，兩人的小說都寫絕望不安的世界裡的人，但有個鮮明差異：余華小說人物的餘生只為滿足基本生理欲求而掙扎，而舒爾茨的小說人物則充滿激情追求詩性，能以精神幻想超越現實束縛。生活同樣是籠罩在絕望悲哀之中，《在細雨中呼喊》中的父親只能不斷發洩精力、性欲，藉酒色以自我麻痹，而舒

---

[20]　余華：《在細雨中呼喊》（上海：上海文藝出版社，2004 年），頁 247。

爾茨小說中的父親則「似乎悄悄擁有著隱密的個人幸福[21]」，這種幸福源自對生活中的小事物如癡如醉的激情。例如在舒爾茨短篇〈鳥〉中的父親最初懷著「一種獵人和藝術家渾然不分的激情」，朝夕狂熱於飼養、研究各種鳥類，最後幾乎將自己化為鳥。舒爾茨寫道：「他有時完全走神，從桌邊的椅子上站起來，擺動兩條胳膊，好像胳膊就是翅膀，然後發出一聲悠長的鳥鳴音。[22]」或如在〈裁縫的布娃娃〉中，父親挑戰猶太教的造物主，大肆鼓吹人類的創造力。舒爾茨寫道：

> 「造物主，」父親說，「並不壟斷創造的權利，因為創造是一切生靈的特權。物質是可以無限衍生的，具有不竭的生命力，同時，一種誘人的魅力吸引著我們去創造。」

> 「我們在造物主令人不寒而慄的無與倫比的完美無瑕中生活得太久了。」父親說，「正因為浸染得太久，他創造設計上的完美無瑕反而窒息了我們自己的創造本能。我們無意與他並駕齊驅。我們沒有那份野心試圖模仿他。我們只想做一個屬於自己的、更低世界中的創造者。我們想擁有創造的特權，我們想品嘗創造的快感，我們想擁有——一句話——造物主般的能力。」[23]

余華小說世界中的人物缺乏的正是這樣渴望創造的激情，或說在他的小說世界中，能容納激情、幻想、詩意的小角落都十分缺乏，以致小說人物的生命力只能找尋各種暴力的缺口發洩。在暴力的循環中，人物的命運只有不斷向下沉淪，而不可能向上昂揚。

　　然而，余華小說人物的暴力具有某種反抗、復仇的性質，足以顯現精神中堅韌不屈的一面，與魯迅筆下沉默隱忍的靈魂迥異。如〈祝福〉中的祥林嫂，魯迅的人物默默承受創傷，隱忍順從，但余華的人物則以暴力反抗，以

---

[21] 余華：〈文學與文學史（代序）〉，收錄在布魯諾・舒爾茨著、楊向榮譯《鱷魚街》（北京：新星出版社，2010年），頁3。

[22] 布魯諾・舒爾茨著、楊向榮譯：〈鳥〉，《鱷魚街》，頁24。

[23] 布魯諾・舒爾茨著、楊向榮譯：〈裁縫的布娃娃〉，《鱷魚街》，頁32-33。

暴制暴，有時以更大的暴力制伏先前的暴力，造成暴力連鎖反應過程，例如
〈現實一種〉這篇展現暴力報復的可怕後果。這種沒有理想的復仇，雖是弱
小者的反抗，但也更加鞏固人吃人的社會秩序。如〈祖先〉中，余華描寫一
群吃掉自己祖先的人們。余華透過新來的教師之口說道：「他是我們的祖先！
是我們爺爺的爺爺，而且還要一直爺爺上去，村裡人誰都沒說話，每家的炊
煙都從屋頂升起，他們吃掉了自己的祖先。[24]」阿Q、祥林嫂的時代過去了，
余華刻劃當代中國的人物仍在掙扎著，眼前還似乎找不到出路，無始無終的
恐懼時代，如何終結呢？

五、結論：難尋回家之路

　　如《在細雨中呼喊》故事，人倫道德、家庭制度遭到嚴重破壞後，如何
找回家的溫暖呢？這是「我」孫光林和國慶等許多小說人物所渴望的。例如
〈一九八六年〉小說結尾，遭受文革創傷的歷史老師最後從瘋狂中清醒過來，
他想要回家，渴望溫暖，但不幸他失去的身體。更殘酷的是，他的妻女最後
將他遺忘，他們只想享受當下的家庭幸福，根本拒絕這位丈夫、父親的歸來。
唯有遺忘過去才能盡情享受眼前的幸福，余華尖銳批判這樣的受害者思維。
　　容我在藉一個現實的故事來說。面對當代中國的歷史，洪子誠曾談到批
判者和被批判者的密切關聯，他說：

> 在把「文革」發生的事情，和以前的經歷放在一起之後，我開始意識到，
> 我們所遭遇的不正常事態，它的種子早已播下，而且是我們親手所播。
> 在我們用尖銳、刻薄的言辭，沒有理由地去攻擊認真的思想成果時，實
> 際上，「批判者」也就把自己放置在「被批判者」的位置上。

有朝一日，正義的標準變了，批判者淪為被批判者，自己淪入受人圍剿的孤
獨的情境。從歷史來看，被害者其實並非無辜的，在以暴制暴的邏輯中鮮少
有被害遭難的人願意面對自己的另一面，反省自己在歷史過程中的責任。洪
子誠進一步反省說：

---

[24] 余華：〈祖先〉，《鮮血梅花》（上海：上海文藝出版社，2004年），頁151。

> ……這一對比又使我想到，對於生活中發生的挫折，我沒有老師的從
> 容、沉著，我慌亂而不知所措。這不僅因為我還年輕，缺少生活經驗，
> 最主要是的是心中幾乎沒有什麼東西可以作為有力的支柱。……在王瑤
> 先生的心中，有他理解的魯迅有他理解的魏晉文人，有他的老師朱自
> 清。因而，在經歷過許多的挫折之後，我們看到的是一種成熟和尊嚴，
> 這是他在 80 年代留給我們的印象。而我們呢？究竟有些什麼？心靈中
> 有哪些東西是穩固的、難以動搖的呢？[25]

在這篇小文開頭，我提到青木正兒之寄託於古典傳統，在當代中國許多人也急切找尋穩固的心靈支柱。在余華發表《在細雨中呼喊》這部作品同時，張承志《心靈史》也在中國文壇亮相，張承志藉古諷今，反覆敘述清朝西北回民在磨難試煉成就堅定信仰的故事。余華與張承志之間有著明顯的世代落差，他要找到信仰和理想恐怕要更為艱難。

近期的余華作品更具有現實批判力度，他對於過去歷史和當前現實問題的回應，採取直接面對，自我反省的態度。余華在其新書《十個詞彙裡的中國》談及當前中國社會貧富差距過大的問題，他回想起自己當高中生時曾欺負侮辱一位「投機倒把」的農民的一段往事。他說：

> 他被釋放後，我們這些意猶未盡的高中生走在他身旁，在小鎮清晨的街
> 道上不斷訓斥他。我們是為了炫耀自己而訓斥他，……在我們響亮的叫
> 嚷聲裡一聲不吭地向前走去，我們看到他淚流滿面，旁若無人的淚流滿
> 面。他不時地抬起右手去擦一下眼角的淚水，手的疼痛又不時地提醒他
> 去看一眼自己的右手。我們一直走出小鎮，才站住腳，嬉笑地喊叫著訓
> 斥他的話，看著他沿著鄉村的小路漸漸走遠。他在初升的太陽下走去，
> 受傷的右手端到了胸口，帶著內心的迷惘，還有滿臉的血跡和滿臉的淚
> 水，走在漫長的回家路上。

---

[25] 洪子誠：〈批判者和被批判者——北大往事之一〉，《兩憶集》，頁 9-10。

> 三十多年後的今天，我心酸和充滿負罪感地寫下這些。我不知道這位善
> 良的年輕農民後來是否如期結婚？不知道他後來如何艱難地償還借來
> 的九斤油票？我清晰地記得，當我們用磚塊擊打他的頭部時，他克制了
> 自己的憤怒，沒有使用拳頭還擊，仍然只是用手掌推開我們。[26]

余華否定了強者的正義和暴力的邏輯，滿懷悔悟說：「我們恃強凌弱，以此為
樂，還覺得自己每天都在伸張正義。」

　　余華的小說展現驚人的想像力與創造力，他是虛構世界的造物主，穿梭
想像和現實之間悠遊自如，消弭了兩個世界的鴻溝。在當代中國小說界，余
華的創造力無疑是出類拔萃，然而，這虛構世界的造物主在現實面前也感到
無力，但他並不迴避。寫作之於余華是一種抉心自食的過程，也是一種自我
凌遲的過程，他將歷史罪惡和他人痛苦勇敢地承擔起來。我想這是余華走向
回家之路的一大步。

---

[26] 余華：〈差距〉，《十個詞彙裡的中國》，頁 170-171。

講評

◎黃德志[*]

　　大陸學界對余華的研究是比較充分的，發表或出版的研究成果豐碩。據不完全統計，有關余華的研究論文 1,000 餘篇，優秀碩士學位論文近 150 篇，僅僅是對於《在細雨中呼喊》的研究論文也有近 50 篇。（統計數據來源於中國知網·中國期刊全文數據庫）在研究成果如此豐富的領域，如何尋求新的突破，這是每一位余華研究者不得不面對的問題。

　　彭明偉先生的論文從自我凌遲的寫作、無依無靠的世界、兒童視角下的餘生故事等方面深入闡釋了余華的小說《在細雨中呼喊》。論文值得肯定處主要有兩個方面：

　　第一，獨特的研究視角。論文選取了「自我凌遲的藝術」這一獨特視角，認為「余華關注的正是小說人物飽受屈辱、苦難折磨的過程，他一筆如同一刀，用凌遲的方法細緻深入描寫人物承受的痛苦，但這種凌遲對寫作者又非愉悅，反倒是一種自我凌遲。」「寫作之於余華是一種抉心自食的過程，也是一種自我凌遲的過程，他將歷史罪惡和他人痛苦勇敢地承擔起來。」從這一視角，論文把握住了余華小說創作的苦難意識這一最為核心的特徵。正是這一獨特的視角，使彭明偉先生的論文能夠不落窠臼，觀點較為新穎。

　　第二，論文顯示出彭明偉先生較為開闊的學術視野。論文是對余華小說《在細雨中呼喊》的文本闡釋，作者採用了文本細讀的方法，但又不僅僅局限於該文本。在重點論述《在細雨中呼喊》的同時，作者把該小說放在了余華整個文學創作中來觀照，顯示出了作者開闊的學術視野。正是在對余華作品的整體把握中，論文突顯了《在細雨中呼喊》的獨特意義和價值。同時，論文又把余華小說與魯迅及波蘭作家布魯諾·舒爾茨等作家的創作進行了比較。在論述余華小說中的國民性問題時，論文把余華的小說與魯迅的小說進

---

[*] 徐州師範大學文學院院長。

行了比較：「中國的苦難也是他個人的苦難，余華的寫作和現實的苦難之間有著十分密切的關聯，他的小說不僅小說形式的先鋒實驗，而是將國民性論述包含在其中。這種當代中國的國民性論述，與魯迅式的啓蒙主義國民性論述相似，但還是有明顯區別，余華顯然不以知識分子、先進的啓蒙者自居，他不忍中國人像他小說世界的人物那樣活著，但他又要以什麼立場來關切批判當代中國的現實問題呢？」在論述余華筆下人物性格中的反抗因素時，彭明偉先生同樣把余華的小說與魯迅的小說進行了比較：「余華小說人物的暴力具有某種反抗、復仇的性質，顯現堅韌不屈的靈魂，與魯迅筆下沉默隱忍的靈魂迥異。」這種比較，把余華的小說放在了 20 世紀中國文學的發展歷史上進行研究，可以讓讀者看到余華小說對中國現代文學傳統的繼承與發展。在與布魯諾・舒爾茨小說的比較中，作者認爲「兩人的小說都寫絕望不安的世界裡的人，但有個鮮明差異：余華小說人物的餘生只爲滿足基本生理欲求而掙扎，而舒爾茨的小說人物則充滿激情追求詩性，能以精神幻想超越現實束縛。」應該說，在與波蘭作家布魯諾・舒爾茨的比較中，可以看到余華在世界文學的坐標中所居的地位。

　　當然，論文尚有值得商榷之處。第一，論述的充分性問題。論文是對余華小說《在細雨中呼喊》的文本分析，其論述的中心無疑是《在細雨中呼喊》本文，但彭明偉先生在行文時又常常拋開《在細雨中呼喊》，特別是在闡述過程中常常引用余華其他小說文本，甚至完全拋開了《在細雨中呼喊》，無疑削弱了對《在細雨中呼喊》論述的深度。

　　第二，對文本的過度詮釋問題。按照意大利符號學家昂貝多・艾柯（Umberto Eco）的「詮釋與過度詮釋」理論，在「作者意圖」、「本文意圖」和「讀者意圖」之間存在著一種辯證關係：「『本文的意圖』並不能從本文的表面直接看出來。……因此，本文的意圖只是讀者站在自己的位置上推測出來的。讀者的積極作用主要就在於對本文的意圖進行推測。」（〔意〕艾柯：《過度詮釋本文》，收入艾柯等著《詮釋與過度詮釋》，北京：生活・讀書・新知三聯書店，1997 年，第 77 頁）讀者對「本文意圖」和「作者意圖」的「推測」性詮釋極有可能造成「過度詮釋」。小說是一種虛構藝術，是在生活基礎上的虛構。我們不能把小說所描寫的生活完全等同於現實中的生活。余華在

小說中對生活、時代的描寫，其筆下人物的苦難，是否就能等同於中國當代現實社會生活？彭明偉先生在論文的一開頭也談到這一問題：「余華淡化小說裡的歷史社會內容，僅剩一個歷史輪廓。這部小說其實可說是由幾篇中短篇的人物故事拼湊連綴而成，小說人物的境遇主要透過敘事者孫光林『我』個人的心靈而得到反映。余華寫作的興趣偏於人物內心而非歷史現實。」這確是公允之論。余華把自己在「文革」中的生命體驗通過小說這一虛構藝術呈現出來，其對社會的批判性是不言而喻的，但余華表現的重點確如彭先生所說是特定時代的複雜人性。但在行文過程中，彭先生卻背離了自己論述的出發點，把小說等同於生活本身，甚至存在著過度詮釋的傾向：「在故事中，『我』孫光林冷眼旁觀他人的悲哀故事，近似魯迅《祝福》的『我』，但孫光林本身是如同祥林嫂般的弱小者，也是受害者，余華藉以描繪當代中國社會的吃人狀況。」「阿 Q、祥林嫂的時代過去了，余華刻劃當代中國的人物仍在人吃人的世界掙扎，眼前還似乎找不到出路，無始無終的恐懼時代，如何終結呢？」彭先生似乎把余華小說中的場景看作了當下中國的真實場景，無疑這是一種過度詮釋或誤讀。

　　彭先生的論文雖有值得商榷之處，但總體來看是一篇視角獨特、觀點新穎、思想敏銳、視野開闊的論文。我們期待著彭先生在余華研究方面有著更突出的成就。

論新民族國家敘事策略下的主旋律小說的內在構成

◎房　偉[*]

摘　要

　　主旋律小說是 20 世紀 90 年代以後，出現的新宏大敘事型作品，它們以現代民族國家敘事為基礎，以政黨利益為核心，通過「同心圓式」敘事策略，將革命敘事、啟蒙敘事與文藝消費的通俗意識相雜揉，創造了側重點不同，策略不同，但都統攝於「現代強國夢」的現代民族國家敘事下的敘事類型，如反腐小說、新軍旅小說、新現實主義小說、新改革小說、官場小說等，這種獨特的宏大敘事構成，深刻地反映了中國在原有一體化革命敘事解體後，新的一體化文藝敘事策略。

　　關鍵字：現代民族國家敘事、主旋律小說、同心圓敘事策略

---

[*] 文學博士，山東師範大學文學院。

　　1990 年代以來的主旋律小說，一般有鮮明時代主題、歷史廣度、批判現實深度，鴻篇巨制結構，性格鮮明人物。更重要的是，它們都以某種進步歷史理性作爲敘事終極目標。然而，這些宏大敘事小說，與它的「前輩們」有巨大差異：這些小說竭力圖展現歷史和現實畫卷，卻常使英雄邏輯缺乏歷史方向感；這些小說中常將「反腐敗」政策倫理化，卻在不經意暴露出不可調和的現實矛盾；這些小說以描繪「民族國家復興與現代改革開放」，卻常流露出「青天意識」與「女性歧視」；這些小說常在官場與人性中微妙遊走，卻不期然間變成政治偷窺的「黑幕娛樂」。可從另一個角度而言，如姆貝所說：「小說敘事不能被看作是獨立於它們在其中得到傳播的意識形態的意義形成和統治關係之外的敘述手段。故事由這些關係而產生並再現這些關係，它有助於將主體定位於存在的物質環境的歷史和制度情境」[1]。這些小說恰反映了中國文化語境：前現代、現代與後現代的雜揉。由政府和政黨引導的主旋律小說，不可避免具有與政治的共謀關係。然而，現實主義人性敘事的偉大目標、紅色革命敘事的道德影像、黨派文學的意識形態先決論、及通俗文藝的消解功能，卻共同構成了 90 年代主旋律小說的功能性症候。正是在「雜揉」中，現代民族國家敘事，作爲聯結革命、啓蒙、大眾通俗敘事的「共識性意識形態」，以其現代性品質，成爲「新強國之夢」的國家史詩，服務於執政黨證明自身合法性，建設「現代強國」的國家夢想。

一、主旋律小說的宏大敘事關鍵字

　　列寧第一次提出「黨的文學」口號[2]，建國十七年文學，政黨意識形態通過對文學生產、消費和接受的高度控制，將文學納入到政黨表達政策和理念的表意體系中去。洪子誠曾提出「一體化」概念，對此進行概括[3]。進入新時期，文學自主性恢復，一體化革命宏大敘事分裂，而原本緊密結合在其內部的現代民族國家敘事，便逐步分離出來。80 年代，黨和國家的領導人，對重

---

[1] 鄧尼斯・K・姆貝，《組織中的傳播和權力：話語、意識形態和統治》〔M〕，陳德民等譯，中國社會科學出版社，200：117-118。

[2] 列寧，〈黨的組織和黨的文學〉，《列寧全集》〔M〕10 卷，博克譯，人民出版社，1958：24。

[3] 在洪子誠看來，文學一體化包括三個層面，即文學形態的單一性、文學生產和組織方式的整合化、文學表現特徵上的趨同。見洪子誠，《問題與方法》〔M〕，三聯書店，2002：188。

塑文藝一體性宏大敘事也高度重視。如鄧小平提倡：「我們要繼續堅持毛澤東同志提出的文藝為廣大群眾、首先為工農兵服務的方向」[4]。中共十四大江澤民報告中首次使用「鄧小平同志建設有中國特色的社會主義理論」[5]，1994年，江澤民首次以弘揚主旋律、提倡多樣化為主題，建立了文藝工作的相對彈性原則」[6]。主旋律小說，作為有「中國特色社會主義文藝」新意識形態，在政黨利益背書下，形成一整套有鮮明時代性「現代強國夢」的國家史詩儀式。同時，這種新「一體化」模式，卻既有別於前蘇聯黨派文學，又有別於十七年文學，即「對多樣化和文學市場性的寬容」。這也是中國特色社會主義文化的一次大膽嘗試。自此，現代民族國家敘事、社會主義敘事和市場經濟原則，都得到了暫時縫合。正是這種「有限度」多樣化，與「社會主義、愛國主義和市場經濟」主旋律的合唱，使得不同意識形態企圖都得到了重新整合的機會，共同服務於「文化復興的現代中國」想像[7]。「弘揚主旋律，提倡多樣化」文藝方針，成為「二為」方向和「雙百」方針的具體體現，並形成持續的表意體系和固定的表述模式，成為和平崛起的社會主義強國，實現歷史意義偉大民族復興的文藝策略。主旋律小說分為幾種類型：新現實主義小說、新軍旅小說、新改革小說、官場小說和反腐敗小說。這些小說涉及黨派執政，或是執政黨國計民生建設，水利工程、橋樑公路、商業發展、抗擊天災人禍等，或是執政黨政策，如股份制、國企破產並購、大集團道路、四改（房改、醫改、教改和糧改）、農民生活惡化、上訪、反腐敗、污染、跨國資本入侵等，其深度和廣度，都是建國十七年宏大敘事小說無法比擬的。要搞清 90 年代主旋律小說，我們必須結合三個關鍵字，才能更有效洞見黨派政策與現代強國夢下的國家民族文藝之間的「異質同構性」。

　　首先是「市場經濟」。市場經濟原則，是現階段政黨和國家政策的重要基

---

[4] 鄧小平，〈在中國藝術工作者第四次代表大會上的祝辭〉〔C〕，《鄧小平論文藝》〔M〕，中共中央宣傳部文藝局編，人民文學出版社，1989：7。

[5] 江澤民，〈加快改革開放和現代化建設步伐，奪取有中國特色社會主義事業的更大勝利〉〔C〕，《江澤民文選》〔M〕，第 1 卷，人民出版社，2006：225。

[6] 江澤民，〈在全國宣傳思想工作會議上講話〉〔C〕，《十四大以來重要文獻選編》〔G〕，人民出版社，1996。

[7] 實現中華民族的偉大復興，不僅需要發達的物質文明，而且需要先進的精神文明。實現這兩個文明的協調發展，是我國社會全面進步的必由之路。我們的文學藝術工作者，在推進兩個文明特別是精神文明的建設中肩負著重大的職責。江澤民，〈江澤民在全國第七次文代會、作代會上的講話〉，《江澤民文選》〔M〕，第 1 卷，人民出版社，2006：276。

礎。它的邏輯中心在「欲望合法性」與「市場進步意識」，從而使「市場經濟」成爲現代民族國家工具，成爲社會主義「經濟手段」。這使主旋律小說，既能在文學商品化中，利用生產和銷售、評價的資源，獲得經濟回報，也能有效控制主旋律小說的意識形態生產流程，獲得巨大社會影響力。然而，一方面，很多性描寫、英雄美女情節紛紛進入原本嚴肅莊嚴的宏大敘事，如政治笑話、企業家豔情史。不僅官場小說熱衷於世俗化解構，且那些道德性更強的新改革小說、反腐敗小說，這種場景和段落，也層出不窮，並在潛文本中形成對清官邏輯的質疑。如小說《抉擇》雖爲我們刻畫了好市長李高成，但在下屬和妻子的情感利用和物質邏輯前，李高成卻陷入蒼白無力境地，只能用上級領導的干預，作爲預設「最終解決」的權力之手；另一方面，青天意識、一把手崇拜、男權情結等「前現代」思維，也堂而皇之地以「市場經濟」面孔復活，並與啓蒙和革命敘事，形成巨大衝突。很多小說中「經濟至上」邏輯，壓倒一切啓蒙和倫理道德表述。劉醒龍的《分享艱難》，鎮長孔太平明知企業家紅塔山強姦了自己的表妹，但因紅塔山是鎮財政的支撐，所以不得不無奈放過了他。關仁山的《九月還鄉》，村支書爲讓暴發戶潘經理滿意，使村裡獲經濟支持，強迫九月給其當「三陪」。同時，小說《天網》、《抉擇》等作品，屢次出現群眾向官員下跪的「青天拯救」場景。很多主旋律小說中的女性角色，則被大量妖魔化，成爲男性腐敗墮落的焦慮性心理替代，如《國畫》的陳香妹，一直拖累著主人公朱懷鏡。《抉擇》中李高成的妻子，和他侄子一起，打著李的旗號貪污腐敗。而《絕對權力》的趙芬芳，則被刻畫成爲女性權力狂形象[8]。

　　其次，關鍵字之二是「社會主義」。「社會主義」的階級革命意味，被逐步淡化，而其代表歷史進步的宏大性、集體主義道德標準和對秩序性的剛性需求，則被保留了下來。這一點，也很好地體現在了對主旋律小說的內在規

---

[8] 有論者（如劉復生、唐欣等）認爲，這些青天意識、厭女情結和小說邏輯的拙劣巧合，是很多主旋律小說家在表述故事時，曲折地發洩對主流意識形態不滿的「故意而爲之」的策略。這種看法有一定道理，但無疑忽視了這類小說在宏大敘事表達上的雜糅特質。傳統通俗文藝模式，在主旋律小說中的復活，有著「市場經濟意識形態」的半強制性表述特權和內在符號規定性，刪除反抗性質素，容納妥協性質素。如果說，這些陳腐的封建意識和故露馬腳的縫合，透露著作家們隱諱的不滿情緒，我們同樣可以說，也許它正在無意識中凸現了作家身上所蘊涵的傳統文化迫力（馬凌內斯基語）的痕跡。這既是一種「以假作真」的遊戲表演，也是一種「假作真時真亦假」的曖昧的集體無意識的流露。

定性。故事設計上，社會主義常成爲小說內在道德主義標準，並使權力結構在複雜鬥爭中，可借助虛構外力，得以解決。主旋律小說的社會主義原則，分別處於三種策略：

一是塑造社會主義新英雄。這裡有基層幹部，如《大廠》的廠長呂建國，雖受盡委屈，卻以高度責任感，挽救瀕臨破產的紅旗廠。小說《分享艱難》，鎮長孔太平爲發展地方，受了窩囊氣，卻總能委曲求全，這類人物構成了社會主義新道德主體的「基礎」；有老領導和老黨員，如《人間正道》的老省長，《英雄時代》中退休領導陸震天，《風暴潮》中老黨員趙老鞏，《村支書》中老支書方建國等，這類人物，構成社會主義新道德主體的「歷史回憶」；有的是「歷史進步」的改革代言人：高級領導形象。這類人物則是社會主義原則中堅。如周梅森《人間正道》、《中國製造》、《至高利益》中，吳明雄、石亞南、李東方、高長河等地市一把手，無不圍繞重大國計民生項目來開展，如調水工程、鋼鐵工程、工業園建設、汙水治理等，從而弘揚社會主義原則「建設現代民族國家」的集體主義使命感。

二是塑造集體主義悲壯美，既用人民性定義市場經濟合法性，又對通俗大眾敘事進行某種反撥。如福柯所說：「在那裡有真正的鬥爭在進行著，爭奪的是什麼？爭奪的是我們可大略稱之爲人民記憶。由於記憶是抗爭的重要因素，如果控制了人民的記憶，舊控制了他們的動力，同時也控制了他們的經驗，他們對於過去抗爭的理解」[9]。人民性再次被政治抽象爲集體性聲音，而被剝奪了個體表達的可能。人民成了善良受難者，主體英雄合法性證明，政策的證明，人民再次以其模糊面孔，成爲空洞道德符號和集體群像符號，進入故事表意體系。他們保留了紅色年代「犧牲奉獻」精神，固化爲「甘願忍受苦難」的偉大群眾。《風暴潮》，趙市長的弟弟小樂，面對風暴險情，用生命保護了大壩。《人間正道》，被降職爲民的縣委書記尙德全，在大漠河工程中爲檢查炮眼，付出了生命。小說《抉擇》，工人們在廠子困難前，咬牙忍受，老女工竟以跳樓爲要脅，請省委書記不要委屈李高成；小說《大廠‧續篇》，老領導韓書記在遺囑中，將全部財產捐給廠裡。

三是在某些主旋律小說中，社會主義原則，有時又會溢出黨派文學規範，

---

[9] 羅崗，《記憶的聲音》〔M〕，學林出版社，1998：152。

而顯現出道德批判味道。它會成為成為英雄人物集體性道德合法性的表現，並對當下的市場經濟原則，形成某種程度質疑。《多彩的鄉村》[10]，老漢德順，成了傳統道德批判力量的證明。小說《車間》[11]，則出現了新工人階級群像。喬亮、大胡等工人，雖處於社會底層，面臨諸多困難，卻依然懷有美好品德。《英雄時代》，司長史天雄，懷著集體主義理想，甘願辭職去民企，試圖用紅色文化遺產，拯救困難重重的企業。然而，儘管作家充分褒揚了這種精神，卻在文中暗示理想艱難的現實可能性。有時，集體主義精神，還表現在城鄉對立邏輯上，如《九月還鄉》、《天壤》[12]，城市變成物質文明畸形發育的產物，而鄉村代表了即將消失的美好道德品質。然而，無論工人，還是農民，這些受苦的道德群像，一旦觸及秩序，則馬上被否定，如《人間正道》，勝利煤礦工人臥軌罷工，被指責為被少數人煽動的愚昧行為[13]：「多麼可怕呀，我們的產業工人，我們國家的領導階級，把當年對付資本家，對付國民黨的辦法，全用來對付自己當家作主的國家了！」

再次，關鍵字之三是「民族復興」。現代民族國家敘事，是主旋律小說諸多意識形態中，唯一能順利整合啓蒙、革命、通俗敘事的合法性敘述規範。這既是社會主義文藝原則的出發點和目標之一，也是後發現代中國市場經濟的終極價值體現[14]。十七年革命歷史小說，現代民族國家敘事與革命敘事緊密相聯。而新時期改革小說，民族國家敘事，開始脫離革命束縛，並在「四個現代化」表述下，逐步擁有了獨立的現代性品格。然而，這些小說中，啓蒙敘事對民族國家復興的人性訴求，依然被抽象為高度政治性策略的文本符號。小說強化的，是保守勢力和新銳改革勢力間的鬥爭。而主旋律小說，保留了黨派形象與民族復興訴求的內在一致性，而多了全球化視野下與世界接軌，實現民族復興的使命感。主旋律小說的使命，已不是文明／愚昧的啓蒙鬥爭，保守／改革勢力的鬥爭，而是刻畫黨克服重重困難，實現國家民族和

---

[10] 談歌，《車間》〔J〕，《上海文學》，1996，10。

[11] 談歌，《車間》〔J〕，《上海文學》，1996，10。

[12] 關仁山，〈天壤〉〔J〕，《人民文學》，1998，10。

[13] 周梅森，《人間正道》〔M〕，人民文學出版社，1998：429。

[14] 如胡錦濤指出：「宣傳思想戰線，要緊緊圍繞經濟建設這個中心，牢牢把握發展這個主題，最大限度地調動廣大人民群眾的積極性、主動性和創造性，共同實現中華民族的偉大復興。」選自胡錦濤，〈全國宣傳部長會議上的講話〉〔C〕，《十五大以來重要文獻選編》〔G〕，人民出版社，2003。

平崛起的歷史使命。由於市場經濟原則的介入，使這些人物，少了神聖光環，而多了幾分煙火氣息。如《人間正道》，詳細刻畫市委書記吳明雄，對調水工程和高速路工程嘔心瀝血，但也不忌諱其間政治鉤心鬥角，但最終吳明雄完成使命，卻使平川市成為「中國改革開放」視窗。

然而，主旋律小說，啟蒙的因素，則進一步在文本中退縮了，僅作為潛在道德價值力量。支撐主旋律小說的價值資源，則被調整為民族國家復興、社會主義和市場經濟三個關鍵字。這也使主旋律小說涉及政治體制改革、自由民主的關鍵點，輕輕劃過去，而將「腐敗」歸於個人品質，將「工廠倒閉、工人下崗」等問題，歸於「好心人辦壞事」或「暫時困難」，或歸於「社會主義集體道德品質的崩潰」。這無疑表明了啟蒙敘事與主旋律小說敘事模式間的內在緊張。如《蒼天在上》，市長助理賀家國揭露亂決策行為，特別是省委書記鐘明仁造成的損失，被市長以國家人民的名義阻止，而省委副書記趙啟功的決策失誤，卻由於派系對立和個人品質，而受到質疑。《絕對權力》，市委書記齊全盛雖獨斷專行，但卻因為了人民，而最終被刻畫為正面人物。又比如，新現實主義小說，因國家民族邏輯存在，也使啟蒙進一步受到打壓。《分享艱難》，「洪塔山」強姦無罪的邏輯，並不是他自己定義的，也不是群眾定義的，而恰是被鎮長孔太平等「好幹部」定義的。洪塔山被一分為二地處理了：他的經濟實力，成為最高市場經濟法則，必須被遵守；而他的邪惡，則成為考驗，被賦予「忍辱負重」的國家民族合法性。

二、現代民族國家敘事策略與新的文學生產秩序

那麼，主旋律小說是如何組織宏大敘事策略呢？它們似乎雜亂無章，然而核心意圖和底線，又似乎堅固不可侵犯：「主旋律依然有強大政治、經濟、文化資源以及一體化時代種種遺產可資依託，依然具有對文化的高度控制力量，沒有產生具有強大挑戰性的文化對手，有的只是零星無意識但也是普遍的對抗性因素。這個時代也出現了新的意識形態機器和手段、經驗可以借鑒，使主旋律具有彈性、靈活性和無處不在的滲透性和彌散性」[15]。在我看來，主旋律小說重構宏大敘事的企圖，在黨派文藝新現實主義原則之下，通過意

---

[15] 劉複生，《歷史的浮橋──世紀之交的主旋律小說研究》〔M〕，河南大學出版社，2005：14。

識形態特性與系統論美學緯度，形成了「三重同心圓」的核心擴散模式。

1、新現實主義原則：主旋律小說文藝合法性的意識形態內在結構基礎

首先，「現代民族國家敘事」對主旋律小說的內在敘事規定，要求「社會主義現實主義」，與市場經濟、民族復興相結合，創造新意識形態規訓。現實主義藝術，在表徵意識形態宏大性，有其他手法難以比擬的優越性。傳統「社會主義現實主義」小說，與政黨利益、政黨綱領緊密結合：「社會主義現實主義還不是僅把現實主義的基礎放在解釋世界的唯物論，而是要把它放在正確地而且積極地改造世界的唯物論，即必須和無產階級的歷史實踐相結合，必須使自己為無產階級的實踐任務服務。」[16]。其核心在於：1、社會主義現實主義要求在現實革命發展中真實，歷史具體地反映現實。2、塑造社會主義典型的主體形象，及典型環境。3、革命浪漫主義與現實主義結合，讓現實與「正確」生活理想相結合。4、要求小說描寫真實性和歷史具體性，必須與社會主義精神，與思想改造和教育勞動人民的任務結合[17]。中國文學在引進現實主義之初，就注重其功利意識形態性，忽視其寫實科學因素，當社會主義政黨，不斷向文藝「追索」話語意識形態性，現實主義小說敘事，就不斷被抽象，從而宣告現實主義自身邏輯的破滅。典型人物不是「熟悉的陌生人」[18]，而是「高大全」式聖人。然而，主旋律「社會主義現實主義」原則，則經歷巧妙「改寫」，既不同於社會主義現實主義，也與經典現實主義不同。它保留了黨派文藝的意識形態目的論、歷史真實性、集體主義色彩[19]，典型人物論，又使這些法則不斷與市場經濟、現代化與民族復興相結合，且通過這些小說與主流意識形態、市場經濟的關係，不斷通過「區隔」和「同心圓」式系統控制，創造了有雜揉特色的「新社會主義現實主義」原則。

---

[16] 馮雪峰，《雪峰文集》〔M〕2 卷，人民文學出版社，1983：436。

[17] 此分類標準參見以群主編，《文學的基本原理》〔M〕，上海文藝出版社，1978：209-210。

[18] 如別林斯基說：「在一位具有真正才能的人寫來，每一個人物都是典型，每一個典型對於讀者都是熟悉的陌生人。」別林斯基，〈論俄國中篇小說和果戈理的中篇小說〉〔A〕，《別林斯基選集》〔M〕，1 卷，上海文藝出版社，1963：191。

[19] 實際上，這個過程 80 年代已經開始了，如湯森等指出：「在共產主義倫理中，集體主義替代了忠於特定對象主義，以此作為忠誠和權威的決定因素——80 年代後，中國政府政策扭轉了這些論斷，然而，集體主義價值也未放棄，人們傾向於把集體主義解釋成慷慨大方和良好的態度，而不是尖銳的階級鬥爭，但它仍然是中國官方倫理之一。」見詹姆斯‧R‧湯森、布蘭特利‧沃馬克，《中國政治》〔M〕，顧速、董方譯，江蘇人民出版社，1994：176-177。

　　一是新典型人物，可依它們與現代民族國家敘事的關係從內到外分爲三個層次，即社會主義新人、中間人物和反面人物。社會主義新人，即前文所說「基層幹部」、「老黨員、老領導和老幹部」、「代表歷史進步的高級領導」。這些人物既符合黨派文藝意識形態，又在某些側面符合經典現實主義的典型化要求。然而，這些社會主義新人，與社會主義現實主義典型人物相比，不能擔負起表徵歷史的「梁生寶」式宏大作用。老幹部無力回天，而基層幹部，如《分享艱難》鎮長孔太平，《年前年後》鄉長李德林，《殺羊》村長李四平，他們的苟且和怯懦，解構了小說的宏大敘事，至於那些新改革高級領導們，如《蒼天在上》黃江北，《大法官》的楊鐵如，《人間正道》的吳明雄等，卻不再是普遍意義「人民英雄」（如高大泉、梁生寶），而是隱在精英政治產物，小說凸顯出他們個人力挽狂瀾的作用，並在文化身分上與普通百姓加大差異。同時，集體主義色彩雖存在，但典型人物常是有缺點英雄，符合經典現實主義對主體人物深度的挖掘，而不符合社會主義現實主義教化原則。如《騷動之秋》的岳鵬程，既是有魄力的改革領軍人物，也是有濃厚封建思想的強權村霸。二是反面人物，被規定爲「通俗文學」和「啓蒙文學」類人物，一是墮落的黨「次高級幹部」，如《北方城郭》的縣委副書記李金堂，《抉擇》的關副省長，《人間正道》的市委副書記肖道清，《蒼天在上》的省委副書記趙啓功，《大法官》的檢察院院長張業銘等。他們一方面從反面凸現了正直官員的崇高精神，通常以政治失敗、或自殺告終；另一方面，則化解了普通大眾對正面官員真實性的質疑。二是暴發戶企業家，如《人間正道》的田大道、曹務成，《九月還鄉》馮經理，《大廠》余主任、《年前年後》於大肚子，《福鎮》潘老五，《風暴潮》葛玉萍、《分享艱難》洪塔山、《走過鄉村》倪土改等。微妙地是，在他們身上，常體現作家矛盾心理，既將他們的物質成功作爲市場經濟改革開放的成果，又自覺用「區隔」法，將之視爲道德敗壞、利用坑害集體致富的惡人，改革開放的敗類。如潘老五購買洋垃圾污染環境，田大道煽動工人鬧事，洪塔山、余大肚子、馮經理、倪土改則是酒色之徒，是「利比多」的惡的符號（但卻是強悍有力的歷史勝利者）。三是中間人物。這些人物，不符合社會主義道德二分法，卻有去神聖化的「解構功能」，他們既滿足普通百姓的權力窺視欲，刻畫官場辛酸、權力滋味、黑幕鬥爭，又在現實主

義深度上滿足啓蒙敘事對人性和現實批判的意味，塑造了不好也不壞的「官場人」形象，如《國畫》、《梅次的故事》的朱懷鏡，《滄浪之水》的池大爲，《羊的門》的呼天慶，《腐敗分子潘長水》的潘水等。他們有良心操守，但爲升官，甚至爲做點好事，卻不得不唯心掙扎在黑暗官場。官場，具有濃郁的象徵色彩的隱喻空間，一方面，隱喻了骯髒的政治交易場所，另一方面，它是另類人文空間，象徵著身處其間之人的存在境遇，特別是精神困境[20]。這些人物，對正面和反面的典型人物起到了補充說明作用，也在真實感和批判性上彌補了主旋律小說不足，可以說，這是一些以反主旋律功能出現的主旋律人物。

其次，與典型人物的結構類似，主旋律小說現實主義原則的歷史觀、真實觀、教化功能，也展現出新特點。它們已不再代表啓蒙，階級革命，而是物質現代化的歷史進步。它們所展現的真實，不再是階級鬥爭的真實，也不再是經典現實主義的歷史「真實」，而是個人化經驗與黨派教化、意識形態規範的隱秘妥協。由此，黨派文藝的教化功能和意識形態整合功能，也不再以高度統一的方式出現，而僅是「雜揉」，或高明的多重功能層次的「分類整合」。在盧卡奇論述中，黨派小說的合法性，在於將黨派高級宗旨和政策，與歷史理性、整體性，時代最高目標結合，而對黨派的忠誠，則超越藝術法則：「黨的紀律現已是忠誠的比較高的和抽象的階段，普通人的忠誠是對某一個一定歷史潮流的深刻世界觀的聯繫，當在某個瞬間問題上不存在完全一致的時候，也需要忠誠[21]。」然而，主旋律小說中，一個歷史與主體統一、無產階級黨派與文學統一的階級敘事已不復存在。黨派的目標與合法性，從無產階級革命，轉移到了國家民族的復興和現代化物質建設。反腐敗小說對黨派唯一真理性的懷疑，新現實主義小說對城鄉現代化改革模式的革命道德立場追問，官場小說對精英政治主體形象的解構，都在主旋律概念之下，發生激烈扭纏、相互的駁詰，唯一能將之整合起來的「共識」，則是「現代民族國家敘事」。只有以此爲核心，才能有效整合各種意識形態元素。

2、巧妙而穩定的系統：三重同心圓的宏大敘事總體結構模式

---

[20] 唐欣，《近二十年來官場小說研究》〔M〕，社科文獻出版社，2005：112。

[21] 盧卡奇，〈論黨的詩歌〉〔A〕，選自《文學與民主》，出自《盧卡契文學論文集》〔M〕1卷，中國社會科學出版社，1980：260、271、272。

具體而言，主旋律小說內部結構，存在「三重同心圓」權力秩序，既與當前黨派政策的意識形態結構異質同構，又符合系統美學穩定性；既適合現代民族國家符號暴力的非直接性，又契合全球化時代後發現代國家想像。依據與現代民族國家敘事關係的遠近，主旋律小說巧妙組織起了三重結構，即最中心層新改革小說、新軍旅小說，中間層新現實主義小說、反腐小說，最外層官場小說。核心層的新改革小說與新軍旅小說，最有效地將國家民族現代化與黨派崇高目標的歷史性相結合，中間層的新現實主義小說、反腐小說，現實批判色彩和啓蒙色彩比較重，而最外層官場小說，則通俗文藝色彩多，三者共同統攝於現代民族國家敘事。可以說，三重同心圓結構，既有開放性，又有極強維模功能，從而達到了有效宏大化和意識形態控制。

首先，就系統穩定性而言，創作主體和接受主體之間，以小說文本爲具體仲介，實現穩定的、共時性的系統建構。同時，這種系統建構又是歷時性的[22]。這其間，仲介物主旋律小說作爲意識形態符號，在主旋律「是什麼」、「有何用」、「應如何」問題上，引發主體與客體的「共識」，就能在多大程度上達到系統穩定，從而影響歷時性系統感知、抽象、評價與決策，從而使得「主體—仲介—客體」系統，轉化爲意識形態「目的—功能」系統，並形成良性迴圈[23]當主旋律作家處於黨派意識形態中，與普通讀者達成精神共鳴，實現黨派文藝企圖，就需要其創作，在以現代民族國家敘事爲核心的策略中，不同程度容納啓蒙、革命、和通俗大眾文藝理念，利用宏大概念的雜揉，再次將人們組織在相對穩定的意識形態旗幟下（有中國特色社會主義）[24]。這個「共時過程」，由於意識形態生產「新一體化」特徵，它可充分調動小說生產的前期物質投入、傳媒宣傳、文學評價的歷時性功能，實現主旋律小說認識系統與功能系統的良性迴圈。然而，該系統巧妙之處在於，它是「逐級開放」系統。正是逐級開放過程中，它最大限度吸納不同異見者，從而將黨派文藝體制內作家（如張宏森、張平等官員），帶有啓蒙批判色彩的純文學作家

---

[22] 有關認識系統和功能系統、系統的共時性與歷時性的介紹，見帕森斯，《現代社會的結構與過程》〔M〕，梁向陽譯，光明日報出版社，1988：123。

[23] 王霽，《認識系統運行論》〔M〕，中國人民大學出版社，1990：24。

[24] 例如，官場小說和改革小說中對政治鬥爭的描繪、對官場運作潛規則的寫實，都是讀者在消費權力與權力消費之間被吸引而認同的隱秘心態。這些小說，都有著驚人的發行量，儘管，有時讀者會懸置那些意識形態，而將目光放在那些消費的意味上，但是，不可否認，意識形態在此實現了新的影響力。

（如陸天明、劉醒龍、關仁山等），及游離在體制外的作家（如王躍文、閻真等），整合入主旋律範疇內，從而有效樹立主流意識形態「新權威」與「合理性」認同。

更有意思的是，這種整合，有時是在作家不知不覺，甚至抵抗情況下完成的。如周梅森聲稱《中國製造》「僅是自己的創作計畫，不是為了獻禮小說」[25]。張宏森早年寫詩，也創作過《狂鳥》這類現代派探索味道小說。小說家劉醒龍，也聲稱「《分享艱難》是描寫人性深度與複雜性的啓蒙作品」[26]。奇怪的是，無論官員作家，還是體制內啓蒙意味作家，或體制外作家，都將「反映真實、批判現實」的啓蒙意味，作為創作口號，而拒絕或規避主旋律意圖。但這正在一個相反角度，說明主流意識形態的隱蔽和成功。如陸天明聲稱「我確信，人們在這個文集中讀到的不會只是某一作家的純私人性的生命話語歷程。我一直希望擁有另一種自我，一直渴望另一種文學，完善一種我祈求的人生和社會」[27]。關仁山則說：「現實精神把文學的浪漫拽到現實的大地上。文學因接納現實社會責任，而變得沉重，變得生活化。社會生活是主體的，鮮活的。作家應趟過「生活流」，站在時代美學、哲學的高度來觀察生活、穿透生活、把握生活。」[28]。王躍文也說：「我不準備遊戲人間，無論為文，或者為人。現在人們慣于把莊嚴和崇高當做滑稽可笑的事了，真正莊嚴和崇高被漠視和嘲弄，而種種偽莊嚴、偽崇高卻被一部分人很職業地裝扮著」[29]。這些主張和言論，反映了中國目前啓蒙必要性與主旋律規定性之間的衝突。

其次，這三重結構也符合意識形態在全球化和相對多元化的文化語境中實施控制的具體要求。現代民族國家敘事，作為符號暴力（吉登斯語），在現代社會，有對人的強制文化束縛力。然而，在目前經濟發展為中心的環境中，這種文化企圖更多通過文化符號的消費來實現。這要求文化符號不但符合黨派文藝政策，且能以更軟性和開放性策略實現意識形態企圖。如阿爾都塞所言，現代權力特點，不再是強迫性的，相反它是在不知不覺情況下行使的，

[25] 劉複生，《歷史的浮橋》〔M〕，河南大學出版社，2005：40。
[26] 劉醒龍發言，〈中國新時期文學 30 年國際研討會議發言紀要〉〔C〕，山東師範大學文學院編，2005。
[27] 陸天明，《蒼天在上・序言》〔M〕，春風文藝出版社，2002：2。
[28] 關仁山，〈面對現實的寫作〉〔J〕，《北京文學》，1997，9。
[29] 王躍文，〈國畫・後記〉〔J〕，《小說選刊》（長篇小說）增刊，1999，1。

不再依靠武力行使高壓政治，而依靠教育，媒體及信仰等以臻一致[30]。三重結構中，三者都服從現代民族國家敘事的總體約束。正是國家民族敘述的整合狀態，使後發現代國家的宏大敘事合法化獲得符號「共識」，而一旦這種「共識」的平衡被打破，主旋律指導下「多聲部合唱」變成了「雜音氾濫」，就有受到意識形態懲罰的可能[31]。

　　再次，從文學話語角度，特別是資源稀缺性，我們也可以窺見三重同心圓模式的必然性。文學與政治與經濟間對抗與共謀關係，文學獲得權力的兩種方式，一種是闡釋權，二是對稀缺性的追求。文學通常以反意識形態表徵表現出的特殊的意識形態，它與主流意識形態存在共謀，也存在對抗：「文學話語的權力策略未必是現為有意識算計的直觀形式，它可能以某種透明性的客觀幻覺掩蓋了它的壓抑性實質」[32]。文化市場也使文學表意權力，被影視、網路等新興傳媒所取代。要尋找既能得到權力體制認可，又能在文化實踐中取得讀者認可的宏大敘事模式，就必然使黨派文學，樹立「新共識性」，同時也對稀缺性「文化資源」，進行符號整合。而這種稀缺性資源，恰是「國家民族宏大敘事」。對主旋律小說而言，恰是通過對現代民族國家敘事，這個純文學和通俗文藝都不具備的「稀缺性資源」重建，獲得表意合法性。三重同心圓結構，恰符合主流意識形態對不同形態、主題的主旋律文學的稀缺性要求，也符合其試圖收編純文學與通俗文藝的衝動。

　　於是，這種同心圓方式巧妙在於：一是它以符號幻覺方式，實現了非強制性符號的意識形態暴力性，並與純父學、通俗文藝，取得某種程度上的共謀；二是這種同心圓的結構方式，最大限度地容納了不同的意識形態企圖，如啟蒙意識、欲望刺激、現實批判等，可以將解構與建構，共同融合為一體；三是通過這種結構，有利於主流意識形態在多元文化格局中，保持一元中心論，最大限度地實現話語的意識形態控制，從而取得敘事表徵的合法性和最大化實踐力量。

---

[30] 李惠國、黃長著主編，《重寫現代性——當代西方學術話語》，社科文獻出版社，2001：247。

[31] 如丁關根在《全國宣傳思想工作會議的總結講話》中指出「要唱響主旋律、不要搞雜音」，江澤民、胡錦濤等黨和國家領導對此也有指示。見《十四大以來重要文件選編（上）》，人民出版社，1996。

[32] 朱國華，《文學與權力——文學合法性的批判性考察》〔M〕，華東師範大學出版社，2006：31。

講評

◎陳建忠[*]

　　主旋律小說專指中國作家鮮明表達國家意志和正統意識形態的文學。房博士對這種繼十七年文學、文革文學後,新一體化的文學現象之總結,非常清晰。論文題目點出「內在構成」,卻似乎有點語意模糊,若依內文討論之主旋律三大關鍵三大思想基礎及文學生產模式等論點,題目似有斟酌聚焦的空間。

　　如論旨,啓蒙因素退縮了,是主旋律小說的大問題,對真正的政治改革等問題也略過不表。則,這種啓蒙傳統的消退,其實當中也有很多當年極其富有啓蒙精神的作家轉變而來,這些同一個作家的精神思想轉變歷程,或有助於討論此論題。

　　市場經濟與國家意識形態的合拍問題,意味作家、導演與其生存息息相關。則寫主旋律可獲利若成爲特色,那不寫主旋律或不反對主旋律,是否變成潛在的壓力,可有實例可爲佐證?或者,依照傅科有關規訓與懲罰的理論,文中所提主旋律一旦被打破,雜音氾濫就可能受到懲罰。規訓可能包括獲得權力;相反地,懲罰是否以或明或顯的方式影響作家,那是一體化的另一面嗎?則自我檢查與禁書等,是否也可視爲主旋律的另一種和諧音?總結來說,有獎有懲,這是一體兩面的問題。

　　文中提及三重同心圓的生產模式時,提到文壇秩序「逐級開放」的系統工程。這種開放,更像逐級納編,打體制作家、純文學、體制外作家都納入,這種納編是透過評論家闡釋的結果?或是是有意重整、創造文藝標準的一種作法,也就是誰都與主旋律有關。這是否有實際的執行方法或例證?

---

[*] 台灣清華大學台灣文學研究所副教授。

歷史從心上流過

齊邦媛《巨流河》閱讀劄記

◎周立民*

1

翻開書，是一張台灣啞口海的照片，圖注上說：「太平洋波濤洶湧至此，音滅聲消。」序言中，齊邦媛說：「書寫前，我曾跟著父母的靈魂做了一趟返鄉之旅，獨自坐在大連海岸，望向我紮根的島嶼。」[1]作者還曾這樣描述：「我到大連去是由故鄉的海岸，看流往台灣的大海。連續兩天，我一個人去海邊公園的石階上坐著，望著渤海流入黃海，再流進東海，融入浩瀚的太平洋，兩千多公里航行到台灣。」[2]書店裡靜悄悄的，書頁翻動的沙沙聲中，我的耳邊仿佛有巨浪撲面而來的聲音。「故鄉的海岸」，透過齊先生的文字在我的眼前如畫卷徐徐展開：東海頭，棒槌島，老虎灘，傅家莊，星海灣……我不知道齊先生在哪個公園面對大海在追憶幾十年前的風雨，這也許並不重要，重要的是一個心中裝著怎樣記憶的人才會在半個多世紀之後有如此刻骨銘心的追尋？

巨流河，就是遼河，我的故鄉「遼寧」中的「遼」字就取自於此。從巨流河到啞口海，「這本書些的是一個並未遠去的時代，關於兩代人從巨流河，連這海已經忘記了曾經發生在這裡的故事，一切仿佛沙上的腳跡，僅一個浪來水去，到啞口海的故事」[3]。「並未遠去」嗎？所有的這一切在人生的生命中會如此重要嗎？今年春節，我帶著《巨流河》回到大連，同為漂泊者，

---

* 巴金故居常務副館長、巴金研究會常務副會長兼秘書長、中國作家協會會員。

[1] 齊邦媛，〈序〉，《巨流河》第 5 頁，生活・讀書・新知三聯書店 2010 年 10 月版，此畏簡體字版，以下簡稱「三聯版」。該書繁體字版由台北天下遠見出版股份有限公司 2009 年 7 月版，以下簡稱「天下版」。

[2] 齊邦媛，《巨流河》三聯版，第 371 頁。

[3] 齊邦媛，〈序〉，《巨流河》三聯版，第 1 頁。

我理解齊先生看海的心情。但我懷疑便無影無蹤。城市中的老建築不斷地被拆除，記憶中的街道也面目全非，俊男靚女追逐著燈紅酒綠，有誰還會去撫摩歷史的傷痕？我不知道 88 歲的齊先生會不會失望，或許其中的張大飛的故事將來會成為電視劇的一個情節，甚至可以被添油加醋成為誘人的八卦？

現代人早已遠離歷史，巨大的目標在前方，歷史是看不見的存在，無法提供物質性的東西，也無法滿足人們消費的欲望，然而，漂泊者無法割斷歷史，沒有歷史、沒有記憶，如同沒有燈盞，他會找不到回家的路。由此，我理解齊先生寫《巨流河》的意圖：「天地悠悠，不久我將化成灰燼。留下這本書，為來自『巨流河』的兩代人做個見證。」[4]也許，文字是比石頭更堅硬，它能夠抵擋住歲月風雨的剝蝕；也許，文字是最沒有力量，寫出來就沒人關注，視同「見光死」。這麼說，齊先生寫了什麼或許不是最重要的，更重要的是：在當下，我們應該如何與歷史對話；如何在與歷史對話中，發現自我找到自我。

2

「六十年來，何曾為自己生身的故鄉和為她奮戰的人寫過一篇血淚記錄？」[5]

這個叩問讓齊邦媛在垂暮之年寫作這部《巨流河》，讓《巨流河》中有了剪不斷的長長鄉愁。

這鄉愁或許來自作者父親齊世英的精神遺傳：齊世英青年時代便胸懷大志要改變故鄉的面貌，追隨郭松齡將軍，希圖改革東北軍政，然而，那渡不過的巨流河，讓一腔熱血變成終身悔恨。抗戰中，號召抗戰義士，周濟東北流亡學生為遙遠的家鄉祈福。抗戰後，正想大幹一場，實現對家鄉的抱負，卻又不為所用，亂局中倉皇到了台灣，只留下對故鄉的深情和人生無數抱恨……那些未曾實現的抱負與濃濃的鄉愁交織在一起，是永久的悔，也是割不斷的牽掛。

這鄉愁也可能是作者的身分所決定的：少小離家的她，在抗戰中顛沛流

---

[4] 齊邦媛，〈序〉，《巨流河》三聯版，第 5 頁。
[5] 齊邦媛，《巨流河》三聯版，第 1 頁。

離，最後落腳台灣。這是一塊發酵鄉愁的土地，正如一位台灣學者所分析的那樣：「台灣先民，先一批是到海外謀取生活的人，後一批是中原戰後自我放逐或被人放逐之人；這些人的離鄉背井之情，使之自然產生漂泊無依之情，（台灣的歌仔戲和陳達所唱的民歌，不都是這種情感的流露嗎？）然後到了日據時代，這些人又都成殖民地被壓迫之人，於是台灣的移民和遺民性格，就長期累積下來形成一種很獨特的『孤兒』心態，便使得台灣雖處於四海交匯之處，精神上卻沉陷於與任何一方都不生關聯的隔離狀態之中。到了一九四九以後，又一大批移民隨著國民政府來到台灣，這些人身經中國大陸的大苦難和大變動，被迫漂洋過海來到這一孤島之上，精神上不可避免地便有著『流亡意識』，又由於很多人與這孤島一時建立不起血肉相聯的關係，於是這『流亡意識』之中便不可避免地有著『逃亡』的心態。」[6] 我認為，這是解讀《巨流河》的一個重要的背景和前提，明白這些才會明白一個孩童時期就離開故土的人，為什麼會對那片土地上發生的事情耿耿於懷，才會明白為什麼縱貫全書的是一種悲涼的情調。

　　1950 年代，台灣文學的主流是反共文學和懷鄉文學。前者是一種意識形態的宣傳，而後者是一種情感、心態的表露，當然，在懷鄉的作品中也會有反共的態度和言論，但對故國的念想、往昔歲月的留戀與現實中的「孤島」境遇融匯在一起，作家詩人們唱出了曲曲戀歌。有人說 1960 年代台灣文學的主潮是現代文學，然而在現代主義的軀殼之中，鄉愁的理念、故國的神思未嘗不是糾纏不清的心結，對知識分子而言，不僅有現實的故土，還有精神、文化上的故鄉，它們的根在更廣闊的中華文化土壤中，除了孤島的此岸，當然更多在海峽的「那一邊」。餘光中的「鄉愁是一灣淺淺的海峽／我在這頭／大陸在那頭」[7] 的詩句就不必說了，單單看他的〈春天，遂想起〉中的文化意象，就明白那根風箏的線牽在哪裡：江南，太湖，柳堤，寺廟，採桑，採蓮，唐詩，小杜，蘇小小，西施，範蠡……最後又是一句長長的感歎：

[6] 尉天驄，《由漂泊到尋根——工業文明下的台灣新文學》，余光中總主編、李勝瑞主編《中華現代文學大系・評論卷一》（1970—1989），第 94—95 頁，九歌出版社，1989 年 5 月版。
[7] 余光中，〈鄉愁〉，鄒荻帆、謝冕主編《中國新文學大系 1949-1976・詩卷》，第 276 頁，上海文藝出版社，1997 年 11 月版。

多寺的江南，多亭的

江南，多風箏的

江南啊，鐘聲裡

的江南

（站在基隆港，想——想

想回也回不去的）

多燕子的江南[8]

「想回也回不去的」，括弧中有著非常關鍵的一筆，它如同閥門，壓抑了、封堵了人們現實之途，又積蓄了情感的水流，才會有這麼強烈的鄉愁。更讓人的心沒有著落的是鄭愁予的詩句：「我達達的馬蹄是美麗的錯誤／我不是歸人，是個過客。」[9]「過客」會讓他對於家和土地產生更強烈的依戀。對於自己生活幾十年的土地，老一代作家同樣不能釋懷。梁實秋的北平記憶就頗有代表性。他的一篇樹，從「北平的人家，差不多家家都有幾棵相當大的樹」寫起，寫槐蔭樹影，寫樹的種類、姿態，突然冒出一句：「樹是活的，只是不會走路，根紮在那裡便住在那裡，永遠沒有顛沛流離之苦。」[10]談到「北平年景」，他說：「過年須要在家鄉里才有味道。羈旅淒涼，到了年下只有長吁短歎的份兒，還能有半點歡樂的心情？」[11]《同鄉》中：「從前交通險阻，外出旅行是一件苦事。離鄉背井，舉目無親，有無限的淒涼。所以，在水上漂泊的時候，百無聊賴，忽然聽得有人在說自己的家鄉話，一時抑不住心頭的歡喜，會不揣冒昧的去搭訕……」[12]不經意的感歎中讓我們讀出了幾分苦澀來。白先勇的《臺北人》，寫的是流離到台北的大陸人，雖然生活在台北，但個個心中無不藏著上海的百樂門、南京的老公館和桂林水東門外的花橋的記憶。小說裡寫老兵，月色下，海風中，獨自拉著二胡，「他那份懷鄉的哀愁，

---

[8] 余光中，〈春天，遂想起〉，鄒荻帆、謝冕主編《中國新文學大系 1949-1976・詩卷》，第 280-281 頁。

[9] 鄭愁予，〈錯誤〉，鄒荻帆、謝冕主編《中國新文學大系 1949-1976・詩卷》，第 363 頁。

[10] 梁實秋，〈樹〉，《雅舍小品》（合訂本）續集，第 14 頁，台北正中書局，2010 年 9 月重排本。

[11] 梁實秋，〈北平年景〉，《雅舍小品》（合訂本）續集，第 156 頁。

[12] 梁實秋，〈同鄉〉，《雅舍小品》（合訂本）三集，第 72 頁。

一定也跟古時候戍邊的那些士卒的那樣深、那樣遠」[13]。而在《花橋榮記》中，那位盧先生房中空空，身無長物，卻掛著一幅在故鄉花橋的照片，「我」本來是討債的，發現沒有值錢的東西，似乎也不懊惱，卻拿了這幅照片，心裡居然存著這樣的念想：「我要掛在我們店裡，日後有廣西同鄉來，我好指給他們看，從前我爺爺開的那間花橋榮記，就在灕江邊，花橋橋頭，那個路口子上。」[14]這是怎樣的鄉情啊！

　　鄉愁不僅是內心愁緒和戀情的抒發，而且它浸透了命運的起伏、漂泊的辛酸、聚散的人生、歷史的感歎，「鄉愁」是一個出口、聚焦點，把人們積鬱在內心中的各種複雜的情感、孤獨的心境和盤托出。齊邦媛作爲台灣文學的親歷者、播種者，身處這樣的文學氛圍中以及她的個人遭際，自然對這樣的鄉愁有著特殊的敏感和記憶，《巨流河》是這種文學一脈相承的結果，或者可以說，在 21 世紀出現的這部作品，使得齊邦媛成爲台灣懷鄉文學的最後守夜人。它的遲到出現，也使之包涵了更爲完整的懷鄉情態，比如兩岸解禁之後，「懷鄉」在現實上有了「還鄉」的可能，現代化的交通工具使得空間不成問題，問題是時間，眼前的現實能夠填補上巨大的時間空白嗎？從「獨在異鄉爲異客」，到「夢裡不知身是客」，再到「直把杭州作汴州」，時間調轉了地域，讓鄉愁變得百味雜陳。

　　1995 年，在威海：

　　站在渤海灣的海邊，往北望，應是遼東半島的大連，若由此坐渡輪去，上岸搭火車，數小時後即可以到我的故鄉鐵嶺。但是，我只能在此癡立片刻，「悵望千秋一灑淚」，明天一早我們要搭飛機，經香港「回」台灣了。結婚、生子、成家立業，五十年在台灣，仍是個「外省」人，像那艘永遠回不了家的船（The Flying Dutchman），在海浪間望著回不去的土地。[15]

[13] 白先勇〈《那篇血一般紅的杜鵑花》，《臺北人》，第 115 頁，廣西師範大學出版社，2010 年 10 月版。
[14] 白先勇，〈那篇血一般紅的杜鵑花〉，《臺北人》，第 207 頁。
[15] 齊邦媛，《巨流河》三聯版，第 314 頁。

　　永遠的外省人與永遠回不了家，矛盾又是現實，齊邦媛很理性，隨後她也非常坦率地講與大陸作家的交往，「雖然彼此認識一些可以交談的朋友，但是『他們』和『我們』內心都明白，路是不同的了。誠如佛斯特 《印度之旅》結尾所說:全忘記創傷，『還不是此時。也不是此地。』（not now，not here.）」這種強烈的歷史隔膜如冰難融，與親切的鄉愁形成強烈的反差。

　　其實，1993 年，她已經有了還鄉之行:

　　由於父親一直在國民政府做事，祖居莊院早已摧毀，祖墳也犁平為田，村子已併入鄰村茨子林。我曾滿山遍野奔跑、拔棒槌草的小西山，半壁已削成採石場。各種尺寸的石材在太陽下閃著乳白色的堅硬冷光，據說石質甚好，五裡外的火車站因此得名「亂石山站」。齊家祖墳既已被鏟平，我童年去採的芍藥花，如今更不見蹤影，而我也不能像《李伯大夢》中的 Rip Van Winkle，山裡一睡二十年，鬢髮皆白，回到村莊，站在路口悲呼，「有人認得我嗎?」。我六歲離開，本來就沒有可能認識的人。

　　這萬里還鄉之旅，只見一排一排的防風林，沃野良田，伸向默默穹蒼，我父祖鐵石芍藥的故鄉，已無我立足之地了。[16]

　　無立足之地，這是本來就註定的結果，每個人的懷鄉夢都有被擊打得粉碎的一刻。這樣的場面不知在多少人的筆下重複，龍應台就寫過「美君」1995 年回到了離開半個世紀的淳安的情景，這裡成了千島湖，現實中永遠也找不到夢裡的山水，連父親的墳也尋不到了，美君說:「我遙祭，你們覺得，我今天千里迢迢到了淳安，是來這裡遙祭的嗎？」[17]這種怨憤是人的一種正常情緒，但也是非常複雜的身分和眼光所帶來的結果，這個時刻，她一面以故鄉人的身分要求給予、獲得，一面又是以一個異鄉人身分質疑、批判，這其中不光是失望的情緒，身分的不由自主的轉換對於當事人既是尷尬又是痛苦。齊邦媛寫得小心翼翼，但也未嘗不是多少年漂泊者心路歷程的真實寫照，即在他們的內心深處永遠有一個記憶的故鄉，然而這個故鄉無法與現實的故鄉

[16] 齊邦媛，《巨流河》三聯版，第 356-357 頁。
[17] 龍應台，《大江大海一九四九》，第 33 頁，香港天地圖書有限公司 2009 年 9 月版。

對座入號，再進一步說，多少年的生活使得異鄉已經成了現實的故鄉，因為他們的觀點和價值標準完全是來自異鄉的土地，而籍貫、身分給他們另外的指向，這是一種撕裂，讓漂泊者無家可歸的撕裂。父母埋骨異鄉，齊邦媛寫道：

> 母親火化後埋骨於此，父親在世時也常來墓前坐著，可以清晰地看到遠洋的船駛過。他說往前看就是東北方，海水流向渤海灣就是大連，是回家的路，「我們是回不去了，埋在這裡很好。」四年後父親亦葬於此。裕昌與我也買下了他們腳下一塊緊連的墓地，日後將永久棲息父母膝下，生死都能團聚，不再漂流了。如今已四代在台，這該是我落葉可歸之處了吧![18]

終於有了新的「根」和紮根的土地，他鄉漸漸成了真正離不開的故鄉。其實不需要這一塊土地，他們民國遺民的心態和鮮明的台灣認同，早已與現實中的故鄉相隔千里萬里了。齊邦媛很清楚：「自一九二五年隨郭松齡飲恨巨流河，至一九八七年埋骨台灣，齊世英帶著妻子兒女，四海為家，上無寸瓦，下無寸土，莊院祖墳俱已犁為農田，我兄妹一生填寫籍貫遼寧鐵嶺，也只是紙上故鄉而已。」[19]

既然是「紙上故鄉」，為何總也放不下呢？

3

日暮相關何處是？令人茫然。然而更為痛苦的是故鄉也是傷心之地。——這是《巨流河》中反復渲染的哀傷。今天的人即便唱著「我的家在東北松花江上」，還有誰會關心近代以來東北人的悲傷嗎？張大飛的故事是那個時代東北人最好的注腳：因為抗日，張的父親被日軍燒死，他成了沒有家的流浪學生。後來報考軍校，做了飛行員，在抗戰結束的前夕壯烈殉國，結束了 26 歲的生命，一切剛剛開始卻被無情地毀滅，而所有這些似乎是在不由自主中被一種力量莫名其妙地決定了。抗戰時，齊邦媛隨東北子弟學校一路逃難，

---

[18] 齊邦媛，《巨流河》三聯版，第 337 頁。
[19] 齊邦媛，《巨流河》三聯版，第 370 頁。

逃到湘鄉，元宵節時東北學生聚會，「有人說，現在離家一天比一天遠了，日本人佔領半個中國，如今仍在追殺不已，哪一天才能回到家鄉？一時之間，哭聲瀰漫河畔，一些較小的女生索性放聲號啕。」[20]東北的悲傷，是國仇家恨的時代悲傷，倘若對那些屈辱的歷史無動於衷，我們今天不可能理解這種悲傷。記得曾在哈爾濱生活過的作家孔羅蓀曾這樣寫過：

> 一般地看來，「東北人」這三個字在九一八以前是連一個模糊的概念也沒有的。九一八以後，它代表著一種恥辱，代表著一種相當抽象的屈服主義者，然而同時也代表著英雄，被壓迫者……。但在最初的幾年間，毋寧說前者的印象更為深刻些。這是一種實際的經驗，是每一個流亡者在最初幾年間曾經身受過的事實。[21]

相對於個人遭際，作者的父親齊世英的身上則是一身歷史征塵，滿懷時代憂傷。一生的糾結都從追隨郭松齡兵變失敗開始，「思前想後，憾恨圍繞著巨流河功敗垂成的那一戰。巨流河啊，巨流河，那渡不過的巨流莫非即是現實中的嚴寒，外交和革新思想皆被困凍於此？」[22]後來的事情也總讓齊世英有壯志未酬的抱恨：抗戰勝利後，熊式輝作主持東北接收大局。熊既無任何大局經驗，又無政治格局，東北這一大塊疆土。他大約只在地圖上見過，既無知識基礎也毫無感情根基，這匆促或者私心的一步棋，播下了悲劇的種子。「對創深痛巨的東北，在這關鍵時刻，蔣先生如此佈局的態度令有識者心知東北大禍即將來臨。」更讓齊世英後半生痛心不已的是：

> 一九四八年十一月，東北全部淪陷，我父親致電地下抗日同志，要他們設法出來，留在中共統治裡沒法活下去，結果大部份同志還是出不來。原因是，一則出來以後往哪裡走？怎麼生活？二則，九一八事變以後大家在外逃難十四年，備嘗無家之苦，好不容易回家去，不願再度飄泊，從前東北人一過黃河就覺得離家太遠，過長江在觀念上好像一輩子都回

---

[20]　齊邦媛，《巨流河》三聯版，第 55 頁。
[21]　孔羅蓀，《東北人》，1939 年 8 月 9 日《大公報‧文藝》。
[22]　齊邦媛，《巨流河》三聯版，第 22 頁。

不來了。三則，偏遠地區沒有南飛的交通工具，他們即使興起意願，亦插翅難飛。這些人留在家鄉，遭遇如何？在訊息全斷之前，有人寫信來，說：「我們半生出生入死為復國，你當年鼓勵我們，有中國就有我們，如今棄我們於不顧，你們心安嗎？」[23]

個人的命運中也在演繹著歷史悲劇。自近代以來，東北人似乎就沒有自主地掌握自己的命運之時，1895 年的《馬關條約》規定大連和旅順兩港被日本割據，不久俄、法、德三國又上演了三國干涉還遼之劇，在給日本兩億元賠款之外，再付白銀 3,000 萬兩以償還遼東半島。中國的土地成了什麼，被來回買賣，而付錢的居然是中國人自己！真像聞一多所言：「我們的命運應該如何的比擬？——／兩個強鄰將我們來回的蹴踢，／我們是暴徒腳下的兩團爛泥。」[24]更為慘烈的是 1894 年 11 月 21 日起接連四天三夜，日軍攻佔旅順城，軍官下令屠城，挨門搜索，男女老幼一概不留，除了留下埋屍的 36 人倖免於難（後經考察生還者大概約八百餘人），其餘 2 萬人都被殺害，為遮掩和毀滅屠殺罪證，從 1894 年 11 月下旬到翌年的 1 月中旬，日軍先是對旅順市街的被害者屍體進行了清理和草草掩埋，繼而焚屍滅證，兩萬具屍體抬了一個月才抬完。當時的日軍隨軍記者在 11 月 21 日的日記中寫道：「路上屍骨成山，血流成河。屋內也有伏屍，鮮血淋漓，無處插足。仔細看這些屍體，有的被砍掉了頭，腦漿迸裂，有的從腰部腹部砍成兩截，腸、胃全部裸露在外面。其慘狀目不忍睹。」[25]這是比南京大屠殺早 44 年的屠城，也是中國近代史上滴血的傷口。接下來，旅大為沙俄所佔，日俄為爭奪這塊土地又在中國的土地上大打出手，日本終於如願以償，從關東州到滿洲國，東北人亡國奴的屈辱不斷地繼續著。直到二戰結束，蘇聯人又來了，1955 年，旅順港的防務才交還中國人手中……那些歲月中，東北給人的記憶是：「徘徊在遼河的岸上／伴著無數的鬼魂在風裡長號！／處處的草／掛著血滴／青山之畔的地上

---

[23] 齊邦媛，《巨流河》三聯版，第 202、204 頁。

[24] 聞一多，〈七子之歌·旅順，大連〉，《聞一多全集》第 1 卷第 224 頁，湖北人民出版社，1993 年 12 月版。

[25] 大連百科全書編纂委員會等編，《大連百科全書》，第 42 頁「旅順大屠殺」詞條，中國大百科全書出版社，1999 年 8 月版。

／殘骨如雪片似的。」[26]這片天地中，「三千萬人民成了牛馬一樣，／雪原成了地獄，再沒有天堂！」[27]而整個東北人無不有著「孤兒」的感覺：「我們是一群離別了媽媽的孤兒／我們是一群帝國主義侵略下可憐的民眾。」[28]由這些路徑，我們有可能理解齊世英的「憾恨」與「傷痛」，會理解籠罩在《巨流河》中的歷史傷痛。

「殉國者的鮮血，流亡者的熱淚」，使得作者認爲：「二十世紀，是埋藏巨大悲傷的世紀。」往事如煙，作者更爲感歎的是，這些銘刻在作者心中的記憶，「漸漸將全被淹沒與遺忘了」[29]。苦難與失敗交織在人生中，「悲傷」的分量越發沉甸甸。抗戰中的逃難，作者永遠無法忘記碼頭上的一幕：「蜂擁而上的人太多，推擠之中有人落水；船已裝不進人了，跳板上卻仍有人擁上。只聽到一聲巨響，跳板斷裂，更多的人落水。」「在我成長至年老的一生中常常回到我的心頭。那些淒厲的哭喊聲在許多無寐之夜震盪，成爲我對國家民族，漸漸由文學的閱讀擴及全人類悲憫的起點。」[30]

我佩服作者的節制，那些驚心動魄的細節，被她化做冷靜的敘述和節制的情感控制，我甚至想到了魯迅對於《紅樓夢》那個著名的評價「悲涼之霧，遍被華林」，然而這種悲涼是爲今天在蜜罐中長大的孩子所能理解的嗎？在他們，這些會不會僅僅是遙遠的「故事」，而不是人類休戚與共的情感？我注意到魯迅在上面八個字後面的話：「然呼吸而領會之者，獨寶玉而已。」[31]對歷史和生命的理解需要能力，也需要閱歷。

這真真是「都雲作者癡，誰解其中味」？

4

近年來，回憶錄、自傳、口述實錄等作品越來越多，這是一個好現象，用胡適的話講是「給史家做材料，給文學開生路」[32]。或許，很多莊嚴高大

---

[26] 王蓮友，〈在遼河岸上〉，張毓茂總主編《東北現代文學大系》詩歌卷，第 15 頁，瀋陽出版社 1996 年 12 月版。

[27] 高蘭，〈我的家在黑龍江〉，張毓茂總主編《東北現代文學大系》詩歌卷，第 749 頁。

[28] 王爲，〈蘇醒了的靈魂〉，張毓茂總主編《東北現代文學大系》詩歌卷，第 915 頁。

[29] 齊邦媛，〈序〉，《巨流河》三聯版，第 1 頁。

[30] 齊邦媛，《巨流河》三聯版，第 46 頁。

[31] 魯迅，〈中國小說史略〉，《魯迅全集》第 9 卷第 231 頁，人民文學出版社，1981 年版。

[32] 胡適，〈《四十自述》自序〉，《四十自述》，第 4 頁，安徽教育出版社，1999 年 10 月版。

的歷史就這樣被戳穿，也許冰冷的歲月因為親歷者的神情而有了溫度。但說它們良莠不齊，甚至佳者寥寥也是實情。《巨流河》無疑是其中的佼佼者，它不是作者表揚與自我表揚的人生功勞簿，也不是矯飾的辯護書，或者泄私憤的小字報彙編，而是作為歷史見證所寫下的一份文字。不是所有的回憶錄都是文學作品，但《巨流河》是，特別是它的前半部（第六章以前）有著非常完整的結構和流暢的敘述。它的文學性，還體現在上面所分析的那種歷史的悲涼感，也體現在作者對於歷史和人生的整體看法，後者作為一種精神貫穿在作者的人生旅途中，也使這部作品獲得了自己的靈魂。當然，從敘述風格上，作者節制、內斂，從容又堅定，相比於龍應台煽情的《大江大海一九四九》，《巨流河》更顯樸實無華。

　　由於出生在特殊的家庭，許多歷史的風雲際會、人物的音容笑貌，或與作者正面碰撞，或者擦肩而過。作者描摹他們人生、內心，使之從幽暗的歷史中走出來，成為獨立的人物。父親齊世英自不必說，張大飛的故事也感動了很多人，朱光潛、錢穆的描述足以成為他們的精彩別傳。對於有些歷史人物的點評，雖寥寥數語，但也一語中的又別開生面。如對於張學良的評價：「雄踞東北的張作霖被炸死，他的兒子張學良匆促繼承霸權，既無能力又無魄力保護偌大的疆域，只能眼睜睜地看著東北成為一片幾乎茫然無主的土地。故土斷送在『家天下』的無知之手，令人何等悲憤！」[33]

　　作者一生經歷無數大小坎坷，尤其是抗戰八年和戰後剛入台灣的艱難歲月中，她不懈的追求、自強不息的剛健精神、無怨無悔的人生承受力，都是感染和啓示後來者的精神財富。在轟炸下過日子，作者感歎：「每一天太陽照樣升起，但陽光下，存活是多麼奢侈的事。」[34]抗戰最艱苦時，學校準備轉移，老師是這樣教育學生的：「我們已經艱辛地撐了八年，絕沒有放棄的一天，大家都要盡各人的力。教育部命令各校，不到最後一日，弦歌不輟。」作者說：「這之後六十年，走過千山萬水……人生沒有絕路，任何情況之下，『弦歌不輟』是我活著的最大依靠。」[35]不論多大的風雨，這種心定就讓人多了三分堅毅，齊邦媛說：「死亡可以日夜由天而降，但倖存者的生命力卻愈磨愈

---

[33] 齊邦媛，《巨流河》三聯版，第24頁。
[34] 齊邦媛，《巨流河》三聯版，第85頁。
[35] 齊邦媛，《巨流河》三聯版，第120頁。

強，即使只有十七八歲，也磨出強烈的不服輸精神，也要發出怒吼。」[36]這不是說教，是現實的磨練，也是苦難的饋贈，作者和一批知識分子克服種種困難，爲台灣的文化、教育、社會現代化付出大半生心血，這其中並非都是一帆風順，但有一種精神，它就能支持著一個人和一個社會穿過陰霾的歲月，走向陽光燦爛的日子。

當然，對於大陸讀者而言，還會在《巨流河》中看到很多久違的東西，從個人的行事作風，到對於歷史的看法，《巨流河》處處展現出歷史的另外一面，或者被我們拋棄，或者受到我們漠視，當然也可能爲我們所反對的一面，儘管人們心照不宣，但這種異質性也是本書爲人關注的閱讀焦點。

5

這種異質性是《巨流河》爲讀者所關注的重點，也是我們不應當放過、值得討論的關鍵。當然，這種討論基於這樣的前提：一、對歷史的解讀沒有統一的標準答案，不同的立場、角度可能會得出完全不同的歷史結論。但是這並不意味著可以對基本史實的不尊重，更不意味著可以剪裁、「爲我所需」而利用史實。二、歷史觀不可能統一，但對於歷史的評判是否可能有一個相對的價值標準？如果沒有一個基本的共識，那不徹底導向歷史虛無主義？三、具體到《巨流河》，明顯能夠看出，由於兩岸長期意識形態敵對狀態，雙方有很深的隔膜，甚至對基本史實敘述都存在巨大差異，更不要說觀點的大相逕庭。那麼，對於共同經歷的歷史，兩岸學者在今後是否有必要拋開內心偏見達成共識？這可能是《巨流河》向我們提出的嚴峻問題。

相對於天下版繁體字本，三聯的簡體字本《巨流河》刪去了一萬字，我對照了兩個版本，覺得要不是圍於出版政策的規定，真不該隨意刪改，儘管這是作者本人同意過的[37]，一個負責的、嚴肅的作家不應當掩飾的問題；儘管三聯版中，我們已經不難看出作者的政治傾向，但相對於天下版鮮明的、直言不諱的傾向，三聯版簡直讓人懷疑是作者以瞞天過海之術製造出來的新

---

[36] 齊邦媛，《巨流河》三聯版，第 86 頁。

[37] 齊邦媛說：「大陸媒體問我最多的問題，就是簡體字版出版以後刪減有多少？我可以告訴你，刪減其實不多，不到一萬字。被刪部分，基本上我都是認可的。」見傅小平的報導〈《巨流河》是我一生的皈依〉，《文學報》，2011 年 7 月 7 日第 4 版。

版本。作者說她從不介入政治，但這並不等於她沒有政治傾向和觀點，更何況即便說自己沒有政治傾向，這本身就是一種傾向。對於《巨流河》這樣事涉 20 世紀眾多重大歷史事件的書，作者的政治觀點、價值標準毫無疑問是全書核心內容。那麼，作者的政治傾向和觀念是什麼呢？天下文化版的《巨流河》中說得清清楚楚：「六十年前我所不懂的共產黨政治狂熱將我們趕出大陸，而他們自己也在各種大同小異的狂熱中自相殘殺多年，大躍進、文化大革命……回首前塵，真感百年世事不勝悲。我基本反共之心大約早已有理性根源……」[38]「反共」是她的基本立場，在這一基本立場下，她對國共的歷史有很多具體的闡釋思路：比如抗戰勝利後，共產黨在蘇聯的幫助下擾亂時局，妨礙國家的重建，重啓內戰，葬送大好局面。又比如，共產黨鼓動學生鬧學潮，爲奪取國家政權做工具，然而卻形成了非理性的暴民政治。再比如，書中反復說，狂熱的聞一多受了蠱惑，開啓知識分子參與政治的「不良」之風。三聯版被刪的文字中有：

> 我常想聞一多到四十五歲才讀共產制度（不是主義）的書，就相信推翻國民黨政權換成了共產黨可以救中國，他那兩年激烈的改朝換代的言論怎麼可能出自一個中年教授的冷靜判斷？而我們那一代青年，在苦難八年後彈痕未修的各個城市受他激昂慷慨的喊叫的號召，遊行，不上課，不許自由思想，幾乎完全荒廢學業，大多數沉淪入各種仇恨運動，終至文革……。身為青年偶像的他，曾經想到衝動激情的後果嗎？
> ……
> 一九四五年的中央政府，若在戰後得以喘息，民生得以休養，以全民凝聚、保鄉衛國的態度重建中國，是否可以避免數千萬人死於清算鬥爭、數代人民陷於長期痛苦才能達到「中國站起來了」的境況？[39]

　　我知道，這樣的歷史觀在很多知識分子頭腦中也大有市場，但我們需要的是基於事實的反省、判斷，而不是把顛倒的歷史再顛倒過來這樣非此即彼的簡單思維。當然，這是在學術層面上的討論。那麼，首先要問：學生們爲

---

[38] 齊邦媛，《巨流河》天下版，第 140 頁。
[39] 齊邦媛，《巨流河》天下版，第 238 頁。

什麼會接受共產黨的「蠱惑」而鬧學潮，學者聞一多又為什麼會接受「蠱惑」起來反政府？國民黨究竟因為什麼才丟了江山？內戰又是怎麼打起來的？

其實，有些問題的答案從《巨流河》中就能夠找到，因為在齊邦媛這裡，抽象的立場、觀念與耳聞目睹的具體史實之間是有衝突的，《巨流河》自身就存在著「言行不一」的矛盾。比如，作者引用孫元良對抗戰中民眾工作的檢討，就說得很明白：「我們（抗戰初起時）實行焦土抗戰，鼓勵撤退疏散，然而對忠義的同胞沒有作妥善的安置，對流離失所的難民沒有稍加援手，任其亂跑亂竄，自生自滅，這也許是我們在大陸失卻民心的開始吧！」[40]「失卻民心」這是對一些問題最好的回答。在談到後來東北敗局，她引用的父親的談話錄，不僅認為「政府經略東北欠缺深謀遠慮」，還認為東北人沒有得到「中央」的溫暖[41]。——這不是很清楚嗎？一個丟掉了民眾的政權，你還指望他去維持什麼？為什麼這個時候民眾的「苦痛」就不被作者強調了呢？有學者曾經總結國民黨失敗的原因：虛有其表的軍事力量、通貨膨脹和經濟崩潰、失卻民心和政府威信、美國調整和援助的失敗、社會和經濟改革的遲滯。其中談到民心，他認為：國民黨官員的腐敗，對民眾的輕蔑，對政府威信造成「永久性的損害」，「疏遠了千百萬受苦受難的人民」。談到改革，他認為：「國民黨本身就缺乏發起社會和經濟改革的必要動機」，「看不到解決農民困苦的緊迫性，對農民的疾苦也就漠不關心」[42]。人民是沉默的大多數，但不是任人愚弄的傻子，他們會做出自己選擇的，沒有永久的「正統」，他會在選擇中被改變，而人心向背難道不是最大的道義？齊邦媛在回顧歷史的時候，為什麼恰恰忘了這些最基本的事實呢？我引用的是曾任美國加州聖巴巴拉分校歷史系主任徐中約的《中國近代史》，該書是已經出至第六版的權威教科書，作者 1946 年畢業於燕京大學，1954 年獲哈佛大學哲學博士，一直身處歐美學界，他的書應當有相當的客觀性，而不是偏袒哪一方的宣傳品。不妨再引用幾點，齊邦媛對於蘇聯出兵東北並且袒護共產黨耿耿於懷，豈不聞這引狼入室者正是蔣介石和他的政府？在日本戰敗前，是他們以外蒙獨立和出賣大量

---

[40] 齊邦媛，《巨流河》三聯版，第 58 頁。
[41] 齊邦媛，《巨流河》三聯版，第 203 頁。
[42] 徐中約，《中國近代史》，第 515、516、517、517 頁，計秋楓等譯，世界圖書出版公司 2008 年 1 月版。

東北利益為條件忙不迭地與蘇聯簽約[43]。抗戰勝利後，國民黨認為共產黨力量較弱，摩拳擦掌要盡快解決共產黨，連馬歇爾都憤怒地譴責國民黨內「不妥協集團」、「對中國實行封建統治」，缺乏履行政協決議的興趣[44]……勝者為王敗者寇，這是實用主義的邏輯，誠然，失敗者未必就是一無是處，但對於一個強大的集團如此迅速的失敗，不認真去反思其原因，王顧左右而言他，要麼是真糊塗，要麼就是裝糊塗。《巨流河》中的邏輯思維，與李敖批評的龍應台等人如出一轍，說白了，「這正是蔣介石留下來的思維」[45]；具體講，凡事「只會寫『現象』，不會寫『原因』」。[46]在這樣的觀念支配下，才有李敖對具體問題的質疑：蘇聯軍人強姦中國女人固然應該譴責，同一個龍應台，為什麼對美國軍人強姦北京大學女學生隻字不提？北大女學生不是中國女人嗎[47]？她絕口不提共產黨在當時是革命者，國民黨是反動者，而板子照例是各打五十，但字裡行間卻又要加重其中一方的罪戾[48]。──齊邦媛同樣是這個邏輯，對歷史事件同樣是以雙重標準對待。比如講到當年的國民黨屠殺學生的「六一慘案」，作者最後竟然會避重就輕把問題扯到另外一面：「武大六一慘案成了中共奪取政權的一大文化武器，然而二十年後在文化大革命慘死的無數大學師生，又該如何控訴？」[49]仿佛有了「文革」，「六一慘案」中年輕學生的血就可以白流，這位文雅的「不過問政治」的教授冷漠至此也讓人齒冷。

　　至於聞一多的轉變，同樣是不能只看現象，而不問原因，要問問為什麼有他這樣的轉變，而且在當時的知識分子中不僅聞一多一人？這豈是「激進」二字可以解釋！如果說知識分子和學生們受了蠱惑，國民黨的宣傳機器比共產黨的聲音更大吧？國共雙方的力量在學校中都有滲透，可為什麼人們偏偏不信國民黨的呢？很簡單，是現實教育了他們。聞一多自己就說：「從不過問政治到問政治，從無黨無派到有黨有派，這一轉變，從客觀環境說，是時代

---

[43] 參見徐中約，《中國近代史》，第 488-489 頁。
[44] 參見徐中約，《中國近代史》，第 506 頁。
[45] 李敖，《大江大海騙了你》，第 7 頁，李敖出版社，2011 年 2 月版。
[46] 李敖，《大江大海騙了你》，第 34 頁。
[47] 李敖，《大江大海騙了你》，第 92 頁。
[48] 李敖，《大江大海騙了你》，第 326 頁。
[49] 齊邦媛，《巨流河》天下版，第 279 頁。

的逼迫，從主觀認識說，是思想的覺悟。」[50]至於學生何以不好好學習而去鬧學潮，聞一多在當年就有回答：「是的，一個國家要學生耽誤了學業去過問政治，的確是『不幸』，但是，為什麼會發生這種『不幸』呢？不正是因為國家沒有民主！」「只要想一想這幾年的情況，看一看政治腐敗所帶給人民的苦痛，有良心的人該作何感想？」[51]至於聞一多對蔣介石之失望，不是心血來潮，是有著他五四的精神支持的，他曾坦率地說：「《中國之命運》一書的出版，在我一個人是一個很重要的關鍵。我簡直被那裡面的義和團精神嚇一跳，我們的英明的領袖原來是這樣想法的嗎？五四給我的影響太深，《中國之命運》公開向五四宣戰，我是無論如何受不了的。」[52]我就奇怪了，當齊邦媛號召對聞一多「超脫自身範圍的回顧與前瞻」[53]時，她似乎忘了聞一多死在了國民黨特務的槍下，還有李公僕，連生命權都被輕易剝奪了，我們還有什麼顏面去談這個政權的自由、民主，還有什麼底氣去維護它的正統性？從這個角度上講，如今再向這樣為自由、民主而獻身的人身上潑髒水，那是最大的不人道！

其實從 1930 年代後半期起，很多人就已經看到中國共產黨之不可阻擋之勢，當時到過延安的新聞記者都有這樣的印象：重慶與延安，「前者代表著『舊中國』——死氣沉沉、頹廢衰微、自私自利、逆來順受、對普通百姓漠不關心、貧窮落後、不講人道、任人唯親，而後者則代表『新中國』——滿懷希望、朝氣蓬勃、效率卓著、鬥志昂揚、綱紀嚴明、熱情洋溢。」[54]到 1944 年 11 月，美國人大衛斯已經斷言：「共產黨將在中國存在下去。中國的命運不是由蔣掌握，而是掌握在共產黨手裡。」[55]羅馬不是一天建成的，共產黨是怎麼取得勝利的當然有很多原因，它的執政得失也是另外一個問題，但國民黨的失敗既不冤枉，也不是偶然，睜開眼睛看看歷史似乎不難得出這樣的結論。

讀《巨流河》這樣的書，我隱隱地能感覺到充斥在齊邦媛這些民國遺民

---

50 聞一多，〈民盟的性質與作風〉，此轉引自劉烜《聞一多評傳》，第 231 頁，北京大學出版社，1983 年 7 月版。
51 轉引自劉烜，《聞一多評傳》，第 295 頁。
52 聞一多，〈八年來的回憶與感想〉，《聯大八年》，第 10 頁，新星出版社，2010 年 6 月版。
53 齊邦媛，《巨流河》三聯版，第 146 頁。
54 徐中約，《中國近代史》，第 477 頁。
55 徐中約，《中國近代史》，第 480 頁。

的文字中的傲慢與偏見，以此看歷史以及現在的大陸，他們總有一種虛無的高傲，好像「先總統」的一切都值得稱道，忘了還有二二八，還有雷震案，他們有時候還會拿出一種「民主政權」扭捏身段，彷彿得了靈丹妙藥就要得道成仙……。一葉障目，不見泰山，我為口口聲聲強調理性的他們在這些問題上的如此不理性備感遺憾。翻開劣跡斑斑的歷史，一個理性的人哪裡還有驕傲的底氣，或者正如魯迅在《狂人日記》中的惶恐和詰問：我們都是吃過人的人？

6

　　《巨流河》中的最後一句話是：「一切歸於永恆的平靜。」或許吧，或許沒有平靜，哪怕平靜的歷史也會有人攪動起浪花讓它不平靜。《巨流河》是不是一朵不平靜的浪花呢？

2011 年 7 月 18 日凌晨

講評

◎黃德志[＊]

作爲同樣遠離家鄉的漂泊者，周立民先生在閱讀齊邦媛先生的《巨流河》時產生了強烈的情感共鳴。正因爲有了這樣的情感共鳴，周先生在寫作閱讀劄記時，完全融入到了齊先生《巨流河》所營造的情感氛圍中。我在閱讀周先生《齊邦媛〈巨流河〉閱讀劄記》前面四個部分的文字時，有種周立民先生的文字與劉邦媛先生的文字完全融於一體的感覺。在我們閱讀周立民先生的劄記時，我們同樣感動於周先生的文字。這是劄記寫作成功的一個重要原因。

周立民先生在寫作時，抓住了《巨流河》最爲核心的一個方面：「鄉愁」。這也是閱讀劄記寫作成功的另一個重要原因。周先生甚至把齊邦媛看作了 20 世紀台灣最後一位懷鄉文學作家：「齊邦媛作爲台灣文學的親歷者、播種者，身處這樣的文學氛圍中以及她的個人遭際，自然對這樣的鄉愁有著特殊的敏感和記憶，《巨流河》是這種文學一脈相承的結果，或者可以說，在 21 世紀出現的這部作品，使得齊邦媛成爲臺灣懷鄉文學的最後守夜人。」鄉愁，是最能打動人心之處，正如周先生所說：「鄉愁不僅是內心愁緒和戀情的抒發，而且它浸透了命運的起伏、漂泊的辛酸、聚散的人生、歷史的感歎，『鄉愁』是一個出口、聚焦點，把人們積鬱在內心中的各種複雜的情感、孤獨的心境和盤托出。」齊邦媛先生的鄉愁，跨越半個多世紀，時間愈久，鄉愁就愈爲濃郁。《閱讀劄記》在第二部分用了大量篇幅描述齊邦媛先生的鄉愁，同樣讓讀者沉迷於濃濃的鄉愁氛圍中。

周立民先生在《閱讀劄記》中還提出了一個讓兩岸文學研究者不得不面對的問題：兩岸學者不同的文化立場、視角問題。這一點集中體現在《閱讀劄記》對《巨流河》「異質性」的分析方面。「這種異質性是《巨流河》爲讀

＊ 徐州師範大學文學院院長。

者所關注的重點，也是我們不應當放過、值得討論的關鍵。當然，這種討論基於這樣的前提：一、對歷史的解讀沒有統一的標準答案，不同的立場、角度可能會得出完全不同的歷史結論。但是這並不意味著可以對基本史實的不尊重，更不意味著可以剪裁、『爲我所需』而利用史實。二、歷史觀不可能統一，但對於歷史的評判是否可能有一個相對的價值標準？如果沒有一個基本的共識，那不徹底導向歷史虛無主義？三、具體到《巨流河》，明顯能夠看出，由於兩岸長期意識形態敵對狀態，雙方有很深的隔膜，甚至對基本史實敘述都存在巨大差異，更不要說觀點的大相徑庭。那麼，對於共同經歷的歷史，兩岸學者在今後是否有必要拋開內心偏見達成共識？這可能是《巨流河》向我們提出的嚴峻問題。」周立民先生的視野是開闊的，其提出的問題也是學界不得不面對的問題。從周先生的觀點來看，周先生還是力圖拋卻歷史的偏見，特別是政治的局限性，而站在超越狹隘政治的立場上來分析問題。周先生提出了一個很好的話題，也是需要我們兩岸學者共同關注的一個話題。昨天上午大會發言的張炯先生提出了一個很好的研究視角，即「中華文化場」視角。張炯先生提出，「兩岸文學都根源於中華文化的母體」，「由於兩岸都處於中華文化場之中，所以兩岸文學都留有中華文化不同時代和社會的深刻烙印。當今是全球化的時代，各國文化和各族文化的互相影響隨著現代科學技術的發達而不斷加速。兩岸文學的互相接近也勢所必然。」站在中華文化的立場上，也許我們可以消弭政治隔閡所帶來的評判立場的巨大差異性。

　　周立民先生試圖超越歷史的偏見，也提出了一個高屋建瓴的價值評判的原則。但有些遺憾，周先生在探討《巨流河》的「異質性」問題時，無疑還是站在了大陸文化立場上來評判歷史。這一定程度上削弱了《閱讀箚記》的歷史價值。

　　另外一個值得提出的問題，是《閱讀箚記》前後文風的不統一問題。《閱讀箚記》的前三個部分採用隨筆的形式，語言富有詩意，而第五個部分又較爲理性。第五個部分探討海峽兩岸學者、作家的文化立場、角度問題。這是一個值得深入探討的話題，以《巨流河》爲個案，完全可以完成一篇厚重的學術論文。

　　框架結構的不均衡也是《閱讀箚記》應該注意的一個問題。如《閱讀箚

記》第四個部分，談《巨流河》的敘述風格問題，寫得過於簡略。當然，因為是閱讀劄記，我們也不應對結構問題作過多的苛求。

性別的濕度

張悅然，張貴興，台灣經驗

◎紀大偉*

摘　要

　　本文從台灣文學研究的立足點出發，研討中國 80 後名作家張悅然的小說。此文選擇聚焦在張悅然作品，一方面考量到張年紀雖輕但在中國文壇持續探究多樣化的性別議題、卓然有成；另一方面考量到引介給台灣讀者的中國作家畢竟有限，但張的繁體字出版品在台灣脫穎而出。所以此文是以管窺的方式探索台灣讀者對中國文壇的有限認知，並藉此一討論思索中國文壇與台灣學界增加互相認識的機會。在張作品展現的多樣性別議題中，本文以「弱勢身體」的角度切入，思考（多種樣貌的）弱勢（minorities）與性別如何相互定義，性別與身體如何互相銘刻，而且弱勢和身體的交集如何開啟生命政治（biopolitics）的想像。至於題目的濕度一詞旨在扣合張所關心的地緣政治（geopolitics）：地緣政治與生命政治的交錯，讓本人們有機會更進一步認識性別。

---

* 政治大學台灣文學研究所助理教授。

　　雖然兩岸文化交流密切，可是引介到台灣並且在台灣出版繁體字作品的中國當代作家卻很有限。誠然王安憶、閻連科等作家的晚近作品在台灣非常火紅，但是比他們晚一輩（或晚兩輩）的年輕作家群對台灣讀者來說仍然是陌生的。在青年作家中，韓寒、尹麗川、毛尖、張悅然是特例，因為他們在台灣出版了繁體字書籍，所以特別吸引了台灣讀者的注意。在這篇報告中，本人聚焦於張悅然的長篇小說《誓鳥》[1]，摸索「性別文學」的討論空間。本人身在台灣，對中國文壇的認知並不夠充份，所以這篇報告必有掛一漏萬之處。但本人在此曝短，正好可以突顯兩岸文學界更進一步互相認識的需要：如何增加兩岸互相認識的寬度與速度，是本人接下來要處理的工作。

　　這篇論文畢竟是要藉著報告張悅然小說的機會思考「性別文學」的格局，所以本人先討論「性別文學」，再進入張悅然小說的討論，並且接合本人正在進行的研究計畫。尤其該說明的是，「性別」一詞在近十年的台灣學術界非常火紅，就連許多大學生朗朗上口。但「性別」這個詞在台灣流行的現象對學界之外的台灣民眾來說都可能很陌生了，對於中國的朋友來說應該更需要解釋。而這個解釋的動作，就是將台灣經驗（在台灣認知「性別」的經驗）和張悅然小說接合在一起；而且，台灣經驗也正是張悅然小說和馬華小說（如張貴興作品）得以交逢比對的平臺。

　　在台灣現當代文學研究中，「性別文學」一詞應該是「性別與文學」的略稱。這樣的略稱看起來只是圖個方便，但略稱過程並不只是略掉一個字而已，而可能略掉牽連的繁多議題。本人推測，這樣的略稱法似乎是延襲「女性文學」一詞的轉化：「女性與文學」在台灣的各國文學研究中都已經不可或缺的課題，略稱「女性文學」也大致為人接受。不過，「女性與文學」、「女性文學」、「性別文學」這三者之間存有足以嚴重影響認知的斷層。「女性與文學」一詞暗示「女性」和「文學」是兩個不同的實體，兩者遇合時將發生彼此磨擦的辯証關係；而「女性文學」一詞看起來將「女性」與「文學」「縫合」在一起，兩者化為一體而沒有磨擦、沒有辯証，也因此被詮釋為「女性的文學」：女性，成為文學的形容詞，而不是被研究的另一實體。於是，在「女性文學」或「女性的文學」的大旗之下（這張大旗其實是被改窄的），研究者將焦點放在女性

---

[1] 張悅然。《誓鳥》。繁體字版，台北：木馬文化事也股份有限公司，2010。

作家及其作品身上，強調女性異於男性的生命經驗；如果研究者偶然將焦點放在男性作家及其作品，就會強調男性作家也有再現女性經驗的能力，或男性作家也可能生產「陰性書寫」。然而，這樣的研究雖然也很有價值，卻一而再再而三穩定了女性與文學之間的關係，而絲毫不會質疑女性與文學的縫合。「女性的文學」解讀法太和諧，其實窄化了「女性與文學」一詞蘊含的衝突。

　　「女性與文學」一詞並不將「女性」和「文學」的關聯視為理所當然（同樣，「性別與文學」並未縫合「性別」與「文學」）。事實上，如果研究者珍視「女性」與「文學」的關係，就必須一再努力拉攏這兩者，否則這兩者的稀薄關係隨時都可能鬆開。簡而言之，「女性」這個議題的發明（或發現），是個政治學的、社會學、、生物學和醫學的事件，或可簡言為「現代性」的事件。帝國主義把「現代性」的議題帶到東亞之後，社會科學和醫學等等西方現代學科才開始發現／發明瞭今日本人們所理解的「女性」議題。雖然東亞的文學幾千年來都再現了女性，但舊文學中的女性跟現代性所發明的女性之間存有巨大的差異。現代性學科，從經濟學到生物學，都是要在田野調查之中跟女性直接學習（誠然所謂的「直接」都可能只是掩藏妥當的「間接」而已），而研究成果也都要直接回饋到女性身上。女性所承受的性別歧視、家庭暴力、性騷擾、生理的起伏轉折，以及在傳統東亞家庭制度的鉗制，都是社會科學與自然科學關注的焦點。但這些經世濟民利用厚生的課題是不是該在文學中再現，卻有爭議：文學本來就不必文以載道，本來就不必講究實用。文學跟女性未必有關，主要的原因是文學本來就不必處理社會政治的課題。如果本人們希望文學跟女性發生關係，那麼文學就必須直面政治問題，不能避開女性議題念茲在茲的社會正義。從台灣社會近五十年的發展來看，台灣社會與政治的多元化，就是從女性開始：女性，是一個同質社會的第一個冒出來的「他者」。一旦重視女性跟既有社會有權者的不同，這個他者就會像火車頭一樣，會牽動其他的多種他者從邊緣拉入社會有權者的視野。正因為女性進入了政治界和職場，台灣社會的多元化過程才得以啟動。

　　但是就算文學下定決心要跟女性發生關係，女性議題也未必就要迎合文學。因為其他學科跟女性的合作都可能產生立竿見影之效，但文學跟女性的

合作卻不見得會有立即的成果。文學研究者經常相信，文學有辦法潛移默化地影響社會，然而其他學科，從經濟學到生物學，在電腦網路快速大量傳送訊息的今日，更可以更有效率地介入社會，而不必苦待潛移默化的一天。文學研究跟女性（以及社會，政治等等）之間，隔著厚厚一層的文字「再現」（representations）：唯有透過再現，文學研究跟女性議題才可能相遇。再現，作爲媒介，是兩者之間的阻礙，但也是兩者之間的橋樑。順著這個思路談下去，就要討論文學的功用以及再現的價值；而文學和再現本來就是大會現場各位一直念茲再茲的重大問題，還會蔓延到其他課題（如，文學教育對社會的功用爲何？教師爲甚麼要教學生研讀各種再現，含古今中外的經典？）本人在此打住，先不多談。

從「女性文學」轉移到「性別文學」，看起來只是用字上的一小步，事實上在文學層面和政治層面都跨了一大步。「女性」和「文學」看起來可以縫合詮釋爲「女性的文學」，但「性別」和「文學」並不能順理成章讀作「性別的文學」：性別和文學宛如油水分離。如果勉強將「性別的」視爲形容詞，用來修飾「文學」，「性別的文學」必然是被窄化的「性別與文學」化約物。「女性」一詞看起來理所當然，但「性別」一詞乍看簡單卻挑戰了許多乍看理所當然的觀念。在台灣，「性別」一詞曾經是英文「gender」一詞的翻譯；但在 1987 年 7 月 15 日蔣經國宣佈解嚴後，美國爲主的西方思潮更大量更急速地湧入台灣，「性別」一詞的意涵也就成長擴大了。在解嚴 20 年之後，當今台灣大學生所認知的「性別」，已經跟解嚴前的「性別」截然不同。如今「性別」對應的英文，再也不是「gender」，而是「sex ／ gender ／ sexuality」這三者的組合。台灣解嚴的時候，美國才經歷過針對「sex ／ gender ／ sexuality」的熱烈討論，而這三個詞在 1990 年代初期也吸引了台灣學術界的目光。一開始，「sex」被譯爲「生理性別」，「gender」是「社會性別」，「sexuality」被譯爲「性意識」、「性相」、「性社會關係」等等。「sexuality」一詞無法在台灣的中文找到一個對應詞，正表示這個詞語豐富得難以被單單一個制式化的翻譯給框住；許多人認爲「sexuality」就是在談「同性戀/異性戀」，但這樣的讀法窄化了「sexuality」。它指涉了性的意識，性的社會關係，性的種種面向，並非只跟同性戀/異性戀有關。

　　在台灣學術界，最專注討論「性別」的人文單位應該是台灣桃園的中央大學「性／別研究室」。從 1990 年代初期成立以來，就一直致力經營並推廣「sex／gender／sexuality」在人文學科的討論。「性／別研究室」用「性─斜線─別」一詞對應「sex／gender／sexuality」，在近 20 年的努力之後，「性／別」一詞已經普遍爲大學裡的教師和學生採用。對今日的台灣大學生來說，「性／別」一詞是一把大傘，張開來就包括了「女權」、「父權」、「婚姻與外遇」、「跨性別」、「陽剛氣質與陰柔氣質」、「扮裝」、「情欲」、「身體」、「身心障礙」（「殘疾」），「同性戀」、「雙性戀」、「藥物與性行爲」、「性傳染病與人權」、「性權」等等課題。

　　以上這些課題，都具有邊緣性，跟社會主流的關係都是緊張的。「女性」與「女性文學」挑戰了主流社會，不過主流社會大致還是摸索到收編「女性文學」的方法；時至今日，台灣的某些女性文學可以完全投合社會主流，成爲資本主義市場中的常勝軍，卻未必對主流社會提出任何挑戰。而「性／別」不同。「性／別」包括的諸多議題，在台灣主流社會仍然具有高度爭議性，如「同性戀」和「雙性戀」等等。「性別」未必要跟「文學」合作；在台灣，社會學，社會工作，公共衛生等等學門跟性別的關係還更密切。當性別議題跟文學遇合時，「性別文學」在台灣面對的局勢也就類似「女性文學」，不得不面對社會與政治。

　　值得留意的是，以上這些性別的課題並不是平行發展的，而可能交錯交纏（crisscrossed）：如，一個「身心障礙者」（「殘疾人」），可能正好是個「雙性戀者」，在性生活中剛好是個「藥物使用者」。這樣的人跟主流社會發生的摩擦，就不是單純一種的，而是多重繁複的；她/他在社會中的邊緣性，也就是多重的，而不是單一的。換句話說，這樣的性別主體具備了層層疊疊的身份認同（intersectional identity）。主流社會簡化了每個人身份認同的組成成分，而且強調身份認同中組成成分之間的和諧。如，按照主流社會的規範，一個男子在主流社會中就該扮演好人子、人夫、人父的家庭角色，應該在經濟體系內工作賺錢，而且在國家需要的時候化身爲戰士。這幾種角色彼此之間並不衝突，相輔相成，在一個人的身份認同中協調共存。然而性別研究卻會質疑每一種看似理所當然的角色：一個男人未必要是人子（可能父母不

詳)、未必是人夫（可能不婚，可能無意跟女性結婚）、未必是人夫（可能婚而不孕）、未必工作賺錢（可能因為身為殘疾人而失去了工作機會），也可能並不想要為國而戰。這樣一個性別主體的種種角色可能彼此衝突，跟主流社會也難免發生摩擦。不過性別研究不將這樣的性別主體視為病態的特例，反而努力指認主流社會所視而不見的多元性別主體。

細數「性／別」與「性別文學」在台灣的多元詮釋空間之後，本人該解釋為何獨鍾《誓鳥》。 本人選取《誓鳥》做為討論對象，除了因為《誓鳥》在當今中國享有廣大的讀者群，也因為它剛好跟本人正在嘗試研究的馬來西亞華語文學（簡稱馬華文學）密切相關。《誓鳥》的主要場景偏偏不在中國，而在中國之外：書中主要人物要不是在南洋（尤其是馬來人為主的區域），就是在中國與南洋之間的航線上。對於中國本土，《誓鳥》的主要人物都是近鄉情怯的。本人一方面很好奇刻意跟中國保持距離的《誓鳥》為甚麼在中國大受歡迎，另一方面也企圖摸索《誓鳥》跟馬華文學之間有何觸類旁通之妙。

張悅然《誓鳥》視野雄渾，提供豐富的討論可能性。 小說的時代背景乍看模糊，但書中的中國寶船艦隊讓人過目難忘，本人大略推斷：小說情節發生在明朝鄭和下西洋之後，清朝實施海禁之前。書中的主要人物都參與航海，乘船來回中國與南洋之間，所以小說發展的空間可以說是南洋，也可以說是南洋與中國之間的海面，卻不是中國本土；中國本土是書中主要人物近鄉情怯的老家。貫穿全書的中心人物，名為春遲，是一個耗費二十餘年追索記憶的癡情女子。她要追索她跟情人駱駝的回憶：她在南洋小島偶遇駱駝，是個峇峇男子。春遲被駱駝拋棄之後，發現撫摸四處收集來的貝殼就可以挽回四散各處的記憶；為了全心貫注在貝殼上，春遲戳瞎自己的眼珠以免為外界五光十色所分心，並且拔掉手指甲以求觸覺更靈敏。春遲的女同性戀愛人，淙淙，嫉恨春遲對駱駝癡情，於是便出海尋找駱駝，並勾引駱駝，作為對春遲的報復。而迷戀淙淙的太監鐘師傅愛屋及烏，疼惜春遲，便為這名癡情女子琢磨貝殼，以便春遲追尋記憶。

以上提及的小說主要角色都不同於傳統小說的人物，都脫逸了家庭與國家的管轄。春遲是華人女性，單身未婚生子的殘疾人，不願待在中國而願守在南洋，等候她的南洋情人；淙淙是個荷蘭人與中國人所生的混血女子，自

認只愛同性，單身未婚卻也跟男性生子，也同樣以南洋爲家；駱駝是個峇峇男子，說馬來語和閩語的方言，是漢人和巫族混血的後代，以南洋爲家並仇視華人；太監鐘師傅爲了女人而放棄中原，在南洋守候女人。

　　議者可能認爲《誓鳥》雖然心繫南洋卻根本是假造的馬華文學，但本人在此並無意鑒定它的真僞，討論它是否真正屬於某個文學類別。本人要指出，《誓鳥》與目前廣受討論的馬華文學之間雖然存有差距，但兩者卻可能互爲表裡。筆者選取馬華文學重量級小說家張貴興的作品對比《誓鳥》。張貴興原來是馬來西亞出身的華人，後來在台灣就讀大學並定居在台北，曾獲得台灣的許多重要小說獎，出版多部長篇小說，如《猴杯》與《我思念的長眠中的南國公主》（以下略爲《長眠》）等等[2]。《誓鳥》看起來突顯了情欲，而將馬華文學常見的國族與族裔的議題置於背景；張貴興的《猴杯》與《長眠》看起來相反，突顯了國族與族裔的議題，而將情欲置於小說背景。然而這兩位元作家的作品看似對比，事實上都各自強調了情欲議題和族裔議題是一體兩面的。

　　現在進行的張悅然和張貴興作品比較，是本人既有研究的延伸。2011 年5 月，在台北國家圖書館舉行的「百年小說研討會」中，本人受邀報告「同志文學」，但本人在現場也提出「同志文學與馬華文學的比較閱讀」的可能性，並且指出，「馬華文學之中有同志文學，同志文學之中有馬華文學」。本人的說法並非戲言，而是具有比較文學（Comparative Literature）精神的嘗試。比較文學的基本方法就是在兩種以上的文本或學科之間尋找最大公因數；性別議題就是各種文學中常見卻也常被忽略的公因數。本人指出：弱勢族群（minorities）和弱勢文學（minor literature）是馬華文學相關討論中的常見關鍵詞，而且這兩者也是同志研究中的關鍵詞。所謂弱勢，並不是孤立存在的，而是跟主流勢力相互定義之後才得以成形。跟「中國文學，中國大陸人」，「馬來文學，馬來族群」，「台灣文學，台灣族群」對照，「馬華文學，馬華族群」都是相對弱勢。值得注意的是，同志文學也有類似的處境：跟「一般文學，一般民眾」對照，「同志文學，同志族群」也是相對弱勢。雖然馬華文學和同志文學在台灣得過多種文學獎的肯定，吸引過許多學者的目光，但這兩者仍

---

[2] 張貴興。《猴杯》。台北： 聯合文學 ，2000。《我思念的長眠中的南國公主》。台北：麥田 ，2001。

然是弱勢文學，只不過弱勢標籤上方點綴了節慶煙火稍縱即逝的光彩。 在台灣文學的場域中，馬華文學和同志文學遭遇了多種可資類比的發展軌跡。

在馬華文學研究中，弱勢族群和弱勢文學的課題在莊華興、王德威、黃錦樹等等教授的論述中已經充分討論。於是，本人將焦點轉向性別議題。本人想問，性別研究跟同志研究（乃一種弱勢研究）關係密切，那麼性別是否也可能成為馬華研究（也是一種弱勢研究）中啓發討論空間的關鍵詞？把研究焦點放在性別上然後反思弱勢族群和弱勢文學，是否可以在後兩者的討論中增加變因，改變我們對於後兩者的既有想像，並延伸關於弱勢的討論？

閱讀張悅然的《誓鳥》之後，本人恰好發現接續討論的可能。筆者選取馬華小說家張貴興的《猴杯》與《我思念的長眠中的南國公主》（以下略為《長眠》） 進行研讀，理由至少如下：張二書中都將大量的身體畫面甚或身體器官的特寫置於小說的前景，都將「性殺伐旅」（sex safari）置於小說的背景，並且都利用男女之間以肉體為戰場的「性醜聞」作為提昇小說戲劇性的工具。（「性醜聞」一詞具有道德譴責的意味——張二書中的男女風流韻事是不是該被譴責尚待討論，但此詞的道德意味的確可以增加張二書的戲劇張力）。而在《誓鳥》中，性的殺伐戰與「性醜聞」（以及性的秘密）貫穿全書。事實上張二書呈現的身體讓人難以忽視，書中的身體（和慾望）都被王德威和黃錦樹[3]留意了，筆者必須承認；不過，本文將更進一步探究身體可能牽扯出來的更多議題。而突顯情欲的《誓鳥》，更是一再將身體放大特寫處理。

《猴杯》與《長眠》中最誘人的討論起點，是女性的身體。剛好，這也是《誓鳥》的特色。一般讀者將男強女弱的二元對立視為理所當然，女性主義政治也不時（但並非一慣地）策略性地強調男強女弱處境，而性別的二元對立在二書中更是被戲劇化渲染。張二書一再展現女性角色遭受性侵害或承受血腥暴力的事件：前者如《長眠》中的春喜，《猴杯》中捲入醜聞的女子們；後者如《猴杯》中的祖母（被刺穿肛門），《長眠》中跟父親交好的白衣女革命者，以及無數女奴般的不知名次要人物。在《誓鳥》中，春遲和淙淙在航行中國與南洋之間的船上賣歌藝營生，遭受的性暴力也不可勝數。就連她們跟異族男子駱駝發生以愛之名而進行的性行為， 性行為的再現方式也跟性暴

---

[3] 王德威和黃錦樹的文章收錄於《長眠》中。

力相去不遠。

　　在國內外學界內外，身體跟女性慣常被綁在一起研究討論。學術研討會中的女性研究和身體研究的論文發表人通常是鄰居，甚或就是同一位發表人──筆者在此的報告，一方面沿續了這個學界習慣，另一方面卻也要質疑它。簡而言之，身體跟女性的關係應該鬆綁，畢竟該研究的身體不該只是女性的身體，該研究的女性課題也遠遠超越身體的層面。這個質疑在閱讀張貴興二書的時候特別重要：讀者看到此二書大量鋪陳身體和女性的二合一結合體，而書中的男性角色則忙著從事心理活動──他們像哲學家（或智者）一樣沉浸在懊悔和回憶之中。肉體是讓男人悔恨的。這樣的閱讀經驗坐實了女性主義學者 Julia Kristeva 在名文「女人的時間」（Women's time）中所批判的名言：「男人管時間，女人管傳宗接代」（即，男人用心靈處理時間，而女性用肉體延續時間）[4]。不過《誓鳥》卻剛好回應並反駁了張貴興的小說：張貴興小說突顯理性的男性，讓女性扮演陪襯的肉欲角色；《誓鳥》中卻突顯了心理活動與生理活動並重的女性，而讓男性扮演次要的肉欲角色。在《誓鳥》中，沉浸在懊悔和回憶之中的角色是女人（尤其收集撫摸貝殼的盲女春遲），而不是男性。事實上，《誓鳥》不但顛覆了小說中（如張貴興小說）常見的男女兩性對立模式，也展示了多種其他情欲夾纏的可能性：如，兩名女子的「磨鏡」關係，兩名女性交色各自跟太監鍾師傅發展出擬似一夫一妻的情誼。也就是說，除了異性戀之外，也展現出同性戀，以及太監身為跨性別主體（或，身心障礙者／殘疾者）的欲望。

　　本文題名為「性別的濕度」，是要表示出地緣政治（geopolitics）與性別的關係。性別的想像跟地理的想像是密切相關的；就連在台灣的大學生也都知道，北京的男孩比上海的男孩陽剛，而更北的東北男孩比北京的男孩更陽剛。這種（偽）知識，其實在華文文學中常見。馬華文學總是一再強調中國本土，台灣，以及南洋三者的地理差異，而地理差異往往被翻譯為濕度的差異：南洋的雨林美學，向來是馬華文學的正字標記。但本人想指出，雨林美學跟雨林政治（雨林想像所牽涉的政治）是息息相關的：雨林也扣合了性別氣質的差異，以及華人極在乎的「華夷之辨」：濕度重的地方不夠中國化而太

---

[4] Julia Kristeva. "Women's Time." Trans.　Alice Jardine and Harry Blake. *Signs*　7: 1 (Autumn 1981) 13-35.

南洋，濕度重的（異地，異族）身體也不夠中國化而太淫邪，而濕度重的地方和身體根本就挑戰了中國社會習以爲常的性別秩序。在張貴興小說中，當老邁的馬華男體跟妙齡的台灣女體和南洋女體相逢時，原本男強女弱的舊秩序就搖搖欲墜了：男強女弱的對立只在一個地理，氣候，種族都沒有差異的社會才得以想像。而華人的男體遇上（馬來西亞的）達雅克男體時——前者是平凡無奇不值得多看的一般身體（這裡的「平凡」、「一般」，都是華人中心觀點的產物）、後者則是被正面觀看的、被側面偷窺的、因爲肌力以及身上刺青而被敬畏的。誰是強者？誰是弱者？很難說。而且還有一個變數：差異性，會帶來欲望。除了性別差異之外，種族的差異也會牽動七情六欲。在《長眠》中，達雅克男體跟母親的邂逅證明瞭他的俊美、豪邁、以及爲華人男性帶來的威脅感——這樣的肉體其實對男性女性而言都是挑逗的。在《猴杯》中，馬華男主人翁／敘事者的視線（也是作者的視線，以及讀者被迫採取的視線）一再投射到達雅克人的男體甚至男人性器官上。這種視線跟男同性戀情慾的關係還有待討論，但它不可否認是男性對於男性的（下意識）欲望表現。

最後，再回到《誓鳥》。爲什麼《誓鳥》的故事要遠離中國才得以發生[5]？或許，正因爲中國以南的濕度才足以催生無窮無盡的性別可能性。台灣的「性/別」研究者可以發現，或許正因爲《誓鳥》身置華夷交鋒的南洋，一切都不被視爲理所當然（就連「甚麼是中國？」「中國人是甚麼？」都要打上問號），「性/別」議題才紛紛在雨林中湧現。在《誓鳥》中，家庭是無父的，頂多只有太監扮演的假父；父親不在場，父國也不存只在；中國本土陌生的漂泊離散（diaspora），成爲全書的主旋律；一個孩子要不是沒有一個母親，就是偏偏有兩個母親，而且母親之間還有愛欲（指淙淙和春遲）；身體不是與天俱來的，而是後天生成的。台灣的「性/別」研究經驗和張悅然的相逢可以開啓碩大的「性/別文學」想像空間，本人的報告只是一個初步的嘗試。

---

[5]【爲何遠離中國？】這個問題，得自於以下這兩部書的啓發: Shu-mei Shih. *Visuality and Identity: Sinophone Articulations across the Pacific*. Berkeley and Los Angeles: UCP, 2007. 與 Ien Ang. *On Not Speaking Chinese: Living Between Asia and the West*. New York: Routledge, 2001.

講評

◎李　玲[*]

　　這既是一篇學術視野十分廣闊的論文，也是一篇長於理論思辨的論文。首先，論文細緻辨析了「女性文學」、「性別文學」諸概念，並將它們與臺灣社會文化的發展變遷結合起來考察，充分注意到了其中主流與邊緣文化的互動關係，尤其珍視邊緣文化的挑戰性價值。這種詞與史相結合的考辨方式，具有高度的理論概括性。其中猶具深度的是，闡釋了「性別」一詞中所包含的「sex／gender／sexuality」與「性／別」的豐富內涵，並在這種理論辨析中分析了台灣社會文化的活躍局面。這充分展示了論文作者的理論敏感與思想活力，也充分體現了論文作者宏觀把握複雜文化現象的能力。其次，論文將張悅然長篇小說《誓鳥》置於活躍的當代性別文化背景上展開比較分析，準確地揭示出了《誓鳥》中複雜多元的性別關係主題，認為「《誓鳥》不僅顛覆了小說中（如張貴興小說）常見的男女兩性對立模式，也展示了多種其他情欲夾纏的可能性：如，兩名女子的『魔鏡』關係，兩名女性角色各自跟鐘師傅發展出擬似一夫一妻的情誼。也就是說，除了異性戀之外，也展現出同性戀，以及太監身為跨性別主體（或，身心障礙者／殘疾人）的欲望。」

　　然而，論文關於多元性別主題與地域文化之間的關係判斷卻稍嫌武斷。論文認為「或許，正因為中國以南的濕度才足以催生無窮無盡的性別可能性」。但是，儘管《誓鳥》的故事發生在「南洋」或「南洋與中國之間的海面」、「卻不是中國本土」，但單憑這一條並不能證明地理環境就是催生該小說性別多種可能性的力量。從邏輯上看，這個問題至少有兩種可能性。一種可能性是，在故事的展開中，作品確實通過人物在中國本土與海外不同環境中的性向變遷、通過中國人與馬來西亞人不同種族人的性向比較提示了地理環境的決定性作用；另一種可能性是，南洋及海域僅僅是故事的背景，作者在情節

---

[*] 北京語言大學人文學院教授、博士生導師。

設置或心理描寫或議論抒情中並沒有把地理環境、種族身份處理成影響人物性向的因素，這樣，「中國以南的濕度」這一地緣因素對小說的多元性向主題的影響在一個文本相對自足的系統中便因無明證而不能成立。《誓鳥》的寫作應該屬於後者。實際上，《誓鳥》中，南洋部落首領駱駝與他手下的將軍二人都是典型的異性戀者、並未顯現多元性向，這恰好從一個側面解構著南洋濕度與多元性向之間的關聯性。總之，我們是否要在地緣政治與性別關係之間進行關聯性研究，需要從文本細讀出發探討隱含作者的寫作意圖中是否呈現出這一明確意識。

此外，《誓鳥》中人物的性別關係儘管複雜多元，但是每一個人物被一兩種愛欲所控制後，其心理情感便因太過純粹以至於未免類型化、簡單化。這樣，《誓鳥》的性別多元主題便與愛欲執著的一元化主題相交織，而後者又與觀念化寫作的弊端夾纏在一起。這也是一個可以進一步探討的相關問題。

總之，這是一篇非常富有才氣、富有創造力的論文，長於理論思辨，長於從宏觀文化背景上提出富有深度的問題，但還應該更加細緻地探索研究對象自身的獨特性。

歸來已隔萬重山

張愛玲五、六十年代小說創作中的「出走」與「回歸」

◎陳　豔*

　　《十八春》和《小艾》是張愛玲在上海最後的創作。抗戰勝利後，張愛玲曾幾度擱筆，自 1947 年短暫的創作高潮（發表小說《華麗緣》、《多少恨》、《鬱金香》，電影《不了情》、《太太萬歲》，出版《傳奇》增訂本）後，這兩部小說是張愛玲重新提筆，在藝術個性和時代要求之間尋求平衡的結果，也標誌著張愛玲寫作姿態的部分改變。可以說，自 1950 年 3 月在《亦報》連載《十八春》起，張愛玲在前期的文學道路上漸行漸遠。

　　不管大陸學者和海外學者在對《十八春》、《小艾》真實立場的鑒定方面有多大分歧，張愛玲確實一改 1940 年代對政治的疏遠和抗拒，頗有些放下身段的味道，一定程度上迎合了當時主導意識形態的需求。作者曾間接表示對《十八春》裡的人物有過意識形態的定位，譬如曼璐是「舊社會的犧牲者」，「最應該詛咒的還是那個不合理的社會制度」，[1] 而叔惠、曼楨等小資產階級人物經過思想改造，都或快或慢走上了社會主義革命和建設的道路。到了《小艾》，可以看出張愛玲對當時意識形態規範的進一步吸收和消化，它比《十八春》更符合無產階級文學實踐。被壓迫者（小艾）和壓迫者（席景藩）階級對壘鮮明，馮金槐是張愛玲筆下第一個真正的工人階級形象，他出身農民，愛國，上進，具有「正確」的階級意識。張愛玲曾坦言不會寫無產階級的故事，她稍微知道一點的「只有阿媽她們的事」[2]，馮金槐是作者完全跳出個人生活圈子的第一次嘗試。但是，這兩部小說最值得注意的還是作者個人和家族記憶的滲透，這一直是張愛玲最深刻的創作源泉和最長久的夢魘。縱觀張

* 中國現代文學館助理研究員。

[1] 叔紅，〈與梁京談《十八春》〉，陳子善編《說不盡的張愛玲》，上海三聯書店 2004 年版，第 142 頁。

[2] 〈寫什麼〉，《張愛玲典藏全集・散文卷一》，哈爾濱出版社 2003 年版，第 85 頁。

愛玲的創作道路，《私語》、《十八春》、《對照記》、《小團圓》等自成一脈，帶有更多的自傳色彩；而《小艾》和《金鎖記》、《怨女》有承上啓下的關係，是舊式家庭題材的作品。

　　張愛玲真正走出「流言」、「私語」時期，還是《秧歌》和《赤地之戀》的相繼出版。它們無論取材還是行文風格，都與她前期的小說大相徑庭。離滬赴港，似乎也意味著和早期張愛玲的徹底告別。在香港的幾年她並沒有得到想像中的創作自由，所謂意識形態壓力，不過從天平的一端移到了另一端。從《十八春》、《小艾》到《秧歌》、《赤地之戀》，作者的政治立場和論調轉變得毫不含糊，這裡頭或許有「開禁」後的暢所欲言，但結合當時的具體情形，似乎並非如此。1950 年代初中期的香港文壇基本上爲「美元文化」所主宰，以阮朗爲代表的左翼「中國敘事」遠不能與之抗衡。在這樣一種文學傳播和接受的環境中，即使如香港美新處處長麥卡錫多年後接受採訪時所說，美新處沒有具體干涉《秧歌》、《赤地之戀》的寫作過程，但外在的壓力會內化於心，一旦有所顧慮，文中自然會體現出來。麥卡錫在採訪中也無意透露：「《秧歌》之後，她有話要說。當時我們期待愛玲繼續翻譯美國文學，她自己要寫《赤地之戀》。……當時她在香港住久了，大陸情況也聽得多一點。」[3]「聽」表明《赤地之戀》材料來源某種程度上的不可靠性，很容易授人以話柄。而張愛玲擔任文學翻譯時，除了海明威，原作均不對她的胃口，但迫於生計，只能硬著頭皮去做。沒有經濟基礎的「自由」肯定要大打折扣，後來她也承認《赤地之戀》因爲要照顧市場需要，自己極不滿意。

　　《秧歌》和《赤地之戀》遭到香港公眾的冷漠，不多的幾篇評論均是從「反共立場」著眼。這與香港當時特定的文化氛圍有關，也是張愛玲嘗試新的寫作題材及方式並不成功的結果。她自己比較看重《秧歌》，還主動向胡適自薦，並在信中說「希望這本書有點像他評《海上花》的『平淡而近自然』」[4]。不過，《海上花》可以「絢爛之極歸於平淡」，《秧歌》卻始終欠缺一些火候，既不曾絢爛，何來平淡。但相比「急就章」《赤地之戀》，它仍不失爲一部佳

---

[3] 高全之，〈張愛玲與香港美新處——訪問麥卡錫先生〉，《張愛玲學：批評・考證・鉤沉》，台北一方 2003 年版，第 243 頁。

[4]〈憶胡適之〉，來鳳儀編《張愛玲散文全編》，浙江文藝出版社 1991 年版，第 304 頁。

作。至於《赤地之戀》的藝術價值要低於《秧歌》的原因，除了「遷就」[5]的後果，還有一點很重要，《秧歌》部分建立在作者親身體驗的基礎上[6]，而《赤地之戀》裡的大部分內容可能來源於含有宣傳性質的資料。對於張愛玲這種分外注重人生真實況味和個人體驗的作家來說，這一點值得重視。儘管有明顯的高下之分，這兩部小說都沒有達到她原有的水準。張愛玲在《秧歌》的〈跋〉和《赤地之戀》的〈自序〉裡一再強調兩部小說有「真人實事」的底子。她的本意或許是想給讀者一個明白的交代，讓他們不要再糾纏於這個問題，而忘了小說本身。但在極力強調的背後，也可以看出作者對作品並不自信。不得不承認，從《十八春》開始，張愛玲就在走下坡路，一旦要她走出自己的灰色調子，世界不會因此而明亮，而只能是支離破碎。她早年就認為創作如樹木，不能輕易轉移陣地，只有根深蒂固，才能枝繁葉茂。上海和香港曾在她的小說裡多次上演過「雙城記」，而現在面目全非，被迫移植的張愛玲只能接受日漸枯萎的命運。

張愛玲可能清醒地意識到自己在香港沒有前途，出於政治和商業的雙重壓力，再加上殖民地前景的不明朗，最終促使她再度出走，孤身赴美。美國是張愛玲的終點站。不穩定的收入，時常搬遷，賴雅（Ferdinand Reyher）帶來的重負，汽車旅館的漂泊，還有許多不致命卻很討厭的疾病……這些都極大地影響了張愛玲在美國的創作實績，從 1960 年代起，她真正寫成的中文小說只有《怨女》、《半生緣》、《小團圓》[7]，偏偏前兩個都是改寫。然而，張愛玲到美國後才有可能避開外界干擾，回到自己的靈感源泉。回顧她在美國的主要中文作品，不管是小說《怨女》、《半生緣》、《小團圓》、《海上花列傳》（國語本），散文《對照記》，還是論文集《紅樓夢魘》，都與這個張愛玲生活了多半輩子的國家無半點關係，這些費時費力的改寫、翻譯和考據可以看出她對關於自身記憶和古老中國的故事的迷戀，她再次回到了自己喜愛和熟悉的題材。本文將以《半生緣》和《怨女》為例，詳細論述張愛玲在創作上「出

---

[5] 張愛玲給胡適的回信裡提到：「還有一本《赤地之戀》，是在《秧歌》以後寫的，因為要顧到東南亞一般讀者的興味，自己很不滿意。」（《憶胡適之》，第 304 頁）

[6] 新近出版的《異鄉記》證實了這一點。

[7] 張愛玲在《惘然記》裡提到，1978 年先後發表於台北《皇冠》雜誌的《相見歡》、《色·戒》和《浮花浪蕊》都是 1950 年代的作品。但因改動次數太多，發表時間和寫作時間嚴重不符，其寫作的確切年代已無法考證。

走」之後如何「歸來」，以及「歸來」後的精光內斂，歲月留痕。

《半生緣》的寫作時間實際上在《怨女》之後，但由於原作《十八春》的特殊性，正好用以說明張愛玲如何修正自己的「出走」之作，回到兒女情長的起點。很多論者認為《半生緣》不過是掐掉「光明的尾巴」的《十八春》，其基本故事情節和文本意義都沒有改變。這種論斷無疑是簡單片面的，這次改寫不僅有整體的考慮和安排，而且賦予了小說新的面貌。

在第十六章開始的較大改動之前，作者對好幾個問題進行了全域的衡量和修改。「光明的尾巴」是最明顯的改動，其實作者刪改的不只是「尾巴」，而是從光明的起點——《十八春》第十三章叔惠提出要去西北解放區開始。《半生緣》一變叔惠突然的積極上進，讓他繼續保持自己的灑脫不羈：「我弄了個獎學金，到美國去，去當窮學生去，真是活回去了。沒辦法，我看看這兒也混不出什麼來，搞個博士回來也許好點。」[8]從這以後，凡是涉及「光明」的內容均被刪改。當然較大的改動集中在第十六章，至於表現解放後男女主人公新面貌的第十八章索性被刪除。其次是作者對國民黨的態度，不管是出於就事論事的立場還是當時的輿論需要，張愛玲在《十八春》裡通過慕瑾及妻子的悲慘遭遇，多處指責過國民黨的腐敗政治。然而，由於考慮到台灣市場[9]，當時台灣的書刊檢查制度還相當嚴苛，《半生緣》裡凡是涉及國民黨的地方都被刪除或修改，慕瑾一家的迫害者由國民黨變成了日本兵。尤其值得注意的是叔惠和翠芝的感情問題，無論性情還是遭遇，叔惠都是改寫後變化最大的主要人物，作者為了讓這種變化合情合理，做法之一就是把他對翠芝的態度作了整體的細節上的調整：叔惠聽說翠芝和一鵬訂婚時，心情複雜：「也許他是過慮了，但是，他對她這樣缺少信心，或者也還是因為愛得她不夠吧？」[10]（《十八春》）「也許是他過慮了，可是他志向不小，不見得才上路就弄上個絆腳石？」[11]（《半生緣》）前者直言愛得不深，所以不會奮不顧身；後者有為

---

[8] 《半生緣》，《張愛玲典藏全集》，哈爾濱出版社 2003 年版，第 201 頁。
[9] 《怨女》在張愛玲不知情的情況下由香港《星島晚報》搶先連載後，張愛玲在給夏志清的信中說：「王敬羲建議讓征信在台同時連載，我覺得即使現在登也已經比星島晚了，不如索性再等一個月，刊載改正本，因為我對台灣的讀者更重視些。」（夏志清：《張愛玲給我的信》，金宏達主編《回望張愛玲‧昨夜月色》，文化藝術出版社 2003 年版，第 413 頁）這裡當然有最現實的考慮，台灣市場是她晚年最重要最穩定的收入來源。
[10] 《十八春》，江蘇文藝出版社 1986 年版，第 91 頁。
[11] 《半生緣》，《張愛玲典藏全集》，哈爾濱出版社 2003 年版，第 78 頁。

了事業和前途而忍痛割愛的意思，感情的天平上孰輕孰重，一目了然。另外，世鈞告訴叔惠他要和翠芝結婚時，叔惠在兩書中的第一反應也不大一樣。

> 叔惠愕然道：「你跟翠芝？」說著，忽然笑了起來。世鈞覺得他這種態度好象有一點侮辱性，也不知道是對翠芝還是對自己而發的，總之是很可氣。[12]（《十八春》）

> 叔惠愕然道：「石翠芝？」說著忽然怪笑了起來，又道：「跟我商量什麼？」他那聲口簡直有敵意，不見得完全是為曼楨不平，似乎含有一種侮辱的意味。[13]（《半生緣》）

不難看出，叔惠在《半生緣》裡的反應要強烈得多，反應的強度與感情的深度成正比，作者精心處理細節，提升叔惠對翠芝的愛情，是為了與修改後的結局相匹配。《十八春》裡叔惠是追求進步、積極進行自我改造的小資產階級知識份子，他和翠芝點到即止的愛情不會影響他的生活，所以解放後再見面，翠芝的感傷懷舊和叔惠的光明磊落形成鮮明的對比，最後的結局自然皆大歡喜。但《半生緣》不一樣，翠芝事件的刺激影響了叔惠一生，他陷入了婚姻的「惡性循環」——他的結婚對象只能是和翠芝一樣漂亮、有錢的小姐——而無法自拔。這麼深的影響，當然要愛得深、憧憬得久才有可能。作者的細緻和全域眼光，由此可見一斑。

再說從第十六章開始的「大手術」。這裡是兩部小說時間上的分水點，解放後（1949）叔惠回上海（《十八春》）變為戰後（1945）叔惠回國（《半生緣》），光時間背景的變化就足以改變後幾章的敘述。《十八春》從第十六章開始，主要角色之間的界限越來越不明顯，大家都在進步，在新中國的大家庭裡其樂融融，個人的愛恨在建設新中國的集體目標面前褪色、模糊，乃至消泯。而《半生緣》把時間往前撥了四年，時代背景不再清晰得如同浮雕，而是曖昧不明，反而具有更大的包容性。社會大環境變得微不足道，每個人還是以前的那個自己，儘管由於生活的重壓、命運的捉弄他們都在或多或少地改變。

---

[12] 《十八春》，第 234 頁。
[13] 《半生緣》，第 201-202 頁。

作者像是在做「還原」工作,去除明顯的外在的意識形態影響,讓每個人都回歸本色。儘管婚姻、事業均不如意,但叔惠還是漂亮、瀟灑,面對翠芝的強烈誘惑,不是去說服、教育,表現得毫無私心,而是滿心承認卻又不得不努力克制,這樣的叔惠貫穿整個小說,保持了性格上的連續性和立體感。翠芝由任性嬌縱的富家小姐變成了任性嬌橫的少奶奶,家庭角色變了,但性情上始終如一,要強的翠芝,對深愛的叔惠可以低眉順眼、毫無計較,對不愛的世鈞卻自私冷漠,零零碎碎地讓他不痛快。《半生緣》在翠芝的「一絲淒涼的勝利與滿足」[14]裡結束,比在叔惠的教育鼓勵下最終和世鈞同去東北尋求進步的翠芝要自然可信得多。而曼楨和世鈞,這一對用情最深的戀人,陰差陽錯,終於咫尺天涯。然而,他們十幾年後重聚的場景,《半生緣》作了更符合人物本來性格、命運的演繹。《十八春》的重逢,少了戲劇性的張力,來得比較平靜,不僅因為在第十六章裡,他們已經通過電話,知道對方確切的存在,而且對接受了新時期新思想洗禮的曼楨來說,她「現在的心境很明朗,和從前大不相同了,自從離婚以後,就仿佛心理上漸漸地健康起來」[15]。然而,《半生緣》裡,直到偶遇那一刻(第十七章),曼楨才知道世鈞也在上海,而那一刻如電光火石,註定兩個人會「血潮澎湃」,小說的高潮在這時達到頂點。與《十八春》裡的理智平和不同,曼楨和世鈞此時更像失散多年的戀人,拼了命想與時間掙扎,卻又無能為力。作者為此改動的關鍵細節有二:一是世鈞縱然考慮到自己的家庭,也忍不住提出要為曼楨去破壞一切,和她破鏡重圓,而《十八春》適可而止,根本沒有這層意思;二、《十八春》裡兩人最親密的身體接觸是兩次握手,第一次是世鈞聽了曼楨的遭遇後心疼、難過,第二次已經接近於同志式的握手,兩個人之間的男女情愛在這一次握手中昇華為同志情誼,作者和讀者都不再需要為他們的結局操心。《半生緣》就要大膽得多,他們擁抱、親吻、撫摸,和熱戀時一樣,無論曼楨還是世鈞,在這一刻都是感情占了上風。當然,作者還是讓他們就此「永別」,「他們回不去了」[16],但他們是被時間打敗,由內而外地接受了現實,而不是被強大的意識形態所拘束,由外到內地自覺服從。

---

[14]《半生緣》,《張愛玲典藏全集》,哈爾濱出版社 2003 年版,第 455 頁。

[15]《半生緣》,第 319-320 頁。

[16]《半生緣》,第 290 頁。

　　「還原」的意義何在？張愛玲在 1940 年代的創作鼎盛時期曾說：「我甚至只是寫些男女間的小事情，我的作品裡沒有戰爭，也沒有革命。我以為人在戀愛的時候，是比在戰爭或革命的時候更素樸，也更放恣的。」[17]在張愛玲看來，「風月」才是小說的生命，即使是《傾城之戀》這樣以香港淪陷為背景的小說，真正要表達的仍是戰爭如何成全了一對平凡的夫妻。然而，《十八春》部分打破了這個傳統，說是「部分」，和張愛玲初次實踐的不成熟有關，也是她努力想在個人藝術追求和意識形態要求之間尋求平衡的結果。《十八春》以「風月」寫「風雲」，在舊社會遭到迫害和扭曲的男女主人公們解放後相繼走向了健康向上的新生活，這是當時的文藝界和普通讀者樂於看到的，也是作者所要表明的寫作立場。但我們不得不承認，這種嘗試並不成功。從有限的資料和作品裡可以看出，作者對新中國的態度猶疑不定，這導致了《十八春》下筆的猶豫、進退兩難，對於那些愛恨情仇的家事，作者顯然遊刃有餘，但一涉及國事，就顯得有些力不從心，小說的後兩章明顯削弱了整體的含蓄深沉的味道。張愛玲自己也不滿意這個結尾，特別是事隔多年，又身處海外，當然願意對它進行「還原」。還原後的《半生緣》倒置了「風雲」與「風月」的本末關係，用「風雲」來陪襯「風月」，叔惠和翠芝的戲份加重了，世鈞和曼楨的愛情更加完整，而那些時代背景，要麼剪去，要麼變得風淡雲輕，只剩一層隱隱的底子。所以說看《半生緣》，好像又回到了張愛玲的「流言」、「私語」時期，關於大時代小兒女的詮釋。當然，「風雲」和「風月」關係的變化，導致了小說的政治意味變淡，但並不是說《半生緣》就沒有政治上的考慮，如對國民黨態度的轉變，但是這種讓步畢竟是在保證小說完整性的前提下進行的。

　　「還原」後的《半生緣》體現出全新的時間意義。事實上，張愛玲一直想用《惘然記》作書名，但遭到好友宋淇的反對，「因為《惘然記》固然別致，但不像小說名字，至少電影版權是很難賣掉的。《半生緣》俗氣得多，可是容易為讀者所接受」[18]。張愛玲出於市場考慮最終接受了宋淇的意見，但她對《惘然記》還是念念不忘，後來用它給小說集命名，並在序中道明《惘然記》

---

[17]〈自己的文章〉，《張愛玲典藏全集·散文卷一》，哈爾濱出版社 2003 年版，第 16 頁。
[18] 宋淇，〈私語張愛玲〉，金宏達主編《回望張愛玲·昨夜月色》，文化藝術出版社 2003 年版，第 234 頁。

的由來——「此情可待成追憶，只是當時已惘然」，用這句詩來理解《半生緣》，再貼切不過。「追憶」是其中一個重要的關鍵字，張愛玲這個時期的作品，無論《怨女》還是《半生緣》，「追憶」似乎成了一種共通的文學品格。銀娣年老色衰時懷想的是 18 歲，她還是一張白紙，未經人事，人生有無數種可能；《半生緣》本身就是一個「追憶」的結構，「現在」只占了很小一部分，即最後一章。「他忽然覺得從前的事一樁樁一件件如在目前，和曼楨自從認識以來的經過，全都想起來了。第一次遇見她，那還是哪一年的事？算起來倒已經有十四年了！——可不是十四年了！」[19]自第十六章末尾，和開頭自然銜接，形成了一個完整的「追憶」佈局。作者把「追憶」情緒渲染得分外動人，越是美好的東西往往越容易破碎，惟有用回憶才能將它永遠保存，使之新鮮如初。然而，一旦回到現實，「惘然」才是唯一的結局，就像世鈞和曼楨，叔惠和翠芝，錯過的一直錯過，錯位的永遠錯位，他們離幸福，似乎總有一牆之隔。世鈞和曼楨重逢時，曼楨一句「世鈞，我們回不去了」[20]，把想與時間抗爭的兩個人的夢打破，這一刻在過去和未來之間停頓，卻沒有現在，叫人尷尬，所以世鈞才會感到特別迷惘，「他是在跟時間掙扎。從前最後一次見面，至少是突如其來的，沒有訣別。今天從這裡走出去，是永別了，清清楚楚，就跟死了的一樣」[21]。而叔惠和翠芝也好不到哪裡去，從翠芝和一鵬訂婚、悔婚，再和世鈞結婚，叔惠始終是一個局外人，他們的關係如同那幅像女人裙子的窗簾，看起來像要進門卻又始終沒進來，「倆人看著都若有所失，有此生虛度之感」[22]。叔惠將繼續在「年輕闊太太」的泥沼裡沉淪，翠芝只能因此得到一點淒涼的勝利與滿足。

　　《半生緣》完成於張愛玲最困頓的時期[23]。當時賴雅早已癱瘓，「1967年 4 月，她帶著丈夫悄悄離開了邁阿密大學前赴康橋，沒有向任何人告別。

---

[19] 《半生緣》，《張愛玲典藏全集》，哈爾濱出版社 2003 年版，第 291 頁。

[20] 《半生緣》，《張愛玲典藏全集》，哈爾濱出版社 2003 年版，第 290 頁。

[21] 《半生緣》，第 290 頁。

[22] 《半生緣》，第 291 頁。

[23] 1966 年 12 月，張愛玲在給宋淇和夏志清的信中均提及正在改《十八春》，而且要換題目。次年 3 月 24 日她又寫信告訴夏志清：「《十八春》改寫部分一直沒空抄，正要動手。」（夏志清，〈張愛玲給我的信〉，金宏達主編《回望張愛玲·昨夜月色》，文化藝術出版社 2003 年版，第 418 頁）此後她繼續修改《半生緣》直到 1968 年正式發表。

這時，賴雅病重已久，瘦得只剩下一把骨頭」[24]。六個月後（1967 年 10 月 8 日），賴雅去世。張愛玲承受的壓力和痛苦可想而知。當時的張愛玲，也許窮得只剩回憶了，家族曾經的顯赫，她曾經的聲名、特立獨行的姿態，都像漸去漸遠的影子，惟有在回憶裡一遍遍溫習。47 歲的張愛玲，提前步入晚年，有意無意地讓小說中的懷舊情緒四處彌漫。從「追憶」中或許能獲取支撐下去的精神力量，但對解決現實問題而言，它不過是一張空頭支票。更何況過去和現在兩相比較，張愛玲唏噓感慨、悵然若失，也很正常。即使是 1950 年的張愛玲，仍然年輕，有才氣，有憧憬，雖無全盛時期的風光卻也有人賞識，《十八春》的結尾可以清楚地看到時代的列車往前在開，向著有希望的未來，雖是流於俗套的「光明的尾巴」，但這種希望本來就屬於風華正茂的張愛玲。而《半生緣》讓我們看到了人近黃昏的張愛玲，困頓掙扎之外還要憂心忡忡，日子越過越快，卻又終日為一些瑣事所擾，而往事不堪回首，一切都無法挽回，是以惘然。

確實是江山依舊，人事已非，即便張愛玲有心繼續自己格外熟悉的題材創作，但她已非當年意氣風發的奇女子，時間抹不去她的挫敗衰老，歸來已隔萬重山。由 1940 年代最具代表性的《金鎖記》改寫而來的《怨女》更能體現這一點，境遇的改變帶來了心態的轉變，隨之而來的還有風格的變化。《金鎖記》和《怨女》，同一故事，兩個時代。

張愛玲喜歡修改自己的作品，但像《金鎖記》這樣大規模、長時間、全方位的改寫，絕無僅有。《金鎖記》完整的改寫過程包括：《金鎖記》(1943)，同名中文電影劇本（1949），英文小說《粉淚》（1957），英文小說《北地胭脂》(The Rouge of the North)（1963），中文版《怨女》(1966)，英文修訂版《北地胭脂》(1967)。重寫後的《怨女》幾乎是一部全新的小說，而七巧到銀娣形象的變化足以體現作者取捨之間的深刻用意。

銀娣的變化主要表現在三個方面：一、外貌；二、性情；三、人際關係。作者通過這三個方面對銀娣的美化，即外表上的美貌化，性情上的人性化、情趣化，以及人際關係上的弱勢化、情理化，完成了寫作重心的轉移。七巧

---

[24] 司馬新，《張愛玲在美國——婚姻與晚年》，徐斯、司馬新譯，上海文藝出版社 1996 年版，第 132 頁。

是「瘦骨臉兒，朱口細牙，三角眼，小山眉」[25]，最多只能算中等姿色。作者雖未對銀娣的五官作過多的正面描寫，卻毫不吝惜對她美貌的肯定：「她向空中望著，金色的臉漠然，眉心一點紅，像個神像。」[26]對於美麗的銀娣，我們或多或少能理解她不甘心一輩子平庸而嫁進姚家的選擇，也會因此惋惜她的枯萎凋謝。性情上，七巧一開始就尖酸刻薄，口無遮攔，而當最後一絲愛意泯滅，她徹底變成了一個心狠手辣的瘋子。銀娣就要溫和可取得多，同樣的細節，作者遣詞用句的不同和順序的調換使得性格的塑造發生了微妙的變化。銀娣的形象一下子溫潤了，不扎眼了，也會害羞矜持，原與一般傳統的中國女子並無二致，而且她對日常生活懷有一些孩子氣的細膩的情趣感受，和七巧拉開了更大的距離。

儘管七巧和銀娣由於出身低下，性子又硬，人緣都不算好。但是在妯娌交往中，比起同樣遭排擠卻咄咄逼人的七巧，銀娣被明顯地弱勢化，這是作者美化銀娣、爭取讀者同情的一個方面。另一方面，銀娣與兒女、兄嫂的關係得到了較充分的情理化。七巧為人是徹底失敗了，「她知道她兒子女兒恨毒了她，她婆家的人恨她，她娘家的人恨她」[27]，《怨女》首先去掉了人物長安，玉熹成了獨生子。長安是《金鎖記》裡的關鍵人物，我們對七巧瘋狂變態的印象有很大一部分來自她以一個瘋子的審慎和機智扼殺了長安僅有的一次愛情。《怨女》少了長安，等於提前為銀娣減輕了大部分的罪孽，她的美化因此有了可能。而且相對七巧和長白，銀娣和玉熹的關係也多了一些溫情和自足自樂。作者用了大量篇幅描寫他們在煙榻上談論的家長里短，看起來瑣屑囉嗦，卻是她和他的世界，他們一起微笑，歎息，嘲諷，做夢，滿足⋯⋯「他們這世界這樣豐富而自給」[28]。至於虐待兒媳，作者寫《怨女》時不僅刪減了許多陰森恐怖的細節，而且給銀娣找了一個我們能部分接受的理由——他們上了無為州馮家的當。芝壽「皮色倒還白淨，就是嘴唇太厚了些」[29]，相

---

[25] 《金鎖記》，今冶選編《張愛玲小說》，浙江文藝出版社 2002 年版，第 145 頁。

[26] 《怨女》，《張愛玲典藏全集》，哈爾濱出版社 2003 年版，第 6 頁。張愛玲中後期作品中經常用「神像」來形容美貌女子，比如《秧歌》裡的月香，「她使他想起一個破敗的小廟裡供著的一個不知名的娘娘」（第 26 頁），可能和一些古典小說的影響有關，如《聊齋志異》。

[27] 《金鎖記》，第 181 頁。

[28] 《怨女》，第 119 頁。

[29] 《金鎖記》，今冶選編《張愛玲小說》，浙江文藝出版社 2002 年版，第 167 頁。

形之下，馮小姐簡直是醜怪，「尖尖的一張臉，小眼睛一條縫，一張大嘴，厚嘴唇底下看不見下頷」，而且「喉嚨粗啞，像個傷風的男人」[30]，馮家急於嫁女兒，隱瞞相貌上的嚴重缺陷是事實，那麼銀娣覺得上當受騙而不喜歡她也算事出有因。此外，銀娣與兄嫂的關係也比七巧好很多。結婚後她和嫂子有了共同語言，雖然對哥哥有怨言，但仍想著「他到底是她哥哥，就只有這一個親人」[31]。上海開戰時，她還幫炳發一家搬去杭州。當然，也是因為銀娣嫁進姚家是主動選擇的結果，而不像七巧是被逼無奈，因而怨恨兄嫂。銀娣卻怨不得，至少無法深怨。她的個性和命運沒有七巧慘烈，從一開始就註定了。

　　作者為何花這麼大的力氣從外到內來改寫銀娣的形象？我有這樣直接的閱讀感受，《金鎖記》屬於年輕人，凌厲張揚，處處眩目；《怨女》是中年人，溫文平和，看似波瀾不驚，內裡卻是一口深井。1966 年香港《星島晚報》最早連載的《怨女》實際上 1965 年 11 月就已寄出[32]，當時張愛玲 45 歲，來美已有十年，她陷於照顧癱瘓的賴雅和賺取生活費的窘境中，根本無暇創作，對張愛玲這樣自覺的作家而言，這無疑是最大的災難。在這種內外交困的環境中，不斷修改的《怨女》越來越遠離《金鎖記》的文學趣味，變成了關於一個女人在一個男人及一個家族面前遭受的毀滅性的挫折，以及她的衰敗凋謝的故事。銀娣放棄小劉嫁進姚家，抱有對黯淡命運的抗爭和對光鮮生活的憧憬，「她以後一生一世都在台上過，腳底下都是電燈，一舉一動都有音樂伴奏」[33]。從期望到失望再到絕望，銀娣的挫敗和受挫後的固執才顯得意味深長。銀娣和三爺有過三次調情，她婚後生活的每一次重大轉折都發生在調情受挫以後。第一次發生在她新婚後不久，在老太太房間的外間，他揀到了她的金指甲套，要她唱歌才還她。這是他和她兩個人的戰爭的第一回合，她渾然不知自己的失敗，更想不到他們錯位的感情將一步步摧毀她的美和生命力，這只是一個開始。

---

[30] 《怨女》，《張愛玲典藏全集》，哈爾濱出版社 2003 年版，第 125 頁。

[31] 《怨女》，第 47 頁。

[32] 張愛玲 1966 年 8 月 31 日寫給夏志清的信裡說：「那份稿子（指《怨女》，筆者注）還是去年十一月空郵寄出到宋家。」（金宏達主編《回望張愛玲·昨夜月色》，文化藝術出版社 2003 年版，第 413 頁）

[33] 《怨女》，第 15 頁。

　　第二次已隔了幾年，她有了兒子，以爲自己在家裡的地位提高了，卻發生了「珠花事件」。就在玉佛寺的偏殿裡，他們有了第二次機會，他調戲了她，卻又因爲怕事及時抽身，留下她，半死不活。他要的是性，她期待的卻是愛情，她不但失敗了，而且讓他贏得很堂皇。作者用了大量的筆墨渲染銀娣事後的痛苦，無法可想，無處可逃，她選擇了自殺。這是她生活的一個關節點，愛情的失敗帶來了家庭內部的連鎖反應，銀娣自殺未遂，從此徹底失去了老太太的信任，「她是灰了心，所以跟二爺抽上了鴉片煙。」[34]但灰心到底不等於死心，她還是漂亮，而且期待著分家搬出去自己過。分家後準備過第一個年的時候，他又來了，他們發生了第三次也是最後一次交集。三爺向她表達了壓抑多年的愛，卻是一個「做成的圈套」[35]，他想訛她的錢。對於這一毀滅性的打擊，作者反而放棄了詳盡的心理描寫，只簡單地以銀娣喝酒的動作收場。然而，她的枯槁盡讓我們看在眼裡，「剛過四十歲的人，打扮得像個內地小城市的老太太」[36]。從心動，心灰，到心死，女人的心境和外表息息相關。年輕美麗的銀娣，去玉佛寺的時候是姚家最漂亮的媳婦；嫁進姚家十六年，三十四歲的銀娣，穿著粗布孝服「倒有種鄉下女人的俏麗」[37]；直到分家後，她穿褲子也會照時興的樣子「露出纖削的腳踝」[38]，遠看自己，「仍舊是年輕的，神秘而美麗」[39]；就算是發生第三次調情那天，她還會爲愛過的男人換身好看的衣裳。只有當一個女人心如止水時，她才可能完全無意於打扮，迅速衰老，這也標誌著銀娣作爲一個女人（還是個漂亮女人）生命的結束，以前她所害怕的歲月對美貌的銷蝕現在因爲多了一個男人的壓力反而來得更快、更狠。

　　青春、美麗的加快消逝只是受挫的影響之一，分家後堅守大家庭的禮節，好強而執拗，才是受挫後的深層心理反應。這裡涉及一個細微而重要的改動，《金鎖記》的故事雖然發生在上海，但七巧和姜家都是北方人，而《怨女》裡，姚家還是北方人，銀娣卻成了地道的上海土著。南北不同地域文化的差

---

[34]《怨女》，《張愛玲典藏全集》，哈爾濱出版社 2003 年版，第 68 頁。

[35]《怨女》，第 98 頁。

[36]《怨女》，第 102 頁。

[37]《怨女》，第 70 頁。

[38]《怨女》，第 76 頁。

[39]《怨女》，第 81 頁。

異主要體現在女人的穿衣打扮上，姚家的女人按北邊規矩搽厚厚的胭脂，穿紅紅綠綠的衣服，在喜歡素淡的上海人看來鄉氣得很，這種差別明顯到「一望而知」。銀娣從嫁進姚家起就努力適應北邊規矩，但是一個出身低微的南方媳婦，僅僅靠外表的北化決不可能進入等級森嚴的北方名門望族的中心，所以不管銀娣如何努力，最後都會以失敗而告終。這種失敗和受挫的愛情一起，曾叫銀娣灰心失望，但如果説愛情讓銀娣提早結束了自己的女性生命，它卻激發了銀娣越來越固執的反抗。她的反抗很有意思，不是去破壞，而是走向了它的反面──固守。從前因為身分而受辱，現在沒人管了，反而更看重身分，樣樣照老公館的規矩，比哪一房都守舊。老太太絕對想不到，她死後最像她、最自覺模仿她的竟是銀娣。對這種可憐又倔強的反抗，作者的感情顯然是複雜的。她多次提及銀娣的守舊，從教書先生的飯菜、二房的口音，到玉熹的前途、過年壓歲錢的給法，銀娣都遵守默契的祖訓和規矩，這裡頭自然有可笑的成分。然而，在與其他幾房遭遇的比較裡，銀娣確實有某種實實在在的優越感和滿足，至少以世俗的標準來看，作者給了銀娣一個比較好的結局，「剩下還就是她這一房還像樣，二十年如一日，還住著老地方，即使旺丁不旺財，至少不至於像三房絕後。大房是不必説了，家敗人亡」[40]。

　　對比張愛玲自身的經歷，我們可以發現同情寬厚的背後是她自己的影子，銀娣遠比七巧要貼近作者本人。據張子靜的回憶，《金鎖記》的人物、故事脱胎於李鴻章次子李經述家中，也就是説真有其人其事。張愛玲以自己的所見所聞寫下了小説，其中旁觀者的心態和立場非常確定。然而，《怨女》的人物故事與《金鎖記》相比已有較大出入，時間、空間距離的拉大都可能使作者原有的記憶模糊，新的印象會不斷取代舊日的影子，在新舊的出入之間小説漸漸達到了一種新的平衡，屬於中年張愛玲的平衡。對照張愛玲在美國的生活，可以發現她與銀娣之間的微妙聯繫或重合。如同銀娣渴望姚家的舞台一樣，張愛玲帶著希望和自信赴美，渴望成為像林語堂那樣以英文寫作聞名世界的中國作家。她的第一站是紐約，美國戰後「黃金時代」的藝術文化中心，「但是，張愛玲不過是一個初來乍到的難民，只沾著這個光彩奪目中心

[40] 《怨女》，《張愛玲典藏全集》，哈爾濱出版社 2003 年版，第 138 頁。

的一點邊，她希望有一天也能加入進去」[41]。張愛玲為這個希望付出了巨大的努力，卻從未被真正接納。首先從她的搬家路線可以看出。這是一個很有意思的線索，張愛玲無奈之下離開紐約，在彼得堡的麥克道威爾文藝營與賴雅相遇，不久結婚，開始了兩個人的漂泊生活。在賴雅癱瘓之前，他們先後遷居洛杉磯、三藩市、華盛頓，其中不乏舒適宜人的居住城市，但張愛玲真正想要的一直是定居紐約，她覺得「對一位作家而言，就是應該在紐約紮根」[42]，然而由於各種原因，她和紐約始終有一步之遙[43]。在我看來，這極富象徵意味，它何嘗不是一種拒絕，就像銀娣嚮往的姚家那個亮晶晶的舞台，除了偶爾讓她假扮一次，從來都不容她插足。此外，張愛玲曾經抱以希望的英文寫作也遭受了巨大的挫折。《秧歌》由美國司克利卜納出版公司出版，得到評論界的好評，銷路卻一般，未能再版。《粉淚》被同一出版公司拒絕。《赤地之戀》英文版最終只能在香港出版。《北地胭脂》本來先寫成，但到《怨女》連載的第二年（1967）才輾轉由英國的凱塞爾出版社出版。被拒或銷路不暢，她的英文小說似乎只有這兩個結果，她賴以生存和享有名氣的仍是中文創作。然而，她承受的打擊遠不止這些，最要命的是賴雅癱瘓了兩年，她不得不花大量的時間和精力照顧他，然後把剩下的用來賺錢，屬於她自己的，幾乎沒有。張愛玲當時也四十出頭，和銀娣變成「內地老太太」的年齡差不多，她當然還沒有絕望成那樣，但疲憊不堪肯定是有的，《怨女》裡的這句話——「她一個人在熱鬧場中，心亂如麻，舉目無親，連根鏟，連站腳的地方都沒有」[44]，我總覺得張愛玲是在說她自己。時間，此時成了一個敏感字眼。「日子越過越快，時間壓縮了，那股子勁更大，在耳邊嗚嗚地吹過，可以覺得它過去，身上陡然一陣寒颼颼的，有點害怕」[45]，這是銀娣晚年的時間感，與張愛玲當時的感覺何其相似，1965 年 6 月中旬她在寫給夏志清的信中說：「近

---

[41] 司馬新：《張愛玲在美國——婚姻與晚年》，徐斯、司馬新譯，上海文藝出版社 1996 年版，第 62 頁。

[42] 司馬新：《張愛玲在美國——婚姻與晚年》，第 106 頁。

[43] 諷刺的是，「1972 年她終於可以自由地選擇所喜愛的城市去居住，結果她選定了洛杉磯。多年來她一直盼望到紐約去住，但是這時紐約顯然已在走下坡路，犯罪率上升，秩序混亂」。（《張愛玲在美國——婚姻與晚年》，第 142 頁）

[44] 《怨女》，《張愛玲典藏全集》，哈爾濱出版社 2003 年版，第 109 頁。

[45] 《怨女》，第 140 頁。

來我特別感到時間消逝之快，寒嚇嚇的。」[46]這不只是因爲夏濟安的去世，還有她自己時不我待的感慨。所以《怨女》有了這樣一個結尾，銀娣忽然想起她做姑娘時的那些事，她拿油燈燒一個男人的手，恍惚中她回到了從前。

她引以自慰的一切突然都沒有了，根本沒有這些事，她這輩子還沒經過什麼事。

> 「大姑娘！大姑娘！」
> 在叫著她的名字。他在門外叫她。[47]

時光倒流，終究是一個夢。但恨海難填，恐怕不僅是銀娣，也是張愛玲。

然而，這樣深的感慨，在張愛玲的筆下，卻溫和而少戾氣。「歸來」雖滿目瘡痍，但歲月的積澱，使張愛玲有可能從容地審視自己的記憶和命運。更重要的是藝術的沉澱，張愛玲這樣對小說藝術抱有高度自覺的作家，一生都在不斷摸索和實踐。她中年極力稱賞《海上花》，這樣一部從小看的書，她到後來才真正發現它的好處——近生活，近人情。她早已過了逞才使氣的年齡，《金鎖記》的鋒芒畢露雖然痛快，但稍嫌刻意。她以後的創作雖有所節制，但未能達到得心應手的地步。或許可以說，直到《怨女》，張愛玲才真正接近她所嚮往的「平淡而近自然」的境界。

張愛玲上世紀 50、60 年代的小說創作，清晰地呈現出一條從「出走」到「回歸」的線索，可能「出走」時心有个甘，「歸來」後也回不到從前，但仍可以把它看成是作爲小說家的張愛玲的選擇，也是女人張愛玲的命運之路。

---

[46] 夏志清，〈張愛玲給我的信〉，金宏達主編《回望張愛玲‧昨夜月色》，文化藝術出版社 2003 年版，第 412 頁。
[47] 《怨女》，第 141 頁。

講評

◎石曉楓[*]

　　陳豔女士本篇論文主要側重在勾勒張愛玲創作歷程的轉變，並以 1960 年代赴美後根據舊作〈金鎖記〉、《十八春》改寫的《怨女》、《半生緣》等幾部小說互為比對，論述張愛玲在 1950 年代的「出走」以及 1960 年代「回歸」的創作軌跡。論文裡對於兩部小說分別「改寫」的比較及其意義，有非常詳盡的分析，各位可以讀到她的文字非常流暢、論述相當清楚，層次也很分明。

　　我個人頗喜歡這篇論文，比方說從《十八春》到《半生緣》的改寫，張愛玲對「叔惠」此一角色情感深度的著墨及其用意，就被陳豔很細緻地比對出來，在這裡恐怕張愛玲要引為知音了。經由很多小地方的耙梳和意義判別，我們其實可以同時感受到兩個女人，也就是張愛玲的「聰明」，以及陳豔的「慧心」。不過其中當然也有一些問題，可以提出來稍做討論。

　　首先，論文第 227 頁將《半生緣》對《十八春》的還原，解釋為以風月取代風雲，並指出「在張愛玲看來，『風月』才是小說的生命」。我認為與其如此詮釋，不如說張愛玲的真正用意，其實還不落在風月，而是以風月寫「人性」，也就是說，張愛玲重新回歸她所在意、所認同的小說創作本質，而不是《十八春》裡被意識型態所綁架的偽人性。

　　與此相關的是，第 230 頁以下論述從〈金鎖記〉裡七巧的潑辣到《怨女》裡銀娣的溫潤轉變，認為是張愛玲刻意的「美化」，我以為那也不稱之為美化，而是人性化、合理化。歲月歷練後的張愛玲，顯然更懂得所謂的「小奸小惡」，她不把人性推向極端，相較於之前七巧的角色刻畫，銀娣更趨近於中間人物性格，也就讓人物多了些可憫之處。當然，這應是隨著時間歷練及改寫的長期思考，張愛玲在小說表達及人性分析上的成熟。

　　我比較要強調的是，相較於對愛情描寫的興趣，或角色塑造的成功與否，

* 台灣師範大學國文系副教授。

從愛情中見「人性」，其實更是張愛玲小說的精髓。

　　其次，作者在第 229 頁以下，分別從外貌、性情、人際關係三個方向，比對〈金鎖記〉裡的七巧與《怨女》裡的銀娣這兩名人物。有一點要稍作補充，張愛玲對於銀娣可以做比較細膩的描寫，這也涉及了小說篇幅長短的容受度及發揮度問題，也就是說，相較於〈金鎖記〉，長篇《怨女》自然有比較大的發揮空間。

　　回到剛才的討論，在「外貌」這個部分，陳豔認爲相較於七巧，張愛玲筆下的銀娣美麗甚多。可是在我的閱讀經驗裡，張愛玲筆下比較少有美麗的女性，或者說她從不刻意強調其筆下人物的美麗，她小說中的女性，比較多的是「個性」，因此作者在這裡以：「她向空中望著，金色的臉漠然，眉心一點紅，像個神像」這樣的句子，說明張愛玲對銀娣美貌的肯定，對我而言比較不具說服力。更何況相較於七巧，銀娣的美麗到底能爲小說情節起到何種推動的作用？〈金鎖記〉裡的七巧年輕時不也曾是個麻油西施嗎？這個部分的比對我覺得是比較牽強的。

　　第三，作者在論文第 229 頁將《十八春》光明的結尾，解釋爲作者其時風華正茂，因爲年輕、意氣昂揚，自然會採這種寫法；而寫《半生緣》時她窮困潦倒，所以結局蒼涼是心境的自然反映，我比較不持贊同意見。因爲在張愛玲「正常」的小說世界裡，人性永遠是陰暗的，她在青春時期的作品就以驚人的早熟證明了這一點，因此我認爲《十八春》對於人物的處理，主要仍是受到時代及當時意識型態需求的影響。

　　與此類似的推論手法，也出現在論文 231 頁以後對於七巧和銀娣人物性情的比較上。作者在論文第 233-235 頁裡，非常強調張愛玲赴美十年間的生活際遇及心境轉變，由此證明銀娣之於張愛玲本人的指涉性，她認爲「如同銀娣渴望姚家的舞台一樣，張愛玲帶著希望和自信赴美，渴望成爲像林語堂那樣以英文寫作聞名世界的中國作家」，但陰錯陽差，當時的張愛玲和紐約始終有一步之遙，因此陳豔以爲「這極富象徵意味，它何嘗不是一種拒絕，就像銀娣嚮往的姚家那個亮晶晶的舞台，除了偶爾讓她假扮一次，從來都不容她插足。」也就是說，陳豔試圖以銀娣進入夫家家族體系的挫敗，指涉張愛玲赴美時對於個人前途的榮光想像以及其後的不順遂，這個部分我覺得是過

份涉入了。

讀這篇論文時，我有一種深深的感覺，就是著迷於張愛玲小說的人，本身往往也都是細緻、敏銳而敏感的，但這也容易引發一個問題，就是情感的主觀介入太多，像這類將小說人物與作者際遇互爲比對的想法不是不可以，而是在分寸的拿捏上，我們恐怕都要注意「入乎其內」之餘，也要能夠「出乎其外」。

最後，作者在第 235 頁的結論指出「張愛玲上世紀 50、60 年代的小說創作，清晰地呈現出一條從『出走』到『回歸』的線索」，它「是作爲小說家的張愛玲的選擇，也是女人張愛玲的命運之路。」所謂「女人」張愛玲的命運之路所指爲何？作者在全文中並未特別涉及或凸顯女性此一性別身份，因此我覺得在結論時出現有點突兀，也許陳豔可以再說明一下。

其他尚有些有趣的問題，比方說許鞍華根據張愛玲小說改編的電影《半生緣》，由於時間長度限制及市場的考慮，刪去某些小說枝節，而較凸顯曼楨與世鈞一線，收尾也結束在主要人物身上。至於張愛玲的原著則有從容的餘裕充分發展、多線進行幾段終究「惘然」的半生緣，例如曼楨與世鈞，例如叔惠與翠芝，但爲何小說的終局要結束在配角翠芝臉上淒涼的微笑？張愛玲此種收尾究竟有何深意或是藝術效果？不知陳豔以爲如何？

兩岸文學中的性別書寫、文化寓言與世紀末想像
以王安憶、鐵凝、朱天文小說為例

◎張 莉[*]

　　王安憶、鐵凝、朱天文是本文的關注對象，她們在兩岸文學創作領域具有代表性——王安憶和鐵凝在大陸常常被並稱為當代文學「雙子星座」，而朱天文的寫作則被台灣批評家視為「台灣文學與文化的新動向」。本文擬以三部小說：《我愛比爾》、《永遠有多遠》、《世紀末的華麗》進行分析——三部作品甫一問世便倍受讀者與批評家關注，具有重要的文學史意義。當然三部作品發表的時間具有相似，都發表在上世紀 90 年代：《我愛比爾》發表於《收穫》（1996 年 1 期）；《永遠有多遠》發表於《十月》（1999 年第 1 期）；《世紀末的華麗》（則完成於 1990 年 4 月）。當然，非常巧合的是，三位作家還都是同齡人，王安憶出生於 1954 年，朱天文出生於 1956 年，鐵凝出生於 1957 年。

　　本文尋找的是《世紀末的華麗》、《我愛比爾》及《永遠有多遠》之間細微的「互文性」： 三部作品都講述了三個女人的情感生活，她們分別生活在中國的三個重要城市：上海（《我愛比爾》）、北京（《永遠有多遠》）、台北（《世紀末的華麗》）。女主人公生活場景、性格特徵與其身處的三座城市文化緊密相關，也保有所在城市的文化精神內涵。更重要的是，三部作品都有獨特的時間感，小說對所處的時代發展、所在的城市文化都各有隱憂與態度，而對於馬上到來的「世紀末」各有一番文學表達。這些表達基於她們的小說家身分，也未嘗不緣由她們作為女性獨有的感覺與認識。就此而言，三部小說也是她們的隱密女性主張。

---

* 天津師範大學文學院副教授、中國現代文學館客座研究員。

老北京、新上海與物質台北

　　《永遠有多遠》、《世紀末的華麗》和《我愛比爾》，都以一個女性作為書寫的對象，她們的情感際遇與人生波折都與她們生活的城市之間有緊密關係。《永遠有多遠》的開頭部分，就講述了關於北京與胡同之間的關係：「北京若是一片樹葉，胡同便是這樹葉上蜿蜒密布的葉脈。要是你在陽光下觀察這樹葉，會發現它是那麼晶瑩透亮，因為那些女孩子就在葉脈裡穿行，她們是一座城市的汁液。胡同為北京輸送著她們，她們使北京這座精神的城市肌理清明，面龐潤澤，充滿著溫暖而可靠的肉感。她們也使我永遠地成為北京一名忠實的觀眾，即使再過一百年。」以老北京／胡同／北京姑娘的敘述，《永遠有多遠》同構了白大省與北京之間的親密關聯。主人公表妹白大省總是以一種空想的熱情熱愛著她喜歡的男性，但又總是被無視、忽視和拋棄。她的身上有著過時的「仁義」美德。賀桂梅在〈文學與城市——世紀之交的城市書寫與女性表像〉中對《永遠有多遠》中女性與城市文本同構性做過詳細而深入的分析：「《永遠有多遠》以一個胡同裡長大的女性的情感故事，來呈現北京精神的全部內涵，這一敘述結構及其象徵性表達是相當清晰的。白大省的故事並非僅僅是一個女性的故事，而同時是北京故事。她的『仁義』，她的『傻裡傻氣的純潔和正派』，她的實在和『小心眼不多』，她的『笨拙而又強烈之至』的感情，也正是胡同北京的品性。」[1]

　　《世紀末的華麗》書寫的是台北。「這是台灣獨有的城市天際線，米亞常常站在她的九樓陽台上觀測天象。……違建鐵皮屋佈滿樓頂，千萬家篷架像森林之海延伸到日出日落處。」這是與北京完全不同的城市風景，「水汽和雲重得像河，車燈破開水道逆流奮行，來到山頂，等。」「終於，看哪，他們等到了，前方山谷浮升出一橫座海市蜃樓。雲氣是鏡幕，反照著深夜黎明前台北盆地的不知何處，幽玄城堡，輪廓歷歷。」王德威分析說，《世紀末的華麗》中「米亞是個訂做的世紀末人物，一個金光璀璨、千變萬化卻又空無一物的衣架子。而朱的小說自身，何嘗不可作如是觀。米亞（或朱天文）對服裝與形式的極致講究，淘空了所謂的內容，而沒有內容的空虛，正是《世紀末的

---

[1] 賀桂梅，〈文學與城市〉，《人文學的想像力》，河南大學出版社，2005 年，171 頁。

華麗》最終要敷衍的內容。」[2]小說寫作方式對於大陸讀者來說有些陌生——它充溢著對服裝、對形式、對流行風向不厭其煩的描摹，甚至超過了對人物本身的關注。張誦聖在〈朱天文與台灣文學及文化的新動向〉中認為，《世紀末華麗》及同名短篇小說集書寫的不僅僅是人，還有城市本身——荒蕪、空洞、沒有實質性的城市與米亞由衣飾充斥的模特生活一起構成了緊密的關係。

　　《我愛比爾》很少寫上海的城市風光，幾乎沒有我們印象中的弄堂、高樓、外灘和淮海路等標誌性建築。它書寫的是另一個上海，一個文化意義上的上海。女主人公阿三是美術系大學生，她與美國外交官在一次畫展中相識。作為繪畫者，她渴望西方的創作技法和賞識，也懂得如何取悅西方人。「她向比爾介紹中國的民間藝術：上海地方戲，金山農民畫，到城隍廟湖心亭喝茶，還去周莊看明清時代的居民。」（這種取悅也包括她作為女性的身體展示。阿三的性生活中模仿春宮圖，設置各種層層障障的「中國特色」，為的是讓比爾沉迷，愛上這個「中國」的她。）上海有周莊、絲綢、菊花，有阿三對京劇的迷戀，這都是比爾所喜歡的上海。小說中也書寫了阿三參加外國人聚會、中國女作家的沙龍，以及阿三在華涇村的生活等。阿三很享受在上海街頭與比爾的摟抱，享受與西方都市結合、共在的幻景：「出酒店來，兩人相擁著走在夜間的馬路上。阿三鑽在比爾的羽絨服裡面，袋鼠女兒似的。嬉笑聲在人車稀少的馬路上傳得很遠。兩人都有著欲仙的感覺。比爾故作驚訝地說：這是什麼地方？曼哈頓，曼谷，吉隆坡，梵蒂岡？阿三聽到這胡話，心裡歡喜得不得了，真有些忘了在哪裡似的，也跟著胡謅一些傳奇性的地名。比爾忽地把阿三從懷裡推出，退後兩步，擺出一個擊劍的姿勢，說：我是佐羅！阿三立即做出反應，雙手叉腰：我是卡門！兩人就輪番作擊劍和鬥牛狀，在馬路上進進退退。路燈照著，將他們的影子投在地上，奇形怪狀的。」阿三身上有典型的「自我殖民」色彩，小說中她對比爾的愛與對西方文化的迷戀是共生的，上海從前的「殖民地」背景與阿三身上的新式上海都市文化氣息糾纏在一起——只有作為時尚都市的上海，才能產生對西洋文化如此執迷的阿三。

---

[2] 王德威，〈從《狂人日記》到《荒人手記》〉，《當代小說二十家》，北京三聯書店，2006年，10頁。

文化寓言：「世紀末」裡的「不合時宜」

　　三部小說講述的是人與城市文化，也是人與時代文化的關係。阿三身上固然有著十裡洋場的上海氣息，但也未嘗不是八、九十年代中國文化中獨有的印記，那是一切以「西方文化」為是，一切以「西方文化」為最的時代。這背景使她的愛情生涯充滿了隱喻氣息——阿三熱愛比爾的一切，堅信自己與比爾之間有愛情，即使暫時沒有，也會獲得。比爾之於阿三是神，是電影裡的「銅像」，「比爾對阿三說：「雖然你的樣子是完全的中國女孩，可是你的精神，更接近我們西方人。」這使阿三心花怒放。比爾對阿三的接納意味著西方及西方文化對文藝女青年阿三的認同和接受，比爾也使阿三「西方化」的靈魂獲得安慰。所以，比爾離開後她尋找著和比爾有共同特徵的男性，比如馬丁。《我愛比爾》首先是一個愛情故事，這個愛情故事裡，阿三狂熱地追求她的熱愛對象，從不想瞭解她的對象是否也愛她，適合她，她是否要因之放棄自己的主體性——阿三與活躍的時代的關係則是火熱的，她一次次渴望融入這個時代的文化氛圍，成為時代文化的一部分，作為「愛比爾」的個人，阿三是 90 年代中國的「合時宜者」。

　　《我愛比爾》不只書寫一個女人與她所處時代文化之間的關係——比爾和阿三之間深不可測和仿佛無法逾越的溝壑使阿三和比爾之間的無法合拍最終體現為來自第一世界的比爾與來自第三世界的阿三之間的差異，那是冷冰冰的經濟利益不平等與政治格局的不相宜。整部小說是在阿三的反省與追悔中講述的，進入勞改農場後的她對自己的過往產生了深刻的懷疑和反省，反省「我愛比爾」這個事實本身。王安憶在此部小說裡不動聲色的客觀敘述與阿三的個人反省形成了反差，這使整個故事讀到最後變得異常殘忍。作為與時俱進者的阿三，當年多麼沉緬於被西方接納的幻覺！可是，當比爾告訴阿三，「作為我們國家的一名外交官員，我們不允許和共產主義國家的女孩子戀愛」時，現實才露出強硬、猙獰、無情的面目。阿三與比爾之間的愛情，使人無法不想到詹明信在《處於跨國資本主義時代中的第三世界文學》中所言：「關於個人命運的故事包含著第三世界的大眾文化和社會受到衝擊的寓言。」[3]阿三的自我痛苦與懷疑不應該只理解為阿三的個人感受，也是作為敘

---

[3] 詹明信，〈處於跨國資本主義時代中的第三世界文學〉，《晚期資本主義的文化邏輯》，北

述人的王安憶的冷靜思考。

　　白大省渴望「與時俱進」，渴望成為「西單小六」——一個風情萬種，在任何時代都可以收穫她的愛情、也深得時代文化精神的美麗女人。但具有仁義美德的白大省總是不能如願。她不解風情，不斷地被各種男人拋棄、拒絕、傷害。男人們用各種方式與她分手。她也被自己的弟弟、表妹算計、欺騙。被愛情傷害構成了白大省與外部世界的關係。小說的結尾處，拋棄過白大省的男友由日本歸來，請求她成為自己女兒的繼母。白大省答應了，這是常人難以理解的決定。白大省再一次鬼使神差地成為了她不想成為的那種人。《永遠有多遠》寫了一個被時代拋棄的女性，白大省令人想到電視劇《渴望》裡的劉慧芳，那個處處忍讓、以奉獻為美德的女性曾經在 80 年代中國家喻戶曉，其命運主題曲「好人一生平安」也被傳頌一時。但作為翻版劉慧芳，白大省在「世紀末」不被認為是「好人」，其感情生活也不「平安」。她身上的「仁義」美德被她身邊的很多人理解為「傻」、「容易欺騙」。在這個注重實利、講究算計，處處為自己打算的時代裡，白大省徹底地成為了一個「不合時宜者」。

　　《永遠有多遠》講述的也不僅僅是白大省的際遇，鐵凝一開頭就討論到了仁義：「在七十年代初期，這其實是一個陌生的、有點可疑的詞，一個陳腐的、散發著被雨水洇黃的頂棚和老樟木箱子氣息的詞，一個不宜公開傳播的詞，一個激發不起我太多興奮和感受力的詞……」為什麼一個不宜公開傳播的詞，在 1999 年卻成為敘述人詠歎的對象？這是一個新的社會和時代，新的價值觀和倫理觀如高樓一樣迅速被認同，80 年代末以來那些現代化觀念被狂熱接納，而「陳舊的」觀念和道德體系則在頃刻之間被無情地拋棄與忽略。一切都因被命名為全球化與現代化而顯得理所應當。可是，真的是這樣嗎，我們物質生活的豐饒一定要以精神世界的貧乏為代價嗎？白大省在大罵郭宏的第二天給「我」打電話，她說她在沙發縫裡發現了一塊「皺皺巴巴、髒裡吧唧」的小花手絹，是郭宏孩子的手絹。「白大省說所以我的良心會永遠不安。我問她說，永遠有多遠？」皺皺巴巴的小髒手絹細節喚醒了白大省的母愛本能，仁義美德在她身上重新浮現。這是一次主動的選擇。白大省在小說最後

京三聯出版社，1997 年版，523 頁。

尋找到了她的主體性，做出了屬於她個人的選擇。鐵凝書寫了那些屬於民間的美好，對時代發展中所遺失的「傳統美德」進行了深情而又百感交集的回視。

或許，作爲藝術人物，阿三的幸運在於她的渴望最終沒有被時代以及西方文化接納，這使得我們有機會深刻認識到追隨「發展」的腳步、亦步亦趨做「合時宜者」的危險。而白大省的魅力則在於她與整個時代和社會的格格不入，緩慢的反應、笨拙的轉身以及空懷一腔熱情使她成爲這個時代的「特立獨行」之人。——阿三和白大省是中國大陸文學史上兩個令人難以忘懷的「怪裡怪氣」形象，經由這兩個人物，王安憶和鐵凝表達了在時代潮流面前的警惕，即，在迅猛發展的時代與城市面前，「與時俱進」的危險以及保持主體性與獨立性如何可能。

米亞與阿三、白大省完全不同。在愛情裡，青春無敵的她是主動的，與每一個男友的交集與分手，都是她的主動選擇。米亞對愛情的主動選擇構成了她與外部世界的關係。但小說很少寫她與男性情感的交融。正如詹宏志在序中所說，「小說花費大量篇幅細細描述各種服裝時尙與身上飾物，相對地逐步揭露一個行屍走肉的身體。」[4]似乎是，無論從愛情選擇還是生活方式的選擇她都是合時宜的，但是，也並不盡然。王德威認爲《世紀末的華麗》不只是朱天文紙上服裝秀。在他看來，這篇小說談衣服，於有意無意間擊中了時代的要害：

> 它讓我想起張愛玲散文《更衣記》裡的一段話：「服裝的日新月異並不一定表現活潑的精神與新穎的思想。恰恰相反。它可以代表呆滯；由於其它活動範圍內的失敗，所有的創造力都流入衣服的區域裡去。在政治混亂期間，人們沒有能力改良他們的生活情形。他們只能夠創造他們貼身的環境——那就是衣服。我們各人住在各人的衣服裡。」朱天文盡得張派真傳。她避談政治，卻在綾羅綢緞間，紡織了一則頹靡的政治寓言。當她寫著 MTV 裡，一群台灣複製的瑪丹娜「跟街上吳淑珍代夫出征競選『立法委員』的宣傳車，跟柯拉蓉和平革命飛揚如旗海的黃絲帶」交

---

[4] 詹宏志，〈一種老去的聲音〉，《世紀末的華麗》，上海譯文出版社，2010 年，3 頁。

相爭豔，或米亞戴著情人的蘇聯紅星表，乘著霓虹廣告車，「火樹銀花馳過高架橋，繞經東門府前大道中正紀念堂」瘋狂兜風，那久經壓抑的政治潛意識，至此呼之欲出。是反叛，還是墮落？是昇華，還是浮華？不可說，不可說。[5]

以此說來，米亞的頹廢風格、物質主義以及 25 歲便覺年華不再的感慨，也不只是她的「怪癖」，還在於她對這個時代的不適應。這是另一種形式的不合作。但張誦聖表達得更為貼切：「一方面朱天文精確而生動地描繪出處亞熱帶地理環境的台灣都市中特有的噪音、濕氣、灼熱及汙染的空氣和水；另一方面，其中的意象也有力地傳達出否定人文價值的荒蕪和野蠻。」[6]

米亞、阿三、白大省的情感際遇隱喻著她們與外部世界所在的關係。——無論是否曾經「與時俱進」，三部小說的女主人公在小說結尾處都沒有跟上時代的「步伐」。具有主動精神的阿三在「愛比爾」的回憶中不斷地反省和懊悔；一直渴望成為別人的白大省回歸了自己的「仁義」，沒有成為自己想成為的那種人。最令人吃驚的是米亞，在物質世界面前變得緩慢和遲鈍——她和老得可做爸爸的老段有露水情份，但「他們過分耽美，在漫長的賞歎過程中耗盡精力，或被異象震懾得心神俱裂，往往竟無法做情人們該做的愛情事」。米亞離開了那幫與時尚結緣的朋友，沒有成為「空洞」的衣架，她轉而躲進自己的空間學做手工，渴望用手藝養活自己——阿三、白大省、米亞在小說的結尾沒有與城市文化精神共同「前進」，她們和她們身在的都市文化保持了距離，她們最終成為了時代的「不合時宜者」。

重建性別／文化主體的思考

「有一天男人用理論與制度建立的世界會倒塌，她將以嗅覺和顏色的記憶存活。從這裡並予之重建。」這是《世紀末的華麗》中被人廣為引用的話，研究者認為這是朱天文的「女性宣言」：「然而這敘述不必是對未來文明的評

---

[5] 王德威，〈從《狂人日記》到《荒人手記》〉，《當代小說二十家》，北京三聯書店，2006 年，11 頁。

[6] 張誦聖，〈朱天文與台灣文化及文學的新動向〉，《性別論述與台灣小說》（梅家玲編），麥田出版社，2000 年，336 頁。

語，如果當它是對目前文化狀況有所不滿的女性宣言，可能更為恰當。」[7]在對男人世界的未來表達憂慮時，朱天文企圖建設屬於女性的未來文明。朱天文在這部小說中有自己的時間觀念，她將寫作設在了尚未到來的 1993 年，以未來的時間回視此刻。在她的小說裡，傳統的時間對於米亞來說已失去意義，25 歲的早已覺察「年老色衰」。米亞感受到了時間的飛速，但是，她還是會依靠嗅覺記憶存活的，依靠味道與顏色獲得對自我的重新確認。

　　以嗅覺、味覺感受、理解世界是及物的、安穩的、實在的和妥帖的，《永遠有多遠》中，鐵凝以一種個人的、物質的感受表達了對逝去的北京的懷念，這個北京與那個被越來越多的「世都」、「天倫王朝」、「雷蒙」、「凱倫飯店」充斥的北京城是不搭界的。小說開頭就有大量對嗅覺、味覺感的追念。敘述人回憶著二十多年前夏日的午後，「我」和表妹白大省經常奉姥姥的吩咐拎著保溫瓶去胡同南口的小鋪去買冰鎮汽水。說到當時北京的小鋪，「南口不賣油鹽醬醋，它賣酒、小肚、花生米和豬頭肉，夏天也賣雪糕、冰棍和汽水……你知道小肚什麼時候最香嗎？就是售貨員將它擺上案板，操刀將它破開，切成薄片的那一瞬間。」關於喝汽水的感覺，敘述人記憶猶新：「我只覺得冰鎮汽水使我的頭皮驟然發緊，一萬支鋼針在猛刺我的太陽穴。「這就叫冰鎮。沒有冰箱的時代人們知道什麼是冰涼，冰箱來了，冰涼就失蹤了。」——《永遠有多遠》絕不只是寫一個女性的世紀末際遇，它還有關民族文化選擇，城市發展選擇，更是小說家內心文化價值觀的取捨。在世紀末，在胡同與摩天大樓之間追問「永遠有多遠」是一種態度——什麼是應該留存的，什麼是應該珍視的？也許答案就在那些胡同裡，那些與胡同共生同長的北京姑娘身上，她們身上的仁義美德是北京城乃至中國文化中被視而不見的珍寶，是一個城市/民族文化生命中的汁液、經絡、血脈。

　　《我愛比爾》中表達的是何為民族／文化主體、何為「自我」的認知。阿三從勞改農場逃出後挖出一個雞蛋。它喚起了她內心深處的記憶、感受以及痛楚。「這是一個處女蛋，阿三想。忽然間，她手心裡感覺到一陣溫暖，是那個小母雞的柔軟的純潔的羞澀的體溫。天哪！它為什麼要把這處女蛋藏起來，藏起來是為了不給誰看的？阿三的心被刺痛了，一些聯想湧上心頭。她

---

[7] 張誦聖，〈朱天文與台灣文化及文學的新動向〉，《性別論述與台灣小說》（梅家玲編），麥田出版社，2000 年，343 頁

將雞蛋握在掌心，埋頭哭了。」——在最初與比爾的性愛中，阿三刻意掩示了自己的「處女」身分，以迎合他的西方人生活方式。但作為物的處女蛋重新喚回了阿三的主體感受，這感覺使她具有了重建自我主體的可能性：怎樣在這個時代真正辨別自己想要的，怎樣才真正瞭解自己是誰，瞭解自己的欲望和身分，進而確立自己的位置？阿三是矛盾的：「這其實是一個困擾著她的矛盾，那就是，她不希望比爾將她看做一個中國女孩，可是她所以吸引比爾，就是因為她是一個中國女孩。」「處女蛋」引發了阿三的痛楚，這使她不得不面對當初為何要對「自我」進行壓抑這個事實。

　　民族國家話語的存在使《我愛比爾》從「愛情」中脫離開來——小說講述了男人與女人在性和身體感受上的「不可溝通性」，這既是美國外交官身分的比爾和中國文藝女性阿三的不可溝通，也是西方經驗和東方經驗、第一世界和第三世界的「溝通」艱難的深刻隱喻。「所有第三世界的文本均帶有寓言性和特殊性：我們應該把這些文本當作民族寓言來閱讀。」[8]《我愛比爾》使人不得不正視民族文化主體性如何建立、建立的艱難性與可能性問題。身分認同和困惑是《我愛比爾》中阿三無法回避的問題，也是這個時代中國知識分子無法回避的問題。愛情故事與民族身分思考的連袂登場，個人情感與民族際遇共同受到重創，這顯然出自一種高明的小說敘述策略——小說表層是阿三愛情故事的書寫，內核卻是敘述人王安憶在一個世紀快要結束時的表達，是一位在「全球化時代」時代寫作的中國作家的文學式發言。[9]

餘論

　　阿三、白大省和米亞以不同的及物方式表達了個人主體的回歸。這是作為女性主體的確認，也是對民間、民族文化主體的再次確認。這樣的主體性選擇與時代的宏大潮流構成了「反動」，也正是這樣的「反動」襯托了三位作家進行「世紀末想像」時的清醒。這三部作品出版後很快成為了她們個人創作生涯的轉折之作——讀者們都感受到了作家本人視角與敘述聲音的變化。

---

[8] 詹明信，〈處於跨國資本主義時代中的第三世界文學〉，《晚期資本主義的文化邏輯》，北京三聯出版社，1997 年版，523 頁。

[9] 本文中關於《我愛比爾》的分析，部分引自本人論文〈三個文藝女性，一場時代愛情〉，《南方文壇》，2009 年 2 期。

詹宏志在給小說集《世紀末的華麗》寫的序言中以「一種聲音的老去」來指代朱天文小說變化,「老」也許指的不是單純的衰老,而是與青春作別,是一個作家走向成熟、一個作家文化價值觀的日益完善。

三部作品應該被視作是三位作家創作歷程中的「節點」。主人公最終選擇成為這個時代的不合時宜者是否表明了她們看盡浮華後內心的守持,她們對某一種文化價值取向的強調?王安憶、鐵凝、朱天文對世紀末的反思意識與對城市流行文化的疏離姿態與警覺性應該被重視——身處物質台北的朱天文在《世紀末的華麗》後出版了她的近期代表作《巫言》,將她對物質化時代的物質書寫向繁複推進;鐵凝由《永遠有多遠》對仁義的凝視後出版了長篇小說代表作《笨花》,再一次向本土與民間尋找寫作資源;王安憶在《我愛比爾》之後,先後有《長恨歌》、《富萍》以及《天香》等長篇力作發表,對民族文化主體性的思考使她的作品在浮世中具有了某種定力。

「世紀末的想像」固然是在一個世紀「終結」時刻意放緩步伐進行有意的思考與反省,但是否也是作家的一次自我更生,預示著文學寫作生涯的再度出發?

參考書目

- 賀桂梅，《人文學的想像力》，河南大學出版社，2005 年。
- 梅家玲編，《性別論述與台灣小說》，麥田出版社，2000 年。
- 王德威，《當代小說二十家》，北京三聯書店，2006 年。
- 詹明信，《晚期資本主義的文化邏輯》，北京三聯出版社，1997 年版。
- 朱天文，《世紀末的華麗》，上海譯文出版社，2010 年。
- 鐵凝，《永遠有多遠》人民文學出版社，2006 年。
- 王安憶，《我愛比爾》，南海出版公司，2000 年。

講評

◎謝有順[*]

　　這篇論文中提及了三位女作家與三個城市，上海、北京、台北，包含三個作家筆下的人物，極為相似的主體回歸的模式與時代的差異性，張莉的嘗試非常細微，有意思。

　　但，我看論文的時候有點擔心，從個案到整體全面的論述，野心是否過於太大，這三個女作家及其作品是否能承擔這樣一個命題，我很懷疑，我個人並不喜歡用個案推導到整體的方式，不能用副標題將主標題的東西昇華或過度昇華，這也是很多人的問題。

　　這三個人的小說是否和世紀末有關？除了朱天文的小說《世紀末的華麗》之外，鐵凝和王安憶寫白大省和阿三是否也想到了世紀末？這些作品發表時間在 1990 年代，與世紀末有一點距離，像鐵凝這樣比較中性的女作家，其實也未必有這麼強烈的世紀末意識以及女性意識，這些部分都可以深入探討。

　　其次，對於作品中三種人的內心抉擇，張莉的闡述不斷在社會學、外部的社會時代中找尋原因，我不否則有這樣一些原因，阿三、白大省、米亞有一種不合時宜，可以解讀為不符合城市文化的精神，拒絕共同前進，這是人物較淺層次的自覺。我覺得這三個特別的人物要深入分析，需要回到人心，內心的精神事變，這些變化未必是這些人物能意識到的，經過許多磨難後，才逐漸發現「我」不能成為別人，只能成為自己。另一個層次中，當她渴望成為「別人」的時候，這個「別人」會不會是另一個陌生的自我？像阿三被說長得是中國的，精神是西方的，阿三很高興，好像在精神上與比爾同年，但比爾愛的是中國女孩阿三，不一定喜歡一個中國外表下西方精神的阿三，這是一個矛盾。白大醒想成為西單小六，這個「西單小六」也可能代表著她尚未意識到的自我，渴望成為別人的想法，可能就是自身尚未發現的另一個

---

[*] 中國中山大學中文系教授、博士生導師。

隱蔽自我。

　　如果要更深入地分析，就會遇到現代人生存的困境，不僅人和世界、人和人之間的疏離、隔絕，更大的困境是人與自我的疏離，我不知到我是誰，需要什麼，變成自己以外的陌生人，這是更深刻的困境。其實小說中的人物正在認識一個陌生的自己，自我的陌生人背後說明了現代人精神困境，我覺得這才是心靈的失變，不單我不能成為別人，我也不能成為那個尚未認知的自我。故事後面的覺悟其實是對自我陌生化的一種認識，「我」終於認識了陌生的自我，「我」成為了那個陌生的自我的自我，我覺得這是一個哲學的問題。

　　理解更深入也將繼續追問，何以她們能認識這樣的自我？因為，她們都經歷了磨難、受苦和挫折，這也是現代人生存的問題，廉價的幸福與受難後爭取到的內心渺小的溫暖和安慰，20 世紀的文學不斷在描述初識溫暖的片段，值得為之獻身、感召的段落，其實都是受難的代價，通過受難積長的破碎瞬間，例如，最後安慰了阿三的處女蛋只不過是一個隱喻，隱喻著我們已經不能獲得整體的幸福，不再是一個幸福的人，只能在某些微小的片段中獲得渺小的溫暖。

　　或許應該沿著人物內心往下挖掘的渠道，而不應該把這些人的特異性，用無法與時俱進或人盡其才來解釋，會損傷論文的現代感，因為這篇論文所要探討的就是很奇特的現代人格。

鄉土抒情與現代性
沈從文、賈平凹及其他[*]

◎楊佳嫻[**]

一、

我以「鄉土抒情」來稱呼沈從文描寫湘西和賈平凹以商州爲題的一系列散文。因爲這些指明地域的作品中，既有對於作者出身的鄉土描繪，賦予倫理上的意義，同時出之以詩化筆法，呈現出外於現代都市的寧靜世界，可是寧靜中又自有生機與爭鬥，有純真的流血，有悔與恨，有記憶。

賈平凹〈商州初錄〉提到商州的「化外」：「外面的世界愈是城市興起，交通發達，工業躍進，市面繁華，旅遊一日興似一日，商州便愈是顯得古老，落後，攆不上時代的步伐。但亦正如此，這塊地方因此保持了自己特有的神秘。日今世界，人們想盡一切辦法以人的需要來進行電氣化、自動化、機械化，但這種人工的發展往往使人又失去了單純、清靜，而這塊地方便顯出它的難得處了。」[1]這正如沈從文的湘西，其迷人處並不在於美得不似人間，反而是展現了另一種人間。沈從文或賈平凹在景緻風土固然刻劃入微，重要的卻是人和人的關係如何締結、存在與作用，並且和當地風土互動互塑，自成一格，因而有別於「化內」。

至於寫作目的，賈平凹說是根據可靠消息，商州鐵路已在籌劃：「一旦鐵路修通，外面的人就成批而入，山裡的人就成批走出，商州就有它對這個社會的價值和意義而明白天下了。」因此，寫商州的功用如同鐵路勘測隊的任務，使外邊人能以「公平而平靜的眼光」看待這塊地方。等到鐵路修起，「這

* 此爲論壇發言稿，請勿引用。
** 台灣大學中文系兼任助理教授。
1 賈平凹：〈商州初錄〉，《商州初錄》（台北：允晨，2011），頁 12。

本小書就便可作賣辣麵的人去包裝了，或是當了商州姑娘剪鉸的鞋樣子」[2]。他並不反對替鄉土桃花源鑿開洞口。商州之美，也許和某種程度上的隔絕有關，可是，開通而使之能與外界更便利往來，可以讓商州的價值更爲社會所知。在此，賈平凹似乎無意爲鄉土留下永恆的畫像，他的自喻中暗示著一種工具傾向，把書寫商州等同於開發探勘隊的工作。

　　相較之下，沈從文之於湘西書寫，也具有某種工具傾向，可是更傾向於精神的改造。四十年代，他提到正直與熱情的民族品德，仍然存在於青年人的血液裡[3]，凌宇指出，沈的創作中「對於人性的發現與張揚，其目的，就是獲取重造經典重構民族文化的思想文化資源」[4]，而這種重造經典的資源，不是援引西方，拿來現代，而是向古老的世界汲取。

二、

　　「鄉土抒情」這個詞彙，對於台灣文學，可能是衝突性的、不可解的。因爲「鄉土文學」一詞，在台灣現當代文學史上有其特殊指涉。所謂「鄉土文學」，學術研究上會談到日治時期 1930 年代鄉土文學論戰（應對殖民）[5]、1970 年代鄉土文學論戰（應對西化），以及當前所謂「新鄉土」（應對？）[6]。而對於平日亦涉獵文學的普通讀者來說，則聯想到的是可能是黃春明、王禎和、陳映真、楊青矗、王拓、陳冠學、吳晟、洪醒夫、宋澤萊等名字。

　　同時，「鄉土文學」在歷次論戰以及相關作品裡，也使人獲取一種與殖民

---

[2] 賈平凹：〈商州初錄〉，《商州初錄》，頁 17。

[3] 沈從文：〈《長河》題記〉，《長河集》（長沙：岳麓書社，1992），頁 20。

[4] 凌宇：〈沈從文創作的思想價值論〉，《沈從文評說八十年》（北京：中國華僑，2004），頁 352。

[5] 詳細論述可見陳淑容：《1930 年代鄉土文學——台灣話文論爭及其餘波》（台南：台南市立圖書館，2004），以及陳培豐：〈識字・書寫・閱讀與認同——重新審視 1930 年代鄉土文學論戰的意義〉，邱貴芬、柳書琴編：《台灣文學與跨文化流動：東亞現代中文文學國際學報第三期台灣號》（台北：文建會，2007）。

[6] 相關論述可見范銘如：〈後鄉土小說初探〉，《台灣文學研究學報》2007 年 12 月，頁 21-50。郝譽翔：〈新鄉土小說的誕生——解讀六年級小說家〉，《文訊》2004 年 12 月，頁 25-30。或陳惠齡：〈空間圖式化的隱喻性--台灣「新鄉土」小說中的地域書寫美學〉，《台灣文學研究學報》2009 年 10 月，頁 129-161。另外，范銘如曾在報紙上提出「輕鄉土」一詞，見〈輕・鄉土小說蔚然成形〉，《中國時報・開卷・E3 版》，2004 年 5 月 10 日。以上幾個名詞在意涵均有相近疊合之處。而根據范銘如的說法，她認爲這些在新世紀出現的輕／新鄉土小說，多以少年或青年主角，有別於七十年代多以畸零人或特殊行業角色爲主，同時，擾入多樣文學技法但並不賣弄，整體可視爲是「台灣主體論述、本土化運動浪潮的產物與回應」，也體現了感覺結構（structure of feeling）的世代差異。

對立的、都市對立的、與西化對立的印象，因此，它應該是表現鄉土自身價值及其受壓迫與榨取的現況。又正如陳映真曾說過的：「文學上精神上對西方的附庸化、殖民地化——這就是我三十年來精神生活突出的特點。這一點認識也許使我們驚愕，但卻是不爭的事實。此無他，唯一的解釋，我想，是由於我們整個實際社會生活就是籠罩在別人強勢的經濟支配下的緣故。」[7]故它也是一種批判的、寫實的文學，是表達認同的文學，是表達自主的文學。

　　至於「抒情」，由於戰後外省族群作家掌握了較爲優越的中文書寫能力，以及政府在文化教育上不遺餘力地推動優美純正的中文（及其背後的意識形態），將上「抒情」在表面上的看似「無害」，成爲文壇主流，且很少和「鄉土」放在一起，或者說是「鄉土」有意地避開了「抒情」[8]。窺諸歸入「鄉土文學」範疇的作品，也往往是批判勝於抒情，而且，因爲設有反省和批判的目的，人物和外在世界遭逢後承受的打擊與轉變，成爲作品核心，抒情所必須的，對於背景、風土的帶有自我觀點的描繪，相較之下是比較微弱的。

三、

　　以沈從文著作爲重要風格源頭和文化資源的中文鄉土抒情文學，並非是背離現代性或違抗現代性的文學書寫，相反的，是意圖透過現代都市之外的力量，從另一種路徑實踐國族的現代性改造。沈從文的鄉土抒情作品，在小說或散文的文體內，瀰漫著牧歌的況味，這種詩意浸透了作品的語言和內涵。把沈從文描寫湘西的小說和散文，以詩意、田園牧歌等詞彙去形容，在現存的論述中十分常見。但是，這到底指的是什麼呢？我以爲可以用沈從文自己的話來定義：

　　　重讀這個選本各篇章時，我才感到十分離奇處，是這四個性質不同，時　　　間背景不同，寫作情緒也大不相同的散文，卻像有個共同特徵貫穿其

---

[7]　陳映真：〈文學來自社會反映社會〉，收入尉天驄編：《鄉土文學討論集》（台北：遠景，1978），頁61。陳映真以此經濟附庸的論點爲基礎討論台灣當時的文學表現。

[8]　有一種說法是，戰後台灣外省作家寫作的懷鄉文學，也是一種鄉土書寫。就廣義而言，當然可以這樣說，可是，放在台灣戰後歷史脈絡中，在大中國的幻影裡，「鄉土文學」特指描繪台灣鄉土、或以台灣鄉土爲視域的作品，將此概念廣泛化反而可能失去分析力。再者，也許可以舉出如蕭麗紅《千江有水千江月》這樣結合「鄉土」和「抒情」的「鄉土文學」，惟其間國族、性別等諸多因素的角力，已有如楊照、邱貴芬等學者談過。

間，即作品一例浸透了一種「鄉土抒情詩」氣氛，而帶著一份淡淡的孤獨的悲哀，彷彿所接觸到的種種，常具有一種「悲憫」感。這或許是屬於我本人來源古老民族氣質上固有的弱點，又或許只是來自外部生命受盡挫傷的一種反應現象[9]。

這是沈從文談及他人散文作品時提到的，所謂「鄉土抒情詩」氣氛，透露著孤獨、悲哀，可是並不是滿溢、激情，但是淡然的筆觸，同時，還含帶著一股悲憫，亦即對於世界萬物有哀矜勿喜、垂憫愛護的情懷。而這樣的氣氛，他歸諸於作者本人的生命經驗，一是血統的（苗民）、地域的（湘西）、文化的（非都市的）所造成的「氣質上固有的弱點」，這是聞其詞若有憾焉，其實乃深喜之，他正是以此「弱點」而自尊的－－雖然，這也使得他在都市世界中受傷、不滿，卻更鞏固了他向邊地找尋生命微光的意志。但是，他的意思並非完全離棄現代都市，去過邊地的生活，而是提出另一種更為自然、與土地結合更為緊密的生活樣貌，如同他曾說寫作《邊城》是為了讓人們「認識這個民族的過去偉大處與目前的墮落處」，小說內的世界，是陌生的，卻也提供了「一個對照的機會」，且寄託了「一點懷古的幽情」[10]。

曾有學者詮釋塞奧克萊托斯（Theocritus）的牧歌作品時指出，其詩作中的牧人們充分自我滿足，否定侵略或傲慢，以無爭之心參加競爭遊戲，遊戲中的衝突其實只是枝微末節，重點是增添了親切的樂趣[11]。沈從文湘西作品中的男男女女，也充滿了這類歡趣競戲的氣氛。賈平凹的商州也有如此風情，如寫洛南和丹鳳相接地方的山溝，那裡的人往往富而好客：

> ……大都不善言辭，一臉憨厚誠實的笑容，問他們什麼，就回答什麼，聲調高極，這是長年喊山的本領。末了最感興趣的是聽縣上的，省上的，乃至國家的、世界的各種消息。……聽到順心處，哈哈大笑，聽到氣憤處，叫娘罵老子，不知不覺，他們就要在火裡烤小碗大的土豆，將皮剝

---

[9] 沈從文：〈散文選譯・序〉，《沈從文全集・第十一卷》（廣州：花城，1984）。

[10] 沈從文：〈邊城・題記〉，《沈從文全集・第六卷》（廣州：花城，1984），頁72。

[11] 蕭馳：〈兩種田園情調：塞奧克萊托斯和王維的文類世界〉，氏著：《中國抒情傳統》（台北：允晨，1999），頁211-212。

了，塞在你手，食之，乾麵如栗，三口就得喝水，一個便可飽肚[12]。

四、

　　趙園談及沈從文作品，「他的文字風格中絕無『野性的美』，所有的，是中國古典田園詩的那一種美感。而在這一切背後，你感到的正有道德感的隱隱制約。因而這世界越純淨、越光潤，越合於傳統的審美規範，也離『純粹自然』越遠」[13]，認爲沈從文傾慕邊城與大自然，乃是因爲其間人際關係的穩定天然，亦即是與大自然的規律和諧對應的社會，並非那種野放奔突的一面，而是其中隱現的光整秩序。趙園認爲這是「有如音樂般的和諧——仍然是由中國傳統哲學所培養的審美感情」[14]，這分和諧，可能來自於老莊哲學。亦即，沈從文的鄉土抒情，是具有倫理的、道德的向度，同時，也不僅僅是簡單的城鄉對立，反對都市而歌頌未經現代文明污染的邊城烏托邦，而是企圖以後者蘊藏的生命和諧力量，來改造前者的蒼白、乾燥、虛弱、不和諧——亦即，以自然拯救不自然[15]。

　　郭沫若小說〈行路難〉中，主角寫的散文說：「我們國內除去幾個大都市沾受著近代文明的恩惠外，大多數的同胞都還過的是中世紀以上的生活。這種生活是靜止的，是悠閒的，它的律呂很平勻，它的法度很規准，這種生活的表現不得不成爲韵文，不得不成爲律詩。……要想打破舊式詩文的格調，怕只有徹底改造舊式的生活才能辦到吧。」[16]靜止、悠閒、平勻的生活，在五四新文學中一般來說應該是被打倒的對象，在沈從文小說中卻非如此。這是因爲他們從不同的角度來觀看「化外」世界。

---

[12] 賈平凹：〈商州初錄〉，《商州初錄》，頁33-34。
[13] 趙園：〈沈從文構築的「湘西世界」〉，收入氏著：《中國現代小說家論集》（台北：人間，2008），頁123。該文註釋第17，並借用李黎談黃永玉的話來談沈從文，「在沒有堆砌矯飾、瀟灑無心的精簡的文字底下，卻分明有一份極嘮叨又纏綿的嫵媚情致，因而往往把那種爽脆（有時甚至頗帶著點辛辣）點化成溫柔了」，頁159-160。
[14] 趙園：〈沈從文構築的「湘西世界」〉，《中國現代小說家論集》，頁130。
[15] 趙園認爲，沈從文寫到吊腳樓女人和水手，並不以一般倫理度之，「只去寫那生命力的恣肆迸濺處，甚至把殘酷也寫得美麗，爲了不讓『文明』、『愚昧』這類歷史文化判斷妨礙了自己的審美判斷，破壞了對於『美』的沉醉，然而，這其中正是有「倫理的自覺」。見趙園：〈沈從文構築的「湘西世界」〉，《中國現代小說家論集》，頁117。
[16] 郭沫若：《郭沫若全集・文學編・第九卷》（北京：人民文學，1985），頁330。

　　凌宇則認爲，如《鳳子》（1932）這樣的苗族題材小說，得出了「在漢族地區，神已經完全解體（背後是愚昧、虛僞、殘忍），而在苗區，卻是神之存在，依然如故（背後，是人生情感的素樸，觀念的單純，以及環境的牧歌性）」[17]的結論。他且指出，沈從文小說裡的邊城人物，往往帶著人性中貧困簡陋的一面，但他並非全面性的頌讚，而是肯定與否定並存，正如他寫到了性，也往往是「神聖」與「醜陋」形容並存一般[18]。所謂神仍存在，或聖魔並置，都是信賴自然的秩序，且人和自然相互調整，而非摧毀變造。摧毀變造、人定勝天的想法，乃是對於神的褻瀆、對自然的暴力，以現代性線性發展爲依歸。沈從文借了邊地人物風土，表達自身和現代性歷史進程不同的看法[19]。

　　這種看待「化外」的別樣視角、對歷史進程的不同看法，很大原因是來自沈從文把自己定位在「鄉下人」。可是，他是個脫離了「鄉下」的「鄉下人」，故而和以「理性世界還處於蒙昧狀況，雖身處悲涼的人生境地，卻不覺其悲涼。對自身悲劇命運的渾然不覺與無關心」[20]爲精神特徵的真正「鄉下人」仍有區別。賈平凹的自況似乎和沈的「鄉下人」說法頗類似：「我是一個山地人，在中國的荒涼而瘠貧的西北部一隅，雖然做夠了日夢，那一種時時露出的村相，逼我無限悲涼……我只有在作品中放誕一切，自在而爲。」[21]這位「山地人」其實也是一位脫離了「山地」、受過「化內」世界洗禮的「山地人」。

　　賈平凹的「山地人」視角，在散文中這樣表現：

　　水只是從山上往下流，人只是牽著路往上走[22]。

　　一生都在山路上走，只有這一次竟不走路啊。被抬著，娘生她在這個山頭上，長大了又要到那個山頭上去生去養了[23]。（寫女子出嫁乘轎子）

人走出來就是路，向莽莽的自然中找一條探索、謀生的路徑。「牽著」，人和

---

[17] 凌宇：〈沈從文創作的思想價值論〉，收入王珞編：《沈從文評說八十年》，頁346。
[18] 凌宇：〈沈從文創作的思想價值論〉，《沈從文評說八十年》，頁355。
[19] 陳思和：《中國當代文學史》（上海：復旦大學，1999）第十四章〈民族風土的精神昇華〉。
[20] 凌宇，〈沈從文創作的思想價值論〉，《沈從文評說八十年》，頁358。
[21] 賈平凹：〈四十歲說〉，《商州初錄》，頁312。
[22] 賈平凹：〈商州又錄〉，收入氏著：《進山東》（北京：人民文學，2008），頁2。
[23] 賈平凹：〈商州又錄〉，《進山東》，頁6。

路，人和自然，像朋友、親人一樣。而女子在這個山頭出生，到另一個山頭繼續延續生命，也許有一點悲涼、無可如何，卻也有生命周流遍佈、仰賴女子的意味。或是寫一個老婆子把鏡子掛在門邊，驅邪收心，這是上一輩的人教下來的；夜半有人把喝醉的孫子背回來，「白日得知縣上要修一條柏油公路到這裡來，他們慶祝，酒就喝得多了」，然而，「老婆子窸窸窣窣下來開門，嚷嚷道：『越來越不像山裡人了！』」這時候，「門框上的鏡亮亮的，天上的月亮分外明，照得滿山滿谷裡的光輝」[24]。公路通到山裡，山裡就被迫向外界開放了，那些青年們會有怎樣的變化呢？所以說「不像山裡人」了。這似乎和賈平凹說過以文學先作為探勘隊、贊同山裡向外開放的論調有點衝突了。還有，或是他寫一個男人徘徊在門外，門內是妻子正在生產。接生婆罵他，他想看看兒子怎樣生出來，婆子把他關在門外，他們有了這樣的對話：

> 「這是人生人呢！」
> 「我是男子漢，死都不怕呢！」
> 「不怕死，卻怕生呢。」

女子是勇健的，擔負著生殖的痛與恐怖，同時也照顧其他女子的痛與恐怖。後來，孩子終於生了，婆子出來通知，月亮早已經隱沒了，「星星亮起來，他覺得星星是多了一顆」，並且說：「又是一個山裡人！」[25]徘徊的父親欣見和自己有血緣的親密的下　代，又要過著和自己相同的山裡生活，他們的生命在山裡是全足的。賈平凹這位經驗過非山地生活的「山裡人」，究竟如何看待「化內」不斷向「化外」擴張邊境、夾帶著破壞的無窮行動？「化內」對於「化外」，並非以平等的態度看待，如〈再錄〉中寫過，民兵押著一個老頭來到叫做流峪灣的村子，灣裡人一看，就知道是犯了政治錯誤來改造的：「那些年裡，城裡人常要到山地的，能到山地，必是改造，似乎山地是一個大極好極的監獄、勞改場，城裡人能來和山民們一起吃、住、勞動，那便是天下最大的懲罰。」[26]

---

[24] 賈平凹：〈商州又錄〉，《進山東》，頁13。
[25] 賈平凹：〈商州又錄〉，《進山東》，頁7-8。
[26] 賈平凹：〈商州再錄〉，氏著：《火紙》（北京，人民文學，2008），頁318。

還有一點，金介甫（Jeffrey C.Kinkley）曾指出，五四知識份子都反對包辦婚姻，提倡自由戀愛，可是沈從文走得更遠，他尊重性愛，因為這是自然的一部分。他描寫湘西男女的戀愛，並沒有那種百轉千回、壓抑折磨，而是直截地寫出他們率真的示愛、健康的情慾[27]。這也不是「野性」的象徵，而是合於天道秩序、不經文明壓制的表現。賈平凹商州散文中也有類似的表現，寫青年們慫恿著夥伴和女子發生性愛，好把他們的關係「定下來」，可是，一知道那女子竟然違背父親、無私奉獻金錢，希望能夠圓滿他們的愛情，且二人並無身體關係後，竟眼紅了，發呆了，出現了一種嫉妒般的情緒：「你小子醜人怪樣子，倒有這福分！」[28]這描寫實在是可愛。

至於「鄉下人」視角和「山地／山裡人」視角，看似相同，是否有異，還待進一步探索。

五、

洪子誠談及 1980～1990 年代的大陸散文創作，任為賈平凹以〈商州初錄〉、〈商州又錄〉等篇，「轉向風土人情，展示商州、靜虛村等陝南鄉村的自然、文化風景，生活情態。其後，又潛心建構一種『閒適』風格，描述當代的世態人情」，並認為他九十年代以後的散文，從禪宗、道家借用境界，與「簡潔古樸文風」互為表裡[29]。

賈平凹商州系列散文中的簡潔文風，文白夾雜，造成一種有彈性的句法，朗誦起來特別有味道。例如：

> 洞大可容數百人，行進五十步後洞往下，視之瑩光如瑤室，石壁間乳脂結長數尺，或如獅而踞，或如牛而臥，或如柱如塔，如欄杆，如葡萄掛，又有小如翎眼、薄如蟬翼的東西散佈，像是飛霜在林木上。再往下，竟有了水池，水中石頭皆軟，撿出則堅，擊之，皆成鐘聲。[30]

---

[27] Jeffrey C.Kinkley 著，符家欽譯：《沈從文史詩 The Odyssey of Shen Congwen》（台北：幼獅，1995）第四章，頁 240-241。

[28] 賈平凹：〈商州初錄〉，《商州初錄》，頁 51。

[29] 洪子誠：《大陸當代文學史下編：1980-1990 年代》（台北：秀威，2008），頁 238。

[30] 賈平凹：〈商州初錄〉，《商州初錄》，頁 43。

放在明人小品中亦毫不遜色。尤其「水中石頭皆軟，撿出則堅，擊之，皆成鐘聲」，視覺上水波造成的錯覺，轉化為視覺的軟和堅，又說擊之有鐘聲，即有金石聲，又加強「堅」的手感與視覺效果。頗見妙趣。再看一處例子，描寫丹江邊的板橋：

> 兩岸陡峭峭的石壁，是一張圓圓圈圈的平面，卻不免要生出種草的，且嫩得不可用手去掐，掐之則飛濺一攤綠水，再不留半點形骸，單聽聽草的名字：石蹦蓮，便想得出是何等的仙品了。

又說那裡的坡根溝道，時常出現洞穴：

> 洞壁上生滿一層茵茵的絨苔，手撲之則平，放手又還原如故，往著幽幽的洞內喊一聲，嗡嗡有韵，如在甕中……[31]。

雖寫靜物，而動態宛然，充滿了生機。

　　再者，這批散文中的「閒適」風味，可能與寫作手法有關。沈從文說：「屠格涅夫的《獵人筆記》把人和景物錯綜在一起，有讀到好處。我認為現代作家必須懂得這種人事在一定背景中發生的道理……。」[32]一旦筆觸不是只集中在人物和敘事，而花更多篇幅在景物，或者（非特定）人與景物的互動上，則文章會有相當程度上的放鬆，有寫意感。例如提到山坡路上車不能通，崖不貼身，又臨溝，望而暈眩，交通工具惟扁擔、背簍：

> 常見背柴人遠遠走來，背上如小山，不見頭，不見身，只有兩條細腿在極快移動」，「故商州男人都不高大，卻忍耐性罕見，肩頭都有拳頭大的死肉疙瘩。也因此這裡人一般出外，多不為人顯眼，以為身單好欺，但到了忍無可忍了，則反抗必要結果，動起手腳來，三五壯漢不可近身[33]。

---

[31] 賈平凹：〈商州再錄〉，《火紙》，頁 328-329。
[32] 沈從文：〈沈從文談自己的創作〉，《中國現代文學研究叢刊》，1980 年第 4 期。
[33] 賈平凹：〈商州初錄〉，《商州初錄》，頁 15。

這不是寫一個特定人物，如主角，而是當地的普遍情況。同時，人的普遍身體樣貌和性格，又與當地地形帶來的生活習慣與價值觀有關。因此，幾行之中，雖無美麗豪華字眼，卻自有一種詩意——人在此片大地上棲居，人成為土地性格的一部分。又或者是人和動物之間：

> 忽一日，深山跑来一只美麗的麂子，從那邊十八道彎上跑上，從這邊十八道彎裡跑下，又在山梁子上跑。山裡的一切獵手都不去打。他們一起坐在店裡往山裡頭看，說那麂子來回跑得那麼快，是為牠自身的香氣興奮呢[34]。

這或許是一種人對動物的強加解釋，可是，至少是靜觀的，不是要取捕捉。獵人們看著麂子的美，為牠那種快樂的美找理由，「為自身的香氣興奮」，是把麂子也看成了水仙男子了。

　　以上提到的是賈平凹的散文，可是，他自己更是以小說家聞名的。這裡可以延伸思考一點，即散文和小說的關係，尤其是可和賈平凹同樣歸入「鄉土抒情」的沈從文、汪曾祺、廢名等，他們的小說常被評論是使用了散文化筆法。袁國興認為，小說寫作中的散文化筆法，是通過把「背景」推向「前景」而實踐的，亦即，把背景當作刻劃的對象，而非只視為陪襯；這種寫法，固然會使得情節淡化，卻未必單薄，關鍵在於素材必須豐富，刻劃角度必須特別。以沈從文為例，〈柏子〉、〈蕭蕭〉等作，即是先花筆墨描繪沒有具體主角的風土情態，這不是為了替主角作鋪墊，而是採取了俯瞰視角，故事主角早已活動在此風土情態中，只是作者暫時尚未把鏡頭對準他而已[35]。拿這個觀點來看待賈平凹如何處理商州系列散文，也是說得通的。

　　汪曾祺也談過，散文化的小說沒有強烈戲劇性，不寫重大事件，關注小事，或把大事化小，不過分刻劃人物，不理會典型論，也不對人物進行概括[36]。更具體的說，這類小說作者不「雕塑」，求的是清淡幾筆的神似，也不「挖掘」，

---

[34] 賈平凹：〈商州又錄〉，《進山東》，頁 14。
[35] 袁國興：《1898-1948 中國文學場態》（廣州：廣東人民，2005），頁 354-355。
[36] 汪曾祺：〈小說的散文化〉，收入盧瑋鑾編：《不老的繆思：中國現當代散文理論》（香港：天地圖書，1993），頁 165-166。該文寫於 1986 年 11 月。

不是心理小說，「人有什麼權利去挖掘人的心呢？人心是封閉的。那就讓它封閉著吧」，並且也結構鬆散、不重視情節，重視的是意境[37]，以及語言的鍛鍊[38]——就最後一點來說，更近乎詩。而且，散文化的小說多半具有懷舊的氣息（猶如沈從文說的「懷古的幽情」，這種「舊」或「古」，指的並非現實時間上已然過去，而是現代性時間進程上的滯後），汪曾祺認為這並不是消極的，「他們對生活的態度是執著的。他們沒有忘記窗外的喧囂而躁動的塵世」[39]，因為這些散文、小說的「鄉土」，都是人與人、人與風土的對話交織而成。

不過，我的閱讀感受是，〈商州初錄〉的抒情性最強，語言也最有彈性，伸縮自如，近似音樂。經過〈商州又錄〉，到了〈商州再錄〉，背景風土的描繪逐漸減少，抒情性降低了，突出特定人物或事件。例如〈再錄〉中有篇〈金洞〉寫狼和人的鬥爭，最後因為埋葬一個從狼窩裡逃回來而終究還是死了的孩子，意外發現了金沙礦產，當地遂富了起來，已近於傳奇，奇則奇矣，屬於人間的啟示性卻降低了。又如〈木碗世家〉，寫黃家兒子如何騰變營生，轉換投資，累積致富，而其他鄉人都只能跟風，只能失敗；記者來訪問，當地人都說黃家兒子是「命強命好走運氣」，其實是他的妻子有三個哥哥，全是研究與科學人才，不是在政府就是在工廠擔任領導，他時常和他們討論、收集資料，才對投資做出正確判斷——寫到這裡，理性抬頭，解釋了傳奇——而這理性，來自於國家也來自於科技，靠土生活的純真已然起了變化。看來，「山裡」並不見得抗拒「化內」世界的一切，也願意使用那一套使得「化外」變成「化內」的技術、思維和力量。

---

[37] 汪曾祺：〈小說的散文化〉，《不老的繆思：中國現當代散文理論》，頁 166-167。
[38] 汪曾祺：〈小說的散文化〉，《不老的繆思：中國現當代散文理論》，頁 168。
[39] 汪曾祺：〈小說的散文化〉，《不老的繆思：中國現當代散文理論》，頁 168。

講評

◎袁勇麟[*]

在一般研究者的視域中，沈從文在他的一系列鄉土抒情作品中，爲讀者展示了湘西這塊神奇土地上無比純樸、自由、滿溢的生命力，充滿詩情畫意的自然風光，以及下層勞動人民的質樸、純潔、美好的人性與他們特異的「生命形式」。其主旨在於呈現一種「優美、健康、自然而又不悖乎人性的人生形式」，並以這種鄉村生命形式的美麗來觀照現代文明都市的生存方式，反思與批判現代文明下人性的衰退。也就是說，在慣常的思維中，鄉土文學與現代性是一對矛盾，鄉土抒情是反現代性的。然而，在〈鄉土抒情與現代性：沈從文、賈平凹及其他〉中，作者提出自己獨特見解：以沈從文著作爲重要風格源頭和文化資源的中文鄉土抒情文學，並非是背離現代性或違抗現代性的文學書寫，相反的，是意圖透過現代都市之外的力量，從另一種路徑實踐國族的現代性改造。作者超越了鄉土文學對現代性的解構，而轉向建構，爲之「正名」，探討了沈從文、賈平凹及其他鄉土抒情創作與現代性的統一關係，或並行不悖，從而提出了新的研究視角。論文探討沈從文、賈平凹等大陸鄉土文學的過程中突然蕩開一筆，在第二部分引入了「台灣鄉土文學」一節——試圖進行跨域比較，貌似突兀，卻產生很好的效果，特別是作者對於臺灣鄉土文學的闡述有獨自的見解。一方面，拓展了研究的視域和維度，另一方面則爲大陸鄉土抒情提供了新的參照系。

論文引述作品的內容較多，而論說的文字較少，從而使得論證的力量不夠充足。如論文最後一節，大量引用賈平凹等人的文字，而關於這些書寫與現代性的關係卻只一筆輕輕帶過。論文把沈從文與賈平凹合論，作者雖已注意到兩人不同的時代語境，但未能予以明顯區別，尤其是賈平凹的「商州三錄」寫於 20 世紀 80 年代，正是中國大陸改革開放興起之時，他的創作不可

[*] 福建師範大學教授、文學院博士生導師、協和學院院長。

能逆時代潮流而動，如果說《商州初錄》側重記錄鄉村抒情，《商州又錄》、《商州再錄》就開始漸漸呼應社會主流思潮，為現代化鼓與呼。此外，論文的節尾、篇末大多沒有進行小結或總結，如第三節的結尾，一大段引文之後沒有下文。

時空錯置的族群想像：「日常平民生活截面」與「新歷史長篇家族史」

「台灣六、七十年代鄉土文學」與「大陸八、九十年代新歷史小說」

◎陳欣瑤*

20 世紀 60 年代中後期開始，台灣鄉土文學迎來一次創作高潮，其作品指向回歸現實、乃至於重現本土文化。在這一文學熱潮在隨後的鄉土文學討論以及後續文學史研究中，逐漸被賦予表達「台灣」自身的族群想像的天然使命與自覺追求。稍後，在 80 年代中後期，大陸文學界掀起了一股重新寫作民國史乃至於共和國史的「新歷史小說」潮流。這一潮流在 90 年代中期形成了一次高峰，其餘緒則延及今日。「六、七十年代的台灣鄉土文學」與「八、九十年代的大陸新歷史小說」這兩個時間上存在十多年間隔的文學現象，之所以具有相互參照的可能性以及必要性，首先是由於兩者在兩岸各自的文學史中分享相通的結構位置：即在舊族群想像動搖的情境下進行這一想像重建。這一瓦解／重建的機遇，在台灣一方，是六、七十年代「民國正統」及其他一系列「位置」的「失去」；在大陸一方，則是新時期語境之下，「革命歷史」敘述的瓦解。而在極具轉折意味的文學史位置之外，兩次文學潮流的前後間隔，一方面再度顯露兩岸之間的「時間差」現象，一方面也顯示出兩岸文壇在不同時空背景下，對同構境遇的不同解決方式。

就文學史事實來看，大陸在 20 世紀的第一個 20 年早於台灣進入「新文學」時期，但是，經過 40～70 年代對於「社會主義文學範式」的探索之後，恰在「新時期」的文學現實中呈現出相對於台灣文學的「延遲／滯後」現象[1]。這一「時間差」的出現，首先與兩岸進入世界政治經濟整體的先後次序密切

---

* 北京大學中文系現當代文學方向碩士二年級生。
[1] 舉例來說，在台灣文壇於 50 年代進入高峰的「現代派」文學，其在大陸當代文學中的類似勃發則出現在 80 年代。

相關——當大陸在 80 年代前後走向世界，在政治、經濟、文化等方面遭遇空前深入的全面挑戰，其境遇與 60、70 年代的台灣逐漸浮現出越來越多的共通之處。正是在一系列時序關係與結構位置的基礎上，六、七十年代的「台灣鄉土文學」與八、九十年代的「大陸新歷史小說」才有了相互參照的可能性與必要性。

一、海峽兩岸：兩次文學潮流

（一）「70 年代台灣鄉土文學」與「鄉土文學論爭」

名爲「台灣鄉土文學運動」的文學史事實，在後續台灣文學史研究中，被認爲可以追溯到 20 世紀 30 年代的「台灣話文運動」；與之相關，「台灣鄉土文學」的創作，也被上溯到台灣新文學誕生之初[2]。本論文所關注的是狹義上（或者說是特定階段）的台灣鄉土文學，即在 60 年代後期及至 70 年代迎來創作高峰，並且在 70 年代中期引發「鄉土文學論爭」的文學創作潮[3]。

1・六、七十年代台灣鄉土文學

早在鄉土文學論戰愈演愈烈之前，鄉土文學的文學作品就已經開始出現[4]，其中不僅描寫鄉土世界，也包括城鄉結合部的場景以及都市生活[5]。在六、七十年代的創作歷程中，「鄉土」所包含的風味日漸多層豐富起來，與「鄉土」對應乃至於對峙的「城市」，也進入了鄉土文學的視野。

---

[2] 這一時期，鄉土文學的代表是吳濁流、楊逵等人的作品（類似於《先生媽》等作品，都顯示了對於台灣島本土鄉野世界的反復表述）。

[3] 進入八、九十年代之後，台灣鄉土文學出現了一系列新變，不過本論文尚未涉及到對 80 年代以後台灣鄉土文學的討論。

[4] 60 年代中後期，一批具有較高藝術價值的作品紛紛出現，包括陳映真的〈將軍族〉（1964 年《現代文學》）、黃春明的〈兒子的大玩偶〉（1968 年 2 月《文學季刊》第六期）、〈青番公的故事〉（1967 年《文學季刊》第三期），王禎和的〈嫁妝一牛車〉（1967 年 3 月，《文學季刊》）等。進入 70 年代之後，作家們繼續推出鄉土作品，比如黃春明的〈鑼〉（1970 年 2 月《文學季刊》第十期），王禎和的〈小林來台北〉（1973 年 10 月，《文學季刊》第二期），王拓的〈金水嬸〉（1975 年 8 月）、〈炸〉（1973 年 11 月《文學季刊》第二期），楊青矗的《低等人》（1971 年）等，都是其中具有代表性的作品。

[5] 例如，〈鑼〉中，憨欽仔的生活環境已經不是〈兒子的大玩偶〉中的小鎮或者小村莊，它的現代化步伐已經不止於電影院，而至於現代的行政方式與職業結構等等更加深層的領域。《金水嬸》中的主人公金水嬸，其與都市之間的紐帶是她培養出來的四個兒子，而故事則講述這一血緣至親的紐帶如何在城鄉斷裂以及現代化的步伐中逐漸淪落爲人倫之傷。而在〈小林來台北〉中，視點人物小林已經不再居留於鄉村或者城鄉結合部，他已然進入城市，打工謀生。

　　魯迅[6]在其《中國新文學大系‧小說二集導言》中，以蹇先艾等人的作品為源頭，對「鄉土文學」進行了一番描述：「……凡在北京用筆寫出他的胸臆來的人們，無論他自稱為用主觀或客觀，其實往往是鄉土文學，從北京這方面說，則是僑寓文學的作者。」

　　在這個描述裡，受到現代都市、現代文明、現代工業等等諸多「現代」產物之籠罩的作者，回首敘述其遙遠故鄉的面目，其中暗含種種情愫，皆由現代與傳統相互遭遇的關鍵時刻孕育而生。「台灣鄉土文學」的誕生被認為稍晚於大陸鄉土文學，而它與現代文學史上 20 世紀 20 年代誕生的鄉土文學分享了一系列基本的元素，包括在作品中描寫風土人情，在描寫過程中則融入對於社會現代命運的抉擇等等。

　　這一系列「共同元素」，在 80 年代之後針對「台灣主體性」的研究論述中，漸漸「昇華」成為更高層次的「共同使命感」——即這些本土描寫被認為承擔著重建民族想像的重任。在大陸一方，則由 30 年代中期的解放區孕育出鄉土文學的新可能——工農兵文學。這一紅色的「鄉土敘事」要求展示空前程度的文藝大眾化，同時也承擔著空前重要的敘述任務——即敘述中共領導的革命史，敘述這一革命為何必然發生，又如何必然走向勝利。

　　與大陸鄉土文學的持久高漲不同，台灣鄉土小說自「話文運動」之後，直到 60 年代方才迎來「復興」。重獲青春的「鄉土」一方面力圖展現本土面貌，一方面則警惕並抵制著「延安文藝」的敘述方式及其背後的意識形態訴求。總體而言，台灣鄉土書寫鄉土風情，探索人物命運，探索現代與傳統的遭遇之戰，探索「現代」所帶來的無數困境——其中，往往以「台北」取代魯迅口中的「北京」。

　　如果將大陸的鄉土文學的發展道路歸納為「五四新文學‧延安文藝‧新時期文學」這一序列，那麼台灣的鄉土文學則可以用「白話文運動‧台灣話文運動‧反共文藝、現代派文學‧鄉土文學論戰‧新世紀文壇多樣化」進行籠統的串聯。其中最粗線的區別，可以概括為大陸鄉土敘述的流變隱含著意識形態與審美趣味的劇變，而台灣鄉土文學中「鄉土」的形象則似乎維持了其「穩定」之感。正是因為這一「穩定感」，台灣鄉土文學成為在 70 年代台

---

[6] 根據王瑤先生的《現代文學三十年》，最早闡釋過「鄉土文學」並且一直被後人所援引、借鑒的正是魯迅。

灣命運大扭轉的變化之下唯一有可能支撐「民族形象」之塑造的文學類別。在「解嚴」之後的台灣主體性建構過程中,「鄉土文學」被重新發現並且充分闡釋,其界限一直上推至於 20 年代的話文運動,其「尋找台灣主體性」的自覺使命也被完整地敘述／建造出來。

在追溯「台灣主體性建構脈絡」的過程中,台灣六、七十年代的「鄉土文學」被研究界重新發現進而成為最重要的研究對象之一。鄉土文學所擁有的「適合性」,與其本身特色、文壇狀況乃至於當時的社會文化語境都有著密切的關係。

在台灣鄉土小說重新崛起之際,它所接觸的幾股文學力量分別是與 20 年代大陸通俗文藝一脈相承的通俗文學、50 年代反共文藝的遺緒以及 60 年代現代派詩文創作所產生的諸多新變發展與難解之困。其中,通俗文學所代表的娛樂休閒情調顯然不適於承擔民族想像的重擔。50 年代的反共文藝則過於依靠政治權力及其話語力量,隨著其意識形態控制的鬆動、物質獎勵體系與監管機構的僵化,難以成為有著獨立生命力的文學潮流。與這兩者相比,台灣現代派文學顯然引發了一次更加完整的現代文學潮流。不過,這一潮流在「建造民族想像」的題目上同樣難以發揮中流砥柱的作用[7]。

根據一系列研究成果,台灣現代派文學雖然經過了長時間的發展[8],也親歷了台灣五、六十年代的社會轉型乃至於 70 年代的處境之變,卻也難以將民族形象的再造成功地推進起來——長於傳達現代之痛與時代之傷的現代派,其文學趣味的源頭便是來自於現代西方打破中心與傳統的基本衝動。這與樹立「民族形象」之類的古典主義需要就有些不相適合。此處可以參考葉石濤

---

[7] 台灣現代派文學刊物的出現,以 1956 年創刊的《文學雜誌》與《現代文學》作為代表,根據《台灣文學史》,《現代文學》刊物介紹西方現代派的理論與作品,到 1973 年停刊之前,「歷時 13 年,發稿 51 期」,其中,包括短篇小說 206 篇,作者 70 位——「對台灣文壇作出了不可磨滅的貢獻」。這時期的現代派小說中西結合,融合傳統與現代的審美趣味,分化出豐富的個人風格。在豐富多樣的創作現象,「對當時推行的『戰鬥文學』,無疑是一種無聲的反叛」,同時,這一創作現象一方面吸收著西方現代主義的特色,一方面也反映著現代主義的常見主題,結合社會轉型過程中獨特的文化心態,部分作品便表現「消極、頹廢、苦悶、色情、亂倫、精神分裂」等內容。至於將現代派藝術路線推向某種極端的部分作品,則顯示出了「作品晦澀難懂,嚴重脫離群眾的弊端」——(參考《台灣文學史》,劉登翰、莊明萱主編,北京:現代教育出版社,2007 年出版,第 473-478 頁)。

[8] 1935 年即由楊熾昌從日本將現代詩派引入台灣,而 1938,紀弦將大陸的現代派傳統帶入台灣,一併創辦風車詩社以及《風車詩刊》。

對於現代派產生姻緣的描述：

儘管他們對 50 年代的反共懷鄉、鴛鴦蝴蝶派的文學有著極端的反感，而且心裡
總以為夏濟安的《文學雜誌》的回復五四文學傳統的主張是對的，但他們無法描
寫台灣民眾的現實生活，以及不瞭解此地民眾三百多年被殖民的歷史，又無法深
入地透視大陸生活的歷史性轉變，所以在如此的真空狀態中，不得不以西方文學
來填補。[9]

　　從這段話中，既可以在一定程度上瞭解現代派誕生的因素，也可以瞭解
到現代派文學難以描寫的若干領域——台灣民眾的現實生活、台灣民眾的殖
民歷史、大陸劇巨變之後的歷史情境等。與此同時，這些「軟肋」恰恰是鄉
土文學擅長表現的方面，也是文學塑造族群想像的過程中需要解決的系列問
題——換句話說，現代派在承擔「重造台灣族群形象」這一歷史使命的層面
上，有著天然且艱巨的困難。在這一文壇環境下，能夠描寫鄉土面貌、台灣
人民日常生活乃至於殖民記憶的「鄉土文學」，針對「主體性建構」的闡釋目
標，漸漸脫穎而出。

2·對「台灣鄉土文學」的闡釋：「鄉土文學論爭」及後續文學史研究

　　就時間進程而言，針對台灣鄉土文學的討論從 70 年代初期就已經開始。
這些討論被視為關於台灣文學之寫作方向和路線的探討，而它的高潮出現在
1977 年初至 1978 年間，被稱為「鄉土文學論戰」。創刊於 1977 年 3 月的《仙
人掌雜誌》在 1977 年 4 月號上刊登的三篇文章，引爆了台灣的「鄉土文學論
戰」，其主題之一是對於「鄉土文學」之內涵與創作要求的重新定義，而論戰
後期則將討論推進至對與台灣社會性質的爭論。論戰在 1978 年 1 月由國民黨
當局出面平息，其提出的問題，則持續受到關注。

　　從早期（60 年代末與 70 年代初期）的鄉土文學創作以及早期的論爭檔
看來，鄉土文學最直接的願望是反映社會矛盾，進而變革社會。這一願望同
時涉及到打破狹隘的地域主義的維度，在部分人代表人物（此處具體指楊青
矗）的筆下則意味著以「大中國」作為打破地方主義的基礎。從論戰的後期

---

[9] 轉引自《台灣小說史論》，第 205 頁。

（77 年末到 78 年），鄉土文學創作中各種可能的民種族主義向度被發掘出來，而對台灣主體性的敘述進程也逐漸展開。在此需要指出的是，涉及鄉土文學的不同觀點，一般來說，正是不同的作家（評論家）代表不同階層從不同角度對於台灣社會變革與未來道路的各自理解。不過，在後續文學研究中，不同作家與論者的觀點往往被統一爲對台灣本土認同的強調乃至於民族想像的重建。

不過，即使鄉土文學創作早期並沒有明確自覺的主體性訴求，客觀上來說，鄉土文學及其發展本身，仍然有助於「族群想像」的建成。而當鄉土文學在民族建成方面的「適合性」被發覺之後，其作品也在後續的傳播與接收過程中，被賦予／發現更爲明確的敘述目標。不過，這一自覺的現代民族主義敘述目標，至少在本篇報告所涉及的小說中，都沒有得到明確的表述。因此，本論文肯定鄉土文學在塑造民族想像這一題目上的客觀作用，同時也希望保持一個審慎的態度——即與「台灣主體性主動建構脈絡」及其相關新敘述保持一定的距離。

邱貴芬在《台灣小說史論》中，將陳映真在《文學來自社會反應社會》（1977）中提出的觀點歸納爲三條[10]。從中可以看出，台灣鄉土文學中的「民族主義」，在陳映真處可以推定仍然傾向於「大中華認同」。不過，這一民族主義向度一經提出，就攜帶著豐富的闡釋可能性。邱貴芬指出，葉石濤在其《台灣鄉土文學史導論》中，「首度提出『台灣意識』和『台灣中心』的觀念，並且提出了一個從荷蘭殖民時代開始的『台灣歷史敘述』，而非戰後成爲主導的中國歷史想像，把台灣放下夏商周這樣一路下來的中國歷史敘述裡來討論」[11]。結合邱貴芬對於陳映真與葉石濤的分析，可以發現，「台灣中心」（以及「台灣性格」）的提出，意味著在鄉土文學的視野中，攜帶過去歷史記憶的「鄉土」就可以等同於「台灣」進而成爲台灣最可依靠的支柱[12]。

在文壇現實狀態以及文學研究需要的多重作用下，鄉土文學能夠成爲表

---

[10] 即【1】1970 年代政治社會環境的變化促成了鄉土文學的興起，文學反應政治、反映社會；【2】「民族主義」思想爲鄉土文學的核心概念；【3】台灣日治文學以「民族抵抗文學」的定位重新回到台灣文壇，再引起注意。（原文參見《台灣小說史論》，第 238 頁）
[11] 轉引自《台灣小說史論》，第 238 頁。
[12] 與此同時，發現了這一「中國民族主義的變調」的傾向之後，陳映真等人則開始警惕、反對這一系列「分裂的地方主義」（原文出處同上注）。

達台灣民族想像、共同體想像、族群想像的可能之路。與此同時，而「鄉土」形象的相對穩定（雖然其中始終牽扯著移民原住民的矛盾糾葛），使重塑「民族形象」的訴求找到了相對堅固的支點。這與八、九十年代新歷史小說生成／發展爲大陸民族史敘述方式的整體狀況也是非常類似的。然而正如前文所言，不論是在鄉土文學的創作談還是早期論戰文章中，都不曾出現明確的「主體性」訴求抑或對「台灣族群認同」的主動探索。直到論戰後期，台灣鄉土文學中的「民族主義」向度才開始受到一定程度的重視（如陳映真以及葉石濤的相關文章）。至此，民族主義向度才出現了相互對峙的兩線——回歸中華的大中國認同以及追求台灣意識的本土族群認同。在鄉土文學論爭結束之後（八、九十年代乃至於新世紀），「鄉土文學」在建立「台灣主體性（新的族群認同）」這一範疇上的歷史性意義才被完整地論述出來。

　　這樣一個期待中的「台灣現代文學的興起」過程，可與柄谷行人所論的「日本現代文學的興起」進行某種參照。柄谷的《日本現代文學的起源》立足於20世紀70年代的整體歷史時刻（後續增補與再版則在其中嵌入90年代的歷史視野），以明治20年的日本現代文學爲主要研究對象，揭示了「言文一致」運動與「現代民族國家建立」這一過程的同步關係，提出了現代文學起源之謎的新解釋[13]。

　　在書中，柄谷通過「風景」與「顛倒」兩個範疇來解釋「日本現代文學」如何掩蓋「起源」的具體時空，將自己的誕生一再前推，進而使自己披上歷史悠久、天然自在、權威深厚的形態。按照柄谷的整理，日本真正符合西方「現代文學」這一規範的文學產生於國木田獨步——其人終於成功地尋找到了描述內面的正確方法，找到了在「內面」（自我）深處窺見外部世界進而發現「風景」的方法。從這一刻起，明治年間的「寫生文」所代表的「過渡階段」得以結束。而「現代文學史」的敘述則將這一真正的起源時間遮掩起來，不僅將其逆推到「前現代」之內，還依靠這一新的、創造出來的原點爲自己

---

[13] 在這一解謎過程中，分別涉及物質制度與認識裝置兩個方面，包括風景的發現、內面的建立、「自我意識之球體」之起源，以及一系列與之相關的批評實踐。雖然全書各篇本身也是獨立的論文，然而它們之間仍然可以發現一個整體結構：第一、二章（即風景、內面的發現）爲全書涉及的種種現象建立了制度性原理；第三、四、五章（即自白、疾病、與兒童的發現）是對這一制度性原理的實踐與驗證；第六章與後期填補的七、八章（即關於兩個論爭、文類的死滅與語言民族國家的實踐），事實上呈現了日本傳統如何將來自於西方的「現代」日本化，進而對這一「現代」發起「抵抗」。

贏得空前的權威性。而這一文學領域的話語建造過程，正是民族國家意識形態（或柄谷行人所說的「認識裝置」）建造過程的重要部分。從這部解釋並且應用「顛倒」的著作中，或者可以看出解嚴後台灣文學研究對鄉土文學所做觀察某一重要向度。

（二）大陸新歷史小說 及其 八、九十年代的創作潮流

　　大陸新歷史小說從最爲粗淺的特點上來說，是以異於十七年革命歷史小說的歷史觀念與寫作姿態，重新敘述民國歷史以及共和國早期的進程。大致而言，故事所在的年代以辛亥革命前後作爲起點，大多以解放戰爭走向勝利而結束（《白鹿原》），也有一部分一直延伸到文革時期（《故鄉天下黃花》）或者新時代（《豐乳肥臀》）。從創作時間上來說，新歷史小說自 80 年代中後期出現（通常以張煒的《古船》1987 作爲濫觴），進入 90 年代之後便掀起了一次創作高潮。包括陳忠實、蘇童、莫言、劉震雲等等著名作家在內的新歷史小說潮，創造了楓楊樹系列、紅高粱家族、故鄉天下系列等等當代文學史上的重要作品。一般來說，新歷史小說也表現了重新進入歷史、書寫歷史、重塑民族想像的期望。

　　與台灣鄉土小說創作潮不同的是，大陸新歷史小說（尤其是其八、九十年代的長篇小說創作潮），從一開始就顯示了對於民族形象、歷史敘述的自覺追求。也就是說，大陸八、九十年代的新歷史小說創作沒有過多地依靠「後期敘述」，就顯示出了其完整的文學史願望。這當然與其所處的年代有著密切的聯繫。首先，經過了傷痕文學、改革文學、尋根文學、先鋒文學等等諸多文學潮的「積累」之後，大陸文壇乃至於學術領域都出現了明確的對於「重寫歷史」關注。80 年代的「重寫文學史」熱潮以及其後的「再解讀」熱潮都是這一「關注」所導致的現象。與此同時，20 世紀 80 年代到 90 年代的十年，世界民族主義研究終於迎來了其研究的空前高峰，史密斯、蓋爾納、本尼迪克特等等紛紛貢獻了其最爲重要的作品，並在 90 年代中對其進行了徵候性的改版與修訂。這一對民族主義的重新解釋，無疑對大陸文壇創作、批評乃至於文學史研究都產生了深刻的影響。簡單而言，在新時期之後開始頻繁接受並操作新理論並且萌發新使命的「中國當代文學」已經漸漸熟練起來。在這個意義上，至少可以說，八、九十年代的新歷史小說，其創作與針對它的文

學史研究本身，結合得空前緊密。

在所謂「民族想像」的向度裡，兩岸都可以說，面臨著原有民族（族群）想像的崩塌以及新生民族（族群）想像的匱乏。對台灣鄉土小說而言，國民黨當局的意識形態賦予台灣一中華正統這一搖搖欲墜的想像，本土勢力又力圖建設起一個具有台灣族群認同的統一樣貌，而真正的族群形象卻不得完成。在大陸這一方，新歷史小說索面臨的局面則是：原有的「紅色民族想像」隨著革命敘述的衰落而動搖褪色，新生的民族想像又因爲歷史的斷裂而難以破土而出。這一「紅色民族想像」，紮根在誕生於「延安文藝」，又在 17 年文學中達到頂峰的革命歷史敘事之中，隨著文革的結束、新時期的到來而一去不返。正是這一次斷裂與瓦解，帶來了新歷史小說十年未解的苦難——時至今日也尚未解決。

因此討論新歷史小說的這個部分，涉及到一下幾個問題：

1・新歷史小說與革命歷史小說之間的關係。

2・新歷史小說的創作願望與敘述目標。

3・新歷史小說的具體特點。

整體而言，關鍵問題是新歷史小說應何種命運生出何種主動的使命感。在這篇文章裡，這一使命可以簡單地描述爲：告別紅色革命，重建民族史。

1・關於「革命歷史小說」

洪子誠教授在《中國當代文學史》中，在「對歷史的敘述」的題目之下對革命歷史小說給出了一個完整的描述、定義以及評價。其中，洪子誠教授從革命歷史小說的寫作依據（文學史以及政治史的依據）、題材、作品反映的時間範圍、作品進行創作的時間範圍、作品內容以及寫作目的進行了描述與判斷。他隨後羅列了一份革命歷史小說的作品錄[14]。

---

[14] 長篇有《腹地》（王林，1949），《戰鬥到明天》（白刃 1950）《銅牆鐵壁》（柳青，1951）、《風雲初記》（孫犁，1951—1963）、《保衛延安》（杜鵬程，1954）、《鐵道遊擊隊》（知俠，1954）、《小城春秋》（高雲覽，1956）、《紅日》）（吳強，1957）、《林海雪原》（曲波，1957）、《紅旗譜》（梁斌，1957）、《青春之歌》（楊沫，1958）、《戰鬥的青春》（雪克，1958）、《野火春風斗古城》（李英儒，1958）、《烈火金鋼》（劉流，1958）、《敵後武工隊》（馮志，1958）、《苦菜花》（馮德英，1958）、《三家巷》（歐陽山，1959）、《紅岩》（羅廣斌、楊益言，1961），《劉志丹（上卷）》等。短篇小說方面，孫犁、茹志鵑、劉真、峻青、王願堅、蕭平等，發表了不少屬於這一類型的小說，如《山地回憶》（孫犁）、《百合花》（茹志鵑）、《黎明的河邊》（峻青）、《黨費》（王願堅）、《三月雪》（蕭平）、《英雄的樂章》（劉真）、《萬妞》（菡子）——見於《中國當代文學史》（修訂版），洪子誠著，

　　根據這份作品清單，洪子誠給出了革命歷史小說在作者方面的特色，即這些作者「大都是他們所講述的事件、情境的『親歷者』」[15]。也就是說，這些作者通過自身的回憶、敘述以及專業文學編輯的支援，呈現在國統區、淪陷區的文學中都不曾得到全面尤其是正面展示的過往革命。而這部分「創作」則憑藉其中輝煌的赤誠「補足文學史上這段空白，使我們人民能夠歷史地去認識革命過程和當前現實的聯繫，從那些可歌可泣的鬥爭的感召中獲得對社會主義建設的更大信心和熱情」[16]。

　　洪子誠對革命歷史小說的描述、定義、概括以及舉例已經全面地展現了革命歷史小說的面貌，在此，革命歷史小說是講述人民共和國如何「誕生」及其「誕生」之必然性的文學作品，它們所涉及的範圍從民國建立之際一直延續到共和國正式建立，肩負著給人民以新生的壯志以及無窮革命信仰的艱巨任務。還有一點值得注意的是，洪子誠引用了「在既定的意識形態的規限內，講述既定的歷史題材，以達成既定的意識形態目的」這樣一句話作為論定，揭示了革命歷史小說意識形態層面上的實質。此語出自黃子平對於革命歷史小說的論述，洪子誠對其原封不動的引用，顯示了黃子平論述在文學史上尤其是在 80 年代所蘊含的切題性。

　　黃子平對於革命歷史小說的幾次說明，散見於其《「灰闌」中的敘述》中。在這些分散的論述說明中，黃子平羅列了一系列「革命歷史小說」的近義詞（如「革命鬥爭歷史題材小說」等等），事實上是對其題材的進一步劃分。他同時指出了革命歷史小說最初的依據（《講話》），作品創作的時間（1950～1970），而洪子誠描述為「辛亥革命前後」以及「共產黨領導的革命鬥爭」的時間（同時也是事件）範圍，在黃子平這裡被確切地指定為「1921 年中共建黨至 1949 年中華人民共和國成立」。事實上洪子誠概括了革命歷史小說所展現的兩個階段的革命：資產階級革命以及新民主主義革命，而前者在革命歷史小說裡通常作為引子、楔子從而引出共產黨領導的種種鬥爭。在這個基礎上，可以將兩人的區劃作一綜合：革命歷史小說敘述 1911 年（辛亥革命）左

　　北京：北京大學出版社，2007 年出版，第 94 至 95 頁。

[15]　《中國當代文學史》（修訂版），洪子誠著，北京：北京大學出版社，2007 年出版，第 95 頁

[16]　邵荃麟《文學十年歷程》，《文學十年》第 37 頁，作家出版社 1960 年版。

右到 20 世紀四、五十年代（新中國成立）這段時間內，共產黨參與（如北伐戰爭）或領導的革命鬥爭。而對於這種文學命名的意識形態含義，黃子平似乎站在較洪子誠更爲激進的位置上，認爲它不僅爲實現某種意識形態的期待而奮鬥，還「講述革命的起源神話，英雄傳奇和終極承諾，以此維繫當代國人的大希望和大恐懼，證明當代現實的合理性，通過全國範圍內的講述與閱讀實踐，構建國人在這革命所建立的新秩序中的主體意識」[17]——拋開這種概括所運用的現代化術語（諸如合理性、新秩序、主體意識等），我們能夠從中發現社會文化研究的廣闊與縱深之感。而這一段敘述裡最具不安定性的意見則是人民的「大恐懼」，這背後的含義似乎是，在革命歷史敘事那歡騰、純淨以及赤誠的狀態背後，在理想以及榜樣背後，可能存在著某種浮誇以及遮蔽。

毫無疑問，「革命歷史小說」在 50 到 70 年代引起了全體社會階層的空前認同，而時至今日，它仍然是一個既成的、真理化的、非歷史化的、需要舉著「新歷史小說」的大旗不斷對其發起衝擊的權威存在。這一巨大影響力從其在傳媒領域的持續高走可見一斑：以革命歷史小說爲底本改變而成的眾多影視作品頻頻出現在螢幕之上，形成了 90 年代後期開始的「紅色經典改編熱」。將長篇小說壓縮成爲六、七十年代的電影，再在 90 年代後期將其拓展成爲數十集的電視連續劇，而在這個過程中，電視作品仍然保留了革命歷史小說的本性以及主線，同時在其中加入愛恨情仇的當代演繹。對紅色經典的「保留」與「改編」　方面顯示了革命歷史小說作爲成功歷史敘述的餘威猶在，同時也顯示出了革命歷史小說正在當下一步步轉生爲影視消費品。昔日的紅色經典一面使自己脫胎爲雅俗共賞的大眾消費品，一面又力圖讓自己與其他展現現代商業文化與速食情感的應制作品截然區別，進而試圖保留「紅色經典」的神聖氣場。改編自紅色經典的影視作品，爲螢屏前的觀眾提供了與自己的生活相互連通的、切實可見的對於輝煌革命的想像，而這一「改編」的過程，事實上也是對「新歷史」生產與表演。

革命歷史小說對現代中國史進行了「親歷」與敘述，它所呈現的革命帶著正義、單純、潔淨、執著乃至於光輝的色彩，足以承擔起被它引爲自身依

---

[17] 《「灰闌」中的敘述》，黃子平著，上海：上海文藝出版社，2001 年出版，前言第 2 頁，粗體字爲引者所加。

據的政治化的使命，從而成爲榜樣與理想。然而正是這樣的大框架，產生了新歷史小說賴以誕生的「歷史時效性」。這其中帶來的可乘之機便是，「歷史時效性」失效的時刻必然到來，而「時效性」的革命歷史小說試圖敘述超越歷史語境的永恆革命史，其本身具有自反的可能。這種自反的可能與其內涵、歷史態度、時間觀念以及其作爲意識形態的有效工具的身分等，最終成爲孕育新歷史小說的土壤。至於革命歷史小說所取得的搖搖欲墜又光輝燦爛的真理地位乃至於其程式化最終導致的僵化與掣肘，則成爲新歷史小說的前車之鑒。正是如此，革命歷史小說才在血緣、訓教的層面上成爲新歷史小說的「生身之父」，而在孕育誕生的層面上則成爲新歷史小說的「大地之母」。

2・　新歷史小說誕生

關於「新歷史小說」，迄今爲止尚未出現正式的定義，然而對它的描述則是非常豐富的，在這些面貌多樣的描述之中，至少有三種描述值得注意——王彪在其《新歷史小說選·導論》中的描述、洪子誠在其《中國當代文學史》（修訂版）中的描述，以及黃子平在其《「灰闌」中的敘述》中的描述。

王彪的描述[18]涵蓋了新歷史小說誕生的時間(1986 年)及其基本特色(「寫往昔年代的、以家族頹敗的故事爲主要內容」，「表現了強烈的追尋歷史的意識」)。不過，這一選本側重了新歷史小說中使用現代派或者先鋒技巧的部分，因而提出新歷史小說「往往不是以還原歷史的本來面目爲目的，歷史背景與歷史時間完全虛化了，也很難找出某位歷史人物的真實蹤跡。事實上，它以敘說歷史的方式分割著與歷史本相的真切聯繫，歷史純粹成了一道佈景」。不過，就「重新敘述歷史」這一基本出發點而言，不論何種傾向的新歷史小說，的確共用這一原點。

在這篇文章中，王彪初步歸納了新歷史小說的源流脈絡（由喬良的《靈旗》作爲開始）、作品特色，並且結合具體作品對於新歷史小說的文學史意義進行了一番申明，而這一番申明顯示出受限於形式層面的「淺嘗輒止」。與此相比，洪子誠在《中國當代文學史》中的評判則顯示出步步爲營的嚴謹態度，將 90 年代中期以後，寫作先鋒小說與新寫實小說的作家轉向「歷史」這一現象，作爲「新歷史小說」正式形成的某種標誌。洪子誠將新歷史小說的特點

---

[18] 《中國當代最新小說文庫——新歷史小說選》，王彪主編，杭州：浙江文藝出版社，1993年出版，導言第 1 頁。

描述爲：「它們所處理的『歷史』已大多不是重大事件，而是在『正史』的背景下、氣氛下，書寫個人或家族的命運……歷史往往被處理成一系列的暴力事件，個人總是難以把握自己的命運，成爲暴行中的犧牲品。」[19]這一論述將觀望態度推進爲嚴謹的描述與分析。可見的是，洪子誠先生將新歷史小說正式出現的時間推延到了 90 年代中後期，而事實上這個時期正是新歷史小說作爲一個創作類別的的高潮時期（因而這種提法也有其合理之處）。個人、家族、暴力、命運、犧牲等一系列要素被指明爲新歷史小說的特性所在，先鋒小說與新寫實小說與新歷史小說之間的淵源關係也被謹慎地牽涉其中。洪子誠先生的描述方式沒有爲尚未完結的「新歷史小說」這一創作類型劃定發展前景，也沒有急於對其下達定性論述，也就爲新歷史小說留下發展變化的充足餘裕。

　　與前兩種描述相比，黃子不的描述似乎更加針對新歷史小說誕生的獨特「契機」，並且更加重視新歷史小說與革命歷史小說的對照關係。黃子平認爲，新時期（80 年代）的意識形態鬆動使得「『革命歷史』的再敘述」成爲可能，與此同時產生了兩個創作方向，一種是在壓制、封鎖之後與書籍市場相互配合，「越來越向晚清『黑幕小說』的模式看齊」的「鉤玄索秘的長篇小說」；另一類小說則不以重現或佔有歷史眞相爲目的，而是「處處表明著探索歷史的困難」。這一類作品以《紅高粱》、《大年》等等作爲代表，敘述人作爲革命的不肖子孫重新講述祖先的故事，不再「建構一個井然有序的世界」[20]，卻仍然意圖從中獲得解放的力量。在這一「鬆動」中，支撐著革命歷史小說的「時效性」漸漸顯露出來，進而成爲眾矢之的。

　　可見的是，黃子平指出的第二類文學創作，與「新歷史小說」息息相通。參考他對於「革命歷史小說」的描述，可以得出這一「不以佔有歷史眞相爲目的」[21]的創作方向的具體意義——指出 50 到 70 年代革命歷史小說所示眞相的可疑，在這一眞相土崩瓦解的當下重新維繫「當代國人的大希望和大恐

---

[19]　《中國當代文學史》（修訂版），洪子誠著，北京：北京大學出版社，2007 年出版，第333 頁。

[20]　見於《「灰闌」中的敘述》，黃子平著，上海：上海文藝出版社，2001 年出版，正文第16 頁。

[21]　見於《「灰闌」中的敘述》，黃子平著，上海：上海文藝出版社，2001 年出版，正文第57 頁。

懼」，重新再後革命的新新秩序中構建國人的「主體意識」。

在這些討論的基礎上，可以嘗試給出「新曆小說」的描述——

新歷史小說從最爲粗淺的特點上來說，是以異於 50 到 70 年代（尤以「十七年」爲代表）革命歷史小說的歷史觀念與寫作姿態，重新敘述民國歷史以及共和國早期的進程。與此同時，新歷史小說（尤其是其八、九十年代的長篇小說創作潮），從一開始就顯示了對於民族形象、歷史敘述的自覺追求。這一時期的新歷史小說創作沒有過多地依靠文學史研究的「後期敘述」，就顯示出了其完整的文學史願望。

本文所指涉的「新歷史長篇家族史」，涉及到一系列的關鍵字——家族、故鄉、新歷史等等。小說在共和國新時期的語境下重寫現代民國史以及社會主義革命史。其中，若干家族形成的「故鄉」以某種堅韌、樸素的方式由民國歷史進入共和國歷史。這一書寫形態構成了新歷史小說的主體，並且正是它們最爲鮮明地傳遞出了新歷史小說的歷史態度。

新歷史長篇家族史小說以有別於現代文學以及十七年革命歷史小說的方式將現代歷史（民國）與當代歷史（共和國）相互連通。在這個過程中，家庭關係、家族命運以及人際關聯了在不同意識形態對壘之下、在同一塊土地上發生的種種歷史事件與線索。通過「家族」這一關聯方式，新歷史小說長篇家族史以代代相扣的倫理羈絆與血脈記憶爲「故鄉」的生成提供了穩定長久的舞台。與該「舞台」相伴相生的族群文化與地域傳統，一面統攝了階級鬥爭的分歧，一面爲應對意識形態的變幻提供了恒久不變的終極堡壘。以家族歷史統攝革命歷史的意義之一在於，抵制主流意識形態暴力進而獲得某種自足性，即以家族、血緣、地域、人倫的永恆意義以及「非意識形態」的本質作爲「武器」，意圖呈現革命意識形態之外的中國近代史。正如前文所提到的那樣，家族因素使得極具標籤相貌的革命歷史重新成爲與人休戚相關、真實存在的歷史事件。這一系列歷史事件能透露出歷史的命運，而這一最具非意識形態意義的原生力量則被選擇爲新歷史小說抵抗革命歷史小說之歷史形態的最佳立足點。

與家族、故鄉這兩個要素相關聯的，是家族成員「離去—歸來」的行動框架。通過家族成員離開家鄉又回到故土的時空變化、內外交流，「家族史」

得以將革命進程納入「家族」之內進而成爲敘述革命歷史的另一種方式。

　　多數新歷史長篇家族史作品在「離去─歸來」造成的時空變化、內外交流的過程中，藉以重現家族光榮的基礎，是作爲中堅力量的則是家族的領袖（也就是民族的典範）。這一家族領袖穿越民國至於共和國的漫長歷史，其間歷經磨難，仍然保有不屈的堅韌乃至於永恆的美德。這一家族領袖乃至於民族典範首先是一個忍辱負重的特異英雄，其最大的功績在與、率部實現了族群的倖存於延續。在後續的創作發展中，對於先祖英雄的敘述常常由自我認同爲「不肖子孫」的後代承擔起來（如莫言常做的那樣）。與此同時，先祖乃至於整個民族的光榮則通過家族史的神話爲召喚回來，成爲每一個當下成員都能分享的「合唱」。

二、故鄉遍地英雄：兩岸作品分析

　　如果對六、七十年代台灣鄉土文學以及八、九十年代大陸新歷史小說做一創作面貌的概觀，可以發現兩岸創作主流的不同格局——以短篇小說爲主的台灣鄉土小說致力於日常生活的截面式敘述，而以長篇小說爲首要成果的新歷史小說則專注於「民族通史」的建造。

（一）大陸新歷史小說：新歷史長篇家族史

　　新歷史長篇家族史通過家庭成員「離去─歸來」的行動框架，使得故鄉得以與外部產生時空關聯以及內外交流，進而「家族史」得以將革命進程納入「家族」之內進而成爲敘述革命歷史的另一種方式。作爲 50 到 70 年代革命歷史小說的對照，新歷史小說的長篇家族史以家族史作爲載體，寫作群體性的民族史，最終呈現了特定歷史時期與特定意識形態下想像民族的方式。這一個民族想像指向歷盡苦難並穿透「革命」進而生生不息的民族群像，從而也成爲新歷史長篇家族的關鍵支點。

　　不過，新歷史小說以家族史統攝革命史，以所謂非意識形態化的立足點取代意識形態革命敘事，事實上恰恰反映了新時期的意識形態新格局。同時，新歷史長篇家族史也墮入了與革命歷史小說相類似的困境——「家族」書寫成爲新歷史小說中數量龐大的諸多作品的欽定主題，而這「大同小異」的家族故事使得新歷史小說所呈現的歷史也仿佛新近意識形態力量的「喉舌」。在

這一層面上，新歷史小說長篇家族史的症候性得到了充分的體現，對其作一討論便也顯得尤爲必要了。

在「新時期」語境下重寫歷史的，是一個群像，其作爲某一民族的代表正處於「創世紀」的風口浪尖。這樣一個創世紀的民族群像的樹立，證明「文革敘事」的病入膏肓與死不足惜，同時力圖在現代化的新希望中確保「我們」能夠始終自尊自豪。在現代化的新希望中，具有救贖意味的「人文關懷」不得不與商業化的圖書市場彼此聯通，於是，「歷史」的重出江湖便顯出了與物質感、消費性的緊密結合。處於新時期語境下的英雄常常在最後一刻解體，其傳奇則在最高潮點跌宕而成爲荒唐劇——仿佛正是以現代性的異態終結了「救贖」、「英雄」以及「自尊自豪」的可能。在這種語境中，新歷史小說仍然有著對於統一性與整體性的追求，而它與革命歷史小說的對位淵源則決定了它在某種程度上與革命歷史小說之間的相互依存。由此可以發現，新歷史小說並未取消革命歷史小說及其背後作爲經典的「革命歷史」。另一方面，對革命歷史小說來說，它之所以能夠承受並且在某種意義上需要新歷史小說的重新展示，則是因爲它作爲一項空前成功的歷史敘述而在新的語境下無力自持，亟待重生。在奇特的「兩相情願」場景下，新歷史小說的多種民間意義以及對人性向度的多重展示依託於與革命歷史小說的對照，保持了作品群內部的凝聚力與自律性。新歷史小說的態度與其說是消極頹靡、隨波逐流，不如說它在某種意義上成爲經典革命歷史的注釋與補充，這些注釋力求爲革命歷史小說中「沒有終結的革命」找到歸宿。新歷史小說的出現爲歷史敘述提供了某種新可能，即樹立能夠穿越意識形態的鴻溝而貫通民族存續之全程的無華歷史。在這樣的意義上，革命歷史小說與新歷史小說之間的關係並不同於所謂正史與稗史，兩種歷史敘述終究都是文學領域對於群體記憶的不同貢獻。在新時期的語境之下，二者之間嚴格而言並不存在某一方的唯我獨尊與另一方的退出舞台。

此處僅以《白鹿原》做一簡短分析，暫且將故鄉之內的眾多角色劃歸爲幾個範疇——國（國民黨人及國軍），共（中共黨人及其武裝），匪（土匪之流），紳（鄉紳集體），民（普通勞動人民）等[22]。

---

[22] 此處借鑒許子東的劃分方式。

　　故事時間以辛亥革命結束（更準確的來說是清帝退位之時）作爲起點，到新中國成立前夕則全篇完結。它在「離去—歸來」的框架上做了豐富的展示，幾乎每一代家族成員都有人「出奔」在外且再度歸來。這些行爲的發出者中，最爲活躍的是作爲子代以及革命主要力量的一輩人，主要包括白孝文、白靈、鹿兆鵬、鹿兆海、鹿兆謙，其他人的出奔經歷（比如白嘉軒、鹿子霖等），則各自擔任起補足歷史全貌的角色。

　　《白鹿原》的空間結構包括三個層面——

　　最近處的舞台：故鄉白鹿原；

　　中遠距離的外鄉：滋水縣城；

　　更遠距離的城市：西安、延安等等。

　　白鹿原是重大矛盾爆發、演變以及結局的地方，是口常生活得到細緻展現的地方；滋水縣城是「離去—歸來」的中轉站與落腳點，更遠處的城市則多半是一個不甚清晰然而具有象徵意味的概念，比如延安——遙遠的理想的紅色烏托邦。

　　這一點與台灣鄉土小說，尤其是短篇小說的相通度並不高。需要說明的是，白稼軒幾次出入是爲了搭救陷入牢獄的親友，其作爲領袖代表著中華傳統中一切寶貴的品質。其子白孝文的離開代表著鄉紳長子在繼承族業一事上的失敗，而其作爲縣城治安長官的歸來意味著他退出了長子身分，試圖以戎馬光榮回故里，至於他最終重回祠堂，終於還是顯示了他對於家族長子這一身分的念念不忘。另一方面，鹿兆鵬代表著「共」在白鹿原幾次點燃了革命之火，他在離去歸來之間先後動員了鹿黑娃以及百靈，引發了白鹿原上的農民暴動以及對地主紳士的鬥爭。鹿兆鵬的弟弟鹿兆海作爲「國」自的代表，與自己的愛人白靈分道揚鑣，在抗日戰場上奮勇殺敵，最終在內戰開始之前死於共軍之手。這一系列家族成員通過歸來—離去的活動方式，在白鹿原上演了若干勢力的博弈與糾纏。而他們全體代表著民族的受難與堅忍不拔，尤其以白稼軒作爲領袖與中心，便意味著始終存在能夠穿透歷史苦難進而修成正果的民族典範乃至於民族英雄。

　　至於革命領袖的形象重造，則是以鹿兆鵬作爲例子體現出來的。在故事中，鹿兆鵬步步爲營、處心積慮地引導黑娃成爲革命者，卻始終未能讓黑娃

徹底理解「革命」本身，而在故事最後，對革命不甚了了的鹿黑娃為他盡忠
而死。此刻，唯一能夠對黑娃施以援手的鹿兆鵬早已隻身前往革命聖地延安。
另一方面，雖非出於故意，鹿兆鵬仍然奪走了弟弟的愛人白靈，將其昇華為
一個革命者。然而當白靈深陷根據地的清洗運動時，鹿兆鵬正在白鹿原的週
邊精心策劃者革命局勢的扭轉，他對於白靈的危險沒有預判，也就談不上有
什麼解決之道。至於槍殺鹿兆海的中共軍隊，恰是鹿兆鵬短暫棲身的隊伍。
在這個故事裡，鹿兆鵬未能拯救他戰友中的任何一人，未能引領任何群眾走
向革命的真理之地，而他創造出來的革命成果，也被倒戈的失敗長子白孝文
成功竊取。正是在這些意義上，鹿兆鵬走下了革命領袖的神壇，成為一個狡
猾而缺乏智慧，殫精竭慮而仍然破綻百出的革命者。

　　由於《白鹿原》並未展開描述內戰勝利之後的生活圖景，「革命時代」時
代的「晚期風格」只呈現為一系列暗示：白稼軒至少失去了族長的地位以及
家族英雄的名譽，他的女兒白靈作為革命者的確在突然的歷史境遇下被定為
人民的敵人並且被處以死刑，其根源便是其鄉紳地主的出身。不過，即使如
此，一直等到他的女兒被平反，白稼軒仍然倔強且硬朗地活著——正是這種
能夠穿過一切歷史局勢的形象，成為新歷史小說中的理想民族成員——也就
是民族的化身。

　　從《白鹿原》出發，可對與新歷史小說的革命想像作一簡單概括：

　　農村社會作為平衡狀態的「故鄉」，代表著傳統文明的光輝以及族群血緣
的生生不息。

　　革命成為催化這一「平衡」被打破的關鍵因素，進而故鄉發生一系列激
變，引起源源不絕的犧牲。

　　在這一過程中，忍辱負重的族群英雄被塑造出來。英雄因為「忍辱負重」
而成為英雄，而施與其種種辱沒的便是自詡為拯救者的「革命」。

　　可見的是，新歷史小說所塑造的「英雄」是對形如嘎達梅林的民族英雄
的補充與對應，新歷史小說中忍辱負重的英雄沒有領導起義並且建立新世
界，而是完成最為根本的使命——保存血脈並且使之生生不息。這是特異狀
態下的英雄，因而更加需要由邏輯完滿、技術成熟的「歷史敘述」對其進行
建構——當這一英雄果然出現，新歷史小說作為歷史敘述的完滿性與局限性

也真正被凸顯了出來。在這一點上，新歷史小說作爲一種歷史敘述便由剛初時極具生命力的自發敘述變成了自足的「模式化」的敘述，進而「可以被移植到許多形形色色的社會領域，可以吸納同樣多形形色色的各種政治和意識形態組合，也可以被這些力量吸收」[23]。

在忍辱負重的英雄的照耀之下，在「離去─歸來」這一行動模式裡回環往復的家族成員們，不斷在「故鄉」這一舞台上上演著「往者歸來」的一幕。而當他們的畢生宏願未能在這一幕裡成功達成，他們便不辭勞苦再度遠征，以便以更加完滿的姿態「榮歸故里」。

鹿兆鵬爲了革命的理想不惜將愛人、童年摯友一一拉入革命的洪流，連帶犧牲了無辜的家族包辦的髮妻。而鹿黑娃則是循著對童年摯友、革命友人、人生師長的無盡忠誠走在革命與匪徒的「無間道」上，始終對於自己的功勳與過錯不明就裡，在新社會的第一抹曙光下死於槍決。同樣是遭遇槍決，李小武作爲前國軍軍官與「殘匪來襲」的匪首，卻顯示出了對於自身道路的堅持與決絕，因而他表現出了洶湧澎湃的悲壯之氣[24]。

眾人或多或少被某種理想所「利用」，並且在實現理想的道路上漸漸受到「革命」的阻撓、消耗以及懲罰（對於鹿黑娃、李小武這類曾經選「錯」道路或者始終走「錯」的人來說，尤其如此）。然而「家族」及其投射出來的民族群像不僅承擔了個體的犧牲，並且持久地表現出不屈不撓的生命力。在這一層面上，或成或敗的「往者歸來」皆如「想像方式的錯動」一節所討論的那樣，成爲民族史的一部分，佐證民族史穿透了革命暴力而能夠海納百川。鹿黑娃與李小武們的意義在於，即使家族（也是「民族」）中的成員未能選擇符合革命標準的人生路，其奮鬥、犧牲乃至於捐軀都具有正面、積極乃至於壯闊的內涵。而這一內涵在於，他們秉承了屬於民族群像的光輝品質：對個人使命不離不棄的堅韌精神。

---

[23] 《想像的共同體》第一章，（美）安德森著，吳叡人譯，上海：上海人民出版社，2008年出版，第4頁，原文如下：「這些人造物之……是從種種各自獨立的歷史力量複雜的「交匯」過程中自發地萃取提煉出來的一個結果；然而，一旦被創造出來，它們就會變得『模式化』……可以被移植到許多形形色色的社會領域，可以吸納同樣多形形色色的各種政治和意識形態組合，也可以被這些力量吸收。」

[24] 李小武與鹿黑娃不同，他清晰地知道自己既然選擇非紅色的道路，就已然成爲革命的敵人。這一覺悟在他得知趙刺蝟等人玩弄李家女性的時刻被徹底落實了，由此他義無反顧、視死如歸地好好走完了身爲「殘匪」的最後一段路。

在「往者歸來」以及「往者獻身」的場景之中，讀者亦成為「民族」一員，以往被表現為破壞性力量的「革命」則成為被「民族」所馴服的怪獸。不過，新歷史小說創作雖然試圖在「後革命」語境中清洗「革命的後遺症」；也試圖在承認「落後」的前提下，建造唯一且壯偉的民族通史，然而其仍然是在「去意識形態化」的宣言中演繹著新時期的意識形態格局。在這個層面上，新歷史小說呈現了「家」、「族」與「國」的重疊，其中，成為現代世界之「零餘者」的陰影與恐怖得以被置換為聲勢浩大、不計代價、同心同體、並肩作戰、榮辱與共的「民族進化史」。

（二）台灣鄉土小說：平民家庭‧日常生活截面

如前文所言，「平民家庭的日常生活截面」顯然與「新歷史長篇家族史」形成了對照，其中，最具有症候意義的，是「家庭」與「家族」，「生活截面」與「史」的對稱關係。在最簡單的意義上來看，台灣鄉土小說至少選擇了一個與點與面的角度，這個角度與某一特定時刻相互關聯。與此相比，大陸新歷史小說則如前文所舉出的例子那樣，追逐一個通貫時空的立體敘述。

1‧關於族群想像

相較於新歷史小說中成為土匪或者作為族長呼風喚雨的先祖英雄，台灣鄉土小說呈現了平民的日常生活，這一日常生活與民族命運、家國存亡、革命前途不相關聯。在「苦熬」的具體情境下，六、七十年代的台灣鄉土小說中，族群的先祖與後代不存從英雄典範到不肖子孫的「逐級退化」。

如果說大陸新歷史小說試圖寫作世代演替的族群通史，那麼台灣鄉土小說則以日常生活作為截面，展現「當下一代」小人物的整體生態。「當下一代」生活在極具新舊衝突的城鄉夾縫中，不復穩定的「鄉土」不斷受到現代都市的蠶食與染色。同時，「當下一代」沒有在故鄉遭遇到「紅色革命」的召喚，未曾經歷紅色的戰亂流離，反而失卻了成為新歷史小說式的「英雄人物」的機會。台灣島內的「移民」經驗，暗藏了「成王敗寇」的古典式邏輯，在某種程度上來說，移民記憶有如半路殺出的村野稗史，其中難以追溯出正史意義上的偉大先祖。而在新歷史意義上尤為光榮的「稗史英雄」，對於台灣鄉土文學來說，也缺乏足夠的書寫價值——按照民國正統的當局意識形態期待，稗史寫法尚且不足為取，這一方式所創造的文化英雄也就失去了起源層面的

「適格性」。

　　在多重因素的作用之下，台灣鄉土文學不傾向於通過描寫不肖子孫進而反襯先祖的壯烈及其血脈的豪傑本質。同樣也不傾向於通過子孫的慚愧，來表達辜負祖先威名所產生的慘痛之感。台灣鄉土小說中的主人公們屬於「當下」與「現代」，其作為現實中的個體生命，足以彰顯群體面貌，進而無需追溯龐大的家族的前後脈絡（當然這與短篇小說的篇幅限制也有些關聯）。在此基礎之上，民眾苦難得以得到充分、正面的描寫（其「自我他者化」、「自我審醜」的嫌疑，與大陸新歷史小說相較，似乎也微薄的多）。換句話說，台灣鄉土小說以當下一代作為新的起點，通過日常生活的廣闊截面構造新的族群形象。

　　在此，有必要討論《華夏邊緣》藝術所構造的文化歷史脈絡——在「邊緣研究」的框架下，此書描述「華夏」族群認同邊界的不斷變化，包括邊界的形成與維持，拓寬與萎縮等等。在邊界變化過程中，作者呈現了不同族群各自地位的不斷遊動，其中包括稱為華夏正宗的漢人、逐漸被接納為華夏一員的羌人、逐漸產生獨立認同的台灣人等等。這一文化歷史脈絡的意義在於，它在不同族群的文化歷史中，摸索出了一套建立族群認同的方法，以擇性的失憶、集體性記憶等與情感相關的程式為代表。這一構造方式以類似於本尼迪克特・安德森架空民族主義神話及其散播模型的方式，力圖證明台灣獨立族群想像的合理性（換句話說，這一文化歷史脈絡也具有「想像的共同體」式的可疑之處）。這一脈絡與台灣鄉土文學「新起點」寫法的相通之處在於，《華夏邊緣》之處，當某一邊緣族群認同傾向於脫離「華夏」（中心）的時候，被遺忘的並不是「移民記憶」本身，而是移民前的歸屬記憶。經過這一選擇性的遺忘，留下來的便是「移民」這一結果以及隨之而來的全新開端。就台灣文學而言，被刪汰、過濾或者重組的，則可以是抗戰記憶等等兩岸同仇敵愾、緊密相連的共同經驗。立足於這一「新起點」，台灣的「主體性」在兩岸經濟落差、意識形態差異以及半隔離的狀態下更為順利地成長起來。

　　如果說大陸新歷史小說所造成的自身想像，是在認同族群歷史的基礎上消除「不斷革命」的熱望（在新歷史小說中，「不斷革命」已經被消除，敵我之分也被最大限度地模糊化了），那麼台灣鄉土小說則至少在初期的自我定義

中，試圖讓眾人看到自己的苦難並爲之掀起改造社會的浪潮——如果不能改造社會生活，那麼至少也要起到心靈蕩滌的作用（正如王拓所宣稱的鄉土文學的目標那樣）。在這一類型的鄉土文學中，類似於「敵人」的一方，即是帶來壓迫的「現代」——如果套用大陸一方的革命邏輯，也就是資本主義制度及其麾下的上層獲利者。不過，台灣鄉土文學大多並不將民眾苦難歸於任何清晰明確的「階級」或者「制度」，反而讓他們面對一個幾乎無法解決的，屬於現代社會的天然困境。因此陳水盛們即使爲人善良勤懇，做工兢兢業業，一心養家糊口，最後還是不免被人強迫賣兒鬻女，如果連這個也要拒絕，便不得不勉強實施一場毀滅漁人自尊的炸魚，並爲之付出斷臂與內臟破裂的代價。需要注意的是，即使付出如此的而代價，陳水盛的困境仍然沒有任何得解的可能，反而更加緊急起來（比如興旺嫂的要債等等）——小說在此戛然而止。

　　小說在這個苦難的頂峰戛然而止，就大陸一方的讀者而言，實在是有些不自然的——按照左翼傳統、延安傳統以及十七年傳統，甚至是新歷史傳統，在這苦難高峰之後一定還有些什麼。如果後續而來的不是左翼、延安所宣導的鬥爭與翻身，至少也是新歷史所敘述出來的忍辱負重的英雄傳說，然而台灣鄉土小說裡卻什麼都沒有。青番公在小腳美女般的水鬼傳說之後，仿佛再也沒什麼可以講述的「過去」；小林在台北看到了張總務的悲劇，卻在跳腳怒罵「幹你娘」的時刻忽然被小說的終了阻隔住了；憨欽仔的經歷停止於他的發瘋，而《獎金兩千塊》中的鄭文良，其故事也停在工傷住院、前途無望的時刻。　較少部分的作品試圖解決人物遭遇的困境，如《金水嬸》裡的金水嬸依靠自己的力量在遠方重獲自食其力的新生。然而，這一扭轉有些僵硬，因爲按照前文走向，這一重獲新生不免有些像老天慈悲乃至於奇跡降臨。在這個意義上，就可以見出「狼來了」的擔憂事實上不會實現：或許鄉土文學的題材涉及到了「階級矛盾」，然而始終並沒有導向「階級鬥爭」——準確地說，不僅沒有導向「鬥爭」，而且差不多封死了除了「奇跡」與「美夢」之外的一切得救之路。在這個意義上，「台灣鄉土文學」視野的獨特性之一，是其不曾展現「紅色革命」的可能性。

　　不過，如果將這種以「戛然而止」爲主的結尾方式與現代文學中更早期

的鄉土文學做一對比，或許能尋出一部分源流解釋——魯迅先生的小說也往往在這樣的頂點忽然停住，這裡總是有些「喚起反抗」的意思，當然也夾雜著對當下制度的無力感。這種結局方式或者也可以用「曲筆」來解釋——仿佛也要想一些辦法，不完全堵死憑藉仁義勇敢之類優秀品質都想大團圓的可能，作者也得以避免直接描繪小人物的暗淡未來。

如果按照王明珂所展示的邊緣化規律，偏居一隅的台灣經過選擇性的失憶與記憶，獲得了清清白白的「重新開始」。在這個邊緣之地生存者的族群，較大陸而言，對於新歷史小說式的「扭轉敘事」乃至於「忍辱負重的英雄傳奇」便沒有那麼強烈的需要。「台灣」不需要在民國與共和國之間的斷裂帶中，竭力敘述出一個忍辱負重、隨波逐流卻反而堪稱典範的家族長史。在這個前提下，台灣鄉土文學描寫居於前臺的、活著的、現在時的「大眾」，而他們成功地晉升成為族群的代表。與此同時，用來代表「國族」形象的不再是時代更替的「家族」，而是現在時的諸多個體所構成的共同體，充其量其中包含著對於「核心家庭」的想像。這樣一來，「大眾」各自不同的來龍去脈被懸置起來，而他們共同的現在與將來構成了各種一體性的基礎。

應當指出的是，黃春明的《青番公的故事》描寫了青番公家族的「斷代史」。在這部斷代史中，青番公的祖父兩輩都在突如其來的洪災裡撒手人寰，而青番公的家族也幾乎絕戶。而青番公卻依靠著家族傳統與洪災過後的亂石灘，依靠勤懇農耕而重建家業。因此一劫，他對於傳統的鄉土文化乃至於「種地」本身留戀不捨，一定要半哄半騙地牽著孫子阿明，一面教授籠絡稻草人兄弟的秘訣，一面不斷對阿明透露些傳奇的家族故事，以便時時刻刻刺激著阿明的新鮮感。不過，此處的家族史與大陸新歷史小說中家族史有著相當不同的情調——青番公的家族史並非作為被召回的英雄證明，反而是漸行漸遠的過往痕跡。青番公唯一能藉以夠證明傳統重要性的，是反復講述卻無以更新的「國王的故事」。在小說末尾，青番公一面乘著船，一面講著水鬼的故事，一面看著水泥大橋上現代化機動車引起的吵罵——這是一個將逝的傳統與興旺的現代彼此觀望乃至於擦肩而過的象徵性時刻。此處，家族歷史與美好過去都逝者如斯，不捨晝夜，現代文明則步步緊逼。

青番公頻繁地向孫子阿明求證：「你會種地的吧？」這一憂慮萬分、猶豫

不定的問話,似乎正說明青番公自身亦深感傳統世界的退出已成定局。於是,青番公的家族歷史,所表達的反而是家族淪落與通史消亡的必然前景,經歷其中的青年一代受惠於現代文明,大多哀而不傷,而真正與遷徙之悲同在的老輩,則一籌莫展。

2・小人物的族群形象

台灣鄉土文學中居於生活底層的小人物,往往受到現代社會龐大機器的持續消磨、壓迫與異化。期間,傳統鄉土則漸漸發展成為半現代化的城鄉結合域,身在其中或者出走都市的鄉土之人,則或者懷著對傳統的信仰(青番公),或者仍然抱著對昔日光榮的留戀(憨欽仔),又或者在半現代的混亂倫理關係中備受煎熬(萬發)——他們共同投射了作為台灣社會龐大底座的小人物的千辛萬苦,同時也就是台灣島的永恆光榮。如果要討論台灣的鄉土文學,就不能不從「小人物的日常生活」入手——這樣一來,才可以看到故事中具體講述了怎樣的小人物,他們又經歷著怎樣的日常生活。

從「小人物」身分往往是秘而不宣的,「他」究竟來自大陸某處還是在台灣土生土長,始終未曾明言。而從「小人物」的空間位置來看,這一群體則包括留守鄉土的農民(青番公等)、城鄉結合部的無業者(憨欽仔等)、入城打工謀生者(小林等)等。依據這三類空間位置,也可以將六七十年代台灣鄉土小說化為三類,其中的主要人物或者留在鄉村,或者從鄉村進入城市,而他們日常生活的主要內容,除了家庭瑣事之外,最集中的矛盾表現為:傳統農務與現代化的衝突(《青番公的故事》),淳樸民風與城市怪現狀的衝突(如《小林來台北》),天倫之樂與人倫慘劇的矛盾(《金水嬸》、《嫁妝一牛車》)等等。小說中的「人們」對現狀充滿了憤慨,這一憤慨則無法可解,同時則持續透露著穩定持久的堅忍意志。這一意志無懼於保護「日常」所要付出的無數代價,同時也無懼於可能到來的慘痛結局。

《嫁妝一牛車》中的萬發正是在日常生活中騎虎難下、左右為難的農人。他苦於自身無能,不得不依靠鄰居簡先生的接濟,不得不獻出髮妻,又不得不在得到救濟的時候悲喜交加、羞愧難耐。在保護「日常」與「家庭團圓」的形式下,萬發、阿好以及「姓簡的」之間,形成了一出三角奇觀。在某一意義上,獻出妻子阿好,也算是維持萬發的家主資格、丈夫資格乃至於父親

資格所要付出的必要代價。他在這種奇妙的家庭關係裡度日如年，常常在難以忍受的關口暴跳如雷，不幾日又不得不與簡姓男子「重歸於好」——這在男主人萬發來說，是一個騎虎難下兩難境地：為了守住老婆孩子乃至於自己獨立自強的光榮，就必須把老婆奉獻出去，把兒子的勞力奉獻出去，把自己的顏面也一併奉獻出去。在萬發淪落到每週挑一個日子為簡先生騰出歡好空間的地步之前，其家主地位的塌落呈現出一下步驟：

首先，在道聽塗說簡先生與阿好通姦的時候，他在憤怒懷疑之外，還對阿好的姿色有了一點點的欣喜。其次，萬發開始緊盯另外兩人的活動，夜間困倦至極仍不甘於早眠——這一掙扎隨著某夜的捉姦未遂而宣告不勝：既沒有捉到現形，又不能駁倒阿好的質問，最後連阿武也被動員出來證明那兩人的清白。第三，萬發麵對簡姓人搬進宅院表現出了軟弱的態度，而簡姓人的「進門」也就代表了萬發位置的實質性動搖。從此，萬發開始在各種情況下破壞那兩人之間的曖昧氣氛，然而這仍然無法挽救流言的繼續惡化，於是萬發便聽到了剃頭匠的惡言惡語，一時間氣血上湧，親自將簡姓人趕出了家門。這原本也算是一次勇氣的小陽春，然而萬發卻因度日苦難而漸漸懷念起破壞自己家長尊嚴的簡姓人，這樣一來，完全屈服、承認自己無用的萬發才終於徹底地失去了家長的位置並且真正正地失敗了。在這個前提下，萬發因事故吃了牢獄之災，也就更加失去了指責簡姓人竊取他家庭的資格。因此他才進一步活用起自己耳聾的優勢來，每週在飯店打牙祭，還要誇張且揮霍地暢飲一頓賣老婆得來的啤酒。

《嫁妝一牛車》看起來講了一個與出嫁並無關聯的故事，然而萬發的確是重新把老婆獻出了若干回，換得勉強度日的物質資料。他雖然盡力掙扎以便逃離狐臭男人令人羞恥窒息的魔掌，終於還是難免於失敗。當萬發乖巧識相地走進飯店打牙祭，他的卑微、懦弱、悲苦與忍耐便到達了頂峰，妻子阿好的堅韌與複雜性也呈現出空前的飽滿。然而最重要的是，阿好並未拋棄自己的丈夫萬發乃至於兒子阿武，在這個意義上，她一方面似乎也得到了歡愉，一方面又為家庭的安寧祥和貢獻了綿薄之力。這樣一來，萬發夫婦就是在最微妙的意義上，堅忍不拔地活下來了。

萬發與小說未曾寫出的一干旁人，他們身上的堅韌跟他們的無力一樣卓

絕，能夠支持他們穿過任何一個天理難容的世道，並且倖存下來。與大陸新歷史小說不同的是，這個穿越歷史境況的「代表」既不是先祖也不是後代，而是當下的普通人。平心而論，萬發們沒有值得一提的前史，他們的子孫後代也看不出有什麼特別之處，然而他們完成了足以稱之爲功業的任務，那便是在急劇變革的「美麗島」上，平安存活下來。小說中的萬發，在面對奇特三角關係的屈辱時刻，一面自己打自己耳光，一面拒不求死——這首先是「大丈夫」的能屈能伸，而更爲重要的意義則是：實現了族群存續這一夢想的，並非偉大的先祖，而是實實在在活在眼前的「我們一代人」。這樣一來，當下時段中奮鬥的普通民眾便有了可觀的重要性——他們親自實現了關於血脈存續的最高目標。與此同時，在重新敘述的歷史中，這一血脈的可能源頭則被遮蔽或者置換了（比如《華夏邊緣》的第十二章，說明台灣認同逐漸靠向南洋，又或者爲了抵抗大陸的源流，福佬人與客家人竟然也能盡釋前嫌地統一在一起，裝扮出一個光滑魅力的共同體來）。這在金水嬸也是一樣，她老年喪夫，六個兒子中，至少已經有四個變成了白眼狼，全村的女人男人都對她翻臉不認人，然而她還是在遠方的自食其力的勞動中重拾希望。即使這是一個有些牽強的扭轉，金水嬸的堅韌也是實實在在的。王拓的結尾固然有些理想化，但這一理想化的結尾透露出作者在民族形象塑造中的明確傾向乃至於明確期待，因此反而令人信服而且大受感動。

不過，鄉土文學作品也展現這樣一種前景——即使堅韌苦熬，人們仍然並不如意。比如，在〈兒子的大玩偶〉的後半段：坤樹仔度過了故事時間內的炎炎夏日，終於迎來的人生事業的轉機——他終於可以脫掉令他困窘、難堪、沒臉做人的小丑服，登上三輪車開始新一輪的廣告宣傳——然而他兒子阿龍卻在他的素顏前痛哭流涕，掙扎不休。由此，許坤樹終於意識到某些驚悚的事實，比如不塗油彩的他在兒子眼裡並不是「爸爸」，塗上油彩的他在兒子眼裡卻是「大玩偶」——他一度相信兒子愛的是自己這個「人」而此刻兒子的痛哭卻說明，他愛的不過是塗油彩的大玩偶。換句話說，阿龍的生活裡從來都不曾有一個人叫做「爸」，「許坤樹」也從來都沒有進過許阿龍的視野——他全都要重新來過，而且很可能已經爲時已晚。

這樣一來，獲得事業轉機、與妻子重歸於好的坤樹才遭遇了人生最大的

慘劇，他面對自己最重要的成果、標杆以及希望（他的兒子阿龍），難以實現最正當且正常的價值。因此他坐在梳粧檯前塗油彩的囁嚅是沉痛萬分然而依舊堅韌的，即使如此，他也還是要「壓抑著」並且活下去。在這個意義上，另一個版本，也就是說明瞭「我要讓他認出我」這句話的版本[25]，其意味就單薄得多了。

　　「我……我……我……」[26]或許是一個更好的說法。油彩塗到一半的坤樹心中充滿了千言萬語，這千言萬語指向不明、令他迷茫猶豫，然而它們導致的最終行動，是許坤樹繼續完成自己的油彩盛妝。許坤樹的兒子生於六月，屬龍——塗油彩是對阿龍的寵愛，對自己的憤慨，同時也是對「世道」之類的反抗（如果稱不上是反抗，至少也是控訴）。

　　然而坤樹仔的狀況並不是最糟糕的，比他更加凄慘的是《炸》中的漁夫陳水盛。坤樹仔憑藉堅韌等來了事業生活的轉機，他有無數的機會在阿龍面前重新實現自己——至少在一定的時間段內，他享有這些機會。陳水盛面對的卻是一個永遠無法解決的困局：在非漁季節大舉借債、四處籌措，在漁獵季節償還債務同時無法積攢財富。他無法支付兒子上學的高昂註冊費，然而「上學」似乎卻是他兒子離開漁村的唯一道路（至少在陳水盛的眼裡這是唯一的道路）。與此同時，他的妻子任勞任怨——這個妻子與坤樹老婆不同，沒有那麼開朗聰慧，然而她更加苦情且忍耐——於是她進一步激起了陳水盛冒險的決心。

　　當陳水盛決定繼續借債並且犧牲自己（名譽以及安全）的時刻，他的債主興旺嫂卻進一步要求他獻出自己的兒子。這一點突破了陳水盛的底線，他對於這一提議所呈現出的內心動搖被描述的異常細膩動人——他一面設想兒子的神態，一面斥責自己一時之間竟然也有些想把兒子買了換得更好的生活。萬發雖然爲了生活獻出了妻子阿好，然而阿好名義上始終是他的老婆，兒子也始終是他的兒子，阿好也仍然履行著妻子所應做的一切。因此，萬發只不過是在奇特的三角關係中與人分享妻子。陳水盛面對的情況則是，上位之人興旺嫂並不稀罕他或者他老婆，反而直奔主題要求他獻出兒子。這樣一來，陳水盛無法通過奉獻自己來迂回前進，也無法敷衍了事，連偷換概念都

---

[25] 即《台灣小說選》，《台灣小說選》編委會編，北京：人民文學出版社，2002 年出版。
[26] 即黃春明小說集《兒子的大玩偶》，黃春明著，台北：聯合文學出版社出版。

難以實現。

毫無疑問，陳水盛的英雄之氣體現在他臉色煞白、情緒震怒地拒絕了興旺嫂的提議。進一步地，面對興旺嫂慘絕人寰的驚訝不解，陳水盛破口大罵並且奪門而出，毀盡了他可能的前途。在這一刻，老實忠厚的陳水盛不得不提前開始炸魚，當夜就付出了沉重的代價。小說寫到興旺嫂前來逼債卻被刑警嚇回村裡，而她去陳家搜刮財物的時候卻遇見了自己計畫奪來的陳家兒子。這個兒子重病在身，哭求父母，喚起了興旺嫂久違的記憶。當興旺嫂痛哭流涕自問如何變得這般人性不再的時刻，故事戛然而止。這樣的結局似乎有其暗示的方向，而同時又是開放式的：陳水盛有可能自此便不得不死，而他的兒子也會被興旺嫂奪去，他的妻子則前途難定；也有可能興旺嫂這樣良心發現，陳水盛便能暫時得到些轉機，他便能找到一隻手能做的活計，繼續堅持下去。

因而這樣的結局才是最堅忍不拔的，這樣一來陳水盛的決心被烘托得淋漓盡致。

黃春明筆下的憨欽仔的遭遇，則很難說比陳水盛好些。憨欽仔無親無眷、無牽無掛進而不必擔心無法保衛並拯救家庭，同時卻也無依無靠、老無所養，連把瘋彩連收進自己懷抱之內都完成不了。陳水盛面對無法掙脫的生活困局，而他至少仍然「具有」現代化洪流之中一個岌岌可危的「位置」，憨欽仔則早早便徹底失卻了任何位置，被時代洪流裏挾著，一步步往下游跌落過去。如果說陳水盛至少還有藉以苟活的手段——捕魚炸魚或者賣兒鬻女，那麼憨欽仔則是被「現代」奪走了一切謀生的可能（連他的好吃懶做、騙吃騙喝都是傳統交給他的活命方法）。被傳統鄉土所養成的憨欽仔沒有學會敲鑼以外的職業技能，因而他一面維護光榮一面步步後退，最後不得不精神崩潰並且悲慟發瘋。

憨欽仔活在正在推行「房捐」的鎮子裡，此地看起來類似於半開化文明的城鄉結合部。這樣看起來，憨欽仔並不是在真正的都市，也不是在傳統的純粹的鄉村，因此他從鄉土得來的一切經驗，最終都沒法救他不瘋。

與留守在鄉土之內的小人作為對照的，是一批進入城市謀生存的下層人。這其中包括旁觀都市怪現狀的小林，也包括親歷都市兇惡的董粗樹。進

入城市的鄉土成員提供了觀看都市生活以及現代社會的角度。這一視角與鄉土成員審視鄉土之過去、現在、將來的視角彼此襯托，形成了「鄉土文學」所能表現的整體時空。

小林及其「觀看」構成了鄉土小人物走進城市的格局——張總務的悲劇與小林沒有直接的利害關聯，而他始終留在安全的情境下「義憤填膺」。比「觀看」更進一步的，則是深入都市生態並且終身為其所苦的粗樹伯。

與大多數進入城市即自慚形穢的鄉土人不同，在《低等人》裡，粗樹伯原本並不對自己的臨時工身分自感卑微，也不為此而自憐自苦。這樣一個繼承了鄉土一切優良品質的董粗樹最終為了贍養老爹而自尋殉職的過程，則將都市怪現狀的可惡可怖以及個體生命的可歌可泣推向了高潮。為了取得正是員工的撫恤金，董粗書在最後的工作週期內連續「伺機尋死」，這一過程讓其豪傑之氣盡顯無遺——這一豪傑之氣眼界狹小、唯唯諾諾，然而畢竟是可以奉獻自己的勇武決心。

正如前父所言，台灣鄉土文學描寫的鄉土小人物的日常求存圖景。他們或者留在故鄉，或者前往都市，他們的卓越之處則在於，不論經歷何等人間慘劇，他們仍然小心翼翼地將其忍耐下來，等待「轉機」的來到。

3‧族群形象（台灣鄉土文學）VS.民族通史（大陸新歷史）

台灣鄉土小說往往以短篇小說作為成熟作品的體裁，這在一定程度上也顯示出，這一創作潮流首先關注的正是「族群形象」，而非追根溯源的「民族通史」。可以推測，對於歷史的態度、處理小說的方式、台灣島內的意識形態基礎，島內複雜的族群關係這系列因素相互作用，在一定程度上造成了台灣鄉土小說暫時拋開了民族史的建構而轉向尋找在時間截面上存在著的光滑形象。在此情境下，短篇小說反而顯示出了自身體裁的優越性——在短篇幅內適當地懸置台灣島內族群之間的明潮暗湧。

轉向專攻形象的敘述，很難說是「因地制宜」還是「退而求其次」，又或者是「兩者而兼有」。不過，短篇形式專攻形象塑造顯然在一定程度上阻礙了族群形象的完全度——至少是削弱了這一「形象」所能夠發揮的象徵作用、召喚作用。前文曾經提到了台灣鄉土文學短篇小說常常使用戛然而止的結局方式，那些結局往往拒不明言小人物的命運。在現代文學傳統、鄉土文學的

社會改革願望之外，這些戛然而止的結局在一定程度上也損害了「歷史」的完整感。這樣，鄉土小說所塑造的民族魂便難以走到最後，那些在鄉土疆域上四處徘徊的「無尾虹」也不能走到「民族魂」的盡頭，而他們的豪傑之氣也往往淪為虎頭蛇尾的「半成品」。在某種程度上來說，台灣鄉土小說中的民族載體，未曾經歷「紅色革命」這一極具混雜性的現代過程，他們沒有將人類歷史上每一種可能的掙扎方式嘗試殆盡，因此他們尚未絕望或者仍然堅持也就沒有那麼驚心動魄且盪氣迴腸。

反觀大陸新歷史小說，從《古船》到《故鄉天下黃花》再到《蛙》與《一句頂一萬句》，從五四以來被發現、分裂且遭到意識形態多次染色的鄉土人民一再地沖進革命乃至於歷史敘述的第一現場，親歷歷史敘述的不斷篡改以及固定這一篡改所引起的前後清洗。在新歷史小說展開的描述裡，華夏大地上的人民不得不承受歷史敘述與革命所強行召喚的巨大犧牲，而他們將人類可能的反抗方式──從農民起義到資產階級革命在到無產階級革命──都挨個試了個遍。最為勇武堅韌且慘絕人寰的是，即使如此他們仍然無法在千變萬化的革命歷史裡取得個體生命的美滿經驗。不過，這裡民族史敘事的關鍵之處也就在這裡：在這困境的盡頭仍然謀求「倖存」的民族，不論遭受何等重創仍然拒不消亡的血脈，似乎也能夠在一定程度上穿透動搖不定的政治歷史進而撐起新的文學性、情感性的民族形象。

在這個意義上，台灣鄉土文學選擇小人物來描述新的民族形象，雖則意圖並沒有任何短處，然而卻在「完整性」上有些劣勢──台灣的鄉土人民成分複雜，既包括原住民、本省也也包括些許的外省人（當然以前兩者居多），他們從來都未能被敘述為「鐵板一塊」。鄉土文學雖然將小人物在生活中受到夾擊的窘境表現出來，然而「小人物」本身的身分與來源則通過懸置家族、專注於核心家庭的寫作方式，得到全面的模糊化。這一含混、異質缺乏血緣羈絆的族群，在最終效果上則不足以承擔後期文學研究所期待的「民族魂」。

「民族魂」中的「民族」究竟姓甚名誰──這一被繞開的敏感問題構成了民族史敘述的難解之困。如果要描寫本島人民穿越日本殖民、國共內戰最終倖存下來，它所要敘述的就是一個專屬於本島的想像共同體，譬如「台灣族」──然而這一「台灣族」事實上未能獲得國際話語格局的認可與允許。

另一方面，對台灣及其當局而言，「華夏正宗」等一系列標籤在 70 年代被世界中心強行解除，並由大陸一方繼承下來並且發揚光大。在此，台灣島上的各個族群一方面難以自立為王，一方面又不得申明自己方是民族的「正宗」，恰恰居於「邊緣」與「中心」之外的第三位置。在這一含混的位置之上、在解決自身民族統一體之前，穿越日、國、共之類的完整族群敘事都難以完成。

邱貴芬指出，台灣鄉土文學在一定程度上屬於「離散敘述」[27]，在這一新潮流之前，「離散敘述」的主流則是 50 年代的「懷鄉文學」。這一類型「涉及到劇烈的時間斷裂與空間遷徙，雖然也可按成一種台灣特有的離散敘述，但是其表現的情緒較接近‘遺民’文學，鮮少流露出不同文化情境之下產生的身分認同猶豫。1960、1970 年代的離散敘述則不同，夾雜於不同文化當中的額認同困境再次成為重點，無意中接續了日治以來吳濁流……以身分認同為主軸的台灣離散敘述重要脈絡」[28]。

在這裡，《台灣小說史論》梳理出了台灣鄉土文學在「離散敘述——對抗創傷的現代性——贖回母語視野中的歷史」這一「自我認同」框架內的淵源流變。可見的是，鄉土文學不僅如邱貴芬所說要通過「文化翻譯」而將「母語」所代表的歷史上的台灣主體帶回現代時空，同時也要通過這一種「翻譯」，使得這一代表著本土台灣歷史形象的敘述，在一定程度上也能填補外省「移民」乃至於「遺民」的民族心理乃至於民族想像。這是一個多重翻譯的過程。既然台灣鄉土文學所對應的是「現代派文學」，而現代派文學的產生姻緣之一則是葉石濤所指出的，外省移民們無法表述台灣本土的現實與過去，也無法表述大陸轉變之後的實際經驗[29]等等複雜的「真空」狀況，那麼鄉土文學毫無疑問需要建立一種更加相容並蓄的歷史敘述，其中不僅能夠換回本土的中心地位，同時也要力圖避免已經成為社會必需組成部分的「移民」產生「非我族類」的異質認同。雖然「文學台獨」是在一定程度上存在的，而即使是這一類觀念，同化「移民」並將其吸收為「我族一類」也是非常重要的向度

---

[27] 引自《台灣小說史論》，第 233 頁。
[28] 同上注。
[29] 《台灣文學史綱》：儘管他們對 50 年代的反共懷鄉、鴛鴦蝴蝶派的文學有著極端的反感，而且心裡總以為夏濟安的「文學雜誌」的回復五四文學傳統的主張是對的，但他們無法描寫台灣民眾的現實生活，以及不瞭解此地民眾三百多年被殖民的歷史，又無法深入地透視大陸生活的歷史性轉變，所以在如此的真空狀態中，不得不以西方文學來填補。
（1987,114—115）

之一。

因此，鄉土文學面對的敘述困難顯然是更複雜的，他們將小人物典範化的過程，也是更加困難的。

三、70 年代台灣與 80 年代大陸的族群／民族敘述困境

（一）台灣：三種訴求的產生與演變

從語言意義上來看，正是「孤兒」暗示了台灣複雜微妙同時必有所依的民族屬性，而這一「歸依」的終點，正是「亞細亞」大陸或者宏偉的「華夏」。在各種層面上，「孤兒感」一方面包含對自身小弱的體認，另一方面則包含對「根」（父母）的念念不忘。「孤兒」一名意味著因分離而產生的匱乏，同時也意味著因匱乏產生的複雜情感，包括留戀、憂鬱、愁苦、悲涼、憤怒乃至於「歇斯底里」。

因此，在考慮台灣民族形象塑造道路的由來時，一方面需要循著「亞細亞」線索，一方面也需要參照「孤兒」式的內部邏輯。在這個意義上縱觀近代台灣文學史，可以就「民族想像訴求」問題，劃分出幾個時期：

一、1895 年之前，此時的台灣容納了原住民以及清朝建立一來的明代「敗寇」。清廷在宣稱接收台灣的同時對其管理不甚良好，時有盤剝。這一階段的原住民的本土意識較為寬容，整體上，這時期的民族想像仍將台灣看做「華夏」的一部分。

二、1895 到 1945 年間：1895 年之後，台灣本身的「被棄」成為現實，而一再被清廷宣稱的「接收」最終落空，而完全陌生的宗主日本忽然深入儘量，展開一系列總督、保甲的殖民統治並且帶來一系列同化政策。這時候嚴格意義上的民族情緒誕生，是本土意識乃至於華夏意識的同仇敵愾。而兩者因為源頭上的息息相關，進而在各種文學運動中取得非常一致的步調。

1937 年之後的皇民化高潮，使得第三種民族想像誕生，那就是在本身小弱並且求告無門的境地下，放棄遠方無力的華夏，認同自己的先天劣勢，進而追求苦難重重的「皇民煉成」。這就像一般殖民地所形成的針對宗主國的朝聖之旅。所不同的是，台灣的朝聖路首先意味著，放棄自己的前宗主、或者自己的母體，華夏。

　　三、1945 年之後，台灣回歸民國，進而國民黨退守寶島。此時，形成本省與外省群體的分立對峙。在這種情況下，「皇民煉成」的遺緒則時常與本土意識形成某種共謀，即首先懷疑並且隔離敗退的華夏代表（國民黨及其麾下的外省移民）的影響。這時候的民族想像也包括外省人移民「收復失地」、重回故里的殷切願望，其中的政治色彩在於，重回故土同時也意味著「反攻大陸」。

　　四、70 年代之後，一系列國際局勢的巨變以及台灣島內的運動風潮，使得國民黨當局給予台灣的關於民族正宗的想像不斷受到動搖。當對岸的共和國不斷取得原本屬於國民黨當局的正當名譽與權力，偏居小島的「正宗」遇到了自我想像的動搖，至少是動搖與混亂，如果還不是幻滅的話。在這種情況下，反攻大陸的壯志已經註定難以實現，美日援助也將台灣限制在不國不省的尷尬境地裡，而這一系列政治層面的難堪都將變為「敘述」層面的困難。在這種情況下，不論本省人還是外省人，不論親日、親美還是親大陸，都面臨著重建民族想像這一重大課題。

　　另一方面，正如《華夏邊緣》所說，87 年的探親潮使得台灣不斷積累大陸落後的印象，因為經濟水準的落差、意識形態的差異才油然而生的優越感與異己之感遭遇大陸崛起乃至於台灣國際局勢的漸漸掣肘，也更進一步促生了寶島對於台灣主體性的迫切需求。

　　以上的四個階段展示了台灣島內幾股主要的族群想像訴求如何次第而生。不難發現，認同於華夏的民族想像自大陸移民出現之後就已經產生，而且在相當長久的時間之內佔據著主導的位置。這一主導地位在日據時代之中逐漸被挑戰，因為認同日本的皇民煉成潮流逐漸產生，不過，「改宗」的新訴求始終並未完全戰勝華夏認同，原住民的本土意識也並未充分發育。隨著國民黨當局遷入台灣，島內的分歧勢力逐漸結為整體，族群形態轉變為本省與外省的並立（如果不是對立的話）。自此以後，台灣在世界範圍內的變化以及島內政治狀態的變化都未能改變三種主要訴求同時存在的狀況，隨時間而變化的則是三種訴求之間的強弱關係。

　　造成鄉土文學敘述苦難的主要原因之一，顯然是這種三足鼎立的文化情感結構——本省人、外省人、原住民等等族群彼此都存在著矛盾，然而他們

都在建設「台灣性」的關鍵時刻形成了共謀合作的關係，這樣一來，族群形象的塑造就必須掩蓋不同群體之間歷史悠久的矛盾、鬥爭乃至於流血犧牲。舉例而言，來自於福建地區的福佬人常年盛行族內血鬥，而本省人與原住民之間爭奪各項資源的鬥爭也已經延綿了數百年，至於外省人自光復到「二二八事件」所造成的分歧誤解、矛盾對立也常年支配著島內的大眾情緒、政治局面。要將這些錯綜複雜的矛盾關係塑造為光滑的族群形象，著實是一件艱苦的任務。鄉土文學已經選擇了短篇小說等等方式來規避對歷史的徹底重述。與大陸地區國、共意識形態的斷裂以及共和國內部的斷裂相比，台灣內部的斷裂有著更多的歷史遺留問題，解決起來而更加複雜微妙——這毫無疑問給文學敘述造成了巨大的負擔。

可見的是，台灣鄉土文學用以體現共同體想像的一個重要方法，就是「含混」。因此在上文提到的一系列小說中，常常不涉及三種訴求之間的具體差別，而是著重表現在同一地域上的同一人群如何兢兢業業地奮鬥繁衍，即使面對著現代狂潮的多方侵蝕仍然拒不消亡。在這個意義上，鄉土文學似乎想依賴大地之母，塑造出一個有根可依、腳踏實地的族群形象。不過，正如我們所指出的那樣，這一形象仍然是搖搖欲墜的，雖則其動搖的方式與大陸民族想像並不完全相同。

（二）大陸：「後革命歷史」與「後革命的歷史敘述」

早前本文曾經提到了新歷史敘述中一種「扭轉」的困難，即解釋民國歷史下的民族典範如何因為其鄉紳出身就在共和國淪為人民的敵人以及民族的敗類。這一扭轉的難題導致新歷史敘述難以真正彌合「告別革命」所凸顯出來的斷裂，進一步說，也就損害了新歷史小說民族史的完整度。因為無法解決扭轉的苦難，民族英雄變為民族敗類，其後代也漸漸遠離主流的舞台，因此有他們敘述的民族形象，不得不變成偉大的先祖以及忍辱負重的英雄。然而這樣一個需要在一定程度上偷換概念才能產生的、辯證法式的民族神話，即使在單純的敘述層面上來說，也不是高明的，更加稱不上是完美的。它的魅力在於其自身的殷切期待乃至於殘缺不全，同時也在於漫長篇幅中展現出來的，紅色中國的苦難旅途。

在「扭轉」與「跌落」的困境中，做出了重要調整的是劉震雲及其「故

鄉系列」。以《故鄉天下黃花》爲起點的歷史敘述長篇實驗，拆解了「忍辱負重的英雄」這樣一個居於中心、等所有四散子孫一一歸來的家族領袖。而其無「中心領袖」的家族通史，其核心則是家族之間永恆的相互仇殺。「仇殺」及其背後的「權力」本身，成爲維繫故鄉穩定形態的眞正基礎。這樣一來，相恨相殺的家族雙方都得以避開罪與惡的評判標準，歷史的無常或者說紅色革命帶來的「跌落」也就不成爲敘述的難題。但是，在「故鄉系列」所呈現的敘述方式裡，受到損害的則是所謂「光輝的民族歷史」。《故鄉天下黃花》停筆在文革期間，在這個歷史時刻，原本由孫李兩家分別統帥的馬村分裂成爲更多更小的集團，而孫、李兩家對峙的局面則由於紅色革命的完成而一去不返。但是，在同一片故鄉的土地上，上演著的反而是更爲慘烈的清洗與犧牲。《天下黃花》停止在無盡頭的革命之中，一方面可以是小說對於歷史解釋的最終立足點，一方面也可以是《天下黃花》走到了其歷史闡釋可能性的盡頭。

在《天下黃花》之後，《相處流傳》以及《面和花朵》都在繼續探索「沒有盡頭的革命」（或者沒有盡頭的仇殺乃至於沒有盡頭的死於非命），其中也出現了靈魂不滅的無盡輪回以及千萬種命運的殊途同歸，然而，《一句頂一萬句》的出現卻暗示了一個新的傾向——無盡的仇殺轉向了「無盡的交流」以及「無盡的尋找」。

這一系列文本嘗試或者避開了「英雄跌落」的命運，也以永恆的權力爭奪撫平了百年民族路中的斷裂經驗，而其最終落腳於「無盡的革命」乃至於「無盡的尋找」，反而將民族想像推向了更爲鮮明的「不完整」狀態。這一不完全的民族想像失去了「不肖子孫」僅有的「先祖光榮」。

如果將兩岸的敘述困境並置同觀，可以發掘一個粗淺而有趣的共同點——在「終極歸屬」之外，台陸同樣面對的，是「永恆對手」的匱乏。

在大陸方面，當共和國結束了毛主義時代而進入改革開放的新時期，共和國便與之前對中華犯下侵略罪行的列諸位強握手言和，即使與「日本」這一推行過最長時段入侵行動的國家，也維持著微妙的平衡關係。因此，相較於拉美、印度、非洲等等傳統殖民地國家而言，大陸共和國無法將特定且唯一的「宗主國」作爲自己民族苦難的永久來源。這不僅是因爲中華帝國不曾

完全從屬於任何偉大的外來旗幟，同時也是因爲歷史上的大陸也未曾有過穩定且完全的殖民歷史[30]。在這種情況下，革命歷史敘述將「對手」認定爲具體的階級敵人，而告別革命的新歷史敘述則一方面要打破革命歷史敘述模式，一方面又缺乏本質化的對立面以便製造包容一切分歧情感的動力源泉。這樣一來，新歷史敘述始終難以將階級之爭、國共意識形態之爭統合在在更宏大的民族旗幟之下，而新歷史小說的困局也由此浮出水面：在革命歷史小說已經話語不再的今天，新歷史小說仍然不得不正面展現族內分歧以及流血犧牲，因而也就難以貫穿民國史與共和國史打造光滑圓滿的民族傳奇——中華民族史上無盡的自相分裂乃至於自相殘殺漸漸成爲始終無法以民族想像來進行治療與蕩滌的難題。

　　相似的是，寶島台灣也缺乏統一內部分歧的「終極對手」。被大陸視爲永恆隱痛的侵略者日本，對台灣而言一面是殖民者，一面則是近代化進程中的「老師」乃至於「朝聖路」上的終點。而與其他殖民地不同的是，「台灣」本身未能得到「民族國家」的身分，其在殖民歷史終結之後，也未能形成新的民族國家，反而繼續與古老的母體「中國」密切關聯。在 20 世紀的 40 年代末，「中國」正在按照成王敗寇的古典邏輯，分裂成陸台雙方，其中的意識形態糾葛則進一步增加了寶島族群敘述的混雜性。就目前看來，「大陸共和國」在一定程度上促進了島內分歧力量的共存，然而這一想像出來的敵手，仍未能完全承擔統一島內族群訴求的「功能」。

　　在此，可以反觀 50 年代台灣反共文藝潮。在國民黨當局力圖操縱意識形態的人造物（民族主義神話）的同時，安德森所描述並且解密過的「民族共同體」想像，試圖對島民上下曉之以理，動之以情，召喚以命運，威逼以未來。按照安德森的民族主義神話模型，完美的、高純度民族主義神話（即虛假的民族主義正版），其魅力理所當然能夠喚起世世代代不計代價的犧牲於風險，而在美麗島上，這一實現過程顯然出了一些問題。在二戰之後的兩岸歷史之中，政治敘述的前後反復異常頻繁，依靠政治權力進而自圓其說的敘述進程漸漸力不從心。在這種情況下，被召喚出來的民族想像亦或族群訴求，確乎難逃僵化與速朽的厄運。

---

[30] 或者有如下因素：至少在話語層面上，中華帝國無法認同自己曾經徹底隸屬於「宗主」，即使是短暫的歷史瞬間也是難以接受的。

　　僅就政治敘述而言，兩岸各自的意識形態的斷裂早已經被統一完畢。政治敘述包羅萬象地解釋了所有莫名其妙的內鬥與陰謀，將特定集團描述爲「始終如一」的先進團體，而將其敵手化爲天生的、無可挽救的「群魔」。兩個文學潮，則試圖在文學敘述上，以新的方法，梳理變革的過程，從中爲「民族」與民族共同體中的個人找到情感性的支點。

參考書目

- 《想像的共同體》（美），本尼迪克特・安德森著，吳叡人譯，上海：上海人民出版社，2008 年出版。

- 《民族與民族主義》，厄內斯特・蓋爾納著，韓紅譯，北京：中央編譯出版社，2002 年出版。

- 《民族與民族主義》，埃裡克・霍布斯鮑姆著，李金梅譯，上海：上海人民出版社，2000 年 9 月出版。

- 《華夏邊緣——歷史記憶與族群認同》，王明珂著，台北：允晨文化出版社，1998 年（民國 86 年）出版。

- 《台灣文學史》，劉登翰、莊明萱主編，北京：現代教育出版社，2007 年出版。

- 《台灣文學史綱》，葉石濤著，高雄市：春暉出版社，2003 年出版（民 92 年）。

- 《台灣小說史論》，陳建忠、應鳳凰、邱貴芬、張誦聖、劉亮雅合著，台北：麥田出版社，2007 年出版。

- 《中國當代文學史》（修訂版），洪子誠著，北京：北京大學出版社，2007 年出版。

- 《「灰闌」中的敘述》，黃子平著，上海：上海文藝出版社，2001 年出版。

- 《日本現代文學的起源》，柄谷行人著，趙京華譯，北京：三聯書店，2003 年出版。

- 《兒子的大玩偶》（從中選擇〈兒子的大玩偶〉），黃春明著，台北：聯合文學出版社，2005 年出版。

- 《莎喲娜拉，再見》（〈鑼〉），黃春明著，台北：聯合文學出版社，2009 年出版。

- 《嫁妝一牛車》（〈嫁妝一牛車〉），王禎和著，台北：洪範出版社，1993 年（民 82）出版。

- 《台灣小說選》，《台灣小說選》編委會編，北京：人民文學出版社，2002 年出版。本文從中選擇了〈將軍族〉（陳映真），〈青番公的故事〉（黃春明）、〈金水嬸〉（王拓），〈獎金 2000 塊〉（王拓），〈炸〉（王拓），〈低等人〉（楊

青蟲）等篇目。

- 《陳忠實小說自選集・白鹿原》，陳忠實著，北京：華夏出版社，1996 年出版。
- 《台灣「鄉土文學論戰」述評》，朱雙一著，載於《台灣研究集刊》，1994 年 7 月。
- 《鄉土文學討論集》，尉天驄主編，台北：遠景出版事業公司，1978 年出版。
- 〈評葉石濤的《台灣文學史綱》〉，王晉民、吳海燕著，《台灣研究集刊》，1990 年第 1 期。
- 《台灣鄉土文學史導論》，葉石濤著，台灣《夏潮》雜誌，1977 年 5 月。
- 《我們台灣這些年》，廖信忠著，重慶：重慶出版集團，2009 年 11 月出版。

講評

◎游勝冠[*]

　　首先我肯定陳欣瑤的努力，以一個碩二研究生的身分，寫了三萬多字的論文，這樣的認真態度是我們的研究生需要努力的，台灣有地利之便和第一手史料，卻未必能談出如此豐富的東西。

　　陳欣瑤的分析能力、歷史評斷能力是作宏觀研究的長才，但是宏觀分析奠定論點成立，還需以扎實的微觀分析作為基礎。首先是，把 1970 年代的鄉土文學與新歷史主義的家族史放在相對的位置來比較是否適合？由論題來看，作者看來是要談「族群想像」，所以論文一開始以華夏邊緣，如何透過差異性和想像建立自己的族群主體想像為出發點，但論文不久討論的內容，卻引用了「想像共同體」的概念，而滑向「國族認同」的建構，到底台灣的鄉土文學論戰爭論的是「族群想像」還是「國族想像」？作者的論述混用了這兩種不同的概念，並沒有分辨得很清楚。把台灣鄉土文學放在不能混為一談的兩組概念中來討論，這些分析概念因此也無力善盡分辨歷史差異性的任務。因此，將分析概念界定清楚是非常重要的出發點，到底台灣 1970 年代的鄉土文學是「族群想像」還是「國族想像」？釐清、確定之後才能提出令人信服的論點。

　　其次，論文認為台灣鄉土文學具有建構民族形象的意圖，認為鄉土文學論戰中本省人、外省人、原住民等有許多衝突，我認為這邊有一個基本歷史問題，欣瑤並沒有弄清楚。她認為 1970 年代的鄉土文學論戰就有 1980 年代所謂的台灣主體性的訴求，這樣的歷史判斷，嚴重違背歷史事實及不同立場的研究者關於這個問題的共識。我第一次來北京，結識黎湘萍先生，我們可以說是兩岸專做台灣文學的第一代研究者者，然而，十幾年過去了，大陸的台灣文學研究的史料基礎好像還沒建立起來？好像還在瞎子摸象進行台灣文

學的研究。我認爲當前最重要的還是基礎史料的建立，缺乏堅實基礎史料，像欣瑤這樣的年輕研究者才會對台灣文學歷史做出誤判。我認爲這是湘萍兄這一輩的前行學者的責任，即使大家意識型態不同，但若有共同的堅實基礎史料作爲介面，這樣的對話與交流，也才能迸出有意義的火花。

　　我想，欣瑤對 70 年代鄉土文學論戰的性質的誤判，很大部分來自研究環境的不夠健全，有了厚實的基礎史料及健全的研究環境之後，各種意識型態的迷霧，其實都能透過充分接觸、閱讀台灣文學的作品、史料而逐漸消散，因此，我要再次強調一遍，這是中國台灣文學的前行研究者，應該爲後繼年輕一代的研究者鋪墊好的工作。

　　（編按：本文依會議之論文講評記錄整理。）

敘事學視角下的鍾肇政文學作品

◎賴一郎[*]

摘　要

　　鍾肇政文學創作從樸實的寫實起步，很長一段時間裡以自傳爲主要內容，沉溺於自我。後來採用書信體和婦女、兒童等視角，爲敘述視角的轉換奠定基礎。經過近十年的練筆，鍾肇政已能一身化作千萬身，《魯冰花》以郭雲天等正方人物爲視角，實現自然流轉。《魯冰花》是一曲「童真」的悼亡曲！而作爲功利的代表，林長壽之惡很大成分上是仇富心理的想像。其結局符合儒家溫柔敦厚的詩教傳統，以灰暗的悲爲底色，在這層底色上透露些許的亮色。作品不甚濃重的悲劇的氛圍與其輕快的敘述節奏也有關聯。敘述視角的自然流轉，針腳細密，使整部小說如一幅由散點透視法構成的中國畫長卷，實現無縫連接。鍾肇政勇於藝術探索，善於深入發掘人物的內心世界，〈水母娘〉等早期作品已善於表現人生的悲苦。作爲鄉土文學的中流砥柱，他自覺地向現代文學借鑒，使其敘述視角內化、深化，從而留下一批頗有意味的作品和寶貴的藝術經驗。鍾肇政 1970 年代之後的作品，很多不再作單線敘述，而是把兩條線索粘連在一起，過去與現在相互激蕩、推進直至生成高潮，營造唯美的意境。縱觀鍾肇政的作品，其敘述技巧有個不斷成熟，不斷探索，不斷揚棄的過程，不斷地創新使他的創作持續地散發誘人的魅力。

　　關鍵字：鍾肇政文學作品、敘述視角、單一視角、散點透視法、聚焦透視法、複調敘述、悲劇、意境

---

[*] 福建師範大學博士研究生、福建教育學院副編審。

鍾肇政沒有理論著作，僅有若干帶有很強感性色彩的短論，這說明論說是他的弱項；他沒有詩歌作品，僅在小說中根據情節需要插入幾處民歌，這說明抒情也是他的弱項。鍾肇政的作品總字數超過兩千萬，其中絕大部分是敘述性文字，敘述是他的強項。然而，關於鍾肇政的敘述學研究很少，沒有專門的碩士論文，就我所見也沒有完整的單篇論文。詳細考察鍾肇政長達一個甲子的寫作歷程，可以勾勒出一條清晰的軌跡，清楚地看到其敘述技巧發生、發展直至成熟的過程。

一、單一視角的順敘：從沉溺於自我之中逐步蛻變

鍾肇政文學創作是從樸實的寫實起步，處女作〈婚後〉(《自由談》，1951年)就是平平實實地從自己身上的故事寫起。自傳在很長一段時間裡是鍾肇政寫作的主要內容，如《濁流》三部曲(《中央日報》副刊、《文壇》，1960～1965年)、《初戀》(《今日世界》，1963年10月)、《八角塔下》(《文壇》，1967年)、《大肚山風雲》(台灣商務印書館，1968年)、《青春行》(《台灣日報》副刊，1971年8月27日至1972年1月11日)，其中大部分為長篇小說。自傳性作品的長處在於能夠周詳深入地剖析主人公的內心世界；缺陷在於視角單一，且大多採用順敘，因而剪裁不夠靈活，容易趨於冗長沉悶，變成絮絮叨叨，讓人不勝其煩。葉石濤說：「我以為在小說裡，寫自己是『旁門左道』，我很討厭在小說裡喋喋不休地談論自己。看到自傳式的小說，不是叫我作嘔，就是叫我覺得這作家黔驢技窮了。」[1]作為鍾肇政的好朋友，葉石濤這話即使不是針對鍾肇政，但也主要是對鍾肇政痛下針砭，是苦口良心的諍言。「順敘最易拖遝，必言簡而意盡乃佳。」[2]鍾肇政自傳性作品的弊端在於意盡則盡矣，其言甚繁。何欣在分析《濁流》的主人公陸志龍的形象時，把他拆分為行動者和批判者二身，「行動者陸志龍每逢做過一件事或做一個什麼決定之後，批判者陸志龍便站出來，說出一番道理以為這些行動辯護，或是予以批判，這些都是近乎內心獨語的自我表白。陸志龍對自己的批評常常是今天的陸志龍

---

[1] 李昂，〈紛爭的年代——葉石濤訪問記〉，《書評書目》，1974年11月、12月。轉引自：彭瑞金：《葉石濤評傳》，高雄：春暉出版社，1999年，第152頁。

[2] [清]李紱，〈秋山論文〉，清奉國堂版《李穆堂詩文全集‧穆堂別稿》卷四十四。轉引自：楊義，《中國敘事學》，北京：人民出版社，2009年，第22頁。

回頭看昨日的陸志龍所作所爲的批評，所以顯得那麼格格不入。如果把這一部該刪除的刪除該修訂的修訂，這部小說在藝術的完整性上就完美得多了」[3]。反反覆覆，猶猶豫豫，過於詳盡的心理分析使得鍾肇政筆下的男主人公欠缺幾分陽剛之氣。

　　在鍾肇政早期一些非自傳性作品中，也仍然能夠影影綽綽地看到「我」的身影，如〈老人——記我的一位外省朋友〉(《自由談》，1954 年 1 月)、〈苦兒求學記〉(《教育輔導月刊》，1954 年)、〈林弟〉(《新生報》，1957 年 7 月 29 日)、〈祝福〉(《新生報》，1957 年 9 月 22 日) 等。又如〈石門花〉(《自由談》，1955 年 6 月)，原本寫的是他人的故事，可是作者還是要加個「楔子」，把故事轉換爲第一人稱來敘述，似乎非如此故事就無法順暢講下去。要自如地進行視角轉換，嫻熟地娓娓道來，對初入門者實非易事。在〈友誼與愛情〉裡，作者讓男女主人公分別使用了書信這種方式，總算解決了人稱轉換的難題——但這也只是權宜之計，用多了就會成爲模式化。鍾肇政第一批成熟的非自傳性作品，當數 1957 年發表於《台灣新生報》的一組風俗簡筆劃(〈偷看〉、〈過定〉、〈接腳〉、〈上轎後〉)，這組小品以輕鬆詼諧的筆調描繪了富有鄉土氣息的風俗和人物。早在 1952 年 12 月發表於《自由談》的〈青春的呼嘯〉，鍾肇政就已經能夠以一位元女主人公的限定視角完整地敘述一個故事了；1958 年發表於《聯合報》副刊的〈投票〉和〈柑子〉，都成功運用了兒童視角來觀察社會現象，使得看去平淡無奇的日常生活顯得風生水起，文勢起伏。婦女和兒童，甚至是一頭牛、一棵草等弱勢群體，常常成爲鍾肇政採用的敘事立場，這一方面磨礪了鍾肇政的寫作技藝，另一方面也成就了他爲一名人道主義作家，技與道共進。婦女、兒童等視角，通篇看來也是單一視角，但作者已經學會「化身」，這就向敘述視角的自然流轉奠定了堅實的基礎。經過錘煉，1960 年鍾肇政終於推出了《魯冰花》，一舉成名。

二、散點透視法式的敘述流轉：《魯冰花》的悲劇解讀

　　經過近十年的練筆，鍾肇政已能一身化作千萬身，各摹其聲口，揣其心思，體貼入微，無不惟妙惟肖，生動傳神。《魯冰花》裡，既有溫婉寧靜的林

---

[3] 何欣，〈當代台灣作家論・論鍾肇政〉，台北：三民書局，1983 年。轉引自《台灣現當代作家研究資料彙編：鍾肇政》，台南：國立台灣文學館，2011 年，第 149 頁。

雪芬，又有快人快語的翁秀子；既有退縮忍讓的郭雲天，又有霸氣十足的林長壽；既有精靈古怪的古阿明，又有蒼白孱弱的林志鴻；連那軟弱可憐的校長也因滿口「這個，這個」口頭禪而令人莞爾……各色人物，匯於一爐，演出一出人間悲喜劇：美術專業的大學生郭雲天來到一個鄉村小學代課，如同一塊石頭扔進一口池塘，蕩起一圈圈漣漪。兩個女青年教師林雪芬和翁秀子同時愛上他，惹得正在追求翁秀子的訓導課長徐大木的嫉恨，而他愛的其實是林雪芬。他以純專業的熱情投入到教學中，發現繪畫神童古阿明，力舉古阿明到縣裡參賽；而原來的美術教師徐大木過去都是推舉林志鴻，林志鴻是縣議員林長壽的獨子、林雪芬的弟弟……矛盾就這樣糾結在一起，不斷地激蕩、發展，直至高潮郭雲天被迫倉促辭職，古阿明病逝。

小說人物大致可分為正反兩方，正方是郭雲天、古茶妹、古阿明、林雪芬、古石鬆；反方是林長壽、徐大木、李金杉、翁秀子。之所以能如此涇渭分明地劃分，就在於小說的敘述視角。「在日常生活中，我們對一個人的同情往往與對其內心的瞭解成正比；他越跟你交心，你就可能越同情他。同樣，全知敘述者對某個人物的內心活動展示得越多，讀者與此人物之間的距離就可能會越短，反之則有可能會越寬。」[4]《魯冰花》的敘述視角，除作者全知全覺視角之外，採用的就是前述正方的視角，這些人物似乎與作者站在同一立場，成為正義的代表；而反方人物則只給予語言、神態和動作描寫，成為被看的對象，不知不覺與讀者拉開心理距離，成為邪惡的象徵。由此，小說成為正義與邪惡的較量，造成「歷史的必然要求和這個要求的實際上不可能實現之間的悲劇性的衝突」[5]，最後以神童死亡告終，把有價值的東西毀滅給人看。

論者認為，《魯冰花》「提出了發現和保護少年人才的社會問題，揭露了摧殘少年人才的社會根源，批判了的台灣現實的教育制度」[6]。這是皮相之論。實際上，小說寫的是邪正之戰，貧富之爭，是深刻的社會問題。正方的代表是郭雲天，反方的代表是林長壽。林長壽是縣議員，且最終競選上鄉長，富

---

[4] 申丹，《敘事學與小說文體學研究》，北京：北京大學出版社，1998 年，第 242 頁。

[5] 《馬克思恩格斯選集》第 4 卷，人民出版社，1972 年，第 346 頁。

[6] 阿原，〈台灣少年鄉土小說的啟蒙之作──鍾肇政的《魯冰花》〉
http://blog.163.com/fujun_chen/blog/static/121080296201132624214748/[2011-04-26](2011-08-26)

甲一方，是個鋒頭主義者，凡事非爭第一不可，女兒林雪芬是鄉里最美的少女，兒子林志鴻是班級長，成績一直排第一，這都給他增添無比的光彩。他放出風聲，女兒要嫁個大學生，而且家財要比他家更富。這回，郭雲天要把推薦上縣參加美術比賽的三年級唯一名額給古阿明，讓他焦慮萬分，他想方設法要扳回這一局。郭雲天是個初涉社會的愣頭青，考慮問題只從自己的專業目光出發，罔顧其餘。林郭的唯一一次交鋒，是在林志鴻獲得亞軍歸來，林長壽特意來校迎接凱旋的隊伍，點名要見指導教師郭，並盛情邀請校長等人到家裡宴請，還把郭奉為主賓，特地囑咐他一定要到場。臨時，校長再三拉郭去，可是郭就是不肯給面子。這裡，郭除了因為力薦的古阿明被刷下來而賭氣之外，還因為校長無意中的一句話：「跟林家的人混熟些不是更好嗎？」林家權勢炙手可熱，是徐大木等爭權奪利之人極力巴結的「有力人士」，這反而激起郭作為知識人的清高，下決心不去赴會，讓林丟面子。郭敢與林抗爭，憑藉的資本就是他的文化資產。如果說郭與林是暗中較勁，郭與徐大木倒是有一場針鋒相對的鬥爭，那就是在推薦赴縣參賽選手的教師代表會上。郭藉以抗爭的資本也是他的文化資產，這回他輸了，在知識人的圈子裡，他孤軍奮戰，文化資產倒起不了作用。這成了一種反諷。

　　《魯冰花》的悲劇，正義的失敗沒有白白的犧牲，因為它喚醒了林雪芬主體精神，在一封還沒有寄出去的信中，林雪芬寫道：「我有個奇異的感覺，自從看了你的信後，我仿佛已逐漸地尋回了自我。我在想著我以前不敢想的事情。我是父親的女兒，但更是我自己。單單這個發現，在我已是多麼了不得，也許不是任何人所能想像的。過去，我只是個父親的女兒。你說我傻嗎？的確的。不過那也不能全怪我。我被蒙著眼，看不見另一個自我。我甚至連她的存在都懵然不知。……我要設法保持住父親的女兒的身分，同時還要確認我自己的存在。如果兩者不可得兼，我寧可舍前者而取後者。我隱約覺察到那需要一番勇力與艱辛的奮鬥，可是我不怕，我自信我有這種力量堅持到底……」[7]這段內心獨白，好像時光倒流 40 年，是「五四」女青年的宣言。叛逆成為自我發現的欣喜；自我的覺醒，化作成長的力量，滔滔汩汩，勢不可擋，掙脫父權的枷鎖勝利在望。悲劇還喚醒了另一個人——古茶妹。劇痛

---

[7] 鍾肇政，《魯冰花》，台北：遠景出版社，1979 年，第 202 頁。

中的古茶妹,「那淚水模糊的眼光裡,隱含著一股反撥的光芒……那股光芒加上一份熱力射將出來」。由此作者借著郭雲天的心理發表議論:「有時,小小心靈仍會容納一個大道理的,正和一粒沙裡仍可裝進天地的道理一樣。然而,它的代價又是多麼沉重啊!」[8]相比之下,郭雲天作為抗爭英雄,轟然倒塌;作為啓蒙者,一片迷惘,顯得蒼白乏力。因為,他只是個知識人,專業精英,無法擔當起領袖的重任。

作者是故意要讓古阿明這個天才死去的,非如此大的刺激,不足於起到悲劇對人的靈魂的淨化作用,「因了給空氣以一些什麼刺激動搖,我們才感到空氣一般,我們也須受了藝術作品的象徵的刺激,這才深深地意識到自己的內生命」[9]。實際上古阿明原本是可以不必死去的,因為,雖然他被郭發現、培養和抬愛之後,承受縣賽出局的沉重打擊,但郭又舉薦他參加國際大賽;雖然郭提早辭職,但他已經決定兩年後回到鄉村初中任教,再來培養他,而且他的現任老師林雪芬也正認真地學習美術教育,要好好地來教導他,總之,環境正向好的方向轉化。然而,作者終究讓古阿明死去了,這是一曲「童真」的悼亡曲!古阿明是小說中最無功利、最葆有「童真」的人。作為一個繪畫天才,他的優長在於能夠以純粹的「童真」來觀察世界,感受世界,從而來表達他的愛與恨,他愛貓,愛狗,甚至愛髒兮兮的豬,他恨咬死小雞的老鼠,恨吞下月亮的天狗,恨吃去人們衣服和米飯的茶蟲;他愛擅長畫畫的郭老師,恨不得整日黏著他嬉戲玩鬧,而當他知道郭老師不推薦他赴縣參賽時,他連扭一下頭去看他都不肯。這就是郭雲天所說的「古阿明還有三、四歲的眼光,這正好證明他有特殊的觀察能力」,而這恰恰成了古阿明遭受徐大木攻擊的弱點:「我想三、四小孩的眼光是幼稚園小朋友所需要的。我們是選拔學校三年級的代表,而不是選幼稚園的代表啊。」「童真」是人類所寶貴的,但是,作為個體,想要在社會上立足,卻不得不把「童真」讓位於世俗的功利,直至被功利蒙蔽了雙眼而不自知。作為藝術家,郭雲天是尚存「童真」的第二人,但是,他畢竟必須涉世,於是他不得不時時警告自己要丟掉大學校園裡同學間自由隨意的作風,遵循社會的遊戲規則;實際上他為了某些利益,已經在不自覺學習妥協,言行已無法純然出乎本心。作為崇尚「童真」

---

[8] 鍾肇政,《魯冰花》,台北:遠景出版社,1979 年,第 224-225 頁。
[9] 廚川白村著,魯迅譯,《苦悶的象徵》,南京:江蘇文藝出版社,2008 年,第 43 頁。

的人，郭雲天出乎本能地愛上文靜的林雪芬，而排斥老於世故的翁秀子。假
設以校長這個沒有主見的好好先生為原點，我們可以畫出這樣一個數軸：

功利　林长寿　徐大木　李金杉　翁秀子　校长（0）　　　郭云天　古阿明　**童真**
　　　　　　　　　　　　　　　　　　　　　　　　　林雪芬

　　與坐標軸正方極點古阿明相對應的，反方極點是林長壽。在林長壽眼裡，
世界是純粹功利的，他只做對自己有利的事情。最極端的是，在他的安排下，
演出了一場怪異的古阿明葬禮，「鄉長親臨主祭，許多鄉內機關首長都到了。
還有水城國民學校的全體老師和五、六年級的全部小朋友，加上三年乙班的
全班同學。村子裡也來了很多看熱鬧的人」。按照閩台民間風俗，古阿明作為
一個未成年人死亡，叫「夭壽」，是不能以棺板埋葬的，只能以草席收裹，悄
無聲息地埋掉。然而，古阿明捧回了一個國際金獎，一下子升為鄉村的英雄，
因此鄉長林長壽為他破例舉辦了一個隆重的葬禮，目的就在於掩藏罪孽，收
買人心。葬禮上，他聲淚俱下地發表了演講，作出承諾，而且讓自己的兒子
林志鴻手捧代替亡者相片的金獎鏡框，緊隨在靈柩後面。「林鄉長為了表示特
別鄭重的意思，讓自己的兒子來取代死者的姊姊。不管此舉是不是合情合理，
但人們都敬佩鄉長這種不尋常的熱心」，作為這場表演的大導演，「今天，他
該是流了最多汗的人。由這一場喪事的表現，鄉人們都可承認他是不折不扣
的好鄉長」。[10]在全知全覺敘述者的視角下，林長壽的伎倆絲毫畢現，千方百
計榨取古阿明身上僅剩的一點利用價值，「偉大的人物」之所以成就其「偉
大」，其「精彩」表演一面讓人瞠目結舌，另一面成為了他自身最大的諷刺。
　　在「童真」與功利的較量中，前者敗下陣來，這就是《魯冰花》所詠歎
的主題。不過，《魯冰花》算不上大悲劇。首先，如前所述，古阿明沒有一定
要死的邏輯必然。其次，冷眼看去，林長壽不是造成古阿明死亡的直接罪魁，
他也並非十惡不赦的惡魔。林長壽的惡，第一，是通過其佃農古石鬆的眼睛

[10] 鍾肇政，《魯冰花》，台北：遠景出版社，1979年，第222-223頁。

折射出來的。古的茶樹患蟲，急需噴藥，古妻建議其向林求援，而古聞之變色，因為已吃過閉門羹，知其是一毛不拔的鐵公雞。第二，揚言女兒非大學生且大富戶不嫁，給女兒以很大的心理壓力。第三，暗中給校長施加壓力，逼其辭退郭雲天。如果跳出敘述者的視角，林長壽在小說的敘述時間內，似乎幹的都是好事呢。知道郭雲天有意要以古阿明換下林志鴻，他立即要求林雪芬加強對林志鴻的繪畫指導，力爭從實力上趕上，也是為林志鴻奪得縣裡亞軍助了威的；得知林志鴻等凱旋，他馬上趕到學校迎接，並表示真誠的感謝，誠摯地邀請校長和指導教師等人到家裡宴請；當徐大木湊上前獻殷勤並詆毀郭雲天時，「林議員臉上掠過一抹不悅的色彩，但他到底是見過世面的人，巧妙地掩飾過去，深思地說：『我非常感謝各位，不過，我想見見那位郭老師。』」[11]這表明他是個明白人，也是個善決斷的人；當古石鬆上門來求助時，林還在睡覺，「昨天晚上，林長壽趁一年一度的大拜拜的機會，在街路上大肆活動，喝得酩酊大醉，午夜過後才雇一輛小包車回到家。他睡意正濃，忽然被叫醒，心中老大不高興，當他聽到一大早來找他的是一個窮佃人，禁不住無名火起，幾乎要把女兒痛罵一頓。然而他忍住了。這時正是緊要關頭，不但任何一個人——就是在他心目中卑微到不值一顧的窮佃人也不例外——不能得罪，而且還必須表現出所謂的『民主風度』，以及慈悲為懷的做人態度。／／他下了床，一把抓了案上的煙盒朝那身大話大綠的睡衣口袋一塞，連揩一把臉漱一下口都似乎太耽擱似地跑到客廳，仿佛非如此就不足以表示他對任何人的關切。」[12]當知道古石鬆的訴求時，他立即裝出十分大度的樣子，拿出一小疊錢借他買藥，還慷慨地把噴霧器借給他；在古阿明的葬禮上，他作了悔恨的檢討，並承諾成立一個天才兒童教育基金委員會。而小說多處描寫到林長壽虛胖、容易疲乏、手心多汗，暗示他忙於社會應酬，身體正處於亞健康狀態。因此，可以說，林長壽之惡，很大成分上是仇富心理的想像。馬克斯·韋伯說：「觀念創造的世界觀常常以扳道工身分規定著軌道，在這些軌道上，利益的動力驅動著行動。」[13]在世俗社會裡，人是趨利的動物，而民主選舉這個觀念所設計的軌道，能使壞人、能人也做一些好事，畢竟有利

[11] 鍾肇政，《魯冰花》，台北：遠景出版社，1979 年，第 148 頁。
[12] 鍾肇政，《魯冰花》，台北：遠景出版社，1979 年，第 180 頁。
[13] [德]馬克斯·韋伯著，王容芬譯，《儒教與道教》，商務印書館，1995 年，第 19-20 頁。

於現代社會秩序的建立。這就是《魯冰花》之所以讓人不覺得前途一片黑暗的原因之一。

《魯冰花》的結局，符合儒家溫柔敦厚的詩教傳統，悲而不讓人悲痛欲絕。以灰暗的悲爲底色，在這層底色上透露些許的亮色，這是文章一開始就預設好的——這既是作者出於現實的考量，也是作者的藝術追求。開篇，郭雲天在春天的茶園裡寫生，筆下就出現連他自己也莫名其妙的「綠色的憂鬱」；郭之所以愛上林雪芬，是因爲「他覺得她實在跟他所熟悉的一般年輕女性不同。到底如何不同，他也說不上來。不過自從他開始憧憬異性以來在中學裡，大學裡，以及其他爲數並不能算多的場合裡所接觸過的異性已不少，可就沒有一個具有像她那種風韻的。也許，那就叫寧靜的美了。不過他也覺得在那寧靜裡，仿佛含蘊著一股淡淡的感傷意味」[14]；在描寫古石鬆遭遇嚴重蟲災時的家庭氛圍時，作者更是夫子自道：「油盞在發射著昏黃微弱的光線，屋裡就有如倫布蘭的一副畫光線的畫面，一片黑黝黝的背景上，只有幾個物體和幾張臉清晰地浮上來；寂寞裡，仍有著歡樂，凄苦裡，仍有著溫馨。只是這歡樂，正如那油盞燈光，太微弱，太軟弱。」[15]倫布蘭又譯侖布朗，是 17 世紀荷蘭畫家，他對燈光的應用達到爐火純青的境地，能使對象產生明多暗少的效果，能很好地表現出畫面的層次，增強對象的立體感和質感，故享有「光和影的畫家」美譽。後來他這種順側光的用光方法被廣泛運用於攝影，又叫倫布朗光。作者以世界著名畫家爲心追手摩的榜樣，力求作品的厚重感，從整體看是達到了預期目標的——神童古阿明死了，但燃起了林雪芬和古茶妹這兩股幽幽的火苗。這和作品的敘述視角密切相關，在結尾，當送葬的行列遠去了，才用古茶妹的視角引出郭雲天，以兩人的對話做一個留有微弱希望的收煞，哀而不傷。作品中亡者的母親成爲「在場的缺席者」，試想，如果以她爲視角來敘述，必將濃重地渲染悲劇的氛圍，讓人沉浸在悲痛之中而不能自拔。

作品不甚濃重的悲劇的氛圍與其輕快的敘述節奏也有關聯。小說敘述視角的轉換流暢自然，如行雲流水，變幻莫測的心理變化使文勢波瀾起伏。比如第一節，首先是古茶妹的視角，她興奮地發現新來的美術老師是昨天碰上

---

[14] 鍾肇政，《魯冰花》，台北：遠景出版社，1979 年，第 37 頁。
[15] 鍾肇政，《魯冰花》，台北：遠景出版社，1979 年，第 158-159 頁。

在茶園裡畫畫的人，趕忙跑去告訴弟弟，於是姐弟倆熱烈地議論起來。再倒敘弟弟酷愛畫畫且畫法怪異的往事。下午第三堂美術選手集訓，她欣喜地發現弟弟也被選上了，然後是上課的情形。上課中間，林雪芬老師悄悄走進來，「林老師站著向郭老師微笑點頭。茶妹覺得林老師的面頰微微紅了一下。茶妹把眼光收回，仰起脖子看了一眼郭老師。她又發見到郭老師的臉上也泛起了淡淡的紅暈，點點頭」[16]。敘述視角就這樣不知不覺地移交給一對一見鍾情的男女了。又如第九節，從古阿明在家裡和貓玩繩子寫起，時值五穀爺生，家裡準備了豐盛的晚餐，可是爸爸卻很遲才從地裡回來，原來茶園遭到蟲災，愁眉苦臉的，不識愁滋味的古阿明卻惦記著到鎮上看戲，後來在媽媽的解圍下終於和姐姐一起上路了。路上，姐弟倆碰巧遇上郭雲天和林雪芬兩位老師在一起散步，四個人搭訕起來，林雪芬得知古家的困難，許諾給予幫忙，兩組人馬就此分開，敘述視角也從古家悄悄地轉移到一對戀人了。敘述視角的自然流轉，針腳細密，不露痕跡，使整部小說如一幅由散點透視法構成的中國畫長卷，實現無縫連接。

然而，不管是哪個人物的視角，到底都是作者的視角。比如，林長壽第一次正式出場，是透過林雪芬的視角來呈現的：當時，林雪芬正為指導弟弟畫畫不得法而苦惱，沮喪地把身子埋在沙發上，父親突然出現了，「回頭一看，父親林長壽那凸出的肚子首先映進她眼裡。她仰頭看了眼父親圓大的面孔。他那厚而大的嘴唇微微翹著，唇毛蹩成八字」[17]。這是仰角又是陌生化的寫法，用在女兒看父親的角度上是少見的，反映的是作者對富人敬畏的微妙心理。時年 35 歲的鍾肇政，已淌入社會的渾水有些年，很有心得，因此在文中時不時發表一些哲理性的言論，如：

光明：這兒並不缺少；但唯其有光明，相對地也就免不了有黑暗。光明與黑暗，原是永遠同在的啊……（第 91 頁）

世上有不少心地善良的人，往往因個性軟弱，而使事情功敗垂成。而軟弱之於善良，又常常如同影之於形，永不可分。許多人間的悲劇便由此

---

16 鍾肇政，《魯冰花》，台北：遠景出版社，1979 年，第 18 頁。
17 鍾肇政，《魯冰花》，台北：遠景出版社，1979 年，第 98 頁。

而生。（第 155 頁）

一個自卑而懦弱的人，永遠把失敗歸罪於環境的客觀情勢，或者說：命運。而在這種人，這些想法又總是唯一的自我安慰之道。（第 185 頁）

　　這些漂亮的議論，恰當地鑲嵌在文中，散發熠熠發亮的光芒，頗能惹人喜愛，也能引人遐思。年青作者的才思，使小說通體散發青春的氣息。這也在一定程度上減輕小說的悲劇氛圍。

三、聚焦透視法：從內視角向意識流深化、探索

　　美具有三個特點：形象性、情感性和超越性。[18]因此，離開情感，文學就遠離了美。而情感是從人的內心生成的，也就是說，小說敘述，如果脫離人的視角，把情感擰乾，就會變成不屬於文學的文字。在鍾肇政創作中，不乏這樣的例了。比如《濁流》三部曲之三《流雲》，敘述的是台灣光復後陸志龍返鄉，起初莫知適從，後來立志當作家，苦心孤詣地學習中文。學習過程中遇到許多困難，後來搜羅到一本《唐詩三百首新釋》，由此對中文的感受由「奧」轉「妙」，為闡明此書之「妙」，小說花了四個頁碼對這本書作了詳細介紹[19]。這完全脫離小說的人物、情節，因此成了累贅。作者在「後記」裡說：「走筆至此，倒又覺得，如果有仁人君子幫我大刀闊斧刪節，另以更簡練的方式印行節本，那就值得我頂禮膜拜了」[20]。上例就屬於該刪之列。又如，《戰火》敘述台灣原住民被招募至南洋島上為日本人打仗，戰爭快結束時，日本兵節節敗退，逃入深林。森林裡樹木遮天蔽日，與外界完全隔絕。為介紹戰況，小說離開人物視角，敘述人以全知視角進行敘述，變成了客觀報導。[21]這突兀地游離於情節，破壞了小說的整體氛圍。作為傳統現實主義作家，鍾肇政常常把故事講得完完整整，太過實在，使其整體意象浮不起來。

　　然而，鍾肇政勇於藝術探索，除靈活多變的敘述視角之外，更善於深入

---

[18]　王傑主編，《美學》，北京：高等教育出版社，2008 年，第 2 頁。

[19]　《鍾肇政全集》第 2 卷，台灣桃園縣文化局，2000 年 12 月，第 1012-1016 頁。

[20]　《鍾肇政全集》第 2 卷，台灣桃園縣文化局，2000 年 12 月，第 1232 頁。

[21]　《鍾肇政全集》第 9 卷，台灣桃園縣文化局，2000 年 12 月，第 453-457 頁。

發掘人物的內心世界。原子的核裂變會產生巨大的能量，人的瞬間神情恍惚深入挖掘也會爆發巨大的情感力量。〈水母娘〉（《台灣新生報》，1957 年 1 月）是鍾肇政作品中最早以敘述視角產生詭異的審美效果的作品。林太太的孩子生病了，久治不好，在一個雨夜她瞞著丈夫悄悄乞靈於神明。她第三次來到巫醫家門口，可是欲進又退，遠遠望去，那巫醫鼻子尖而高，上排牙齒奇特地突出在鬍子外。她趁四下無人哆哆嗦嗦地上前，巫醫問過生辰，一聲「不妙」唬得她心跳到嗓口，「你的孩子遇到水母娘和打獵將軍。」病情報告又恰中她的胸口，更是驚懼萬分。一張神神道道製成的符咒猶如救命稻草，她遵囑恭行如儀，可是孩子的哭聲依然是那麼淒厲……一位母親的哀哀無告揪痛著讀者的心。

〈簷滴〉（《聯合報》副刊，1959 年 11 月 25 日）寫的是一位成功商人在悠閒的雨天裡，躺在沙發上享受著後妻撓腳底時瞬間的走神。20 年前，在父母的逼迫下他與童養媳「送作堆」，因為厭惡她，他堅決不理她。可是，在一個醉酒的夜晚，他回家路上被雨淋了了，縮在被裡發抖，她抱著他的腳輕輕地摩挲，終於感動了他。但是，兩年後他還是逃到台北。他發跡了，鄰家的屋脊還沒用他的窗子高，這讓他引以為豪。而今，這簷滴，在腳底的暖意，讓他憶起前妻。面對後妻的溫存，他想朝她笑笑，可是不曉得怎的，竟笑不出來。為了掩飾，他轉過了身，乾咳幾聲——本來要笑笑的，可是恰巧咳嗽來了。這時，卻重重地歎了口長氣。在後妻的關心和追問下，他欲言又止。鄉下的女人和一對孿生兒子，比起這裡的女人和五個兒女，真是太可憐了。「該不該告訴她把鄉下的女人和兒子叫來的事呢。每年回去一次，每月多匯一千元，這些是不是也該跟她商量？不，我得再細心考慮。這些事關係可不小哩……」幽幽的簷滴，如鳴咽的琴弦，在無人知曉的心底裡鳴響。

〈雲翳〉（《聯合報》副刊，1961 年 1 月 9 日）寫的是一個泥瓦匠與以前的戀人相遇的故事。19 歲的泥水小學徒與小他兩歲的打零工的小女工相戀，為了籌集辦婚事的錢，小學徒進城打工，不料一年後返鄉她已經他嫁。他不止一次到她家周邊徘徊，有一次醉酒時還曾想殺死她，還有一次弄到一瓶硫酸，但沒下手，因為太愛她了。接到為她家修屋頂的活兒，他蹲坐在屋瓦上。多日裡，他的胸腹部都很寒冷，手指頭僵麻麻的；背部雖也冷，在太

陽的烘烤下卻滲著一絲絲暖意。這是種很奇異的感覺，說不明也道不清，就像他想看到她又不想見到她的激烈矛盾心理，他抖得牙齒格格相碰。她那個年老的丈夫出門了，囑咐她監工。她出來了，兩個冤家一個在屋脊上一個在院子裡碰面了……小說設置了一個特殊的場景，純粹從男主人公的視角來敘述，過去與現在，歡樂與痛苦，寒冷與暖和，統統交織在一起，奏響一曲別有滋味的人生交響曲，愛與恨交替頻繁出現，甚至冒出了趁她丈夫不在可以暢所欲爲的猥褻念頭。內視角使他的情緒得以充分發酵。她幾次三番招呼他，可是他化作一尊石像，一動也不動。「『你不睬我了！看都不看我了！』／／他在這一瞬間，好像從噩夢醒來一般地，視線就自顧地移過去了。飛入他眼簾的，是一張熟悉的，幽幽的面孔。嘴唇痛苦地扭搐著。兩行清淚倏地從眼角溢下。再一刹那，那張面孔就不見了。」[22]此刻，看與被看的關係突然作了逆轉，內熱外冷的俯視爲哀怨的仰視所替代，一廂情願的種種想像遭遇堅硬的現實，敘述者的情緒膨脹到頂點，突然被對方錐子般的目光戳破，一切盡在不言中，他像個洩了氣的皮球頹然讓屁股掉在屋瓦上。

「此情可待追成憶，只是當時已惘然。」人生有多少悲苦，無人訴說，無處訴說，唯有作家能洞察其中的幽微。作家出於本心，類乎「天譴」（葉石濤語）一般，自願擔當起代言人的角色。

1960 年代，台灣文學在反共文學、懷鄉文學、閨秀文學幾股勢力之外，潛滋暗長出現代文學。鍾肇政作爲鄉土文學的中流砥柱，並个畫地爲牢，而是自覺地向現代文學學習、借鑒。陳芳明在剖析鍾肇政現代文學實踐的源頭時說：「鍾肇政與現代主義的接觸，也許不同於 60 年代其他新小說作家所遵循的途徑。以《現代文學》的白先勇、王文興爲主的小說創作者，都是透過英美思潮與接收而投入現代主義運動。鍾肇政顯然是透過日本文學的嫁接而銜接現代主義的思潮。」[23]這種條分縷析的剝離，是十分可疑的。據鍾肇政自述，他愛上文學，是始於淡水中學就學期間，第一本讀的是盧梭的《懺悔錄》，此後還大量閱讀了托爾斯泰、屠格涅夫、陀思妥耶夫斯基等人的作品；

22　《鍾肇政全集》第 14 卷，台灣桃園縣文化局，2002 年 11 月，第 329 頁。

23　陳芳明，〈鍾肇政小說的現代主義實驗——〈中元的構圖〉的再閱讀〉，見陳萬益主編，《大河之歌——鍾肇政文學國際學術會議論文集》，台灣清華大學台灣文學研究所，2003年，第 310 頁。

葉石濤則認為他的短篇小說深受海明威影響[24]；而他一輩子癡迷歌德，翻譯了《歌德自傳》（志文出版社，1975 年），且以歌德為主人公創作了《歌德激情書》；他還說：「戰後初期，台灣讀書界確實氾濫過 1930 年代如魯迅、巴金、老舍等人的作品，我自然也涉獵過」[25]。當然，他後來也讀了很多日本文學作品，尤其是光復後，他翻譯了日本作家安部公房、三島由紀夫等人的作品，不可能不受日本文學的影響。這諸多的影響必然地糅合在一起。陳芳明作如此的分析，顯然為他的後殖民台灣文學史張目。不過，陳芳明嫻熟地運用敘事學理論剖析了〈道路・哲人・夏之夜〉，通過分析弟弟、哥哥和嫂嫂三個敘述視角中的語法和意象的縫隙，來檢驗鍾肇政的現代主義文學實踐，是頗有說服力的。

　　鍾肇政的現代主義文學實踐，要到 1964 年《台灣文藝》創刊，鄉土派有了自己的「自留地」之後，才放膽來寫的。從〈道路・哲人・夏之夜〉（《台灣文藝》，1964 年 6 月）開始，鍾肇政有一批作品進入癲狂癡迷的狀態，發出不為常人所能懂的囈語，如〈暗夜，迷失在宇宙中〉、〈骷髏與沒有數字板的鐘〉、〈中元的構圖〉、〈大機里潭畔〉、〈長夜行〉、〈在那林立裡〉等等，單是這些篇名就很怪異，而其內容有弟弟的情人變成嫂子，弟弟、哥哥、嫂嫂三人內心的相互猜疑；有患上絕症喪失性功能的男子破罐子破摔到妓院去尋歡；有因學習差而受父親冷眼，高考落第變成無業遊民的弟弟與一向學習好而受寵愛，工作體面受鄉人尊敬的哥哥面對父親的屍骨時迥異的心態與表現；有從戰火中苟存返鄉後發現妻子已變成別人老婆的悲哀……作品深入人物的潛意識層，其意象跳躍、閃回，誇張、怪誕，用詞奇崛，給讀者猜謎一般的閱讀困難，以極力表現人物的非理性意識流。如《骷髏與沒有數字板的鐘》的開頭：「夕陽照著這沒有肉的街道，我的靈魂又在飲泣／／東北風刮著那不毛的卵石馬路，而我的靈魂靈魂飲泣不停了。我知道……／／農會的鋁質穀倉——它在反射這貧血的夕陽之光。頭裡，我敢打賭，一定是空的，否則它不會看來那樣輕似地。有那麼一陣颶風把它吹倒了，我必定會看到那裡

---

[24] 葉石濤，〈論〈中元的構圖〉〉，《葉石濤全集》13 卷，台南：國立台灣文學館／高雄：高雄市文化局，2008 年，第 281-295 頁。

[25] 轉引自鄭清文，〈探索台灣人的原型——生活誠實的再現〉，見《台灣現當代作家研究資料彙編：鍾肇政》，台南：國立台灣文學館，2011 年，第 198 頁。

蹲著幾個呈著人形的米蛀蟲。我要捏死它們。然後⋯⋯」[26]1960 年代的中後期，鍾肇政的短制有很大一部分表現的是非人間的慘劇，使用的表現手法亦是荒誕的。這是受當時文壇風氣的影響，也是鍾肇政敘述視角內化、深化的探索結果，留下一批頗有意味的作品和寶貴的藝術經驗。

四、複調敘述：以時空的交錯、重疊營造意境

1970 年代之後，鍾肇政作品又向寫實風格回歸，不再一味地玄之又玄。不過，看山是山，經過看山不是山之後，看山還是山，這否定之否定後的山已不是原來的山了。這一時期的鍾肇政作品，已臻於至境。

在時間、地點、人物等諸敘述要素之中，時間是排在第一位的，「時間意識一頭連著宇宙意識，另一頭連著生命意識。時間由此成爲一種具有排山倒海之勢的，極爲動人心弦的東西，成爲敘述作品不可回避的，反而津津樂道的東西。敘述由此成爲時間的藝術」[27]。以時間爲順序來敘述，是最簡便的方法，但容易流於平鋪直敘。其實，所有的人、事，不止是此時的存在，同時是歷史的存在，也預示著其未來。因此，文學家在裁剪現實的時候，不止是順著時間矢向這一種方法，也可以把時間進行交錯、重疊，這說不定能達到更高層次的真實。也就是在這個意義上，《百年孤獨》第一句「許多年之後，面對行刑隊，奧雷良諾・布恩地亞上校將會回想起，他父親帶他去見識冰塊的那個遙遠的下午」才得到人們的高度讚賞。

鍾肇政 1970 年代之後的作品，很多不再作單線敘述，而是把兩條線索黏連在一起，掣響過去，以推進現在情節的發展。如〈重逢〉（《大同》，1973年 8 月）的開頭：「⋯⋯大概錯不了⋯⋯／／我不自覺地又低聲反復了一下這句司機告訴我的話。有點兒氣喘喘的。／／陡地感覺到，『大概錯不了』這種說法，顯得那樣地含混，甚至還有些可笑⋯⋯」[28]以女主人公的限知視角來敘述，她那種「含混」又「可笑」的感覺，其實就是過去在內心引起的反應，爲後文埋下了伏筆。又如〈零雁〉的開頭，寫「我」驀然面對的是「一張熟悉的面孔，卻帶著一抹鮮明的陌生——不，是一張陌生的面孔，帶著鮮明的

26　《鍾肇政全集》第 14 卷，台灣桃園縣文化局，2002 年 11 月，第 3 頁。

27　楊義，《中國敘事學》，北京：人民出版社，2009 年，第 125 頁。

28　《鍾肇政全集》第 16 卷，台灣桃園縣文化局，2002 年 11 月，第 348 頁。

似曾相識」,「熟悉」與「陌生」在瞬間構成極具矛盾的張力,過去與現在重疊在一起,變成含混不清的一片。

　　過去與現在相互激盪、推進直至生成高潮,營造唯美的意境的代表作,要數〈櫻村殘夢〉(《自由時報》,1981 年 12 月 13～19 日)。「我」到日本某大學做短期研究,因旅途寂寞,便去拜訪一位兒時愛慕過的日本女性春子,不意先遇上了其女梨惠,於是同她聊起 35 年前她的姨媽秋子和他的堂哥鍾肇鵬的一段戀情,這引起梨惠的極大興趣。梨惠在媽媽的幫助下找到姨媽的日記,而「我」也帶來了堂哥的日記,兩廂對照,於是塵煙裡的那段戀情逐漸清晰起來,梨惠被它迷住了,如癡如醉,幾次三番來到「我」的住所「求證」。秋子與鍾肇鵬是同一學校的同事,他們在那個令人瘋狂的年代因為共同的理想和憧憬而互相吸引。秋子是文學少女,原本喜愛日本古典文學,鍾肇鵬把她引向中國文學,尤其是漢詩中邈遠的意境;而秋子常為他彈奏西洋音樂,使他為之驚異、佩服。兩情相知,相惜,相悅,追求情感的共鳴而不是肉體的結合成為作品的中心意象。兩個人被戀情燃燒得滾燙,也只是隔著玻璃接了個想像中溫熱的吻。然而,日據時期,台灣人與日本人(尤其是台灣男子與日本女子)的戀情是不被允許的,為拆散這對戀人,鍾肇鵬被徵召入伍,很快被敵軍炸死;而秋子也在一次空襲中為搶救日記本遇難。這對戀人在最後分手之前,也曾有過單獨相聚的機會,但是,純潔的愛情,使得他們只是兩心相許,並無肉體的結合。在秋子的日記中記載著:「秋子,秋子。他在我身邊喃喃地喊著。我是你的,啊,是你的。我在心中拚命地叫,可就是叫不出來。好懊悔,我有脫去衣服,溜進鋪蓋裡的勇氣,卻沒有說出這話的勇氣。／／他在榻榻米上跪在我身邊,我感受得到他溫熱的氣息。但他就只能那樣喃喃地重複著我的名字。然後,他深深地垂下頭,讓大顆大顆的眼淚卜卜地落在榻榻米上。謝謝你,秋子,謝謝你,這,這比什麼都崇高珍貴啊。比什麼都神聖啊。他還是這麼喃喃地說。／／我伸出手,執起他的一隻手,放到我的胸上。他在微顫著。噢,可憐的人。我容得下你的,難道你不懂嗎?我們溶為一體,也是對那些人的報復啊。可是,他畢竟還是縮回了手。／／秋子……秋子……他依然喃喃地。／／……」[29]這個情節讓梨惠無比悵然。在

29　《鍾肇政全集》第 16 卷,台灣桃園縣文化局,2002 年 11 月,第 484-485 頁。

「我」的住所裡，梨惠和「我」一邊念著姨媽和堂哥的日記，一邊完成了前人沒有完成的事情：

> 我在床畔跪下，掀開了棉被一角。
>
> ——「維納斯——不—，簡直就是天女……」是堂哥的聲音。不，是梨惠在念著。嗓音從遙遠的地方傳來。
>
> ——「誰能冒犯你呢？那是對神的褻瀆啊……」
>
> 不……不……
>
> 我的手伸出去了，輕輕地放在梨惠的胸上，就像有人執起了我的手一般。
>
> ——「我容得下你的。難道你不懂嗎？」
>
> 懂。我吞了一口口水。呃，那不是秋子在說嗎？
>
> ——「可是他縮回了手……」伊集院秋子老師在說。
>
> 我的另一隻手卻伸出來了，放在她的另一邊胸上。我的雙手輕柔地各攫住了滿滿一掌的花朵。
>
> 天哪！這滿滿一掌的柔軟。是伊集院秋子嗎？我是我的堂哥嗎？鵬哥，你握住了嗎？不，你沒有。你顫抖著。你縮回了手。是春子。是春子。拖到腳踝的長長的袖口和長長的衣擺。她從浴室裡出來了。那和服就在我眼前咫尺之處，整齊地摺疊著，在枕邊不遠處。白底，紅色的疏疏落落的花草。「哇……」不。不。錯了。全錯了。這是梨……我迷失了。[30]

　　兩組時空，兩組人物，交疊在一起，分不清彼此，也不想分清彼此，同一個旋律，在輕輕地重播、吟唱，共同營造一個醉人的意境。美好的意境，感動著秋子與鍾肇鵬，迷醉了梨惠與「我」，也陶醉了讀者。

　　這種時空交疊的敘述技巧，在鍾肇政的後期創作中被屢次運用，非但短制如此，長篇也是這般。如〈夕暮大稻埕〉（《台灣時報》、《世界日報》，1984 年）的開頭，寫「辯士」吳臨風在經理室裡等人，無聊中翻看桌上的明星照，突然發現照片中的人是以前的戀人——死去了的彩玉……於是過去的戀情與現在的戀情交替出現，交相輝映，演繹出一段新的戀情。再如〈卑南

---

[30] 《鍾肇政全集》第 16 卷，台灣桃園縣文化局，2002 年 11 月，第 487-488 頁。

平原〉（《台灣時報》、《世界日報》，1986 年），原本寫的是一群男女大學生在卑南平原考古、發掘，在工作中漸漸發生了愛情。可是，小說突然插入遠古的愛情故事，原來是「我」面對發掘的器物，萌發了曠古之冥想。古代愛情故事與現代愛情故事相映成趣，虛實相生，生成美妙的審美想像空間，撩人心思。

縱觀鍾肇政的作品，其敘述技巧有個不斷成熟，不斷探索，不斷揚棄的過程，在某個階段，他會用某種技法創作一批作品，然後毫不留戀地毅然轉向。苟日新，又日新，日日新，不斷地創新，使他的創作保持燃燒的激情，持續地散發誘人的魅力。

講評

◎陳昌明[*]

　　賴一郎先生於會中說到，他研究台灣文學時有瞎子摸象的感覺，但是我感覺到他很努力蒐集了許多相關的論述，例如，台灣文學館在 2011 年出版的彙編，他已經閱讀和引用了，我覺得相當難得，因為台灣的研究者也不一定看得到。

　　這篇文章作為博士論文的一部分，對鍾肇政做了許多先行研究，過去很少用敘事視角來討論他的作品。賴一郎先生對於作品分析有其獨到之處，例如《魯冰花》的分析，對於故事中的角色也有自己的看法，以及對其感情的分析相當好，值得肯定！

　　我有幾個小意見，建議參考。第一點，我認為論者在行文上應該更為謹慎，減少對論文不必要的干擾，例如第 310 頁寫道：「鍾肇政沒有理性著作，只有幾篇帶有強烈感性色彩的短論，論說是他的弱項，鍾肇政沒有詩歌作品，僅在小說中根據情結需要插入民歌，這說明抒情是他的弱項……」我想，不能因為鍾肇政沒有寫過詩，就評斷他不抒情，寫散文或小說也可以很抒情，我也看過許多詩人，其作品並不抒情，甚至作者本人也不抒情，所以，並不能用文類來分類一個人，這樣會有問題。

　　第二，賴一郎先生提到葉石濤先生的話，轉而評論鍾肇政先生的作品，用自述體寫作的問題，葉石濤先生說過，「我以為在小說裡寫自己是旁門左道…看到自轉體小說會有作嘔的感覺……」用葉石濤這段話評論鍾肇政是有問題的，因為他並非純針對鍾肇政所言，特別以《濁流三部曲》來說，陸志龍身上雖然很多鍾肇政的影子，可是不全然是自傳體的作品，這部主要描寫的是日治時期到戰後國民黨來台灣的歷史，我們稱之為「大河小說」，因為作品跟整體歷史結合在一起，並不是單純寫自傳性的作品，而是反映台灣人民

[*] 成功大學中文所教授、台文系主任。

的命運。如果從自傳體這樣的角度去看會有問題，葉老跟鍾老雖然會鬥嘴，但是感情好得不得了，在文學成就上彼此尊重，所以，不能以這一段文字來論定《濁流三部曲》，資料運用還是要小心。

另外，論文也引了何欣評《濁流三部曲》的說法，「過於反反覆覆，重視心理分析，使鍾肇政筆下的男主角欠缺幾分陽剛之氣」，這樣的討論也會有點問題，因為大河小說處理的是台灣庶民，是他們生活中真實的心理感受。從日治時期到戰後國民黨集權統治初期，如此反覆的現象也象徵著台灣人的壓抑苦悶，在威權體制下，像英雄一樣的吶喊很難得，但是大多數人則內心充滿矛盾衝突，這也是台灣長期以來的現象，面對政治的痛苦，內心的壓抑，可以在陸志龍身上看出端倪。

賴一郎先生分析《魯冰花》的部分很好，但以宏觀的題目來說，只選擇了鍾肇政部分作品，仍有不足。其中特別用一章來討論魯冰花，結構上比較失衡，特別是《魯冰花》在鍾肇政整體創作中的作品分量，反映在章節上，顯然不是很對稱。

此外，論文在分析作品時，提出了單一視角的順序、散點透視敘述流轉、聚焦透視法、複調透視法等理論分析，賴一郎先生認為鍾肇政的作品敘述法較單調，而隨時間不斷變化和進步，不過，我覺得這樣的討論還是要小心，從鍾肇政作品時間序上來看，這樣的說法不一定符合。鍾肇政乃是對於不同類型的作品採取不同的敘事方式，敘事方式也無所謂高下。1951 年處女作〈婚後〉是單一視角的順序，文中第二部分寫道，「經過近十年的練筆，鍾肇政已經能夠一身化做千萬身……」，這裡以散點透視敘述流轉的《魯冰花》說明其發展，然而《魯冰花》比《濁流三部曲》早，《濁流三部曲》、《八角塔》都是1960 年以後的作品，並以第一人稱或第三人稱書寫，所以整體時間序上有問題。我認為聚焦透視法大部分是第一人稱或第三人稱，並多用於短篇作品的敘事法，之間的差異是根據作品的不同，而非進步或退步的問題，同時也須切合作品的必要性。

總而言之，這篇論文有其相當的敏銳度，在分類上也提出全新思考的空間，有其價值和意義。

（編按：本文依會議之論文講評記錄整理。）

「鄉土中國」

起源、生成與形態

◎梁 鴻*

一、「鄉土中國」的被建構：進入「世界史」的視野

　　日本思想家子安宣邦認爲，自 1850 年始，「東亞」是「被拖到『世界』和『世界史』」中去的，而這一「世界」，是以西方和西方文明爲中心的「世界」。這一時期發生在中國、日本的一系列東方和西方的衝突具有非常強大的象徵性，「1840 年的鴉片戰爭、1853 年的佩利渡航日本、1859 年的日本開放口岸、1860 年英法聯軍佔領北京，以及 1863 年的薩英事件等等，只要舉出上述年表中的事實，就會清楚 1850 年在東亞所具有的意義。1850 年象徵著由於歐美發達國家以軍事實力要求開埠使亞洲捲入所謂『資本主義世界體系』的時期。人們認爲，發源於歐洲的資本主義這一經濟、政治體系正是在此時期作爲世界性體系得以完成的。」[1]「歐洲的資本主義經濟政治體系」成爲「世界性體系」，而亞洲的「帝制和農業文明經濟體系」被作爲「地方性知識」和「地方性體系」被納入到「世界史」之中。亞洲的「近代」由此發生，開始了所謂的「啓蒙」和「發現」之旅，但也決定了它的「第二性」的身分和地位。

　　「與東亞一起，日本的近代是以被組合到『世界秩序』中來，被編入『世界史』過程而開始的。日本的近代化意味著自願走向發源於歐洲的『世界秩序』或者『世界史』。[2]在子安宣邦這裡，「日本」，和「亞洲」、「中國」是同質性的存在，因此，這句話，也可以轉義爲「中國的近代化意味著自願走向

---

* 中國青年政治學院中文系副教授。

[1] （日）子安宣邦，《東亞論——日本現代思想批判》，吉林人民出版社，2011 年版，第 5 頁。

[2] （日）子安宣邦，《東亞論——日本現代思想批判》，吉林人民出版社，2011 年版，第 6 頁。

發源於歐洲的「世界秩序」或者「世界史」。「自願走向『世界史』也便是將自己編入到歐洲普遍主義的『文明』歷史當中。」[3]以此角度分析中國的近代史和現代性追求的起源很有啓發性。

　　從本源上講，20世紀初，中國知識分子是在接受這一「世界史」的過程中開始了對本國現代性的思考，也就是說，這一現代性思考是在「資本主義世界秩序」的視野中思考中國的形象。「鄉土中國」正是在此視野下誕生的。「傳統」、「本土」這樣並非具有實質意義詞語的誕生正是因爲這一「普遍世界」的背景和視野，因爲我們的文明只能作爲「現代」的背面和對立面存在，若非如此敘述，便找不到合適的詞語來講述這一狀態。

　　「世界史」的視野改變了中國的時空觀念，並成爲中國現代詞語意義誕生的基本起源。當「中國」和「西方」被置於同一空間時，「農業的、儒家的、專制的、技術落後的」中國自然落後於「工業的、宗教的、民主的、技術發達的」的西方，中國的時間一下子呈現出了線性的差距，「西方」成了未來，而「中國」則指向「過去」，還有待於「進化」。在這個意義上，「現代」所意指的「當下性、過渡性、暫時性」則被忽略，而成爲一個「要好於『傳統』的」、代表世界未來走向的、具有絕對價值性的詞語。

　　在晚清至民國時期，「世界史」的視野對中國各個層面的修改顯得頗有成效。專制體制的象徵物被推翻，「民族國家」漸有雛形，新的文化觀念不斷被建構，都顯示了「世界史」的強大力量。在這其中，最能夠展示「世界史（西方）」與「地方史（中國）」的衝突是新型詞語的誕生過程。如「革命」、「經濟」、「科學」等，它們在中國傳統社會的語義中已經存在，並且有自己較爲固定的含義，但是，在翻譯、對應及語境不斷改變過程中，這些詞語最終發生了詞義的改變，如「革命」由原來的王朝主體的轉換轉向爲現代民族主體的重建；[4]「經濟」從原來的包含著道德結構的「經世濟用」轉義爲「生計學」、「理財學」，即economy，這一翻譯的對應及最後對本民族內部詞語的轉義過程正是「世界史」不斷滲透的結果。[5]與此同時，知識分子也在爲如何界定中

---

[3]　（日）子安宣邦，《東亞論——日本現代思想批判》，吉林人民出版社，2011年版，第7頁。

[4]　參考陳建華，《「革命」的現代性——中國革命話語考論》，上海古籍出版社，2000年版。

[5]　參考金觀濤、劉青峰，《觀念史研究：中國現代重要政治術語的形成》，法律出版社，2009年版。

國的「時間」而焦慮。[6]中國開始朝著「世界史」的方向規約自己，試圖達到統一性。

但是，外部改造往往會遭遇到內部自我特性的強大抵抗。「世界史」作爲一個統攝性的視野對中國內部思維觀念進行改造，但作爲包含著民族觀念軌跡的詞語而言，它在轉義過程中的某種「頑固性」也顯了民族內在思維的慣性和強大生命力。「革命」一詞在現代語境中固然已經具有民主革命和「歷史發展必然之洪流」的意義，但同時，在中國當代政治史和民眾日常理解中，卻不免包含著「王朝更替」和「暴力運動」等意味，這與「革命」在中國古語中的含義是分不開的，這些意義已經成爲民族無意識。

在這樣一種「接受／抵抗」的雙重視野下，我們重新審視現代革命史，就會發現，國共兩黨內戰和日本侵略中國既干擾同時也加速了中國進入「世界史」。「軍閥」、「農民戰爭」、「均貧富」、「土地革命」等均是具有中國特色的話語、身分和社會運動，它們的思維方式無疑是「非現代的」，這也是它們能夠在中國廣泛發揮作用的基本原因。同時，新中國政治體制的理論來源雖然是「馬克思主義」，但是，其能夠被利用的內在原因卻是，它所提倡的「共產主義」思想恰恰應對了中國革命的原動力——「均貧富」，而經濟上的公有制也在某種意義上類似於封建帝制時的「中央集權制」（這些概念都被作了微妙而確然的中國式換算），隨著這一換算不斷被擴大、實踐，「世界史」的力量開始逐漸消退，並且被作爲「負面」價值被排斥或被簡單化地作爲使用工具，而「地方史」的力量也因爲一味強調其正確性而走向膨脹並被扭曲。我們從「軍閥」的自治政策，「土改」中廣泛存在的暴力和非理性，從建國初期對西方世界的排斥，等等都可以看到這一「接受/抵抗」雙重視野所產生的西方/本土混雜觀念的巨大影響力。

80年代以來中國的改革開放意味著中國試圖徹底放棄對「世界史」的對抗，以無條件、無限制的敞開姿勢（「不管黑貓白貓，抓住老鼠的都是好貓」），大踏步走進「資本主義世界體系」（加入 WTO）。這一缺乏「抵抗」視野的「發展」所產生的結果必然是價值失衡及中國文化內部元結構的崩潰。

「資本主義經濟方式」是中國完成「近代化和現代化」的必然方式，也

---

[6] 梁啓超，《中國歷史研究法》，中華書局，2009 年版，第 169-170 頁。

是進入「資本主義世界史」的必然表現形式。中國「改革開放」的潛在思路正是依據這一基本邏輯，所以，自「改革開放」以來，「社會主義」越來越被符號化、象徵化，具體的政治實踐、生活方式與之處於嚴重錯位和矛盾狀態。作家閻連科長篇小說《受活》中柳縣長試圖引進「列寧遺體」以拯救貧困的縣城財政，並走上致富的道路，社會主義最有力的符號成爲其反面的存在，這本身就具有諷刺意味。而這一努力最後的失敗，象徵著中國重回社會主義秩序的努力和失敗。但它又是一種雙重的隱喻和象徵，因爲社會主義同樣也是引進來的理論，它在中國所具有的適應性是因爲中國民間文化中「均貧富」的歷史要求。馬克思主義在西方的誕生正是建立在對資本主義反思的基礎上，它在中國改革開放過程的「被泛化」、「被純粹概念化」和「表像化」意味著中國朝向資本發展過程中缺乏這一反思視野，同時，也意味著中國結構內部「均貧富」原始思維的被弱化。

二、「鄉土中國」的他者性和異質性

　　「黑格爾把缺乏精神之內在性的中國作爲沒有歷史進步的停滯大國而排除在世界史之外。黑格爾認爲中國缺乏『屬於精神的所有東西，如自由的實體精神、道德心、感情、內在宗教、科學、藝術』，相信象形文字·漢字是符合缺乏精神自由之發展的中國社會的文字符號。『中國民族的象形文字書寫語言，只適合於中國的精神形成中靜止的東西』。象形文字·漢字正是中國社會停滯性的象徵。」[7]「停滯的帝國」，「穿藍色長袍的國度」[8]，「難以捉摸的中國人」[9]，「帝國的沒落」，這些西方人類學短語勾勒出了「中國」的基本形象，這些可以說近代歐洲知識分子對中國的基本描述和基本定位。

　　就像列維·斯特勞斯必須要到遙遠的熱帶去考察「野蠻人」的生活、語言那樣，在 20 世紀 30 年代前，歐洲人類學一直是以當時被歐洲人稱爲「野蠻人」的族群作爲研究對象的。當年費孝通的博士論文《江村經濟：中國農民的生活》使其導師馬林諾基看到了人類學對「文明民族」研究的可能性。

---

[7] （日）子安宣邦，《東亞論——日本現代思想批判》，吉林人民出版社，2011 年版，第 34 頁。

[8] 阿綺波德·立德，《穿藍色長袍的國度》，時事出版社，1998 年版。

[9] 彭邁克，《難以捉摸的中國人》，遼寧教育出版社，1997 年版。

並且認爲「作者並不是一個外來人在異國的土地上獵奇而寫作的，本書的內容包含著一個公民對自己的人民進行觀察的結果。」[10]但是，有一個小花絮恰恰證明了歐洲人眼中的「中國」已經類似於「古老的、野蠻的」民族，正是黑格爾所言的「停滯的、靜止的」形象。在馬氏給《江村經濟：中國農民的生活》寫的序言裡，這樣寫道「It is the result of work done by a native among natives」，由於害怕費孝通誤解，馬氏特意向費孝通說明「native」指的只是「本地人」，並沒有「野蠻人」之意。因爲在當時的西方語言中，native 一詞已經包含著某種貶義，特指殖民地上的本地人或土著人，也是當時人類學最常用的一個詞語，西方殖民主義已經深入到民間的語言感覺之中。馬氏的特別解釋反而證實了當時中國在西方的基本形象。

中國人生，中國文明是業已完成、即將消失的人生，是屬於過去的時間和空間的。在這一考察視角下，中國人的生活是如此原始，如此蒙昧。中國的語言、風俗、禮俗、性格，還有那被西方人認爲是「過於成熟因此走向衰弱」的病態的美的文化，建造出醜陋、怪異和殘酷的中國生活，而這些現象的根源是由黑格爾所言的「東洋的專制」造成的。「在黑格爾那裡，『東洋』的構成處在作爲西洋原理的世界史發展之『外』，在時間、空間上都是與西洋異質的世界。構成『東洋』的乃是『我們西洋』的原理。」[11]在「世界史」的視野內，中國知識分子接受了中國文化和政治的這一「異質性」，並以此來評價、判斷中國文化的優劣。換句話說，近代以來，知識者一直以「他者」的身分來審視自身民族的種種。種種問題的發現既意味著民族主義的覺醒、民族國家的誕生和現代性思維的滲透，但同時，它的起點和前思維也決定這一審視的非主體性和價值偏向。

以此角度，再看「鄉土中國」的誕生，它是在觀照視野下的產物，是自「天朝中心主義」被打破之後就開始慢慢被呈現出來的「自在物」。這一「自在物」懸浮於民族的觀念之中，與新生的思維、新的文明方式形成對峙。它有著來自於久遠歷史和時間所塑造出來的堅硬和愚昧，但又充滿悲傷，因爲它是古老中國的象徵物。

---

[10] 費孝通，《江村經濟·序》，上海世紀出版集團，2007 年版，第 9 頁。
[11] （日）子安宣邦，《東亞論——日本現代思想批判》，吉林人民出版社，2011 年版，第 26 頁。

這一「自在物」和「象徵物」一旦被固定化和抽象化，它與現實時代精神之間的衝突會被強化，並且多強調它作為一種固定模式的負面因素，而可能的融合的那一部分，即它作為一個運動著的生活的可塑性則會被忽略。於是，我們看到，自魯迅時代開始，「鄉土中國」一直是愚昧、落後、「哀其不幸、怒其不爭」的形象，而它所擁有的「鄉土文化特徵、道德禮俗、儒家思想」則是「停滯大國」的精神根源。這些是擁有了新思維的五四知識分子站在「現代文明」的高度去審視自己「故鄉」的結果，因為有了距離，有了新的視野，才有可能反過來觀望原來的自我，這時，是一個全新的「自我」去審視「過去」的自我。很顯然，此時的「鄉土中國」是完全「異質性」的，這背後的「審視」是以「西洋的原理為基礎的」。這是視野的起源問題，它造成二元對立的觀念和線性歷史發展觀，但並非涉及對錯，因為中國的「近代」，中國有「變革」的可能性正是從這樣的「視野」開始的。

自五四新文化運動以來，知識分子一直致力於進行鄉土中國的構建與想像。想像「鄉土中國」的方式，同時，也是他們想像現代性及現代性所代表的意義的方式。從某種意義上講，「現代性想像」與「鄉土中國」並非兩個對立的名詞，從晚清時期西方文化大規模進入中國生活內部起，譬如傳教士的大量進入對鄉村民眾思想的影響，譬如工業進入鄉村內部對中國手工業生產方式的衝擊，這在許多作家作品那裡都有體現。[12]「現代性」一直與「鄉土中國」融合、排斥、糾纏，它們已經互為一體創造出新的中國生活，但也正是在逐漸深入的滲透過程中，它們各自頑固地呈現出自己的根性。

但是，因為「世界史」的視野始終佔據上風，「鄉土中國」一直是處於被批判被否定的位置。在文學史上，雖然有廢名《竹林的故事》、沈從文《邊城》這樣的作品，但它被看作是純文學和純粹理想的存在，與現實的鄉土不發生關係。這一狀況到了延安文學時期和「十七年文學」略有改變，農民形象第一次變得高大、幸福、歡樂，他們樸素的階級情感和溫柔敦厚也被「發現」，但是，就整個鄉土結構而言，仍然是被批判的，因為有地主、富農、流氓，還有那些充滿小資產階級情調的「鄉紳之子」，這在《太陽照在桑乾河上》和《暴風驟雨》，《山鄉巨變》和《創業史》等作品中都有體現。80 年代的「尋

---

[12] 如茅盾的《春蠶》、《林家鋪子》，葉聖陶的《多收了三五斗》，葉紫的《豐收》等作品，都展示了三十年代複雜的鄉村經濟結構及對鄉村生活的衝擊。

根文學」又一次把「鄉土中國」陌生化和「異質化」，《爸爸爸》、《棋王》、《厚土》中的人物無一不是具有「原型」意味的鄉土中國和傳統文化形象，它們如同腫瘤，永遠附著在民族的軀體內部。

從另一層面看，中國作家對自己的文化，對「鄉土中國」始終有一種「恥辱」心理，這也是鄉土中國他者化的重要表現。2008 年諾貝爾文學獎獲得者帕慕克在談到他自身的土耳其文化與西方文化關係時，這樣說道，「向西方看齊，意味著他們對自己國家和文化持深刻的批判態度。他們認為自己的文化不完全，甚至是毫無價值。這種衝突是西方化、現代化、全球化的，另外一方面是歷史、傳統的衝突。這些衝突還會導致另外一種混亂——恥辱。當我們在土耳其談論傳統與現代緊張關係的時候，當我們談論土耳其與歐洲含糊其辭的關係的時候，恥辱總是悄悄潛入。」[13]「恥辱」，這一詞語非常恰切地表達了當現代性引入東方時，東方民族最基本的情緒和心理基礎。因為有壓迫性，所以感到恥辱，因為恥辱，故此更深刻地批判自身文化的缺陷和弱點，這是強勢文明和弱勢文明交鋒時所共有的不自信。

1990 年代，隨著政治和經濟「現代化」的強力推進，整個鄉村被摧枯拉朽般地摧毀，這一摧毀不只是鄉土中國經濟方式、生活方式和政治方式的改變，而是一舉摧毀了整個民族原有的心理結構和道德基礎。即使經歷了將近一百年的「批判」和「質疑」，鄉土內部道德結構和文化原型仍然保持著一種均衡性和神聖化的意味，儒家道德主義仍然對每個人有基本的約束力，家庭關係、人際關係、社會結構都仍在這一底線之內。當經濟的驅動力成為社會發展的唯一動力和發展方向時，一切曾經神聖的事物都被變為世俗的，工作、生活很難再為人們提供終極意義和終極信念。「一切堅固的東西都煙消雲散了，一切神聖的東西都被褻瀆了，人們終於不得不冷靜地直面他們生活的真實狀況和他們的相互關係」，「一切堅固的東西都煙消雲散了」，「這一形象所包含的宇宙範圍和視覺上的宏偉，它所擁有的高度壓縮了的戲劇性力量，它所具有的含糊的啟示意義，以及它的觀點所蘊含的歧義性——那種摧毀性的熱力同時也是極大的能量和一種生命的外溢——所有這些品質都被認

---

[13] 帕慕克，〈小說的藝術〉，《東方早報》，2008 年 5 月 23 號。

爲是現代主義想像的特點。」[14]它是馬克思對「現代資產階級社會」的描述達到高潮時的產物。對於中國生活來說,那「堅固的東西」是什麼呢?儘管那「神聖之物」同時也阻礙了民族自由個性和健全政治之發展,但它畢竟是全民族的心理無意識,它類似於宗教,具有一種約束、向上和向善的力量。當整個社會被「經濟的解放力」所控制時,社會生活的劇烈變動撼動了民族最深層的文化結構和道德觀念,曾經爲之自豪的、驕傲的事物變得一文不值,如「教授不如賣茶葉蛋的」;曾經具有天然的神聖契約的關係也開始破碎,譬如父母和孩子,醫生和患者,等等。1990 年代中國人在精神和人的本質存在層面所發生的精神嬗變並不亞於世紀之初王權坍塌帶給中國人的影響。

在這樣一種「現代化」的發展思潮中,「鄉土中國」的命題似乎不再只是「劣根性」的問題,而涉及到它是否還應該存在的根本問題。因爲在「現代化」的視野中,「鄉土中國」始終是「異質性」的,是線性發展的過去階段,必須被取代。所以,今天,我們在任何地方重提「傳統」、「本土」、「儒家」或與這些詞語相關的具體生活時,都首先要面臨著被質疑的眼光,這一「被質疑」不是基於質疑者對自身傳統的深刻理解,而是世界史視野對「鄉土中國」定位的結果與外現。

三、對「鄉土中心主義」的反思

實際上,當以「世界史」的視野把「鄉土中國」作爲一個「不變的抽象物」來思考時,在有意無意中,我們在把「鄉土中國」塑造爲一個與「現代中國」對立的存在,就像《爸爸爸》中的「丙崽」。「鄉土中國」和「現代中國」,兩個二元對立的概念,代表著過去與未來,要想達到「現代」,必須去除「鄉土」,當然,也包括在「鄉土」上形成的種種生活方式和精神結構。這樣一種線性的思維方式也成爲當代中國政治和經濟改革的基本模式。

誠然,中國的確是一個農業文明的國家,「鄉土性」是它的基本特性,但它是否就是一個純然的「不變的抽象物」?當「世界史」、「近代」、「工業文明」進入中國之時,在面對衝擊時,它是否唯有「抵抗」,而沒有「接受」?如果我們一味地強調它的「不變的抽象」存在,是否忽略了「鄉土中國」的

---

[14] 馬歇爾·伯曼,《一切堅固的東西都煙消雲散了——現代性體驗》,商務印書館,2004年版,第 89 頁。

包容性和自我嬗變的能力，並由此形成新的「傳統」的能力？進而，忽略它在中國未來生活中的合法性和合理性？正如丸山真男講所謂「傳統」和「外來」思想時所認為的，「以傳統與非傳統的範疇來區分兩者，有可能會導致重大的誤解。因為外來思想被攝取進來後，便以各種形式融入我們的生活方式和意識中，作為文化它已留下難以消除的烙印。從這種意義上講，歐洲的思想也已在日本『傳統化』了，即使是翻譯思想，甚至是誤譯思想，也相應地形成了我們思考的框架。」[15]其實，所謂的「鄉土中國」也是如此，尤其是進入「世界史」以後，它的存在形態、文化方式也在發生變化，並形成新的特質。

　　早在上個世紀 30 年代，費孝通在進行《江村經濟》考察時就認為，江村經濟的衰敗一個最重要的原因就是鄉村工業和世界市場之間的關係問題，各種傳統工業的迅速衰亡，「完全是由於西方工業擴張的緣故」[16]，他認為中國已經進入世界的共同體中，西方的政治、經濟壓力是目前中國文化變遷的重要因素。而上文所提到的現代文學作品也都不約而同地書寫到世界經濟的進入對鄉土中國生活和精神的影響，如葉聖陶的《多收了三五斗》，茅盾的《林家鋪子》、《春蠶》、《秋收》，葉紫的《豐收》等都小說都有典型的體驗。但是，在觀念層面，知識分子總是傾向於把「鄉土性」作為一個固定不變的抽象物來理解，這也直接影響到他們具體的科學考察和寫作。

　　社會學家王銘銘在考察了現代時期著名社會學家許烺光的「喜洲」調查時發現，許烺光有意忽略掉喜洲作為一個曾經的都市所擁有的多元經濟和多種文化，忽略了喜洲「都市／鄉村」的雙重面貌，而是傾向於把它形容為「鄉村中國的一個典範村莊」，「急於表白自己對中國的鄉土性之看法的許烺光對此沒有任何表示，而埋頭梳理這個地方在他的中西文化比較研究中的『類型學典範意義』。從一定意義上講，他的著述與其說是民族志，毋寧說是一種抽象的東西方文化比較的村莊志表述。[17]王銘銘認為，這一「鄉土性」的界定恰恰是以「西方視野」為中心下所產生的。而 1949 年進入中國的美國人類學

---

[15] 丸山真男，《日本的思想》，三聯書店，2009 年版，第 7 頁。
[16] 費孝通，《江村經濟》，上海世紀出版集團，2007 年版，第 213 頁。
[17] 王銘銘，《走在鄉土上——歷史人類學劄記》，中國人民大學出版社，2009 年版，第 236 頁。

家施堅雅（G.William.Skinner）在經過考察後卻有另外的看法,「施堅雅有一個基本的觀點,認爲恰是那些被我們想像爲鄉村的對立面的事物,才是『鄉民社會』的特點。在一生的學術追求中,施堅雅堅持了這個觀點,指出中國乃是以城鄉這個結構性的『連續體』爲特徵的。」[18]這一結論無疑對「鄉村中心主義」具有極大的衝擊力,它暗含著一種觀點,中國的鄉村並非就是封閉的、純粹農業的社會構成,它本身也包含著城市經濟和城市生活的因數,譬如每一個農民在農閒季節可以隨時變爲小商販,而日常的集市、廟會都在村莊的周邊,它也是鄉村的大型經濟場所,傳統鄉村中已經具備有非鄉村因素,「城市」和「鄉村」在某種意義上是共生於中國社會生活之中。但是,在「鄉村中心主義」的觀念下,「鄉土」被作爲「過去」的中國特徵被確定下來,而被施氏（施堅雅）和沃氏（沃爾夫）[19]當成歐亞農民社會重要特徵之一的城市,則總是以鄉村的「未來」——而非它的共生物——爲面目出現在我們面前。這也可以使我們略微覺察到當代「城市化」發展思維的基本來源。

「知識分子那一『鄉村即爲中國的縮影』的觀念,其政治影響力遠比我們想像的要深遠得多（至少可以說是對於 20 世紀以來中國社會變遷起到關鍵影響的思想之一）。將傳統中國預設爲鄉村,既可能使國人在處理國家事務時總是關注鄉村,又可能使我們將鄉村簡單地當做現代社會的前身與『敵人』,使我們總是青睞於『鄉村都市化』。」[20]當然,政治的驅動力並非只是因爲思想的影響,但是,我們也可以以此爲起點,來重新反思這一百年來關於「鄉土中國」的思想,它如何被「發現」,在這一發現過程中,我們又遮蔽了什麼?

反思「鄉土中心主義」立場,並非是要否定「鄉土中國」的存在,更不是要否定中國作爲具有獨特文明方式的個性的存在,而是試圖把「鄉土中國」作爲一個生成物,一個隨著社會變遷內涵也在發生相應變化的生成物,在現代工業文明的高速發展過程中,它同樣具有包容與吸納的力量,這樣,才能夠擺脫非此即彼（消滅鄉村,建造城市）的二元對立發展觀念,並且,使之

---

[18] 王銘銘,《走在鄉土上——歷史人類學剳記》,中國人民大學出版社,2009 年版,第 240-241 頁。

[19] 沃爾夫（Eric Wolf）,另外一個和施堅雅有相同觀點的人類學者,著有《鄉民社會》,以「鄉民社會」區別於其它學者關於中國農村的「原始社會民族志模式」的研究方法。參考王銘銘《走在鄉土上——歷史人類學剳記》。

[20] 王銘銘,《走在鄉土上——歷史人類學剳記》,中國人民大學出版社,2009 年版,第 240 頁。

與現代世界具有對話能力。實際上，這種對立觀念在中國政治意識形態和民眾觀念中非常普遍，《受活》中受活人對自己命運的強烈不滿和柳縣長那強有力的經濟推進，都有此一對立觀念作為內在驅動力。這裡暗含著一個普遍的理解與認識：回到鄉土文明，就是回到中國式的農業文明，那是一種「小國寡民式的」「靜態的」文明，它所產生的社會結構、倫理道德，它的對個體存在的遮蔽，公民意識的淡薄等等都與現代文明有著極大的差距。

　　但是，文學又與社會學與政治學的實踐不一樣，文學中的「鄉土中國」往往是一個強大的象徵物。當作家在想像鄉土中國的生活、觀念與行為，甚至塑造一個桃花源的烏托邦時，他是否真的就認為這一「鄉土中國」是最完美的，人類應該重回那樣的時代？我覺得還不應該如此簡單理解。今天，作為全球化時代的文學，站在全部事物商品化和經濟化的時代，再返回來重新思考鄉上，思考農業文明，並非只是二元對立的好與不好，而是涉及到人類生活的本源問題：人與自然、人與自我、人與人、民族與世界、科學與自然、技術與人性等等本質性問題。在此視角上，我們再重新理解鄉土文明的衰落、鄉土中國的淪陷，再重新思考村莊的異化、被傷害就並非只是本土性的問題，它是整個人類生活該何去何從的問題。

　　在現代化視野中，中國傳統文化被描述為一個靜態的、沒有生命力的，甚至是虛弱、怪異、荒誕的一個低級文化模式，它裡面的人際關係是多麼複雜可笑，人們的觀念道德迷信低下，禮儀習俗更是落後。在科學、民主的涵蓋下，中國傳統文化是一個腐朽、脆弱又充滿著病態美感的文化，這在清末民初很多外國人關於中國生活的描述中都可以找到。更重要的是，它也漸漸為我們所接受、認同並在此基礎上，以全然「革命」的方式進行新的國家建設。中國古老文明的創造力，中國鄉村和傳統文明所具有的容納力和包容性，它對美的感受，它的寬闊，因為與政治、與天地之間複雜混合而產生的思想、哲學觀和世界觀都被拋棄掉了。

講評

◎袁勇麟[*]

〈「鄉土中國」：起源、生成與形態〉一文把「鄉土中國」的起源放置到「世界史」的格局中進行考察，以「普遍世界」的背景和視野來觀照「鄉土中國」，表明作者具有較爲開闊的學術視野。同時作者具有較強的問題意識，〈「鄉土中國」：起源、生成與形態〉這一選題在當下的中國大陸具有比較重要的學術價值和社會意義。作者還具有比較深廣的理論基礎，旁徵博引，理論性強，並能從正反兩面進行辯證思考問題，具有比較濃厚的思辨色彩——但有時過度引用反而可能遮蔽了自己的思想觀點。

中國的近代化意味著自願走向發源於歐洲的「世界秩序」或者「世界史」，「自願走向『世界史』也便是將自己編入到歐洲普遍主義的『文明』歷史當中。」作者從這一視角來分析中國的近代史和現代性追求的起源還是比較有意義的，作者由此推論出：從本源上講，20 世紀初，中國知識分子是在接受這一「世界史」的過程中開始了對本國現代性的思考，也就是說，這一現代性思考是在「資本主義世界秩序」的視野中思考中國的形象。「鄉土中國」正是在此視野下誕生的，然而，關於「鄉土中國」在此視野下是如何誕生的？在本文中似乎是不言自明的，作者只做原因分析，並沒有做出進一步的闡釋；而關於它的「生成」過程，以及「鄉土中國」呈現出怎樣的形態？似乎被忽略了或者說被轉移／替換了。

在論文第一部分中沒有見到關於「鄉土中國」「生成」過程的闡述，而是轉入了從「世界史」視野對中國各個層面頗有成效的修改以及所遭遇的抵抗的辯證分析，並以現代革命史爲例，試圖說明這一「接受／抵抗」雙重視野所產生的西方/本土混雜觀念的巨大影響力，不過作者的論述不夠明晰。在論文的第二部分中作者主要從兩個方面論及「中國形象」的接受問題。一是西

[*] 福建師範大學教授、文學院博士生導師、協和學院院長。

方學者對中國形象的「他者性」認知，另一方面則是中國知識分子在「世界史」的視野下，接受了中國文化和政治的「異質性」認知，並以此來評價、判斷中國文化的優劣。而論文的第三個部分，則是關於對「鄉土中心主義」的反思，否定那種把「鄉土中國」作爲一個「不變的抽象物」來思考錯誤觀念。因此，從論文的結構來看，論題與正文關係邏輯的關聯性方面沒有扣得那麼緊密，論證中也有一些細節還不夠嚴密。

70 後詩人廖偉棠浪遊書寫中波西米亞

東亞的錯置拓蹼：兼論姜濤、高曉濤相關詩作

◎解昆樺[*]

摘　要

　　這是一篇關於移動的論述，關於詩學，而不是交通學。但某種程度上，他確實是關於交通建設的，關於廖偉棠等 70 後詩人如何建築其漫漫詩句，轉以變奏、賦格手法，使飽富移動感的意象得以在其中隨主體流逝。以此浪遊主體的本身，對霸權中心進行一系列的隱喻、諷刺。

　　文章中，我們將要梳理的不只是疏離，而是詩人如何在易容與化名中貪執波西米亞人的面容進行移動，使波西米亞人浪遊鳴唱以及相關主體意象成爲文本魅力的基礎。此外，於文本中錯置林立櫛比鱗次的異國與中國圖景，並在拓蹼東亞化波西米亞的書寫中，掩護安那其與伊甸園的心思與知識，析離出國家烏托邦內在的暴力性。

　　關鍵詞：波西米亞、拓蹼、化名、錯置、變奏、安那其、伊甸園

---

* 中興大學中文系助理教授。

　　我獨自去練習我奇異的劍術，

　　向四面八方嗅尋偶然的韻律

　　　　　　——波特萊爾《惡之華・太陽》

一、內在的奧德賽／波西米亞

　　特洛依木馬被內在裏藏的刀兵解構，正式開啓了《奧德賽》十年漂流。在神祇他者妒恨中，奧德修斯明明知道歸航方向，卻總與記憶失聯，以罹難者的姿態漫遊地中海。奧德修斯海上漂流，歷險十年終而能返家。英雄歷劫歸來，無非隱喻主體真正的根著之地，是如何需要漂泊確證。生命中種種莫名，或者無以名狀的人性考驗，使得盲眼荷馬得以揉捏語言成就十年史詩，鋪陳奧德賽的旅程種種。

　　《奧德賽》在「漂流—釘根」所形就的迴返（盪）感，既開展一世界觀的奇想，也是一主體精神價值觀的鑄造，荷馬未嘗不就此回答了「我是誰？」這哲學提問，也更啓動了「我該往何處去？」的問題。

　　「我該往何處去？」中國先秦的詩人屈原也透過經典的〈漁父辭〉問過。而奧德賽那浪遊質感在屈原〈九歌〉、〈九章〉中看到類似的影子，其類似質感，不只在於其所混雜與眾神異端的言談對應，更在於自我行蹤隨時空間的不斷推展中潛在越益焦灼的歸家／國意識。

　　從那神話時代回看當代中國，那浪遊主題的書寫，於大陸 70 後詩人[1]詩作中亦可普遍得見。不過，若比對大陸與台灣的 70 後詩人則可以發現，台灣 70 後詩人顯然並沒有廣泛處理浪遊主題的現象。大陸 70 後詩人筆下所呈現莫名的遊蕩感，比較能在台灣前行代軍旅詩人以及戰後第一世代詩人中看見。

　　可以說，台灣前行代軍旅詩人超越政治現實困境，是透過放逐感強烈的浪遊書寫，以隱喻言說心中空闊的家園圖景。而台灣戰後第一世代詩人則是從前行代軍旅詩人文本以及由此積累出的現代詩傳統中，找不到自身的台灣鄉土經驗，於是以其現代／實台灣真實的移動生活經驗作爲與前行代詩人相別的個性化主題進行探掘，並轉／深化出爲對台灣後殖民／現代的歷史社會

---

[1]　指大陸於 1970-1979 年出生之詩人。

書寫。

　　整體看來，筆者以為大陸 70 後詩人那浪遊書寫，較接近的是台灣戰後第一世代詩人的精神情緒，一種由自身土地的陌生體驗發展出來的一系列書寫，藉以辯證主體與世界的關係。為什麼會存在這樣的接近呢？筆者以為兩者在歷史與社會場域上，面對較為類似的現代化進程以及連帶的城鄉移動課題。奚密於《現當代詩文錄》中即指出：

　　　　我們目睹大陸正在經濟結構與社會價值觀方面的轉變。私營企業加深了
　　　　社會的貧富懸殊，更促成了物質化與商業化的加劇。大學紛紛成立工廠
　　　　公司以謀利，不少教授放棄研究而「下海」從商以改善個人經濟狀況。
　　　　大部分實驗詩人雖有一份公職，但若沒有兼職，他們的收入均偏低，處
　　　　於經濟金字塔的中下層。少數詩人如黑大春（1960-）者，在沒有工作的
　　　　同時過著一種波西米亞式的生活。[2]

　　奚密從大陸「本土」的歷史社會場域進行探索，指出大陸走向「市場化國家資本主義」路線時，經濟提升了，社會價值觀卻陷落了。這使得在書寫上不媚合具可消費性作品（如柔情、偵探等）的年輕前衛詩人備受衝擊，事實上，前衛運動極少能與資本主義體制和諧共存，市場經濟不只使得年輕的詩人成為非主流的詩人，更成為經濟上的弱勢群體。藝術上的先鋒，在這個政經社會場域中，意謂著在經濟體系中的邊緣者、無產者。霍俊明《尷尬的一代─中國 70 後先鋒詩歌》則另外點出：

　　　　廣場，成為 70 後一代人尷尬的出生地；異鄉，成為 70 後一代人尷尬的
　　　　外省意識和漂泊宿命。這一代人在廣場上面對集體主義和理想情懷在默
　　　　默地發呆和失語，在異鄉面對生存和現實的旋轉木馬而暈眩、致幻。[3]

　　　　出生於 1970 至 1976 年間的詩人較之 1977 年後出生的詩人顯然要更為

---

[2] 奚密，《現當代詩文錄》（台北：聯合文學，1998.11），頁 240。
[3] 霍俊明，《尷尬的一代─中國 70 後先鋒詩歌》（桂林：廣西師範大學出版社，2009.7），頁 47。

複雜也更為沉重。這主要是因為「文革」後其社會的、政治的、文學的、教育等強大的帶有宏大的集體主義色彩的影響甚至負面傷害……[4]

如果說詩人天職是「還鄉」，那麼，這種天職和責任在中國 70 後詩人身上已經成了一種典型的無藥可治的頑疾。……城市和異鄉讓他們的靈魂在中國 20 世紀末和 21 世紀出的大地上，成了遊魂。[5]

在大陸現代詩研究領域中，霍俊明是首次以專書形式對大陸 70 後詩人進行研究者。筆者以為霍俊明最大的學術貢獻便在於清楚地理出大陸 70 後詩人「廣場／異鄉」的精神核心結構。這一方面呈顯出大陸 70 後詩人在成長過程中，所面臨的城鄉遷移課題，這大陸城市如何在經濟開放展開另一波現代化，而於他們青春時代強烈開展磁吸效應，使他們聚集於城市廣場。這樣的城鄉移動促成的主體漂泊，並藉以反省現代性的書寫，與西方現代主義書寫背景類似，也具體地印證筆者前述對「台灣戰後第一世代詩人／大陸 70 後詩人」的比較觀察。

兩岸間「不同世代」間相同主題的書寫，固然反應「現代性時差」課題，但筆者以為，更重要的可能還在彼此所各自擦撞出「鄉土書寫」，本身透顯的西方現代主義在東亞轉譯過程如何為東亞在地政治話語介入、壓抑，而為在地詩人以詩辯證的現象。

如果說，台灣戰後第一世代詩人是在釣魚台事變、退出聯合國、鄉土文學論戰中，啓動他們真正與前行代詩人相別那具個性化的鄉土書寫。那麼，大陸 70 後詩人便是與仍如幽靈般微薄盤旋的文革記憶對抗。霍俊明為我們畫出了一個世代內部的分隔線，1976 年（含）以前出生的大陸 70 後詩人文革記憶仍在他們書寫中漫佈細細傷痕，但 1977 年後出生者則已逐漸淡薄。因此，在某一種程度上 1977 年後出生的詩人可能更需要一個歷程去解釋流動的自己。

---

[4] 霍俊明，《尷尬的一代—中國 70 後先鋒詩歌》（桂林：廣西師範大學出版社，2009.7），頁 51。
[5] 霍俊明，《尷尬的一代—中國 70 後先鋒詩歌》（桂林：廣西師範大學出版社，2009.7），頁 85-86。

　　城鄉移動的核心不在於身體何在，而在於主體認同。並非雙腳踏在土地上，主體就能停止漂泊。這世界上最殘酷的漂泊，並不是主體如何被拋置遠／他方，而是找不到精神認同的主體即使在家鄉生活，依舊如異鄉人那般走過。誠如 1952 年拉岡（Jacques Lacan，1901-1981）「羅馬報告」[6]中所指出「人只能死兩次」，筆者以爲，主體之死如是，主體之生亦然。主體要用語言活過、走過自己受傷的土地，重頭以一己之力表達其上的生活種種，主體與土地間的陌生感才得以低減。

　　隨論述推展，問題已漸漸聚焦於靈魂的原鄉與漂泊，但筆者並不想就藉此夾攜一系列朱天文（心）老靈魂的論述。這不只是在規避一種已呈套式的論述策略，還在於彼此間所存在空間、世代的差異。特別是，詩人以筆自我刀剖，在文本中兵鬥意象，終究有特屬於現代詩文體的語言思考在。

　　就文體形式來說，大陸 70 後詩人主要以長詩格局完成其浪遊書寫。漫長詩行是因爲詩人有話要說，其所成就的大型文本形式，本身就是詩人內在析釐自我漂泊主體之意識歷程的象徵。詩行有策略的增腫，意謂主體如何對蒙昧自我進行凝視（gaze）。大陸 70 後詩人這份釐清、聚焦自我的長行詩作，本身就存在一個抵抗國族／官方大敘事的潛能。

　　在大陸 70 後詩人的浪遊書寫中，廖偉棠更聚焦出一波西米亞書寫。廖偉棠筆下的波西米亞人遊蹤異國，其所鋪衍的形／景象，所造就的又何嘗不是一《奧德賽》的漂泊浪遊？至於相對一般大陸 70 後詩人浪遊書寫的長詩形式，則爲廖偉棠則更有意識地使用現代樂章歌謠予以風格化。因此，廖偉棠浪遊書寫中的「行吟的波西米亞」既隱喻其主體精神，復又呈顯其文體形式。

　　然而在大陸 70 後詩人研究中最具開創意義的霍俊明《尷尬的一代—中國 70 後先鋒詩歌》卻僅以點名、附錄的方式帶到廖偉棠，事實上其論述主要是大陸本地，香港部分幾乎付之闕如。因此本文從大陸本土邊側的香港半島作爲觀察大陸 70 後詩人浪遊書寫的起點，發散廖偉棠筆下的波西米亞的浪遊，藉以呈現大陸 70 後詩人浪遊書寫更細膩的層次。從中也可以發現到，大陸 70 後詩人的精神浪遊並非僅在接續文革一代人，一代人可能只是他們精神據點之一，在其前還有一漫長的精神系譜必須勾勒、辯證。是以，本文本身可

---

[6] 爲在羅馬所舉行的國際精神分析學研討會上，發表論文〈精神分析學中語言與言語的作用與領域〉簡稱。

視爲霍俊明《尷尬的一代—中國 70 後先鋒詩歌》一個辯證性的補注／充，以提供未來相關研究者啓動續寫大陸 70 後詩人的論述工程。

二、化名的密謀者：錯置「波西米亞」的書寫意識及其精神傳統

詩人是爲萬物命名的人，但如今，在大陸 70 後詩人的詩書寫中，他們只希望能藉其命名的權力，解譯一己之身莫名得之的疑難。

拉岡（Jacques Lacan，1901-1981）曾指出：「潛意識的結構如同語言。」這個譬喻格論述，連帶意謂著語言文本所具備回現潛意識結構的作用。筆者以爲，在詩人文本中一再重現的波西米亞人，本身就在提供我們一個曖昧標的，成爲我們理解作品的方向，同時也是探掘文本意識與潛意識深度的核心。

閱讀 70 後詩人廖偉棠詩作，其文本主體化名爲各種形色的波西米亞人，並隨其詩行不斷行動。顯然對於自身大陸 70 後詩人無以名狀的精神困境，他自己選擇轉從化名入手，以爲之緩緩具像。

廖偉棠所成就的詩文本，其字面如同海平面。當我們穿過他意象節奏的海浪，以視覺穿透那重重疊疊的深海，意欲窺其書寫意識時，波西米亞人如同一片闃黑深海中默默明亮的發光魷。滿身密佈大型發光器讓它吐納光芒，卻又藉此隱身於自己所創造的朦朧背景中。

在反覆的化名以及所連動的場景變化調度，真正的主體被包裹在一片波西米亞的霧光中，我們該如何析理這光譜？廖偉棠的代表作〈波西米亞人歌謠〉顯然可以做爲我們初始的論述據點。

廖偉棠〈波西米亞人歌謠〉爲一系列詩作，以四季作爲分組概念，但其詩題後又各自標年，例如：春天篇（1969）、夏天篇（1910）、秋天篇（1928）、冬天篇（1940）。括號清楚具體的紀年，本身就是對原本看似存在四季轉換邏輯的文本結構，進行一個攪亂、反時（秩）序的時間編排。[7]〈波西米亞人歌謠〉文本內複雜、錯綜的時差，引我們將詩作推放入空間場域進行閱讀，藉以將不同季節篇章的時差，換算、轉譯出一共同時代感。這樣的閱讀方式，使我們發現〈波西米亞人歌謠〉的四季篇章都意在標註特定的時代事件，例如在〈波西米亞人歌謠・春天篇（1969）〉中廖偉棠這樣寫到：

---

[7] 從括號由此可見是在表面的四季順時性脈絡中，進行時代的錯置。

春天在破汽車的 61 號高速公路上，

春天在胡士托克小鳥的烏黑腳指丫，

啊，你鋒利的臉頰，你嘲笑著春天的眼睛！

在我的手風琴折頁裡，一個國家吱嘎吱嘎地響。

　　春天往往被視為生生不息的季節象徵，但在這首詩中則成為一種物質（件），而不是時間區段，所以詩人首先讓「破汽車」來承載春天。在高速公路上奔馳的破汽車，那不牢的車殼板金、吃力的老引擎似乎就讓自己成為一個以生產噪音為主題的音樂會，而乘客也必然存在著不適感。一定是有著怎樣的衝動意欲，使得主體願意乘坐其上。

　　此一物、景必然不是舒適的高雅、資產階級的符碼，連帶著被承載的春天，或者說以更具主體（導）的觀點來說，駕駛這破汽車的春天本身也非傳統文學所呈現地那般溫柔和煦。因此要細加析理詩中的春天意涵，顯然必須從其詩題中的（1969）與字句中的「胡士托克」所搭配指涉的「胡士托搖滾音樂節（Woodstock rock festival）」做為起點。

　　1969 年的 8 月 15 日到 17 日在美國紐約州鄉下小鎮 Bethel 舉辦的「胡士托搖滾音樂節」為美國近代最著名的戶外搖滾樂演唱會，2009 年著名電影導演李安也以此為題材拍攝電影《胡士托風波》。

　　胡士托搖滾音樂節克服短缺、惡劣的環境資源，吸引近 50 萬樂迷參與。除了音樂之外，音樂節身陷的大雨、泥濘、大麻、性解放的混雜情境，使這個音樂節呈現主體的狂歡／瘋狂。但更值得注意的是，胡士托搖滾音樂節固然有反中心文化的特質，但其和平落幕，更隱喻胡士托反叛者的自律性，這除呈現本身可能隱存的「我們辦得到的精神（a can-do spirit）」與冷靜特質，更說明他們反叛中心的舉止主要還是在體制內進行。事實上，奎尼匹克大學教授韓雷對於胡士托的研究指出「到了 1971 年，反文化革命就結束了，抗議活動沉寂下來，胡士托世代必須去找工作。」[8]但筆者以為，研究反叛文化的重點不在於其歸屬於體制內外，而在於反叛行動為體制投入怎樣的因子與影

---

[8] 引見《聯合報》（2009 年 8 月 16 日）。

響性。

在胡士托搖滾音樂節之前，搖滾、嬉皮音樂演奏與閱聽者之形象與品味是被定位爲「社會不適應者」，至此之後則被重新理解爲一股新興的政治、市場和社會力量。就社會來說，他們代表年輕世代正式進入社會場域發聲，提出他們的意見。就市場來說，胡士托的音樂形式使音樂產業發展與之對應的資本商品。就政治來說，是時美國仍在打越戰，胡士托也成爲反戰聲浪的匯聚點之一。但筆者以爲，本詩的「1969 年」又何嘗只爲胡士托搖滾音樂節所獨立定義？詩人卻又又何嘗不疊合著 1968 年巴黎五月學運的後續效應，以及 1969 年中共轉向第二階段的文化大革命？

詩人藉著胡士托搖滾音樂節隱括著班雅明《發達資本主義時代的抒情詩人：論波特萊爾》筆下波西米亞人的密謀形象，只是密謀者眾，音量甚洪，其數其聲恰襯顯出邊緣的遼闊。

特別是那一反密謀者竊竊私語的瑣碎聲響，胡士托式密謀者那鳴放的音量，顯然是詩作本身，或者說，書寫主體本身的快感來源。這些精神相似的邊緣個體的群聚其意欲，與其說他要建立一種文化的集體性，不如是要對自我那叛逆精神進行認同、肯定，透過聚集和聲的方式完成一種信任、認證。他們的共鳴所創造破壞僵固體制的時代噪音，乃是企圖藉此與正常語序、語法相別的非秩序（噪）音，反顯出秩序內在的霸權。在擾亂原本語言（聲音）秩序的同時一裂隙、空檔（間），使得新的論述得以介入常（國）民的話語閱聽體系之中。

但〈波西米亞人歌謠・春天篇（1969）〉的音質除了搖滾外，還混雜著一不容輕忽的嬉皮笑聲。據筆者與廖偉棠之通信，廖偉棠另外指出：「胡士托克小鳥是雙關語，既指涉 woodstock 音樂節，也指花生漫畫裡 snoopy 的好友小鳥 woodstock。」因爲史努比本身漫畫的屬性，使得胡士托克小鳥還爲本詩帶入了一幽默、謔笑的質地。不過，若再仔細追蹤，可以發現在史努比漫畫中胡士托克小鳥在角色設定上，是一「不會說話」、跟朋友「走散」的「候鳥」，並且又恰正在「1970 年代」才被加入該漫畫的角色。因此，胡士托克小鳥本身實爲一混雜幽默、沈默[9]、寂寞氣質，脫離群體秩序軌道的隱喻物件，使得

---

[9] 在此是指不會說一般人話。

〈波西米亞人歌謠‧春天篇（1969）〉更帶有一種對國家機器的笑謔顛覆性。
這份給國家的笑容在另一位 70 後詩人姜濤的〈畢業歌〉也可以發現：

> 春夏之交　一個國家在喜劇性地出汗
> 燕子集體排練回歸的合唱
> 政權的腳趾踢開了海水
> 萬人簽名　萬人歌會　萬人購房買車
> 一萬個亡魂在空調脫銷後熱得睡不安寧
> "而春夏之交的你卻可能經歷什麼？"
> 除了在鞋子一樣昏暗的教室裡寫作

　　在這首詩中，姜濤轉把狂歡的氣氛放置於國家群體的位置，只是其音樂
體式並非搖滾而是頌歌。作為燕子歸地，國家顯然是溫暖且飽富生生資源的
幸福地。這個對國家的絕對頌揚，反而為本詩帶來了一種諷刺的力道。詩中
固然呈現萬人簽名、歌會、購房買車的盛況，但在下一行「空調脫銷」似乎
暗示這盛況場景如同戲台般，是人為、編排而成的。因此過了時限只得散戲，
而萬人狂歡也轉成萬魂失眠。

　　詩中主體的叛逆性展現在對這家國狂歡場景的脫逃，拒絕上戲。在這由
群體而個體的文本動線中，個體轉至小空間（教室）進行寫作。教室本身就
是國家定義、訂製國民身／心體的重要場所。詩人巧妙地以鞋室隱喻昏暗教
室，連帶諷刺國家無所不在地對教室（育）空間的介入。更暗示個體如何逃
遁於公眾場域，如何渴望獨立塑建自我的精神建築，終然是徒勞無功的。這
群我間的對照諷刺關係，在 70 後詩人的寫作中時常出現，本身就說明了此為
70 後詩人理解自我與國家關係的模式。這種種政治群體的狂歡場景，非常清
晰地反襯出主（個）體困窘的寫作空間與其姿態。

　　廖偉棠詩中，演奏就是波西米亞人的寫作方式。〈波西米亞人歌謠‧春天
篇（1969）〉對於國家，詩人更透過波西米亞人的鳴唱，為主體創造了一個精
采的顛覆意象，那就是「在我的手風琴折頁裡，一個國家吱嘎吱嘎地響。」
如果國家就是中心文化的生產機制，透過我手風琴的重新演練、翻檢，竟在

其中發現結構的鏽蝕感。在由手風琴折頁所隱喻的邊緣者話語空間內，被演奏（陳述）的國家彷彿被反復地擠壓，而那吱嘎吱嘎的聲響，正暗示國家的骨骼結構如何地古舊、帶鏽。除了鏽蝕的國家，詩人還發現衰朽的時代。在〈波西米亞人歌謠・冬天篇（1940）〉中，詩人這樣寫到：

> 逃亡的火車這麼擁擠，
>
> 我倒不如留在我巴黎的小閣樓上寫詩，
>
> 冬天，灰色逼得太緊，我看不見哀歌的琴鍵；
>
> 風雪太迷濛，我找不到我的胡士托克小鳥。
>
> 睡吧，小鳥，大橋上的煤氣燈已經熄滅，
>
> 再見了我們的大時代，再見了，黃昏的時代。
>
> （中略）
>
> 天堂的唱詩班這麼擁擠，
>
> 我倒不如留在這個地球上最後的城市，
>
> 我躺在廢墟的黑雪中一動也不動，
>
> 等著一隊演奏著英雄交響曲的軍隊來把我殺死。
>
> 睡吧，小鳥，空襲警報已經響遍全城，
>
> 再見了我們的大時代，再見了，啞寂的時代。

在這首詩中，主體同樣在國家陰影中進行書寫，但不同的是，是一個法國被解構，另一個強勢國家德國侵入的關鍵時刻。詩人不只化名為波西米亞人，更將自己投置於時代門檻，體驗不同政治敘事話語間的轉折。值得注意的是，詩人細膩地將寫作主體置放在巴黎小閣樓上。

對比於樓下地面洶湧的逃難人潮，巴黎小閣樓這個位置因為其視點高度應當有其立體性。但是詩人似乎更致力於為這巴黎小閣樓添加隱蔽與阻絕的性能，使得置身於此的主體仿若囚禁天牢，身陷感官平面化的困境。仔細閱讀可以發現，閣樓的高度阻絕了地面上逃難潮的人聲鼎沸，但主體也不願參與樓上天堂同樣擁擠的唱詩班，「倒不如」這詞語呈現主體自反而縮的群／個體思量。因此，對孤懸於巴黎小閣樓的主體來說，在這政治中心話語版本轉

折之際，整座巴黎宛若暴風雨來臨前般地極其安靜，肅殺孤絕的氣氛透過多灰天色、霧燈熄滅而瀰漫。天色光源暗了下來，不只使得遙望遠方的視覺無法可能，甚至還使得詩人難窺房內琴鍵，而無法哀歌—寫作。

不能哀歌—寫作的主體，如同已無使得在時代現場的主體雖存而實歿，宛如那在〈波西米亞人歌謠‧春天篇（1969）〉即出現，而在此〈波西米亞人歌謠‧冬天篇（1940）〉卻已難覓其蹤的「胡士托克小鳥」。文本內的時代空間場景也成爲主體的延伸，而緩緩浸染他自身的憂傷，終而逼吐出一主體對大時代的深沈告別，以死亡的姿態將自己投身於英雄交響曲、空襲警報的交錯喧嘩下。因此，這首詩呈現了時代肅靜／時代噪音的繁複辯證。但此詩讓我們反省到噪音必然是與中心霸權話語一樣有著洪大的音量，才能完成抵抗？或者，噪音一定要發聲嗎？因爲，在混亂喧囂的時代動亂中，巴黎小閣樓上「我」這孤高主體的沈默，本身就是另一形式的時代噪音。

廖偉棠曾於〈準資本主義時期的吟遊詩人〉一文中曾指出：「這個時代的愚蠢及其堅忍，都需要重新發現，但詩人面對它卻紛紛抽身迴避，這時只好由最原初的詩人—吟唱歌手，挺身而出，以詩歌最早的功能—『群、興、怨』，來承受時代的變異。」[10]間接說明他詩中與逆叛、遊盪同義的波西米亞人，是如何以國家、時代爲主題單位鳴唱，巔覆中心霸權的話語秩序。不過，〈波西米亞人歌謠‧冬天篇（1940）〉更讓我們發現，這些對抗往往以城市作爲現場，甚至基地來推動詩語言的推展。然而，城市做爲一多層次的場所空間，詩人是如何有意識地在文本中進行運（擇）用、鋪展，以使其筆下的波西米亞人走唱其上，匯聚意象、成就主題。廖偉棠〈波西米亞人歌謠‧秋天篇（1928）〉正能提供我們一個理解的方向，在這首詩中，詩人這樣寫到：

> 彈著思鄉布魯斯，彈著無家可歸的波西米亞歌謠：
> 沉到了海底的木吉他你唱呀唱呀，
> 唱我每走一步，秋天就落下一片暗紅的樹葉——
> 我的心被自己踏碎了。木吉他，把弦再調緊！
> 喝著風，他一個人吃灰爐，他一個人吃灰爐。

---

[10] 顏峻、陳冠中、廖偉棠合著《波西米亞中國》（香港：香港牛津大學出版社，2004），頁95。

　　一般來說，初看此詩可能以爲詩人只是要表現感時悲秋的情懷。但若細看上引詩行的首尾兩行，則可以發現詩人透過「思鄉布魯斯」與「一個人吃灰燼」，釋放主體空間風格與潛存精神傳統。以下，筆者即對此首尾兩行進行分論。

　　詩中被彈奏的「思鄉布魯斯」，並不能只就字面上理解爲彈奏以思鄉爲歌名的「布魯斯」（Blues）音樂。據筆者實際寫信詢問廖偉棠，詩人表示這首歌乃是專指美國著名歌手 Bob Dylan 的名曲〈思鄉布魯斯〉（Subterranean Homesick Blues）。就此追蹤，可以發現〈思鄉布魯斯〉所擁有的藍調血統。

　　藍調音樂起於二十世紀初美國南部，主要爲貧苦黑人勞動時的短歌，亦混合教會的誦歌旋律。其呼應、吶喊、朗誦、合聲形式並無絕對定準，使得表演本身具有極大的彈性與自由度，表現其曲樂的主題敘事。而就其審美接受史看來，往往歌手的即興、創造性才是被肯定的重點。〈思鄉布魯斯〉在歌手 Bob Dylan 的唸唱中展現了其藍調調性。歌曲以街頭爲背景，不只在書寫無家可歸的人，更在呈現那街頭遊蕩的情境，因此唸唱的歌詞中間雜大量常民的暗語、行話，這有別於國語，確實呈現了一庶民社會階層自別中心秩序的密謀語感。由〈思鄉布魯斯〉歌詞回看本詩，我們才知道無家可歸的波西米亞人原來是在街頭遊盪。

　　科瑞斯威爾（Tim Cresswell）在《地方：記憶、想像與認同》曾指出：「無家可歸狀態似乎有其地方，那個地方就是城市。⋯⋯在型態學上，鄉村地方全然不提供遊民可能聚集而現形的那種空間。」[11] 當作者將現實中實際場所空間帶入文本，文本內在的秩序本身就很容易受場所空間的質性影響。在這首詩中，被隱藏於歌詞的庶民遊蕩的街頭一旦在詮釋中被釋放，其抵抗秩序的意涵也就清晰了起來。詩人援借歌詞中那混亂的時代，在在隱喻處身其中的尋鄉人，終然只能以流動街道爲安身立命之處，以遊盪、謳歌爲舉止。

　　當詩中的街頭成爲時代種種陰暗遺物與異鄉人的聚集地與棲所時，詩人還透過時間修辭鋪陳秋季，爲其增添凋零的落葉。暗紅落葉如血污的心，暗示我心體的凋落。「踏碎」此一動詞創造了複合感官的意象。一方面是就視覺

---

[11] 科瑞斯威爾（Tim Cresswell）著，王志弘、徐苔玲譯，《地方：記憶、想像與認同》（台北：群學出版有限公司），頁 182。

上形容葉碎如粉屑，另一方面是就聽覺上添加音效，形容落葉爲碎，那宛如玻璃脆裂碎破的窸窣聲響。

　　在視聽覺的多重書寫，固然爲文本形就出豐富的感官表情，呈現精神體的解構。班雅明（Walter Benjamin）《發達資本主義時代的抒情詩人：論波特萊爾》：「一個拾荒者不會是波希米亞人的一部分，但屬於波希米亞人的每一個人，從文學家到職業密謀家，都可以在拾荒者身上看到自己的影子。他們都或多或少處在一種反抗社會的低賤地位，或多或少過著一種朝不保夕的生活。」[12]凋零的落葉本身就是時間的零餘物，當主體的心體與之互涉隱喻時，自然暗示了主體心體本身同是時間／代，或者由中心霸權者所主導歷史敘事機制的棄物餘詞。但這凋零到零餘的意義動線中，筆者以爲，真正刺逼著讀者發顯出意義質感的，還在於這落葉乃是「我」自己所踏碎。

　　無論是主體所寓居充滿棄與拾荒感的空間現場，還是主體對自我的碎心解構，在在都顯示詩人筆下波西米亞人的浪遊，並非一英雄的旅程，並沒有歷劫歸來的超越性暗示。可以說，波西米亞人的浪遊更複雜地是一種解構、重省「國家－自我」的精神歷程，惟有走過這重重幽暗心徑，主體才能發現自身的索求。

　　在街頭漂泊、拾荒的波西米亞人身如槁木，碎心如死灰。而那吃灰之舉，強烈地遙與魯迅的散文詩《野草・求乞者》相呼應。魯迅《野草・求乞者》這樣寫到：

> 　　我順著剝落的高牆走路，踏著松的灰土。另外有幾個人，各自走路。微風起來，露在牆頭的高樹的枝條帶著還未乾枯的葉子在我頭上搖動。
> 　　微風起來，四面都是灰土。
> 　　一個孩子向我求乞，也穿著夾衣，也不見得悲戚，近于兒戲；我煩膩他這追著哀呼。
> 　　我走路。另外有幾個人各自走路。微風起來，四面都是灰土。
> 　　一個孩子向我求乞，也穿著夾衣，也不見得悲戚，但是啞的，攤開手，裝著手勢。

---

[12] 班雅明（Walter Benjamin）著，張旭東、魏文生譯，《發達資本主義時代的抒情詩人：論波特萊爾》（台北：臉譜出版社），頁76。

　　我就憎惡他這手勢。而且，他或者並不啞，這不過是一種求乞的法子。

　　我不佈施，我無佈施心，我但居佈施者之上，給與煩膩，疑心，憎惡。

　　我順著倒敗的泥牆走路，斷磚疊在牆缺口，牆裡面沒有什麼。微風起來，送秋寒穿透我的夾衣；四面都是灰土。

　　我想著我將用什麼方法求乞：發聲，用怎樣聲調？裝啞，用怎樣手勢？……

　　另外有幾個人各自走路。

　　我將得不到佈施，得不到佈施心；我將得到自居於佈施之上者的煩膩，疑心，憎惡。

　　我將用無所為和沉默求乞！……

　　我至少將得到虛無。

　　微風起來，四面都是灰土。另外有幾個人各自走路。

　　灰土，灰土，……

　　……

　　灰土……

　　　　　　——1924.09.24

　　這首散文詩一開始是主體的在牆邊的獨行開始，其間他拒絕了孩子的假意乞討，最後終而為在詩作中不斷重現的「四面都是灰土」所掩蓋。詩中主體反群體、反救贖的舉止，著實有別於一般五四以來國族敘事的主體行動，也與魯迅過往作品有別。魯迅過往《吶喊》、《徬徨》主要都是透過諷刺修辭，逼使讀者完成對正向國民性的思索。但魯迅的散文詩集《野草》比起小說《吶喊》、《徬徨》，非常明確以「棄世」做為思考對象。顯然，《野草》並不只在延續《徬徨》無解、沒有方向的感受，書寫主體本身更陷入了厭棄、解構自我與他者的焦灼情緒。

　　魯迅《野草》序即言：「我自愛我的野草，但我憎惡這以野草作裝飾的地面。地火在地下運行，奔突；熔岩一旦噴出，將燒盡一切野草，以及喬木，

於是並且無可朽腐。但我坦然，欣然。我將大笑，我將歌唱。」主體陷入瘋狂的情緒，就文本質感上，可以很明顯感受到主體強烈的失落感與挫敗感，而這樣的情緒來自於他的懷疑。在這首散文詩中，他質疑的不只是由剝落高牆所隱喻的國家，還包括了他在《狂人日記》中所寄寓希望的孩子。某一種程度上，晚清五四以來由梁啓超〈少年中國說〉將少年比喻中國，乃至於魯迅〈狂人日記〉將嬰兒比喻希望的「身體—家國」換喻策略，終然因為政治現實的不堪，已經無法繼續推展下去。

昔日的方法，或者寄託家國理想的少兒對象，成為精神頓錯者魯迅的質疑對象。魯迅對「少兒—新中國」的辯證，突顯出他內在深沈頓錯的陰暗面，這也是魯迅所以為魯迅，以及所以能如此反顯真實（正）時代情緒之處。儒家那種個人而家國、任重道遠、淑世天下的主體世界觀，在〈求乞者〉中被轉換成一種各自零星的個體行動，而主體我的行動就是一種厭世的離棄。

而更重要的，可能還在於「灰」的隱喻。在文本中反覆重現，乃至於在文本末透過刪節號「……」與交錯方式，製造恍惚、呢喃、緩緩陷落音感的「灰」，具有兩種含意：第一，灰代表物質燃燒殆盡後的餘物，這灰自然是與前引《野草》序言那地火相呼應，也是對零餘者的最直接的隱喻。第二，灰是一種對視覺的遮蔽，使得事物世界失去真實感　（reality），亦使灰中獨行的主體本身無法辨別。在文本中由作者魯迅漫佈的灰，本身代表不只是零餘者對世界的漠視，而是無能，或者不願觀看。

廖偉棠〈波西米亞人歌謠・秋天篇（1928）〉中遺棄拾荒的主體心灰意冷之不足，更使其吃灰。詩中的街頭、行走、灰，都在無意識間從上一世代詩人北島顧城的一代人，向上對魯迅的零餘者進行無意識的追蹤。對大陸 70 後詩人來說，一代人確實普遍是他們的精神據點，例如高曉濤〈一隻蒼蠅的兩隻內在腳【上】〉便這樣寫到：

平平白白的一代人

被無辜倒空

被紙幣擊倒，嗡著腦子

黃金在天上飛

　　這首詩說被倒空的一代人如何成為一種空殼，而成為半空中嗡嗡鳴叫的蒼蠅。除暗示一代人沒有理想之外，更暗示已被資本主義的金錢利益所取代。不過在這一代人與蒼蠅間的異化與互喻中，讓我們不禁想到其與魯迅之弟周作人名作〈蒼蠅〉可能的追蹤關係。

　　周作人〈蒼蠅〉一文轉引小林一茶俳句：「不要打哪，蒼蠅搓他的手，搓他的腳呢。」將小林一茶原本的憐憫意涵予以轉化，以此暗示中國人彼時國民性的課題。周作人與散文〈蒼蠅〉同名的詩作〈蒼蠅〉，反倒沒有散文含蓄，直接寫到：「大小一切的蒼蠅們，／美和生命的破壞者，／中國人的好朋友的蒼蠅們呵！／我詛咒你的全滅⋯⋯。」，更直接表達了周作人寫作蒼蠅內心的真實想法，批判專營個體專營蠅利的中國人，所製造時代的巨大陷落。

　　筆者以為，我們不只要注意高曉濤〈一隻蒼蠅的兩隻內在腳【上】〉對周作人〈蒼蠅〉可能的追蹤隱喻，更要注意他如何透過主體的「倒空」予以「強化」。倒空本身就是一種懸空的狀態，就人來說，倒空並非正常的人體物理站立狀況。諾伯舒茲（Christian Norberg-Schulz）《場所精神》曾寫到：「所有的文化都發展了自己的『方位系統』，也就是『能達到好的環境意象的空間結構』。⋯⋯如果這種系統很不明顯，意象的塑造將變得非常的困難，因而使人感覺了『失落』。失落感的恐懼是來自動態的有機體想要在環境中確定方向的需求。」[13]詩人並非憑空製造主體懸空無依的現象，特別還是懸空「倒立」的狀況。這種被迫反常的狀態，並非一流動的概念，也突顯出主體為他者，或者說強勢、權力他者所揪提倒身的尷尬位置。

　　高曉濤〈一隻蒼蠅的兩隻內在腳【上】〉這種在書寫上，由追蹤而強化的反折現象，也在廖偉棠〈波西米亞人歌謠・秋天篇（1928）〉「他一個人吃灰燼」之舉中出現。這主體嚼食灰燼的動作比自我碎葉／心存在著另一種思考，除了形容主體潦倒貧賤的形象外，還呈現了主體本身對灰燼的精神意欲。他物是物質，也是符號。主體咀嚼他物（符號），本身就是將他者進行一內化性的占有，並完成了一個對所指的替代性滿足，並在消解（化）過程，將之同質化，帶入自己的符號體系。咀嚼灰燼此一能指符號，讓詩人筆下的波西米

---

[13] 諾伯舒茲（Christian Norberg-Schulz）[著]、施植明[譯]：《場所精神》（台北市：田園城市，1995），頁19-20。

亞人以內化的方式，回到了百年來時代歷史中知識份子零餘感與無立體感的課題。

　　事實上，當大陸 70 後詩人向五四零餘者傳統靠攏，又進行反饋己身進行另一層次的強化時，就表示，他們已非一代人那英雄受難情緒所能規限，他們終究有屬於自己的時代要辯證。

三、安那琪的東亞伊甸園：「波西米亞─東亞」的空間拓蹼意欲

　　由〈波西米亞人歌謠・春天篇（1969）〉而〈波西米亞人歌謠・冬天篇（1940）〉，詩人廖偉棠在文本將主體化名波西米亞人於讀者的目光中四處走動，文本如歷史現場的地圖，當其中時代、街頭位置被一一辨識出來時，主體的反霸權中心的位置也被清楚地被標誌出來。我們才發現，詩人筆下波西米亞人的「史蹟」，往往正是反叛文化重要時代事件發生的時刻。

　　詩人用內心的眼睛鋪陳文本，依其意圖、索求決定了波西米亞人與城市街頭地景間的主題供需關係，並且進行系列變奏，重新擇選詞彙、意象，組織出一風格化的意義系統。薩伊德（Edward W. Said）在〈論重複〉曾指出：

　　重複不論是明智的開端，是再現，是重構古代的人事物，重複都是一種經濟原則，使事實能具有歷史的真實性以及存在意義上的實在。……按這個（音樂反復）技巧，裝飾的變奏旋律全都來自於根本動機，藉根本動機維繫在一起。即使節奏、調性、和聲都變化多端，根本動機從頭至尾一再復現，就好像是在展示耐力和不斷發揮的能力。[14]

　　詩人反覆的變奏，是詩人才力的展現，但我們並不能把焦點僅放在贊嘆文本之繁上，而應關注其準。詩人開闢種種意象的流浪路徑，如何能準確地完成一個意義核心的指涉？這決定於其變奏的根本動機─波西米亞人。也可以說，是對於波西米亞人那不惜一世浪遊以反叛霸權中心的認同與意欲，使得進行一系列的變化／奏。重複流浪與不斷書寫彼此成為詩人潛意識的一部份，在不斷／重複中得到一種快慰與幸福感，這是一複雜的認同。

　　儘管〈波西米亞人歌謠〉系列作中，波西米亞人在詩人的化名、變奏而不斷內化，但超脫於文本之外，我們終究還是能準確辨識出「作者」廖偉棠

---

[14] 愛德華・薩依德（Edward W. Said）著，薛絢譯：《世界，文本，批評者》（台北：立緒，2009），頁 179。

的東方中國身份。就東方主義的概念看來，東方作者與其西方作品間，彷彿是另一種「黑皮膚白面具」關係。〈波西米亞人歌謠〉系列作中「臉／身」、「作者／文本」的錯置感，在廖偉棠的其他詩作中也存在著，例如廖偉棠〈少年遊〉這樣寫到：

> 跌進一朵仍然為你盛放的罌粟花中，
> 不管她的名字，是好是惡。在巴黎，你窮愁潦倒
> 但你不是那寫下惡之花的人；在北非，
> 你心醉神迷，但你也不是那走過地獄一季的人；
> 在合肥，你不是姜白石；你更不是揚州路，杜牧之。
> （中略）
> 我替你收藏你的翅翼，我替你燒毀。[15]

而廖偉棠〈餓鄉紀程〉也如此寫到：

> 當然不是莫斯科，葉賽寧在梁贊迎接我，
> 他又迷了路。大鬍子和冷政委留在北京過冬，
> 雪球把我深深擁抱。從此，酒精拯救了宇宙，
> 從此，我不是北太平莊的曼德爾斯塔姆。
>
> 我也嘗試成為下一個世紀的瞿秋白，嚴肅起來！
> 我寒冷、搖擺。刷白著臉，穿過黑麵包
> 和紅酒，碎葉在我的籍貫湧現：秋天多麼遙遠！
> 後來我忠於共產信仰，在芥末坊溫暖了小尹和老崔。

　　相對於廖偉棠〈波西米亞人歌謠〉系列詩作以組詩規格完成變奏錯置，〈少年遊〉、〈惡鄉紀程〉直接就在一首詩中進行變奏，錯／並置各時空都城人物的巴黎、北非、合肥、揚州、梁贊[16]、北京、北太平莊。除了地方錯置（anachorism）

---

[15] 廖偉棠，《波西米亞行路謠‧少年遊》（台北：聯合文學出版社有限公司，2004.03）頁41。

[16] 俄語 Рязань 的中文音譯，西元 1236—1241 年蒙古汗國拔都西征時攻擊俄羅斯的第一個地方。

外還包括人物，如：姜白石、杜牧之、葉賽寧[17]、大鬍子、冷政委、曼德爾斯塔姆[18]、瞿秋白。筆者以爲，變奏本身近似折扇開展的過程，每一首詩是一片折頁。隨著變奏的進行，扇頁也逐次展其頁、寬其幅。隨著廖偉棠對波西米亞人的變奏，其文本內的地景也逐由西方向東亞延伸。檢視上引二詩，其錯置的物件除了歐、非外，還有東亞中國。也因爲這樣的錯置，我們發現書寫對象的時區性、地區性，已不是閱讀的重點所在。這裡頭的跨國錯置中，與西方交錯疊合之中國化地景，展現了詩人對東亞中國的拓蹼（topology）意欲。

何謂拓蹼？在意義符號系統中，所指與能指構成的意義指涉關係，本身就是真實世界裡面的物體、事情、或是事情間關係的對應。拓蹼乃是在不破壞所指與能指的符號結構下，將其進行扭曲擴張壓縮，形成另一型態結構，但此前後結構型態不同，但具等價關係。可以說，拓蹼本身就是在探討一結構轉換的關係。打個譬喻，就如同以一塊黏土塑成 A 形狀後，在不分割這塊黏土的前提下，透過延展、壓縮等手段，將之改捏成 B 形狀。就拓蹼觀點來看，A、B 黏土的意義價值是等同的。

通看廖偉棠詩作可以發現他的詩絮根在不同世界間的模糊界線上，平行的街道，中間是河道，順著詩行，視覺印象的殘留與記憶，波西米亞交互疊映。上面是以疊映爲概念的觀察，但拓蹼比疊映有更進一步的陳述。拓蹼並不在於混淆，而在發現他們異形但同質的意義等價關係。

就理性科學家角度看來，文本的拓蹼現象代表作者具有感官辨識障礙。但就文學與詩學研究上，文本的拓蹼現象暗示作者已發現物／世的核心構成概念，並將之風格化。因此當我們閱讀到廖偉棠的錯置物件已涉入東亞中國物件時，我們要關注的，便已不在於他變奏、疊映，而是在拓蹼、重塑的連續作業中，其內在所聚焦的能指所指的意義結構。具體來說，波西米亞的東亞書寫，其根本的動機顯然已不能以波西米亞作爲唯一的答案。廖偉棠在《衣錦夜行》中曾言：

所以當一九九六年我第一次去北京時我就被鎮住了……中國原來有這

---

[17] 俄羅斯抒情詩人。
[18] 俄羅斯白銀時代的天才詩人。

麼瘋狂灑脫的地方，而且弔詭的就在其偏偏又是歷史和政治的核心，我
新認識的每個人都似乎在過著這樣一種生活：我原來只在《巴黎，一場
流動的盛宴》、《流放者的歸來》、《伊甸園之門》的文字中想像過的生活，
詩歌、搖滾、醉酒、愛情與決鬥，幾乎天天都在發生著。

　　他並非在亂置，都有刻意選擇最關鍵的歷史場景，使之現場化。人才是
詩的目的，在不同的波西米亞化名中，要引發的不是讀者的偵探密謀的好奇
心，循其字跡，判其行蹤。而在於把自身投置在每個時代轉變的關鍵時刻，
發展屬於自己的應對並建築自我的願景。現在，歸來的波西米亞人終於也用
那種方式活在自己的中國裡。

　　就如同廖偉棠〈波西米亞人歌謠〉中的波西米亞人並非在西方城市中心
的宏觀建築，去發展他們對國家的行吟歌藝。在拓蹼版本的〈查理穿過廟街—
或：我們是不是的士司機〉、〈尙小木在東五招待所的早晨—或：安得長睡終
日消此永困〉、〈阿高在街上彈吉他，在 BAND 房睡覺—或：做人要作這樣的
人〉、〈西蒙在廣州，沒有方向但是堅定—或：人類不是追求水果的動物〉很
明確是在中國城市或其邊緣走動。儘管仍偶有錯置之感，但不那麼強烈，比
較呈現一種東亞質調，乃至於對文革的紅色隱喻。由波西米亞人轉換爲中國
流浪者的主體在中國城市街頭遊走，其所顯現的生活氣氛，著實有魯迅街景
書寫的氣息，隱喻著開發中的現代國家，其啓蒙論述、傳統風俗，乃至於國
家機器的權力體系在庶民生命生活中，彼此刀鬥碰撞的狀況。

　　這在東亞中國中拓蹼出的街頭空間質感與主體漫遊動線，讓我們更深入
發現西方與東亞間，在波西米亞人概念上的對應性，以及詩人在拓蹼中更爲
深刻的內涵。具體來說，與〈波西米亞歌謠〉系列變奏存在拓蹼關係的，便
是〈安那其先生的黑色歌謠〉系列變奏。這也明確地指出了安那其與波西米
亞人之間，那一體兩面的關係。

　　因此廖偉棠〈波西米亞人歌謠‧冬天篇（1940）〉中所寫到：「整個冬天
我在生病，／夢見胡士托克小鳥，去到了未來的某個地。」那帶反中心笑謔
意涵卻失其行蹤的胡士托克小鳥，隨著詩人的反覆書寫，其反國家政治機器
輪廓漸漸清楚。而廖偉棠也從春天的手風琴中國家老邁骨骼聲響，以及魯迅、

瞿秋白等,發散出一個解構國家的意圖。詩人終然從波西米亞人的潛意識中,拓蹼出一個安那其。對應著波西米亞人,安那其者何?廖偉棠〈安那其先生的黑色歌謠〉系列中的「3‧安那其先生的日常生活」這樣寫到:

> 我才找到了生活的無政府意義,
> 敲打著欄杆和燈柱高興地唱:
> 日出而作,日入而息,帝力于我何有哉?
> 直到監獄裡傳來回聲:
> 黑色啊黑色,我多麼愛你黑色
> 我只好過馬路時拼命違反交通規則
> 我只好上網吹牛冒充駭客。

這首詩明確的指出安那其就是無政府主義者,詩中也引用了《詩經‧擊壤歌》的「帝力于我何有哉?」,形成了一種東西方無政府論述的交互回聲。不過問題可能更在於詩中開始具體將叛逆態度,化為具體的反秩序行動。在「馬路」上「違反交通規則」,既是一種反群體的運動,也暗示可能連帶產生的事故災禍。馬路逆行之不足,則在「網路」上當駭客,破壞那鏡照於現實秩序虛擬而就的符號世界。由此,我們也能理解詩人為安那其先生的歌謠賦予黑色的色澤,這自然是要暗示歌謠中的行動都具有一種黑洞的效應。至於〈安那其先生的黑色歌謠〉系列中的「5‧安那其先生坐飛機以後」則寫到:

> 我在反世貿的遊行中揮舞黑旗,
> 竟然因此獲得了 WTO 的宣傳大獎。
> 黑色啊黑色,我多麼愛你黑色
> 我駕駛著戰機陷入了美金的漩渦
> 我只好借一朵大麻飛翔跳傘。
> 夾竹桃啊,罌粟花,接著有一整個森林
> 在我腦海上漂浮的花園裡瘋長,
> 一個小人兒在花間踱步、迷失,

不知道他是莫須有先生還是我們的安那其，

只知他喝的酩酊大醉，幻想劫機

飛往一九六八年的巴黎街壘。

黑色啊黑色，我多麼愛你黑色

我瘋瘋癲癲的歌謠沒有催淚彈的力量

我是一個詩人，一枚孤獨的詞就把我刺傷。

　　這首詩具有黑色幽默與卡通特質，安那其者在反對 WTO（世界貿易組織）此一由各強權國家機器聚合體的運動中揮舞黑旗抗議，沒想到其反抗形象就如同切‧格瓦拉般，反倒同樣爲資本主義者經濟通路系統所吸納。於是邊緣主體反而失去原本邊緣所隱喻的獨立位置，懸空並且搖搖欲墜，這姿態又恰與前文所分析的高曉濤〈一隻蒼蠅的兩隻內在腳【上】〉中那倒空的一代人彼此呼應。無政府的安那其，至此反而失去了自己的歷史，必須透過逆敘事的方式倒敘回 1968 年巴黎「五月革命」街頭現場，在勞工潮、學潮中取暖。整個來說，波西米亞人從漫遊、密謀中攫取生活的事物，以邊緣的移動本身去映襯中心的穩固僵化。他移動的方向沒有歸零之時。他們在邊緣反覆漫遊，並沒有在邊緣另創中心的成果，應該從反覆歧出的方式來理解他們的移動。不過，安那其具體的反中心政治行動，顯然是對波西米亞人生活方式更具體的一種落實。

　　詩人筆下安那其解構國家機器，解構各種國家機器的同盟體制，行動未嘗稍歇，但詩人則有另外深沉的思考。國家是如何完成其霸權？所有霸權的權力本源顯然來自於國家史，或者說，國族神話中那對烏托邦圖景的描繪。烏托邦圖景引人入勝，其魅力正成爲國家理／夢想的泉源，甚至成爲國家暴力得以遂行的根本。國家在給我們烏托邦想像時，順便給了我們歷史，以及在歷史敘事中的受詞位置。那麼，一個無政府主義的安那其，也會擁有自己的烏托邦嗎？或者，如何思維烏托邦？所以我們顯然要注意當廖偉棠走向東亞拓蹼書寫時，他如何以敘事空間拓蹼敘事空間的方式，探索國族神話的烏托邦呢？

　　在波西米亞人與安那其一體兩面的關係中，與烏托邦交互拓蹼的空間顯

然是伊甸園。廖偉棠在〈山東街應召天使之歌〉曾這樣寫到：

> 應召天使下午四點起床接聽上帝的電話，
>
> 匆匆尋找霓虹箭頭射向的伊甸園戰場，
>
> 匆匆趕赴到淌蜜的迦南，為孤獨的人子顯露──

　　在原本聖經的伊甸園故事中，受誘惑的女性往往成為人所以有原罪的評議點。但在〈山東街應召天使之歌〉中，則有顛動原本敘事論述脈絡的現象。在這首詩中，女性成為被受迫者，為男性所隱喻的霸權中心主導其身體活動。女性天使般聖潔的身體回返伊甸園，反而成為情慾的身體。這首詩不只在透過諷刺，憐憫弱勢女性身體空間如何為男性性慾化，藉此推動性別論述的抗爭。更根本在批判霸權機制如何把國民身體功能化，成為政治慾望的犧牲品。至於廖偉棠〈一個無名氏的愛與死之歌─對 Bob Dylan 的五次變奏〉則寫到：

> 5
>
> 伊甸園之門有沒有果實在裡面，果實有沒有蟲子在裡面？
>
> 我只不過想找一條暗渠靜靜的死去，他們卻為我打開了你的門，
>
> 好讓我去回憶，去品嚐，血紅果實的滋味。
>
> 伊甸園之門有沒有天使在裡面，天使有沒有尾巴在後面？
>
> 我的審判被禁止旁聽，我的傷口被禁止申辯，
>
> 我只能為你唱一首麻雀之歌，那麻雀是一個天使被擊落。

　　這首詩啟動了對伊甸園的疑問，同樣將伊甸園書寫成一情慾橫流的空間，但更重視主體「孤懸感」與天使「墜落感」的呈現。前面在分析〈波西米亞人歌謠‧秋天篇（1928）〉時，已經看到詩人對 Bob Dylan 的變奏所發散強大的隱喻性能。在詩人的伊甸園書寫中影響詩人甚深的 Bob Dylan 又出現，可見伊甸園絕對不只是詩人單純偶然碰觸到的書寫題材。
　　事實上，在前文引述廖偉棠《衣錦夜行》所言中，廖偉棠提及影響他的

書籍所提到 Morris Dickstein《伊甸園之門：六十年代美國文化》本身就是在探討 1960 年代美國反叛文化的研究，而這主題正與歌手 Bob Dylan 的調性吻合。這也連帶說明了，詩人本身就是以伊甸園作為反叛文化的思考題材。

當曾經美好的伊甸園成為陌生、慾望的地點，自然暗示了與之具拓蹼對應關係的國族烏托邦，本身看似純潔，實則充滿著種種詭譎的慾望。不過，若回到聖經伊甸園故事的本文，筆者以為，伊甸園還隱喻一善與惡的分界點。例如以主體天地遊蹤為主題的經典詩作但丁《神曲 2 煉獄篇》也曾如此寫到：

> 貝緹麗彩說：「也許他心靈的眼睛
> 被更大的困苦遮蔽。這種困苦，
> 往往會奪去一個人的記性。
> 不過，你看那邊，憶潤正汩汩
> 湧流而出；你就帶他到潤中，
> 按常法使虛弱的官能康復」

但丁的《神曲》的故事世界觀是這樣的：天神與撒旦反覆搏鬥，最後天神以落雷將撒旦打落大地。落地的撒旦將大地凹陷出各層地獄，至於所濺起的泥土則堆壘成上通天堂的淨界山。淨界山與地獄間的轉折點，正是伊甸園。但丁在《神曲・地獄篇》中主角「我」在詩人維吉爾的一路引領下，終於自地獄深處攀越伊甸園。抵達伊甸園的「我」在天使貝緹麗彩提示下，飲下了「憶潤」。

由此看來，伊甸園作為一座分化、啟蒙人生原初之惡的園地，其不只是善與惡，更是記憶與遺忘的邊界地。以烏托邦與伊甸園的概念去思考國家，正可發現國家何嘗不是始於一種對烏托邦的想像，其後流於爭鬥死傷的惡地。國家與其說是烏托邦，不如說是一分化出善與惡的伊甸園，從中也促引我們重新思考國家的概念。

四、小結

　　大陸 70 後詩人擁有非常明晰的定義，係指大陸 1970 年代出生的诗人，但現下其於詩史研究中的面目卻相當模糊。這主要是因爲其上疊層了多重世代詩人，在學術機制的書寫策略上，尚顯年輕的他們無法受到研究者的青睞。

　　檢視大陸 70 後此一世代詩人詩作，可以發現主體相當普遍出現浪遊的姿態，這隱喻此一世代詩人內在於政治文化場域上，普遍存在「我該往哪裡去？」的精神焦慮。他們的詩，本身不是爲了定止漂泊的風景，而是爲了尋求主體的認同感。

　　作爲首部專門探述大陸 70 後詩人的專書，霍俊明《尷尬的一代──中國 70 後先鋒詩歌》具體地以「異鄉」、「廣場」兩種空間形式，爲大陸 70 後詩人浪遊意識落實聚焦，誠然有其重要的學術貢獻。就兩岸比較觀點來看，可以發現與大陸 70 後詩人相對應的臺灣 70 後詩人，並沒有廣泛進行浪遊書寫的現象。大陸 70 後詩人的浪遊書寫，相對來說，比較可以在臺灣前行代軍旅詩人與戰後第一世代詩人中找到呼應的痕跡，這顯現兩岸在同一時區中所存在的現代性時差。

　　但霍俊明《尷尬的一代──中國 70 後先鋒詩歌》的論述主要是以大陸內地爲主，對於邊側的香港 70 後詩人少有論及，多以附錄存目方式處理。本文即在以香港 70 後代表性詩人廖偉棠爲軸心並以此旁涉相關詩人，從臺灣觀點研究大陸 70 後詩人的浪遊書寫。在大陸 70 後詩人研究體系中，鋪建由島嶼臺灣而香港半島而大陸本土的觀探視線，以與霍俊明的研究發生辯證性的對話。

　　詩人是爲萬物命名的人，但對大陸 70 後詩人來說，他們顯然更迫切地名狀主體內在莫名得之的漂泊感。在這命名與莫名之間，廖偉棠轉以化名方式應對。在詩作中，廖偉棠往往將主體化名爲波西米亞人，在變奏／現出不同的文本場景活動，其中最具代表性的便是〈波西米亞人歌謠〉系列組詩。

　　廖偉棠〈波西米亞人歌謠〉共有：春天篇（1969）、夏天篇（1910）、秋天篇（1928）、多天篇（1940）四首，表面依四季輪遞形成文本時序，但其副標之時代標年卻穿插跳躍，這樣的時間編排，明顯意在扭變、顛覆文本外部那爲霸權他者所穩固化的時間秩序。對應這具顛覆性之動態時間的，則是文

本中那些於街頭、邊陲、閣樓所隱喻的非中心場景,而化名爲波西米亞人的主體在其中以搖滾音樂,以書寫,以沈默,自別於被定義過而不容質疑的世界,形成時代不祥的噪音。

廖偉棠的波西米亞人的流浪,並非一英雄的旅程,他在中心的邊緣漫遊,其心緒懸／掏空感,恰與姜濤的〈畢業歌〉、高曉濤〈一隻蒼蠅的兩隻內在腳【上】〉彼此呼應。特別是波西米亞人的足碎心葉、嚼食灰燼之舉,在主體精神上顯然已跨過顧城、北島一代人,而亟欲內化魯迅《野草‧求乞者》的零餘者。

廖偉棠爲其筆下的波西米亞人繁複變奏出的主體場景,透過分析,可以發現其所再現的多爲西方重要反叛文化的時代現場。但在波西米亞人的漫漶旅程中,廖偉棠也將東亞地景與西方場景進行交互穿插。這樣的錯置,潛存著是一種異形同質的拓蹼意欲,亦即在東亞投置、鋪建反霸權時(秩)序的文本結構。

因此,對照於〈波西米亞人歌謠〉系列組詩,廖偉棠寫下了〈安那其先生的黑色歌謠〉系列組詩。由此可以發現廖偉棠筆下的波西米亞人其本質不只是流浪藝術家,內在實與無政府主義安那其交互拓蹼。而國家神話作爲起源那美好的烏托邦圖景,也由〈山東街應召天使之歌〉、〈一個無名氏的愛與死之歌—對 Bob Dylan 的五次變奏〉解譯出與之相互拓蹼的伊甸園。藉此體現國家神話如何假烏托邦圖景以爲霸權本源,轉成啓蒙原罪的伊甸園,創造被放逐的靈魂。

總的來說,可以發現,廖偉棠對於種種時代巨變與霸權中心,一以貫之,唯「波西米亞／安那琪」以興託,以變奏,以浪遊。而他所歸屬的大陸 70後詩人也往往如此相似地用叛逆、漫遊的姿態爲時代鳴唱,並且洞開那個時代。

參考文獻

* 伊塔羅・卡爾維諾（Italo Calvino）著，吳潛誠譯：《給下一輪太平盛世的備忘錄》，台北：時報文化，1996。
* 但丁（Dante Alighieri）著，黃國彬譯註：《神曲 2 煉獄篇》，台北：九歌文庫，2003。
* 坎柏（Joseph Campbell）著，朱侃如譯：《千面英雄》，台北：立緒文化，1997。
* 彼得・蓋伊（Peter Gay）著，梁永安譯：《現代主義》，台北：立緒文化，2009。
* 科瑞斯威爾（Tim Cresswell）著，徐苔玲、王弘志譯：《地方：記憶、想像與認同》，台北：群學出版社，2006。
* 奚密：《現當代詩文錄》，台北：聯合文學，1998。
* 班雅明著，張旭東、魏文生譯，《發達資本主義時代的抒情詩人：論波特萊爾》，台北：臉譜出版社。
* 理查・桑內特（Richard Sennett）著，黃煜文譯：《肉體與石頭：西方文明中的人類身體與城市》，台北：麥田出版，2003。
* 愛德華・薩伊德（Edward W.Said）著，王淑燕等譯：《東方主義》，台北：立緒文化，1999。
* 雪倫・朱津（Sharon Zukin）著，徐苔玲、王玥民、王弘志合譯：《權力地景：從底特律到迪士尼世界》，台北：學群出版社，2010。
* 愛德華・薩依德（Edward W. Said）著，薛絢譯：《世界，文本，批評者》，台北：立緒文化，2009。
* 葉慈（W. B. Yeats）著，楊牧譯：《葉慈詩選》，台北：洪範書店，1997。
  愛德華・薩伊德（Edward W.Said）著，薛絢譯：《世界・文本・批評者》，台北：立緒文化，2009。
* 諾伯舒茲（Christian Norberg-Schulz）著，施植明譯：《場所精神》，台北市：田園城市，1995。
* 廖偉棠著：《波西米亞行路謠・赤都心史》，台北：聯合文學出版社，2004。
* 廖偉棠著：《十八條小巷的戰爭遊戲》，台北：寶瓶文化，2004。

- 廖偉棠著：《巴黎無題劇照》，台北：聯合文學，2005。
- 霍俊明著：《尷尬的一代——中國 70 後先鋒詩歌》，桂林：廣西師範大學出版社，2009。
- 顏峻、陳冠中、廖偉棠合著《波西米亞中國》，香港：香港牛津大學出版社，2004。
- 羅蘭・巴特（Roland Barthes）著，李幼蒸譯：《寫作的零度：結構主義文學理論文選》，台北：時報文化，1991。
- 羅蘭・巴特（Roland Barthes）著，汪耀進、武佩榮譯：《戀人絮語》，台北：桂冠圖書，1994。

講評

◎葛紅兵[*]

　　解博士的論文試圖用兩個概念來概括廖偉棠詩歌的精神特質：一是波西米亞，二是安那琪。我認為這兩個概念是非常有意思的，波西米亞是階級中最沒有階級意識的階級，安那其是政治意識形態中最沒有政治意識的政治意識形態，用這兩個概念來概括廖偉棠的詩歌，顯然符合他的「浪遊」意味。另外，解博士的論文還突出了廖偉棠詩歌與古今中外其他詩人的比較，並且試圖用這種比較建立一種獨特的「東亞論述」，這對我們把握一個詩人是有意義的。不過，於此同時，我也在困惑和擔憂。也許詩歌恰恰是和概念對立一種藝術，當我們過於依靠概念，尤其是現成的概念的時候，恐怕我們就恰恰是遠離的詩歌，二比較，則在我看來，是一定要審慎和小心的，過分的和誇張的比較恰恰讓我們對對象的內在本質屬性感到困惑，恰恰是我們未能直接深入對象本身的一個標誌。

---

[*] 上海大學創意產業研究中心主任、創意寫作學科帶頭人。

「歧路花園」的一千零一夜

兩岸「70 後」女性詩歌的精神地理學

◎霍俊明[*]

摘　要

　　兩岸的「70 後」女性詩歌儘管有著一定範圍內的詩學共通之處，但是由於文化語境、社會結構等諸多因素的影響，兩岸一代女性的詩歌「想像的共同體」背後卻呈現出不可消弭的差異性。儘管隨著近年來的城市化進程的加速、新媒體、數位化語境以及生存經驗上出現了趨同化的傾向，但是由於歷史的慣性和生存語境以及詩學譜系進程的差異和延宕性，兩岸「70 後」女性詩歌仍然帶有一定的差異性。共性和歧路共存的精神地理學圖景正像一個充滿歧路的花園。但是也不可忽視，在身體修辭、欲望抒寫、日常化經驗、女性體驗等方面帶有的互文甚至相同的精神性徵候。

　　關鍵字：兩岸、「70 後」、女性詩歌、差異、身體修辭、日常詩學

---

[*] 北京教育學院人文學院中文系教師。

　　寫作本文的初衷是想嘗試著梳理兩岸出生於「1970」年代詩人的寫作徵候，但是限於龐大的詩人數量和難以想見的文本閱讀量，我最終不得不「投機取巧」地選擇了「70後」女性詩歌這一更小的視域作爲考察的起點。本文爲了論說的方便在論述兩岸出生於 1970 年代女性詩歌詩學稟賦和精神徵候時並未採用台灣「新新世代」或「新新人類」（相當於「六年級」）[1]的概念，而是採用了大陸所普遍使用的「70後」概念。儘管「70後」這種代際劃分至今仍有異議者，但我覺得有其作爲一種方法和視角的言說的便利。而台灣所指稱的「新世代」和「新新世代」所攜帶的「追新逐後」性的指稱有一定的「進化論」色調，也可能有意或無意地擴大了代際之間的差異。而關於世代（代際）的詩歌概念以及相應的新詩研究已經是一個久遠的傳統。無論是韋勒克還是沃倫以及眾多研究者都對文學代際興趣濃厚。而中國當代詩歌尤其是從「第三代」（新生代）詩歌開始，代際的詩歌史現象和研究就成爲顯豁的事實。而在海峽的對岸，台灣的代際研究尤其是中生代、新世代、新新世代或者說以「年級」來劃分顯然已經成爲值得研究的文學史現象。

一

　　毫無疑問，在經歷長期的社會、政治和文學中女性被「無性化」和「男性化」的噩夢之後，在女性的文學和身分革命被長期「淘洗」和延宕之後，當無性敘述的性別場景逐漸隱退、消匿，放逐身體和欲望的克己和禁欲的動力結構一去不回，女性詩歌在經歷了上個世紀 80 年代中期到 90 年代的狂躁的性別風暴和權力話語突起的尖銳景觀之後，近年來的「70後」女性詩歌寫作在整體上呈現出一種視閾和姿態更爲寬廣、更爲繁複的美學趨向。實際上不管我們在何種意義上來談論「70後」女性詩歌以及 1990 年代後期以來的女性詩歌，我們都應該認識到女性寫詩有著巨大難度，甚至在特殊的時期女

---

[1] 當然也有台灣的學者對採用民國紀年的「年級說」持異議，如評論家楊宗翰在《台灣「崛起中的七字頭後期女詩人」》（《詩歌月刊》，2011 年第 7 期）中就認爲「最近台灣文化圈內／外盛行『幾年級』說，我一來實在看不出此詞究竟有何種文學史意義；二來總覺得這些採『民國』紀年、斷代者頗類於時風俗潮下的又一場流行性感冒——吾既身強體健、又厭隨俗從眾，何必取之？」據此，楊宗翰在 2001 年發表的《新浪襲岸》中提出擬仿中學時期的學號即以入學年份而生來劃分世代，即「字頭」斷代法，如「六字頭」、「七字頭」等。同時感謝在寫作此文的過程當中，台灣著名學者楊宗翰所提供的關於「七字頭後期女性詩人」的一些代表性文本。

性寫詩不亞於一場殘酷的戰爭，「你將要進行一場戰鬥，以便證明在你豐滿健康的身體記憶體在著一種呼喊著要求被人們聽到的才智……對你來說，要把這種情況大聲講出來將是非常困難的，而且你會經常吃虧，幾乎總是吃虧。但你卻不敢失去勇氣」[2]。而由兩岸的「70 後」女性詩歌寫作，我一直試圖尋找相同或相通的質素，而在我有限的閱讀中其「想像的共同體」的背後卻看到了不盡相同的面影和差異。「內心的迷津」仍然通過深深的海峽映射出當代女性波瀾繁複的精神圖景，而在共性和差異性的精神地理學上，我看到了一個別致而充滿歧路的花園。花園裡每夜都有人在講著故事，而這些故事儘管有雷同、有重複，但更多的故事卻更具有個人性、隱秘性和差異性。在一千零一夜般的「歧路花園」裡，我們的傾聽也許才剛剛開始。當我在 2011 年的 4 月，在台北的一個路邊酒吧裡拿到林維甫（1974 年出生於高雄，台北長大，畢業於台灣大學歷史系）的被稱為台灣第一本鑄鉛活字印刷的抒情詩集《歧路花園》（該詩集名與 Jorge Luis Borges 的小說集 *The Garden of Forking Paths* 同名，又譯作《交叉小徑的花園》，但如詩人林維甫自己所陳並無直接對應關係）時我強烈感受到「歧路花園」正在成為當下青年詩歌寫作精神現象學的最為準確的命名。當林維甫在暗淡的燈影中在書的扉頁上寫下「永遠在歧路」時，我想這可能真正隱喻了詩人和詩歌的某種難以規約的命運甚至宿命。試想，如果詩人都走在同一條道路上該是如何可怕的景象！詩人與「未選擇的路」之間應該是互相發現和勘問的過程。

二

我們一直在近些年排斥庸俗社會學方法對文學的介入，確實在歷時性的向度考量各個時代的很多優秀詩人都是在「我行我素」、「自鑄偉詞」的追索精神世界的高迥與差異，但是我們也必須注意到從詩人作為生命個體而言其存在狀態不是真空的，而是註定與身邊之外甚至一個時代的整體語境和精神氛圍發生或顯或隱的關係。而談論台灣的「70 後」女性詩歌也不能不一定程度上要注意到這些女性的精神成長期恰好是台灣社會發生重大變更的時期，相對穩定和寬鬆的政治、文化氛圍以及緊隨而來的城市文化、後工業文明以

---

[2] （德）E・M・溫德爾，《女性主義神學景觀》，刁承俊譯，生活・讀書・新知三聯書店，1995 年，第 62 頁。

及新媒體的席捲都對她們的精神成長和詩歌成長起到了某種生態的調節和影響作用。可以肯定地說,前代詩人尤其是出生於 1930～1950 年間的詩人其意識形態上的集體焦慮以及「鄉愁」情結基本上在這些「70 後」的台灣女性詩人那裡已經不那麼明顯(並不是不存在),相反一種「美麗島」上的個人化寫作的稟賦卻日益顯豁。值得注意的是很多大陸甚至台灣本土的詩歌研究者在研究女性詩歌時往往容易犯同樣的錯誤,這就是易將一些男性詩人誤認爲是女性。這一方面在於確實有些台灣的男性詩人的名字(更多是筆名)更像女性,而且在閱讀過程中會發現這些男性詩人的寫作一定程度上具有「陰性」特徵。

本文所涉及到的台灣「70 後」女性詩人主要有:林怡翠、林婉瑜、林岸、林思涵、楊佳嫻、吳菀菱、侯馨婷、何雅雯、潘甯馨、廖之韻、葉惠芳[3]、江月英等。這裡基本上沒有涉及台灣本土的原住民族的詩歌寫作,此外「台語詩」由於筆者在語言上的差異也未予涉及。而鑒於言說的方便以及必須的詩歌學比較,本文也會涉及一部分「七年級女生」,也即「80 後」女性詩人,比如台灣的廖亮羽、林禹瑄、崔舜華以及大陸的鄭曉瓊等。

隨著兩岸「泛政治」時代的遠去,女性詩歌寫作在多元的維度中又不約而同地呈現出對日常和無「詩意」場景的關注和重新「發現」。當下的女性詩歌在很大程度上呈現了一種「日常化詩學」。具體言之就是無限提速的時代使得目前的各種身分和階層、經歷的女性詩人面對的最大現實就是日復一日的平淡而又眩暈的生存語境,這些日常化語境爲女性詩人的日常體驗和想像提供了自白或對話的空間。所以無論是從題材、主題還是從語言和想像方式上女性詩歌越來越走向了「日常化」和「一己化」。在都市化、消費化和電子化的「後工業時代」的語境之下,台灣的這些女性詩歌真正復原了個體意義上的詩學努力,平面、個人、碎片、日常的低語或自白成爲基本語型。正如何雅雯所說的「現在寫詩等於夢囈」,「好日子過多了就不太寫」,換言之她們的寫作更多指向了身邊之物和日常經驗。比如江月英的〈曬衣繩上〉就在景物素描般的場景中呈現出個人的生存狀態與言說方式:「曬衣繩上　吵鬧鬧地／

---

[3] 葉惠芳,女,1976 年出生於台北,主修戲劇,爲「摩羯劇場」成員。值得注意的是與其名字相近的另一位詩人葉蕙芳卻是一位男性詩人。葉蕙芳,本名林群盛,1969 年出生。連台灣本土的研究者也誤將葉蕙芳判定爲女性詩人,例如李元貞的《女性詩學》。

一群剝光身體的衣服／在日光屋裡　蒸氣／大紅胸罩擺著蕾絲粉碧　呵風／發白 BOX 牛仔褲追著長年風濕／旋高旋低泡泡襪歎著／人情淡薄／和經濟不景氣」。我也在「70 後」女性詩歌中我看到了從詩人活生生的社會生活、個體生存和現實場閾中生髮出來的平靜的吟唱或激烈的歌哭，這些詩歌呈現出一個個女性在日常生存現場中宿命般的時光感和生命的多種疼痛與憂傷以及帶有與詩人的經驗和想像力密不可分的陣痛與流連。當我們看到女性詩歌的限圍和存在問題的同時也應該注意到女性詩歌廣闊的寫作和閱讀、交流的新的空間和可能性前景。為數不少的女性詩人使記憶的火光，生命的悲欣，時間的無常，個人化的想像力以及現代人在城市化背景下的無根的漂泊都在暗夜般的背景中透出白雪般的冷冷反光。詩歌在年輕一代女性這裡更大程度上體現為個人化的言說，女性幽微細膩的情感體驗與抽絲剝繭般的詩歌方式天然融合在一起。甚至在後起的台灣「80 後」女性詩人廖亮羽、林禹瑄、崔舜華那裡，一種類似於古代柔軟、婉轉、清新、細膩的「小令」式的詩歌寫作已經出現。詩人的敏感甚至偏頭痛是與生俱來的，女性詩人就更是如此。而這種敏感對於女性詩人而言顯然是相當重要的，它能夠在很大程度上刺激詩人的神經和想像，能夠讓詩人在司空見慣的事物和季節輪回中時時發現落英的新蕊，發現麻木的我們日日所見事物的另外一面，也因此呈現出一番與常人有些差異和距離的內心圖景甚至精神風暴。她們特有的幽微而深入、敏感而脆弱、遲疑而執拗的對生命、愛情、性、命運的持續的思考與檢視，斑駁的時光影像中的火車滿載著並不輕鬆的夢想、記憶和塵世的繁雜。值得注意的是當下的女性詩歌更大程度上表現出女性與自然之物間天然的接近，這也在很大程度上折射出工業化、城市化飛奔道路之上自然和人所經歷的前所未有的孤獨與惆悵，從而生命的的本能和哲學、文化、語言上的「返鄉」的衝動才愈益顯豁。由於海洋文化和地形學的影響，台灣的「70 後」女性詩歌中的植物意象更多帶有熱帶海洋性特徵，而大陸的「70 後」女性的植物抒寫則帶有明顯的「鄉土性」。詩歌寫作尤其是關注自然萬有的詩歌寫作能夠成為消除時間的焦慮、生存的痛苦、死亡的宿命的抗爭手段。換言之在植物這些卑微的生命身上，女性詩人得以不斷的確證自身、返觀自我。強烈的時間體驗和生命的焦慮在自然物像面前得以喚醒和抒發，當然這種抒發很大程度上

是低鬱的、沉緩的、憂傷的。自然事物尤其植物紛紛闖進當下女性詩人的現實和詩歌的夢想視野之中,在這些植物身上投注了這些女性特有童年體驗、女性經驗以及時光的折痕。在這些女性詩歌中植物意象往往是和生存片斷中的某個細節同時呈現的,換言之這些植物意象是和詩人的真切的本原性質的生存體驗的見證或客觀對應物,在這些植物的身上我們能夠返觀普遍意義上的這個時代和女性整體的時代面影和內心靈魂。

據此,如果我們仍然從文學的社會功能和詩人「神聖」身分來衡估這新一代的女性寫作顯然有些不切實際也不夠「明智」,因為對於這些台灣的「70後」「新新世代」而言,她們的詩歌除了承擔個人和語言之外似乎其餘的都無須談論。這早在 1996 年 12 月《雙子星人文詩刊》推出的出生於 1970 年代的「新新詩人專輯」就刻意強調了這些被冠以「新新」一代人的獨特甚至叛逆之處:「出生於七十年代的新世代詩人,他們的骨肉、血液、食物、糞便都和五十、六十年代出生的先人們迥然不同。他們兼或作怪、兼或尖銳、兼或平庸、兼或不知所云,但無妨於真實」,「詩壇的先人們,新世代寫詩更多是玩票性質,何況他們也沒有地方上臺亮相,誰稀罕再繼續堅持下去呢?」[4] 這裡所強調的代際之間的巨大鴻溝和差異也不一定能夠完全代表「70 後」一代女性的寫作觀念和初衷,她們的寫作也並非完全是不負任何責任和道義的「玩票」,這更多也是一代青年人急於「上位」的策略化噱頭。正如當時的一個詩人所高聲籲求的——「他們的出現,宣告了新時代的來臨」,「他們終將佔領未來的版圖和全世界」。這種「PASS」前輩詩人的情結以及占山頭、跑馬圈地的心理在詩歌界並不顯見。實際上,時隔三年之後,北京的一些「70 後」詩人便同樣以策略化、噱頭式但更為激進的「下半身」的方式搶灘登陸詩壇。當時詩壇為之譁然的程度是今天的詩人們難以想像的。

三

當然除了這種日常的個人詩學的圖景之外,也有一部分的女性詩人葆有了可貴的歷史想像力和文化重構能力以及介入當下的具有「現實感」的質素。在這一方面具有代表性的是林怡翠。林怡翠(著有詩集《被月光抓傷的背》,

---

[4] 〈編輯前言〉,《雙子星人文詩刊》,1996 年,第 4 期。

麥田，2002 年）在〈被月光抓傷的背——寫給帶著「慰安婦」傷痛活著的台灣阿嬤〉等詩作中則體現了與個人和精神地理密切關聯的個人化的歷史想像能力與記憶重述能力。值得注意的是〈被月光抓傷得背〉一詩前面的一段文字：「夜半，在公視看見台籍慰安婦阿嬤的紀錄片。在貞操潔癖的世界裡，她們哭著或笑著說起自己的故事，多半是不甘心，是青春不再。她們很老很老了，像這段戰爭和婦女受難的日子一樣，在鏡頭前蒼老得有些難堪。可是，我感覺到了那種疼痛卻不輕易叫出來的勇敢，當她們低頭，在滿身的傷口中看見自己的時候。我不由得尊敬起這些生命來了，然後才有詩。」顯然，詩歌不是社會學，也不是歷史和現實知識的翻版，當歷史甚至現實進入到詩歌語境之後一種被「想像」和「修辭」的現實就產生了。顯然，這種更具「現實感」和象徵意味的修辭化的歷史、現實與實有的歷史和現實之間就必然產生了距離和差異。非常可貴和值得注意的是林怡翠以個人化的視角進入到歷史煙雲的深處，以更具體溫的知冷知熱的細微方式和濃重的情感色彩的敘事語調試圖和另一個時代的女性命運發生意味深長的對話關係。那　場場通天的大火就這樣無情焚燒著卑微如螻蟻的女性，而曾經潔白勝雪的流蘇樹一樣的美麗生命和「沒入遠煙的十六歲」最終被一場場烈火過後的寒冷和無邊無際的灰燼所覆蓋——「天已被焚化，灰燼是無處攀爬的／螻蟻，我們馱伏著沉重過自己數倍的命運／那時流蘇花還飄飛滿天／怎麼會就下了一場大火？」當青春的女性被戰爭和死亡的威脅踐踏，當麻木與疼痛日夜糾纏，一個島嶼上的女性命運的屈辱史如何能夠用唏噓感歎和沉重足以描述，「一顆子彈穿過我的下體／竟像一片枯葉輕輕地飛過庭院／我已忘卻的疼痛如一排一排的落花／不知黏在哪一雙軍靴跟底，一步／踩爛一個少女的春天」。更為重要的是女性詩人以女性特有的體驗和想像更為本真地呈現了歷史圖景中女性命運的真實存在和個體命運。

　　台灣「70後」女性詩歌再次證明了女性寫作的自白性質素，再次呈現了女性與「愛情詩」之間的天然關係。當然在一些更為年輕的女性寫作那裡，「愛情詩」已經被置換為「情詩」、「性詩」甚至「無愛詩」、「同志詩」。而對於台灣「70後」這些在穩定的社會文化語境中幾乎普遍有著大學教育的一代女性而言，她們早期的詩歌都帶有「青春期」階段「小女人」情感的投影，具有

程度不同的「童話」氛圍。但是當 2000 年左右經過人生和文學觀念的雙重淬鍊，她們的詩歌文本呈現出愈益的複雜性甚至某些分裂性特徵。當然也有爲數不少的女性通過詩歌的修辭練習繼續反思著女性命運、內心體驗、身體感知的特殊性。其中林婉瑜的詩集《索愛練習》（爾雅，2001）就集中而具有代表性地呈現了女性與「愛」之間的膠著狀態，而其中的代表作〈抗憂鬱劑〉更是呈現了青年女性無可療救的精神症候。在「病人」和「醫生」的對話與疑問中，我們可以看到他們都呈現了難以消弭的「病態」。這種「憂鬱」甚至「變態」的精神問詢和毫無「出路」的結局是否凸顯了「新世紀」以來女性命運仍然是問題重重——「每個禮拜，我前去／扣問我靈魂的神／洗淨我吧／赦免我／他白袍筆挺／彷彿纖塵不染的真理 ／／ 讓我描述／我內部正在發生的戰爭／金邊眼鏡透露冷靜的眼神／醫生——／你相信柏拉圖所說的嗎／我們在洞穴內／火光的倒映舞影中生活？／你也犯錯嗎？／ 你有一雙探進護士裙的手？／ 你逃稅嗎？／ 你想像病人的身體，一邊手淫？／ 你比較想和男人做愛嗎？／ 你爲自己寫下處方？／ 你心平氣和看完新聞？／ 你娶了你愛的女人？」當「憂鬱」的女性祈求「神」的療救時，「神」（「醫生」）卻被還原爲世俗、淫惡、齷齪、病態的「男人」，這重新呈現了性別之間的衝突以及女性自身的焦慮症狀。詩歌中反復出現的黑暗「洞穴」不僅意指精神被囚禁的居所或者暗室，也是女性身體體驗和情欲想像的憑依。而「柏拉圖」在詩歌中的出現顯然帶有女性對精神之愛的虛無與詰問，也呈現了「洞穴」牢籠的巨大規訓力量。而「洞穴」中倒映的火焰呈現的是真實還是幻想，這都成爲女性詩人的白日夢或曰天鵝絨監獄一般的詩性體驗與想像。女性的高燒仍將無可避免的持續……。而這種特屬於女性「偏頭痛」般的「精神疾病」氣息和「自省」姿態的詩歌寫作在台灣「80 後」女性一代那裡相對來說比較罕見。儘管一些「80 後」女性文本中也出現了病人、病房、疾病等意象和場景，但是它們在更大程度上呈現爲詩人個體主體性的想像，更多指向了時間、生命和憂戚甚至悲劇性的體驗。比如林禹瑄的〈夜中病房〉儘管詩中出現了男性人稱「他」，也可以視爲兩性之間的「低燒」而「平靜」狀態的對話和低語，但是這個「他」是「虛化」的。整首詩的情感基調是徐緩和平靜的，儘管略帶憂傷，而「他」實際上更近於一個詩人設置的關涉時間和愛情「病人」

的傾聽者與撫慰者，甚至在一定程度上「他」就是詩人的身體、心境和情感投影的另一種呈現方式，「在夜裡傾聽你的鼻息，仿佛／一列火車自遠而近，輪軌摩擦／時間發出金屬的高音／然後淡去，如同為你熬煮的草葉／在滾水中慢慢舒開蜷曲的肢體／點一盞燈，讓寂靜擁有溫度／讓光淌進門縫，滲過你的指尖、夢境／和體內日形廣闊的角隅／疾病的陰影緩緩攤開、爬行／我正聆聽」。

值得注意的是楊佳嫻（著有詩集《屏息的文明》，木馬，2003 年）主持的個人新聞台「女鯨學園」（http：／／mypaper1.ttimes.com.tw／user／chekhov／index.html）已經重要的女性和女性寫作的平台與視窗。而由楊佳嫻的詩需要提請注意是女性詩歌的互文性特徵。在台灣的青年女性寫作中，與經典的傳統詩詞對接、仿寫和改寫的現象大量存在，例如夏宇、曾淑美、顏艾琳、楊佳嫻等人。甚至曾淑美、夏宇等人都寫過與漢樂府民歌〈上邪〉互文的文本，比如曾淑美的〈上邪〉、夏宇的〈上邪〉。其中楊佳嫻的〈木瓜詩〉具有一定的代表性。這首〈木瓜詩〉顯然與《詩經》中的〈木瓜〉具有互相打開的性質。這種帶有互文甚至「寄生性」的詩歌文本顯然對於詩人而言更具有挑戰性和寫作的難度。顯然楊佳嫻的〈木瓜詩〉更為幽微而深入地展現出現代女性的靈魂波瀾和內心體驗的小小「閃電」，相當細膩而從容地呈現出女性深沉而熾烈的內心的膂力，「我呢焦躁難安地徘徊此岸／拉扯相思樹遮掩赤裸的思維／感覺身體裡充滿鱗片／波浪向我移植骨髓／風刺刺地來了／線條洶湧，山也有海的基因 ／／ 木瓜已經向你擲去了 ／／ 此刻我神情鮮豔／億萬條微血管都酣了酒／等待你遊牧著緘默而孤獨的螢火／向這裡徐徐而來」。

四

伴隨著以「網路」（網路）尤其是部落格（大陸稱為「博客」）等新媒體為主體的數位時代和電子化語境對女性詩人的影響，台灣「70 後」女性詩歌中的拼貼式的跨文體、超文字寫作現象更為明顯（比如影像詩、錄影詩、廣告詩），而這顯然早於大陸同時代的女性。而詩歌的敘事性、戲劇化、碎片化、拼貼化的綜合性和「後現代性」特徵愈益明顯，其中吳菀菱的〈左右漆黑，一〇〇一演出新解〉就通過 43 個看似零碎實則關聯的戲劇性片段呈現了女性

與性別、政治、宗教、哲學、時代、「民間」的諸多複雜關係以及激素化、狂歡化、怪誕性的體驗,「11.肛門與陰道雙重孔欲,異性戀與同性戀的糾葛。12.帶上沙德墨鏡(sade)才能出現端倪的演出。13.心眼與色眼窺淫之欲望。14.突破兩點禁忌,爭取乳房與睪丸的裸露權。15.夜行高速公路主道與幹道的雙重快感狀態。16.杠與糊的麻將術語」。這種「大尺度」的詩歌話語在大陸即使日益開化的紙質媒體上仍會有道德的禁忌和發表的障礙,從中也可以看出兩地文化和文學語境共通之外的一些差異。

每一個時代的性別抒寫與想像甚至「創設」都不能不與動態的文學場域有關。在 21 世紀的第一個十年已經結束的時候我們越來越發現網路尤其是博客成了最為普遍、自由、迅捷也最為重要的詩歌生產和傳播的重要媒介。我們甚至可以在一定程度上說我們的詩歌已經進入了一個博客時代,而博客與「70 後」甚至更為年代一代的女性在詩歌寫作之間的關係似乎更值得我們關注。博客時代的女性詩歌甚至成了新世紀以來最為激動人心的文學現象,無論是已經成名立腕的,還是幾乎還沒有在正式紙刊上發表詩作的青澀寫手都可以在博客上一展身手而更為重要的是女性的詩歌博客為我們提供了新的文學現象和相關問題。博客無疑已經成為女性詩人們必須面對的特殊「房間」和靈魂「自留地」(當然這個「房間」和「自留地」很大程度上已經公開、公共化了),對話、絮語、獨白甚至夢囈、尖叫、呻吟、歌唱都可以在這裡找到容身之所,更為重要的在於女性詩歌寫作與博客之間的關係為研究女性寫作又提出了一個新的話題。在新世紀以來的新媒體神話和狂飆突進的城市化的後工業時代的景觀中博客似乎為「個人」的自由尤其是寫作的「個體主體性」提供了前所未有的廣闊前景。博客和自媒體時代的女性詩歌似乎像上個世紀1980 年代一樣,自由、開放的詩歌話語空間空前激發了女性詩人尤其是年輕的女性詩人的寫作欲望和「發表渴求」,博客之間的「互文性」關係尤其是省略了以前紙質傳媒時代傳統意義上的詩歌投稿、發表、編輯、修改、審查的繁冗環節和週期更使得詩歌寫作、傳播和閱讀、接受都顯得過於「容易」和「自由」隨便,這都使得女性詩歌寫作人口的日益壯大。網路和博客的話語場域無形中起到了祛除詩歌菁英化和詩人知識分子化的作用。而博客時代的女性詩歌寫作也同時帶來另外一個問題,較之以前少得可憐的女性詩歌群

體，當下龐大的博客女性詩歌群體的湧現以及大量的數位化的詩歌文本給閱讀製造了眩暈和障礙。但可以肯定地說面對著當下女性詩人在博客上的無比豐富甚至繁雜的詩歌我們會發現女性詩歌的寫作視閾已近相當寬遠，面對她們更具內力也更爲繁複、精深、個性的詩歌，當年的詩歌關鍵字，如「鏡子」、「身體」、「黑色意識」，「房間」、「手指」、「一個人的戰爭」、「自白」等已經在很大程度上需要研究者予以調整和重新審視，這些詞語已經不能完全準確概括當下的個人博客時代女性詩歌新的質素和徵候。但是兩岸「70後」女性詩人的博客詩歌似乎仍然呈現了一種悖論性特徵。按照常理來說博客的發表和傳播的「交互性」和「及時性」、「公開性」會使得女性詩人會盡量維護自己的「隱私」和「秘密」，但我們看到的是除了一部分博客上的女性詩歌在情感、經驗和想像的言說上確實維持了更爲隱幽、細膩和「晦澀」的方式，在一些日常化的場景和細節中能不斷生髮出詩人情思的顫動和靈魂的探問之外，我同時也注意到深有意味的一面。即爲數不少的女性詩人將博客看成了是發表甚至宣洩自己的情感的一個「良方」，一定程度在她們這裡詩歌代替了日記，以公開化的方式袒露自己的情感甚至更爲隱秘的幽思和體驗，比如癖好、性愛，自慰，經期體驗，婚外戀，秘密的約會，精神世界的柏拉圖交往等等。尤其需要強調的是博客時代的女性詩歌在看似極大的提供了寫作自由和開放的廣闊空間的同時也無形中設置了天鵝絨一般的監獄。漂亮的、華麗的、溫暖的、可人的包裹之下的個體和「發聲者」實則被限囿其中，個人的烏托邦想像和修辭、言說方式不能不隨之發生變形甚至變質。當政治烏托邦解體，個人烏托邦的想像、衝動和話語方式似乎在網路和博客上找到了最爲恰切的土壤和環境，似乎個人的世界成了最大的自由和現實。但是這種個人化的烏托邦是有著很大的局限性的。一定程度上與網路和連結尤其是與大眾閱讀、娛樂消費緊密聯繫甚至膠著在一起的博客女性詩歌成了消費時代、娛樂時代取悅讀者的「讀圖」、「讀屏」時代的參與者甚至是某種程度上的「共謀者」。上個世紀90年代後期純文學刊物爲了適應市場而紛紛改版，這從一個側面凸現了商業時代的閱讀期待以及網路文學對傳統文學機制和觀念的衝擊與挑戰。值得強調的是在2011年的台北書展上，楊小濱主辦的刊物《無情詩》以其大膽、情色、時尚的刺激性封面和內頁大量的女性和身體彩照受到

了包括馬英九先生在內的眾多讀者的關注。這也在另一個層面呈現了紙質媒體的尷尬，甚至美國已經聲稱到 2017 年紙質報紙將全面退出。很明顯在全球化語境之下，文學市場和大眾文化顯然也是一種隱性的政治。我們可能在一定程度上忽視了新傳媒尤其是網路、博客和市場文化的能量和它們無所不在的巨大影響。市場文化最為重要的特徵就是以娛樂精神和狂歡為旨歸的大眾化和商業化，而博客時代的女性詩歌寫作勢必在文學觀念、作家的身分、職責和態度上發生變化。一切都無形中以市場和點擊率為圭臬。很多女性詩人為了提高自己的博客點擊率而與娛樂和消費「媾和」。實際上這不只是發生於女性詩人和女性詩歌，這是博客時代的消費法則、娛樂精神和市場文化的必然趨向。在女性詩歌的博客上我們看到了大量的女詩人的精彩紛呈甚至是「誘人」的工作照、生活照和閨房照。在無限提速的時代以及詩歌會議和活動鋪天蓋地的今天，有些女性詩人將自己在世界各地的風景照，與名人的「會見照」以及更為吸引受眾的寫真照甚至不無性感、暴露的圖片隨心所欲且更新頻率極高地貼在個人的博客上。這在博客好友以及訪友的跟帖留言中可以看到閱讀者對女性詩人博客的關注一定程度上是為了滿足「窺視」和「意淫」的心理。當然我說的是一些個別現象，我的說法也可能有些過於尖銳。博客時代的女性詩歌到底在何種程度和哪些方面會改變詩歌的生態還有待隨著寫作現象的發展而做出結論，而最為重要的還在於面對博客興起以來的大量女性詩歌群體和寫作現象需要研究者及時發現一些詩學問題。就個人博客時代的女性詩歌寫作，還沒有到下「結論」甚至「定論」的時候，討論仍會繼續下去，這可能就是「當代」文學批評的命運！

五

　　談論女性寫作似乎一個避不開的話題就是「身體修辭」。而在那些出生於 1950 和 1960 年代女性詩人那裡曾經相當激烈甚至極端的帶有雅羅米爾式的「要麼一切，要麼全無」的精神疾病氣息的性別話語仍然一定程度上延續在「70 後」的一部分女性寫作群體當中。相反在我有限的閱讀中台灣的「80 後」女性詩人即使也有為數不少的身體修辭，但是整體上而言已經不像此前女性的那樣激烈和尖銳，而是將身體甚至性都還原為日常化經驗的一部分。

即使是在自認爲擅長「細節敘寫和身體抒寫」的「不成熟的女權主義傾向」的崔豔華這裡，「身體」抒寫也是較爲平靜、日常和舒緩的，如「將久病的肌膚寫成了字／嵌入淺眠的掌紋／若你觸碰我，便可閱讀／從謐凝的晚嵐／到杜鵑的蕊心／我就是六月最棘手的隱喻」（〈六月〉），「命名你爲：我的國土。／　在我身體虛弱時／難以順利地術馭／一套窗簾，一張床，一把扁梳／我的權位由這些構成」（〈所有的邊疆都存在矛盾〉），「——或許並不是喜歡你／我躺在床上，吸著煙／夕陽的顏色偏向一種淫靡橘／我的肌膚熟爛而柔軟／心在深處，產生動搖」（〈沉默〉）。這是否也說明隨著時代文化語境的轉換，曾經如此激烈白熱化的兩性對抗和性別抒寫已經成爲明日黃花，對於更爲年輕也更爲開放的「80後」甚至「90後」女性而言，身體和性已經和飲食一樣沒有多少值得大肆渲染和作秀之處？值得強調的是很多人批評「70後」女性詩歌時都是戴著有色的眼鏡放大和歪曲了其詩歌中的身體與欲望。不容否認的是對於「70後」女性詩歌寫作而言「身體」和「欲望」確實也成爲了繞不開的重要的關鍵字之一。但是在近幾年仍用這些詞彙來限定「70後」女性詩歌寫作就未免太過單一、武斷、庸俗了，這對詩歌和評論都是不負責任的表徵。但是我看到的卻是大量的詩人和批評者在近年的一些所謂的「權威」詩歌年選中仍然「我行我素」地用「身體」和「性」來評價包括「70後」在內的女性詩歌。這有很大的不合時宜的「脫鉤閱讀」的慣性勢能導致的誤區，因爲他們這些讀者、批評者幾乎無視「70後」女性詩歌寫作在近年來的新的發展趨向和更爲繁複的運動軌跡。陳仲義在一篇文章中就談到了對台灣的「軀體性」詩歌的認識，當然陳仲義的態度和論述是較爲嚴密和富於學理性的，這照之一些掄著道德和道學的大棒的人或嬉皮笑臉的應和者形成了強大的反差。

　　從《下半身》等民刊，教人聯想起彼岸台灣，類同的寫作風氣，早先有始作俑者夏宇，第二本詩集《腹語術》，充分施展身體優勢，極盡女性軀體「以暴抗暴」的奇譎。晚近則有江文瑜、顏艾琳等。《男人的乳頭》（江著），渾身使出肉欲殺手鐧，青出於藍而勝於藍。卷一「愛情經濟學」，把情欲之想像發揮到極致。卷二「憤怒的玫瑰」，戲劇性顛覆性中

心暴力，濃稠的肉身氣叫人窒息。卷三「巫師與無詩」，展演生育全過程，即使借此論詩，也充滿令人咋舌的轉喻。整部詩集採用或局部或特寫或整體的裸像對讀，變形、直呈、提喻。文類駁嫁轉鏈，赤裸裸穿行於子宮、陰蒂、乳頭，免不了腥臊之味？哪怕乾淨地拼貼「胸罩」與「凶兆」，粘連「精液」與「驚異」（「每夜用你親手撫慰的最高敬意／冥想創造／精益／求精」「每日用你喉嚨尖聲喃喃的勁蠻／冥想創造／精液／求驚」。）即使高明文字的游走和文化穿透，要想得到多數受眾認同，恐怕尚須耐心等待。

　　換言之談到詩歌中的「身體」，談到女性詩人的「身體」敘事更多的人是將之狹隘化、倫理道德化，忽視了「身體」在文學和詩歌寫作中的重要性。更應該強調的是似乎一談到那些從 1990 年代開始詩歌寫作的「70 後」的女詩人一些研究者就煞有介事的提起「身體」、「欲望」、「情色」、「性」等這些語詞，似乎這些詩人除了這之外空無一物。如果說身體修辭和欲望抒寫是詩歌和文學寫作的合理性依據甚至基本質素，那麼身體和欲望的表現和抒寫就是合理的。但是女性的身體體驗包括性愛體驗只有在具有了更多融合的視域和提升的能力才有可能在另一種向度上抵達自身、靈魂和詩歌的內核。「70 後」女性詩歌寫作不能離開女性意識又不能將之極端化、偏執化，應該在一定程度上在更寬更深的超越性別意識的視閾進行寫作、探詢，辯難和挖掘。也許一個詩人的一句話宣告了一個恰切和合理的姿勢——「我首先是一個詩人，其次才是一個女人」（張燁）。不可否認在女性詩歌中尤其是 1970 年代出生的更爲年輕的女性詩歌文本中似乎身體的感知、經驗、欲望要更爲顯豁。除了大陸「下半身詩歌」的尹麗川、巫昂等詩人的欲望化敘事引起了很大的爭議外，台灣的一些生於 60 年代末和 70 年代的女性詩人也同樣遭到了非議。

　　顯然，台灣女性的「身體詩」（或曰「情色詩」、「性愛詩」，還有特殊的「同志詩」）寫作顯然要比大陸的女性來得更刺激、更大膽、更感官化也更尖銳化。實際上台灣的一些男性作家關於身體和性的抒寫也一直作爲一種「小傳統」而存在，而這在大陸要遲至 1980 年代後期才出現。陳黎等人的〈忽必

烈汗〉、焦桐的《完全壯陽食譜》、陳克華的〈在 A 片流行的年代〉和〈下班
後看 A 片〉以及題目更爲生猛刺激的詩歌〈女人的隱形陽具〉、〈男人的陰
道慶典〉都呈現了男性視角下的身體觀和佔有女性身體的的殖民欲。而一些
女性的身體和兩性抒寫顯然在於反撥這種男權觀照下的身體與欲望。說台灣
的詩歌界自 1980 年代以來一直在上演著「身體爭霸戰」也許並不爲過，而「蕾
絲與鞭子的狂歡」似乎也點出了台灣情色文學的一些狀況。針對著主導性的
男性身體政治學，出生於 1961 年的江文瑜和出生於 1968 年的顏艾琳通過兩
部詩集《男人的乳頭》和《骨皮肉》表達了屬於女性這一「第二性」的話語
突圍和反叛。而這些同樣感官化甚至更具有挑逗性的性別話語在一定程度上
表達出女性獨立和身體平等的時代和詩學意義的同時，也再次陷入到「女性
展示——男性窺視」的圈套之中。在顏艾琳和江文瑜詩歌中大量出現的「乳
頭」、「乳液」、「精液」、「生殖器」、「勃起」、「潮濕」、「挺進」、「舔舐」、「呻
吟」以及更爲讓一般讀者難以接受的「成人化」「段子式」甚至「A 片鏡頭化」
的詞語譜系其過於明顯的對立性、姿態性甚至性政治在一定程度上損害了詩
歌。

　　而中國自 1980 年代肇始的先鋒文學中出現的林白、陳染以及詩歌界的伊
蕾、翟永明和唐亞平的身體敘事也許並不比海峽對岸的台灣女性作家遜色，
而是值得注意的是台灣的 1960 年代出生的詩人之後，那些「70 後」女性的
身體抒寫並沒有比前輩弱化甚至有「趕超」的傾向，而這在大陸的「70 後」
女性這裡卻十分罕見。除了 2000 年左右以「下半身」詩派出現的尹麗川和巫
昂、春樹曾經在短時期內大張旗鼓的上演「身體」修辭秀之後，也很快偃旗
息鼓。更多的大陸的「70 後」女性詩人也許不乏關於身體的想像和性的修辭，
但更多是呈現了個人化、細膩化、情感化和私密化的狀態，從而與此前女性
詩人「戰爭般」的性別表達具有不小的差異。而再次反觀台灣的「70 後」女
性的身體抒寫，包括吳菀菱、潘甯馨、葉惠芳在內的詩人其性別和身體的情
色表達更爲突出和刺激，也更挑戰讀者和男性詩人的閱讀極限。吳菀菱甚
至宣稱「女性是個被分解的屍體」，她在詩歌中宣稱必須反對男性身體的奴
役，而是應該相反女性去「使勁的挑逗男人的肛門，以陰唇或手指」。

　　相應的提到大陸的「70 後」女性詩歌的身體敘事人們馬上就會想到尹麗

川，眾多專業研究者和一般閱讀者首先會自然而然地將其和「下半身」直接聯繫起來。確實尹麗川的一些詩作所處理的題材是「身體」甚至是「下半身」，早期的詩作也帶有明顯的精神疾病、過度的「身體修辭」的揮霍，但是尹麗川不能完全被判定為一個簡單化了、欲望化的身體寫作者，尹麗川的詩歌寫作是豐富的多棱體。但是尹麗川詩歌文本的豐富卻被巨大的公論陰影所籠罩。單就詩歌趣味而言可能有人對尹麗川的詩極其讚賞，但也會有人極其反感，尤其是對其涉及「身體」、「性」的詩歌更是如此。但是我們是否注意到了尹麗川詩歌寫作的「嚴肅性」的一面，也正如先鋒批評家陳超所說的從詩歌趣味上而言，我們或許對一些詩人更為認同，而對某些詩人則不太適應，但是「我同樣看到他們面對寫作的嚴肅性的一面以及各自的可信賴的才能」。實際上尹麗川的身體敘事更多是一種以瘋癲狀態呈現出的另一種「失語症」。讀尹麗川的詩有時很困惑，尹麗川更像是一個吉普賽女郎，在遷徙與流浪中，在都市與鄉村中間，在世間萬象和內心潮汐之間，她所牽扯出的正像是眩目而曖昧的萬花筒，而尹麗川在更多時候是被指認為「下半身」的詩人，〈為什麼不再舒服一些〉就被認為是「經典」的「下半身」之作[5]。

哎　再往上一點再往下一點再往左一點再往右一點

這不是做愛　這是釘釘子

噢　再快一點再慢一點再鬆一點再緊一點

這不是做愛　這是掃黃或繫鞋帶

喔　再深一點再淺一點再輕一點再重一點

這不是做愛　這是按摩、寫詩、洗頭或洗腳

為什麼不再舒服一些呢　嗯　再舒服一些嘛

再溫柔一點再潑辣一點再知識分子一點再民間一點

---

[5] 2007 年 11 月 1 日到 2 日，在海口召開的 21 世紀中國現代詩研討會上，與會者重新提起了「70 後」詩歌並且以沈浩波和尹麗川的「身體」性詩歌為例。非常有意思的是，與會者分成兩派，一部分批評家對尹麗川和沈浩波口誅筆伐，另一部分人卻對沈浩波和尹麗川大加讚賞。筆者在大會發言和討論中集中談論了「70 後」詩歌寫作的特徵以及目前文學界對「70 後」詩歌普遍的誤解與歪曲。

為什麼不再舒服一些

　　這首詩你可以說它曖昧、色情、下流、骯髒，或者說它根本就不是詩歌而是「淫詞浪語」的葷段子，但是尹麗川的意圖可能更多是出自激憤和反諷，她所想反撥和挑戰的正是積習的男性化的閱讀「意淫」，而詩中的「再知識分子一點」、「再民間一點」顯然是「70後」詩人對當年盤峰論爭的認識與批評，而「70後」詩歌包括「下半身」詩歌正是在 1999 年的那場世紀末的「知識分子寫作」和「民間寫作」的縫隙中衝殺出來的。正如不同的人面對同一部《紅樓夢》會有完全不同的感受，而尹麗川〈為什麼不再舒服一些〉最終所折射的是不同身分角色的靈魂，或高或低，或雅或俗，或善，或惡……但是，眾多的閱讀者在以快感或憤怒讀這首詩的時候，可能忽略了這首詩最為重要的部分，當尹麗川有意或無意地將生活中的日常舉動和性暗示放置在一起之後，就別有用心的出現了這樣的詩句：「再知識分子一點再民間一點」。這肯定不是可有可無的句子，甚至說相當富有意味的句子。當「知識分子」、「民間」和曖昧的場面混雜在一起的時候，尹麗川所想表達的遠非人們想像的那麼簡單或低下。而如何正確體認女性與身體抒寫之間的關係，我想巫昂的一段話很值得注意：「我一向只能用女人的眼睛去看東西，它們給我的震撼和我的反應肯定也都是陰性的，每個女人的一生，都要被鬱悶、慌張、惱怒和難以言表所困擾，但我決不是想當這個性別的代言人，因為，我已經遭遇了很多來自同性的攻擊，我無法不僅僅代表自己發言」（巫昂：〈我為什麼寫性〉）。巫昂的詩歌寫作在 2000 年之後多少顯出關於身體和性的取向，寫性，女性的性，可能有很多人誤讀了巫昂和她的這些「敏感」的詩作。而在我看來巫昂的詩歌中這些「性」的場景的出現都是和實實在在的生存感受和生命認知直接相關的。巫昂的詩歌中幾乎很少有赤裸裸的對性和欲望的宣洩。透過巫昂詩歌中的性的元素所折射的是更為尖銳的女性生存的悖論、憤怒、陰鬱甚至質疑。巫昂以特有的女性視角和個性化的抒寫方式呈現了一個蜘蛛般的憂鬱天氣，「打開了又一瓶啤酒／這是德國老娘們開的酒吧／以前我們在這裡／親嘴、亂摸、倒頭大睡／她在櫃檯後面看電視／她的床在牆後面發餿／後來。酒味變薄／我們越變越小／小到接近腐爛／有人開始搶／靠窗的位置」（〈好

東西總是容易壞掉〉)。換言之巫昂關注的不是單純的性，而是與之相關的令人唏噓感歎的黑色質地的沉重區域，「需要性來讓我軟弱／需要堅定的交往／你的生殖器無人可以替代／需要你覆蓋我／如國旗和棺木」(〈需要性〉)。按照巫昂自己的說法就是「作為女人，我關心性交帶來的那些副產品，幼年到少年，我在母親的產房裡混，生產的血、引產嬰兒滿地躺著、生過八胎以上的瘋了的小老女人，14 歲的小姑娘懷著老師的孩子，這些記憶太深了，好象沒有什麼比那更加動物、更不人性。相比之下，我覺得性交不算什麼觸目驚心的事，性交不是性的全部」(巫昂：〈我為什麼寫性〉)。但是在更多的「70後」女性詩人那裡關於身體的詩歌敘事顯然並沒有像當年的尹麗川和巫昂那樣如此強烈、如此集中，而是將身體更多地還原為個體生存權利，身體、靈魂和那些卑微的事物一樣，只是詩人面對世界、面對自我的一個言說的手段而已。或者說對身體的命名和發現已經不再是 1980 年代中國女性詩人的空前激烈的自白狀態，而是上升為一種日常化的撫慰與感知，「身體有它受過的愛撫，薔薇色的時刻／身體有它的寂寞／它的哀傷、痛楚、顫慄／身體有它的夜晚、一個唯一的夜、從未／到來的夜／(一雙唯一的眼睛)——／身體有它的相認／它的拒絕、潔癖／它固執的、不被看見的美麗／身體有它的柔情／有它的幻想、破滅、潦倒、衰敗／它終生不愈的殘缺……／身體有它的記憶，不向任何人道及」(扶桑：〈身體有它受過的愛撫〉)。即使是在身體和欲望在青春年少燃燒的年代，在寫於 1994 年的早期詩作中扶桑的關於身體的敘事也呈現出少有的知性的色彩，「在我的背後解開那顆細小的紐扣／你的手握著我的　乳房／仿佛兩隻溫順的鴿子棲落你的手掌　／／　寂靜的屋頂上，有薄雪似的霜……」(扶桑：〈霜〉)。

六

就筆者近些年對兩岸「70 後」女性詩歌的閱讀觀感而言，其寫作變得更為廣闊舒展，其視域與題材都呈現了令人贊歎的豐富性、複雜性。她們在葆有新的女性獨有體驗的同時又向著更為廣闊的精神維度伸展。面對這種更有內力也更為繁複、精深、尷尬的詩歌，我們僅用一句「女性意識」來概括肯定是遠遠不夠的。如李小洛的〈省下我〉不僅以反諷的方式呈現了一個時代

尷尬的生存氛圍而且凸現了「70後」女性基本的精神維度和價值取向，「省下我吃的蔬菜、糧食和水果／省下我用的書本、稿紙和筆墨。／ 省下我穿的絲綢，我用的口紅、香水／省下我撥打的電話，佩戴的首飾。／ 省下我坐的車輛，讓道路寬暢／省下我住的房子，收留父親。／ 省下我的戀愛，節省玫瑰和戒指／省下我的淚水，去澆灌麥子和中國。／ 省下我對這個世界無休無止的願望和要求吧／省下我對這個世界一切的罪罰和折磨。／ 然後，請把我拿走。／ 拿走一個多餘的人，一個／這樣多餘的活著／多餘的用著姓名的人」。

　　「70後」女性詩人開始關注和打量生存的細部，體驗著更爲廣大的群體的艱辛，同時也表達了新一代知識女性靈魂和生命體驗的紮實可靠。但是這種無限開闊的「70後」女性詩歌的寫作傾向也在另一個向度上印證了其尷尬和兩難性的特徵。與大陸的「70後」女性詩人相比，台灣的女性詩人在「鄉土寫作」、「家族譜系」甚至個人與歷史關係的抒寫上顯得不夠明顯和突出。當我在2011年的春天在台灣三個多月的交流考察中，曾經在1970年代余光中等詩人的詩作中大量出現的「鄉土」意象，比如香蕉林、芒果園、鳳梨地等在「70後」詩人這裡幾乎已經難覓影像。而隨著台灣本土的日益城市化，更多的年輕詩人在投身城市化的激烈競爭的同時儘管多少還保留著自己曾經的「鄉下」人的某些「口音」和慣性「鄉愁」情結，但是更多的是個人與城市在詩歌中的交相叩問，儘管城市在這些女性詩人那裡呈現爲被質疑、顛覆甚至戲謔的客觀對應物。限囿台灣島悠閑的空間距離以及高速發展的交通，即使是所謂的「鄉下」已經日益被城市化和去地方化，一代女性的「精神地理學」正在從「鄉愁」的層面轉換爲「都市現代人」的繁複經驗。與此同時，倫理化和社會化的寫作在台灣的這些女性詩人這裡也較爲鮮見，家國意識、擔當精神、介入姿態和使命感儘管偶爾在一些詩人那裡有著稍縱即逝的顯現，但更多的時候我們看到的是一個個女性、一個個個體在寫作日常的、個人的詩。

　　原型甚至是佛洛德思想體系參照下的「俄爾浦斯」和「那喀索斯」形象曾在中國的先鋒文學中得到了互文性的呈現和闡釋，而更具詩學和歷史意義的普泛層面的家族敘事則在女性文學尤其是女性詩歌中得到了越來越廣泛和

深入的體現。在很長時期內中國女性詩人的家族敘寫更多是傳統意義上的，這些傳統的家族形象成為詩人們追蹤、描述和認同的主體，「她生來就是這樣造就的，絕沒有屬於她自己的什麼意見或者願望，而總是寧願贊同別人的意見和願望。最要緊的是──我其實不用說出來──她很純潔。她的純潔被視為首要的美」[6]。而值得注意的是台灣的「70 後」女性詩人由於「鄉土」經驗的普遍缺乏，顯然缺少一種對來自於「土地」和「家族」的譜系性抒寫。而相應地，這些出生於大陸的「70 後」女性詩人由於普遍具有「鄉土中國」的農村經驗和古典農耕情懷的遺留以及理想主義情緒的少量沉澱，她們的詩歌更多體現為「還鄉」意識和個人化的歷史想像力下對家族的不無沉重和多樣化的抒寫。當然對於其中那些來自於城市的「70 後」女性而言，她們的家族抒寫更多帶有反諷和顛覆的意味。據此我們可以發現，一些女性詩人是持著尊敬、懷念、讚頌之情將家族敘事在失落的農耕文明和強勢的城市背景之下展開，但也有女性詩人對待家族敘事在不同程度上帶有反思、背離和批判、顛覆的態度。

　　上個世紀的 70 年代末，女性詩歌中的家族敘事更多是政治和社會學層面的，而到 1980 年代中後期女性詩人更多意義上成了西方自白派詩歌和伍爾芙、杜拉斯的追隨者，更多是像伍爾芙在《一間自己的屋子》、《瓊·馬丁太太的日記》裡所做的那樣試圖通過分析家族中的「母親」形象來尋找女性自身的歷史、文化和生命的傳統與困境並進而對抗維多利亞時代的男權文化霸權。這在伊蕾、翟永明、唐亞平、陸憶敏等女性詩人關於「母親」的敘事那裡得到了最為直接的帶有「傷痕」性的疼痛式印證與母女關係的疏離，「歲月把我放在磨子裡，讓我親眼看著自己被碾碎／呵，母親，當我終於變得沉默，你是否為之欣喜／沒有人知道我是怎樣不著痕跡地愛你，這秘密／來自你的一部分，我的眼睛像兩個傷口痛苦地望著你」（翟永明：〈母親〉）。女性詩人對「母親」的家族抒寫無疑經歷了由血緣和人格的「鏡像」式認同到剝離和反思的艱難過程，這一時期的女性詩歌的家族敘寫帶有強烈的對抗性和道德色彩，表現出強大的對父權規訓的反叛與挑戰。而在筆者看來新世紀年以來的大陸女性詩歌寫作顯然已經呈現出了不同於此前詩歌的新的特質，其中最

---

[6] 佛吉尼亞·伍爾芙，《伍爾芙隨筆》，伍厚凱、王曉路譯，四川人民出版社，1998 年，第 110 頁。

為顯著的症候就是女性詩人在家族敘事上的新變，而這種變化無論是在詩歌美學還是在社會學的層面上都值得進行切片式的研究和關注。儘管這些「70後」女性詩人不乏強烈而又帶有智性色彩的女性意識，但是這與「第三代」女性詩歌自白式的言說方式和一定程度上偏激的女權立場有著很大的區別。女性意識不等同於女權主義，由於這些青年女性詩人差異較大的生活背景、成長經驗，這就使得這些女性詩人詩歌文本中同時出現了差異很大的甚至相互齟齬的家族譜系，同時呈現出對家族譜系的歷史敘事和現實抒寫中的讚頌性情感和背離性反叛精神，「那個瘦小的女人最後離去／我們家醉心紙牌的女人終於離去／你看不到這一切：在沿河地帶／丟失狸貓的少年又失去母親　／／在半夜流著血／在半夜尋找鄉村巫師／符咒和草藥相煎的氣味瀰漫在這些手稿中間／自殺者沉著、堅定，蔑視死神」（白瑪：〈家族史：靜靜的陰影〉）。這種不無尷尬的家族譜系的建構甚至拆解不能不呈現出近年來女性詩歌最為重要的尷尬性特徵以及個人化的歷史感和自省精神。當這一時期的女性詩歌中同時出現惡父、惡母、慈父、慈母甚至是不偏不倚的不帶感情時色彩的家族的形象時，傳統的家族譜系敘事在這些女性詩人這裡得到了全方位的重新清洗和審視，當然也程度不同地仍然延續了傳統的家族印象和一代人特有的集體記憶。在尹麗川的詩作中其彰顯的女性意識有時候是相當強烈的，而值得注意的是尹麗川的很多詩作中都出現了年邁的母親和老婦人的形象。這些年邁的女人形象無不扭曲、平常、灰暗，這也從另一維度呈現了女性命運的尷尬，年長色衰，為人妻為人母的多重身分的重壓，抑或詩人對女性身分的焦慮。當光陰陰暗的鏡子中一個個容顏老去的時候，一種自戀、自問、懷疑和怨憤的情結就不能不空前強烈的凝聚和爆發出來。曾經的文學寫作中「愛女慈母」的經典模式在尹麗川等「70後」和「80後」女性詩人這裡遭到了解構與顛覆，「惡母」的形象在女性文學中一再閃現，這一定程度上不能不有張愛玲的影響。對母女關係的重新認知成了包括尹麗川在內的「70後」女性詩人的一種近於天生的家族譜系審視。在〈媽媽〉這首詩中血緣層面的母女關係被置換為女人和女人，年輕的女人和年老的女人的關係，熟悉與陌生，倫常與悖論，生命與符號所呈現的是男性讀者非常陌生的經驗和場景。「老女人」形象鮮明地揭示了尹麗川作為女性的性別焦慮和身分隱憂，這種焦慮和隱憂

在〈郊區公廁即景〉的「不潔」場景和細節中被還原爲年輕女人和老女人的錯位的對話以及挑戰性的否定。而作爲一個女性詩人，尹麗川的詩歌文本中的「父親」無疑是一個重要的、敏感的形象。在伊格爾頓看來「父親」是政治統治與國家權力的化身，而在尹麗川的詩歌中「父親」還沒有被提升或誇大到政治甚至國家的象徵體系上，而是更爲真切的與個體的生存體驗甚至現實世界直接關聯。而詩人與「父親」的關係則是尷尬的狀態，既想回到本真性的親切又不能不面對強大的血統乃至文化上的巨大差異和隔膜。與尹麗川在城市背景下更多的對家族譜系的反思性甚至質疑性的姿態不同，李小洛則更多是在鄉土化的背景中呈現了沉重而不乏溫情的家族敘事。在〈大事件〉這首敘事性的深情繾綣的詩作中李小洛選取了相當具有震撼性的歷時性的日常生活的「大事件」和戲劇性的場景以及個人化的歷史想像力，從而呈現出真切的父親生活史和情感履歷以及其間詩人的反思、自責、痛苦、難以言說的深厚情感和生命無常的無奈與喟歎。實際上在很多有著鄉村背景甚至像鄭小瓊這樣不僅有著鄉村背景而且同時具有「打工」和「底層」身分的「80後」女性詩人那裡同樣呈現了李小洛一樣的沉重而尷尬的家族敘事，家族敘事的背後有著詩人對後工業時代的生存場景和農耕文明失落的憂思和痛苦的家族記憶。鄭小瓊呈現了一個加速度前進的後工業時代詩人身分的多重性和寫作經驗以及想像力的無限可能的空間。在關於家族的詩歌敘寫中鄭小瓊從活生生的社會生活、個體生存和歷史場域中生發出平靜的吟唱或激烈的歌哭，更爲可貴的是這些詩作閃現出在個體生命的旅程上時光的草線和死亡的灰燼以及對鄉土、生命、往事、歷史、家族的追憶。這些詩歌帶有強烈的輓歌性質，更帶有與詩人的經驗和想像力密不可分的陣痛與流連。女性詩歌的家族敘事凸顯了這些年代女性詩人艱難的生存背景，據此早期的過於對抗性和封閉性的女性欲望和身體敘事在這些更爲年輕的女性詩人這裡得到了轉向，轉向了更爲值得文化反思和詩學呈現的視野也更爲寬廣的家族譜系的抒寫。新世紀以來的女性詩人關於父親、母親的家族敘事大體是放在鄉村和城市相交織的背景之下，沉寂，蒼涼，孤獨成爲基本意緒。同樣值得注意的是這一時期的女性詩人在家族敘寫上不僅對現實、身體體驗和男性文化進行了相當富有深度的省思與反問，更爲重要的是她們普遍的具有歷史意識觀照下的沉重的家

族敘事所呈現的社會景觀以及更為駁雜的內心圖景。換言之這些女性詩人不乏個人化的歷史想像力，這種關於歷史的個性化表述不是來自於單純的想像而是與一代人的生存背景和對文化、歷史、政治的態度相當密切的聯繫在一起的，而且在女性主義的影響中張揚出個體和女性的雙重光輝。

　　贅述了這麼多，也註定是浮光掠影甚至是言不及義的個人表述和碎片化觀感。兩岸的「70後」女性詩歌的諸多共性和不可消弭的差異性都值得我們反復深入追問和研究。當這些女性已經不再年輕，當她們現在的詩歌精神地理已經和她們剛出道時候已經出現了不小的差異時，我們是否有足夠的勇氣和自信來面對一個寫作數量日益激增，博客、微博、手機等自媒體日益發達的時代。只能說，對於仍然深不見底的海峽，對於更為多元和個性化的詩歌寫作而言，兩岸女性都以各自知冷知熱的方式以及不可消弭的個性呈現出一個「歧路的花園」般的精神地理學。而這個漫步歧路和迷津的花園裡正在上演著一千零一夜的故事。傾聽，還需要繼續下去。

講評

◎劉正忠*

霍先生是新世代新銳的詩論家，論著頗為精采。這次他把關心的觸角延伸至海峽對岸的台灣，特別可貴！台灣 70 後、80 後的寫作相當蓬勃，但研究還不夠深刻，這篇研究作為先驅，打開了許多可能性。

霍先生的優點是觀察敏銳，具有追尋問題的熱情，勇於提出批判，讀來痛快，但另一方面，這樣整體宏觀的觀察難免會有顧此失彼的現象，這是可以理解的。

以下我試著提出十八項未必重要的細節，請霍先生斟酌。

一、引用了楊宗翰先生的意見，批評年級說不具文學史的意義，因而改用了「70 後」的概念。這個觀念在大陸有其演變的過程，在台灣卻是人為的概念，我稱之為「自動斷代法」，未來的一百年都預先斷代好了。至於「非自動斷代法」也就是人工斷代法，舉例來說大陸第三代詩人或台灣新世代詩人，有其建構過程，通常會附帶斷代的理據。如果年級說有問題？70 後之說怎會沒問題？

二、論文中提到以前的女性詩歌被無性化或男性化，用語不太精確，應該說被男性的視野壟斷，這未必是創作本身的問題，台灣不同世代女性其實風貌繁複，未曾被簡單地無性化或男性化。

三、題目上提到了歧路花園，這是一個隱喻。霍先生說，「我強烈的感受到歧路花園正是當下青年詩歌寫作最精確的命名」，也解釋詩人與詩歌的命運最適合以歧路花園來說明，但是，這樣的解讀是專屬於 70 後詩人，抑或是詩歌界普遍的現象？論文題目用的三個隱喻，歧路花園、一千零一夜和精神地理學，都是很寬廣的隱喻，似乎需稍作界定，才能發揮論述上的效用。

四、文章中提到 70 後台灣詩人的名單，雖然算是完整，但其中應該有輕

---

* 台灣清華大學中文系副教授。

有重，建議把這種輕重關係更為清楚的分出來。輕的少談，重的多談。要全部都顧及，可能需要一本書來處理。霍先生把他們壓縮到一篇文章中，便會受到篇幅的限制。

五、霍先生說，泛政治的時代已經過去了，或許是的。不過我想，新世代的詩人有其新的政治焦慮，是情感的政治、文體的政治、性別的政治，並非絕對的去政治性。因此，這個時代的詩人未必沒有新的負擔，也未必如表面般輕鬆化、日常化。

六、有一些現象到底是時代問題還是世代問題？比如說女性詩歌中，霍先生觀察到詩人活生生的社會生活、個體生存跟現實的場域，但這些情況是某個時代還是某個世代專屬的呢？是不是要再補強一下論證。

七、有一處說，80後的女性詩歌有一種古代柔軟婉轉清新的小令已經出現，或許並不精確，因為這個現象在台灣每個世代的詩歌中普遍存在。

八、論文中提到女性詩歌與天然之路有一種自然的貼近，同時也提到女性詩歌與愛情有天然的關係，因而植物和水和愛情，就被導向女性特質。這可能是刻板印象。自詩經以來，植物與男性便很有關係，就像水與男性也很有關係。

九、霍先生提出一個論斷，「她們（指年輕女詩人）的詩歌除了承擔個人和語言外，不需要承擔另外的東西」，可惜受限篇幅，沒有提出詩作證明，而用了《雙子星人文詩刊》的編輯前言來替代。問題是這篇文章其實是一個四十歲的男性編輯寫的，只講出自己的角度和觀察，並不能替代文本來說話。

十、論文中提到，年輕詩人的愛情詩已經被情詩、性詩、無愛詩、同志詩置換，我覺得「置換」用得不精確，愛情詩本來就包含這些元素。這裡提出的「無愛詩」雖然有一些奇特，或許是新概念，很期待再說明。

十一、林婉瑜的〈抗憂鬱劑〉提到柏拉圖的洞，霍先生把它解釋為女性身體的隱喻與柏拉圖式的精神之愛。但在這裡，其實與柏拉圖《理想國》中著名的洞穴寓言密切相關，這一層在論文裡沒有被闡釋，在典故上應可補充。

十二、楊佳嫻的詩引用完整，但不僅僅是「互文性」而已，你看她的詩寫得多麼雍容華貴，這是一種台灣現代詩傳承中對古典語碼的應用，不是普通廣泛的互文性，似宜另作分析。

十三、論文中提到的影像詩、圖文詩、廣告詩等等，似乎已經不再流行了。另外談到部落格與女性詩歌的關係，使年輕的女性詩人有一種寫作慾望和發表渴求，這恐怕也同樣適用於男性。

十四、有些與論題無關的枝節似可不寫。如提到楊小濱主編的現在詩（無情詩專輯），「受到馬英九先生在內的眾多讀者關注。」這乍聽起有些誇大，會生誤解，也能也與現場的事實有些落差。

十五、霍先生一直提到 70 後的詩人是「精神疾病氣息」的最後一代，80後的更年輕的書寫就沒有這種疾病氣息，這樣的論述可能太果斷了些。或許每個時代、世代皆有「精神疾病氣息」，只是症狀不同。

十六、大陸部份提到了下半身寫作，周作人的〈上下身〉已經對上下半身的切割方式提出異議，試想只有下半身的電影是色情片，還是恐怖片？世界上不存在絕對意義的「下半身寫作」，色情需要全體身心的投入，至少「頭」是有參加的，沒有想像力就難以色情，用下半身作為刊名，確實達成了廣告般的效果。

十七、有一處提到：「台灣的身體詩（或曰情色詩、性愛詩、同志詩）」，我覺得括號內的文字應該刪除，因為身體詩或許比情色詩、性愛詩、同志詩更寬闊。它們之間的關係不是「或曰」，也不是「包括」。例如有些同志詩就超出身體詩的範疇。

十八、採用非嚴肅性和嚴肅性這種二分法，來談女性詩歌，或許不夠細緻。或許可以修正為：除了情色表象外，別有意涵、寓意，但這是比重問題，並非絕對的。

無論如何，突破海峽的侷限，去看對岸的文學，總是令人敬佩的，何況文章裡其實有許多獨到的，但我在此來不及徵引的觀點。最後，僅以雨果向霍先生致敬：「腳步到不了的地方，眼光到得了，眼光到不了的地方，精神到得了。」

（編按：本文依會議之論文講評記錄整理。）

打工詩歌的美學與可能性

◎李雲雷[*]

　　打工詩歌最早在 80 年代中期就已經出現，但一直到新世紀初，才被廣泛地討論，也出現了一些重要的文章、專著以及詩人，我認爲不論從社會或是文學的角度來看，都是重要的現象，也值得大家關注。

　　我是以下列幾個方面來觀察打工詩歌。首先，打工詩歌的發展，是打工者自我表達內心聲音的嘗試與努力。打工者本身作爲一個流動的群體，是中國社會中重要的社會現象，不僅是在國內，打工者也支撐起外銷企業的發展，因此也與世界的經濟有關。在國際與國內的雙重結構之中，打工者都占居了重要的位置。但是這樣約有 2.7 億人口的龐大群體，卻很少能夠發出自己的聲音，因此打工詩歌的出現，確實有它的意義。不過值得思考的是，這些打工的詩人，是否能真正地表達出自己的經歷與體驗？或者說，他們的體驗對當下的詩歌創作能提供什麼新的審美元素。我覺得有些詩人意識到了這些問題，但是大部分的詩人還是沒有理解到問題本身的重要性。

　　比如在打工詩人的作品中經常看到的題材，一是回憶自己過去的鄉村生活，一是描寫鄉愁，因到城市工作的關係，而吐露對家鄉的思念，另一種則是描寫在城市打工的具體經驗。然而，在描寫鄉村與鄉愁的部份，很多詩歌都沿襲著舊有的意象與句法，讓人感到陳舊，但寫到城市生活經驗時，經常會出現新的意象出來。比如詩人鄭小瓊，她的詩歌描繪了許多鋼鐵的意象，與我們的印象與經典作品有相當大的不同，如在十七年文學裡，鋼鐵是與國家的工業化、現代化建設，這樣宏大的形象連結在一起的，是一種不言自明的現代性與力量感，但是在鄭小瓊的詩歌裡，鋼鐵、機器卻對創作者造成壓抑性的力量。鄭小瓊寫道：「我透過寂靜的白熾燈光／／看見疲倦的影子投影在機臺上，它慢慢地移動／／轉身，弓下來，沉默如一塊鑄鐵／／啊，這啞

* 中國藝術研究院副研究員、《文藝理論與批評》副主編。

語的鐵，掛滿了異鄉人的失望與憂傷／／這些在時間中生鏽的鐵，在現實中顫慄的鐵」，從對鐵的感覺，那直接與自己身體接觸的機器，造成了影響與異化，這與從前我們對鋼鐵的感覺，有著很大的不同。這是她的生活經驗，賦予了她對鋼鐵的理解，我覺得在這些打工者的具體生活中，透過經驗的書寫傳達，產生了新的美學要素。

很多詩人，尤其是打工詩人，也許是因為視野與文化程度的關係，他們試圖與詩壇的主流靠攏，未充分發揮自身經驗的獨特性來作為創作的利器，反而是用一些流行的意象與觀念，來統攝自我的創作，這也是打工詩歌中的矛盾之處，即便有那麼多的人在創作，但是大部分都是雷同的。

打工詩歌與官方的關係也值得討論，如深圳文聯組織打工文學論壇與評講，很多詩人都是因為評講的緣故而能凸顯出來，但是評選的機制對於詩歌的豐富性也造成了一定的限制。一位叫作浪淘沙的詩人，他寫過對深圳尖銳的批評，這樣的詩歌肯定不會受到主流的接受。打工詩歌如何能產生更多風格、呈現更多藝術方法，這也是打工詩歌面臨的問題。

打工詩人與其他打工者的關係也是一個觀察的角度，打工詩人是否能夠代表打工者階層的聲音？很多詩人是以個人的角度來描寫，他們不太承認自己的經驗具有共通性，他們寧可承認自己是一位詩人而不是「打工詩人」，這本身就構成了悖論，很多詩人就是因為書寫打工的主題而受人注意，當成名之後，卻不接受「打工詩人」的命名。

以上是打工詩歌在發展中遇到的問題，我覺得打工詩歌本身蘊含了新的經驗與美學，比如打工詩歌中的身體是勞動的身體，這和以往身體寫作中，將身體視為的消費、窺視的主體有很大的不同。從這些不同的角度來看，打工詩歌的確有個著開闊的空間。

（編按：本文依會議之發言記錄整理）

講評

◎朱雙一*

　　我原本缺乏詩評詩論的素養，加上會前未能拜讀李先生的論文，一時有「雪上加霜」之感，所以只能講點感想，如果「離題千里」，李先生自己或也應負一點責任。

　　李雲雷先生每年發表數十篇評論文章，是大陸一位知名的左派評論家。不過「左派」目前在大陸並不完全是一個褒義詞，反倒可能是一個批評諷刺的話語。這裡有個變化的過程。新中國建立之初，在大陸由於「左派」成為政治正確的絕對價值和標籤，「右派」是「敵人」、「黑五類」，所以人人都想戴上「左派」的桂冠，而 50 年代被打成「右派」的，不少是敢於針砭時弊者，他們並非真的「右派」，有的反倒可能是左派，如光復初期在台灣很活躍的左派文藝青年王思翔、楊夢周等。到了「文革」後，情況卻有了一百八十度的改變，由於「文革」被認為是過「左」了，所以很少有人再以「左派」自詡，相反，如果說某某人「很『左』」，其實是一句罵人的話。因此現在「左派」在大陸的處境，與「文革」前已不可同日而語。在台灣，情況卻正好相反。1980 年代之前，「左派」是要坐牢的，所以鄉土文學論戰時，被稱為提倡「工農兵文藝」者，還須不斷自我洗刷和撇清。但到了「解嚴」之後，由於此前長期處於「右」的威權統治下，人們對「右」的反感迸發出來，而長期受到壓制乃至監禁的「左派」，儘管其觀點、行為未必獲得廣大民眾的完全認同，至少大家對他們懷有尊重、崇敬之心。這就造成一種現象，目前台灣不少自稱「左派」的，其實未必是真正的左派。而李先生處於「左派」並不吃香的當下大陸語境中，卻堅持高舉「左派」的旗幟，我願在此表達對他的深深的敬意。

　　「左派」在兩岸具體語境中的起伏沉浮，說明對於何謂「左派」，我們一直是模糊不清的，因此不妨先辨清「左派」這一概念的真正內涵。我覺得真

---

* 廈門大學台灣研究院教授。

正的左派的價值，至少有這麼兩、三個要點：一是追求改造、變革乃至激烈的「革命」，具有較強烈的批判性，勇於揭露社會弊端與黑暗面；二是反對資本主義和帝國主義（因此也常傾向於社會主義）；三是與工農階級、底層民眾有最緊密的關聯——這裡還有兩個層次：可以是知識分子精英對底層民眾的關懷，更道地的則是底層民眾自己的奮起和發聲。真正的左派，應該涵括了上述三者。有的人只占其中一項（如僅有批判性），還不能算是真正的「左派」。

以此標準來看自稱或被稱為「左翼文學」的作品，或可發現兩岸的區別。總的說，台灣的作品批判性比較強，但在反資、反帝方面比較弱；而大陸正相反，對本身社會的批判性比較弱，卻更發揮了反資反帝（特別是改革開放前）和關懷工農底層的一面。這種區別，或許提示了建立兩岸文學相互對比參照視角的必要性。由於台灣社會現代化進程比起大陸大約有 20 年左右的提前量，很多文學現象，台灣早於大陸出現和發生，如環保生態文學、都市文學等。台灣文壇在 1970 年代就出現了楊青矗的工人小說，此後寫勞工乃至工運的有陌上塵、鄭俊清等，最值得一提的是李昌憲，因他的《加工區詩抄》（1981 年出版），儼然就是二、三十年後大陸的「打工詩歌」，如果我們的研究、評論能多一個相互比較參照的視角，也許能看出一些有趣的問題來。

所謂「工人文學」、「加工區詩」、「打工詩歌」等等，都是天生的現實主義乃至「左翼」的文學題材，評論界對他們的評價，往往在內容上給予一定的肯定，卻常稱其藝術上比較粗糙，審美價值不夠等等。此外，還常有一種超越日常瑣細而臻達抽象哲學境界的要求。這種傾向兩岸都有，但以大陸當下為甚。詩評家們常以扣問生命的終極價值、追索人類終極家園、關懷人類共同命運、表現超時空的永恆人性、對生存與存在問題加以哲學思考等等，作為一首「好詩」的標準，以「精神的飛升」、「向宇宙飛翔」諸如此類的話語，作為對「好詩」的讚辭。然而，採用何種角度、策略、概念、話語來談詩，往往取決於對象本身。上述標準和讚語用來詮釋洛夫先生的詩作，顯然頗為合適；但如果用來評說「打工詩歌」，就會讓人有格格不入、水乳難融之感。我曾讀過一篇評說當前打工詩歌的文章，褒揚當前的「打工詩歌」，始終不忘對人類精神家園的憧憬，超越了現實境遇中的苦難與憤恨，拋棄形而下的生存性訴求，轉而追求形而上的精神性超越，在生存的困境中實現了精神

的飛升；儘管「打工詩人」們在物質上極度貧困，卻是精神上的富有者，地位雖然卑微，但在人格上、精神上卻是尊貴的。能這樣固然很好，但聽起來總有那麼一點點阿 Q 的味道。「打工詩歌」果真如此，其揭露社會不公的批判性顯然偏弱，也無法對改善打工族的地位和境遇有實際的幫助。

　　至於「藝術素養欠缺」、「質樸但略顯粗糙」等對打工詩歌的常見評語，我這裡讀一首李昌憲的詩，藉以表達個人的一點看法。〈加班〉寫道：「被工作量壓得如弓的脊背／冷肅嘲諷自己／工作八小時的薪資／跟也跟不上物價／重返輸送帶，加班／只要一家大小能溫飽／甘願再忍受幾小時／把兒女的生活和自身的倦累／趁著夜暗重重挑回家／／兒女對著桌上的飯菜／搖頭的壓力　無論再怎樣拚命／加班，也賺不回／眉頭深縐的看看薪資袋／看看稚齡的兒女／看看牆上蛛網網住的／丈夫的臉，跟著自己一起／模糊起來」。詩人在最後才用「牆上蛛網網住的／丈夫的臉」一句，挑明女工的丈夫已亡，而生活的重擔，使這位女工連最親愛丈夫的遺像也無暇拭擦，只能讓他佈滿了蛛絲。讀著這樣的詩，我心為之震動。也許有人說這樣的詩是美的，也許也會有人說這樣的詩缺乏「形而上的精神性超越」，端賴各人不同的美學觀念、評價標準和觀察角度。

　　李雲雷先生論文的題目就顯露了對打工詩歌之「美」的認可和把握，而在剛才的宣讀中，我聽到他並未落入前面提到的抽象價值論的路數，也沒有用「藝術粗糙」等語來加深人們對「打工詩歌」的刻板印象，而是條分縷析地講出他所讀過的「打工詩歌」的優點和缺點，其呵護「打工詩歌」健康成長的心情是顯而易見的。這些都應給予充分的肯定。

作家自述

張啟疆與我

◎張啟疆

身為隱藏敘述者，我不知道該如何談論他——有肉有血的真實作者張啟疆。

文學張老師小說入門第一講：作者三我論。「哪！瞧清楚，小說中的『我』其實是一人三化，或謂三者一體：真實作者、隱藏作者和敘述者。綽綽影影，虛實幻變，嘿嘿！小心被騙。」課堂上的他侃侃而談，字裡行間的我目眩神搖，昏昏欲醉——哎呀！難道我只是心念之猿、意象之馬、魔術師袖袍裡的兔子？一種，不存在的存在？

所有的好事和壞事集中在他身上：露臉的是他，上臺的是他，高論文學理想（滿腦風流韻事）的也是他。

低潮的是他，落寞的是他，練就屠龍之技而暗自嗟嘆的更是他。

對他懷著好感的女人恐怕弄混了：妳們喜歡的人，其實，是我，「窩藏在女人的小小心靈卻又惶恐震顫逃離她的身體」的「影子新郎」。（語出《俄羅斯娃娃》）。

他將病態喬裝成自制，壓抑解讀為美德；生活稱得上簡單，只是有些，戰戰兢兢的潔癖——不煙不酒不毒，以及，不擅長人際經營。理性的大腦管不住情緒亂流；務虛的本性，慫恿他求新求異（這個「異」啊，害苦了讀者），戀字成癖。如果將寫作的力道用在情場，唉！我必須說：他，不是個體貼的情人。

別看公開場合的他自命瀟灑，談笑風生，可憐的我，則被塑成猥瑣不堪的投影，承受深水暗流的靈魂風暴。

關於「屠龍」之說，我和他的感覺殊異：一舞一刺一迴旋，驚鴻一瞥，便是絕美永恆。看法也不同：人皆謂「有龍，英雄才有用武之地。」我倒以

爲，「技」就是「龍」，沒有技，就沒有龍。或者說，世間本無龍，龍的傳說，只是旁襯技的神奇。

我常勸他：不要妄自菲薄。不如意？學學你筆下的人物，被你弄得支離破碎，仍生猛、頑強地活著。你的年紀雖到達百年民國的一半，但心尚未變老，像個「溫都男」，而且，還有些「民國氣質」呢。（語出「未來之書」第X章第N節）

無師自通的他擅長那些「技」呢？

馬森教授說：「張啓疆的風格和上一代作家截然不同，但是你不能不爲他文字的魅力和奇詭的景觀所吸引……種種不忍卒睹的景象，應該屬於亞里士多德『不愉快的快感』的領域。」（《如花初綻的容顏》序）

也就是「不美的美感」？這種矛盾美學，王德威教授曾一針見血指出：「詭譎幻化的故事，頹靡幽麗的文字，使全書充斥一股世紀末的矛盾氣息（〈什麼花？惡之花〉）

余光中教授認爲「發揮感性之餘，並未忽略知性……乃能化砭骨神經末梢、表皮角質素、槌鯨海豚等術語雜學爲美之素材，不令想像成爲空洞的幻覺。」（〈木偶喞喞——評「失聲者」〉）

兼顧知、感兩性，就是所謂「知感交融」、「理性、感性的平衡」？當然不是！他更在乎體內的「陰陽調和」。進出文本（正確說法是「在字詞深淵跳躍走索」）的我經常爲他的「巧喻」——喻依和喻體天差地遠，得由讀者想像力、巧妙情節來連綴——而瞠目，而虛脫，而，疲於奔命。行到水窮，赫見意興遄飛，斑爛意象如藍日自極地升起。顏崑陽教授的說法：「創造了不少異乎流俗的比喻。」

例如，「閉上眼，窺視：穿過積雪的微風輕撫細雨的窗簷然後廝磨妳濕涼鼻尖所引發的細響。」（《愛情張老師的秘密日記》）——他對「偷偷窺」的詮釋。

讀者揣摩作者叫做「偷窺」，作者反窺讀者……叫做什麼呢？他發明的「偷偷窺」：「我想像妳想像我的音符飛揚成灰，化爲粉末的碑文。」「想像或交互想像也可能是一齣謬會，我的宇宙波誤闖妳的天際線。」（《被租界的夢》）

他認爲讀寫關係是「隔著時空深淵的懸絲診脈。我和妳醫病孿生，交換

傷痛與溫暖……」「虛實對望，水月照映。」還有一段關於閱讀卻似著魔的文字：「平均平秒十兆個光子大軍湧進瞳孔，經過扁橢圓形透鏡、透明膠狀液體，經過癲癇踢踏的神經元的傳導，最後在視網膜紮營狂歡。」（《被租界的夢》）

請注意那位反覆出現的「妳」，對我，對他，或隱匿或暴現的意義。

在他心中，大寫的妳是理想讀者？情欲啓蒙？情人定像？童年缺席的母親背影？對妳，他搞出「偷偷窺」，還自創「暗暗戀」：「書寫秘密的心境是暗戀。閱讀秘密且將它當成每日秘密的妳的心情是暗暗戀。」（《被租界的夢》）又赤身裸體跑來搶我的獨白：「妳是我的隱藏讀者，我是隱身在妳背後的作者虛影。」

對我而言，「妳」是聽者，耳聞我「癲癇踢踏」演出的唯一證人（幽暗夜空的一晶星芒）。換成文學術語，我這個呶呶不休敘述者的想像情人。我，化爲弱水三千，使盡渾身解數，只願成爲妳的一瓢飲，博妳一笑，賺妳一淚，伴妳一舞。怎麼說呢？不論妳在不在場，他像個三心二意的造型師，將我改頭換面，易容假裝，再一腳踹上舞台，命我一人分飾多角：《如花初綻的容顏》裡「憊懶激情」（王德威語）的少年，《小說、小說家和他的太太》裡「文字欲者」（王德威語）的青年，《愛情張老師的秘密日記》中抑鬱苦悶的前中年期男性……再下去，我怕是要變成獸面人心的怪叔叔，唱著不變的雄性基調，展露老疲的歲時滄桑。還好，他的「興趣廣泛」（王德威語），顏崑陽教授的說法：「他仍然在『變心』。」（《變心》推薦序）

在「得獎專集」《導盲者》中，我將「一人多化」的擬腔功夫發揮到淋漓盡致：藉由交談、接觸了解盲者，想像失聰、失聲的痛苦，模擬超越感官表象的「微感官世界」。鄭明娳教授評爲「向內探索思維、情感、知覺的極細微處，一種煙塑氣雕的工程。」（〈導盲後的幽微丕變——論張啓疆的散文〉）

男性筆下的陰性書寫？2011年8月出爐的小說集《小三幽遇症》，他乾脆將我變性：女性敘述者，哀哀上妝，幽幽出場，表演淒絕，分說情傷。

台大商學系的背景，爲他開闊多元的創作觸角：理財文章、股市小說（〈利多與長紅〉）、星座專書、兩性論述，偶爾客串業餘影評（「電影解析」一直是他文學教室的重要賣點）。在樂透小說《阿拉伯》中，我又「變身」爲操台語不識字的老阿伯，滿口古諺俚語，揣度鴻濛天機，分分秒秒清醒入夢皆在「參

悟」、「解牌」。（事實上，每一位彩券買家，都相信自己終有一天中頭獎。）
但他覺得，世間最誘人的財富不在數字，而在字裡行間：爲寫《阿拉伯》而
「學台語」，讓他發現深藏在俗諺裡的智慧和美麗。

　　「外省人第二代」、「字正腔圓」的他反而保有兩項本土興趣：布袋戲和
棒球。前者事關版權，不能任意書寫，他倒是樂意當個忠實觀眾。後者被他
視爲「創作後花園」：1999 年出版「台灣第一本個人棒球小說集」《不完全比
賽》，雖是虛構形式，也見台灣棒球史的斑斑痕跡：紅葉傳奇、三級棒運、經
典戰役、職棒興起、假球風波……。2008 年，又寫出「台灣第一本長篇棒球
小說」《球謎》，那是本推理小說，圍繞著「假球放水」事件的場外鬥智。在
美、日，棒球小說一直是大眾文學極重要的一環。不過，關心台灣棒球（文
學）的人可能會感嘆：時至今日，那兩部小說，仍是獨唱，未獲共鳴，不聞
回響。而他曾在《球謎》序文中點出癥結：「台灣的書迷不看（懂？）棒球，
球迷也不讀（懂？）文學……」

　　感傷的是我。在〈胡武漢與我〉一文中，冒「胡武漢」之名（棒球史上
的「胡武漢」並非正牌胡武漢，乃一冒名頂替的球員）的我獨自面對「乍現
乍隱、旋飛蝶繞的紅葉」，以及，「少棒造傳奇」的陰影。

　　他呢？呵！自得其樂，自在快活。清晨七點，早餐連鎖店準時報到，神
顛魂倒酗咖啡，搖頭晃腦想詭計（正構思一部交揉「台灣史／棒球史」的新
作）。每周五黃昏，穿涼鞋，著短褲，興沖沖鑽進全家超商，眼神像逛糖果屋
的小朋友：「來了嗎？最新的『霹靂』來了嗎？」切記：千萬，千萬，不要和
他談布袋戲。「以前在電視播出的時代……我們中午放學，用精子賽跑的速度
衝回家，後來改推錄影帶，聲光科技劇情人物大幅躍進……」「老爸打造的『史
艷文』，爲什麼被兒子的『素還真』取代？我告訴你……」唉！除非，你喜歡，
老太婆的裹腳布。星期六（上午或下午），全副武裝，揹著楓木球棒，奔赴大
台北盆地周邊的河岸球場，像偷空幽會的曠男怨女，對草地、紅土和自己說：
「來了來了！我來了！」

　　他曾用「君臨」一詞表達被妳閱讀的渴望（〈藍色冰河紀〉──《小三幽
遇症》序）。妳，彳亍在滿紙荒唐言；我，也只能徘徊紙上球場，「草皮與淚
花間，被一只球接殺。」（《不完全比賽》）老實說，我有些羨慕肉身漸頹的他：

打擊力道遞減，跑壘速度漸慢；胃食道逆流害他停止仰臥起坐（鍛鍊腰身的巧門），又因肩胛骨舊傷，被迫放棄伏地挺身（偽裝肌男的道具）。不顧膝蓋疼、關節痠，飛撲滾翻，照樣拚搏——然後，哎唷喂呀看中醫。怎麼說呢？在某方面，這個人還真是，自我感覺良好。

單親家庭造就他的陰鬱？眷村童年呢？形塑他多重性格中陽剛的一面？陰陽衝突、消長與和解，曲筆勾勒他的創作背景？

顏崑陽教授剖析心理淵源：「西方哲學對於『存有』的思考，在笛卡耳之後……實實在在卻又虛虛靈靈，看得見卻又看不見的『身體』。這種哲學思潮，對啟疆應有很大的啟發。」（《變心》序）

鄭明娳教授界分創作階段：「從如花初綻的『小我』出發，到導盲者系列的『大我』書寫，再轉向（回歸）當下的『自我』演出……」（《被租界的夢》序論）

眾我之中，還有個「父親中國，母親台灣」，虛無存在，卻是最貼近真實作者生命經驗的「存有」——或可名為「原我」，化身為「台生」、「時代遺腹子」，「一個角色可能被增生、複製或彼此想像，相互混淆……」（《消失的□□》）

總稱：眷村子弟。而書寫眷村的作品，被冠上「眷村文學」（1991 年由齊邦媛教授提出）一詞。

朱雙一教授曾說：「近年來的眷村小說固然也有對於眷村人的歷史和未來的反省與思考，但張啟疆的種種描寫、反省和思考顯得更為深入，更為觸目驚心。當然，這種效果的取得，與作者調動了象徵、魔幻、意識流等現代藝術手段有很大的關係。」（《近二十年台灣文學流脈》）

吳達芸在〈戰爭記憶再見——評張啟疆《消失的□□》〉中用到兩組字眼：魔幻詭譎、出實入虛。

後者指的是現代主義技巧，前者呢？「觸目驚心」的意（景）象。

唉！虛者若實，實者反虛——他筆下的眷村可不只是竹籬笆內的溫馨或懷鄉，愈是貼近真實經驗，愈是「虛虛靈靈」，奇峰突現，詭相並陳。鄭明娳教授在〈評張啟疆的眷村小說〉中提到他的手法：「時空跳躍如蒙太奇般的敘事手法形成的心理張力，糾結著回音、虛像、幻影，最後在迷糊醉眼裡（索

亂的第一人稱觀點）匯成一股『模糊的戰慄』。」

　　左衝右突，趑趄不前，認祖（父祖的故鄉）虛妄，認同（本土）艱辛，「家」「國」迷思，死滅幻生……（所幸，現實的他沒有這些問題，否則早就去選總統或住進精神病院了。）棒球是道具，「台生」為別名，模型乃原模，船錨、濃霧、一劃到底的迷宮圖案（指壘線）即意象——最驚悚，也最獨特淒切的「造景」，當推「懸棺」。

　　　守著奶奶的靈柩，我夢見一具黑棺橫插在斷崖上，不能入土的懸棺。（《消
　　　失的□□》頁 58）

　　懸而未決，不能安葬的歷史之棺。擱置的爭議？各自表述的意識型態？「保持現狀」的幸福？眷村文學的議題性自不待言，而我這個「張口結舌咆哮呼喊辭不達意」的敘述者仍有話要說：圖象尚缺一角，故事猶自虛懸。如何賡續？怎麼完結？將創造力視為財富的他還欠我個交代。

　　不過，2010 年起，他闖進「歷史／虛構／再虛構」的疆場：改寫水滸、三國。有人說，珠玉在前，不怕自討苦吃？據我的觀察（這一回我不在場），他，似乎找到更精彩的形式、獨特的史觀，來詮釋家喻戶曉的腳本。

　　我相信，所有小說家都有滿腦子故事要寫，甚至，全宇宙謎題待解。波赫士在〈波赫士與我〉一文中，割分自我，交叉詰問，彼此頡頏，大玩禪機：「我不知道我們兩人當中，到底誰寫下這一頁。」我不想賣機鋒：「親愛的讀者妳哪，究竟讀到誰？」我是我，他是他；他有隱私，我重隱藏。他的現實苦樂，我無從參與；我的「秘密花園」，奇卉爭艷，歧路交纏，等著他來探勘。他面對我的態度，一如對待妳：「我們注定虛實錯身，悲歡誤會。」我的答覆：「我們並轡而行，但不會永遠同行。」青春消逝，百年倏忽，誰理會他憂什麼？喜那椿？這一點，我們總算達成共識：他祝我天荒地老，此情綿綿；我呢？只想和妳，共軛一個長長的文學紀。

痛苦並快樂著[*]

◎吳明益

　　住到紅樹林以後我偶爾朝淡水河流往大海的相反方向慢跑。多數時候我帶著相機，想像數年後說不定可以寫出一系列的「慢跑觀察筆記」。有一回我沒帶著相機，空中遠遠地飛來大約超過五十隻的鳥群，高度並不高，飛行速度穩定，那隊伍的陣式像是隱涵了什麼意味似地前進。我不知不覺地停下腳步，抬頭仰望。

　　彼時我肯定感受到一種美。可是就在那一刻的下一個瞬間，我辨識出那是臺灣的外來鳥種埃及聖䴉。埃及聖䴉是體型巨大的涉禽，近年開始有鳥友和政府單位注意牠可能對此地鳥種造成的生態排擠效應，因此正在對牠們進行族群抑制的計畫，比方說在牠們的鳥蛋上噴油以降低孵化率。也就是說，在此地整體的生態觀上，有些生態學家認為埃及聖䴉或者是一種需要排除、或是抑制的生物之一。

　　但彼時我肯定感受到一種美。可是那是外來種呢，從理性上來看，我該恨牠們的，不是嗎？

　　我試著往心裡頭尋找所謂的「理性」，它就像在人的掌中故意蜷縮軀體，掉入草叢中的一隻瓢蟲，印象雖在，卻又如此模糊。我對自己的意識與思維的流動掌握度是那麼低，低到無法確認自己信仰什麼。就拿埃及聖䴉來說，難道我對牠們的美的感受只是像性慾一般的直覺，而恨竟爾來自理性？

　　其實大多數的時候，我並沒有感受到美的感動與科學之間的衝突。就像遇到一個白鷺鷥林，做為一個解說員，我們可以說：「鷺科（Ardeidea）鳥類全世界共有 62 種，牠們共同的特徵與習性是：腳比其他一般鳥類為長，以便於涉水，嘴也比較長，可能對於捕捉蛙類、魚類、昆蟲等有幫助。翅膀長而寬略成圓形；飛行時拍翅較慢，頸部彎曲往後收縮。主要棲息於沼澤、河口、

[*] 本文為《以書寫解放自然》新版序，預計 2012 年 1 月由夏日出版社出版。

沙洲、水田、池塘及溪流等水域地帶。台灣的鷺科鳥類目前紀錄有 20 種，其中 8 種在台灣繁殖。」也可以像李奧波（Aldo Leopold）說：「在每個轉彎處，我們看到白鷺站在前方的水池中，一尊尊白色的雕像都有一個白色的倒影……當一群白鷺在遠處一棵綠柳樹上棲息時，牠們看起來就像一陣太早到來的暴風雪。」這兩者都是人類對鳥的禮讚：理解與想像。解說員或許因此話會說多了些，但兩者是可以並陳的。

但有些東西有著更深的觸動，就像文學所帶給我們的震顫之感。比方「聲音生態學家」高登‧漢普頓（Gordon Hempton）說：「草原狼對著夜空長嚎的月光之歌，是一種寂靜，而牠們伴侶的回應，也是一種寂靜。」這種「寂靜」同時也是草原上代表掠食者的「最高音」，那既是一種美學修辭，其實也是一種科學認識。我相信許多文學教授會認為這個句子是「美」的，但他們卻不必然理解漢普頓在陳述的不只是一種美感經驗，還是一種理性經驗。掠食者常是一個地區「聲音的最高音」，這是為了宣示獵食領域，是一種寂靜的張揚。聲音與氣味，都可以象徵領域。

部分美學家認為美來自於「直覺」，但直覺卻有很多種。就像我們若獨自在草原上聽到草原狼的長嚎，肯定會產生令一種懼怖到寒毛直豎的直覺。那種直覺，難道也是一種美嗎？

在自然科學中，直覺是一種生存的本能，甚至可以被理性研究，追根探源，或許這便是直覺可以和理性連結的主因。即便這個直覺被解剖了、解釋了，仍然不能否定那瞬間傳遞的美。我肯定數十隻埃及聖䴉飛越我的天空，那是一種美。但這種美不會強大到讓我忘記思考，比方說，埃及聖䴉是否已然危及本地生態的問題。思維的樂趣不在進行道德判斷（埃及聖䴉就是為自己而存活著，牠們哪管道德不道德），而在從中尋求解釋／解謎之道。而這種追尋，有時讓自己陷入謎困之中。

《以書寫解放自然》是我到花蓮任教後一年出版的論文集（2004），大約兩三年後，我陸陸續續收到來信問哪裡可以再買到這本書。於是我將原本收在書房的五十本書再交給出版社販售，但隨即後悔不已。有段時間，我真心希望這本書就像一個逝去的演化時代，它在整體的過程中確有意義，卻不宜停留再現。

但有幾個理由，我決定在夏日重新出版這部書的修訂版。

首先是這些年來，這部書成爲學界討論臺灣自然書寫的著作之一，因此時有學者挑戰書中的觀點。比方說有的學者認爲我詮釋的自然書寫偏向「無人荒野」，或認爲太過強調非虛構經驗，或對我忽略原住民文學有所質疑。我認爲這些問題幾乎百分之九十出在質疑的學者沒有真正讀完整部書的關係。我私下猜測，也許是這本書不易買到吧。我不忍心相信，我們學院訓練出來的學者，會連整部書都沒有讀完就自以爲是地下結論。

其次，我仍在走在這條思維的路上。在這十年研究自然導向文學的時光裡，有時被美牽引而憎恨論述，有時沉迷於科學的解釋，而遺忘了時時重返野地的必要性。一晃眼當初出版《以書寫解放自然》的我，已變成如此不同的「另一個人」。但就像馬是從始祖馬演化而來的一樣，那蹄子的痕跡還在。我於是有了個想像，日後不論我在哪一家出版社出版關於自然導向文學的論著，書名或許可以都一律稱爲《以書寫解放自然》。就從 I、II、III、IV……這樣接續寫下去，直到我放棄書寫爲止。這裡頭或許也多少還帶點年輕時的浪漫感，讓我忘了羞赧。

思維是痛苦並快樂著的事情。羅素（Bertrand Russell 1872-1970）是個實證主義的哲學家，據說五歲的時候人家對他說地球是圓的，他不相信，拿了圓鍬就想挖到澳大利亞去。但羅素同時知道人的知識受限於所見。古埃及人就判斷地球是圓的，但古希臘人卻以爲世界是平的，羅素認爲這不是因爲埃及人聰明而希臘人笨，而是因爲埃及地勢空曠，容易發現地平線並非直線的事實；濱海的希臘卻多山、多地震，因此想像鯨魚撐住平板的大地，時時晃動，不也適切得很？

我以爲學術研究這個行當不只是要提出問題、解決問題，有時候也要爲自己製造問題，最好還能了解自己不懂哪些問題。當我跑步時，我和旁邊的跑者不一樣，因爲我是認識埃及聖䴉，也已經努力建構過腦中對埃及聖䴉的資訊。於是當牠們飛掠的那一瞬間，我可能同時在腦中體現了美感經驗、搜尋了關於牠們的生態訊息、進行了倫理上的反省，甚至可能告訴自己，這種鳥在埃及可是一種犠帶著文化意涵飛行的鳥，它被認爲是䴉首人身的托特（Thoth）的化身，托特是智慧之神，也是月亮、數學以及醫藥之神。

　　然而這一切描述，都不得不指向一個嚴竣的提問：人類是否有權利屠殺因爲人類才遷徙到此處的一種生物？爲什麼我們懲罰的不是當初的始作俑者，而是努力在異鄉求生的生命群體？這樣的提問不亞於部分論者談死刑存廢時，所用的「艱難的殺戮」。

　　從人類的歷史上，常看到某個時期總有些人種認爲另一個人種是需要排除的，即使在生物學上證明，人其實只有一「種」。殺戮者通常也能想出一大堆理由，甚且找到科學數據支持那個理由。人對自身同胞，和對其他生物並無二致。

　　或許透過埃及聖䴉的例子，我可以說明自己所理解的「生態批評」了。生態批評顯然不只是文學研究，它同時需要科學研究、價值體系的支持，但它卻也不是鹵莽的道德判斷。好的自然導向文學都不是以道德教訓爲出發點的，相反地，它可能只提出了一種對抗性的主張，凝聚另一種意識。梭羅（Henry David Thoreau）一生做爲一個不合作的公民，威爾森（E. O. Wilson）甘冒眾諱以生物觀察爲基礎大談人性，乃至於卡森女士（Rachel Louise Carson）的反化學藥劑……誰會怪她沒有發明一種無毒的殺蟲劑呢？而這種對抗性的主張，通常可以在典型的自然作家身上看到，因爲生態批評對抗的正是掌權機制或掌權的思維，面對諸如國光石化、阿朗壹古道、美麗灣事件這類環境議題時宣稱是爲了大多數人好，而做的「不帶痛苦的決定」。

　　在這一系列的《以書寫解放自然》中，我先把 2003 年的版本分成 I、II 出版，因爲這是我進入這個痛苦並快樂著的思維領域的開始。這麼多年來，我仍在書本與野地受著自然的教育，於是很肯定地，我會繼續痛苦並快樂著地思維下去。也謝謝我學院以外的讀者，支持我寫這一系列的論述下去。

時光一二

◎陳　雪

一、遙遠的市集

　　早晨的菜市場總使我聯想到熬夜，在那些我還可以熬夜的時期，清晨逛市場必然意味著前夜少睡，意味著身旁有人，意味著前晚的約會延續到第二天，以極為家常的方式吃早餐、到附近小巷閒逛，甚至採買午餐烹煮的食材。我們從市場這頭晃到那頭，什麼都逛看，甚至買了一只根本用不上的大不銹鋼湯鍋（改天可以找朋友來家吃火鍋啊！當時是這樣說的），買要給小女孩的衣裙（太便宜可愛不能不買，但要送給誰家的孩子呢？）買水果，買水果是考驗，考驗自己的眼光，考驗小販的誠信，甚至是碰運氣了，保證甜三個字像是我愛你，好看的不好吃，好吃的不好看，有瑕疵的誰買呢？買錯了怎麼辦？我喃喃自語身邊的人就笑了，說你啊買水果像是談戀愛。

　　清晨的市場結合了愛情，徹夜不眠也感覺甜蜜，但年少時不是這樣的，沒這種浪漫悠閒氣息，早市對我只意味著生存，一個月六次的菜市場生活多少年過去也無法習慣。神經質的父親因為緊張往往四點就喊我們起床，開個小時的車到鹿港或東勢的菜市場準備擺攤，清晨五點，最早到達的總是賣菜的大貨車，我們也早到免得小貨車進不去，天才微亮，大家都在卸貨備貨，大白菜高麗菜空心菜的氣味，菜販搬動菜簍的匡當聲，活的雞鴨在籠子裡激動地鳴叫，不真切的哄鬧聲像隔著棉被朦朧傳來，孩子們都還在打瞌睡，因為是臨時攤地點一直在變，常是初三十七肉攤歇息空下的位子，我們就睡在原先擺放豬肉仍有肉腥味的木作高台上。

　　後來我不能熬夜了，也不談那種難得過夜的戀愛，仍有一點距離，但每次見面都能相處幾天，穩定的情人，穩定的生活，像親人，是伴侶，一個人或兩個人生活都去逛黃昏市場。說是黃昏但三四點就開始了，什麼都便宜，

不需熬夜，跟爸媽無關，我只是個客人。還是黃昏市場好，適合接近中年的戀愛，適宜專業小說家的作息。

想想這樣生活多奢侈，早上起床就開始寫作，日復一日的，寫到下三四點一天的進度夠了就收工，收工了就要去看人要去走路，鬧烘烘的市集竟成為我寫作長篇時最佳的補給。五顏六色的蔬果，南北雜貨，包子饅頭，各種寬大便宜的衣服（據說叫做歐巴桑衫），我住的中和一帶眷村多，賣的吃食與我以往熟悉的台中縣市不同，幾年下來熟習了這相連幾條街的市場每一天不同的風格，好多賣水餃的攤子都在同一個路口，四五家口味價格都不同，下一個街口星期一賣土司抹醬，星期二賣手工丸子，星期三是鯊魚煙，星期四是義大利麵醬，週末最精彩，連著五六日一字排開好像大排檔，號稱五星級飯店的主廚親自烹調的魚翅海鮮羹對上另一個酒樓主廚的港式燒賣蒸餃小籠包，另外幾攤規模較小的也都是熟食攤，沒那麼戲劇性的出身，一個是年輕小夫妻賣自己炒的家常菜，三樣一百元還附贈白飯（攤子乾淨，菜色模樣也好，但口味就是有那麼不到點），另一個掛著紅色燈籠寫著山東燒雞，一家三人，文雅的老太太，長頭髮的哥哥，短髮的弟弟，大概是中年轉業，三人都像以往絕不曾做過生意那樣，害羞、尷尬、生手腳慢動作，三塊滷豆乾賣二十元算貴了，滷豬腳也稍貴，燒雞的模樣過黑，但是樣樣口味好極了，我一個人吃不完但還是常去買，就怕生意清淡性格彆扭的他們沒多久會歇業。逛市場時我大多在試吃，新近流行杏鮑菇，油炸三杯紅燒每種都吃一小塊，蘿蔔糕芋頭糕就有三四個攤子在賣，還有一種海茭料理，涼拌煮湯煎蛋都可口，最大方的往往是賣花枝丸或貢丸的，每個路過的人都發一顆，水煮油炸圓圓一大個插在竹籤上，擁擠的街上男女老少人手一支彷彿拿著一個同盟的標記。

市場的吃食攤位總是湯水淋漓無能乾淨整潔，大學時代的情人帶我去台中後火車站的市場吃知名肉燥飯，攤位就夾雜在幾家肉攤中間，吃飯時得注意腳下突然湧來沖洗地板的髒水，情人只在乎口味並不害怕髒污，我當時只在意愛情便把這髒污當作背景。這家肉燥飯肉色微紅（不知是否加了紅麴或什麼特殊佐料），口感特殊，來吃的顧客大多是市場的小販或買菜的客人，也有附近住戶與我們這樣慕名而來的，免洗碗免洗筷髒抹布西哩呼嚕的吃喝聲伴隨接近收攤的氣氛，聽見小販們隔著攤位一來一往的閒聊，這時刻我不免

想起從前，那些難受的擺攤日子裡，貨物擺好媽媽就帶我們三小孩去吃早飯，也是這樣的小吃攤，炒麵炒米粉，大腸豬血湯韭菜加得很豪氣，肉燥飯爌肉販整碗油光香味四溢，但我總是吃不下，我好想睡，不懂為什麼早餐就要吃得這麼油膩？為什麼市場不賣豆漿燒餅？為什麼大清早就如此吵鬧？渾渾噩噩忙忙碌碌好不容易撐過一早上，頭髮亂了嗓子也啞了，收攤時往往都兩三點了，所以午飯也在市場吃，媽媽總是一罐伯朗咖啡配兩根香菸，換我帶弟妹去吃，米粉湯加油豆腐、自助餐五十元四菜一湯三小孩分著吃，多年來我從不知道父親吃了什麼，何時去吃，父親身上的所有對我來說都是謎。

　　寫《橋上的孩子》時，嫌累怕苦，覺得身世淒涼，處境悲慘，寫完《陳春天》記憶僵硬需要一寫再寫才能慢慢鬆開，寫完〈附魔者〉，有天傍晚我與年輕的情人一起逛市場，有小販竟錯以為我是情人的母親（畢竟我年長了十六歲），瞬刻間我才看見當年自己看不見的畫面，那一座一座遙遠的市集，在清晨時分，多少次我不情願地被擺放進貨車，卸貨在市場，其實僅是一個早晨的勞動便需要大量的體力，所以需要油膩的食物，清水洗刷著地板是在洗刷結束一天營生造就的痕跡，所以水流變得髒污，父親到底吃了什麼何時休息為何他總那麼緊張，那神經質的個性後來都顯現在我身上，成年後我才懂得了是因為生活的辛苦。在以色彩斑斕或香甜或腥臭的蔬果魚肉生食熟食堆疊的街景中，許多人的一天開始了，許多人從這裡買到日常所需，另外一些人賺到日常所需，我在寫過很多小說之後才終於可以從小販的孩子成為一個尋常的顧客，能在市場採買、閒逛，年少時令我恐懼的事物成了如今我喜愛的，我在黃昏時刻看見過往那些清晨，遙遠如老電影中慢速播送的畫面，鏡頭總是晃動，聲音已經被我自己取消，起先是黑白的，只有光影變化，然後慢慢加上顏色，一點點，再多一點，點點滴滴逐漸恢復了聲音、色彩、真實感，嘩啦一聲有人開始吆喝，俗賣啦！

二、走唱人生

　　過去朋友間談話我常笑說以後若不寫作了，或寫作無法維生就去賣唱，紅包場、那卡西、piano bar，或任何有現場樂團願意接受我的某酒吧夜間駐唱（但我很少想要去民歌西餐廳），誰曉得後來我不能過夜生活了，除非下午

場阿公店，賣唱夢想幾近破滅。但比起賣唱更使我著迷或更常出現在想望中的畫面是走唱。想起唱歌我總聯想起這詞，年少時曾有過短暫與唱歌相關工作，走唱的並不是我，或者說我不走只唱，或許盤旋走著的是我腦海中的記憶走馬燈。

　　也不是因為歌聲好。而是一種因為機遇運轉而生的謀生技能，在我成為作家之前的兩年，大學畢業後輾轉四處的求職生涯，有一段時間我就在一家私人會員制 KTV 工作。

　　每天傍晚我騎著小五十摩托車穿越大半個台中市區來到那棟摩天大樓，一樓大廳挑高燈火輝煌燦亮如百貨公司，幾座手扶電梯交錯展開，先搭手扶梯上樓中樓再轉搭廂型電梯（我總覺得這多此一舉是為了展現其氣派），當時大樓才剛落成，總樓高我忘了，只記得大樓外觀是金色雙塔型，定位為辦公大樓的大廈陸續進駐各家公司，應徵時 KTV 正準備開幕，開創期我先作了DJ，每天上班十二小時又沒小費，完全不符合我當時想快快存錢好辭工專心寫小說的計畫，就申請外調當服務員，公司老闆我還未真正見過本人聽到的都是經理轉述，老闆是市議員，他想要開一家絕無粉味、格調高雅、出入單純（我聽到這描述時都傻眼了）的「純會員制」KTV，當時我早已因為交往許多年長男友而出入甚多卡拉 OK、廉價酒店、小木屋 KTV，對於此行生態也略有瞭解，以為老闆的聲明只是掛羊頭賣狗肉，沒想到他來真的。當時我還負責過會員卡建檔，真的是一張一張輸入資料，印製好名字燙金的卡片，真的絕不收過路客（隱身在商業大樓裡又沒掛上招牌），真的沒有公關沒副理沒伴唱沒小姐，而且還不准服務員收小費（天啊！後來我學會小費一到手就塞進裙腰縫隙），依然是菸酒瀰漫，半夜三點之後會有客人是酒店小姐（她們就在附近酒店上班，不是帶客人出場而是自己來消費），當然也有會員自己帶女伴來（這可就管不到女伴是啥身份），但總有某大老闆來了可是沒女伴沒人可合唱就嚷嚷。有奇癖怪理想的老闆後來我見到了，不是想像中的議員長相，反而像某個台語演員，他是真的愛唱歌（若當時就有星光大道他可能會想報名吧），他不知道自己的某些堅持把我們都整慘了，但當年我們是少數有大型投影螢幕的店，音響、麥克風、伴唱帶都極講究，連小菜調酒都是真正有專業廚師調酒員負責。第一個月混亂開張，第二個月生意興隆，第三個月就改

爲兩班制，我們這班的工作提早爲凌晨三點收工。一開始是同事找大家去唱歌，這時我才理解爲何酒店小姐下了班還去別家唱，我不好推辭。原來作這行日夜顛倒難與其他行業人相處，大清早回到家也不好睡，那時間能去哪？找一家更晚收攤的店續攤吧！包廂裡常有喝了半瓶的威士忌白蘭地我們會隨手帶走，去的店更便宜，忍耐一整晚聽客人吼叫亂唱，換我們去吼叫別人，在店裡當服務員等打賞，去光顧別人也享受遞毛巾換水杯就塞一兩百元的快感（我從不打賞別人，我好缺錢，常有幫同事換水杯換小費的衝動，況且我最怕別人服務我），勞累十小時，進門是天黑、出門還是天黑，得快速換到另一封閉室內，聽任喧囂充耳，再熬上幾小時果然累壞了，暢快了，平衡了，才回家去。我陪他們唱了幾次就不參加了，回家洗個澡我還得寫小說看電影，但「某某人很會唱歌」的謠言傳開，精明的經理陽奉陰違，有需要人合唱的客人就來找我（他大約也知道我缺錢）。

　　我沒美色，店裡也不來那套，純伴唱，穿著白襯衫藍色及膝窄裙黑皮鞋（老闆以爲這樣算清純）的我，脂粉未施還帶著失眠特有的黑眼圈，就站門口握著金色麥克風，唱「雪中紅」、「傷心酒店」、「雙人枕頭」，客人唱男生我唱女生，有客人唱不上的高音得巧妙配合，也有客人走調了得細心拉回，再有怪癖的客人只付錢不唱歌要我學鄧麗君唱「何日君再來」，更有以爲是 PK 賽啊是來單挑的女客，還有曾唱歌到一半突然有人鬧架了，酒杯亂飛，點歌本當武器，我只在乎客人還沒付給我一千元小費（當時只有我可以光明正大拿到這筆伴唱費）。怕人眼紅告發我就收買人心，拿到錢總不忘記給經理分紅，給其他服務員甜頭，買菸買酒送禮物或給現金，心想這外快有一天是一天，我只想快快存夠錢，不計較錢的來路。況且我是真的愛唱歌。在那沒有對外窗的 KTV 包廂裡夜以作日，空間或大或小總是燈光閃爍喧鬧不停，人們來唱歌喝酒結伴成群是爲了尋求什麼呢？國語歌台語歌英文歌老歌新歌男聲女聲夾雜，我常想起當時的情人們帶我去各種可以唱歌的店，想起他們對我訴說唱歌於他們的意義（心事滿腹苦無言語不能唱歌要怎辦啊？）想起他們正在某處羊肉爐、卡拉 OK、海產店，說不定也有女人陪唱陪喝酒，說不定正在划拳、被灌酒、敬菸，搞不好沒一會也會開始打架，我想起這一切於我都是異境，我眷愛著的是有害於我的生活，我對他們也是有害的，我賣唱

度日，端水杯洗廁所熬夜，總有一天我再也不用靠小費過活了，正如我會離開那些深愛我卻不之如何待我的情人總有一天，或許很快，或許那一天永遠也不會到達，然後又聽見音樂響起，我習慣性清清嗓子，客人今天來個什麼歌呢？一回神才發現我早已離開了那行業，在座等著我開唱的都是我的小說家朋友。

我的創作經歷自述

◎邱華棟

我的文學生涯開始於少年時期。大概在 1984 年春天，我第一次買了一些當代文學雜誌，有新疆昌吉州文聯辦的《博格達》、有《青年文學》、《文學青年》、《青春》等，當時，我貪婪地聞著雜誌的那種油墨的香氣，感覺到那年的春天正在迅速地到來。而雜誌上油墨的味道是那樣好聞，那可是文學的味道啊，使我的內心激動無比。從此我就開始學習寫小說了。

我年生於新疆昌吉市，祖籍河南西峽縣。我曾就讀于新疆昌吉州三小和昌吉州第二中學。16 歲開始發表小說，在中學時代就發表小說、散文、詩歌十幾萬字，獲得過新疆昌吉州「新芽杯」作文大賽一等獎和二等獎，昌吉州環保作文競賽一等獎；昌吉州中小學作文大賽一等獎等。1988 年從昌吉州二中高中文科班畢業，因爲出版小說集《別了，十七歲》而被武漢大學中文系免試破格錄取，成爲那個時候的少年作家和校園詩人。

在武漢大學中文系學習期間，我出版小說集一部和詩集兩部，連續三屆獲得武漢大學「紀念聞一多文學獎」、武漢大學業餘科研成果獎一等獎、兩屆湖北省大學生業餘科研成果獎一等獎、1990 年《兒童文學》「新苗獎」、獎學金等十幾項獎勵，還擔任了武漢大學「浪淘石」文學社社長、武漢大學《大學生學刊》（季刊）編委會主任。

1992 年大學畢業，獲文學學士學位，被分配到北京市經濟委員會系統工作。一年多之後，於 1993 年底調入《中華工商時報》社工作，歷任記者、週末版編輯、文藝部主任助理、書評版主編等。

1994 年發表的小說《大聲哭泣》獲得了四川省期刊好稿評選三等獎，1995 年獲得了「時報人新聞獎」三等獎，並且被上海《新民晚報》評選爲當年「十大文學熱點人物」之一，1996 年獲得了《山花》小說獎，1997 年獲得了《上海文學》「新市民小說獎」，1998 年獲得了第七屆上海文學優秀作品獎，1999

年獲得了《中華工商時報》「時報人敬業獎」。2000 年，被博庫網和《北京晚報》評選爲 2000 年「中國十大文化熱點人物」之一。2001 年獲得了汕頭「偉南文學獎」優秀獎和第二屆馮牧文學獎新人獎的提名。2002 年長篇小說獲得了第二屆老舍文學獎長篇小說獎提名獎。2009 年獲得了中國作家出版集團優秀編輯獎，2010 年獲得了《小說選刊》「茅台杯」小說獎責任編輯獎，2010 年獲得了浙江「郁達夫小說獎」責任編輯獎。2011 年獲得了天津《小說月報》百花獎」責任編輯獎。2011 年獲得了黑龍江「蕭紅文學獎」責任編輯獎。

2004 年調入中國青年出版總社，擔任《青年文學》雜誌執行主編、主編。北京作家協會理事、北京東城作協副主席。在讀文學博士。2008 年調入中國作家協會，現任《人民文學》雜誌主編助理兼編輯部主任。

二十多年來，我的寫作分爲兩個題材系列，一個系列是以都市爲背景、以中產階層爲描述對象的小說寫作，這個系列有長篇小說《夜晚的諾言》、《白晝的躁動》、《正午的供詞》、《青煙》、《花兒，花》、《教授》等，以及由 50 篇系列短篇小說構成的《時裝人》系列和由 60 篇短篇小說構成的《社區人》系列。

另外一個系列，是歷史小說，以描寫不同歷史時期的外國人在中國的長篇小說《中國屏風》系列（四部：分別是《單筒望遠鏡》、《騎飛魚的人》、《賈奈達之城》、《時間的囚徒》），以及描寫丘處機道人和成吉思汗見面的長篇小說《長生》；和正在寫的關於漢代到唐代的長篇西域歷史小說《流沙傳》，以及短篇小說集《西北偏西》和《魚玄機》。

另外，還寫作有電影研究《電影作者》、城市建築隨筆《印象北京》、20 世紀西方小說家評論《靜夜高頌》（三卷）等多部。

以上各類寫作題材，共結集爲六十多種版本，五百余萬字。我的多部作品被翻譯成法文、日文、韓文、英文、越南文發表和出版，在臺灣地區也出版了小說集、電影評論和遊記等多部。

求異衝動推進我的寫作生涯

◎北　塔

一、求時代語境之異

　　我降世於 1960 年代的最後一年，是所謂「偉大領袖毛主席」時代的生人；我上學始於 1970 年代中期，那是所謂「英明領袖華主席」的時代。我記得，當時很多地方，包括家裡、教室裡，毛主席像和華主席像並排張掛著。總之，那是個意識形態主導中國社會的「領袖時代」。我們的小學語文課本第一冊的第二課就是「全國人民熱愛華主席」，最後一課是〈你辦事，我放心〉：

水有源，樹有根，

毛主席的恩情比海深。

「你辦事，我放心」，

為我們選定了帶路人。

華主席，真英明，

除「四害」，為人民。

我們緊跟華主席，

高舉紅旗向前進！

我小時候對文字的記憶力還不錯。晚上，躺在床上，如果睡不著，就背課文，從第一課到最後一課，能把整本書一一背下來，如同放錄影一樣。此間有兩大原因，一是我從小對文字敏感，在上學之前，我就學會認字、查新華詞典了。二是我當時所能接觸到的文字材料極其缺乏，除了課本（自己的和哥哥姐姐們的），就是黨的宣傳材料（如毛選和黨代會的決議材料等），還有就是《人民日報》（我伯父是大隊會計，每天都帶回這張名副其實的中國第一大報；我抄錄過發表在上面的很多詩歌）。

我拉雜著說這些，是想強調與我的寫作生涯的開端有關的兩點想法。

一是純粹個人的感想。我覺得，學語言和文學，敏感和好記性是不可或缺的兩個條件。在希臘神話中，關於繆斯女神，有兩個故事。一，她們姐妹九人為主神宙斯與記憶女神謨涅摩敘涅（mnemosyne）所生。記憶乃文藝之母，沒有記憶，何來文藝？沒有好記憶，何來好文藝？在沒有文字記載的史前時代，文藝家都有超凡的記憶力，比如史詩的編撰者和演唱者。正是由於記憶本身具有神性，柏拉圖引申說，對於荷馬那樣的詩人，不僅記憶的能力，而且記憶的內容，都是神所賦予。二，繆斯女神們的坐騎是天馬佩加索斯（Pegasus），以蹄踏出赫利孔山的希波克瑞涅（Hippocrene）泉，是謂靈感之泉。柏拉圖認為，靈感乃文藝之母。《伊安篇》云：「詩人是一種輕飄著的長著羽翼的神明的東西，不得到靈感不失去平常理智而陷入迷狂，就沒有能力創造，就不能作詩或代神說話。詩人們對於他們所寫的題材，說出那樣多的優美詞句，像你自己解說荷馬那樣，並非憑技藝的規矩，而是依詩神的驅遣。」我現在所從事的寫作可以分為兩類：學術性的與創意性的，前者主要憑記憶，後者主要靠靈感。當然，無論是在西方還是在中國，前者的寫作從來沒有徹底的神性，充其量只有一半的神性，現在則已經徹底失去了神性。可能正是因此，我越加要維護後者的神性特徵；哪怕做不到柏拉圖所說的「有神」（神本位，神中有人），也要力圖做到杜甫所說的「如有神」（人本位，人中有神）。柏拉圖認為靈感就是神靈附體（entheos）的產物，"entheos" 這個詞有兩種含義：迷（ekstasis）與狂（mania）。這是詩人寫作時的兩種狀態。我把「狂」

理解爲「迷」之過者，甚至可以說是一種病，「犬」字旁有時會讓我聯想到狂犬病；故對此有所戒懼。我的詩歌寫作狀態，雖不能狂，迷之也者。神話歸神話，如果我們把思維從神界引到人間，那麼，「靈」者「敏」也，從某種程度上說，所謂靈感，就是敏感。我不敏於行，但我敏於寫。因爲我敬畏文字，甚至可以說有文字崇拜症。我始終認爲，文字雖爲人造，卻具神力。從萬物有靈的泛神論的角度說，「字」亦有「神」，而且我相信：字神時不時眷顧於我。而神性寫作的最大魅力在於它的超驗性、超凡性，或者說它與日常寫作甚至日常生活的不同。我想，我之所以癡迷於此，正是因爲求異衝動在作祟。

　　二是特殊的歷史文化語境。我的起點很低，而且很不正常。在我開始懂事時，我所接觸的所謂詩歌，就是課本和黨報上〈你辦事，我放心〉那樣的傳聲筒和順口溜式的作品，我還曾模仿過。我記得自己平生寫的第一首詩不是情詩（我始終認爲，正常情況下，詩人寫作的起始應該是情詩），而是一首題爲「路」的詩，篇幅還不短呢，大概有 30 行，意象也比較豐富，是相當成人化的，絕對不能列入少兒詩範疇；我當時上初中二年級，模仿的是在課本裡作爲輔助閱讀材料的張萬舒的〈黃山松〉。作爲一個少年的模仿之作，〈路〉的思路和價值都是很有限的，而且想像方式和抒情調子也帶有少年先鋒隊的革命衝動，顯得有點誇而不實。但我把從小對人生的那種艱苦感覺和理想追求投射到了「路」這個意象，並把它人格化了。就這一點來說，還是可取的，至今我有時還在用這種寫法。當時語文老師給予了高度評價，稍作修改後，就在全班同學面前朗誦；這極大地促發了我的文學寫作的熱情，儘管這種熱情在我的學生時代，一再地因爲考試壓力而受到壓抑，但最終成了我一生的愛好和事業。那首詩說不定哪天我還能重新翻找出來，放在哪一部詩集的開頭，讓讀者看看我的起步是怎麼樣的，有著什麼樣的時代的印記。憑良心說，在主旋律或「歌」「德」派這一詩歌譜系裡，至今看來，〈黃山松〉還是一首相當不錯的作品。我的〈路〉之所以被老師當堂朗誦並讚譽，可能就是因爲模仿得像樣。一個詩人起步時不可能不模仿，但模仿有兩類，一是仿其意，二是仿其藝。我覺得，藝術手法的模仿無可厚非，越早開始模仿越好，越早完成模仿階段越好。龐德認爲 17 歲就應該完成，而我 17 歲時還遠遠沒有完成。思想意識的模仿則意味著獨立人格的匱乏與自由思維的缺席，就嚴重了。

我為什麼更看重年輕人寫情詩？因為他們寫情詩固然也往往模仿，但模仿的只是藝，而情是自己的。我的〈路〉是對〈黃山松〉從藝到意的雙重模仿。「水有源，樹有根」。我的「根」「源」就是〈黃山松〉那樣的作品，而且別無其它。無論從思想上還是技藝上，包括音韻範式上，它們都給我帶來了塑型性的、壓倒性的影響。而它們後面的「凡是」意識形態語境和一元化價值體系更使我感到窒息。這非常不利於我後來所堅持的獨立思考原則和現代主義轉向。我後來的努力勢必要沿著與我起點時的不同甚至相反的方向。我曾用相當多年，大概直到大學畢業，才慢慢消除了這種影響，基本完成了獨立思維的建構，確立了現代主義的向度。至於思維深處的內在影響，到現在也沒法說已經被我完全剔除。

二、求地域文化之異

陌生人一見面，都會問我是什麼地方人。我有時答「東南西北人」。我生長於東南，曾遊學於西北和西南，工作定居於屬於華北地區的北京，曾遊歷過亞、美、歐三大洲的許多地方，我身上已經有了各個地方的文化因數，我能單純地說我是南方人或者北方人嗎？

我生於蘇州吳江市，家鄉人有「上有天堂，下有蘇杭，蘇杭中間是吳江」的說法；但在 18 歲那年，我孤身一人跑到大西北去上大學。於己於人，都有點不可思議。那是 1987 年的事。在過去的 21 年裡，一直有初相識的人好奇地問我：「為什麼要跑那麼遠？而且是貧窮、落後的地方？」我的回答近乎支吾：「少小時，不懂事。」孔子曰：「父母在，不遠遊。」我卻越遊越遠，確實夠不懂事的。

其實，我自己也時而被這問題所惑。無數次的回答絕大多數都老調重彈，每次在我回答之後，賓主都不滿意，每次我都會乘機做些反省。法國浪漫主義繪畫巨擘德加「數落」詩歌大師瓦雷裡的「缺點」是：「想理解一切。」我沒有那麼嚴重的缺點，但我也確實想弄清楚：20 歲時我的心性中到底發生了什麼？

要說我家鄉那旮旯的文化氣氛，完全像戴望舒在〈雨巷〉中所描寫的那樣，到處是「油紙傘」、「頹圮的籬牆」和「悠長，悠長又寂寥的雨巷」。對於

我那樣常常獨自彷徨的少年人來說，那氣氛是「冷漠，淒清，又惆悵」的，還有迷茫、沉悶。每次當我讀到這首詩，我都會深有感觸，心底裡會泛起一股股回憶的思潮，有些辛酸，也有些甜蜜，我會讓自己的靈魂完全地沉沒到那種情調中去：

　　她彷徨在這寂寥的雨巷，
　　撐著油紙傘
　　像我一樣，
　　像我一樣地
　　默默彳亍著，
　　冷漠，淒清，又惆悵。

我在少作中有過更加具體可感的描寫：
　　雨季的吻，飄忽的夢，
　　攜帶星燈，懷抱月枕，
　　沿著運河明亮地延伸，
　　煙波撫拍著漁舟的頂蓬。
　　　　　　　　　　——《雨季的吻》

　　我真正迷戀詩歌寫作是在上高中時，那時的習作受著歐洲浪漫派和泰戈爾的嚴重影響，意境飄忽、迷離，意象旖旎、細膩。而從根本上來說，這是江南的環境氣候和人文氛圍所造成的。到了高中後期，我的閱讀面大為拓展，受到了法國象徵主義尤其是波德賴爾的影響、朦朧詩尤其是北島的影響。我開始反叛江南文化，厭膩那些輕、清、小、弱的東西，轉而追求力度、氣度和深度。少年人的反叛往往是 180 度的逆轉或反轉。那時周濤、章得益、楊牧等人的新邊塞派風行一時，我的想像力被他們詩中反復出現的大漠、雪山、草原等宏闊的意象所激發，我轉而用我那被放大了的想像力創作了一些恢弘的作品，如〈致北回歸線〉：

　　如同專制的繩索，

將亞洲和非洲捆綁在一起；

又像粗礪的皮鞭，

抽打珠穆朗瑪峰頂的雪粒。

…………

尼羅河展開明媚的雙眸，

彩雲頓時化作彩旗，

飄揚在世界的屋脊，

陽光問候每一座山峰。

　　其實那時，我還從未走出過家鄉那一小片地方（最遠去過 17 公里之外的嘉興），什麼亞洲、非洲，什麼珠穆朗瑪峰、尼羅河，都是想像中的東西，根本沒有實際的觀感和體會。新邊塞派的詩中也有「皮相」病，但我明知我的「皮相」病更加嚴重。我感覺到這些大而無當的「皮相」比原來那些親切而實在的「玲瓏」，給了我更大的快感，或者說變異本身使我感到了快樂；所以要我回到「小巧玲瓏」的路子上去已經不可能。但我不願意做高蹈派（Parnassian），我該如何使新的風格避免蹈空凌虛的弊病，而同樣能落到實處呢？

　　我太嚮往「大漠孤煙直，長河落日圓」那種與江南完全相反的境界了；於是我去向王之渙、王昌齡、岑參、高適等唐朝的邊塞派詩人們求教，從他們的詩中借來（實為偷取）浩大的意象和氣勢。我被他們逮著後狠狠地批了一頓，他們說我懶，說我怯，說我沒有文德；最後他們的勸告似乎只有一個：我該親身去大西北體驗一把。

　　我暗暗地在下決心。

　　該填報志願了。一開始，我還沒有直接告訴別人我的打算，因為這樣純粹精神上的選擇是很難讓人相信，更難讓人同意的。果然，在我稍稍透露我的心思時，就遭到了來自各方面的反對。我要反對他們的反對。第一是因為我不想跟他們一樣，我要特立獨行；第二是因為我想盡量離家遠一些，男兒志在四方嘛。對遠方的嚮往幾乎成了我的宗教和信仰。要麼不走出去，終老於方圓百里，要走就走得遠遠的。正如我後來在寫的一首頌贊烏鴉的詩中所

詠歎的：

> 要飛就要到遠處去飛，
> 要唱就要到高處去唱。
>
> ——《烏鴉之歌》

　　我的流亡大西北的生涯已成定局，當然這屬於自我流亡，是主動的而不是被動的，沒有人逼迫我，是我逼迫自己走上這樣的漫漫長途，成了一個「沒有護照的文化流浪漢」。日丹諾夫說這話時是在揶揄治比較文學者，我在大學畢業時所感興趣的也正是這門當年的所謂顯學。

　　我有時想，要是當年在我自己的經驗和知識還太缺乏的時候，在我自己的理性還不能引導、控制乃至降服高度膨脹的感情的時候；如果我能得到循循善誘的、更加合理的指導，要是當年我在北京或南京念大學。我想我就不會有四年大西北的歷練，而後又乘勝追擊，轉戰大西南，達三年之久。但我時時也想，在讀萬卷書時，行萬里路，使我現在擁有了比較穩定的心態、堅韌的精神，使我對國情和社會有了更廣泛的瞭解，同時也使我對自己的人生有了更加合理的規劃。最重要的是，我的詩歌風格發生了質的變化，那正是我所期許的變化；既具有江南的細緻，又不缺乏北國的粗獷，既是柳葉刀，又是大砍刀。在多年東奔西走、南來北往的過程中，我不知不覺間積累了一筆獨特而豐厚的財富，那就是書與路的結合、南與北的共襄。歷盡苦難，我才看到了少年時代的那種自我分裂有了冥合的跡象，感情和理智開始由衝突走向平衡。我在文學創作上有了更大的耐心。程光煒先生曾說我寫詩如同打磨鑽石，說我的有些詩句具有鑽石般的質地。的確，我的詩歌創作後來追求的是核桃般的質感和高粱般的長勢：

> 我將像螞蟻，拖著秋蟲的屍體
> 我將像野馬，馱著受傷的騎士
> 我將逼迫自己交出果園
> 然後，逼迫冬天交出火焰

——《入秋》

三、求語言文化之異

　　我說自己是「東南西北人」，除了我這南人居北，還有另一層意思，那就是我在語言文化的學習和研究上，也在求異。我本科時學的是英語文學，表面上是因爲我從小英語學得好，外語在社會上有用，親戚師友都支持我學，他們關注的是語言，是工具理性思維；我內心深處的真正想法是通過英語直接去研讀英語原著或其它語種作品的英語譯本，尤其是詩歌，因爲我越來越覺得：由於中、西語言和文化差異太大，翻譯成中文的詩歌失去的韻味太多。

　　外語委實是一面窗戶，爲我們打開別種文化的風景；但更是一面鏡子，可以讓我們的自我他者化，在他種文化的關照下，看到別的自我——不是一個，而是許多個；那些新的自我既有新發現的，也有新出生的，他們會相互發生關係，使自我複雜化，這是自我豐富的非常有效的途徑。

　　我的文學夢想和文化理想使我的課堂表現既認真又不認真，文學和文化課程我聽的比較多，單純的語言課程則逃得比較多。因爲我認爲，英語語法相對比較簡單，到中學早就學完了，沒必要到大學裡還在語言上花工夫。英國文學史是資深中國專家教的，美國文學史是美國專家教的。我不僅上課著實聽講，下課還大量閱讀，有時還去向老師請教，給老師的印象太好，以至於前者得了 99 分，後者得了 100 分。要知道，這兩門課的考試以主觀問答題爲主，而且都是用英語答題，小的文法錯誤在所難免。但這兩位老師可能讚賞我的學習態度，而給了我出奇的高分。可惜，當時老師講文學史只講到二戰，而且我們當時本科生壓根沒有詩歌的課程。研讀英語詩歌和西方當代文學，則基本上是我課下自己的事。

　　我上大學之後，讀的現代主義已經遠遠多於浪漫主義及其之前的作品了。表現主義、超現實主義、存在主義、荒誕派、垮掉派、自白派、魔幻現實主義，無論是詩歌、小說、戲劇還是文論，都看，當時看的外國書遠遠超過中國書，以至於寫文章時文法相當歐化。我讀得比較精和勤的是：波德賴爾（Baudelaire）、馬拉美（Mallarme）、蘭波（Rimbaud）、魏爾倫（Verlaine）、瓦雷裡（Valery）、阿波里內爾（Apollinaire）、艾呂雅（Eluard）、聖瓊佩斯

（St.-John Perse）、勞倫斯（D.H. Lawrence）、葉芝（Yeats）、艾略特（Eliot）、奧登（Auden）、狄蘭.湯瑪斯（Dylan Thomas）、洛爾迦（Garcia Lorca）和里爾克（Rilke）等。葉芝、龐德、艾略特、斯蒂文斯、希尼等英美現代主義詩歌大師的代表作更是逐字逐句研讀原文。當時我受艾略特的影響太大，把浪漫主義和現代主義對立了起來。後來，我對此有過反思。這種反思到 2002年我出處女詩集《正在鏽蝕的時針》時基本有了定論，我在「自序」中寫了這麼兩段：

> 我的詩歌寫作起步於浪漫主義，那是在中學時代。即使在那時，我也已經接觸到了象徵主義，並很快就移情別戀。上了大學後，曾大學艾略特，對浪漫主義避之惟恐不及。然而我知道，我骨子裡依然存在著浪漫主義的元素。今天，我已經不避諱，因為我沒必要像近一個世紀前的艾略特那樣為了創立自己的詩歌原則，去矯枉過正，通過屠戮浪漫主義來為現代主義張目、祭旗。

> 如果說詩歌史確有現代與傳統之分的話，那麼浪漫主義是最後的傳統。在對待浪漫主義傳統的態度和做法上，我更傾向於波德賴爾、里爾克和葉芝，他們沒有像艾略特那樣不遺餘力地驅逐浪漫主義，而是讓它留在自己的現代面具的背後。

其實，正如有學者所指出的，艾略特自己身上還有浪漫主義的元素。

本科時學了外語專業，這對我後來的工作和創作影響很大。

我的第一份工作是在北京理工大學外國語學院教書，主要教的是英美的文學和文化，現在還在河北師範大學大學任客座教授，指導外國語學院的研究生；還在北大兼職講授外國文學尤其是西方現代主義文學。

我在初中剛剛開始學習外語時，就玩著練習翻譯一些文學作品，比如《金銀島》和《基督山伯爵》（當然是通過英譯本）；但到大學畢業時，我還沒把文學翻譯當做自己正經要做的事，這是因為一，我覺得自己的水準還不夠，二，翻譯太花時間，而我當時是閱讀的饕餮。不過，我對別人的翻譯一直比

較關注。有時我會拿幾種譯本來比較研究。後來我發現，我這做的其實已經是研究生的工作。

　　但是，後來，我還是開始了翻譯，而且譯得還不少。這有三個原因。一是報恩心理。我的創作中汲取了無數西方的精華，我欠著很多的思想債、藝術債，應該要通過某種方式有所償還，在中國，翻譯、研究、講解並推廣西方文學，就是這種償還心理的表現。二是觀念上的變化。外國文化是它者，跟它打交道久了，就產生了它者意識，伴隨而來的是利他主義觀念。在目前中國，稿費低，翻譯稿費更低，所付出的勞動和所得到的報酬是很不成比例的。而且，翻譯是吃力不討好的事。正如錢鍾書所概括的：你譯好了，讀者讀了之後就會去學好外語讀原著，把譯者給忘了，況且一般讀者只關心原著者，很少關注譯者其誰；你譯壞了，就要挨罵，而且讀者可能就不會再去讀那個作者的作品，這就連累到原作者了；所以，還不如不譯。翻譯，正如編輯，都是為人作嫁衣的活計。但是，翻譯絕對有益於他人。魯迅把譯者比成普羅米修士，寧肯自己受難也要把天火偷來送給人間。譯者寧願自己清貧、無名，也要把它種文化的精華介紹給本國讀者。我沒有那麼高的意志和境界；不過，我想，我把好作品譯出來了，讓更多的人通過我的翻譯與我一起分享，這何樂而不為呢？三是翻譯界德高望重的屠岸老的帶動和鼓勵。他對翻譯作品的價值也不是沒有懷疑，曾引用一位英國翻譯學者的話說，翻譯作品的壽命也就 50 年。說這話時，他老人家已經在翻譯這條路上耕耘了 50 年。他是在不無悲觀的心態下堅持下來的。正如很多人明知自己三、五十年之後就要嗚呼哀哉，但還是在努力奮鬥。我深深為他對翻譯事業的那份熱愛所感動，決心加入到翻譯的隊伍中。我翻譯過很多人的作品，其中包括多位元諾貝爾獎得主，如葉芝、泰戈爾、奈保爾、米沃什、布羅茨基、庫切、哈樂德·品特等等。這樣的翻譯和閱讀使我具備了國際化的視野，使我知己知彼，使我膽敢在多種場合說，目前中國詩歌的水準不亞於任何國家的詩歌。

　　我的翻譯工作有兩點需要說明。一，文體比較多樣，不局限於詩歌，還有小說、戲劇、散文、學術著作等；因為雜誌社和出版社的約稿是多方面的。其間我有自己的考慮。（一）我雖然到目前為止基本上沒有寫過小說和戲劇（散文當然是大量寫的），但說不定哪天也會寫；（二）我不寫，但我一直喜歡讀，

而且還在大學課堂上講，還在文章裡涉及到；（三）現在是所謂雜糅文體寫作的時代，各種文體都在相互借鑒，敘事性和戲劇化現象在詩歌中廣泛存在，翻譯敘事作品和戲劇作品，對我的詩歌的寫作和研究有好處。二，我前些年做英譯中多些，這些年做中譯英更多些。因爲，我發現，做英譯中的人相對要多些，做中譯英的人太少，而隨著中國（包括中國文學）國際化程度的提高，中譯英的工作卻越來越需要我們去做，這對推廣中國文學、加強中國的國際形象，具有重要意義。況且，翻譯其他人的作品，使我有機會能字斟句酌地去研讀，從而能看出他們的優缺點，有利於我在寫作詩歌評論文章時更準確地把握和評判，也有利於我在自己的創作中吸取他們的經驗教訓。這些年，我跟國外詩歌界的交流越來越多，還在國際上歷史最悠久、規模最大的詩歌組織——世界詩人大會中擔任執行委員。我一個人出去固然有意義，但帶上詩友們一起出去，意義更大。而對外交流，首先要通過翻譯。故此，我樂意爲之。

四、求寫作資源之異

在大學一、二年級，我讀的當代作品太多，而經典作品相對少許多。這使我覺得自己的寫作根基不夠厚實。1989 年使許多大學生無奈地喊出「回到故紙堆」。我也確實慢慢轉而從傳統中去汲取資源。但與許多人轉向的動機和目的不同。首先，我是爲了夯實我的寫作。其次，我是爲了從更本源的意義上去探尋我所苦苦思索的一些問題的答案。再其次，我當時受到艾略特的非個人化寫作思想的影響頗深，而非個人化寫作路徑的第一條就是讓個人與傳統互動互化。

從大學三、四年級開始一直到研究生階段，我的閱讀重點由現當代作家轉向古典作家。當然，我那時已經腳踩東、西兩條船。所謂傳統不可能只是中國，也包括西方的傳統。我以前讀的最多的是艾略特以後的作家，有一陣子迷戀李敖等；那之後我重點讀的是先秦諸子尤其是孔子、古希臘的作品尤其是悲劇，另外還有杜甫和莎士比亞。一開始，我讀這些老掉牙的作品時，覺得字裡行間都能引發我的心跳，因爲我總能聯想到現實種種。1989 年下半年，學校裡組織了一次全校性的學生論文比賽，包括本科生和研究生，評委

老師來自全校，主要來自文、史、哲三個系。我闡釋埃斯庫羅斯的三部曲悲劇《普羅米修士》的文章獲得了一等獎。後來，我弄明白了。那次論文的組織是那些老師想要瞭解並鼓勵學生們的真實想法。我的文章因爲把古老的作品跟當時青年們普遍存在的苦悶和反抗心理結合了起來，所以受到了評委們的青睞。

不管怎麼說，從那時起，我的詩歌中出現了大量古代的詞彙和意象，當然，我儘量進行現代化轉換，讓他們浸透現代人的興味。對於我這個原先傳統文化修養比較差的人來說，古典其實意味著新、新變和異動。我所說的古典不能等同於經典，而是包含了很多非經典型的材料，包括上古的神話和傳統。

我在寫作資源上的求異衝動還落實在另外兩個行動上。一，我曾到哲學系和歷史系大量聽課，並閱讀那兩個專業的書籍。我現在的寫作非常多地借用了它們的思維。詩歌寫作借用的主要是哲學思維，學術寫作借用的主要是歷史思維。在此我只說前者，1980 年代的詩歌本身就充滿精神貴族的氣息，非常純粹，甚至單純。我一直沒有放棄形而上的思維努力，但爲了不至於使自己的詩歌思維由純粹變爲單純乃至單調，我必須在思想上深化甚至複雜化，而哲學在這方面能給我最大的幫助。其實，我更看重的不是作爲一門專業的現代學術體系中的哲學，而是它的抽象，它的包羅萬象，它的以一馭多，以多寓一。我看重的是那種籠而統之的哲學，與宗教、神學還沒有區分的學問。因爲那樣的哲學才能真正幫助磨礪我的神性詩歌寫作。

二，現代詩歌的寫作資源不僅存在於哲學、美學和歷史等外在的學科，還存在於詩歌與那些學科結合的產物，那就是大量詩歌理論和詩歌批評的文字。從波德賴爾、瓦雷裡到龐德、艾略特到奧頓、希尼，大多數現代詩歌大家都是詩歌批評家或理論家。因爲現代詩歌的寫作需要詩人不斷地自我反省、自我更新，而不是由著慣例和慣性。也就是說，它天生就包含了求異衝動的合理性和必然性。形式主義理論所說的「陌生化」不就是「求異」嗎？批評文字的寫作能給詩人進行求變試驗的理性力量。爲此，我在研究生階段，讀了古今中外大量詩學理論著作。這些資源或者直接進入到了我的論文寫作之中，或者間接進入到了我的詩歌寫作之中。寫作到了一定時候，就不再是

完全自發的偶發的行為，而是艾略特所說的用化合的手段展現綜合的情感的行為。要完成這樣充滿難度和挑戰的行為，魚比漁更重要。而理論能提供的恰恰是利用資源的更加有效的方法。最重要的是，理論思維使我的詩歌寫作在不斷翻新，同時也在不斷調整。不至於裹步不前，同時也不至於為變而變。

2011・10・02　急就於京郊穎慧寺

我的創作織錦圖
小說／散文 、 旅行／追尋 、 家族／愛情

◎鍾文音

我的寫作時間點是一九九四年從得了聯合文學小說新人獎開始，回憶起來彷彿才昨日而已。

不過有段時間曾因出國留學與旅行而荒廢了。直到一九九七年回台北，我才開始認真思考成為專業作家這件事。

我知道我這一生是為寫作而來，只有進入寫作航道，我才覺得個體完整，才覺得這是我自己的原來面目。自 2000 年開始，我就沒再上過班了，寫作成了我的專業的工作，至此竟也過了十多年，撐過了許多創作瓶頸與現實困頓。

在故里與他鄉

旅者和寫作者，其實是相同的心境（我這裡的旅行指的當然不是觀光），在旅程裡一個旅人總是連接兩個空間，一個故里一個異鄉；於是也就有了兩種世界的多重凝視。

在過去的故里軌道裡與不斷往前奔馳的旅程裡，旅者向過去回顧冀昐之時，也不斷向遠方好奇觀看。旅人與創作者，總是既幻想又驅從於現實的兩端拉拔。多種慾望，多種凝視，多種顧盼凝眸在出走與回歸之間擺盪。

小說之於我和旅行之於我，二者互為影響，且產生了相互推波助瀾的效應。

這就是「生活是什麼，寫作就是什麼。」小說於內在自我的城堡堆疊與探索，旅行則是直奔前去的視野累積與鍛鍊。

旅行讓我從習慣的生活裡出走，於是有了另一種觀看，陌生化的自己是一種新的視野，而作家非常需要新的敘述視野。

　　旅行與寫作軌道的互為交錯，也彼此輝映歷程的變化。就像我最初寫小說是因為非常純粹的不得不寫，命運把我推到寫作門口。最長的一次是放逐紐約，但光是放逐又很無聊，所以便將自己喜歡的繪畫連結，去紐約名為習畫實則是逃亡是自我放逐。這些點滴我寫在（寫給你的日記）一書裡。

　　幾乎我的生活是什麼，就會在寫作裡露出了端倪與尋到了蛛絲馬跡。

　　我覺得寫作者是通過寫作這個媒介來認識自己的，所以我若很久不寫作我對自己就有了一種很奇怪的陌生感，是不寫作就不認得自己的深切感受。

　　既然生活受寫作支配，那麼寫作這件事就必須清楚，如此其他的外在活動才有回歸自我創作的力量，否則生活與雜物反而會先壓垮自己。當寫作是生活的第一順位時，那麼其餘的事物發生就可以當作是為了儲存寫作的資糧。

　　「專業化也戕害了興奮感和發現感，而這兩種感受都是知識分子性格中不可或缺的。總之，我一向覺得，陷入專業化就是怠惰。」薩依德如是說。

　　如果興奮感和發現感喪失，那麼創作的熱情也將喪失，這就是我所深怕的。

創作的幽微與現實的接軌

　　寫作這件事對我很像是舉辦一個人的午夜嘉年華會。這姿態是一個人在只有檯燈照亮紙頁的房間裡但內在卻像是嘉年華會。有點像是我近來讀到最好的小說捷克作家赫拉巴爾所寫的（過於喧囂的孤獨）。又喧囂又孤獨的文字世界。深入記憶，深入傷痛。

　　小說是矛盾而荒謬的行業，愈是要遺忘的傷痛愈是不斷被挑起，撩撥。文字成了最具震撼的「無聲的吼叫」，一本正在寫的書是未知的世界，是在封閉空間裡內在不斷潮湧的波動狀態。寫作的日子像是無盡的鎖鍊纏繞著無盡的事物，寫作者既是自我也是他者，所以我說像是一個人的嘉年華會。嘉年華會怎麼會一個人呢？也就是說一個作家的內在世界常像是嘉年華會般喧騰，像是得了熱病一般。

　　寫作畢竟不是編劇也不是電影或電視，寫作這個媒介是非常自我的純粹出發的。

　　一個作家的喃喃自語世界卻直抵了眾人的神界，這是寫作的神奇。

那個躲在記憶黑盒子的幽靈，和對外世界跌撞的遺痕，一對內一對外，形成了書寫的撞擊海岸。

我比較喜歡邊寫邊釐清我的方向，全都知道了再去寫似乎少了挖掘精神隧道的樂趣。每一個人的背後都拖著一個世界，寫作像是在洞穴裡，聽著記憶之水滴滴答答地落，在那個洞穴裡，只有寫作可以拯救我自己。有作家認為寫作是「詛咒」，而對我而言，寫作卻是「救贖」。如果不是因為寫作，我將什麼也不是。

而讀者打開我的書，就像是進入一個漫漫長夜的開始。

早期我的寫作是本能的驅使，內在有個痛點需要被文字流洩出來。現在這個痛點已經轉化成理性，我可以有計畫地寫作。也瞭解到寫作光靠才華或是熱情的本能是不夠的，終生的嚴肅寫作者最後是要靠意志支撐下去，否則現實這麼殘酷，寫作又這麼不快樂，蠟燭兩頭燃，如何度過漫漫長夜呢。

沒有創作，沒有慰藉

起初，創作是我的伴。既是個伴，小說在當時扮演著說書人的角色，在青春尚大片等著我著色的年代我所著迷的是故事，我常為此而陷入奇異時光，一個人，在小說的嘉年華會裡聽各式各樣的傳奇與故事。文字下是巨大的喧囂澎湃。

創作的魔幻，餵養且撫平了我內在的巨大黑洞。

之後，創作是我的眼界。小說在我看來是非常非常菁英的行業，也是人文社會的總和。小說甚至走在社會文化的前端，走在其他藝術的前線。小說能供養我的藝術眼界，小說作為「Fiction」的虛構本質，從而它提供了我在日常生活裡所無法觸及的深度與廣度。那些在現實生活裡的平凡或特異，在小說裡全化成魅影幢幢，滋長了我生命的繁花濕地。從而提供給我藝術與人性的探索隧道，好的小說於我是一種感動，一種聲色俱全，在小說裡饗宴著知識的身體的視覺的物質的生活的神秘的…無盡的流動與多樣的面貌。小說，粹鍊了我的藝術品味與眼界。

沒有創作，這世界於我是無聊與寂寞的。

再之後，創作成了我的符號。從閱讀者轉為創作者，小說之於我，身分

確立，小說是我終生不棄不離的愛人。這個愛人的美美在於它能表達非常特殊與繁複的語言與結構，它能想像出其他文體所無法寫出來「虛構」世界。虛構作為小說的本質，它展現了高度的迂迴與揭露，在我擁抱感知與故事的同時，也一腳踏進了生物多樣性的豐饒濕地。

再再之後，小說是我的膜拜聖殿。當小說的世界地圖被我建構之後，我才發覺原來當自己也被稱為小說家時我有了汗顏，在我前面的經典小說門檻是愈築愈高了，我如何跨過前面這些經典門檻？

於我，小說是藝術，小說是鍊金術，小說是人性術。小說無法看輕它，可以看輕它的就一定不是好小說。

寫小說的歷程

我目前寫的短篇小說結集有探索出版的（一天兩個人）還有大田出版的（過去──關於時間流逝的故事）。

長篇小說有探索出版的（女島紀行）、大田出版的（從今而後）、（在河左岸）和（愛別離）。以及近年來的島嶼三部曲（豔歌行）（短歌行）（傷歌行）。

關於愛情書寫

如果有閱讀過的人會發現我的寫作歷程，經歷了島嶼與出走，愛情與絕望，旅行與回歸，過去與現在，故里與他鄉，邊緣與核心的元素。

到了（愛別離）便把這些元素發揮統合到頂點的一次寫作試驗。全書分兩大卷，（私無愛）與（路無盡）。五個角色，丈夫妻子情人女兒兒子，第一卷的（私無愛）講的正是過去的破碎，關於愛情的草莽與生活現實的無能感。第二卷的（路無盡）則是這五個人在過去的幻滅之後試圖出走的旅途面貌。有的找到答案，有的繼續迷惘，有的忽而欣喜忽而破碎，有的開始品嚐孤獨，有的不知所終。這正是一個人旅人上路的內在本質。

所以我的長篇小說到目前似乎都離不開（出走與回歸），就連最初寫的第一本長篇小說（女島紀行）也是，雖然女主角沒有出走，但是她曾從南方出走到台北，最後返鄉的紀行旅程。

我的主角生命都不免漂流，或是在定點困住了。這似乎是我所看到的大

部分人的樣貌。

套句老話，生活是什麼，寫作就是什麼。

小說最主要的核心在我是人物，故事則是順著人物發展的。但誰沒有故事？看看我們的新聞我的網絡，每天有多少悲歡離合，有多少怨憎會愛別離，故事每天在上演，最激情的，最情色的，最暴力的，最醜陋的……，光是故事已經承載不了小說的重量了，因為現實生活的荒謬性早已遠遠快過小說敘述的速度。

我只能直奔小說的人物而去，從人物的心理與社會現實挖去，故事於我從來都只是背景布幕。

我過去的小說比較接近半自傳的小說體，在（愛別離）一書裡，我試圖想要跳脫看自己的角度，而把寫作注入了更多的他者，人物主軸也比過去單一的人物多，共有五個角色，且同時是主角，同一段歷史不同的人說出了不同的感受。

島嶼百年三部曲——變形的家族書寫，馬拉松賽跑

我寫小說的歷史比寫散文要長，寫小說是我真正想要進入的文學廣闊核心以及對自我的挑戰與超越。許多小說，都有個堅強的內我核心—母女情節與情結，如《在河左岸》《女島紀行》《少女老樣子》等。

由母女圖再緩緩拉出導致她們傷慟核心的男性。女性在感情破碎後的類同盟情誼，或者嫉妒或者相惜。

台灣百年物語：《豔歌行》的出版，是我寫作的另一個大階段，她希望寫彼此有互為對照關係的系列書，分成兩個大系列，前面三本為三部曲，後面未定，但也將是採系列書寫。

目前已經雛型成形的是第一個系列「島嶼百年青春物語」，以時間來分卷，預計 2006 年至 2008 年完成此系列的三本書，分別是《豔歌行》、《短歌行》、《傷歌行》，企圖拉開敘述的時間長河，僅以「青春人」的時光為敘述內容的小說。　《短歌行》、《傷歌行》也已經在 2011 年三部曲完成，這場馬拉松賽將持續往其他跑道前進。

體例 / 小說 與 散文 彼此的交融與越界

之前已經提過小說了，小說確實是我創作裡最重要的區塊，原因是小說這個體例所具有的虛構特質，可以承載非常濃厚的現實世界之不能。

我也寫不少散文，因為寫小說曠日廢時之下，而我又必須為生活籌些費用，這時散文體似乎解決了我這項難度。當然我覺得散文也不是說就不需曠日廢時，我的意思是散文體的複雜程度沒有像小說那般，散文體可以以非常主觀的自我感受流洩而出，不若小說牽涉到所創人物的心裡結構與現實場景以及故事的節奏等等複雜鋪呈，散文體例在獨我的主觀裡，寫作起來確實對我是比較不費力的。

關於我的散文又分女性觀點的家族誌寫作與移動漂流文本，像是〈昨日重現〉就是這樣的一部作品。

我喜歡創作的底層能貼近土地，貼近人群；描寫處境，描寫狀態。

旅行：不願被體制收編

旅行世界各地的散文書寫，也是我所著墨的寫作角度，藉著探訪旅地的異國文化衝擊和已逝的老靈魂對話以及不同時空的他鄉遭逢，描述「離家就是學習生活」、「我和他者相逢的故事」文本。

藉由書信體與日記體重闢旅行散文的新寫作型態，標誌寫作即是「我曾在」的瞬間凝結時空觀點，以片斷織就完整的寫作體。　如《情人的城市》《孤獨的房間》《奢華的時光》《遠逝的芳香》與《三城三戀》等旅記系列。

源於生活的無奈，我旅行，但旅行最終也回饋了我，成就了我的某類型書寫的獨特目光，不過這類書寫也將成為絕響了，因為已經開挖完畢。

且旅行已經被我變形在小說體了，如《慈悲情人》《愛別離》等皆是。

追尋一直是古今中外文學一個非常重要的主題。因為我們都是生命的自我詮釋者，要詮釋自我的生命必須透過生命的追尋與探索，然後從加法之後開始減法，從邊緣的力量湧向自我核心，從而尋出自己真正喜愛的生活樣貌，辨認出自己是誰。創作是生命的追尋也更是自我的認證。

有才華的女人是具有決定自己命運的能力，我必須記得時時要回歸寫作的純粹。屬於創作的宿命就是寫好了就不可眷戀，不可僵化自己的生命，不

可停止在原地。要有深入虎穴的勇氣與創作的熱情發現。

寫作是一種生活的「再現」與「拼貼」

寫作是我介入社會的方法，創作是一種自我與現實的接軌，是一種眼光，是一種凝視，是一種說法，是一種演化，是一種發現，是一種組合，也是自我身世與宿命的纏迷繚繞，企圖在這樣的纏繞迷宮裡殺出記憶的重圍。

我想我的創作過程和環境變化不大，不論我是什麼角色，我想我都能寫作吧。就是有一天我跑去擺地攤（也真的擺過）或是賣咖啡（也真的賣過），我想我都能寫作。

無論遊戲或放蕩，最終的生活還是老話一句為了成全寫作這件事。

創作是在同質中尋找異質的存在。於今在如此高密度的同質化世界，藝術家有點像是蚯蚓的角色，在土質過硬思考僵化的社會土壤鑽洞著，企圖讓新的空氣進來。若寫不出來時，我通常都會出門閒晃。

我很少想讀者這件事，文學於我並非是溝通，文學更多是探索心靈靈光的那把巨火。

創作到底為了什麼？於我永遠都得保持在創作那個最初的自己，寧可被邊緣話也不要媚俗化。那個原初的那個一無所有者。那個在美麗洞穴度過時時刻刻的孤獨者，是我寫作的第一站也是最後一站。

向內挖掘，不斷質疑；對外不斷提問且包容於人的際遇與侷限，這就是我的態度。

今天作為一個孤獨的寫作者，其實說來就有點像是在千年厚壁上慢慢敲打引出一丁點光線的人，也許我所寫的不過是整個書市的微微燐光，但是我只能繼續為之，內化為書寫的自我存在。

找到自己的生命與創作的位置，然後直奔而去。縱使幸福不一定發生，但是精彩是可期的。

在我看來，活得精彩的人就是最美的人。

創作者就像一個認真犁田且不斷開發新品種的農人，發達資本主義下稀有的原始品種。我希望我的創作是一顆生命樹，一棵會開花的樹，可以為自己開出美麗花朵，也可以為他人遮蔭。

鴻鴻自述

◎鴻 鴻

　　本名閻鴻亞的這個小孩，1964 年生於台灣台南，一個遍地鳳凰花的小城。到小學二年級時，全家北上。自幼與哥哥競背唐詩，初中時受國文老師啓迪寫作新詩，高中起接觸現代舞與劇場藝術，大學時代起又投身電影工作不可自拔，似乎精神分裂，或顯然對一切創造性的事物充滿好奇。成長期間，我目睹台灣第一個現代舞團、第一個現代劇團、第一回國際影展創辦，超越現實的迷人場景與匪夷所思的語言系統紛至沓來，讓自己從文學中抬起眼，又終於以另一種眼光反思文學。高中已在雲門舞集習現代舞，畢業時恰逢第一屆國立藝術學院成立招生，遂以唯一志願考入戲劇系。畢業製作是將《哈姆雷特》植入中國戰國背景的《射天》，反映當時年輕生命對上一代兩岸恩怨的看法。

　　服完兵役後，直接進中時晚報當電影記者，一支吞吞吐吐的鈍筆，在報社練成下馬露布的快手。在恩師賴聲川邀請下，到表演工作坊任客座導演，編導以現代觀點詮釋孔子青年時代的《如果在多夜一個旅人》。後來幾度歐遊後，深受當代導演劇場造就文化社會的理念感召，才開始潛心定性，從事劇場工作。在《表演藝術》雜誌當過戲劇主編，一年後離職從事創作，於 1994 年成立「密獵者」劇團，十年後解散，又於 2009 年創立「黑眼睛跨劇團」，在導演眾多不同風格作品的嘗試當中，從連演 105 場的魔幻音樂劇場、到每次只演給一個人看的實驗環境劇場，都樂此不疲。從事導演尚不足以盡興，我仍以劇評長期關注台灣劇場實驗的發展脈絡。

　　以駐村名義流浪過的地方：巴黎、柏林、香港。不以任何名義流浪過的地方：亞美尼亞、土耳其、希臘、越南、柬埔寨、帛琉、葡萄牙……皆有詩為憑，有夢為記。但仍以台灣為唯一故鄉，目前以寫作、演講、導戲苟且維

生，僅在台北藝術大學兼任教職。但以此作爲一介自由創作人之代價，則深覺千金不換。

在文學創作方面，初落筆即以直覺篤行口語化寫作的方向。早期詩作常從個人體驗出發，探索生活瑣細事物的未知靈魂；自 2006 年詩集《土製炸彈》以降，或由於年事漸長、眼界漸開，逐漸積極書寫介入世情、表達異見的詩作，針對全球化、族群問題、教育問題等現實情境率直針砭。在《土製炸彈》後序中我如此告白：「從前我對詩的喜好，往往來自文字、音韻牽引出的朦朧美感，一種抒情氛圍。而今我以爲，這種氛圍掩蓋或避開的，遠比其所揭露的多。理應對裝模作樣的人世進行『冒犯』（或者文雅一點說，『探索』與『挖掘』）的文學，卻順服了自身的成規，形成另一種裝模作樣的『詩意』。這樣的文學，也只是鼓勵讀者繼續沈湎在世界的一致性當中。」從而領悟：「不再妄想詩能納進世界的一切脈絡——即使納得進又如何？我退而希望詩能被納入世界的脈絡中。不再甘於詩的無用之用，我希望詩也能有其有用之用。少年時我以遊戲性的寫作，回應赫塞、紀德對於個人自由的召喚。前輩瘂弦曾準確點出這種寫作態度——『詩是一種生活方式』。然而面對逐漸曝顯在眼前的現實，我卻難以再這麼悠然自得。遊戲只能贏得個人的自由，更多人的自由則需要戰鬥。忍一時不會風平浪靜，退一步也換不來海闊天空。如今，我希望詩可以作爲一種『對抗生活』的方式。」

1993 起受詩人梅新之邀，主掌《現代詩》編務兩年，又於 2000 年與夏宇、零雨、曾淑美、翁文嫻等詩友共創《現在詩》，每期以不同樣貌出刊，嘗試爲當代詩作開拓美學形式的舞台。2008 年獨力創辦《衛生紙詩刊＋》，爲該年年度詩選評爲「鎔現代主義與現實主義於一爐，展現新世紀詩學的多種可能，一開台灣詩誌的嶄新路徑，爲現代詩傳播帶來新的想像。」這份刊物事實上猶如我創作路向的延伸，希望詩能像衛生紙一樣爲人所樂意使用，就算用過即棄，也遠勝那些迂迴、藻飾、卻只適合束諸高閣的詩。所選作品往往笨拙、直接，像攝影鏡頭一樣直視現實，卻不乏真正的詩意。《衛生紙》每期命題徵稿，迄今已出版「賤民」「醜」「幸福機器」「不倫」「階級關係」「全球（暖）化」「當代歷史」「流動人口」「自由時代」「變態」「最後的田園詩」「運動精神」「孩子」等多項專題，作爲凝聚思想戰鬥力、對社會與時代提出批評

的力量。在這個基地上長期發表的新生代詩人，如隱匿、阿芒、阿米、潘家欣、崔香蘭、林蔚昀、蔡仁偉等，已成為詩壇的生力軍。

2004 年起，我開始接手台北市文化局主辦的「台北詩歌節」策展人，至今斷續經營六回，致力推廣詩的跨領域展現，希望能讓詩和生活發生更多聯結。由於台灣對於國際的視野狹隘，當代詩的翻譯與出版也如鳳毛麟角，詩歌節於是努力引介歐美主流文化之外的詩人來台交流。從前我們只知中東有恐怖份子，不知有詩；只知西藏和車臣有苦難人民，不知有詩；只知亞美尼亞有種族屠殺，不知有詩。詩歌節作為一個窗口，讓我們透過詩人與詩的到訪，看見真實的世界。在世界邊緣的角落，在我們不知道有詩的地方，發現動人的詩。

之於電影自幼熱愛，苦無機緣。大學時代在賴聲川老師推薦下，擔任楊德昌《恐怖份子》（1986）之助導，實為學徒。後來為楊德昌編寫《牯嶺街少年殺人事件》及《獨立時代》劇本，並以《牯嶺街》獲金馬獎最佳原著劇本獎。但遲至 1998 年，才自編自導完成第一部電影《3 橘之戀》，受邀於威尼斯影展作國際首映，並獲法國南特影展最佳導演獎、美國芝加哥影展國際影評人獎。在風格變化的自我要求下，又陸續完成現實寓言體的《人間喜劇》，與狂想超現實的《空中花園》。2007 年又傾家蕩產完成奇幻電影《穿牆人》，以詩意風格講述少年成長的故事。近十年逐漸發現紀錄片更能貼身描繪複雜現實，包括採探劇場人生的《台北波西米亞》、探討藝術如何反應社會問題的《為了明天的歌唱》、呈現小學教育問題的《夏夏的聯絡簿》，及舞蹈紀錄片《有人只在快樂的時候跳舞》等。近年更以策展方式推動藝術理念，視策展為個人創作的延伸，擔任過 2010 年台北電影節的專案策展人，及策畫 2011 年光點國民戲院「禁忌的遊戲」影展，網羅影史及當今冒犯各種道德、政治、美學、主流價值的影片，在策展前言我聲言：「冒犯，往往基於更深的善意。」這彷彿也是我現今創作心態的寫照。

詩是一種對抗生活的方式[*]

寫詩從來不是在我生命中最好的時刻，也不是最壞的時刻。通常是一種

---

[*] 詩集《土製炸彈》後序。

無以名狀的情感在尋找出口，於是所遇的萬事萬物都成了表徵。詩的旅程最美好之處莫過於，它給予的遠比你所期望的要多，甚至會覺得依傍詩這塊奇妙靈動的水晶，世界正與我同悲同歡。

　　然而我逐漸醒覺，這只是一名年少詩人一廂情願的想像。世界非但不可能與我合聲同氣，反而處處跋扈橫行。無知不能令人置身事外，只會讓自己成為幫兇。

　　1998 年我因一個奇妙的機緣走訪以色列與巴勒斯坦，一時感悟寫下五首〈遠離耶路撒冷〉，對弱勢民族的處境開始益加留心；911 之後又寫了〈恐怖份子〉（俱收於《與我無關的東西》）。隨著美國攻打阿富汗、伊拉克，以色列撤出加薩走廊又入侵黎巴嫩，車臣反抗軍劫持劇院及小學，加上兩岸情勢與島內紛爭緊密激盪，讓我日漸明瞭，台灣實為世界族群、文化、經濟、政治衝突之具體而微的一環。鑽研凱倫・阿姆斯壯的伊斯蘭論述，薩依德的以巴問題訪談，杭士基對美帝國主義的批判，而後，我也開始走訪諸多文化互相衝撞或複合的國度，將所學所聞與他們的山川、人文互相印證。98 年的以巴印象更不斷回來襲擊我，每一次都帶著更強的力道。

　　據稱阿拉伯詩人善於洞悉部落成員潛意識的意欲，化為魔法般的詩句，令人聆聽時猶如被曠野間遊蕩的精靈附身。行走土耳其、庫德斯坦、亞美尼亞、及卡拉巴殘留烽火的土地時，我卻感到被附身的人是我。那些美麗與殘酷、痛苦與榮光、融合與對立的一體兩面，莫不鮮明地反映出我自己的生存經驗。

　　2004 年高達《我們的音樂》片中，巴勒斯坦詩人達維希意味深長地指出，歷史都是由勝利的一方書寫——要了解特洛伊城陷，向來只能仰賴希臘詩人荷馬——然而我們豈不當以特洛伊的詩人自許？身處無退路無倚仗的圍城小島，這句話如斯清明，召喚出我潛藏的心聲。詩人是誰並不重要，重要的是他所說出的話語，能否和這傾斜的世界相抗衡。

　　從前我對詩的喜好，往往來自文字、音韻牽引出的朦朧美感，一種抒情氛圍。而今我以為，這種氛圍掩蓋或避開的，遠比其所揭露的多。理應對裝模作樣的人世進行「冒犯」（或者文雅一點說，「探索」與「挖掘」）的文學，卻順服了自身的成規，形成另一種裝模作樣的「詩意」。這樣的文學，也只是

鼓勵讀者繼續沈湎在世界的一致性當中。德語詩人傅利特（Erich Fried）即以
〈現狀〉一詩指出：

> 誰想要
>
> 世界
>
> 像它現在的模樣
>
> 繼續存在
>
> 他就不想要
>
> 世界繼續存在

　　我發現自己已經沒有藉口迴避。一如蘇珊・桑塔格在《旁觀他人之痛苦》
所云：「人長大到某一年紀之後，再沒有權利如此天真、膚淺、無知、健忘。」
詩人誓言發掘事物的隱密靈魂，但若對怵目驚心的現象與問題都視如不見或
無力回應，若其力量甚至比不上一行塗鴉標語或新聞跑馬燈，詩也終究只能
如大多數人（包括詩人自身）所認為的，不過是人生的裝飾品而已。

　　此刻，我並未覺得詩不可為，反而覺得詩更形重要。記得試以「微物史
詩」態度寫作前一本詩集時，讀到亨利・波卓斯基的《利器》，曾讓我眼界大
開——迴紋針、釘書機、拉鍊這些看似理所當然的物件，卻是在迂迴了不知
多久之後，才被某個發明家忽然找出如此簡單卻幾近完美的形式。詩人不也
如此，不是繞遠路的人，而該要截彎取直，發現更直接剖析、針砭、重組或
縫合真實的利器。寫作不是為了添加世上原已車載斗量的文字，而應以更精
簡的方式直命要害，終結這些繁縟的夾纏。因此，比起瑰麗優美的辭藻，我
寧願回頭學習詞不達意的小學生作文，後者至少更直接地面對他所感受到的
真實。

　　不再妄想詩能納進世界的一切脈絡——即使納得進又如何？我退而希望
詩能被納入世界的脈絡中。不再甘於詩的無用之用，我希望詩也能有其有用
之用。少年時我以遊戲性的寫作，回應赫塞、紀德對於個人自由的召喚。前
輩瘂弦曾準確點出這種寫作態度——「詩是一種生活方式」。然而面對逐漸曝
顯在眼前的現實，我卻難以再這麼悠然自得。遊戲只能贏得個人的自由，更

多人的自由則需要戰鬥。忍一時不會風平浪靜，退一步也換不來海闊天空。如今，我希望詩可以作爲一種「對抗生活」的方式。因爲甚至不會做白米炸彈，我只能試著用詩來製造武器，並希望它經得起反復使用。

　　回想起來，寫詩從來不是在我生命中最好或最壞的時刻，但是卻得以幫助我徘徊在這些時刻當中。它給予的遠超過我所期望的。詩中的我比實際上的我更激烈、更敏感、更脆弱、也更勇敢，世界在詩中也變得更複雜或更簡單。但是至少，這是詩與世界正面相對的一刻。我等著看誰會被誰改變。

從貓那裡來的寂寞

◎王聰威

我從國中開始迷上了寫作這一行，立志要當一名作家。

這是因為自國小一年級起，我就被認為是書呆子，不過雖然是書呆子，出乎意料之外的，我倒還滿會寫作文的，寫起來活靈活現，乍看之下好像本人的腦子也不錯的樣子。現在大家常常說會寫作文不代表會寫「文章」，（這麼說的時候，也一定把小說包括在內吧。）真是讓我太挫折了！我就是因為自己作文寫得不賴，覺得老天保佑還好自己不只是個書呆子，人也有了點自我肯定和期許，決定要成為　個作家！如果照大家這麼說的話，那我豈不是打頭起就選錯了人生目標？真是太慘了。

於是升上國中之後，可能是在什麼地方讀到了現代詩，一看就覺得這玩意兒實在太厲害了，而且最好的是…我也會！我去爸爸的抽屜裡偷了一本寶藍色的三孔筆記本，用黑色綿繩穿好綁上蝴蝶死結，然後開始寫詩。一頁寫一首，有時寫兩首，整整齊齊地排列著，旁邊畫上插畫。筆記本每天裝在書包裡，帶到學校給同學讀，一個也喜歡這一套的女孩子居然熱衷到三不五時就問我有沒有新作品。不久，居然形成了一股熱潮，每天早上我一打開書包，就會有幾個女生圍在我身邊，爭著要看新作，甚至為了誰先誰後的問題吵起架來。當時，我覺得人生真是太美好了，自己跟平凡的同學是不一樣的存在，這就是「假裝」自己是作家最美妙之處吧，只是我大概也沒想到，這是一輩子唯一的一段時間，會有女孩子為我爭風吃醋。

到了這樣的程度，就開始有人叫我「才子」，（連老師也這麼叫）我想每個作家，　總是會有一刻會被叫做「才子」或「才女」。被這麼叫的時候，心裡一定會樂陶陶的，彷彿自己真的成了那樣子的人。事實上，才子與才女的鑑定標準相當低，只要多讀了些別的同學讀不懂的文學書，或是寫了些別人

想都沒想到要寫的文章，自然就會贏得這個虛名。等到有一天，放下筆，不再寫作，或是不再讀任何一本文學書時，那些曾經加諸於自己身上的「才子」或「才女」一詞，就會變得像是褪色的王冠或過氣的戰爭英雄一般，令人感傷，而青春期就像是比別人的，過得更悲慘十倍一樣。

　　話說回來，不只是現代詩，我還寫了幾首給布袋戲專用的四句聯，而且即寫即行地投到電視布袋戲《雲州大儒俠》去。每天中午吃飯時間，我就跑到老師辦公室外頭偷看電視，希望布偶會唸出我寫的四句聯。過了幾個月，壞蛋主角藏鏡人五個服裝樸素的師兄弟嘴裡仍然唸著不如我寫的四句聯的台詞時，我收到一封電視公司寄來的信。我想可能是封退稿信吧，上面也許會寫著：「貴稿件頗有見地，唯不符合本公司所需，敬請見諒。也歡迎繼續賜稿。」一類的。心裡邊想：「唉呀，想當堅強的文藝青年一開始總是要面對退稿的折磨嘛……」一邊打開來一看，裡頭是一張暑假兒童夏令營的廣告單。

　　既然娛樂事業行不通，那就往純文學路上邁進吧。我仔細讀了一個星期的副刊，買了余光中《聽聽那冷雨》、琦君《水是故鄉甜》一類的散文，心裡想這些作家也沒寫得好到哪去，於是又花一個星期，認真地寫了兩篇八百字左右的散文投稿。那時當然沒有電腦打字，稿子得手寫在六百字的稿紙上，但是我怕編輯從字上認出我是個乳臭未乾的國中生，精彩文章連看不都不看就退稿，還特別請高中畢業的姑姑幫我謄一遍，信封一併寫好。後來既沒登也沒退稿，即使過了很久了，我仍然非常懷疑是不是因為姑姑的字太醜了的關係。

　　到了國中一年級結束前，我們不只要男女分班，還要依成績分出前段班跟後段班。有一天，不怎麼瞧得起我的女導師叫我到辦公室去，她說：「你以後不要再寫那些東西了，也不要再讓某某某（就是那個愛讀我的詩的女生）喜歡你了，要升二年級了，別害人家沒辦法專心唸書。」我自小便是個聽話的孩子，所以直到唸高中都不再讀任何文學作品，也沒再寫出一首詩、一則小說或一篇散文來。

　　重新恢復我的寫作生涯是在高中二年級，這是另一個悲慘的故事：那時我們學校與另一女校有固定的校際聯合露營活動，這是由教育當局正式許可，兩校學生難得能夠公開交往的機會。但在活動裡，我被女校同學笑說長

得太醜，甚至沒人願意花時間跟我說說話，害我從此再也不（願）相信，要過一個青春而開朗的人生，有任何聯誼之必要了。如此萬念俱灰的情況下，我決定寫一篇愛情小說來紀念這人世間百般的純情傷痛，於是這成了我的第一篇小說。 這篇叫做〈異國之戀〉的小說後來登在校刊上頭，成了眾人的笑柄，而且在我畢業十幾年後，某次於一個新書發表會上，居然還有位友校同學跑來跟我說他記得這篇小說，寫得如何如何一類的……雖然我的小說生涯一開端相當淒慘，不過我很快地發現自己確實能寫點什麼。某次我在報紙副刊上讀到張愛玲於 1936 年寫的短篇小說〈霸王別姬〉，這篇不到五千字的小說以現代手法重寫垓下大戰前夕虞姬與霸王的生死離別，內容少寫歷史主角項羽，反而特別著重虞姬女兒心思的愛痛流轉。那時我正自以為天縱英才地猛寫小說，一讀之下驚為天人，第一次覺得這世界真是大啊，同時也深感挫折，人家才十六歲就能寫成這樣了，難怪有資格說上一句：「成名要趁早。」但是隨即心裡又想，「張愛玲寫得出來，難道我寫不出來嗎？」於是也依樣畫葫蘆地寫了 篇改造三國歷史的〈麥城之圍〉，小說字數相近、敘述手法相仿，不寫歷史主角關羽，改寫一位小小蜀軍帶兵官眼中的戰事，居然讓我得了校內文學獎的首獎，這是我生平第一個文學獎項。

1990 年我進入大學，此後的十年之間，我致力想使自己成為文藝青年。去年我主持一個廣播節目，每周五晚上都會邀請年輕的創作者來上節目，談談各自的文學夢想與實現。這些創作者裡，有些已經出了不少書，有些則興奮地期待即將出版第一本書。訪問時，我常常會問他們，認不認為自己是個「文藝青年」？百分之九十九的來賓都會矢口否認，好像一沾上這詞，就會被人當成異類似的，真令人感嘆啊，過去希望被稱為文藝青年的好時光已經過去了。

文藝青年已經被當成一個有人格缺陷或階級偏見的稱謂了吧，我想，當然，文藝青年這詞定義相當模糊，該讀的文學經典、美學理論書籍與《誠品好讀》得讀過一輪是基本要求，能寫點詩、散文和小說是必要技能，參加文藝營、寫作班、讀書會則是進階訓練，而如果還能談起法國新浪潮電影就跟談鄰居家的小事一般熟稔，便自然成為了超級文藝青年。但是，有時候光是看外表的樣子，就會被視為文藝青年，比方說像之前紅了一段時間的「犀利

哥」外型，長髮披肩、鬍渣永遠刮不乾淨、削瘦臉龐咬著皺巴巴的香煙，在我唸大學的時代，這樣子便是屬於文藝青年的標準風格。

不知道幸還是不幸，那時候的我就因為這樣被歸到這一類去了，還因此洋洋得意了一陣子，一個同學在送給我的生日卡上寫著：「你的一頭亂髮，滋養著雲夢大澤的美夢」這當然是他一番仁慈的詩意形容，其實我除了留了一頭披肩捲髮有點像文藝青年之外，頭髮下的腦袋空空如也，只想著要談戀愛而已。

不過為了讓女孩子和學弟妹覺得這傢伙有點水準，我也盡力吸收當時正炙熱的文學理論與技術，像是結構主義、解構主義、傅柯的零度寫作、後現代主義、後設小說、國族主義、後殖民論述、酷兒理論、同志小說、魔幻寫實、極簡主義、法國新小說派等等沒完沒了的東西，其中對我影響最大的小說家是當時還屬於小眾興味的村上春樹與卡爾維諾，就作品來說分別是《聽風的歌》和《在冬夜，一個旅人》。他們兩個人讓我恍然大悟：「原來小說也可以這樣寫。」這段期間的我，銳意於小說技術的鍛鍊與發明前衛實驗的形式結構，而不是個喜歡說故事的人。如果有人堅持小說裡頭非得要藏著個動人故事的話，對我來說是件很頭痛的事情。 1998 年，我以符號學與通訊理論為基礎寫成的〈SHANOON 海洋之旅〉入選《八十七年短篇小說選》，當時以 26 歲的年紀，又沒出過書，就能入選這本台灣最老牌也最重要的年度小說選集，算是相當難得。（現在這種年紀當然算不了什麼了）

這十年的小說創作成績呈現在我的第一本短篇小說集《稍縱即逝的印象》（2005，印刻出版）裡，與喜愛說故事的小說家相反，收錄在這本小說集的作品，幾乎就是我認為一篇好小說該如何寫作的最原初想法，以及具體的實踐：我喜歡先決定要採取什麼樣的小說技巧和營造何種氣氛，然後再尋找一個適合這種技巧與氣氛的故事內容。

我喜歡在小說裡反覆練習文字組合、句子長短效果、分鏡轉場方式、段落節奏和閱讀時間感等等純然的寫作技術如何運用。至於故事內容，只是一種可隨之變形或填充的材料，因此，我也不太避諱相同的角色情節出現在不同的小說裡。與其花時間寫出一則「太陽底下沒有新鮮事」的故事，不如下功夫調整出一篇小說最完美存在的字數長度，更來得有純粹的藝術價值。

　　這當然不是什麼了不得的新想法，只是我個人的小說偏好而已。熟識的朋友都知道我寫小說的座右銘是：「技術、技術、技術」，這本小說集完全就是這種該死偏好的大集合，也算是一次自我期許的徹底實現。不過最重要的是，在這樣只顧自個兒偏好，其他人怎麼說都聽不入耳的寫作過程裡，我覺得真是太快樂了，就跟沉迷在每一種自顧自的偏好一樣快樂。

　　但即便我個人非常喜歡《稍縱即逝的印象》這本小說，但她幾乎沒有引起什麼讀者或評論者的注意，這使我沮喪了很長的一段時間。 那時，雖然和一群朋友組成了「小說家讀者」這個寫作團體，（也就是台灣文壇常說的「8P」）一時之間搞得好像煞有其事，在文學圈子闖出了一些毀譽參半的名堂，但其實我總是處在一種沮喪失望的心情之中，既不知道自己要寫什麼，也不知道要如何寫，相較於已經備受文壇注目的朋友，像是甘耀明、童偉格、高翊峰、許榮哲、伊格言，我對於個人寫作的未來，簡直是感到一片絕望。

　　但其實能夠改變這個情況的種子，早在大學時代偶然埋下了。 唸大學時，我寫過一篇叫〈回娘家〉的短篇小說。內容是說：一位大學生在家人刻意隱瞞家族歷史的情況下，偷偷地帶著來他們家當童養媳的阿媽，走過高雄旗後、哈瑪星、台南縣學甲寮、西仔寮等地，尋找她早已消逝無蹤的娘家。這篇情節通俗，結構簡單的作品是我第一次寫有關自己家族的小說，後來她贏了一個深夜廣播節目的徵文比賽，還被製作成廣播劇。

　　某天凌晨一點鐘，我在宿舍裡緊張地收聽被改編的像是台灣以前七點半檔閩南語鄉土劇的小說，聽完了非常傷心。我知道問題不在於「像是以前七點半檔閩南語鄉土劇的小說」好不好，而是即使本來沒打算寫成「那樣子」，但以我當時對人情世故的認識與用得上手的小說技術，只要是處理類似的家族題材，自然而然就會被我寫成「那樣子」。

　　所以後來有一段相當長的時間，我不再寫這一方面的題材─即使家族故事十分豐富引人，我還是一點兒也不想去寫出來，反而轉向專心於小說形式與技術的試驗，那便是《稍縱即逝的印象》中可見的成果。只是當時，我在心裡頭吶喊著：「我不要寫這個了啦！」的時候，並不曾想像到這篇僅數千字的〈回娘家〉卻成了日後我寫作一切家族史小說的原型。

　　2003 年間，一位叔叔忽然中風過世，讓我再次有了書寫家族史小說的衝

動，於是寫出了〈返鄉〉。我嘗試透過較複雜的敘事結構、突兀的幻想情境與不具刻板角色性格的筆調，使其既能保有我想傳達的情感，同時也能不要成爲「那樣子」的作品。對我來說，這真是個重要的轉折點，往後幾年時間，我便持續寫作有關哈瑪星與旗後的故事，好不容易啊，我想，總算能夠更自由而大膽地使用各種寫作技術與美學主張，來呈現我眼中或心中的家族境域。

雖然開始寫的時間相差有兩年之久，但書寫父親故鄉旗後的《複島》（2008，聯合文學）與書寫母親故鄉哈瑪星的長篇小說《濱線女兒──哈瑪星思戀起》（2008，聯合文學）幾乎是同時完成的，兩本小說可視爲連作： 它們就像一般夫妻一樣，大體上算是相親相愛，兩者的想法心情、說話口氣、待人接物、金錢觀、人生觀，甚至鬧彆扭的方式，都互相影響著。只是在最後的完稿階段，夫妻倆每天在我腦子裡叨念各類平凡的生活細節，彼此交換無窮無盡的回憶故事、典故傳說，常常搞得我這邊已經寫過的東西，不知不覺又寫到另一邊去了……不過，最終兩者能保有一致的親密氣氛，又各具獨特性格，讓我感到很快樂與慶幸。2008 年，這兩本小說先後出版，爲我贏得或入圍了當年台灣許多重要的文學獎項，使我開始受到讀者、評論者與文學圈子的注意。《中國時報》開卷十大好書獎評《濱線女兒──哈瑪星思戀起》爲「高雄書寫至今最成熟的長篇小說」，國際書展大獎則評《複島》爲「二十一世紀的新型鄉土文學」，我也被歸爲台灣近十年最鮮明的文學潮流「新鄉土文學」的一份子，我想正因爲如此，我才有機會受邀出席這次的青年文學會議。但更讓我感到自己與以前截然不同了的是，經過了這兩本書的洗禮，我已經不再害怕或排斥寫故事這件事了，這是最棒的部份。

雖然使我受到注目的，是所謂「新鄉土」風格的作品，但我並不打算未來只寫相近風格的作品。我仍然樂於繼續寫作家鄉的古老故事，但也想要寫當下時刻具有現場感的，正在身邊發生的故事，未來，應該會兩線並行吧。最後，我想告訴大家，小說對我來說是什麼。

像是說點瑣碎的小事，像是寂寞一類的。

我最近一次感到寂寞是什麼時候呢？大概是上個月的月底吧，家裡的小貓因爲急性膀胱炎死掉了。那時，也是忙著工作，有幾天根本沒法好好看看牠，連牠病了也不曉得。

　　牠是隻害羞的小貓，總是躲在我家壁櫥衣櫃的一處破縫裡，所以幾日不見，我也不以為意。後來我想，那幾天，牠是怎麼縮在那個幽暗狹窄的縫隙中，獨自讓痛苦啃噬牠的身體的呢？貓的想法畢竟很難懂吧。

　　我發現牠死掉時，牠仍蜷曲在那兒，身邊全是脫落的白毛和屎尿，嘴裡黏著一團沒吐乾淨的毛球，已經成了灰黃色的硬塊。我看著牠，牠好像打從心底對我死心一般，整個身體都塌掉了。牠至今一定不肯原諒我吧。

　　去年，我把牠撿回家時，牠還那麼小。瘸了隻腳，而且由於一直埋在垃圾裡，眼睛也睜不開。但是養了不到半年，便長得又胖又健康。我坐在床沿寫作，牠興緻偶然來了，就會跳上我的筆記型電腦上頭，舒舒服服地窩著，不讓我工作。我這個人的心腸又軟，再怎麼重要的稿子也會扔下，隨牠窩著。

　　所以我感到寂寞。那幾天，我常常望著那個破縫，想著這寂寞是怎麼回事……不是因為小貓死掉了，而是我從來沒有養過小貓，一隻也沒有。

　　我沒有養過小貓，雖然我常常想要養一隻小貓，但我從來沒養過，所以我感到寂寞。如果要進一步說明的話，或許也可以說：這寂寞幾幾乎乎，與小貓無關。

抒情時代

◎郝譽翔

經常被人問起，關於小說這一回事。而我則回答：爲人生尋求解釋。

就像安東尼奧尼在〈事象地平線〉文中所描述一場飛機墜毀的意外：

死者、死者的殘骸和血肉已難再復原。可是靠海的草原邊緣有兩根手指，那手指連在一隻手上，一隻整潔得古怪的男性的手，抓著一支小小的白色塑膠咖

啡匙。手指稍曲，抓湯匙的手向下就像往常攪拌的姿勢。下面放杯子的地方，有塊血漬，彷彿在這種情況下，攪拌血液遠比攪拌咖啡來得有道理。就是這個邏輯，無聊至極，使得這個組合可怕嚇人。

一隻握住咖啡匙的已經沒有生命跡象的手，卻彷彿還想要述說些什麼。這一足以震懾所有識與不識的人，又無人可以解釋的畫面，正緩緩裂開了一張抽象的嘴，從靜謐的草原朝我們發出巨大且空洞的聲響。其實，不只在一場飛機失事的意外，在人生中，如此沉默而又咆哮的畫面幾乎無所不在，它們總是安安靜靜地存在著，如長年縈繞山頭的雲靄，有的人終生視而不見；但若是見到它們的人，無不感到驚懼可怖，震耳欲聾，然後不得不被迫喚起想像，努力以文字去撩撥它、驅散它、穿透它、抵抗它。就像是駕駛飛機穿越過濃密的雲層，機身劇烈的顫抖著，緊繃住你的每條神經，但是不到最後一刻，就不能夠見識到什麼叫做天空的藍，狀似柔軟的雲所蘊藏的強大韌力，以及與之衝搏時你的體內所湧漲出來的快感。

那快感尚且停留在你的指端。然後你鬆開指掌，終於抵達神秘的無言的極致，那安東尼奧尼稱之爲的「事象地平線」，你忍不住伸出雙手想要去觸摸它。在那裡是事物的極限，永恆的歇腳處，奧秘的淵源，是所有地平線中的地平線，在那兒已經沒有其他事件了。再也沒有任何事件。

對我而言，寫作是觸摸「事象地平線」的唯一方式。

安東尼奧尼曾經問道：「如果人得以超越他所能了解的，那天空的目的地

是什麼呢？」這或許就是我特別喜歡登高、出海或是飛翔的原因，當距離原點越來越遠，我將大拇指和食指比在眼前，合攏起來輕易掐住地平線，就在那一刻，我與天空同等高度，以神的視角將世界向我拉近，或是輕易地將其歪曲扭轉。不過，文字的高速，恐怕還更遠甚於任何先進的船艇或是飛機。在這裡請容許我必須反覆囉唆的形容書寫文字的感受：那彷彿是在奮力攀爬一片光滑的峭壁，頭向上仰，只見白花花的陽光，失重在一瞬間，不知不覺便被吸納到無限的光中。

　　寫作是登高，是出海，是飛翔，它們統合起來，便是我生命的基本姿勢。在出發航行前，我慣常選擇由一個靜默無聲的畫面啓程，就好比是安東尼奧尼所描述的那隻握著咖啡匙的斷手，若以專業的術語來說，則是那些被稱之為「意象」或是「隱喻」之類的東西，它們有可能是宇宙中的山川河海，也有可能是一張長滿皺紋的老人的臉孔，垃圾堆中骨瘦如柴的貓，海邊廢棄的橡皮輪胎，十字路口舔著冰淇淋的女孩，甚至一根黏在口香糖上的不起眼的頭髮。我由此啓程，虛構未知的故事，如同一一鋪設火車軌道上前行的枕木，遂成為我以之理解、進入這個世界，甚而與這世界發生關聯的唯一方式。

　　然而我並非被廣袤的世界所吞沒，詮釋的權力終究是在我的手中，我因此掌握住地平線的終點，並且成為世上獨一無二的王，或者更準確的說，是主。

　　〈創世記〉是這樣敘述的：起初，神創造天地。地是空虛混沌，淵面黑暗；神的靈運行水面上。神說：「要有光。」於是就有了光。

　　寫作給予我的莫大樂趣就是「專斷獨裁」四個字：一種觀看生命的自由姿態。當主體透過文字去選取觀看的角度時，我始終相信這過程是被羅蘭‧巴特論攝影時所說的「刺點」（punctum）激發，左右，以及運作。關於「刺點」，透過理論的推演分析，還不如直截的去感受，因此羅蘭‧巴特一連運用了三個非常生動的動詞來描述：「刺痛我」、「謀刺我」、「刺殺我」。那究竟是什麼東西呢？

　　這是上帝對我的殘酷，也是慷慨，我總看見矛盾而不和諧的畫面，正陰驚地諷刺這個荒謬的人生，不分日夜地「刺痛我」、「謀刺我」、「刺殺我」，總使我不禁想要發出劇烈的笑。我聽見生命在滔滔不絕地訴說：我心傷悲，莫

知我哀。我心傷悲，莫知我哀。

在《歐洲特快車》的結尾處，拉斯馮提爾吐出催眠般的魔咒：「這輛火車正在下沉，你將會淹死。我數到十你就淹死了。一。二。三。四。五。六。七。八。九。十。」是的，我心裡安靜地數著，從現在開始一直到十，我安靜地注視眼前的世界，以小說做為我的催眠魔咒

而藉由寫作，我彷彿爬升到上帝的高度，抽離，與人的存在互相對立，我以我眼觀照這個世界：我在，我觀看，所以我創造意義，而這世界也唯有通過我眼與我文字，才得以顯現。故現實絕非肉眼可見到的清晰固定，它乃是一曖昧渾沌的動態，而當「刺點」開始驅策我去尋找那一條事象的地平線時，在盡頭流動閃耀的之外，到底是哪裡？

如今我所寫下的文字無他，其實都不過在解釋這樣的一幅畫面而已，解釋畫面底下所蘊藏的奧秘。而我把真相迂迴反覆剝露出來，所謂的真相卻永遠都是複數的：一個經由我虛構而誕生的「真實」。

我多麼希望可以通過小說，把這些迷人的東西再說得更清楚一些，以一種虛實相生的分裂辨證方式。但我終究不能。唯一可差告慰的是，在這些文字底下所含藏的情感，它們確然是誠懇而真實的，那是一種或可稱之為「抒情時代」的、即將消失不見的產物。

無限之路

◎艾　偉

　　對人性內在困境和黑暗的探索，在我的處女作《少年楊淇佩著刀》(《花城》1996 年第 6 期)中已有雛形。但在這之後的寫作，我走上了另一條道路。或者說其實兩條路都堅持走著，只不過另外一條道路的寫作可能更醒目一點。這另一條道路即是所謂的寓言化寫作。那時候，我是卡夫卡的信徒，我認爲小說的首要責任是對人類存在境域的感知和探詢。當時我相信，一部好的小說應該對人在這個世界的處境有深刻的揭示，好小說應該和這個世界建立廣泛的隱喻和象徵關係。

　　在這種小說觀的指引下，我寫了一批作品，有《到處都是我們的人》、《1958 年的唐吉訶德》、《標本》等。這些作品的寓言品格是一目了然的：《1958 年的唐吉訶德》所敘述的大躍進修水庫的場景，很容易讓人想起通天塔的神話；而《到處都是我們的人》在等待的背景下展開，小說中的人們像是在盼望那個永不出現的戈多。這些作品通過誇張、變形的手法，揭示出日常生活中令人驚駭的荒誕處境。

　　我的寫作實踐很快在卡爾維諾那裡找到了證據。卡爾維諾在《意大利寓言故事》裡寫道，文學作品裡一定存在一個原型結構，這個原型結構其實就是寓言。一切文學作品都只不過是這種原型的變形擴張而已。他說：「孩子在森林裡迷路或騎士戰勝遇見的惡人和誘惑，至今仍然是一切人類故事的無可替代的程式，仍然是一切偉大的堪稱典範的小說中的圖景。」因此，當我們開始敘述時，我們其實無時不同那些偉大的寓言相遇。在這些小說中，小說的經脈會深入到更爲廣闊更爲深邃的領域，抵達事物不可言說的部分。

　　1999 年，我開始長篇《越野賽跑》的寫作。可以說《越野賽跑》是這類寫作的總結和發展。在這部作品中，我在以前的小說元素基礎上加入了童話色彩，建立了所謂現實——童話模式。在這部小說中，我在超越日常經驗的

想像能力上有所開掘。寫作這部小說時，我的想像力像種子落入熱帶，繁殖迅速，富有生機。小說看上去具有某種飛翔品質。

　　但我不想把《越野賽跑》寫成所謂「純文學」。自 80 年代「先鋒」以來，我們的文學變得越來越純粹，越來越不及物，我們習慣於把故事放在一個封閉的環境中，作完全個人化的表述，以為這樣我們就可以找到所謂千古不變的人性。在這樣的文風中，時代的基本面貌、時代的精神特質都被剝離，那些故事甚至可以放到任何時代，有些小說你還看不出寫的就是中國人。放眼望去，那些自以為先鋒的作家，往往有著相同的方向和姿勢，但一定是逃離社會和意識形態的方向。對此我感到不滿。小說其實可以也應該承擔比「純文學」更多的責任。我懷疑那種凌空虛蹈的所謂超越一切的抽象的人性是否真的存在。我相信人性和時代、和時代意志之間存在著無比複雜的糾纏不清的關係。在時代的政治面貌、風尚、文化趣味、價值觀等等的作用下，人性肯定會呈現出不同於任何時代的問題和特質。我的看法是，一個作家應該對他所處的時代發言，這樣的言說才是有效的。我有這樣一個判斷，也許單純從藝術上來說，那些擊中時代深邃部位的作品不一定是完美的，但我相信，這種作品一定會更有力量，會成為一個時代的精神晶體。因為這樣的作品是在歷史現場的，是有效的。

　　基於這樣的認識，《越野賽跑》作為一部打通現實和幻想界限的小說，我沒有讓它像以往這類作品一樣起始於某個天老地荒的原初世界，而是直接起始於真實的歷史和現實。我是完全按歷史時間的那種線性結構來結構小說的，在這部小說裡，所有的歷史事件都確鑿無疑，日常生活也完全按歷史的圖景演進。讓近在眼前的事物產生神話對我的寫作是一種挑戰，因為它不像人類原初時代，本身就是一個神話世界。好在我們的歷史本身具有超現實的特徵：文革像一個革命群眾和「牛鬼蛇神」共舞的神話世界；到了經濟年代，各路英雄紛紛登場，那亂轟轟的場景像天空中一哄而散的無序的蟲子。而推動這一切就是令人驚駭的欲望和盲目。

　　我至今喜歡我的長篇處女作《越野賽跑》。我得承認，寫作這部小說時我野心勃勃，我有一種試圖顛覆宏大敘事然後重建宏大敘事的願望。這部小說試圖概括 1965 年以來，我們的歷史和現實，並從人性的角度做出自己對歷史

的解釋。表面上看，這是一個小村演變的歷史，但真正的主角是我們這個國家和民族。我當時還有一種試圖把這小說寫成關於人類、關於生命的大寓言的願望。我希望在這部小說裡對人類境況有深刻的揭示。

這部小說的寫作曾給了我無比的快樂，也讓我建立了寫作的自信。但一部作品肯定不會完全滿足一個寫作者全方位的審美理想和多方面的探求欲望。如前所述，我寫著兩種類型的小說。在另一類小說裡，我比較喜歡進入人性內部，探詢人性內在的困境和不可名狀的黑暗的一面。這樣的作品有《鄉村電影》、《重案調查》、《回故鄉之路》等等。我回顧自己寫作歷程的時候發現，我喜歡這些作品，它們看起來硬綁綁的，沉默、穩定，充滿凝固感，像散落在時間之外的堅硬的石頭。在《越野賽跑》的寫作過程中，我希望也能融入這些元素。但我發現這類寓言寫作有著自身的方向，它因為過分關注那些大的問題而很難切入人性深邃的部位，話語似乎很難落到人物的心靈圖景的複雜性上面來。我感到這類作品似乎具有使人物成為符號的定勢。但我還是做了向人物內心深處挺進的努力，儘量使人物顯得生動，有趣，富有個性。

作為一個對人性內部滿懷興趣與好奇的寫作者，我希望在以後的寫作中在這方面有所開掘。我意識到在《越野賽跑》這個方向上繼續向前走的可能性已經很小了。這之後，我寫了一個叫《家園》的中篇。這是一部關於語言、性、宗教、革命的烏托邦的小說，其主題完全是知識分子的。雖然，在這小說裡，我把《越野賽跑》以來小說的童話元素大大發揚了一番，使小說看起來奔放、飛揚，有著童話式的燦爛和天真，但這小說基本上是觀念的產物。

我們這一代寫作者，恐怕絕大部分是喝 20 世紀現代主義小說的奶長大的。現代主義小說從某種意義上是觀念小說，這類小說存在幾個基本的中心詞：存在、絕望、隔閡、異化、冷漠等等。這是這類小說的基本價值指向。作為一種全新的小說，現代主義小說解放了古典小說的笨拙，具有迅捷的直指本質的力量，可以說現代小說使小說顯得更自由，呈現出新的可能性。可是這種小說如果處理不好，也有可能變得粗暴無理。在貌似深刻的主題下面，呈現的常常是藝術的枯燥、人物的平面化、符號化，往往是敘述遠離感知，遠離了身體。如果小說不是來自寫作者的內在的生命衝動，而是在概念的層面上演繹，那只能使小說變得越來越無趣。當然，小說這種東西，歸根到底

還是一種在觀念作用下的藝術，觀念是躲避不開的。一個寫作者對世界的認識也絕對不可能僅憑感覺，他的背後一定會有很多知識。但那種為了圖解某個觀念的寫作，遠離寫作者個人感知的那種寫作，肯定是有問題的。我意識到，誠實地感知也許比觀念更重要。

2001 年，我的所有精力都放在長篇《愛人同志》的寫作上。寫作這個作品的初衷就是想在一個狹隘的地帶開掘出生命豐富的願望和底蘊。當然我還有一個願望就是從人性內部出發，也同時能夠完成《越野賽跑》那一類作品的使命。

這是一個其基本形態已被主流話語定型了的老故事。它曾向我們展露其光明的一面，一種在國家意志驅動下以獻身的面目出現的崇高的一面。在這個故事裡，個人一直是面目不清的。個人被主流話語抽空了。我強烈地感受到這個題材裡蘊藏著的人性內容和政治文化信息。我對這樣的一個英雄和聖女的故事充滿了好奇心，我決定通過寫作探索一番。這也是我寫作的動力，寫作對我來說一直源於好奇，源於我對這個世界不可言說的事物的理解的熱情。這篇小說就是試圖還原那兩個面目不清的經典人物的真實的日常生活。小說的主要人物只有兩個，我最初只想寫一個中篇，我是寫完第一章時才意識到這會是一個長篇。寫完後，我非常吃驚，兩個人的故事我竟寫了近二十萬字。

進入人物，用心體驗人物的喜怒哀樂，我操起了古典小說那套傳統。我感到自己完全進入了劉亞軍的世界，進入了劉亞軍的身體。我在敘述中穿行，像狼一樣驚覺，並且嗅覺敏銳。劉亞軍的生命是如此桀驁不馴，你根本無法用任何概念規範他。作為一個寫作者，我被人物震驚了，劉亞軍的內心比我想像得要豐富得多。當最初的緊張關係建立後，劉亞軍內心的呈現就像高處落下的水，已不是我能控制。我為自己竟然能見到如此多的東西而暗自吃驚。越寫到後來，我已經變得十分尊重劉亞軍了，我完全把他當成了一個人。

這部小說不是在故事的層面上滑行，它是破冰而入，敘事的走向是不斷向人物的內心深處挺進。但這也不是一部心理小說，所有的心理因素都外化為日常生活中的戲劇衝突。在這部小說裡，那個變化無常的社會投影到人心中的陰影，被轉換成兩性之間的爭鬥。這樣的對人性不斷發掘和演進的寫作

非常累人。這樣的寫作要有耐心，必須學會停下來，在每個細微之處轉展流連，在不可能的地方打開一個新的空間。有時候你還得用顯微鏡的方法去放大某個局部。

這部小說在《當代》發表後，我碰到白燁先生，他告訴我，他讀了這篇小說很吃驚，就故事層面來說，這只不過是一個短篇的內容，但小說從一個很小的口子進去，卻有意外的發現。

是的，通過《愛人同志》的寫作，我對小說有了新的意外的發現和認識。一部小說的深度和複雜性完全可以由人物的深度和複雜性去承擔。並且通過對人性的深度開掘，小說最終還是可能成爲一個寓言，一個時代的隱喻。在兩種類型的交叉跑動中，它們終於彙集到了一點。

但是寫作永遠不是一條平坦大道，它看起來像是一條無限之路，寫作者卻常常處在困境之中。寫作的宿命就是不斷地向這些困境挑戰。

寫作源於相信。這是我多年寫作的經驗。在虛構的世界裡，所謂的真實就是你是不是對自己所寫的事物深信不疑。只有你相信自己的想像世界，只有內心足夠強大，你寫出來的世界才會有足夠的重量。這個「相信」同寫作者個人有關，但也同這個時代的認知平臺有直接的關係。

這個時代有那麼多不能確定的東西，那麼我的「相信」在哪裡呢？這個時代是多麼複雜，我們幾乎已經失語。給這個紛繁複雜的現實世界賦予意義圖景幾乎困難重重。所有的人都在說這是一個碎裂的時代，各種各樣的價值觀會在　個人身上同時出現，一個虛無主義者也可能是一個理想主義者。外面的世界和心靈的世界可能比任何時代都要不穩定都要動盪不寧。那麼我們如何去描述這個時代才是有效的呢？我們有能力對這個時代作深刻的描述嗎？當我試圖對時代做出判斷時，同時免不了會自我質疑，我批判的立足點在哪裡呢？我真的能向人們提供一個有效的自給自足的足以質疑別的價值的那種價值體系嗎？這個時代的價值平臺是多麼的低，所有這種企圖有時候會變得像唐吉訶德那樣可笑。因此，我不免對我們這個時代的寫作感到悲觀。我們的作品可能就像這個時代一樣，是各種價值和經驗的碎片。

我的寫作已有年頭了，可以說我已經成了一個有經驗的寫作者。可經驗這種東西既是財富也是包袱，它可能會使你不假思索，放棄對難度的挑戰。

我有時候會回過頭去看早年的作品，我發現，這些作品雖然個別地方略顯稚嫩，但那種語言卻有著處女般的光澤，好像世界的原初，好像《百年孤獨》裡描寫的那些原初時代的鵝卵石，有著精神之光。我發現，這同早年寫作的緩慢和艱難有關。但現在，頭腦裡有著太多的語言，寫著寫著，一不小心就會成會順口溜，就會成為一種格式化的滑動。

我希望尋找一種有難度的語言，一種向自己既有經驗挑戰的語言。我相信的語言一定是帶著寫作者個人生命感覺的語言。而現在，很多人，當他們寫下痛苦這個詞的時候，這種痛苦已不是痛苦了，而僅僅是痛苦這個詞。這個時代，很多詞都被一種反抗原有意識形態的另一種意識形態所顛覆，成為一種輕快的滑動。這樣的方式我們已很容易說出來。我們現在缺少的是誠實地正面面對基本價值的勇氣。

寫作永遠伴隨著困境，對我來說這困境帶來的既可能是沮喪，也有面對挑戰的興奮。小說寫作是一次從無到有的過程，是一條無限之路，需要我們的想像、耐心、勇氣、洞見。我理想中的小說是人性內在的深度性和廣泛的隱喻性相結合的小說。它誠實、內省，它從最普遍的日常生活出發，但又具有飛離現實的能力。它自給自足，擁有意想不到的智慧。它最終又會回來，像一把刀子一樣刺入現實或世界的心臟之中。

2003 年 2 月 10 日

從黃土地走向馬背

◎紅 柯

　　1985 年大學畢業時，我在畢業留言冊的第一頁貼上自己的畢業照，寫下一行小字：苦澀而快樂的四年。那是我的青春瘋狂期，瘋狂地讀書，常常讀通宵，一個人在教室裡開長明燈，一夜一部長篇，黎明時回宿舍瞇一會兒，跟賊似地輕手輕腳，但鑰匙開門聲還是驚醒有失眠症的舍友；幾乎沒有午睡；星期天，帶幾本書，幾個饅頭夾鹹菜，跑到長壽山幽靜的山溝裡，躺在草坡上，隨夜幕而歸。瘋狂的買書，20 世紀 80 年代好書多啊，一個清貧的農村大學生不可能從家裡獲得多大資助，每月的生活費壓縮到零界點，擠出的菜票賣給同學，假期的生活費可以買一捆書，畢業時購書千冊 15 箱。這種清貧的青春期是我最快樂的回憶。瘋狂地寫詩，我們有詩社，編印一本《長壽泉》的詩刊，一群詩瘋子聚在一起，做夢也寫詩，有一節課寫出十首小詩。處女作發在《寶雞文學》一張報紙的詩歌專欄上，然後是《延河》、《當代詩歌》、《青年詩人》等。全是婉約風格，是戴望舒、徐志摩那種雨中丁香般的哀愁，也有些泥土味的小詩。那是我早期的文學訓練。另一種感人的生活是體育，每天早晨長跑五公里，從天山腳跑到山頂，晚上上床前 50 個俯臥撐。最痛快的是冷水浴，到水房去一桶涼水從頭而下，身上起一團白霧，寒冬端一盆白雪在宿舍裡擦身體，白雪球在皮膚上滋滋響，舍友在被窩裡發抖，我的皮膚卻是一團火。現在長跑少了，冷水浴還保持著，幾天不淋一次冷水浴渾身不舒服。大三時基本上不看文學了，猛讀人物傳記讀文史資料，最早與新疆有關的回族軍人馬仲英讓我心頭一震，這位 17 歲帶兵打敗馮玉祥所有名將的少年，後來躍馬天山，差點奪了盛世才的江山，在烏魯木齊郊外硬是把七千多蘇聯哥薩克砍倒在戈壁灘上。1985 年購得馬堅翻譯的首版《古蘭經》，中亞黃金草原開始吸引我。也是這一年，短篇小說《父與子》發表在蘭州《金城》，大學生活結束了。照片上的外表平靜內心瘋狂。那身挺不錯的西裝是借同學

的，我四年校園生活不修邊幅，涼水沖過的頭髮刺蝟般豎在頭上。

上海一位朋友問我文學入門書是哪一本？我告訴她是《金薔薇》。此書購於 1980 年，高考補習班。我很感謝這本書，在我進入大學前它告訴我真正的寫作是什麼，我把它稱爲我的防毒面具，它使我避免了中文專業枯燥的干擾。巴烏斯托夫斯基筆下的普裡什文，放棄農藝師的職業帶著背囊和書到遼闊而僻靜的北方去了。

1986 年秋天，我放棄高校的編輯工作帶著 15 箱書西行八千里來到天山北麓的小城奎屯市。這座夾在天山綠洲與隔壁的小城非常安靜。出初到的那幾年，我的大部分精力是教好書，在我成爲受學生歡迎的語文老師後，我重新拿起筆。遠離故土，思鄉心切，中篇《紅原》、《刺玫》是寫陝西的，發在《當代作家》。更多的篇章寫校園，都是批判現實的小說，差不多有七、八個中篇，發在《紅岩》、《當代作家》、《綠洲》、《湖南文學》上，也有些荒誕色彩。還有一類是先鋒實驗小說，發在上海《電視・電影・文學》上。

我所在的單位是伊犁哈薩克自治州直屬的技工學校，我主講語文應用文寫作，兼上烹調美學、商業地理、旅遊地理、商業心理學、市場行銷學、公共關係學等等。對一個學文的人來說這些雜亂的學科很有用。同事都是學工的，汽車車工鉗工鍋爐工賓館服務，這些實用性強的科目天長日久使我感受一種科學的準確與務實。

文學是一種生殖器，人與大地產生血緣關係才能獲得一種力量。1988 年兒子誕生了，這是個新疆娃娃，意味著我在中亞腹地的大漠上有根了。黑茬茬的鬍子長起來了，頭髮開始曲卷，我常常被誤認爲哈薩克人，嗓音沙啞，新疆男子都是這種大漠喉音。照片上的我是剪了鬍子的，妻子一定要我收拾一下，收拾後的模樣還是半胡半漢。妻子自己差不多讓中亞的陽光曬成棕色，只有兒子是白淨嬌嫩的，這裡的牛奶好啊，一層厚厚的黃油一口氣吹不透，每天一公斤，沙暴和陽光對孩子構不成威脅。新疆就這樣進入我的血液，在對故鄉的懷戀之後，在對社會辛辣的批評之後，我的心靜下來。因爲群山草原和大漠是寧靜的。我開始漫遊在草原古老的典籍裡。我的一半同事是哈薩克維吾爾和蒙古族人。每年下去招生，可以去伊犁塔城阿勒泰。邊遠的山區牧場，從來沒有走出大山的牧民，沒有我們「文明人」所想像的煩惱和自卑，

那種睿智而沉靜的眼神所顯示的高貴粉碎了一切文明社會和大都市的「杞人憂天」。中華文明中原文化僅僅是一部分，還有遼闊的爲人所忽視的部分。讓中原讓大漠進入我的文字，這種過程很艱難。我開始向北京投稿，散文和小說在《北京文學》發表。就在這時，《人民文學》的李敬澤老師建議我先把短文寫好，他看中了我中篇中的一個片斷，我將這個片斷寫成〈表〉。這是一種技藝的磨練。李敬澤很滿意，認爲是 1996 年最好的短篇。《人民文學》不好用，他推薦給河南《莽原》。我修改〈表〉的時候，一個極偶然的機會可以調回陝西。當時《綠洲》的虞翔鳴老師也要調我去《綠洲》。我十年未回故鄉，父母年邁該盡人子之責。

對天山的懷戀是永恆的，哈密的黑戈壁讓我靈魂出竅，再往西才知道秋天多麼美麗。我是秋天進新疆的。回故鄉則是寒冷的冬天，故鄉真冷啊！沒有暖氣，還有各種莫名其妙的冷，忝人心窩裡攪。那是 1995 年冬天，全家在學院招待所龜縮一個月，我寫下了《天才之境》，發表在三年後的《北京文學》上。1996 年開始上課，每週九節課，帶班主任，同時帶畢業班實習。聽課、指導實習生，還要乘班車數小時趕回學院上課。1996 年的春天就這麼寒冷，我聽見遙遠天山的奔馬嘶鳴，一個闖蕩西域的漢子沙暴都奈何不了，什麼沒見識過？《奔馬》就是這樣產生的，寄給李敬澤老師，他以最快速度在《人民文學》重點推出，《小說月報》轉載，胡平老師收入《1996 年全國優秀短篇小說》。

天山就這樣在我的心靈世界崛起，《人民文學》1997、1998、1999 年連續特別推薦，1998 年全國的主要文學期刊發我的天山系列小說數十篇。

很感謝《綠洲》的老師們，1998 年秋天他們給我機會讓我重返天山，重返天山北麓賽裡木湖畔的海西草原。在《金色的阿勒泰》裡我情不自禁地把我自己寫成一個中亞大地樹上的小樹枝，那個念頭最早萌發在三台海子賽裡木湖畔。我多少次從湖邊經過，湖的北岸是烏伊公路，去伊犁的必由之路。美麗的土地將有一個有意味的形式，這就是短篇小說，我最好的短篇《美麗奴羊》收入八種權威選本，被三家選刊轉載，《阿裡麻力》收入《人民文學50 年佳作選》和《中華人民共和國 50 年文學名作文庫·短篇小說卷》。收入該卷的陝西有三人，王汶石、賈平凹和我。西域天山系列中短篇被選載的有十

多篇，我的文學夢想是重現神話般的大漠世界，這僅僅是開始。介紹到國外的也主要是短篇，有《美麗奴羊》、《吹牛》、《奔馬》、《鷹影》、《大漠人家》、《老蹶頭》等，中篇《哈納斯湖》也被介紹到國外。

短篇一直是我難以放手的體裁，2000 年後我的「天山系列」重點以長篇爲主也要抽出時間寫短篇過過癮

「天山系列長篇」共有四部：《西去的騎手》、《大河》、《烏爾禾》、《生命樹》。其中有兩部起源於早年的閱讀。我與新疆的緣分與閱讀有關。初中時瘋狂讀書，讀到一本沒有封面的書，裡邊全是詩，有舊體詩，有自由詩，還有古元的本刻畫，後來知道那是《革命烈士詩抄》，有一個叫穆塔里甫的維吾爾詩人的作品一下子打動了我，當時我能讀到的最大詩人的作品就是李白、杜甫、普希金，穆塔里甫的詩可以跟普希金媲美。穆塔里甫的筆名很有意思：「卡依那木—烏爾戈西」，卡依那木譯成漢語是波浪的意思，後來我寫《西去的騎手》以《熱什哈爾》首句：「當古老的大海朝我們迸濺湧動時，我採擷了愛慕的露珠」，作爲小說反復回環的旋律與節奏；最初的靈感就來源於戈壁沙漠中生命的波浪，古代中原人則稱西域爲瀚海，石頭沙子成爲海洋，想像力源於生命力。後來我離開關中，執教于新疆伊犁州技工學校，穆塔里甫的家鄉伊犁尼勒克縣，尼勒克蒙古語，漢語即嬰兒。穆塔里甫 22 歲被盛世才殺害，西去的騎手馬仲英死時 25 歲，生命真的鮮美如露珠。《西去的騎手》發表在《收穫》2001 年 4 期，雲南人民出版社出版，江蘇文藝出版社 2009 年再版。長篇《大河》來源於小學時聽同學講「艾力·庫爾班」的故事。艾力·庫爾班是人與熊之子，母親做姑娘時與外婆去森林砍柴禾，半路母親解手，被熊劫持到大山深處。熊把女人關在洞中，過起了夫妻生活，生下艾力·庫爾班。艾力·庫爾班長大成人，母親告訴其身世，艾力·庫爾班打死熊父，與母親回外婆家。艾力·庫爾班打柴堪稱人類壯舉，跟拔小蔥一樣拔那些聳入雲天的雲杉紅松白樺樹，比拔柳樹的魯智深牛逼多了，柳樹長在鬆軟的水邊嘛。與之媲美的應該是隋唐英雄傳裡的李元霸，李元霸可以把人撕成兩半，艾力·庫爾班撕開的可是老虎，上來一隻撕一隻，跟晴雯撕扇子一樣。艾力·庫爾班刻在小學生的腦子裡了。好多年以後，我大學畢業，來到天山腳下，在伊犁州技工學校的圖書館裡讀到大批少數民族經典包括神話傳說民間故事，我

讀到了《艾力‧庫爾班》，渭北高原的小學時光匆匆一閃。西域十年走遍天山南北，最多的是阿勒泰。有一年秋天，在阿勒泰額爾齊斯河邊，聽當地人紛紛議論一隻白熊，也就是北極熊，從北冰洋溯流而上，來到阿勒泰。艾力‧庫爾班的故事就不再是傳說了，額爾齊斯河，中亞內陸唯一流到北冰洋的大河一下子被這隻白熊帶動起來了。2002 年秋天，我有幸到魯迅文學院脫產學習，這是我寫作生涯中唯一一次集中力量寫小說。我一直是業餘寫作，1985年大學畢業至今每年都有幾百節課，我的教齡 26 年了，老教師了。2002 年秋天，終於有了大段的時間可以從容地自由地讓一條大河從生命中流淌出來，於是有了年輕的兵團女戰士，意中人被熊吃了，女兵隻身進山，跟熊待了一段時間，然後心甘情願地嫁人過日子……額爾齊斯河兩岸的人們的日常生活就這樣散發著古老的人性的光芒。熊成為丈夫成為父親，成為生命的源頭之一。額爾齊斯河的源頭密如星海美不勝收。這是我寫得最順手的一部小說，9 月動筆，2003 年元月上旬離校的前一天完稿。算是魯院高研班一期學習的永久性紀念。《大河》雲南人民出版社在 2004 年 1 月出版。烏爾禾屬於我居住的奎屯墾區最西北的一塊小綠洲，蒙古語套子的意思，專門捕捉兔子，從奎屯去阿勒泰幾千里的大戈壁，戈壁兔迅如疾風，節奏極快，很像維吾爾人的達甫手鼓，這組意象組合在我腦子裡醞釀十多年，2004 年遷居絲綢之路的起點西安，戈壁兔與手鼓再次響起，就是《烏爾禾》，《花城》2006 年 5 期發表，年底北京十月文藝出版社出版。長篇《生命樹》的靈感來自哈薩克的創世神話，地球中間長出一棵樹，構成整個世界，每個人都是樹上的葉子，有靈魂，完全不同於西方的卡巴拉神話與聖經中的生命樹，西北漢族民間剪紙藝術也有動植物合二為一的生命樹，我本名宏科，關中西部周秦故地人們嚮往五子登科的意思，立志於文學就改為紅柯，願做大漠一棵樹。《生命樹》、《十月‧長篇小說》2010 年 3 期發表，年底北京文藝出版社出版。最新長篇《好人難做》發表在《當代》2011 年 3 期，寫陝西老家的幽默小說，西部小說總給人莊嚴厚重苦難的印象，其實西部人也很幽默，維吾爾人有阿凡提，漢族也有民間老百姓的笑聲。已經有許多中國作家向卡夫卡、福克納、瑪律克斯致敬了，我必須向美國女作家弗蘭納裡‧奧康納致敬。1982 年秋天，大二後半學期從青海人民出版社出版的《世界小說 100 篇》中讀到奧康納的《好

人難做》，1986 年離開關中落腳天山腳下的小城奎屯，買的第一本書就是上海譯文出版社出版的當時中國大陸最完整最不引人注意的奧康納小說集《公園深處》，其中最讓人欲罷不能的還是那篇《好人難尋》。二十多年後我終於寫了長篇《好人難做》，算是給自己一個交待。

徐則臣創作自述

◎徐則臣

1、從神經衰弱開始

　　高二時神經衰弱，心悸。一到下午四、五點鐘就莫名其妙地恐懼，神經繃過了頭，失去了回復的彈性，就衰弱了。精神狀態很糟糕，沒法跟同學合群。那種自絕於人民的孤獨和恐懼長久地支配我，睡不著覺，整天胡思亂想，恍恍惚惚的，經常產生幻滅感。寫日記成了發洩孤獨和恐懼的唯一方式。從高二開始，一直到 1997 年真正開始寫小說，我寫了厚厚的一摞日記，大概就是在日記裡把自己寫開了。日記裡亂七八糟，什麼都記，想說什麼說什麼，怎麼好說怎麼說。後來回頭看看，很多現在的表達，包括形式，在那些日記裡都能找到差不多的原型。然後看小說，開始嘗試，就這麼順下來了。高二時寫過一個短篇，接著高三，壓力大，情緒更加低落，又開始寫。好像寫了一個中篇、一個短篇。

　　我一直想當個律師，高考的志願一路都是法律，只在最後的一個欄目裡填了「中文」。哪壺不開提哪壺，就這麼一個「中文」，還是進來了，所有的「法律」都不要我。進了中文系我頗有點悲壯，整天往圖書館跑，看了一大堆小說，但到底想幹什麼，心裡沒數，小說也寫，那更多是習慣，覺得應該寫點東西而已。

　　正兒八經開始寫小說是在大一的暑假，1997 年 7 月。

2、陽光與陰影

　　1997 年夏天，我的大一暑假，社會實踐活動結束後我一個人回到學校，校園裡空蕩蕩沒幾個人。學校為了安全和便於管理，把假期留下來的學生集

中到一棟宿舍樓裡，我和幾個其他班級和系科的男生成了鄰居。那個時候我如此迷茫，不知道將來要幹什麼，只能看書。我的大律師夢顯然沒戲了。我對自己很不滿，對念的大學也不滿，整個大一我讀書和學習都像賭氣，因此成績很好，書也讀了不少。但這樣的讀書跟文學無關，而是與中文系有關，既在中文系，不讀文學書又能幹什麼。我幾乎是為讀而讀。

那個夏天的黃昏，我讀完了張煒的長篇小說《家族》，穿著大短褲從宿舍裡跑出來，很想找個人談談。我想告訴他，我知道自己要幹什麼了——我要當個作家。很激動，但找不到人說話，我在宿舍樓前破敗的水泥上轉來轉去。當一個作家竟如此之好，他可以把你想說的都說出來，用一種更準確更美好的方式。剛開始讀《家族》，我就發現我的很多想法和書裡的很像，讀到後來，越發覺得這本書簡直是在替我說話。一個作家竟然可以重現一個陌生人，我感到前所未有的神奇，這個行當突然對我充滿了不可抗拒的誘惑。為什麼不當個作家呢？

就這麼簡單，1997 年夏天我有了明確的未來，至今不曾中斷和放棄。現在回頭想那個黃昏，也許不乏矯情，但你若能理解一個心高氣傲的年輕人像困獸一樣失去方向地繞了一年的圈子，並且一直擺脫不掉夢想破滅的失重感，你就能理解他在獲得一種深深地契合他的方向時的激動和真誠。《家族》不是張煒最好的小說，那之後我也再沒有重讀，但它對我很重要。

一個說話的人都沒找到，宿舍樓裡空空蕩蕩。在這棟樓裡，我的隔壁，住著一個同年級的中文系同學，姓潘，我們偶爾會串門聊天。他假期留在學校為了做家教掙錢，人很老實，如果做朋友，會相當可靠。我對他的瞭解就這些。我很想跟他說一說，只有他可以分享一下我的幸福。可他不在，那會兒應該是他做家教的時間。但他永遠嵌在了那個黃昏，一想到我的文學之初，他就會梳著很不講究的分頭胖墩墩地出現在我的回憶裡。

幾個月後他死了，被三個二流子活活打死在離校門口 50 米遠的當街上。那個傍晚天剛剛有點涼，校門口正對的那條彎曲的小街這時候總是彌漫著煙火氣。所有小飯館都開著門，小老闆在飯館門前的火爐上親自掌勺。潘同學家教回來，騎著自行車穿過小街，不小心擦著了一個女孩的手臂，女孩驚叫一聲。潘同學趕緊停下，一條腿支地問傷著了沒有。女孩沒任何問題。但和

她同行的三個小夥子不答應，一腳把他連人帶車踹倒在地，然後六條腿同時往他身上踢。圍觀者說，辯白的時間都沒有，我暑假時的鄰居就被活活被踢死在路中間，內臟破裂。

出事的時候我剛從家裡返校，一路車馬勞頓有點累，正躺在宿舍裡想歇一會兒。同學急匆匆告訴我潘出事了，那時候他躺在地上蜷成一隻蝦米，一動不動。我記得那晚宿舍的燈光昏暗，我床在上鋪，睜開眼的時候一點不覺得光線刺眼。

圍觀者說，前後就幾分鐘。就那麼幾分鐘，一條命沒了，一個同學、鄰居和兄弟沒了，幾個月前的一個黃昏我迫不及待要找他說說話，告訴他我決定當作家。他還在做家教。他死後，我對他的瞭解多了一些：家在農村，很窮，父親做工時摔壞了腰，長年臥床，母親精神不大好，弟弟不務正業到處遊蕩，潘同時做幾個家教，掙的錢一部分支付學費和日常開支，剩下的寄回去補貼家用。他媽聽到噩耗當場就昏過去，他是潘家的頂樑柱。

這些年我常常想到潘，想到人之惡、生離死別、無常和幻滅。他與它們和我和文學和我的文學息息相關。好幾個小說裡我都寫到了潘之死，我想像自己以不同的身分返回到那個現場，我想看清楚潘這一生最後的細節。這個總是做家教的兄弟，黃昏時我沒找到，傍晚之後再也找不到的鄰居。

3、閱讀、理論和寫作

我是那種喜歡一條道走到黑的人。既然要把小說當成事來做，那就心無旁騖，做得很認真。那時候的閱讀量現在看來，幾乎是可怕。看完了就寫，很受馬爾克斯影響，大二開始寫一個長篇，半夜想起來一個好細節，沒有燈光，就趴在床上摸黑歪歪扭扭地寫。後來到了南京念大三、大四，所有時間都用在讀書和寫作上了，寫了不少，也開始發表小說。慢慢就上路了。

也僅僅是上路。小說是個跟年齡有關的藝術，像巴爾加斯·略薩說的：「沒有早熟的小說家。」2002 年我到北大讀研，開始「悔少作」，覺得 24 歲之前寫的東西實在不值一提。在北大的三年，學到了很多東西，北大給我的，北大的先生們給我的，我的導師給我的，還有一些作家朋友給我的，不僅對深入理解文學大有裨益，更重要的是找到了自己面對世界的方式。我的寫作慢

下來，逐漸體會到了創造的樂趣。

此外，也解決了一直折磨我的問題，就是理論和創作之間的矛盾。這是兩種不同的思維路數，剛進北大的那一年，我很爲此痛苦。寫小說和散文，要感性，要形象和細節，睜開眼你得看到大地上一片鮮活的東西；但是搞理論卻不是，你要邏輯、推理、論證，本來就不是好啃的骨頭，理論更替的速度又比較快，要跟著大師跑，再考慮怎麼把它化爲己有。剛開始真不適應，覺得自己的眼光放出去都是直的，乾巴巴的，腦子也是，一條直線往前跑，整個人都有點側身走路的味道，反正從裡到外都被抽象過了。大概一年半後，情況有了改觀，在兩種思維和文體之間的轉換相對輕鬆和容易了，想寫小說就可以寫小說，該寫論文就寫論文，基本上感覺不到有多大衝突，說到底它們不過是對面對世界和表達自己的兩種不同形式而已。基本上解決了兩者的對立狀態，生活又重新好起來。寫一段時間小說，停下來看看理論、做做批評，既是休息和積累，也是補充和提高，接著再寫。創作和理論之間有了一個不錯的互動，逐漸進入了一個良性的迴圈。

很多人認爲作家主要靠感性和想像虛構能力，不必看什麼抽象的理論書籍，其實是個誤區。作家只是長於感性和想像，並非不需要邏輯思辨能力，必要的理論修養和思辨能力對作家非常重要。它能讓你知道你想幹什麼，你能幹什麼，你能幹到什麼程度，它能讓你的作品更寬闊更精深，更清醒地抵達世界的本質。能讓你高屋建瓴。好作家的寬闊和精深必是得益於他們的理論修養，他們有足夠高超的能力講大問題說透。小說不僅是故事，更是故事之外你真正想表達的東西，這個才決定一部作品的優劣。最好的作家一定是感性和理性兼善，並且能互動相長。

4、在北京

除了故鄉，北京是我目前住得最久的地方。研究生畢業以後，我留在了這個已經待了三年的城市。在我想也許我得在這裡生活之前，生活已經開始了，海淀、北大、矽谷、中關村、蔚秀園、承澤園、芙蓉裡、天安門，有一天我無意中回頭，發現它們正排隊進入我的小說。最早的一個北京小說，《啊，北京》，我沒有任何關於「北京」的野心，甚至都缺少要寫一個北京故事的明

確意識。它是我在北京大街上走過之後，自然而然留下的足跡。生活主動找上了門。我在念書，不上課的時候蝸在萬柳學生公寓的那間分不清方向的宿舍裡。北京生活對我很抽象，故事來源於朋友和虛構。我想像如果我和他們一起走在那條路上，一起見到某個人一起做某件事，我會如何。我只能把他們放到我熟悉的地方，我的地盤上我才能作主。然後是《三人行》、《西夏》、《我們在北京相遇》等，我知道我在寫北京了。《跑步穿過中關村》、《天上人間》、《把臉拉下》、《逆時針》和《居延》都是以後的事了。

　　我想像可能發生的故事，可能有的感受和發現。這個時候，我於北京，很大程度上符合那句繞口令似的的術語：缺席的在場，或者在場的缺席。學院與切實的北京某種程度上是隔絕的。我的感受和發現純屬虛擬，沒有經過實實在在的生活來證明。2005 年畢業，大夏天我一頭栽進北京火熱的現場。樓房像莊稼一排排長出來，寬闊僵硬的馬路，讓人絕望的塞車，匆忙、喧囂、浮躁、浩浩蕩蕩、烏泱烏泱、高科技、五方雜處的巨大玻璃城。我有點懵。這些場景我在小說裡想像過很多次，但那只是紙上談兵，遠遠沒能想周全，更沒有想明白。沒吃到梨子，永遠不會知道真正的味道是什麼。一個愣頭青，下嘴發現梨子不是甜的。他早知道不可能是甜的，但甜是唯一的，不甜卻有無以計數之多。我只能從細節入手，一個個分辨個中三味。

　　身份。這不是你從哪裡來的問題，而是：你是誰？在過去，我可以理直氣壯地告訴任何人，我是學生，我是老師，有案可稽。身份證，檔案，學生證，教師證，每一個硬硬的都在，它確認你是你，這地方你可以合法自在地活下去。但現在，北京要求你這個外來人拿出戶口、編制，證明你有可靠的來源和歸屬。一種機制在要求，機制裡的人也在要求，拿出來吧，給你自由。如果你拿不出來，你只能不自由。從抽象的到具體的，大家看你的眼神就不對。

　　我不知道北京是不是全中國最需要身分的地方，我也不知道那張紙竟如此重要，反正很多時候我被它搞得很煩。我決定買房子時，有關機構跟我說，外來人員必須捏著暫住證才能辦手續。我屁顛屁顛去辦暫住證。這個派出所不行又跑那個派出所，這裡不辦必須到那裡辦，這個時段不行必須下個時段，材料不齊今天辦不了，今天不行因為還有十分鐘我們就要下班了，明天早上

來拿吧。爲了這個暫住證我跑了五趟。制度化當然是好事，但是當它成爲不停地向你證明你不是你的契機，就相當不可愛了。

很多朋友已經在受此困擾時，我待在學校裡念書。我知道身分對他們的重要性，也理解寄人籬下和流浪的甘苦。當我原封不動地一一領受，才知道先前的理解和體貼只能是隔靴搔癢。這種事沒法總結和概要，必須貼著皮膚一寸寸地觸摸和刮擦，才能真切體味到滲進骨頭縫裡的那種怪兮兮的感覺。

身分。依然是：你是誰？這回是你與北京的關係問題。現實身分確證的瑣碎細節煩了我好一陣子，好在我沒有顧影自憐的癖好，習慣了就視若等閒。但我依然爲身份焦慮。佛洛德說，人的精神焦慮可以分爲現實焦慮、神經焦慮和道德焦慮三種類型。我搞不清一個人沒事就茫然算哪一個類型。這感覺是我坐在公車上穿過北京和站在天橋上看北京時的基本狀態。

很茫然，那麼多人，只能用「烏泱烏泱」來形容，這個詞裡有種黑暗和絕望的東西在，我怎麼就孤零零一個人躲在一輛車裡。人周圍是人，車周圍是車，車和人的周圍是人和車，是無數的高樓和房間，房間裡有更多的人。一個人深陷重圍，完全可以忽略不計，是一滴水落在大海裡。在天橋上看得更清楚，尤其是上下班高峰，你看見無數輛車排列整齊，行駛緩慢至於不動，這個巨大的停車場中突然少了一輛車、一個人，你知道嗎？這個世界知道嗎？他爲什麼要待在這個地方？你，我，我們爲了什麼要待在這裡？人之渺小，車之渺小，拿塊橡皮輕輕一擦，碰巧一陣風來，乾乾淨淨地沒了。我站在天橋上常常覺得荒謬又悲哀。咱們都是誰啊。我覺得自己很陌生，北京很陌生，這個世界也很陌生。

在這樣一個地方，你是誰。像一枚釘子，隨便就被深埋掉；要麼可以輕輕拔掉，你盯著它看，它就放大，孤零零地放大，如同一座摩天大廈，外在於這個城市，隨時可以消失。這就是我一直感覺到的，我外在於北京，跟單位、編制、戶口、社會關係等統統無關，只和自己有關。這種「外在」孤獨、寒冷，讓我心生不安。

的確，在北京我常常不安。

可是，有讓我心安的地方嗎，心安得讓我有紮下根的踏實和寬慰？好像也沒有。即便故鄉，蘇北的那個小城和鄉村，我也逐漸心有不安。我在一天

天遠離那裡，熟悉的人陌生了，舊時的田園和地貌不見了，像生在我身上的血管一樣的後河都被填平了。故鄉仿佛進入了另一種陌生的生活軌道。我回去，如入異地；料想很多人看我，也是不識的異鄉人。待在家裡，偶爾也會沒著沒落，父輩祖輩的故事聽起來都遠在夢裡。我不知道哪個地方出了問題。

所以我想，我寫了北京，也許僅僅因爲我在這裡生活，我心有不安。因爲我要寫，所以就潛下心來認真挖掘它的與眾不同處，它和每一個碰巧生活在這裡的人的關係，多年來它被賦予的意義對生活者的壓迫和成全，一個城市與人的關係，其實也就是一個人與世界的關係。北京的確是個獨特的城市，有中南海、天安門、故宮、長城和十三陵，有北大和清華，有中關村和矽谷，有「京漂」、外來人口和已經結束的奧運會。

如果我碰巧生活在上海、廣州，或者香港、紐約和耶路撒冷，時間久了，我想我的寫作也會與它們發生關係，即使我可能在哪兒都很難有生根發芽之感。這也許是常態，在哪裡你都無法落實。爲其如此，此心不安處，非吾鄉者亦吾鄉。只能如此。

專題演講

中華文化場與兩岸文學

◎張 炯*

　　兩岸文學都根源於中華文化的母體。文化場，指的是文化發展的一定時間與空間。對於中華文化的認識，我們今天需要調整以下的觀念：

　　一是要改變以黃河文化為源頭的觀念，確立多地區文化源頭的觀念。東北紅山文化遺存的發掘，特別是中華第一龍的發現，紅山陶器上原始文字的發現，把中華文化推進到 6,000～8,000 年前；長江上游四川成都地區三星堆文化的發掘，金沙 6,000 支象牙的發掘，說明李白〈蜀道難〉所說的「蠶叢與漁父，開國何茫然」的時代，至少是殷代，那裡的文化已很輝煌，青銅器有上天樹和人的頭像而且眼睛從眼眶中如手般伸出，非常奇特！而長江下游浙江河姆渡文化的發掘，說明 6,000 年前那裡的稻作文化很發達，而且出現了工藝精良的玉器和周長 6,000 米的很大城市。江西精美的青銅器的發掘，樟樹鎮附近還發掘出數千年前的古城，中有祭壇和引水入城的運河。從珠江文化發掘的遺存看，同樣也源遠流長。都說明東北、西蜀和長江以南也是中華民族文化的發源地之一。

　　二是要改變以漢族文化來代表中華文化的觀念，樹立多民族文化互動互融的觀念。中華大地自古便生存眾多的民族、氏族部落。漢朝以前沒有漢族的稱謂。中原一帶自稱華夏族，以它為中心，把四周的民族稱為北狄、西戎、東夷、南蠻。實際上北方就有許多民族，史載：趙武靈王胡服騎射，說明他向遊牧民族文化學習。北方漢有匈奴與東胡，南北朝時期「五胡亂華」指鮮卑、羝、羌、羯、匈奴。唐代北方有突厥，宋代有遼、金、西夏和蒙古族，契丹建立的遼國跨越漠北東西數千里。橫跨歐亞的元帝國是蒙古族建立的，明代蒙古族退到塞外，仍維持很大一個帝國。清代是滿族建立的。南方和西

* 中國作家協會名譽副主席。

南的民族也建立過不小的王朝，如漢代西域有 36 國，唐代有吐蕃、南詔，五代有 16 國，前涼、後涼、西蜀、南唐都有長期的安定，也都發展了自己的文化。匈奴王冠的發現，說明漢代漠北的冶金工藝的精美。中華文化是各民族共同交流融合而創建的。今天是 56 個民族的文化共同構成了當代的中華文化。

　　三是要改變把儒家文化作為中華文化代表的觀念，實際上還有道家、佛家文化，以及伊斯蘭文化、基督教文化的互滲和共存。儒家主張入世，道家標榜出世，佛家寄望來世。三家雖有鬥爭，但又互補，長期共存不悖。儒家的仁義思想，道家的養生思想，佛家的普度眾生思想，都有它的積極一面。儒家倡入世致仕治國平天下，在政治觀念和倫理道德方面影響極大，成為中國文化的主流；道家倡失意便出世養生，獨善其身，佛家倡今生苦行，寄望於來世，戒殺生，戒偷盜等。它們在世界觀、人生觀方面對中華文化也有深遠影響。中國士人達則兼善天下，窮則獨善其身，乃至於出家禮佛！伊斯蘭和基督教的崇拜真主和上帝，主張平等和博愛，也有它們的一定積極性。現代自然科學、人文科學和社會科學，包括馬克思主義從西方傳入中國後，百多年來對廣大人民群眾的新的世界觀、人生觀、價值觀的形成，同樣有很大的影響。

　　四是要改變中華文化只是傳統文化的觀念，要樹立中華文化是在族際和國際文化的交流、互動中新新不已的文化。漢族與其他民族文化的互相交流，提振了整個中華的文化。如我國音樂得益於西域民族；琵琶來自新疆於田；胡琴、嗩吶也來自西域；羌笛是羌族的樂器。印度佛教文化的傳入，不但使我國出現了佛教，還出現了重視語音韻律的沈約的「四聲八病」之說，促進了唐代律詩絕句的產生。以及後來音樂與詩歌的進一步結合，產生了晚唐和宋代的詞。元雜劇的興盛與北方民族重視說唱的需求影響也相關。從利瑪竇到達北京，中國便開始學習西方，明末清初像顧炎武、黃宗羲、王船山等思想家，就多有擺脫儒家傳統的新思想。太平天國運動、洋務運動和維新運動直到辛亥革命運動和五四新文化運動都標誌著我國人民接受西方文化影響並走向文化創新的不同階段。近代我國文學尤得益于從日本傳來的俄羅斯文學、西歐、北美文學的影響。

　　總之，各個朝代的文化場雖然有所差異，但中華文化總體上不是排他的、單調的、固步自封的僵化的文化。而是包容廣大，豐富多彩，新新不已的文化。魯迅所稱譽的漢唐氣象的恢弘，讚賞的就是因包容廣大而豐富多彩。清代後來的閉關自守，實是無異作繭自縛，自致落後。而五四新文化運動前後以來的百多年間，我國文化的飛躍性發展，正與各民族間的互動和積極學習、汲取外國文化的長處分不開。文學是文化的重要組成部分，也是文化的重要載體和媒介。而文學總是在一定的文化場中形成和生長的。對於兩岸文學，我以為也需要從生長和發展於一定文化場中來理解。兩岸文學都源於中華文化，但由於歷史原因又各有特色。可以說，同中有異，異中有同。雖各有其異，而同大於異。由於兩岸都處於中華文化場之中，所以兩岸文學都留有中華文化不同時代和社會的深刻烙印。當今是全球化的時代，各國文化和各族文化的互相影響隨著現代科學技術的發達而不斷加速。兩岸文學的互相接近也勢所必然。

　　台灣是多民族的地區，也具多元文化構成的、內外互動的文化場。台灣原住民，現發現有 14 個民族分支。甲午戰爭前，以閩省移民居多。其主流文化是漢族的文化，文學與大陸無異。之後有日本人 50 年的統治，但日本人推行的「皇民文化」並沒有生根。民間文化包括語言文字、風俗習慣、倫理道德、宗教信仰等等仍然屬於閩台文化系統。五四之後，台灣文學界也發生過新文學運動。賴和、張我軍等便為提倡新文學而努力過。光復後在中華傳統文化的繼承方面比大陸做得好，特別是漢字和普通話的推行，台灣當局功不可沒。隨蔣氏從大陸入台的二百多萬人，不但來自大陸的各個省，還來自大陸的各個民族。他們把自己的祭祀文化、飲食文化、醫藥文化，建築文化、道德文化、宗教文化、語言文化等等都從大陸帶到台灣。所以，台灣的文學作品，大陸人讀起來照樣很親切。包括鍾理和、鍾肇政、林海音等反映現實生活的小說，也包括古龍的武俠小說和高陽的歷史小說、瓊瑤的言情小說；還包括台灣的許多詩歌和散文作品。同時，百年來台灣教育的發達，台灣文化和文學對中華文化和文學的發展和豐富，也做出自己卓越的貢獻。

　　五四之後，大陸除有現實主義和浪漫主義文學，還有現代主義的潮流，魯迅的《野草》和《故事新編》就是。李金髮的象徵主義詩歌，穆時英、施

螢存的新感覺派小說也是。而現實主義文學可以說一直是大陸文學的主流。但大陸自改革開放以來，文學走向多元化。它經歷了「傷痕文學」、「反思文學」、「改革文學」、「尋根文學」和「先鋒文學」多個階段，由於 80 年代中西文化和文學的又一次大規模撞擊，中斷了幾十年的現代主義重又崛起，出現了以北島、舒婷爲代表的「朦朧詩」，以王蒙、宗璞等爲代表的意識流小說和荒誕小說，以及高行健、劉錦雲等所代表的探索性戲劇，還有以莫言、馬原、蘇童、余華等所代表的先鋒小說。現代台灣文學的發展歷程與大陸也頗相似。早年賴和、吳濁流等的作品就是現實主義的。光復後，台灣除有大陸傳過去的現代主義，還有台大外語系師生夏濟安、白先勇等所宣導的現代主義。紀弦、鄭愁予、覃子豪、余光中、洛夫、瘂弦等都爲台灣現代主義詩歌的發展做出自己的貢獻。後來工農兵文學的論爭則推進了台灣文學中以陳映真、黃春明、王拓、楊青矗等爲代表的鄉土現實主義運動。80 年代後，台灣文學也更加多元。以台灣詩壇爲例，就呈現爲多種藝術流派和風格。50 年代主要的現代詩刊如《創世紀》，《現代詩》和《藍星》都先後復刊，在重新集結舊有成員的同時，還發展了一批新人。70 年代在推動現實詩風中崛起的《葡萄園》、《笠》及稍後出現的《秋水》、《詩潮》也一直堅持出版。而 80 年代以後由青年詩人爲主新成立的詩社，據張默《台灣現代詩編目》所載，達 50 個以上，爲台灣詩社和詩刊最爲活躍的一個時期。被稱爲「新世代」和「新人類」、具有後現代色彩的更年輕的詩人，往往以「立足台灣，胸懷中國，放眼世界」爲其宗旨，也沿著各自的藝術追求並行前進。後現代主義、女性主義、還有下半身寫作等，台灣均先行於大陸。大陸 80 年代中期的新寫實小說即有後現代主義的影響，之後又出現了以陳染、林白、海男等爲代表的女性主義小說和以尹麗川等爲代表的下半身寫作。這都說明，儘管兩岸作家所描寫的生活題材有差異，而處於現代中華文化場中的兩岸文學，仍然同大於異，都在中華文化內外互動中實現自己新的推進。

　　我們的祖先不僅創造了輝煌燦爛的中華文化，也創造了輝煌燦爛的民族文學。今天，經過兩岸各族人民的努力奮鬥，中華民族偉大復興的前景已出現在東方地平線上。隨著兩岸經濟建設都取得世人矚目的成就，經濟建設高潮的到來，也必然會迎接文化建設的高潮。現代科技作爲文化的重要部分，

更給予文學以不可忽視的推動。電腦排印、網路文學和電子書的風行，兩岸可謂同步，大大推進了文學出版傳播的速度和覆蓋面，標誌我國文學已從紙質傳播時代過渡到電質傳播時代。我國在實現中華民族偉大復興的過程中，也必然應該實現文化和文學的復興。我國各民族各地區的作家，都應為此而奮鬥。兩岸作家，特別是青年作家，對此都應有高度的自覺、自信和自強的精神追求，以期通過幾代人的努力，使我國文化更加繁榮昌盛，能夠產生大批影響及於全世界的優秀作品。

　　青年人是我們國家和民族的未來，青年作家更是我國文學的未來。兩岸作家的創作一定不要忘記文化的表達，一定要體現中國作家應有的當今時代的文化素養，既紮根於深厚的歷史文化土壤，也努力做到視野開闊，胸襟博大，思想高遠，藝術上博採眾長。我深信，兩岸的青年作家一定能夠不斷攀登新的思想和藝術的高峰，更好地弘揚中華文化，對世界文壇做出更大的貢獻！

台灣文學的現代與後現代

　　現代主義在台灣，在日據時代已經發生過一次，如 1934~1947 年的風車詩社，這是現代詩發展、現代詩潮，但是戰爭結束後就中斷了。

　　現代主義在台灣有兩個影響，一個是來自西方的影響，美國對台灣的文化衝擊，讓台灣作家開始學習西方現代主義，接受現代主義的思潮。另一個是來自上海的影響，例如張愛玲的文學。

　　我將此稱之為「沒有聲音的文學革命」，他們將白話文濃縮為具有彈性、有意識、充滿深度的語言，對於台灣新世代作家影響非常大。這種變革最主要的因素是現代主義挖掘了內心、感覺性的暗示，以及都會生活的寂寞和孤獨，過去白話文的形容恐怕不能到達如此的深度，這樣的書寫日本人稱之為「新感覺」。

　　過去，台灣在封閉、反共的時期，很多作家只能轉向內心的思考，將一些被壓抑的慾望和嫉妒用這種書寫方式來表達，必須訴諸於新的書寫。余光中說過，這樣的現代散文之所以能夠發展出新的感覺，是因為文字經過凝縮、拉長、垂扁，使其具有更深刻的密度，在最簡短的文字中把色、香、味等各種感覺壓縮在最濃縮的文字裡頭，讓我們看見抽象無法表達的情緒終於被表達出來了。

　　例如，我們講孤獨，都會用「這是一個沒有聲音的晚上」，我覺得魯迅書寫最好的地方就是寫黑夜，但是他所描寫的都是外在的景色，詩人楊牧有一首詩也叫做〈孤獨〉，他說，「孤獨是一隻獸，住在我亂石累累的心中」，如此一來，孤獨的形象就被呈現出來了。

　　在上海的張愛玲對台灣文學影響最大的就是「文字煉金術」，她把溫度、顏色、氣味、情緒高低起伏等壓縮在最簡單的文字裡頭，例如，她發明了一

個詞——豔異，形容美得跟其他人都不一樣，這樣的書寫美學來到台灣，與西方工業革命以後的現代主義寂寞、孤獨，完美的結合在一起。

1960 年代，台大外文系把西方文化引進，另一方面來自於上海的影響，還有日據時代留下來的影響，台灣文學史中的三軌影響在台灣盤整、交流、磨和，進而產生了重大的結合。這樣的創造性不僅是語言的變革，也包含感覺結構的變革，所謂的感覺結構就是把內心被壓抑的情緒問題挖出來，像於梨華、歐陽子，她們的作品已經觸及道德的邊界，所以像小說《秋葉》後來就被查禁了。

現代主義還有就是負面書寫。過去，白話文書寫總把文學當作正面激勵的文字，在威權統治的時代中，想要挑戰威權卻不能夠直接談政治，但是作家可以挑戰父權、挑戰傳統和道德，比較重要的作家如王文興、七等生，他們都挑戰著道德性，例如，王文興的《家變》，他不僅改造文字，也呈現內心的改變，討論挑戰父權，隨著小孩逐漸長大，父親的形象逐漸萎縮，再也不能壓制小孩，小孩有越來越多不滿，最後離家出走居然是父親。這部作品在台灣很多爭議，但這樣的書寫也對於當時的控制和思想檢查產生了很大的革命。又如七等生寫失格的人生，過去的書寫都強調人生昇華和光明面，但是七等生看到的是人性最底層的黑暗，他認為好的藝術並非詞藻華美、主題正確，他選擇故意主題不正確、政治不正確，他寫鄉下二流的小喇叭吹奏手，寫他的專注，就像國家劇院西裝革履演奏西方交響樂的人一樣，他認為兩者在藝術的成就上是相同的。

更重要的是，多源的史觀經過磨和、結合，在地的感覺就出現了

過去常指控現代文學受到西方影響，獨派的人認為這些作品脫離台灣社會現實，統派的則認為其為西方帝國主義的複製品。但在事實上，我們若是仔細閱讀他們的的作品，其實已經改寫了整個文學史觀。我們再回頭看七等生的作品，完全和台灣下層社會結合在一起，苗栗通宵鄉下的生活如實地寫在他的小說裡，《沙河悲歌》就是寫通宵的那一條河，《家變》則反應了 1950、1960 年代經濟正在轉型之下的台北同安街，是非常在地且與現實結合的作品。

美學的辯論通常都是理論上的研究，卻沒有好好的閱讀文本，而現代文

學作家，尤其是王文興，他給予我們很重要的文學教育啓示：所有的小說都要細讀、慢慢的讀，很多美的東西很輕易就會錯過，細讀可以讓你在關鍵處看到強烈的暗示和高度的象徵，錯過了就會看不懂，但抓到了就能體會作者在寫什麼。

現代主義在台灣，1960 年代的作家留下許多經典化的作品，現在在台北誠品書店，依然可以買到 1960 年代的作品，它們是經得起時間考驗的東西，歷經了 30、40 年，在這個不斷推陳出新的時代，這些作品被留下來了，成爲經典。現在的年輕人若要了解文學，進入文學場域，都必須閱讀 1960 年代的作品，像是白先勇、七等生、黃春明、王文興、陳映真等人的作品，在座台灣年輕作家沒有一個不受到 1960 年代作品的洗禮。

1990 年，曾票選戰後台灣最好的小說、散文、新詩，叫作「經典三十」，結果有 95%以上都是 1960 年代的作品，雖然投票並不能成爲經典，經典仍需要時常被閱讀，但那一次的結果反應了讀書市場的檢驗，到現在我們還是認爲經典三十是最好的指標，也讓作品變成讀書市場爭相閱讀的對象，這點無庸置疑。

負面書寫的象徵性對於台灣後期資本主義所散發的影響力更是深遠，沒有現代就沒有後現代。後現代在西方有一定的脈絡，晚期資本主義強調所有中心都被瓦解。1960 年代西方即開始討論，但 1980 年代才到台灣，隨著新竹工業園區工業建立，升級後的台灣開始與世界接軌，加入全球化後，出現中產階級，這些人開始進行反對運動，政治上出現反對黨時，文化就開始變得多元。

1960 年反父權，對道德批評，對威權統治和文字檢查批判，將這股內在風暴逐漸醞造，隨著經濟發展，這股文化便開始發展出特別的東西，特別是經過鄉土文學運動後，反共復國已經成爲過去，如果作品不能把台灣的文化寫出來，就不可能被市場接受。鄉土文學運動最重要的效用就是讓作家的視野開始看見台灣的存在。現今，作家的作品若沒有和台灣的都市民間生活結合，這樣的書籍很難被看見。1980 年代都市文學崛起，像張大春、林燿德、朱天文、朱天心等，融合了高雅與庸俗的文學，配合 80 年代街頭運動、農民運動、環保運動、同志運動、原住民運動等，所有文化力量都在衝擊著威權，

因此社會不能不開放。

政治在關注反對黨的同時，沒有人檢查文學，因此，文學獲得前所未有的發表空間。文學一鬆綁，台灣就不能不宣布解嚴，我們看見一個解構時代的到來，是歷史的巧合也是歷史的力量。當權力鬆綁的時候有哪一種想像不得到允許？

過去合法的東西產生危機，真正合法的東西是新的消費社會到來，全球化到來，文學必須和這些潮流結合在一起。

1987 年是後現代還是後殖民，一直是個爭論，但我們可以看見，只要是權力中心，例如，父權中心、男性中心、異性戀中心、漢人中心等，都變成可恥的主題，顯見台灣開始接受多元。

高速公路讓城鄉界線消失，鄉下開始都市化，台灣文學的市場擴大了，普及化讓不同的族群、性別、取向階級都閱讀，地方文學獎的舉辦，在地寫作等，新世代作家在進入文壇時都已經掛滿一身勳章，他們在地方被鍛鍊，進而向主流文壇進場。

過去，同志文學很少見，但它在台灣文壇出現時，整體文學史都將刷新。過去的中國文學史一直是一個中國的、男性的、漢人的文學史，現在不同了，有了同志、原住民、女性文學，文學被改造了。這種偏遠、弱勢的聲音透過書寫發言和擴張，特別是 1980 年代台灣原住民文學，他們開始覺悟若不接受漢字，在文壇會被削弱，因此，我們可以看到夏曼・藍波安、瓦歷斯・諾幹的作品，其中所書寫的生活方式是過去少見，那些部落的文化如果沒有透過原住民作家的書寫，我們永遠不會知道這麼多。

文學最重要的力量是讓讀者看到作者一生所看到的世界，這些作品在主流文壇出現時，我們都看到了女性是如何思考，同志是如何思考，這些文學出現時，其他的作品如何在出版市場中存活下來？讀者為什麼要閱讀你的作品？

到了 1980 年代，台灣新世代的作者脫離威權的記憶，脫離威權的支配，他們使用的文字更加活潑，20 世紀結束之前，知識分子的白話文鍛鍊更加出神入化，文字充滿節奏感和明亮的感覺，例如張讓的散文，她對光和陰影的描述，都在文字中呈現；鍾文音的旅行散文則帶著我們去看世界各地的風景，

以女性的角度，配合對當地作品的閱讀，她的文字不再是平面的文字，而是立體的文字，這些作品讓閱讀是一種享受，彷彿跟著她們到了這些地方一起旅行，加大加寬了文學的空間。

這些文字的鍛鍊從 1980 年代到 2000 年之間，一直是很重要的過渡和改變。

我認為，現今台灣文壇處於最佳狀態。高齡 83 歲的余光中至今仍在工作，這個月將有一本重要的翻譯著作要出版，他翻譯了所有濟慈的長詩。他可以在同一天的報紙上發表兩篇文章，我從來沒有看過如此生猛的創作人。20 歲的創作者已經開始出頭，相隔 60 年的時間，但是大家都處在同一個文壇，現代主義者與後現代主義者一起創作，作為一個寫文學史的人，我非常訝異，為何資深與年輕作家可以同台演出？我記得余光中有一次在演講提到，他年輕的時候希望能與年長的作家一起得獎，表示藝術性與他們同樣等級，但年老的時候卻希望能跟年輕的作家一起得獎，表示他的創造力如昔，永遠不退場，永遠在舞台上表演。

現今，網路文學在台灣非常發達，例如九把刀的《那些年，我們一起追的女孩》，台灣的讀書市場恐怕是要在網路上發展了，現在報紙的篇幅恐怕是要消失，以後每一個人都是編輯，20 年後的網路將會成為最大的讀書市場，文學高低在網路就能看得出來。很多人對網路文學非常悲觀，但是我對網路文學非常樂觀，如果說五四運動是第一次文學革命，台灣現代主義的文學思潮與創造是第二次文學革命，那麼第三次文學革命就要來了，就是網路文學革命。

台灣還有一個新世代的現象就是「新台灣之子」的成長，外籍配偶生的孩子，現在有一部分已經進入 20 歲，他們的書寫主題已經不再是二二八事件或南京大屠殺，他們開始寫中南半島的記憶。我在近年文學獎作品發現這個現象，這樣的書寫變多了，也洗刷了過去僵化的、只有華人世界的書寫，新台灣之子帶給台灣文壇的衝擊將要到來。

今日向各位報告我寫文學史的一些心得、觀察和體會，我相信新的變革在大陸新世代的作家中也正在萌芽發展。

（編按：本文依會議之發言記錄整理）

觀察評論

建立交流與溝通的平台
兩岸青年文學會議第一天觀察評論

◎林淇瀁[*]

第一天的會議相當成功,尤其是最後一場的作家座談最令人感動,它是作家靈魂的書寫、是生命花園的呈現,在每個人的發言中,都可以聽到血的聲音與淚的嘆息。整體來說,台灣現代文學館與中國現代文學館合辦的兩岸青年文學會議在北京召開,尤其魯迅文學館就在坐落在隔壁,我特別走過去參觀,看到了魯迅、巴金、沈從文、茅盾、丁玲等人的銅像,在這充滿文學家的土地與場域召開與文學相關的會議,著實意義深遠。

今日總共有三場討論,包括自然/生態文學、跨文化/都市文學、旅行文學等議題,就論文的水平來說,皆十分優秀,特別是從 21 世紀開始崛起的青年學者,在方法論、文獻探討、理論根據原理的部份,都有著相當充分與嚴謹的自我訓練與要求,學界的規矩也建立在穩固的基礎上。就此而言,本會議可說相當精采豐富。

1985 年我參加美國愛荷華大學國際寫作計畫時,第一次認識了台灣人所不熟悉的大陸作家張賢亮與馮繼才,與一同過去的台灣作家楊青矗、新加坡詩人王潤華,等於是三個地方、皆以華文創作的詩人,在愛荷華共度了三個月,當時最常陪伴我們的是李歐梵教授,時間雖短,卻留下難以磨滅的記憶。從 1985 年到現在,兩岸之間作家、學者的來往已相當頻繁,以新世代學者作為兩岸交流的開始,對於青年學者,與未來由其主導的文學及研究領域來說,本會議應具有重大意義。

首先,我想回應張炯與陳芳明兩位教授的演講。張炯教授的演講深刻指出了中華文化的三個盲點,一是唯黃河文化觀、二是唯漢族文化觀、三是唯漢族文化觀,張教授的論點提供了廣闊的視野、深刻的思維,與多維的認識,他超越了傳統、儒家、漢族、黃河中心論,這個對於在海洋圍繞的台灣成長

[*] 台北教育大學台灣文化所副教授。

的我來說，是可以體會與了解的，因爲對台灣而言，這三個盲點也是適用的。也如同陳芳明教授提及，台灣從戒嚴時代的威權統治，到 1987 年解嚴後，所呈現的後現代的狀況。陳教授的說法，第一是抵抗主流，在後現代的說法就是抵中心、去中心；第二是重建記憶；第三是邊緣聲音，也就是在邊陲發聲；第四是批判，也就是批判再現。陳教授長期浸潤在台灣文學史料、文獻與語境，既是優秀的領導行學者，同時也是詩人與散文家，其演講相當精彩而具有啓發性，掌握了台灣新文學的特殊面相、理路與背後的脈絡，此脈絡又同時兼具學者理性的眼睛以及作家感性的心靈。

對話是傾訴，同時也是傾聽；對話是辯白，同時也是辯駁，其中可顯現出一種辯證的過程。作爲辨異與趨同，因此需要對話，也因爲對話，才能發現同中之異、異中之同，所以異與同才有其意義。今天的學術論文，我們可見宏觀與微觀、城市與鄉土、北方與南方、大陸與海洋、中心與邊陲的辯證，其結果可發現，「你中有我、我中有你」，「同中有異、異中有同」，這些看法與意見都值得與會者在三咀嚼與省思。.

若以此角度來觀察今天的論文，我看到了論文中或多或少都意圖在被限定討論的主題當中跳出框架，在對話的流動當中跳出二元對立的論述，尋求第三種、甚至趨於無限的可能解釋與理解空間。經過主題的論述，言說的人、傾聽的人、討論的人、辯駁的人之間，交流出各種論辯，讓與會者分享這多元論述的多樣空間。特別是葛紅兵教授提出〈「上海文學」：一種「中國敘事」〉一文，評論者與聆聽者都給予了許多意見與並一種思辨，值得深刻反省。相對於北方有南方，相對於南方還有更南方，進一步推演還有東方與西方，因此我建議下一次的兩岸文學，應有來自西域的聲音，如新疆文學、西藏文學、蒙古文學的現況，也需要在這個平台上受到多元的論述。

作爲兩岸的青年學者，這也是最具規模的文學會議，以交流與溝通形成本次會議清晰的脈絡，會中的七場主題，皆非與會者能完全掌握，也讓人了解到自身的不足。但是通過專業學者的論述與講評，兩岸論述的理路、取徑與方法，得到了交流。這次的論文安排，是由台灣學者論中國作家、中國學者論台灣作家，透過兩方的觀照與比較，顯映出兩岸文學的異與同，進而體現了充分交流的意義。尤其是會中安排了「作家座談」，讓作家自身進入了討

論的視野中，創作者與評論者的對話也得到具體落實。

　　從座談中可見兩岸作家有著不同的風格，其個性也誠實地表現在言談當中，無論是感性的訴說，或是理性的論述，都充滿了作家對自我生命、成就、夢想的追求，有血有淚、有沉思有堅持，這是文學書寫的可貴，在論述之內，也在論述之外。一位好的作家，沒有論述照樣成為一流，而非論述使其成為一流，作品支持作家，而論述是在閱讀作品的過程中去反溯作者、與作者對話。話語與書寫，不論是在台灣、中國大陸或是其他地方，都有著對話的關係，創作者與評論者之間，交雜著愛恨情仇，創作者的初衷與評論者的評論角度，會有一定程度的相同但不一定需要完全疊合，而作家的對話，則讓我們充分體會了感性與理性之間的溫暖。今天的會議包含了學者的論述、講評以及作者的自剖，值得與會者細品細味。

　　（編按：本文依會議之發言記錄整理）

文學，超越疆界
兩岸青年文學會議第二天觀察評論

◎黎湘萍*

　　剛才的座談非常精采，但當主持人詢問大家是否有問題時，一片靜默，此時無聲勝有聲。我聽了各位的發言，內心震顫，每一個人的經驗對我來說都是一種衝擊，例如，郝譽翔的敘述讓我回想到 1995 年，在福州討論台灣文學的會上，有位來自台灣的學者陳玉玲討論《笠》詩刊的詩作，在談到父輩的悲苦經驗時，情不自禁地流下了眼淚，那一年的福州之行，讓我非常難忘。

　　徐則臣對這一代人的經驗也有著深刻的思考。不過，他覺得從網路上、書面上也可以很容易地收集到新疆的資訊，不一定非到新疆不可，我卻認為，書面的資訊還是不能與親履新疆得到的經驗相提並論。如果你真的到了新疆，一定會發現和書上看的不一樣。譬如，我過去對漢族沒什麼特別的感覺，但是只有到了新疆，才真的讓我對漢族刮目相看，印象深刻。漢族的特性只有在與其他民族的比較中才會鮮明地顯現出來，他們竟然在戈壁灘上開出了一片良田！他們到哪裡都是勤墾堅韌的農業民族。我想，旅行、傾聽、閱讀、寫作和社會實踐，對我們來說都是寶貴的經驗。

　　這個會議我期待很久，這是一個極好的創意。我想，在座的每一個人都是很好的觀察家和評論家，我只簡單談一些個人的感受。首先，要對發起會議的策劃者表示敬意，封德屏主編談到這個創意時，我非常佩服她的遠見，那時他們已經辦了多次青年文學研討會，也有了舉辦兩岸文學研討會的經驗，她說這樣的會議如果能在北京辦，很有意義，後來中國作協代表團到台灣，果然把這件事情給落實了。如果大家對文訊有瞭解，就會知道像她們這樣專業的團隊很少有，他們創辦刊物，及時報導當代文壇的資訊、作家的創作和文化活動，又有心做許多史料收集、整理、保存的工作，為台灣文學史留下了相當豐富珍貴的記錄。這樣的團隊在目前中國大陸還比較少見，而這

* 中國社會科學院文學研究所研究員。

個團隊的執行力和想像力更是令我欽佩的。

其次，我也要感謝現代文學館給我們提供了這樣珍貴的機會。我想，剛剛台上發表的作家們都有可能成為現代文學館的雕像，我希望有一天人們會因為他們的文字功德討論他們，懷念他們。

剛才游勝冠先生批評我沒有做好研究台灣文學的工作，我虛心接受。其實，我對此也一直在反省。這也讓我想到 1997 年的冬天，在北京，我們第一次和來自台灣的學者一起討論台灣文學，我們一邊喝酒一邊交流。那年，我們在設置議題時，特別把研究東北、華北淪陷區文學的學者請到會上，我們的目的就是要打開兩岸文學研究的視野。後來施淑教授回台灣以後，就非常重視對滿洲國的研究，開啟了另外一個新的研究領域。我覺得這樣的學術交流，就非常重要。

剛開始做台灣文學研究的時候，我們都是滿頭青髮，現在已經花白了，我相信陳芳明老師也有這樣的感慨吧。凡是做台灣研究的，差不多都會「台憂亦憂，台喜亦喜」，就像看鏡子一樣，把台灣的問題看作是自己的問題，為此而糾結不已，爭論不休。因此，為了求得精神上的解脫，有不少朋友都不願再做台灣文學研究了，也許他們認為中國大陸的各種文學、社會問題已足夠他們研究一輩子了，便中途就放棄研究台灣文學。但我還是不願放棄，明知這是非主流的、邊緣的課題。因此，如有年輕一代的學人願意來做台灣文學研究，我都非常敬佩和珍惜。年輕一代學者的加入，使這一領域出現了新的氣象和可能性。譬如雖然仍存在史料研究不足等許多問題，但已經少見焦慮，這反而開發出一條新的思路。這一次，我看台灣中興大學陳國偉博士討論推理小說，就開闢了新的論述領域。

會上聽到中國社科院文學所前所長張炯老師和陳芳明老師的主題報告，我也覺得非常有意思！張炯老師談破除四個迷思，見解通達，視野寬闊，是極有新意的一篇；陳芳明老師評述台灣文學觀念和文學史的發展，也比較客觀，如從王文興的小說看現代派的本土色彩，視角獨特，打破了以往的迷思。2004 年，在德國開會時，我曾向陳老師請教過，問他是否能來中國大陸開會？他反問我：「不知你們是否敢請我，若可行，便說明中國社會出現了新的變化。」現在陳先生就坐在這裡，會議中也聽到年輕人有個性的發言，這種變化不用

多說，應是社會發展的自然過程。

對會議中的許多發言已有非常精采的評點，我簡單回應一兩處。大家都談到小說的冒犯問題，李洱引用的是張大春的小說觀，鴻鴻今天說自己也是一個冒犯者，這讓我想到最近看到的連續劇「幸福在敲門」，劇中蔣雯麗飾演的是一個在剛開放年代的女性，她也是一個「冒犯者」：當大家都穿著整齊劃一的灰色服裝時，這個馬戲團的化妝師，卻沒有違背自己愛美的天性，非要穿自己喜歡的漂亮衣服。雖然穿什麼衣服，原是個人的事情，但因為獨特，無意中就「冒犯」了別人。周圍所有人都看她不順眼，一見她就指指點點，這讓我印象很深刻。有時候，作品可能書寫的是個人的經驗或個人與世界的對話，但因其探索人性的路子和觀念很獨特，就有可能在無形當中就冒犯了人們一直信守的教條。這是今天的討論給予我們非常重要的啟示。

錢鍾書曾說，雞蛋好未必需要見母雞，這是他推辭國外記者採訪的說詞，今天的會議很新鮮，安排了許多母雞（作者）同我們見面。對評論者來說，與作家見面是很重要的，近距離地瞭解作家，可以使文學研究更加有血有肉，當然，也不要因為私人的關係影響了評價的獨立性。

作家型的學者的參與也是非常重要的，他也給予不能創作的學者一個警示：不要亂用概念！文學研究應該使文學在場，但很多時候我們發現，我們在討論文學時，文學是不在場的。對意識型態感興趣的人，在文學作品中看到的都是意識型態；對人性感興趣就看到了另一個層面。我想，應該盡可能客觀地貼近對象，才可能更加全面準確地評鑒作品，並對作品作出更好的詮釋。

在此，我想借用葛紅兵先生說過的一句話，他說，詩歌本來就是一種治療，它把你帶到小溪中，讓身體得到放鬆和撫慰。當我們討論詩作時，真正被記住的詩，往往打在生命的烙印中，它會在人的生命歷程中與你如影隨形，讓你無法忘懷。而在書寫的文學史中被理論框架套住的作品，有時往往是與自己的文學經驗相悖的。我們總在試圖給文學史整理出一條完美的適合自己的理論的秩序，似乎不用理論，就不足以顯示自己的深刻，但是過多的理論拼貼恰恰遠離了文學本身，抓不到其中精微的地方。

借此機會，我以一個邊緣的台灣研究者向致力於台灣文學研究的朋友們

致敬。如果能看到其他人對台灣文學感興趣，我就十分感動，因爲這是一個需要付出許多時間、成本的勞動，遠比做中國現當代文學要付出更多。基於多年來的工作經驗，我們也體會到，要把台灣文學研究做好，必須要首先解決史料的問題。二十世紀七八十年代這個領域剛開拓的時候，限於條件，大家用的多是二手的材料。九十年代以來，台灣方面的研究蓬勃發展，迄今爲止已整理出版各種作家全集和文學史料。我時常想要把這些書籍全部買回來，希望有關單位能給圖書館支援和幫助，建立較爲全面、充分、完整的資料庫。我們中國社會科學院文學研究所台港澳文學與文化室從 2004 年成立之後，即已開始著手進行台灣文學史料編纂與研究的課題，我們明年將出版一套五卷十二冊的史料叢書，希望能對該領域的研究有所幫助。

最後，我有一個建議，昨日向陽老師希望未來兩岸研討會可以在上海或北京召開，我也希望能夠有來自西域（新疆、西藏、甘肅、寧夏）、嶺南（廣東海南）、百越（廣西、雲貴）各地的文學進入視野，這並不是把台灣文學邊緣化，相反，有了這樣的這樣的角度，會開拓出台灣文學研究更多的面向。這些交流，將讓文學成爲重要的溝通人心的橋樑，超越疆界，結出碩果。

附　錄

10 月 21 日議程表

時間	內容	發言
9：00 ｜ 9：20	開幕式	主持人：吳義勤 貴賓致辭：李敬澤 代表致辭：陳昌明
9：30 ｜ 10：30	大會演講	張　炯　中華文化場與兩岸文學 陳芳明　台灣文學的現代與後現代

時間	內容	發表人	論文題目	講評
10：40 ｜ 12：00	第一場 自然／生 態文學 主持人： 閻晶明	黃宗潔	敬／畏自然：以動物為中介看賈平凹、葛亮、阿來小說中的文明與自然	計璧瑞
		王志彬	重構山海大地的生態倫理——論台灣少數民族作家的生態寫作	陳明柔
		劉　濤	何謂「大同」？——康有為的九種人與莊子的七種人	閻晶明
13：00 ｜ 14：20	第二場 跨文化／ 都市文學 主持人： 吳明益	陳國偉	都市感性與歷史謎境：當代華文小說中的推理敘事與轉化	方　忠
		葛紅兵	「上海文學」：作為一種「中國敘事」	許琇禎
		劉　暢	從文學都市到影像都市——90 年代以來大陸小說的都市敘事及其電影改編	吳明益
14：30 ｜ 15：50	第三場 旅行文學 主持人： 施戰軍	陳室如	從歐洲到北緯 78°——上海作家陳丹燕的旅行書寫	李　玲
		宋　嵩	數學詩人蔡天新的旅行文學創作	郝譽翔
		張麗軍	當代中國旅遊文學書寫的成功與局限——以余秋雨和鍾文音為例	黃發有
16：00 ｜ 16：30	作家座談 主持人： 吳義勤	（台灣）張啓疆、吳明益、陳　雪 （大陸）李　洱、邱華棟、北　塔		
17：30 ｜ 18：00	觀察評論	林淇瀁		

10 月 22 日議程表

時間	內容	發表人	論文題目	講評
9：00 ︳ 10：20	第四場 家族／ 國族書寫 主持人： 林淇瀁	彭明偉	自我淩遲的藝術：論余華《在細雨中呼喊》及其早期小說	黃德志
		房　偉	論新民族國家敘事策略下的主旋律小說的內在構成	陳建忠
		周立民	歷史從心上流過——齊邦媛《巨流河》閱讀劄記	黃德志
10：30 ︳ 11：50	第五場 性別文學 主持人： 謝有順	紀大偉	性別的濕度——張悅然，張貴興，台灣經驗	李　玲
		陳　豔	歸來已隔萬重山——張愛玲五、六十年代小說創作中的「出走」與「回歸」	石曉楓
		張　莉	兩岸文學中的性別書寫、文化寓言與世紀末想像——以王安憶、鐵凝、朱天文小說爲例	謝有順
13：00 ︳ 14：20	第六場 鄉土文學 主持人： 陳昌明	楊佳嫻	鄉土抒情與現代性：沈從文、賈平凹及其他	袁勇麟
		陳欣瑤	時空錯置的族群想像：「日常平民生活截面」與「新歷史長篇家族史」	游勝冠
		賴一郎	敘事學視角下的鍾肇政文學作品	陳昌明
		梁　鴻	「鄉土中國」：起源、生成與形態	袁勇麟
14：30 ︳ 15：50	第七場 兩岸詩歌 發展 主持人： 朱雙一	解昆樺	70 後詩人廖偉棠浪遊書寫中波西米亞——東亞的錯置拓蹼：兼論姜濤、高曉濤相關詩作	葛紅兵
		霍俊明	「歧路花園」的一千零一夜——兩岸「70 後」女性詩歌的精神地理學	劉正忠
		李雲雷	打工詩歌的美學與可能性（口頭報告）	朱雙一
16：00 ︳ 17：30	作家座談 主持人： 陳芳明	（台灣）鍾文音、鴻　鴻、王聰威、郝譽翔 （大陸）艾　偉、紅　柯、徐則臣		
17：30 ︳ 18：00	觀察評論	黎湘萍		

| 18：00
｜
18：10 | 閉幕式 | 吳義勤 | |

與會者簡介（依場次序）

◆開幕式致詞

李敬澤

北京大學中文系畢業，曾在《小說選刊》工作，1990 年調至《人民文學》雜誌，現爲《人民文學》主編。1990 年代中期開始批評寫作，著有《顏色的名字》等多部文集。曾獲中華文學基金會馮牧文學獎青年批評家獎，曾獲第四屆魯迅文學獎（2004—2006 年）全國優秀文學理論評論獎。

陳昌明

台灣大學中文研究所博士，現任成功大學中文系所教授、台文系主任。曾任成功大學文學院院長、國家台灣文學館副館長等職。曾獲選成功大學教學特優教師，教學傑出會士、捷克查理士大學客座教授等。著作有《緣情文學觀》、《沉迷與超越—六朝文學之「感官」辯證》、《編織意義的網絡》等書，編有《擲缽庵消夏記》等七十餘冊。

◆大會演講主講人

張　炯

北京大學中文系畢業，曾任中國社會科學院文學研究所所長、研究員、教授，《文學評論》主編。現任中國當代文學研究會會長、中國社會科學院榮譽學部委員、中國作家協會名譽副主席。著有《文學真實與作家職責》、《創作思想導向》等書，主編《世界華文作家長篇小說叢書》十卷等書。

陳芳明

台灣大學歷史所碩士，美國華盛頓州州立大學歷史學系博士，現任政治大學教授兼台灣文學所所長。著有《掌中地圖》、《謝雪紅評傳》、《殖民地摩登：現代性與台灣史觀》、《台灣新文學史》等書。

◆論文發表人

黃宗潔

台灣師範大學國文所博士，曾任東華大學中國文學系助理教授，現任東華大學華文文學系助理教授。研究領域為台灣現代文學、家族書寫、自然書寫，著有學術論著《當代台灣文學的家族書寫——以認同為中心的探討》，單篇論文〈建構「海洋倫理」的可能：以夏曼・藍波安、廖鴻基、吳明益之海洋書寫為例〉等多篇。

王志彬

文學博士，徐州師範大學文學院副教授，中國世界華文文學研究會會員。多年來其一直致力於臺港暨海外華文文學教學與研究工作，尤其對當代台灣少數民族文學較為關注。先後發表了〈論台灣原住民文學對族群文化的建構〉、等學術論文二十餘篇。

劉　濤

復旦大學中文系現代文學博士，現任職於中國藝術研究院院辦公室，助理研究員，研究方向為中國近現當代思想史與文學史。曾在《中國現代文學叢刊》、《學術研究》、《當代文壇》、《南方文壇》、《文藝理論與批評》等雜誌發表論文五十餘篇。

陳國偉

中興大學台灣文學與跨國文化研究所助理教授、亞洲大眾文化與新興媒介研究室主持人。研究領域為台灣現當代文學、推理／犯罪小說、大眾文學、流行文化。曾獲中央日報文學獎首獎、國立編譯館學術論著出版獎助等多項。著有《想像台灣：當代小說中的族群書寫》等書。

葛紅兵

現為上海大學創意產業研究中心主任、創意寫作學科帶頭人。文化創意產業研究專家、文藝理論家、批評家和作家。任中國作協會員、中國文藝理論學會理事、中國當代文學研究會理事等職。出版學術專著十餘種、文學創作（集）二十餘種，譯著二種，另有《葛紅兵文集》及《正午的詩學》等面世。

劉　暢

上海師範大學人文與傳播學院講師、都市文化研究中心研究員。著有單篇論

文〈文學‧政治‧想像〉、〈「戲人」：大眾文化語境中的身份認同〉、〈中國經驗與鄉村現場〉等多篇論文。

陳室如

彰化師範大學國文所博士，現任台灣師範大學國文系助理教授。研究領域以晚清以後的近現代旅行文學為主。著有學術論著《近代域外遊記研究（1840－1945）》、《文為心聲：現代散文評論集》、《出發與回歸的辯證——台灣現代旅行書寫研究（1949－2002）》等書。

宋 嵩

山東師範大學文學院中國現當代文學專業博士生在讀。

張麗軍

文學博士，現任山東師範大學文學院副教授、院長助理、碩士研究生導師、中國現當代文學國家重點學科、「泰山學者」團隊成員、博士後等職。主要研究方向為 20 世紀鄉土文學研究、新世紀文學文化研究、樣板戲研究等。出版《對話與爭鳴——新世紀文學文化熱點問題研究》等學術著作五部。

彭明偉

清華大學中文所博士，曾任清華大學中文系兼任講師，現任交通大學社會與文化研究所助理教授。研究領域為中國現代研究、當代文學研究、台灣文學、西洋文學思潮，著有學術論著《五四時期周氏兄弟的翻譯文學之研究》，單篇論文〈悲哀的推移悲哀的推移——談魯迅小說敘事的特點〉等多篇。

房 偉

文學博士，曾任山東社科院文學藝術研究室副主任，現執教山東師範大學文學院現當代文學專業，並任中國現代文學館客座研究員、山東作協會員等職。著有《批評的表情》、《文化悖論與文學創新》、《屠刀下的花季》、《影視作品分析》等，獲第 19 屆世界詩人大會銅獎，山東省優秀博士論文獎等。

周立民

復旦大學中國現當代文學專業碩士、博士；2007 年進入上海市作家協會工作，現為巴金故居常務副館長、巴金研究會常務副會長兼秘書長，中國作家協會會員。主要從事中國現代文學研究和當代文學評論工作，著有《另一個巴金》、《精神探索與文學敘述》等書，並編有各類文獻資料多種。

紀大偉

台灣大學外文所碩士，美國加州大學洛杉磯分校（UCLA）比較文學博士。曾在美國康乃狄克大學任教，現任政治大學台灣文學研究所助理教授。著有小說集《感官世界》、《膜》，評論集《晚安巴比倫》等。曾獲聯合報文學獎的中篇小說首獎與極短篇首獎等。

陳　豔

中國現代文學館助理研究員。

張　莉

清華大學中文系碩士及北京師範大學文學院博士。曾在南開大學中國文學博士後流動站工作，現任天津師範大學文學院副教授。著有學術論著《浮出歷史地表之前：中國現代女性寫作的發生》。論文曾獲第三屆婦女／性別研究優秀博士論文二等獎（2010 年）、《南方文壇》優秀論文獎（2009 年）。

楊佳嫻

台灣大學中文所博士，現任台灣大學中文系兼任助理教授。研究領域為台灣當代文學與 1940 年代上海文學文化，作品曾入選多種散文與新詩選集。著有詩集《屏息的文明》、《你的聲音充滿時間》、《少女維特》，散文集《海風野火花》、《雲和》，編有選集《台灣成長小說選》。

陳欣瑤

現為北京大學中文系現當代文學方向碩士二年級生，2009 年 8 月曾參加台灣耕莘文教基金會所辦「兩岸文學青年交流營」，2010 年寫有學士學位論文《歸去來兮：新歷史小說長篇家族史敘事模式解析》。

賴一郎

現任福建教育學院《福建基礎教育研究》副主編、副編審，福建師範大學文學院現當代文學專業博士生，福建省作家協會會員。研究方向為現當代文學，著有論文〈賈平凹與尋根文學〉、〈日據時期台灣文學的不同想像〉、〈廈門基礎教育發展啟示錄〉等多篇。

梁　鴻

現任職於中國青年政治學院中文系、中國現代文學館客座研究員等。致力於中國現當代文學研究、鄉土研究。發表非虛構文學《中國在梁莊》，學術專著

《靈光的消逝：當代文學敘事美學的嬗變》等書。曾在《當代作家評論》等核心學術期刊雜誌發表論文四十餘篇，並獲 2010 年度人民文學獎等。

解昆樺

台灣師範大學國文所博士，現任中興大學中文系助理教授。研究領域為現代文學、現代詩、現代小說電影改編、文學社會學、知識考掘學，著有學術論著《青春構詩：七〇年代新興詩社與 1950 年世代詩人的詩學建構策略》等書，曾獲文建會台灣文學獎首獎、全國優秀青年詩人獎等。

霍俊明

任北京師範大學文學院博士後、中國作協中國現代文學館客座研究員等職。主要從事現代漢詩理論與批評及中國現當代文學文化研究。著有專著《尷尬的一代：中國 70 後先鋒詩歌》、《中國當代新詩史寫作研究》、《紅色末班車》等書，曾獲新銳批評家獎、「詩探索」理論與批評獎等。

李雲雷

北京大學中文系博士。現任中國藝術研究院副研究員、《文藝理論與批評》副主編，中國藝術研究院馬文所當代文藝批評中心主任等職。著有評論集《如何講述中國的故事》，學術論文、文藝評論、文學作品散見於國內大型刊物及香港、台灣雜誌，曾獲 2008 年年度青年批評家獎。

◆論文講評人

計璧瑞

文學博士，畢業於北京大學中文系，現任北京大學中文系副教授。研究方向為中國當代文學和台灣文學。曾赴美國加州大學、韓國高麗大學、日本拓殖大學、台灣成功大學訪問研究及任教。出版著作《被殖民者的精神印記——論殖民時期台灣新文學》、《台灣文學論稿》等，發表學術論文數十篇。

陳明柔

東海大學中文所博士，現任靜宜大學台灣文學系副教授。研究領域為台灣文學與文學史、文學批評。著有學術論《典範更替／消解與台灣八〇年代小說的感覺結構》，傳記《我的勞動是寫作－－葉石濤傳》，主編《台灣的自然書寫：2005 年「自然書寫學術研討會」論文集》等書。

閻晶明

四川大學文學碩士學位，現爲中國作家協會《文藝報》總編輯、中國作協會員、《重慶理工大學學報（社會科學）》編委。主要從事文藝理論研究。著有《批評的策略》、《魯迅的文化視野》、《魯迅與陳西瀅》等書。

方　忠

蘇州大學文學博士，南京大學中國現當代文學專業博士後，現爲徐州師範大學副校長、教授、中國現當代文學專業博士生導師，並任中國現代文學研究會理事、中國世界華文文學學會常務理事等職。出版《台灣散文縱橫論》、《20世紀台灣文學史論》、《台灣通俗文學論稿》、《郁達夫傳》等著作十餘部。

許琇禎

台灣師範大學國文所博士，現任台北市立教育大學中國語文學系教授。著有學術論著《台灣當代小說縱論：解嚴前後（1977—1997）》、《沈雁冰及其文學研究》、《朱自清及其散文》。曾獲時報文學獎短篇小說獎、聯合報文學獎小說獎、聯合文學小說新人獎、教育部文藝創作獎散文獎等。

吳明益

中央大學中文所博士，現任東華大學華文文學系副教授。著有《虎爺》、《睡眠的航線》、《複眼人》、《蝶道》、《家離水邊那麼近》等書，以及學術論著《以書寫解放自然》，並編有《台灣自然寫作選》。曾兩度獲中國時報「開卷」年度十大好書，並獲亞洲週刊年度十大中文小說、聯合報小說大獎等。

李　玲

蘇州大學文學博士，現爲北京語言大學人文學院教授、博士生導師，兼任中國老舍研究會副會長、冰心研究會副會長，主要從事中國現當代小說研究、文學的性別意識研究、知識份子研究。著有《中國現代文學的性別意識》、《書生辦報？死人辦報？——人民日報社長、總編輯鄧拓傳》等書。

郝譽翔

台灣大學中文所博士。曾任東華大學中文系副教授，現任中正大學台文所教授。著有《那年夏天最寧靜的海》、《初戀安妮》、《溫泉洗去我們的憂傷》等，學術論著《情慾世紀末——當代台灣女性小說論》等書。曾獲中國時報開卷年度好書獎、時報文學獎、中央日報文學獎等。

黃發有

本科主修經濟學，1999 年獲復旦大學文學博士學位。現爲南京大學文學院教授、博士生導師，《揚子江評論》執行編委。近年致力於文學傳媒、中國當代文學、客家移民文化等專題研究。著有《邊緣的活力》、《想像的代價》、《媒體製造——跨世紀文學生態》等書。

黃德志

現爲徐州師範大學文學院院長、江蘇省現代文學學會理事、中國現代文學學會會員。講授中國現代文學史、中國現代文學作品選、海派小說概論、中國現代小說流派研究、20 世紀中國文學史著研究等多門課程。已在《文藝理論研究》等中文核心期刊上發表學術論文 20 餘篇。

陳建忠

清華大學文學博士，曾任教於中興大學臺文所、靜宜大學臺文系及中文系，現任清華大學台灣文學研究所副教授。著有學術論著《日據時期台灣作家論：現代性、本土性、殖民性》、《被詛咒的文學：戰後初期（1945～1949）台灣文學論集》等。曾獲府城文學獎文學評論獎、竹塹文學獎文學評論獎等。

石曉楓

台灣師範大學國文所博士，現爲該校國文系專任副教授，研究領域爲現當代文學」文學理論。著有散文集《無窮花開——我的首爾歲月》、《臨界之旅》，學術論著《兩岸小說中的少年家變》、《白馬湖畔的輝光——豐子愷散文研究》等。創作曾獲華航旅行文學獎、教育部文藝創作獎、梁實秋文學獎等。

謝有順

畢業於福建師範大學和復旦大學中文系，獲文學博士學位。現任中山大學中文系教授、博士生導師。著有《文學的常道》、《被忽視的精神：中國當代長篇小說的一種讀法》等著作十幾種。主編《中國當代作家評傳》等叢書多套。曾獲第二屆馮牧文學獎、第十一屆莊重文文學獎等多個獎項。

袁勇麟

現爲福建師範大學教授、文學院博士生導師、協和學院院長，並任中國世界華文文學學會教學委員會主任委員、福建省臺港澳暨海外華文文學研究會副會長等職。著有《當代漢語散文流變論》、《文學藝術產業》等，主編《海外

華文文學讀本・散文卷》、《中國現當代散文導讀》等書。

游勝冠

清華大學中文所博士，曾任靜宜大學中文系副教授、成功大學台灣文學系系主任，現任成功大學台灣文學系副教授。研究領域爲台灣文學史、後殖民理論以及文化研究。著有學術論著《台灣文學本土論的興起與發展》、《台灣文學本土的興起與發展》等書。

劉正忠

筆名唐捐，台灣大學文學博士，現任清華大學中文系副教授。著有學術論著《現代漢詩的魔怪書寫》、《軍旅詩人的異端性格》、《王荆公金陵詩研究》，詩集《無血的大戮》、《暗中》、《意氣草》，散文集《大規模的沉默》等書。曾獲時報文學獎、聯合報文學獎、梁實秋文學獎、台北文學獎等。

朱雙一

廈門大學台灣研究院教授，博士生導師。爲中國世界華文文學學會副會長，福建省台港澳暨海外華文文學研究會副會長，中國作家協會會員。著有《戰後台灣新世代文學論》、《閩台文學的文化親緣》、《台灣文學思潮與淵源》等，參與編撰《台灣文學史》、《台灣新文學概觀》等書。

◆主持人

吳義勤

蘇州大學中文系博士，曾任山東省作家協會副主席、山東省文化建設重點研究基地首席專家、山東省泰山學者特聘教授，現任中國現代文學館常務副館長、《中國現代文學研究叢刊》主編等職。著有《自由與局限：中國當代新生代小說家論》、《長篇小說與藝術問題》、《彼岸的誘惑》等。

施戰軍

文學博士，魯迅文學院副院長。曾任山東大學教授、文學院副院長，北京大學中文系博士後。著有《世紀末夜晚的手寫》、《碎時光》、《愛與痛惜》、《活文學之魅》等，編有新活力作家文叢等。

◆觀察評論人

林淇瀁

筆名向陽，美國愛荷華大學 International Writing Program 邀訪作家，政治大學新聞所博士。現任台北教育大學台灣文化所副教授。著有學術論著《書寫與拼圖：台灣文學傳播現象研究》，詩集《亂》等書。曾獲吳濁流新詩獎、國家文藝獎、台灣文學獎新詩金典獎、教育部「推展本土語言傑出貢獻獎」等。

黎湘萍

　　中國社會科學院文學博士，現任中國社會科學院文學研究所研究員，主要從事中國現當代文學及文學理論的研究，偏重臺灣香港地區的文學與文學理論。著有《台灣的憂鬱：論陳映真的寫作與台灣的文學精神》、《文學台灣：台灣知識者的文學敘事與理論想像》等書。

◆兩岸作家

張啟疆

台灣大學商學系畢業，曾任《自立早報》、《自由時報》主編，中國青年寫作協會副理事長，現專事寫作。著有《阿拉伯——台灣第一部樂透小說》、《哈囉！總統先生》等書。曾獲聯合報小說獎、梁實秋文學獎、時報文學獎等。

陳　雪

中央大學中文系畢業。著有《惡女書》、《蝴蝶》、《橋上的孩子》、《陳春天》、《無人知曉的我》、《天使熱愛的生活》等書。最新著作爲長篇小說《附魔者》，入圍 2009 年台灣文學獎長篇小說金典獎以及 2010 年台北國際書展大獎小說類年度之書。曾獲得財團法人國家文化藝術基金會寫作計畫補助。

李　洱

華東師範大學中文系畢業，現爲河南省文學院專業作家，兼任《莽原》雜誌副主編。著有《饒舌的啞巴》、《遺忘》、《花腔》、《石榴樹上結櫻桃》等。其中《花腔》2002 年入圍第六屆茅盾文學獎，2010 年被評爲 30 年（1979—2009年）中國十佳長篇小說，曾獲第三、第四屆「大家文學獎」榮譽獎等。

邱華棟

1992 年畢業於武漢大學中文系，現爲某雜志主編。中直機關青聯委員，北京

作家協會理事。20 年來，寫作有《夏天的禁忌》、《夜晚的諾言》、《單筒望遠鏡》等書，以及散文、隨筆、詩歌、評論多篇。曾獲第十屆莊重文文學獎、上海文學獎、山花文學獎、老舍長篇小說獎提名獎等十多次。

北　塔

現供職於中國作家協會現代文學館，專治詩歌、評論與翻譯，系世界詩人大會執行委員兼中國事務顧問、《當代詩壇》和《世界漢詩》等雜誌副主編。主要著作有《正在鏽蝕的時針》、《石頭裡的瓊漿》等，學術專著有《吳宓傳》、《戴望舒傳》等，英譯中著作有《哈姆雷特》、《八堂課》等。

鍾文音

淡江大學大眾傳播系畢業，曾赴紐約習畫，現專事寫作。著有《三城三戀》、《過去》、《女島紀行》、《在河左岸》等書，2011 年甫出齊了台灣島嶼三部曲《豔歌行》、《短歌行》、《傷歌行》，獲得開卷十大中文好書及台北十書等。曾獲得聯合報與時報等十多項全國重要文學獎。

鴻　鴻

本名閻鴻亞，藝術學院戲劇系畢業。創立密獵者劇團、黑眼睛跨劇團及《衛生紙詩刊+》。曾獲時報文學獎及聯合報文學獎新詩首獎、2008 年度詩人獎。著有詩集《女孩馬力與壁拔少年》等 5 種，及散文、小說、劇本、評論等多種，曾擔任三十餘齣劇場、歌劇、舞蹈之導演，電影導演作品有《3 橘之戀》、《穿牆人》及多部紀錄片，曾獲南特影展最佳導演獎等。

王聰威

台灣大學藝術史研究所畢業，曾任台灣明報周刊副總編輯、*marie claire* 執行副總編輯、FHM 副總編輯，現任聯合文學總編輯。著有小說《濱線女兒——哈瑪星思戀起》、《複島》、《中山北路行七擺》、《台北不在場證明事件簿》等。曾獲巫永福文學大獎、中時開卷好書獎、台灣文學獎金典獎入圍等。

艾　偉

作家、寧波大學兼職教授。著有長篇《愛人有罪》、《越野賽跑》、《水中花》、《鄉村電影》等書，另有《艾偉文集》五卷本。作品曾獲《當代》文學獎，春申原創文學年度最佳小說獎，多部作品曾登中國年度小說排行榜。

紅　柯

本名楊宏科,陝西寶雞師範學院中文系畢業。現執教於陝西師範大學文學院、
教授、陝西省作家協會副主席。著有「天山系列」忠、長篇小說等十部,以
及《阿斗》、《好人難做》、《手指間的大河》、《敬畏蒼天》兩等書。曾獲馮牧
文學獎、魯迅文學獎、莊重文文學獎、中國小說學會獎長篇小說獎等。

徐則臣

北京大學中文系畢業,文學碩士,現為人民文學雜誌社編輯。著有《夜火車》、
《水邊書》、《人間煙火》、《天上人間》、《居延》、《把大師掛在嘴上》等書。
曾獲春天文學獎、西湖‧中國新銳文學獎、華語文學傳媒大獎‧2007 年度最
具潛力新人獎等。根據中篇小說《我們在北京相遇》改編的《北京你好》獲
第 14 屆北京大學生電影節最佳電視電影獎。

會議緣起

青年文學會議的開端

　　時間是在 1997 年，一向關心台灣文學傳承與發展的文訊雜誌社，為在學的研究生以及青年學者舉辦了「第一屆青年文學會議」，這是台灣第一次為新生代研究者舉辦的文學研討會，雖僅發表五篇論文與一場座談，卻引起學界及青年學子的熱切響應，小小場地擠進逾百人，有鑑於參與之踴躍，主辦的文訊雜誌社將此活動列為年度重要計畫，決心每年持續辦理。

　　直至 2008 年為止，青年文學會議已連續舉辦 12 年，期間《文訊》於 2003年改隸財團法人台灣文學發展基金會，舉辦地點除台北之外，也曾移至台南的台灣文學館，平均每屆發表論文 15 篇，參與人數約為三百人。前九屆的論文發表者均出身台灣，第十屆（2006 年）起亦開放海外青年學者參與。

文學研究主題創發

　　青年文學會議一向以嚴謹的評審制度，發表具品質水準的論文，深獲各界矚目，在台灣文學學界已建立口碑與傳統，儼然是學子們每年殷殷企盼的一場文學盛宴，同時也提供從事文學研究之青年學者提升文學論述能力的園地。

　　會議每年皆以精準眼光結合台灣文學發展脈動，擬定不同的主題徵選論文，如「一個獨立文本的細部解讀」、「文學與社會」、「文學越界」、「台灣作家的地理書寫與文學體驗」、「台灣現當代文學媒介研究」等，提供學子們開發台灣文學研究的新領域、新議題，適時帶動文學研究熱潮，更在議程中設計多元的對話方式，如演講、座談、社團表演等，增加在場學員對文學研討的興趣及參與感。

加強兩岸與國際化交流為目標

2006 年青年文學會議屆滿十年，為加強活動影響力，激發華文世界青年學者對台灣文學的研究熱情，首度將論文徵稿範圍廣及華文圈，期藉此會議活動的擴大舉辦，開拓台灣文學研究的寬廣度、加強相互對話與切磋交流的可能空間。此亦為國際化、全球化的趨勢下，台灣文學研究應具有的時代性發展方向，值得投注更多的人力、時間、精神與資源來推動。

以此目標規劃，2006 年、2007 年的青年文學會議獲得了海內外的空前響應，除了兩岸三地優秀的青年學者發表論文之外，更邀請了大陸、香港、台灣資深的台灣文學研究前輩評論指導，會場中近四百位學員共襄盛舉，參與及討論的熱忱，讓與會者盛讚不已，咸認為無論以規模、會議流程安排、論文水平等各方面而言，皆具備國際會議的標準。

以更高的視野，思考再出發

有鑑於科技帶給文學的衝擊，2008 年的青年文學會議主題為「台灣、大陸暨華文地區數位文學的發展與變遷」，兩天議程共發表 18 篇論文，並安排兩岸網路作家及研究者進行論文之外的延伸對話。在議程之外，也帶領來自海外的發表人與教授們走訪台灣文學與文化的相關景點，讓學術交流場域擴展至親身的現場踏查。

青年文學會議從 1997 年開辦至 2008 年共歷經 12 屆，象徵了一個世代的交替，文訊雜誌社播下的文學種籽，也已挺立成各種丰姿。12 年間與台灣文學相關的研究系所陸續成立，各式主題的研討會也漸趨頻繁，青年學者有了更多頭角崢嶸的場域，為台灣文學研究注入新血。

文訊雜誌社自認完成階段性任務，於 2009 年停辦青年文學會議，暫時退居於後，思索台灣文學研究與交流的其他可能。再者，在兩岸交流日趨熱烈的情況下，如何能讓中國現當代文學以及台灣文學的研究者以及文學創作者，進一步了解台灣以及雙方目前的學術研究現況與文學發展？搭建起兩岸學術研究溝通的橋樑，應是文訊下一階段應該進行的目標。

以此發想為契機，延續加強台灣文學研究的相互對話與切磋交流之目的，文訊雜誌社費時兩年的協商與執行，由國立台灣文學館、中國現代文學

館合辦之「兩岸青年文學會議」焉然成形。本會議邀集台灣的文學創作者、青年學者與中生代研究者赴中國大陸發表學術論文、座談參訪，與中國大陸作家與專家學者針對兩岸現當代文學課題交換意見，透過面對面的實地交流，對兩岸的文學發展產生正面而積極的影響。

歷屆青年文學會議論文發表名單

第一屆青年文學會議

時間：86 年 11 月 9 日

地點：震旦國際大樓多功能會議室（台北市信義路五段 2 號 3 樓）

1.　　須文蔚／X 世代的現代詩人與現代詩（曾淑美講評）
2.　　黃　梁／新世代躍登文壇的管道分析（焦桐講評）
3.　　吳明益／初萌之林──台灣大專院校校園文學獎初探（周慶華講評）

〈 座談會 〉

主持人：陳昌明

引言人：郝譽翔、楊宗翰、薛懷琦、丁威仁、周易正

第二屆青年文學會議

時間：87 年 10 月 31 日、11 月 1 日

地點：國家圖書館國際會議廳

1. 范銘如／合縱連橫——五十年代台灣小說（沈謙講評）
2. 郝譽翔／論一九八〇年前後台灣新生代文學的發展（李豐楙講評）
3. 楊宗翰／重構詩史的策略——一個「新世代／青年」讀寫（鄭慧如講評）
4. 蕭義玲／九〇年代崛起小說家的同志書寫——以邱妙津、洪凌、紀大偉、陳雪為觀察對象（梅家玲講評）
5. 胡衍南／當代青年作家出書環境研究（陳雨航講評）
6. 鍾怡雯／散亂的拼圖——青年散文作家的創作與出版（柯慶明講評）
7. 林淑貞／尋訪文學的翅翼——當前高中國文有關現代文學教材及教法述評（張春榮講評）
8. 賴佳琦／文學嘉年華——九〇年代台灣地區文藝營暨文學寫作班初探（白靈講評）
9. 莊宜文／重組文學星空——從文學獎談新世代小說家的崛起（焦桐講評）
10. 須文蔚／網路詩創作的破與立（向陽講評）

〈座談會〉他們都在關心什麼？

主持人：蔡詩萍

引言人：平路、袁哲生、馬森、成英姝、紀大偉

第三屆青年文學會議

時間：88 年 11 月 7、8 日

地點：國家圖書館國際會議廳

1.　蔡雅薰／凋零的花菲——六〇年代青年作家古錚、王尚義小說探微（范銘如講評）

2.　林積萍／《現代文學》青年作家群的歷史意義（江寶釵講評）

3.　傅正玲／有心栽花，無心插柳——台灣當代大學文學教育與創作的互動關係（林淑貞講評）

4.　丁鳳珍／九〇年代青年學生台語文運動與母語文學創作——以「學生台灣語文促進會」刊物《台語學生》為分析主體（林央敏講評）

5.　林于弘／解嚴後兩大報文學獎新詩得獎現象觀察（鄭慧如講評）

6.　徐國能／版圖的重建——論近兩年之地方性文學獎現象（黃武忠講評）

7.　石曉楓／世紀末台灣男性散文中的性別書寫（張堂錡講評）

8.　廖淑芳／青春啟蒙與原始場景——論年輕小說家的誕生（蕭義玲講評）

9.　須文蔚／文學創作線上出版初探（孟樊講評）

10.　許秦蓁／女書店：女有、女治、女享的閱讀烏托邦（劉亮雅講評）

〈座談會〉得獎的滋味

主持人：張啟疆

引言人：郝譽翔、張維中、張惠菁、唐捐、鍾文音

第四屆青年文學會議

時間：89 年 12 月 15、16 日

地點：國家圖書館國際會議廳

1.　吳旻旻／九〇年代大陸女性小說的突圍表演（蕭義玲講評）

2.　蔡雅薰／新移民的弦歌新唱——九〇年代新世代海外女作家小說初探
　　（劉秀美講評）

3.　顏健富／「感時憂族」的道德書寫——試論黃錦樹的小說（郝譽翔講
　　評）

4.　邱珮萱／九〇年代散文中的「原鄉」書寫——以夏曼・藍波安和廖鴻
　　基的海洋散文為例（鍾怡雯講評）

5.　林秀蓉／生命與人文得對話／侯文詠醫事寫作析論（王浩威講評）

6.　林積萍／九〇年代的小說新典律——入選「年度小說選」的六篇佳作
　　（張瑞芬講評）

7.　陳巍仁／食譜詩／詩食譜——試論焦桐《完全壯陽食譜》的文類策略
　　（唐捐講評）

8.　陳昭吟／隱匿在色彩下的訊息——從幾米的繪本文學談起（吳明益講
　　評）

9.　王正良／第七位作者的誕生——以《畢業紀念冊・植物園六人詩選》
　　為基點（陳大為講評）

10.　黃清順／高貴靈魂的輓歌——試探邱妙津文學作品中的死亡意識及相
　　關問題（莊宜文講評）

〈座談會〉文學：科技、圖書與消費、閱讀的再思考

主持人：陳信元

引言人：王榮文、向陽、須文蔚、侯吉諒、陳昭珍

第五屆青年文學會議

時間：90 年 11 月 15、16 日

地點：國家圖書館國際會議廳

1.　王浩翔／輕舞飛揚的 e 世代小說——由痞子蔡的小說初探網路文學（向陽講評）

2.　尹子玉／張惠菁的旅行書寫（許建崑講評）

3.　紀俊龍／疏離・末日・預言——試析張惠菁作品中「疏離感」與「預言性質」的關聯（郝譽翔講評）

4.　許劍橋／驚蟄！絕響？——1998第一屆全球華文同志文學獎得獎作品觀察（朱偉誠講評）

5.　梁竣瓘／置社會脈動於「度外」，不讓文學創作「留白」——略論新生代作家黃國峻（陳建忠講評）

6.　張文豐／尋訪部落・重返原鄉——談原住民小說中的族群認同（浦忠成講評）

7.　陳國偉／世界秩序的汰換與重置——駱以軍小說中的華麗知識系譜（張瑞芬講評）

8.　陳惠齡／新世代文學中都會愛情小說的顯隱二元閱讀——以王文華《61*57》爲例（郭強生講評）

9.　黃淏婷／跌落懸崖的龜殼花——《島》、《惡寒》、《人類不宜飛行》中的連通式沉陷計（許琇禎講評）

10.　鄭柏彥／視覺書內外緣問題研究（吳明益講評）

11.　蕭嘉玲／文學出版中的集團現象——以紫石作坊爲例（陳信元講評）

12.　簡義明／後書可以轉精嗎？——論新世代自然寫作者的問題意識與困境（焦桐講評）

〈 座談會 〉開創文學新紀元

主持人：李瑞騰

引言人：張曼娟、李癸雲、唐捐

第六屆青年文學會議〔一個獨立文本的細部解讀〕

時間：91 年 11 月 8、9 日

地點：國家圖書館國際會議廳

1. 王良友／論明華園《界牌關傳說》的劇本美學（蔡欣欣講評）

2. 王萬睿／期待母親救贖的凝視──論張惠菁〈哭渦〉的女性書寫策略（簡瑛瑛講評）

3. 余欣娟／洛夫〈長恨歌〉的隱喻世界（須文蔚講評）

4. 李文卿／走過殖民──論王禎和《玫瑰玫瑰我愛你》戲謔書寫（應鳳凰講評）

5. 李欣倫／乳癌隱喻，文學療程──析論西西散文〈血滴子〉（王浩威講評）

6. 徐碧霞／站在山林與平地的交界處──論布農族田雅各的小說〈拓拔斯・塔瑪匹瑪〉（陳建忠講評）

7. 張耀仁／在我們灰飛湮滅的羽翼──評析可樂王〈離別無聲〉之圖文諷刺關係（吳明益講評）

8. 許秦蓁／再現童年記憶的地理版圖──細讀林文月〈江灣路憶往〉（鄭明娳講評）

9. 陳室如／批評的鑑賞／鑑賞的批評──試以《文心雕龍》「六觀」法解讀簡媜《天涯海角》（胡仲權講評）

10. 陳雀倩／歷史、性別與認同──〈彩妝血祭〉中的政治論述（劉亮雅講評）

11. 陳聖宗／「急凍的瞬間」──論張讓「顯微鏡」兼「望遠鏡」的時空書寫（張堂錡講評）

12. 曾馨慧／魂析歸來──論周夢蝶的紅黑一夢（向陽講評）

13. 黃淑祺／解讀張愛玲──看〈紅玫瑰與白玫瑰〉之空間與權力（邱貴芬講評）

14. 楊佳嫻／這是一個弄錯地圖的故事──談駱以軍〈中正紀念堂〉的空間記憶與歷史隱喻（張啓疆講評）

15. 劉乃慈／假作真時真亦假──評蘇偉貞〈日曆日曆掛在牆壁〉（江寶釵講評）

16. 蕭嘉玲／雙關的記憶──評簡媜《女兒紅・在密室看海》的女性記憶書寫（張春榮講評）

17. 賴奕倫／古都新城──朱天心〈古都〉的空間結構之研究（陳其澎講評）

18. 顏俊雄／歸去吧！我的鄉愁──舞鶴《思索阿邦・卡露斯》的文本解讀（張瑞芬講評）

〈座談會〉作家如何看待作品被解讀

主持人：李瑞騰

引言人：駱以軍、可樂王、郝譽翔

第七屆青年文學會議〔台灣文學的比較研究〕

時間：92 年 11 月 28、29 日

地點：台北市立圖書館國際會議廳

1. 徐宗潔／我們是那樣被設定了身世──論駱以軍《月球姓氏》與郝譽翔《逆旅》中的姓名、身世與認同（范銘如講評）

2. 楊子霈／殖民／性別／情慾的多音對話──以吳濁流、王昶雄、鍾肇政小說中的台日異國戀情比較爲例（許琇禎講評）

3. 郭素娟／顏艾琳與江文瑜情色詩之比較（李癸雲講評）

4. 鍾宜彥／「故鄉四部」版本比較研究（張春榮講評）

5. 王蕙萱／髮與性別認同──〈柏拉圖之髮〉與〈薇薇的頭髮〉的分析與比較（劉亮雅講評）

6. 彭佳慧／藝術與文學中「閨秀」之比較與探討（吳瑪悧講評）

7. 劉慧珠／從〈沙河悲歌〉到〈思慕微微〉──論七等生小說追尋／神話母題的再現與變奏（張恆豪講評）

8. 汪俊彥／在學院長大，在表坊說相聲──八〇年代賴聲川劇作之風格意識與戲劇場域關係轉變初探（鴻鴻講評）

9. 凌性傑／面對海洋的兩種態度──從《海洋遊俠》與《海浪的記憶》談起（鹿憶鹿講評）

10. 許家真／口傳文學與作家文學的結合、運用──以布農作家拓拔斯‧塔瑪匹瑪及霍斯陸曼‧伐伐之作品比較（陳建忠講評）

11. 林麗美／乙未文人的離散書寫──以丘逢甲、洪棄生、林癡仙爲討論範圍（翁聖峰講評）

12. 蘇益芳／論夏志清在台灣文學批評界的經典化現象（沈謙講評）

13. 王文仁／台灣的「日本語文學」初探──從「日本語文學」的定義到語言同化政策問題（林水福講評）

14. 潘秀宜／回到出發的所在──陳若曦小說中「鄉土關懷」之文化轉變（黃錦珠講評）

15. 林致妤／從《橘子紅了》跨媒體互文現象看現代文學傳播（柯裕棻講評）

16. 顧敏耀／仙拚仙，拚死猴齊天──以械鬥為主題的台灣古典詩文作品比較（廖一瑾講評）

〈專題演講〉科學人觀點／曾志朗

〈座談會〉創作者的幽微與私密情懷

主持人：楊照

引言人：阮慶岳、鍾文音、郝譽翔、駱以軍

2004 青年文學會議〔文學與社會學術研討會〕

時間：93 年 12 月 4、5 日

地點：國家台灣文學館

1. 黃恩慈／誰的傳人？誰的派？——試論王德威的張學與張派（莊宜文講評）

2. 關於一場酷刑的不在場證明——檢視七等生的現代主義，與其作品中的規訓或懲罰（張恆豪講評）

3. 蔡明原／上海與台灣——新感覺的兩種實踐：以翁鬧與劉吶鷗的作品為探討對象（陳建忠講評）

4. 王靖丰／鄉愁與記憶的修辭：台灣鄉愁詩的轉變（蔡振念講評）

5. 曾琮琇／虛擬與親臨——論台灣現代詩中的「異國」書寫（李癸雲講評）

6. 邱雅芳／荒廢美的系譜——試探佐藤春夫〈女誡扇綺譚〉與西川滿〈赤崁記〉（向陽講評）

7. 徐秀慧／「中國化？台灣化？或是現代化？」——論陳儀政府時期的文化政策（1945/8～1947/2）（應鳳凰講評）

8. 陳明成／反攻與反共：關鍵年代的關鍵年份——台灣文壇「一九五六」的再考察（李瑞騰講評）

9. 汪俊彥／劇場裡的解嚴臺灣——《戲劇交流道》劇本集的臺灣圖像研究（王友輝講評）

10. 尤靜嫻／遊目歐美，遊心臺灣——從林獻堂《環球遊記》看臺灣遲到的現代性（江寶釵講評）

11. 鄧慧恩／文化的擺渡——楊逵翻譯作品的社會意義與詮釋（楊翠講評）

12. 陳政彥／原住民現代詩中的空間意涵析論（簡政珍講評）

13. 曾基瑋／論文字書寫與口傳故事母題及主題之差異——以撒可努〈巴里的紅眼睛〉為例（陳器文講評）

14. 蔡依伶／台灣日治時期階級意識的形塑——以《三字集》為例（蔣為文講評）

15. 蔡孟娟／當代文學之佛學世應──論東年《地藏菩薩本願寺》（陳益源講
　　評）

〈專題演講〉文學與社會／黃春明

〈座談會〉誰的文學？誰的世代？

主持人：楊佳嫻

引言人：楊照、郝譽翔、高翊峰

2005 青年文學會議〔異同、影響與轉換：文學越界學術研討會〕

時間：94 年 12 月 10、11 日

地點：國家台灣文學館

1.　張雅惠／「旅人」視線下的外地文學——試論佐藤春夫〈女誡扇綺譚〉帝國主義文本化的過程（向陽講評）

2.　李靜玫／女性口述史的傳記敘事模式——以九〇年代女性口述史文本為例（楊翠講評）

3.　林育群、張婉琳／戰後文化主導場域之轉移及其對臺灣文學的影響——以臺北市城南一帶為例（應鳳凰講評）

4.　劉淑貞／災難・除魅・必要之惡：新現代主義——以張大春〈預知毀滅紀事〉的宣言為起點（蔣美華講評）

5.　李美融／記・憶中的〈咖啡時光〉：科技／影像裡的文學性與歷史性（李振亞講評）

6.　平怡雲／從《白水》回溯《雷峰塔傳奇》看後現代戲劇之符號轉換（石光生講評）

7.　王國安／從《妙繆廟》單飛——論姚大鈞的《文字具象》及曹志漣的《澀柿子的世界》（李順興講評）

8.　梁瓊芳／影像與性別之曖昧——試論台灣新電影男性導演電影文本與女性作家小說文本之異同（李幼新講評）

9.　陳芷凡／原住民數位文學中語言表現的問題——以明日新聞台原住民新生代寫手巴代、乜寇為例（陳徵蔚講評）

10.　佘佳燕／詩人與畫家對話鎔鑄而成的超現實主義風潮——以跨藝術互文觀點考察台灣五、六〇年代文學史的新取向（蕭瓊瑞講評）

11.　林芷琪／寫詩的「夏宇」・寫詞的「李格弟」：論黃慶綺的雙聲辨位、筆名游擊（丁旭輝講評）

12.　曹世耘／活色生香的《行過洛津》——戲曲《荔鏡記》與《行過洛津》的書寫互涉（郝譽翔講評）

13. 王鈺婷／民俗禁忌與性別跨界——以《豔光四射歌舞團》爲例（劉亮雅講評）

14. 王慈憶／行動越界與身分演繹（義）／藝——論杜十三詩空間中的感知結構（蕭蕭講評）

〈專題演講〉進入台灣‧走出台灣：文學的接受、吸收與擴張／陳芳明

〈座談會〉「理論」重要嗎？談台灣文學研究的重大問題

主持人：須文蔚

引言人：陳器文、蘇其康、江寶釵、黎湘萍

2006 青年文學會議〔台灣作家的地理書寫與文學體驗〕

時間：95 年 12 月 16、17 日

地點：國家圖書館國際會議廳

1. 祁立峰／城市・場所・遊樂園——從駱以軍「育嬰三部曲」觀察其地景描繪的變遷與挪移（施淑講評）

2. 葉嘉詠／城市・消費・情感——論朱天文小說中的香港（劉俊講評）

3. 李晨／從「伊甸」，到「風塵」——朱天文創作的文學地景轉變（郭強生講評

4. 蕭寶鳳／漫遊者的權力：論朱天心小說的歷史書寫、現代文明批判及死亡主題（郝譽翔講評）

5. 何淑華／鍾理和原鄉書寫與認同形構歷程研究——以鍾理和返回原鄉時期的書寫爲對象（應鳳凰講評）

6. 鍾宜芬／鄉關何處？夢遺美濃——論吳錦發《青春三部曲》（陳明柔講評）

7. 李孟舜／原鄉的迴響——李昂小說中鹿港經驗的多重特質（范銘如講評）

8. 羅詩雲／祕密的流浪人——試論李望洋《西行吟草》中的蘭陽鄉戀（廖振富講評）

9. 周華斌／日治時期鹽分地帶作家的短歌與俳句吟詠——以吳新榮、郭水潭、王登山及王碧蕉的作品爲例（許俊雅講評）

10. 劉紹鈴／生活在「他」方——台灣女性（抒情）散文之空間內外（鄭明娳講評）

11. 王鈺婷／流亡主體、臺灣空間語境與女性書寫——以徐鍾珮和鍾梅音 50 年代的散文創作爲例（張瑞芬講評）

12. 許博凱／從新埤到老臺灣——以陳冠學地理書寫爲分析對象（吳明益講評）

13. 馬翊航／細碎偷窺，迂迴摺疊——陳黎書寫花蓮／地方的幾種方法（白靈講評）

14. 蔡佩均／《風月報》、《南方》白話小說中的都市空間與市民生活（陳建

忠講評）

15. 詹閔旭／罪／醉城──論李永平的《海東青》（黃萬華講評）

16. 李娜／「美國」與郭松棻的文學/思想旅程──以《論寫作》爲中心的考察（黃錦樹講評）

17. 黃啓峰／集體記憶的書寫──論《溫州街的故事》的時間、空間與敘事（袁勇麟講評）

18. 陳宗暉／海的方向，海的啓發──從《黑色的翅膀》探勘夏曼・藍波安的近期書寫（向陽講評）

19. 徐國明／竊竊「私」語──析論利格拉樂・阿烏、白茲・牟固那那原住民女性書寫中的空間經驗（陳器文講評）

20. 林淑慧／身體與國體：呂赫若皇民化文學中對國策／新生之路的思索與追尋（游勝冠講評）

〈專題演講〉豐美的地景／楊照

〈座談會〉地域與文學史書寫

主持人：須文蔚

引言人：彭小妍、劉俊、梁秉鈞、袁勇麟

2007 青年文學會議〔台灣現當代文學媒介研究〕

時間：96 年 12 月 1、2 日

地點：國家圖書館國際會議廳

1. 詹閔旭／滿洲在哪裡？──《漢文臺灣日日新報》中的滿洲論述與地方認同驅力（施懿琳講評）

2. 張耀仁／想像的「中國新文學」？──以賴和接任學藝欄編輯前後之《台灣民報》為析論對象（陳建忠講評）

3. 李京珮／曲折的縫綴──《純文學》對五四作家的接受（劉俊講評）

4. 陳芷凡／再現之欲‧域之再現──試論清朝前期「番人」知識的圖文建構意義（（陳器文講評）

5. 呂美親／日本時代台語文學書寫系統ê歷史意義：以小說作觀察中心（廖瑞銘講評）

6. 曾亮／小荷才露尖尖角──由兩岸網路文學比較看臺灣網路文學（向陽講評）

7. 張志國／臺灣現代主義「學院詩」的興發──《文學雜誌》之於臺灣現代詩場域的建構意義（簡政珍講評）

8. 解昆樺／現代詩文體典律再編成──臺灣 1976-1984 年間出版之詩選對現代詩語言型遞換的反映（白靈講評）

9. 曾萍萍／來種一棵文學的樹──《筆匯》在文學譯介的播種與造樹（黎湘萍講評）

10. 張俐璇／前衛高歌──《中外文學》與台灣文學批評浪潮之推動（朱立立講評）

11. 葉雅玲／流行之星──70、80 年代《皇冠》相關文學現象（林芳玫講評）

12. 阮淑雅／齊天大聖東遊記：從《三六九小報》看 《西遊記》在日治時期台灣傳播概況（江寶釵講評）

13. 張志樺／時尚的秘密／秘密的時尚──試論《三六九小報》《風月報》中藝旦身體形象展演之社會意涵／黃美娥

14. 涂慧軒／在文明與同化的陰翳中──以《漢文臺灣日日新報》之讀者投書爲觀察對象（計璧瑞講評）

15. 王鈺婷／國族論述、主婦文學及其性別政治──以《中央日報‧婦女與家庭週刊》（1949.3～1955.4）爲考察對象（陳明柔講評）

16. 黃怡菁／五〇年代前期反共文學創作方法論的建立──以《文藝創作》上的論述爲主要討論範圍（梅家玲講評）

17. 許維賢／同志的「入櫃」與酷兒的「出匭」──以九十年代《聯合文學》和《島嶼邊緣》爲例（丁乃非講評）

18. 黃崇軒／論副刊風格與文學場域的對應關係──以《自立副刊》爲例（1980～1987）（焦桐講評）

〈專題演講〉眼球革命：閱聽人潮的移動／楊仁烽

〈座談會1〉我們在關心什麼？（學生說）

主持人：楊佳嫻

引言人：章妮、廖斌、曾秀萍

〈座談會2〉他們應該關心什麼？（老師說）

主持人：陳信元

引言人：須文蔚、計璧瑞、朱立立、應鳳凰

2008 青年文學會議〔台灣、大陸暨華文地區數位文學的發展與變遷研討會〕

時間：97 年 11 月 29、30 日

地點：國家圖書館國際會議廳

1. 葉雨嬌／海上生明月，天涯共「網」時——大陸、台灣「網絡」文學比較之初探（陳俊榮講評）

2. 肖水、洛盞／中國 80 後詩歌——灰燼裡的火光（施戰軍講評）

3. 高坤翠／有人的故事：馬華網路文化社群的個案探析——以有人部落為例（須文蔚講評）

4. 祁立峰／「流行力」正在流行——由「動漫」、「商品」、「音樂」等主題建構數位時代下的流行文學（林芳玫講評）

5. 黃一／個性駕馭網路——安妮寶貝的 10 年創作（郝譽翔講評）

6. 唐磊／精神突圍的艱難與可能——網路小說創作的文化場域及其價值分析（黃鳴奮講評）

7. 林婉筠／詩藝與意義——米羅·卡索超文字詩藝的美學結構與文化呈現初探（白靈講評）

8. 陳筱筠／基進的戰鬥／基進的時髦——從成英姝的跨界位置觀察數位文學文化在台灣（李鴻瓊講評）

9. 李健／與網相生如何愛——台灣網路愛情小說的意蘊及策略（李進益講評）

10. 劉文惠／古典文學《金瓶梅》數位遊戲化的歷程及改編程式（梁朝雲講評）

11. 楊玲／「弄彎的」羅曼司——超女同人文、女性欲望與網路女性文學社群（趙彥寧講評）

12. 陳學祈／老作品，新價值——二〇〇七年奇摩網拍台灣文學珍本書籍現象初探（林皆宏講評）

13. 梁鈞筌／論網路科技與詩歌創作——以夏宇《PINK NOISE》為探討對象

（鴻鴻講評）

14. 陳奕翔／大說謊家：我不是知識份子——中時‧作家「張大春的部落格」觀察（陳徵蔚講評）

15. 王宇清／試析九把刀的文學經營與轉變——從網路小說到流行文學的跨界（孫治本講評）

16. 黃翔／部落格文學鬆綁媒介書寫現象初探——以修正報導文學鬆綁論爲核心（柯裕棻講評）

17. 蔡輝振、林一帆／台灣文學資料庫之回顧與展望（向陽講評）

18. 顧敏耀／台灣古典詩與數位資料庫——以《漢文臺灣日日新報》電子全文檢索系統爲例（顧力仁講評）

〈專題演講〉數位創意場域的正反合／周暐達

〈座談1〉數位文學研究的明天

主持人：項潔

引言人：黃鳴奮、李順興、須文蔚、羅鳳珠

〈座談2〉向文學的極限挑戰

主持人：許榮哲

引言人：九把刀、千夫長

兩岸青年文學會議論文集
創作者與評論者的對話

總 編 輯／　封德屏

執行編輯／　邱怡瑄　王爲萱

封面設計／　翁翁・不倒翁視覺創意

策　　劃／　財團法人台灣文學發展基金會

共同出版／　文訊雜誌社・國立台灣文學館

文訊雜誌社

地址：10048 台北市中山南路 11 號 6 樓

電話：02-23433142　　傳真：02-23946103

電子信箱：wenhsun7@ms19.hinet.net

網址：http://www.wenhsun.com.tw

國立台灣文學館

地址：70041 台南市中西區中正路 1 號

電話：06-2217201　　傳真：06-2226115

網址：http://www.nmtl.gov.tw/

經銷展售／　國立台灣文學館－雪芙瑞文學咖啡坊（06-2214632）

　　　　　　國家書店松江門市（02-25180207）

　　　　　　文建會員工消費合作社（02-23434168）

　　　　　　五南文化廣場（04-24378010）　　文訊雜誌社（02-23433142）

　　　　　　南天書局（02-23620190）　　　　唐山出版社（02-23633072）

　　　　　　府城舊冊店（06-2763093）　　　　台灣的店（02-23625799）

　　　　　　劍獅埕商行（06-2800301）　　　　啓發文化（02-2958613）

　　　　　　三民書局（02-23617511）

印　　刷／　松霖彩色印刷

初　　版／　2011 年 12 月

定價 480 元

ISBN 978-986-6102-15-8

國家圖書館出版品預行編目資料

兩岸青年文學會議論文集：創作者與評論者的對話 ／ 封德屏總編輯. -- 初版. -- 臺北市：文訊雜誌社；[臺南市]：臺灣文學館, 2011.12

面；　公分

ISBN 978-986-6102-15-8（平裝）

1.中國文學　2.臺灣文學　3.文集

820.7　　　　　　　　　100027262